Viel Spaß,
in Liebe
Deine Ingrid

Weihn. 1994

NELSON DE MILLE / DIE KATHEDRALE

NELSON DE MILLE

DIE KATHEDRALE

ROMAN

VERLEGT BEI

KAISER

Titel der Originalausgabe: »Cathedral«
Einzig berechtigte Übertragung aus dem Amerikanischen von Susanne Lepsius

Berechtigte Ausgabe für den Neuen Kaiser Verlag — Buch und Welt,
Hans Kaiser, Klagenfurt,
mit Genehmigung des Scherz Verlages, Bern und München

Schutzumschlag: Volkmar Reiter unter Verwendung eines Fotos von
Hubertus Mall, Stuttgart
Reproduktion: Schlick KG, Graz
Fotosatz: Times 9,5 Punkt. Druck: Wulfenia, Feldkirchen, Kärnten
Bindearbeit: Kaiser, Klagenfurt

NORDIRLAND

1

»Der Tee ist kalt geworden.« Sheila Malone setzte ihre Tasse ab und wartete, daß die zwei ihr gegenübersitzenden britischen Soldaten in khakifarbener Unterwäsche das gleiche taten.

Der jüngere der beiden räusperte sich: »Wir würden gern unsere Uniformen anziehen.«

Sheila Malone schüttelte den Kopf. »Nicht nötig.«

Der etwas ältere Soldat, ein Sergeant, stellte seine Tasse hin. »Bringen wir's hinter uns.« Seine Stimme klang fest, aber seine Hand zitterte, und die Farbe war aus seinem Gesicht gewichen. Er machte Anstalten aufzustehen.

Sheila Malone sagte abrupt: »Wir sollten uns ein wenig die Füße vertreten.«

Der Sergeant erhob sich, doch der Jüngere, ein Gefreiter, zögerte und starrte die auf dem Tisch verstreuten Karten an; sie hatten sich den Morgen mit Skatspielen vertrieben. Dann schüttelte er den Kopf: »Nein.«

Der Sergeant nahm den jüngeren Kameraden beim Arm, doch sein Griff war kraftlos. »Komm schon, frische Luft wird uns guttun.«

Sheila Malone gab den zwei Iren, die am Feuer saßen, ein Zeichen mit dem Kopf; sie erhoben sich und traten hinter die beiden britischen Gefangenen. Einer der Iren, Liam Coogan, sagte barsch: »Los, wir haben schon genug Zeit vertrödelt.«

Der Sergeant drehte sich um. »Laßt dem Jungen doch eine Sekunde Zeit«, sagte er und zog seinen Kameraden am Arm. »Steh auf«, befahl er. »Das ist der schlimmste Moment.«

Der junge Gefreite erhob sich langsam, sank aber sogleich am ganzen Körper zitternd wieder zurück. Coogan packte ihn unter den Achselhöhlen und schob ihn nach vorn. Der andere Ire, George Sullivan, öffnete die Tür und stieß ihn ins Freie.

Sie alle wußten, daß sie die Sache jetzt schnell hinter sich bringen mußten, bevor einer von ihnen den Mut verlor. Das Gras war feucht und kalt unter den Füßen der gefangenen Soldaten, der Januarwind schüttelte Regentropfen von den Ebereschen. Sie stolperten an dem Aborthäuschen vorbei, zu dem sie vierzehn Tage lang morgens und abends gegangen waren, und setzten ihren Weg zu der in der Nähe des Unterschlupfs gelegenen Schlucht fort.

Sheila Malone griff unter ihren Pullover und zog den im Gurtband steckenden Revolver hervor. Während der zwei Wochen, die sie mit den beiden Gefangenen verbracht hatte, waren sie ihr sympathisch geworden, und sie wünschte, man hätte ihr jemand anders für das geschickt, was sie jetzt tun mußte. Aber diese verdammten Kerle in der IRA-Führung kannten nicht einmal die primitivste Rücksichtnahme.

Die beiden britischen Soldaten hatten jetzt den Rand der Schlucht erreicht und schickten sich an hinunterzusteigen.

Coogan stieß Sheila roh in die Rippen: »Los, mach schon!«

Sie blickte auf die zwei Gefangenen. »Halt!«

Die beiden Briten blieben mit dem Rücken zu ihren Vollstrekkern stehen. Sheila Malone hob zögernd den Revolver. Sie wußte, sie würde aus dieser Entfernung die beiden nur anschießen, und dann würden sie elend verbluten, aber sie brachte es nicht über sich, nahe genug an sie heranzutreten, um sie mit einem Kopfschuß zu erledigen. Sie ließ den Arm sinken.

»Zum Teufel«, fluchte Coogan, rannte nach vorn und gab zwei wohlgezielte Schüsse ab. Der Sergeant und der Gefreite sackten zusammen; Coogan beugte sich über sie, nickte und steckte seinen Revolver befriedigt wieder ein. »Blödes Frauenzimmer«, murmelte er wütend. »Kaum gibt man ihnen 'nen Job, schon . . .«

Sheila Malone richtete ihren Revolver auf ihn. Coogan wich zurück und stolperte über die Leiche des Sergeanten. Er fiel zu Boden und lag mit erhobenen Händen hilflos da. »Nein, nicht schießen! Ich wollte dich nicht beleidigen . . .«

Sheila senkte den Revolverlauf. »Wenn du noch einmal frech wirst, dann knall ich dich ab wie 'nen räudigen Hund!«

Sullivan trat zaghaft an sie heran. »Laß schon, Sheila, komm, wir müssen schleunigst von hier verschwinden.«

»Aber nicht mit Coogan! Der Kerl soll gefälligst allein abhauen. Ich nehm ihn jedenfalls nicht mit.«

Sullivan wandte sich um und blickte zu Coogan hinunter. »Tut mir leid, Liam, aber wenn sie nicht will . . . Aber paß mal auf, hinter dem Wäldchen dort liegt gleich die Landstraße, und da kriegste bestimmt 'nen Bus nach Belfast. Also auf bald.«

Sheila Malone und George Sullivan gingen eilig zu dem auf einem Feldweg wartenden Wagen und setzten sich hinter den Fahrer, Rory Devane, und den Kurier, Tommy Fitzgerald, auf den Rücksitz. »Fahr los«, sagte Sullivan.

»Fahr schon!« rief Sheila.

Der Wagen setzte sich in Richtung Belfast in Bewegung. Sheila zog aus ihrer Tasche die zwei Briefe hervor, die die beiden Soldaten ihr mit der Bitte, sie an ihre Familien zu schicken, anvertraut hatten. Aber wenn der Wagen nun von der Royal Ulster Constabulary an einer Straßensperre kontrolliert wurde? . . . Sie kurbelte das Fenster herunter, warf ihren Revolver fort und sah zu, wie die zwei Briefe im Wind davonsegelten.

Sheila Malone sprang aus dem Bett. Sie hörte Motorengeräusche auf der Straße und das Getrampel von Stiefeln auf dem Kopfsteinpflaster. Die Bewohner der umliegenden Häuser riefen Warnungen aus den Fenstern und schlugen mit den Deckeln der Mülltonnen Alarm. Noch während sie unter dem Nachthemd die Jeans anzog, flog die Tür ihres Zimmers auf, und zwei britische Soldaten stürzten wortlos auf sie zu. Ein vom Treppenhaus hereinfallender Lichtstreifen blendete sie. Die rotbemützten Fallschirmjäger stießen sie mit dem Gesicht gegen die Wand und rissen ihr die Jeans herunter. Einer von ihnen zog ihr Nachthemd hoch und tastete ihren Körper nach Waffen ab. Sie wirbelte herum und schrie fäusteschüttelnd: »Hände weg, du Schwein!«

Als Antwort versetzte er ihr einen Hieb in die Magengrube. Sie krümmte sich vor Schmerzen und fiel taumelnd hin. Der zweite Soldat griff in ihre langen Haare und zerrte sie in die Höhe. »Sheila Malone, Sie sind aufgrund des Ausnahmegesetzes verhaftet. Wenn Sie nur den geringsten Laut von sich geben, schlage ich Sie zu Brei.«

Die beiden Soldaten stießen sie die Treppen hinunter auf die Straße, in der sich wütend pöbelnde Menschen drängten. Sie nahm mit benebelten Sinnen wahr, daß man sie zu einem Transportwagen schleppte, die an der nächsten Kreuzung stand. Stimmen stießen wüste Beschimpfungen gegen die britischen Soldaten und die ihnen assistierenden Royal Ulster Constabulary aus. Ein Junge rief: »Scheiße auf die Königin!« Frauen weinten, Hunde bellten. Ein junger Priester versuchte, die Menge zu beruhigen; ein bewußtloser, aus einer Kopfwunde blutender Mann wurde an ihr vorbeigeschleift. Die Soldaten schubsten sie in den parkenden Transportwagen, in dem schon ein Dutzend anderer Gefangener saßen. Ein Polizist schwang seinen Knüppel: »Leg dich hin und halt's Maul, du Miststück.« Sie sank zu Boden und lauschte ihren eigenen Atemzügen. Keiner der Insassen sprach ein Wort. Einige Minuten später wurden die Wagentüren zugeschlagen, und der Fahrer gab Gas.

Sheila Malone versuchte, ihrer Angst Herr zu werden. In der Dunkelheit des Wagens hörte sie einige Männer stöhnen, andere schienen zu schlafen oder bewußtlos zu sein. Die Bewacher ergingen sich in antikatholischen Schmähreden, bis der Transportwagen hielt. Die Türen wurden geöffnet und gaben den Blick frei auf einen großen, von Scheinwerfern angestrahlten und mit Drahtverhauen und maschinengewehrbestückten Türmen umgebenen Hof — Long Kesh. Unter den Katholiken Nordirlands bekannt unter dem Namen Dachau.

Ein Soldat kommandierte barsch: »Raus, aber schnell, sonst mach ich euch Beine!«

Einige Männer stiegen über Sheila hinweg, sie hörte das Geräusch von Schlägen, gebrüllte Befehle und Schreie, als die Männer den Transportwagen verließen. Eine Stimme rief: »Habt Erbarmen, ich bin ein alter Mann!« Jemand zerrte sie an den Beinen ins Freie, sie fiel auf die weiche, feuchte Erde, versuchte sich aufzurichten, bekam aber sofort einen Tritt: »Kriech auf allen vieren, du Miststück!«

Sie hob den Kopf und blickte auf eine Reihe von Stiefeln und kroch so schnell wie möglich an den auf sie einschlagenden Männern vorbei. Einige machten obszöne Bemerkungen, während sie sich auf Händen und Knien vorwärtsbewegte, aber die Hiebe auf ihren Rücken waren nicht wirklich stark und die Zoten eher verlegen, was das Ganze irgendwie noch obszöner erscheinen ließ. Am Ende dieses Spießrutenlaufs wurde sie von zwei Soldaten ergriffen und in eine Wellblechbaracke gestoßen. Ein Offizier wies auf eine offenstehende Tür, die Soldaten warfen sie auf den Boden, gingen hinaus und knallten die Tür hinter sich zu. Sie blickte sich um; sie befand sich in einer Art Zelle. Hinter einem Holztisch stand eine Frau: »Zieh dich aus, du Luder«, sagte sie barsch. »Steh auf und zieh dich aus!« Wenige Sekunden später stand sie nackt vor der Aufseherin, die ihr die graue Gefängniskleidung zuwarf. Von draußen drangen Schreie, Befehle und das Geräusch von Schlägen herein — ein Beweis, daß die Umwandlung von verschlafenen Zivilisten in verschreckte Internierte in vollem Gange war.

Sheila Malone zweifelte keinen Moment daran, daß die meisten Inhaftierten sich antibritischer oder regierungsfeindlicher Handlungen schuldig gemacht hatten; einige von ihnen waren vermutlich sogar Mitglieder der IRA, hatten Bomben geworfen, Brände gestiftet und Morde begangen — oder zumindest Beihilfe geleistet, so wie sie. Im Prinzip bestand eine gewisse Chance, innerhalb von neunzig Tagen wieder entlassen zu werden, man durfte nur nicht die Nerven verlieren und ja nicht den Mund aufmachen. Aber wenn die Briten nun definitive Beweise gegen sie in der Hand hatten? Beweise, daß sie an einem Mord mitbeteiligt war . . .? Doch bevor sie noch ihre Gedanken sammeln und sich ihre Worte zurechtlegen konnte, stülpte ihr jemand eine Kapuze über den Kopf und stieß sie durch eine Tür.

Eine Stimme schrie ihr ins Ohr: »Buchstabier deinen Namen, Hure!« Sie zuckte zusammen und versuchte zu antworten, aber brachte zu ihrem Erstaunen kein Wort heraus.

»Du Sau! Du hast zwei von unseren Kameraden umgebracht.«

»N-n-nein!«

»Lüg nicht, du verfluchte Mörderin, aber jetzt bist du an der Reihe!« Sie spürte den kalten Metallauf eines Revolvers auf ihrem Nacken und hörte das Klicken des abgezogenen Hahns. Der Schweiß rann ihr von der Stirn und durchnäßte die schwarze Kapuze.

»Das nächste Mal ist der Revolver geladen«, grölte eine andere Stimme und fügte dann heiser hinzu: »Heb dein Kleid hoch! Höher! So ist es recht.«

Sie fühlte einen stechenden Schmerz und wand sich vor Scham und Verzweiflung, doch nach einiger Zeit verstummte das höhnisch grausame Gelächter um sie herum, und ihre Peiniger ließen anscheinend gelangweilt von ihr ab. Sie war jetzt fast sicher, daß keine schlüssigen Beweise gegen sie vorlagen, und die Möglichkeit ihrer Freilassung schien fast wieder vorstellbar.

»Bring deine Kleider in Ordnung.«

Sie beugte sich nach unten und zog mit zittrigen Händen ihre Unterhose hoch, und noch während sie sich mühsam aufrichtete, hörte sie, wie die Männer den Raum verließen und zwei andere eintraten. Die Kapuze wurde ihr vom Kopf gerissen, die plötzliche Helle tat ihren Augen weh. Der Mann, der ihr die Kapuze abgenommen hatte, trat ein paar Schritte zur Seite und setzte sich auf einen Stuhl außerhalb ihrer Sichtweite. Sie starrte geradeaus. Vor ihr in der Mitte des fensterlosen Zimmers saß ein junger englischer Major hinter einem kleinen Schreibtisch. »Nehmen Sie Platz, Miß Malone.«

Sie ging steif zu dem Stuhl, der vor dem Schreibtisch stand, und setzte sich vorsichtig hin. Ihr Gesäß schmerzte so, daß sie lieber stehengeblieben wäre. Sie unterdrückte ein Stöhnen und atmete tief ein und aus.

Der Major lächelte. »Mein Name ist Bartholomew Martin.«

»Ich . . . ich habe von Ihnen gehört.«

»Ach, wirklich? Nur Gutes hoffentlich.«

Sie lehnte sich vor und blickte ihn zornig an. »Ich bin geschlagen und vergewaltigt worden, Major.«

Er hantierte mit irgendwelchen Papieren herum. »Wir werden später darauf zu sprechen kommen, erst mal . . .« Er nahm einen Bogen in die Hand. »Ja, hier ist es. Bei einer Durchsuchung Ihres Zimmers ist ein Revolver und eine Büchertasche mit Gelatinedynamit gefunden worden, genug um einen ganzen Häuserblock in die Luft zu jagen.« Er schüttelte strafend den Kopf. »Solche gefährlichen Dinge sollten Sie nicht im Haus Ihrer Tante aufbewahren. Ich fürchte, Sie haben Ihre Verwandte dadurch in große Schwierigkeiten gebracht.«

»In meinem Zimmer befand sich weder eine Waffe noch Sprengstoff. Und Sie wissen das so gut wie ich.«

Er trommelte ungeduldig mit den Fingern auf die Schreibtischplatte. »Es handelt sich nicht so sehr darum, ob diese Dinge sich tatsächlich in Ihrem Zimmer befanden, sondern darum, daß sie sich dort befunden haben. Es ist nun einmal so, daß in Ulster kein großer Unterschied zwischen einer Anklage und einem wirklichen Tatbestand gemacht wird, oder genauer gesagt, es wird überhaupt kein Unterschied gemacht.« Sie schwieg. »Nun gut«, sagte der Major. »Das ist nicht weiter wichtig. Äußerst wichtig dagegen ist der Doppelmord an den beiden britischen Soldaten.«

Sie blickte ihn an, ohne eine Gefühlsregung zu zeigen, aber ihr Magen krampfte sich vor Angst zusammen. Die Briten wußten also Bescheid, und sie ahnte auch wieso.

»Sie kennen doch einen gewissen Liam Coogan, nicht wahr, Miß Malone? Ein Komplice von Ihnen. Er hat sich bereit erklärt, als Zeuge der Anklage aufzutreten.« Ein seltsames Lächeln huschte über sein Gesicht. »Sie sehen, wir haben Sie in der Hand.«

»Wenn Sie schon so viel wissen, warum haben dann Ihre Männer . . .«

»Es sind nicht meine Männer, es sind Fallschirmjäger, Kameraden von den beiden Ermordeten. Ich habe sie eigens Ihretwegen hierherkommen lassen. Ich selbst gehöre zur Abwehr, wie Sie vermutlich bereits erraten haben.« Seine Stimme nahm einen fast einschmeichelnden Tonfall an. »Sie können froh sein, daß sie Sie nicht umgebracht haben.«

Sheila Malone überdachte ihre Situation. Selbst nach englischem Recht würde sie aufgrund von Coogans Aussage verurteilt werden. Warum hatte man also bei ihrer Verhaftung das Sondergesetz angewendet? Warum hatte man sich die Mühe gemacht, einen Revolver und Sprengstoff in ihr Zimmer zu schmuggeln? Major Martin verfolgte noch ein anderes Ziel. Aber welches?

Der Major fuhr fort: »Leider gibt es in unserem fortschrittlichen Staat kein Todesurteil für Mörder mehr. Aber wir werden versuchen, Anklage wegen Hochverrats gegen Sie zu erheben. Ich glaube, man kann ohne weiteres behaupten, daß die IRA, deren Mitglied Sie ja sind, sich des Hochverrats schuldig gemacht hat.«

Er blickte in ein vor ihm liegendes, aufgeschlagenes Buch. »Hochverrat, Paragraph 811, kriegerische Handlungen innerhalb des englischen Königreichs, die sich gegen die Krone richten . . . Das scheint mir genau auf Sie zuzutreffen.« Er zog das Buch näher an sich heran und las vor: »Paragraph 812 — Hochverrat liegt vor, wenn die Untertanentreue, zu der jeder Bürger dem Herrscherhaus gegenüber verpflichtet ist, gebrochen wird . . . Und nun kommt mein Lieblingsparagraph. Er besagt kurz und bündig: Die Strafe für Hochverrat ist der Tod durch den Strang.« Er blickte sie scharf an, um ihre Reaktion zu beobachten, aber sie verzog keine Miene. »Es war Mr. Churchill, der im Hinblick auf den irischen Aufstand im Jahre 1916 bemerkt hat: ›Das Gras wächst grün auf den Schlachtfeldern, aber nicht unter dem Galgen!‹ Es ist an der Zeit, daß wir die irischen Verräter wieder aufknüpfen. Zuerst Sie, und neben Ihnen wird Ihre Schwester Maureen hängen.«

Sie fuhr im Stuhl hoch. »Meine Schwester? Warum . . .?«

»Coogan behauptet, auch sie sei bei dem Mord an den zwei Soldaten dabeigewesen, sie und ihr Geliebter Brian Flynn.«

»So eine verdammte Lüge.«

»Warum sollte ein Mann, der sich der Anklage als Zeuge zur Verfügung gestellt hat, Lügen erzählen?«

»Weil *er* die beiden Soldaten erschossen hat.«

»Das sagen *Sie*. Aber natürlich können wir auch jemand anders — irgend jemand — wegen dieses Mordes vor Gericht stellen.«

»Ihnen ist es völlig egal, wer diese beiden Soldaten umgebracht hat, alles, was Sie wollen, ist Flynn an den Galgen zu bringen.«

»*Jemand* muß hängen!« Was Sheila nicht ahnte, war, daß Major Martin nicht die geringste Absicht hatte, einen von ihnen zu hängen. Er hätte nur einen irischen Märtyrer mehr geschaffen. Das einzige, was ihn interessierte, war, Flynn dingfest zu machen. Er wollte ihn hier in Long Kesh wie eine Zitrone über die Tätigkeit der IRA auspressen. Und danach — es war nicht schwierig, die Kehle eines Mannes mit einer Glasscherbe durchzuschneiden und hinterher zu behaupten, es sei Selbstmord gewesen.

Er sagte: »Angenommen, Sie entkommen der Schlinge des Henkers, und angenommen, wir werden Ihrer Schwester habhaft, was eher wahrscheinlich ist, dann steht Ihnen beiden bevor, daß Sie für den Rest Ihres Lebens eine Zelle teilen müssen. Wie alt sind Sie, Miß Malone? Noch keine zwanzig? Die Monate, die Jahre vergehen so langsam . . . ach, so langsam . . . junge Mädchen, die ihr Leben vergeuden — für wen? Für eine Philosophie? Die übrige Welt wird weiter leben und lieben und frei sein. Während Ihre Schwester und Sie . . . aber das wirklich Höllische für Sie wird sein, daß Ihre Schwester, die an dem Mord völlig unschuldig ist, *Ihretwegen* bestraft werden wird, nur weil *Sie* darauf bestehen, Flynn zu schützen. Flynn wird natürlich schnell ein anderes Mädchen finden; und Coogan — nun, Coogan wird vermutlich nach Amerika auswandern . . .«

»Schweigen Sie!« Sie vergrub ihr Gesicht in die Hände und versuchte nachzudenken.

»Aber es gibt einen Ausweg«, fuhr er fort, auf die vor ihm liegenden Papiere blickend; dann sah er sie wieder an. »Es gibt immer einen Ausweg, nicht wahr? Sie brauchen nur zu Protokoll zu geben, daß Brian Flynn ein Mitglied der IRA ist — was ja zutrifft — und daß er den Mord an den beiden Soldaten begangen hat. Wenn Sie das tun, klagen wir Sie nur wegen Fluchthilfe an, wofür Sie — nun sagen wir — sieben Jahre absitzen müssen.«

»Und meine Schwester?«

»Wir werden natürlich einen Haftbefehl gegen sie erlassen müssen, aber nicht sehr intensiv nach ihr suchen; am besten, sie verließe Ulster für immer. Wir würden von keinem Land ihre Auslieferung verlangen. Doch diese Vereinbarung gilt erst, wenn wir Brian

Flynn hinter Schloß und Riegel haben.« Er beugte sich nach vorn. »Wo ist Brian Flynn?«

»Woher zum Teufel soll ich das wissen?«

Er lehnte sich im Stuhl zurück. »Nun, wir sind gesetzlich verpflichtet, innerhalb neunzig Tagen Anklage gegen Sie zu erheben. Sollten wir während dieser Zeit Flynn nicht gefunden haben, klagen wir Sie des Doppelmordes — und vielleicht des Hochverrats an. Sollte Ihnen daher etwas einfallen, das uns auf seine Spur bringt, zögern Sie bitte nicht, uns dies mitzuteilen.« Er schwieg einen Moment. »Werden Sie darüber nachdenken, wo Flynn sein könnte?« Sie antwortete nicht. »Wenn Sie jedoch wirklich nicht wissen, wo er sich aufhält, dann sind Sie für mich von keinerlei Nutzen . . . Es sei denn . . . Ihre Schwester versucht, Sie zu befreien, wobei Flynn ihr natürlich helfen würde . . . Ja, das ist eine Möglichkeit . . .«

»Ich werde mich von Ihnen nicht als Lockvogel mißbrauchen lassen?«

»Ach nein? Nun, das wird sich zeigen.«

»Kann ich mich irgendwo hinlegen?«

»Aber gewiß, unsere Unterredung ist beendet, die Aufseherin wird Sie in Ihre Zelle führen.«

2

Brian Flynn blickte in die Höhe. Dunst und Dämmerung verschleierten die Queens-Brücke, der Nebel des Laganflusses drang in die schlecht beleuchtete Straße und hing zwischen den Bankgebäuden der Bank Road. Das Ausgangsverbot bewirkte, daß der Verkehr gleich Null war.

Maureen Malone sah Brian an. Sein gutgeschnittenes, südländisches Gesicht hatte immer etwas leicht Unheimliches, besonders nachts. Sie zog die Ärmel ihres Regenmantels zurück und warf einen Blick auf ihre Armbanduhr. »Es ist nach vier, wo zum Teufel bleiben . . .«

»Still! Hörst du nicht?«

Und dann vernahm auch sie die rhythmischen Schritte. Ein aus der Oxford Street kommendes Kommando der Royal Ulster Constabulary tauchte aus dem Nebel auf und näherte sich ihnen. Sie kauerten sich hinter einem Stapel Ölkanister nieder und warteten schweigend; ihr stoßweise gehender Atem dampfte. Die Patrouille stampfte an ihnen vorbei. Sekunden später hörten sie das Quietschen einer Gangschaltung und sahen die vom Nebel trüben Lichter zweier Scheinwerfer. Ein Wagen des Belfaster Gaswerks hielt am Rinnstein neben ihnen; sie sprangen in die offene Seitentür.

Der Fahrer, Rory Devane, steuerte langsam nordwärts auf die Brücke zu. Der Mann neben ihm, Tommy Fitzgerald, wandte sich um: »Straßensperre in der Cromac Street.«

Maureen Malone saß auf dem Boden. »Läuft alles wie geplant?«

Devane nickte. »Ja, Sheila hat Long Kesh vor einer halben Stunde in einem RUC-Transportwagen verlassen. Sie haben die A 23 genommen und sind vor zehn Minuten durch Castlereagh gefahren. Sie sollten ungefähr jetzt über die Queens-Brücke kommen.«

Flynn zündete sich eine Zigarette an. »Haben sie Begleitschutz?«

»Nein«, sagte Devane, »nur der Fahrer und ein Wachbeamter und zwei weitere im Wageninneren, soweit ich informiert bin.«

»Andere Gefangene?«

»Ja, vielleicht acht oder sogar zehn. Alle werden in das Crumlin-Road-Gefängnis überführt.« Er hielt inne. »Wo willst du sie abfangen?«

Flynn blickte durch das Rückfenster. Scheinwerfer wurden auf der Brücke sichtbar. »Die Leute von Collins sind in der Waring Street postiert, sie liegt auf dem Weg zum Crumlin-Road-Gefängnis.« Er wischte über das beschlagene Fenster. »Hier kommen sie. Stell den Motor ab, Devane, und schalt das Licht aus.«

Das schwarze Transportauto hatte jetzt die Brücke passiert und bog in die Ann Street ein. Devane wartete, dann ließ er den Motor wieder an und folgte dem Wagen mit abgeschalteten Lichtern. Flynn sagte: »Mach einen Bogen und fahr zur High Street.«

Niemand sprach, während sie durch die dunklen Nebenstraßen rollten. Als sie sich der Waring Street näherten, holte Tommy Fitzgerald ein altes amerikanisches Thompson-Maschinengewehr und ein modernes Schnellfeuergewehr unter dem Sitz hervor. »Das Maschinengewehr ist für dich, Brian, und die handlichere Waffe für die Dame.« Dann reichte er Flynn eine kurze Metallröhre. »Und das hier ist eine Bazooka, falls wir es mit einem Panzerwagen zu tun kriegen, was Gott verhüten möge.« Flynn nahm die Bazooka und steckte sie unter seinen Regenmantel.

Sie bogen in den westlichen Abschnitt der Waring Street ein, zur selben Zeit schwenkte das RUC-Auto von Osten kommend in die gleiche Straße ein. Die beiden Fahrzeuge fuhren langsam aufeinander zu. Eine schwarze Limousine schloß sich dem RUC-Auto an. Fitzgerald zeigte mit dem Finger darauf: »Das wird Collins mit seinen Leuten sein.«

Flynn sah, daß das RUC-Auto jetzt sehr viel langsamer fuhr. Der Fahrer hatte offensichtlich erkannt, daß er eingekeilt war, und suchte nach einem Fluchtweg.

»Jetzt!« rief Flynn. Devane stellte mit einem blitzartigen Drehen des Steuerrads den Wagen quer zur Straße, das RUC-Auto kam mit quietschenden Bremsen zum Stillstand. Die schwarze Limousine dahinter hielt ebenfalls an. Collins und seine drei Begleiter sprangen jeder mit einem Maschinengewehr in der Hand heraus und liefen auf die hintere Tür des Transportautos zu.

Flynn und Maureen sprangen ihrerseits aus dem Wagen und bewegten sich auf das zwanzig Meter entfernt eingekeilte Transportauto zu. Der RUC-Wachmann und der Fahrer duckten sich unter die Windschutzscheibe. Flynn richtete das Maschinengewehr auf sie. »Kommt heraus und hebt die Hände hoch!« Doch die zwei Männer rührten sich nicht. Flynn wußte, daß er nicht auf das ungepanzerte Transportauto mit den Gefangenen schießen konnte. Er schrie Collins zu: »Ich hab sie im Schußfeld. Macht weiter!«

Collins trat an das RUC-Auto heran und schlug mit dem Gewehrkolben gegen die hintere Tür. »Ihr seid umzingelt! Öffnet die Tür, und euch wird nichts geschehen!«

Maureen hockte auf dem Pflaster, das Gewehr lag quer über ihren Knien, sie fühlte das schnelle Schlagen ihres Herzens. Die Idee, ihre Schwester zu befreien, war in den letzten Monaten zu einer Obsession geworden und hatte, wie sie jetzt erkannte, ihre Urteilsfähigkeit getrübt. Plötzlich sah sie überdeutlich all die vielen Ungereimtheiten, die ihr Mißtrauen hätten erwecken sollen: Das Transportauto lag zu tief auf der Straße, als sei es überladen; das Fehlen eines Begleitschutzes war mehr als ungewöhnlich; und daß sie die vorausgesagte Route wirklich genommen hatten . . . Sie schrie: »Rette dich, Collins!«

Sie sah im Laternenschein Collins' erstauntes Gesicht, als die Doppeltür des RUC-Autos aufschwang. Er starrte entgeistert ins Wageninnere, wo hinter einem Wall von Sandsäcken die Mützen von britischen Fallschirmjägern sichtbar wurden. Eine Feuersalve traf ihn mitten ins Gesicht.

Flynn sah wie gelähmt zu, wie seine vier Kameraden niedergemetzelt wurden. Dann richteten die Soldaten ihre Maschinengewehre auf die Limousine. Sie trafen den Tank, und der Wagen stand innerhalb von Sekunden in Flammen.

Maureen ergriff ihn beim Arm; Pistolenkugeln, die aus einem Torweg kamen, in den sich der RUC-Fahrer und der Wachmann geflüchtet hatten, pfiffen ihnen um die Ohren. Sie feuerte in Richtung des Torwegs, und das Schießen hörte auf. Die Straße hallte von Schreien, Trillerpfeifen und dem Getrampel laufender Füße wider, die brennende Limousine erhellte die Nacht.

Flynn drehte sich um und sah, daß die Scheiben ihres Wagens zersplittert und die Reifen durchschossen waren. Fitzgerald und Devane rannten die Straße hinunter. Fitzgeralds Körper verrenkte sich jäh, und er sank auf das Kopfsteinpflaster. Devane lief weiter und verschwand in einem ausgebombten Gebäude. Dann hörte

Flynn, wie hinter ihm die Soldaten aus dem RUC-Auto sprangen. Er packte Maureen, und sie hasteten atemlos durch den einsetzenden Nieselregen. Kugeln prallten rechts und links neben ihnen auf, Maureen rutschte aus, fiel hin, ihr Gewehr schlitterte über das feuchte Pflaster. Flynn riß sie hoch, und sie liefen in eine lange Gasse. Ein englischer Panzerwagen tauchte plötzlich vor ihnen auf, seine Suchlichter fanden sie, und er fuhr direkt auf sie zu. Ein Lautsprecher quakte in die regenfeuchte Nacht: »Halt! Hände hoch!«

Hinter ihnen konnte Flynn die Fallschirmjäger in die Gasse stürmen hören. Er zog die Bazooka aus seinem Regenmantel und kniete nieder. Die beiden Maschinengewehre des Panzerwagens blitzten auf und zertrümmerten die Ziegelmauer hinter ihm. Er fühlte, wie scharfe Ziegelsteinsplitter in seine Brust eindrangen, schwankte, gewann aber wieder Halt und versuchte mit ruhiger Hand, sein Ziel anzuvisieren, wobei er sich fragte, ob das Ding überhaupt losgehen würde. Der Panzerwagen eröffnete erneut das Feuer. Maureen neben ihm schrie auf und rollte gegen seine Beine. »Schweinehunde!« Die Panzergranate flog dröhnend durch die dunkle neblige Gasse. Eine orangene Stichflamme schoß aus dem Panzerwagen empor, das Fahrzeug schlingerte wild und krachte in ein ausgebombtes Reisebüro. Die Überlebenden sprangen von Panik ergriffen heraus und hielten die Hände an ihre von der Explosion schmerzenden Köpfe. Flynn blickte auf Maureen hinunter. »Bist du schlimm verletzt?« Sie bewegte sich, und er schob seinen Arm unter ihren Kopf.

»Ich weiß nicht«, flüsterte sie. »An der Brust.«

»Kannst du laufen?«

Sie nickte, und er half ihr auf. Die Straßen ringsum waren von Schreien, Hundegebell, Motorengeräusch und Trillerpfeifen erfüllt. Flynn wischte sorgfältig seine Fingerabdrücke von dem Thompson-Maschinengewehr ab und warf es in die Gasse. Sie liefen keuchend nordwärts in den katholischen Stadtteil. Als sie die Wohnviertel erreichten, schlichen sie behutsam durch die vertrauten Hinterhöfe und Sträßchen. Aus der Ferne konnten sie das drohende Klopfen von Gewehrkolben an Türen hören, das Öffnen von Fenstern, das ärgerliche Hin und Her von Stimmen, das Kreischen von Babys — all die bekannten Laute Belfasts.

Maureen lehnte sich gegen eine Gartenmauer. Durch das Laufen blutete ihre Wunde stärker. Sie fuhr mit der Hand unter ihren Pullover. »Oh.«

»Schlimm?«

»Ich weiß nicht.« Sie zog ihre Hand hervor, sah das Blut und sagte: »Man hat uns reingelegt.«

»So was passiert.«

»Aber wer?«

»Coogan vielleicht. Aber es kann ebensogut ein anderer gewesen sein.« Aber er war ziemlich sicher, daß er wußte, wer es gewesen war. »Tut mir leid wegen Sheila.«

Sie schüttelte den Kopf. »Ich hätte wissen müssen, daß man sie als Lockvogel benützen würde . . . du meinst doch nicht etwa, *sie* . . .« Maureen vergrub ihr Gesicht in die Hände. »Wir haben heute nacht ein paar gute Leute verloren.«

Er spähte über die Gartenmauer, half ihr hinüber, und dann rannten sie durch ein paar verwinkelte Straßen, bis sie in den protestantischen Bezirk kamen, der an den besser gebauten und gepflegten Häusern leicht zu erkennen war. Flynn kannte sich hier aus. Wie oft hatte er als Junge die Fenster der verhaßten Protestanten eingeschlagen und war dann blitzschnell verschwunden. O ja, verschwinden hatte er von Kindesbeinen an gelernt.

Maureen Malone blieb plötzlich stehen und bewegte ihren Arm. Die Schmerzen strahlten von der Brust bis in die Schulter. »Ich glaube nicht, daß wir heute aus Belfast herauskommen.«

»Alle Jäger sind im Wald, infolgedessen sind die Häuser der Jäger leer.«

»Was willst du damit sagen?«

»Daß wir im Zentrum des protestantischen Stadtviertels, das heißt in der Shankill Road, am sichersten sind.«

Sie wandten sich nach Süden, und fünf Minuten später erreichten sie die Shankill Road. Sie schlenderten betont lässig die menschenleere Hauptstraße entlang und blieben an einer Kreuzung stehen. Der Nebel war hier kaum merkbar, und alle Straßenlaternen brannten. Flynn konnte keine Blutspuren auf Maureens Regenmantel entdecken, doch ihr Gesicht war aschfahl. Seine eigene Wunde hatte aufgehört zu bluten, doch seine Brust und sein Pullover waren blutverklebt. »Wir werden den ersten besten Überlandbus nehmen, in einer Scheune übernachten und versuchen, in der Frühe nach Derry zu kommen.«

»Ja, alles, was wir brauchen, ist ein Überlandbus, von einem respektablen Äußeren ganz zu schweigen.« Sie lehnte sich gegen den Pfosten der Autobushaltestelle. »Wann werden sie uns endlich von unseren mörderischen Pflichten entbinden, Brian?«

Er blickte sie im Dämmerlicht an. »Vergiß nicht das IRA-Motto«, sagte er leise. »Einmal dabei, immer dabei.« Sie schwieg.

Ein roter Bus näherte sich von Osten. Flynn zog Maureen eng an sich und stützte sie beim Einsteigen. »Nach Clady«, sagte er lächelnd zum Fahrer, während er zahlte. »Ich fürchte, die Dame hat etwas zuviel getrunken.«

Der untersetzte Fahrer nickte gleichgültig: »Haben Sie einen Passierschein für die Sperrstunden?«

Flynn warf einen kurzen Blick ins Wageninnere. Es war mit weniger als einem Dutzend Fahrgästen besetzt, zumeist mit Arbeitern, und die sahen fast alle genauso protestantisch aus wie der Fahrer, aber soweit er sehen konnte, kein Polizist. »Ja«, sagte er und hielt dem Fahrer den Passierschein dicht unter die Augen. Der Fahrer prüfte das Papier kurz, drückte auf den Türhebel und legte den Gang ein.

Flynn führte Maureen behutsam zu einem der hinteren Sitze. Neugierige und auch mißbilligende Blicke folgten ihnen. In London oder Dublin würde man ihnen ohne weiteres geglaubt haben, daß sie leicht angetrunkene Nachtbummler waren, aber in Belfast waren die Leute mißtrauisch. Je eher wir aus dem Bus wieder raus sind, desto besser, dachte Flynn, als sie sich setzten.

Flynn beugte sich zu Maureen und flüsterte: »Fühlst du dich besser?«

»O ja. Und wir sollten es wieder tun!«

»Ach, Maureen . . .«

Eine alte Frau, die vor ihnen saß, wandte sich um. »Wie geht's dem Fräulein? Ein wenig besser?«

Maureen sah sie an, ohne jedoch zu antworten. Die Bewohner von Belfast waren zu allem fähig, angefangen von Mord über Verrat bis zu christlichem Mitgefühl.

Die alte Frau verzog ihren Mund zu einem zahnlosen Lächeln. »Zwischen Squire's Hill und McIlwhan's Hill gibt es ein winziges Tal mit einer Abtei — der Weißdornabtei. Der Priester dort, Vater Donnelly, wird Sie für die Nacht beherbergen.«

Flynn sah sie feindlich an. »Warum meinen Sie, wir bräuchten ein Nachtlager? Wir sind auf dem Weg nach Hause.«

Der Bus hielt, die alte Frau stand ohne ein weiteres Wort auf, ging nach vorne und stieg aus. Der Bus fuhr wieder an. Flynn war nicht wohl zumute. »An der nächsten Haltestelle müssen wir aussteigen. Schaffst du das?«

Sie nickte. »Ja, bloß raus.« Sie schwieg nachdenklich. »Diese alte Frau . . .« Flynn schüttelte den Kopf. »Ich glaube, wir können ihr trauen.«

»Ich traue niemand.«

»O Gott, in was für einem Land leben wir nur?«

Er lachte spöttisch. »Was für eine saublöde Bemerkung, Maureen. Wir haben dieses Land zu dem gemacht, was es jetzt ist.«

Sie senkte den Kopf. »Du hast recht, natürlich — wie immer.«

»Du mußt dich als das akzeptieren, was du bist. Ich tue es auch. Ich hadere nicht mit meinem Schicksal.«

Sie nickte. Mit seiner seltsamen Logik kehrte er das Unterste zuoberst. Brian war der Normale, sie die Verrückte. »Ich gehe zur Weißdornabtei.«

Er zuckte die Achseln. »Warum nicht, besser als eine Scheune. Und du brauchst einen Verband . . . wir können nur hoffen, daß uns der Priester nicht der Polizei übergibt . . .«

Sie wandte sich wortlos von ihm ab. Er legte den Arm um ihre Schulter. »Ich liebe dich, Maureen. Und das weißt du auch, nicht wahr?«

Sie nickte mit Tränen in den Augen.

Der Bus hielt, Flynn und Maureen gingen nach vorn zur Tür.

»Das ist noch nicht Clady«, sagte der Fahrer.

»Das macht nichts«, antwortete Flynn. Beide verließen den Bus. Auf der Straße ergriff Flynn Maureens Arm. »Das Schwein wird an der nächsten Haltestelle die Polizei informieren.« Sie überquerten die Landstraße und schlugen einen schmalen mit Ebereschen gesäumten Weg ein. Flynn sah auf die Uhr und dann zum östlichen Himmel auf. »Bald dämmert es. Wir müssen in der Abtei sein, bevor die Bauern auf die Felder gehen. Sie sind fast alle Protestanten in dieser Gegend.«

»Ich weiß.« Maureen atmete die feuchte Luft tief ein. Seit sie die verpestete Atmosphäre Belfasts hinter sich gelassen hatten, fühlte sie sich besser. Belfast — ein Schutthaufen inmitten der grünen Schönheit der Grafschaft Antrim, ein Schandfleck auf der Seele Irlands. Zuweilen wünschte sie, die Stadt würde wieder in den Sumpf zurückversinken, aus dem sie erstanden war. Sie gingen an Hecken und Feldern vorbei; auf den Weiden grasten wohlgenährte Kühe, die ersten Vögel begannen zu zwitschern.

»Ich will nicht mehr nach Belfast zurück.«

Er strich ihr mit der Hand sanft übers Gesicht, es fühlte sich fiebrig an. »Ja, ich versteh dich . . .«

»Ich möchte im Süden leben — in einem Dorf.«

»Und was wirst du dort tun? Schweine hüten? Oder hast du genug Geld, um zu privatisieren?«

»Erinnerst du dich an das Häuschen am Meer? Du hast gesagt, daß wir eines Tages dort leben werden — in Frieden leben werden.«

»Vielleicht — eines Tages.«

»Ich werde mir eine Stellung in Dublin suchen, oder vielleicht geh ich zurück nach Killeen . . .«

»Nein, du weißt, daß du nicht wieder in dein Heimatdorf zurück kannst.«

Sie schwieg eine Weile nachdenklich, dann sagte sie plötzlich: »Laß uns nach Amerika emigrieren.«

»Niemals!« Der scharfe Ton erstaunte sie. »Nein, ich werde nicht das gleiche wie alle anderen tun.« Er dachte an seine Familie, seine Freunde. So viele von ihnen waren nach Amerika, Australien oder Kanada ausgewandert. Für ihn waren sie gestorben, so unwiderruflich begraben wie seine toten Eltern. Jeder in Irland, ob im Norden oder Süden, hatte Familie, Freunde, Nachbarn, sogar Ehemänner, Frauen und Liebste durch Auswanderung verloren. Es war, als hätte eine tödliche Plage die Besten, die Erstgeborenen, die Klügsten des Landes dahingerafft und nur die Alten, die Kranken, die Zaghaften, die selbstzufriedenen Reichen und die Bettelarmen zurückgelassen. »Dies ist mein Land. Ich werde es nicht verlassen, um Tagelöhner in Amerika zu werden.«

Sie nickte. »Du ziehst es also vor, ein König auf den Dunghaufen von Belfast und Londonderry zu sein. Nun, vielleicht wandere ich allein aus.«

»Es mag für dich das richtige sein.«

Sie gingen schweigsam, den Arm um die Taille des anderen geschlungen, den Weg entlang, und beide wußten, daß sie in dieser Nacht mehr als nur ein wenig Blut verloren hatten.

3

Der Weg führte zu einem schmalen, unbewaldeten Tal, das zwischen zwei Hügeln lag. In der Ferne sahen sie die Abtei. Der Schein des Mondes auf dem weißen Stein und der Bodennebel verliehen ihr ein geisterhaftes Aussehen. Sie näherten sich ihr vorsichtig und blieben unter einer Platane stehen. Ein kleiner rechteckiger Friedhof, von einer niedrigen grünen Hecke umgeben, lag vor der Klostermauer. Flynn bog die Zweige der Hecke auseinander und winkte Maureen, ihm zu folgen.

Der Friedhof wirkte vernachlässigt, Zweige rankten sich um die Grabsteine, Weißdornsträucher, die der Abtei ihren Namen gegeben hatten, überwucherten die Wege. Eine kleine, in der hohen Mauer eingelassene Seitentür führte in den Kreuzgang der Abtei. Flynn öffnete sie und blickte sich in der Stille um. »Da, setz dich auf die Bank. Ich werde einen der Mönche wecken.«

Sie setzte sich wortlos hin, ihr Kopf sank auf die Brust. Als sie die Augen wieder öffnete, stand Flynn mit einem Priester vor ihr. »Maureen, das ist Vater Donnelly.«

Sie musterte den ältlichen Priester, einen zerbrechlich aussehenden Mann mit bleichen Zügen. »Guten Morgen, Vater.«

Er reichte ihr die Hand, mit der anderen umfaßte er ihren Unterarm mit jener gewissen beschützerischen Geste, die allen Priestern zu eigen ist. Er war der Pastor, und sie war jetzt eins seiner Schäfchen. So schnell ging das. Die Rollenverteilung war vor zweitausend Jahren in Stein gemeißelt worden.

»Folgen Sie mir«, sagte er. »Stützen Sie sich auf meinen Arm.«

Sie überquerten zu dritt den Hof und betraten durch eine spitzbogige Tür einen mehreckigen Raum. Maureen erkannte sofort die traditionelle Bauart des Kapitelsaals, des Versammlungsraums der Mönche. Im ersten Augenblick fürchtete sie, mit einer Ansammlung von Mönchen konfrontiert zu werden, doch dann sah sie im Licht einer Tischlampe, daß der Raum leer war.

Vater Donnelly blieb abrupt stehen und wandte sich um. »Wir haben ein Krankenzimmer, aber es ist wohl ratsamer, daß ich Sie beide erst einmal verstecke, bis die Polizei und die Soldaten die Abtei durchsucht haben.« Flynn schwieg. »Sie können mir trauen.«

Flynn traute niemand, aber sollte der Priester ein Verräter sein, würde er zumindest vor seinen Kameraden nicht allzu dumm dastehen, denn es war noch am ehesten entschuldbar, einem Kirchenmann vertraut zu haben. »Wo ist das Versteck? Es bleibt uns nicht mehr viel Zeit.«

Der Priester führte sie einen Korridor entlang, an dessen Ende sich eine Tür befand, die er öffnete. Das graue Dämmerlicht fiel durch bemalte Glasscheiben, eine einzige Weihkerze brannte in einem roten Gefäß, und Flynn sah, daß sie sich in der Kapelle der Abtei befanden. Der Priester zündete die Kerze eines Wandleuchters an und nahm sie aus dem Halter. »Folgen Sie mir zum Altar, aber seien Sie vorsichtig.«

Flynn half Maureen die Stufen zum Altarraum hinauf und beobachtete, wie der Priester ungeschickt nach einem Schlüssel suchte und, nachdem er ihn gefunden hatte, durch eine Tür hinter dem Altar verschwand. Flynn blickte sich prüfend in der Kirche um, aber er konnte in den dämmrigen Winkeln nichts Verdächtiges sehen oder hören. Ihm fiel auf, daß es weder nach Weihrauch noch nach Wachs roch, die Luft in der Kapelle war so frisch wie draußen. Vater Donnelly hatte ihm gesagt, die Abtei stünde leer. Vermutlich hatte man ihn hier als eine Art Verwalter zurückgelassen; andererseits war Vater Donnelly nicht der Typ Priester, den ein Bischof an solch einen entlegenen Ort verbannen würde, aber noch weniger war er der Typ, der aus Abenteuerlust verfolgte Mitglieder der IRA versteckte. Flynn runzelte nachdenklich die Stirn.

Der Priester erschien wieder mit der Kerze in der Hand. »Folgen Sie mir.« Er führte sie zu einer halboffenen schmiedeeisernen Tür hinter dem Altar. »Dies ist der Platz, den wir benutzen.« Er blickte die beiden Flüchtlinge an, um zu sehen, warum sie zögerten. »Die Krypta«, fügte er erklärend hinzu.

»Ich weiß, was eine Krypta ist«, sagte Flynn.

»Ja«, nickte Vater Donnelly. »Immer der erste Ort, den die Briten und die RUC durchsuchen. Kommen Sie.«

Flynn blickte in die unter ihm liegende Krypta. Eine Kerze in einem bernsteinfarbenen Glas, die dort anscheinend ständig brannte, erhellte die weißen Kalksteinwände und den Boden. »Wieso habe ich von dieser Abtei als Zufluchtsort erst heute nacht erfahren?«

Der Priester sagte leise, fast gleichgültig: »Weil Sie bis heute nacht keine Zuflucht brauchten.«

Typisches Priestergeschwätz, dachte Flynn. Er wandte sich zu Maureen um. Sie stand auf der obersten Stufe der steinernen Treppe, die zur Krypta führte, und er sah an ihrem Gesichtsausdruck, daß auch ihr Instinkt sie davor warnte, den unterirdischen Kapellenraum zu betreten. Aber die ihr anerzogene Ehrfurcht verbot ihr, einem Priester zu widersprechen, und so stieg sie zögernd die Treppe hinunter, und Flynn, nach einem kurzen Blick auf den Priester, folgte ihr. Vater Donnelly führte sie an den Gräbern der verstorbenen Äbte vorbei. Vor der bronzenen Tür einer der Gräberkammern, die die Inschrift *Fr. Seamus Cahill* trug, blieb er stehen, hielt die Kerze höher und trat ein. Ein hölzerner Sarg stand auf einem Steinsockel in der Mitte der Grabkammer.

Vater Donnelly reichte Flynn die Kerze und klappte den Sargdeckel hoch. Ein in schwere Tücher gewickelter Leichnam lag darin, das Leinen mit einer Schicht von grünem Schimmel bedeckt. »Stöcke und Stroh«, sagte er, griff in den Sarg und zog an einem verborgenen Hebel. Der Sargboden klappte mitsamt der daran befestigten falschen Leiche nach unten. »Ja, ja, ich weiß, sehr melodramatisch für unser Zeitalter, aber als das Versteck konstruiert wurde, war das notwendig und ziemlich gebräuchlich. Kommen Sie, steigen Sie hinunter. Dort ist die Treppe. Können Sie sie sehen? Gehen Sie unten den Gang entlang, bis Sie zu einer Kammer kommen. Leuchten Sie sich mit der Kerze den Weg, in der Kammer sind noch weitere Kerzen.«

Flynn stieg auf den Steinsockel, schwang sein Bein über den Sargrand, und sein Fuß fand die erste Stufe. Ein modriger, fauliger Gestank schlug ihm aus der Tiefe entgegen. Er blickte den Priester fragend an. »Es ist der Eingang zur Hölle, mein Sohn, aber fürchten Sie sich nicht.«

»Wir schulden Ihnen Dank«, murmelte Flynn.

»Ja, das tun Sie wohl. Aber beeilen Sie sich jetzt, ich möchte im Refektorium beim Frühstück sitzen, wenn sie kommen.«

Flynn ging einige Stufen hinunter, während Vater Donnelly Maureen den Sockel hinauf und über den Sargrand half. Flynn stützte sie mit einer Hand und hielt mit der anderen die Kerze hoch. Sie vermied beim Hinuntersteigen tunlichst, die falsche Leiche zu berühren. Vater Donnelly zog den Sargboden hoch, schloß den Deckel und verließ die Grabkammer, die bronzene Tür behutsam hinter sich schließend.

Flynn tastete nach Maureens Hand, und im Kerzenschein folgten sie dem schmalen, schulterbreiten, ungefähr fünfzehn Meter langen Gang, bis sie in eine Art Kammer gelangten. Flynn tastete sich an der Mauer entlang und entdeckte in unregelmäßigen Abständen einige Wandleuchter mit Kerzen, die er anzündete. Die Luft war feuchtkalt, und er konnte seinen Atem sehen. Er blickte sich langsam und aufmerksam um. »Merkwürdiger Ort.«

Maureen wickelte sich in eine graue Decke, die sie dort gefunden hatte, und setzte sich auf einen Hocker. »Was hast du erwartet, Brian — einen Salon?«

»Ich sehe, dir geht es besser.«

»Mir geht es saumäßig.«

Er inspizierte den sechseckigen Raum. An einer Wand hing ein keltisches Kreuz, darunter stand eine kleine Truhe auf einem hölzernen Untergestell. Flynn legte die Hand auf den staubigen Dekkel, aber öffnete ihn nicht. Er fragte: »Traust du ihm, Maureen?«

»Er ist ein Priester.«

»Priester sind wie andere Menschen.«

»Nicht ganz.«

»Nun, wir werden sehen.« Er fühlte plötzlich, wie ihn die Müdigkeit, gegen die er die ganze Zeit angekämpft hatte, überwältigte, und ließ sich auf den feuchten Boden neben der kleinen Truhe nieder. Er lehnte sich mit dem Rücken an die Wand und behielt den Gang im Auge. »Wenn wir in Long Kesh erwachen . . .«

»Dann ist es mein Fehler. Schon gut. Ruh dich jetzt aus.«

Flynn fiel in unruhigen Schlaf, öffnete ab und zu die Augen, um Maureen zu sehen, die in die Decke eingerollt neben ihm schlief. Er sprang auf, als er den Sargboden gegen die Mauer klappern hörte, und stellte sich an den Eingang. Im Lichtstrahl, der von der Krypta hereinfiel, sah er den Sargboden herunterhängen, mit der grotesken Nachbildung der Leiche, die wie eine Eidechse an einer Mauer klebte. Der Rumpf eines Mannes wurde sichtbar: schwarze Schuhe, schwarze Hosen, ein Priesterkragen und schließlich das Gesicht Vater Donnellys. Er balancierte ein Tablett über seinem Kopf. »Sie waren hier und sind wieder fort.«

Flynn ging ihm entgegen und nahm ihm das Tablett ab. Vater Donnelly schloß den Sarg, und gemeinsam gingen sie in die Kammer. Flynn stellte das Tablett auf einen niedrigen Holztisch.

Vater Donnelly sah sich in der Kammer mit dem prüfenden Blick eines besorgten Gastgebers um. Er starrte auf die schlafende Gestalt Maureens. »Ihr habt also einen Panzerwagen in die Luft gejagt? Ein reichlich gewagtes Unternehmen würde ich sagen.« Flynn antwortete nicht. »Nun, wie dem auch sei, sie haben eure Spur bis zu McGloughlins Hof verfolgt. Brave, britischtreue Protestanten, die McGloughlins; die Familie kam nach Irland mit Cromwells Armee. Noch einmal dreihundert Jahre, und sie werden meinen, das Land gehöre ihnen. Wie geht es Ihrer Begleiterin?«

Flynn beugte sich zu ihr. »Sie schläft.« Er berührte ihre Stirn mit der Hand. »Fiebrig.«

»Ich habe Penicillintabletten und einen Erste-Hilfe-Kasten mitgebracht.« Er griff in seine Tasche und zog eine kleine Flasche hervor. »Und einen Whisky, falls Ihnen danach zumute ist.«

Flynn ergriff die Flasche. »Selten ist mir mehr danach zumute gewesen.« Er zog den Korken heraus und nahm einen kräftigen Schluck.

Vater Donnelly rückte zwei Hocker an den Tisch und setzte sich. »Lassen wir sie schlafen, ich werde Ihnen beim Frühstück Gesellschaft leisten.«

Flynn setzte sich und beobachtete, wie der Priester mit den bedächtigen Bewegungen eines Mannes, der sein Essen und Trinken genoß, den Tee eingoß. »Wer war hier?«

»Die Briten und die RUC waren gemeinsam hier. Wie üblich hätte die RUC am liebsten alles auf den Kopf gestellt, aber der englische Offizier hielt sie zurück. Ein gewisser Major Martin. Kennen Sie ihn? Ziemlich berüchtigt. Jedenfalls haben alle ihre Rollen gut gespielt.«

»Freut mich ehrlich, daß jeder auf seine Kosten gekommen ist, tut mir nur leid, daß ich die Bande so früh aus den Betten geholt habe.«

»Wissen Sie, mein Junge, manchmal habe ich den Eindruck, daß die an diesem Krieg Beteiligten sich im Grunde genommen gegenseitig schätzen. Ein wenig Aufregung ist hin und wieder gar nicht unerwünscht.«

Flynn betrachtete den Priester erstaunt. Endlich einmal ein Mann, der sich und anderen nichts vorlog. »Wie kommen wir hier raus?« fragte er, den heißen Tee schlürfend.

»Noch hocken sie mit den Feldstechern hinter den Hecken, aber nach zwei Tagen werden sie's satt haben. Und dann können Sie verschwinden. Bei Nacht natürlich.«

»Wer läßt sich schon bei Tag sehen?«

Der Priester lachte. »Ah, Mr . . .«

»Cocharan.«

»Oder was auch immer. Aber sagen Sie mir, wann wird dies alles endlich aufhören?«

»Wenn die Briten abziehen und die sechs nördlichen Grafschaften mit den sechsundzwanzig südlichen vereint sind.«

Der Priester stellte seine Teetasse ab. »Stimmt nicht, mein Junge. Das eigentliche Ziel der IRA, der zutiefst verborgene geheime Wunsch der Katholiken ist, alle Protestanten nach England und Schottland zurückverfrachten — es ist doch alles nur Gerede, daß wir nach der Wiedervereinigung friedlich wie die Turteltauben zusammenleben werden. Aber wie soll man zum Beispiel die McGloughlins in ein Land zurückschicken, das sie seit dreihundert Jahren nicht gesehen haben?«

»Aber das ist doch alles kompletter Unsinn.«

Der Priester zuckte die Achseln. »Mir persönlich ist es gleichgültig. Ich möchte nur, daß Sie mit sich ins reine kommen.«

Flynn lehnte sich über den Tisch. »Warum setzen Sie sich für uns ein? Die katholische Geistlichkeit hat die Rebellion gegen die Briten nie unterstützt. Warum riskieren Sie die Internierung?«

Vater Donnelly blickte Flynn ruhig an. »Ich setze mich nicht für die Dinge ein, die Ihnen so viel bedeuten. Ihre Politik, ja selbst die Politik der katholischen Kirche, ist von keinerlei Interesse für mich. Meine Rolle ist, Schutz zu bieten, einen Zufluchtsort in einem dem Wahnsinn verfallenen Land.«

»Jedem? Einem Mörder, wie ich es bin? Einem Protestanten? Einem britischen Soldaten?«

»Jedem, der mich um Hilfe bittet.« Er stand auf. »In dieser Abtei lebten einst fünfzig Mönche, jetzt bin ich hier allein.« Er hielt inne und blickte auf Flynn hinunter. »Diese Abtei hat eine begrenzte Zukunft, Mr. Cocharan, aber eine reiche Vergangenheit.«

»So wie Sie und ich, Vater. Aber hoffentlich nicht wie unser Land.«

Der Priester schien ihn nicht gehört zu haben, er fuhr fort: »Diese Kammer war einst der Lagerkeller eines alten keltischen Bruidean-Hauses. Kennen Sie den Ausdruck?«

»Ja, vage.«

»Es bedeutet, das Haus der Geiseln. Ein sechseckiges Gebäude, an einer Stelle errichtet, wo sechs Wege sich treffen. Zufällig — oder vielleicht nicht so zufällig — sind Kapitelsäle traditionsgemäß vieleckig. Der Kapitelsaal, den wir durchquert haben, wurde auf diesen alten keltischen Grundmauern errichtet.« Er wies nach oben. »Hier in dem Bruidean-Haus konnten Reisende oder Flüchtlinge Zuflucht finden vor den kalten, dunklen Straßen, geschützt durch Tradition und durch königliches Gesetz. Die frühen Kelten waren nicht so barbarisch, wie man denkt.« Er blickte Flynn an. »Sie sehen also, Sie sind an den richtigen Ort gekommen.«

»Und Sie haben beschlossen, auf eigene Faust Heidentum und christliche Barmherzigkeit zu vereinen?«

Der Priester lächelte. »Der irische Katholizismus war immer eine Mischung aus Heidentum und Christentum. Die frühen Christen nach dem heiligen Patrick bauten ihre Kirchen absichtlich auf alten, den Druiden geheiligten Orten, wie diesen hier. Ich nehme an, daß die frühen Christen das Bruidean-Haus niederbrannten und auf den Grundmauern eine primitive Kirche errichteten. Man kann immer noch die verkohlten alten Steine erkennen. Dann kamen die Wikinger und zerstörten das ursprüngliche Kloster, und das wiederaufgebaute wurde von den britischen Truppen unter Cromwell dem Erdboden gleichgemacht. Dann entstand diese Abtei — sie wird die letzte sein.«

Der Priester sah ihn lange und nachdenklich an, dann sagte er leise: »Ich glaube, Sie sollten Ihre Begleiterin wecken, bevor der Tee kalt wird.«

Flynn stand auf und ging zu Maureen hinüber, kniete sich neben sie hin und schüttelte sie sanft. »Tee.«

Sie öffnete die Augen. Er sagte: »Halt dich an mir fest.« Er zog sie hoch und führte sie behutsam zum Tisch. »Wie fühlst du dich?«

Sie blickte sich in dem kerzenbeleuchteten Raum um. »Besser.«

Flynn goß ihr Tee ein, und Vater Donnelly fischte eine Pille aus einem Glasröhrchen. »Nehmen Sie die.«

Sie schluckte die Pille und trank ihren Tee. »Sind die Briten hier gewesen?«

Der Priester befühlte ihre Stirn. »Gekommen und gegangen. In zwei, drei Tagen können Sie sich wieder auf den Weg machen.«

Sie musterte ihn. Warum hatte er sich Flynns und ihrer so selbstverständlich angenommen, wissend wer sie waren und was sie getan hatten? Sie fühlte sich plötzlich unehrenhaft. Wann immer ihre Tätigkeit Leuten, die nicht zur »Bewegung« gehörten, zu Ohren kam, fühlte sie keinen Stolz, sondern Scham, und das war irgendwie verkehrt. »Können Sie uns helfen?«

»Aber das tue ich bereits, mein Kind. Essen Sie eine Kleinigkeit.«

»Nein, ich meinte . . . Können Sie uns . . . aus dem ganzen Schlamassel . . . retten?«

Der Priester nickte. »O ja, das kann ich, wenn Sie es wollen, es ist nicht mal besonders schwierig.«

Flynn schien ungeduldig. »Wenn Sie Seelen retten wollen, Vater, dann ist das Ihre Sache. Ich brauche Schlaf. Aber ich danke Ihnen für alles.«

»Nichts zu danken.«

»Können Sie uns noch einen Gefallen tun? Ich werde Ihnen eine Telefonnummer geben. Würden Sie bitte der Person, die den Hörer abhebt, berichten, wo wir sind. Sagen Sie, Brian und Maureen brauchen Hilfe, und lassen Sie mich die Antwort wissen.«

»Ich werde den Apparat im Dorf benutzen, falls dieser angezapft ist.«

Flynn lächelte anerkennend. »Sollte ich ein wenig barsch klingen . . .«

»Machen Sie sich darüber keine Sorgen.« Er wiederholte die Nummer, die Flynn ihm gab, wandte sich um und verschwand durch den dunklen Gang.

Flynn nahm die Whiskyflasche und goß einen Schluck in Maureens Teetasse. Sie schüttelte ungeduldig den Kopf. »Nicht zusammen mit Penicillin, Brian.«

Flynn nickte. »Du hast recht, laß mich die Wunde sehen.«

Sie erhob sich mühsam, zog den feuchten Pullover über den Kopf und ließ ihn auf den Hocker fallen. Flynn sah, daß sie Schmerzen hatte, als sie ihren blutdurchtränkten Büstenhalter auszog. Er nahm die Kerze vom Tisch und betrachtete den klaffenden Riß, der sich seitwärts von der rechten Brust bis zur Achselhöhle hinzog. Drei Zentimeter mehr nach links, und sie wäre tot gewesen. »Nicht mehr als 'ne Schramme«, sagte er beruhigend.

»Ich weiß.«

»Hauptsache ist, wir brauchen keinen Arzt.« Die Wunde hatte durch die Bewegung des Ausziehens wieder zu bluten angefangen, und er konnte sehen, daß sie mehrmals vorher schon geblutet hatte und verharscht war. Er verband die Wunde, während sie mit erhobenem Arm vor ihm stand. »So, fertig, jetzt leg dich hin und wickle dich gut in die Decke ein.«

Sie sank erschöpft zu Boden und blickte ihn im flackernden Kerzenlicht an. Sie zitterte vor Kälte, Feuchtigkeit und Fieber. Ihre ganze rechte Seite schmerzte, das Essen hatte ihr Übelkeit verursacht, aber sie war durstig. »Wir leben wie die Tiere, wir lekken unsere Wunden, wir sind von der Menschheit abgeschnitten, von . . .«

»Gott? Bitte, Maureen, fang du nicht mit diesem läppischen Popengeschwätz an. Tritt der anglikanischen Kirche bei — dann hast du deinen Gott und deine Ehrbarkeit, dann kannst du mit wohltätigen Damen beim Tee zusammensitzen und dich über die Mordtaten der IRA empören.«

Sie schloß die Augen, aber unter ihren Lidern quollen Tränen hervor. »Ich liebe dich . . .«

Als er sah, daß sie schlief, nahm er ihre Teetasse mit dem Rest des Whiskys und leerte sie, dann inspizierte er den Keller. Er betrachtete wieder die Wände und sah die Brandspuren. Wie oft hatte man diese Abtei niedergebrannt? Warum war dieser Ort den Druiden wie den Christen heilig? Welcher Geist hauste hier im Herzen der Erde? Er trug die Kerze zu der kleinen Holztruhe und musterte sie. Nach einigem Zögern hob er den Deckel.

Das Innere barg Kalksteinscherben mit keltischen Inschriften, einige nicht identifizierbare Metall-, Bronze- und Eisenfragmente und einen flachen Stein mit einer eingeritzten stilisierten Rose. Er schob diese Dinge beiseite, und ein großer ovaler, mit Grünspan überzogener Ring kam zum Vorschein. Er steckte ihn an seinen Mittelfinger. Er paßte genau. Er ballte die Hand zur Faust und musterte den Ring eingehend. Unter einer Krone konnte er ein primitiv geformtes bärtiges Gesicht, eingerahmt von keltischer Schrift, ausmachen. Er rieb mit dem Finger mehrmals über den Ring, um den Grünspan zu entfernen. Das grobe Gesicht starrte ihm entgegen wie die Kinderzeichnung eines besonders schreckenerregenden Mannes. Die Kammer drehte sich plötzlich vor seinen Augen, seine Knie gaben nach, er spürte noch, daß er zu Boden fiel, dann wurde es schwarz um ihn.

4

Flynn erwachte, und ein Gesicht starrte auf ihn herunter. »Es ist Mittagszeit«, sagte Vater Donnelly. »Ich bringe Ihnen etwas zu essen.«

Flynns Augen richteten sich auf das rötliche Gesicht des Priesters, und er sah, daß dieser auf den Ring an seinem Finger starrte. Er stand auf und sah um sich. Maureen saß an dem niedrigen Holztisch in einem neuen Pullover und löffelte heiße Suppe aus einem tiefen Teller. Der Priester war offensichtlich schon vor einiger Zeit gekommen, was Flynn verärgerte. Er ging zum Tisch und setzte sich Maureen gegenüber. »Geht's besser?«

»Viel besser.«

Vater Donnelly zog einen Hocker heran und sagte: »Darf ich mich dazusetzen?«

»Wir sitzen an Ihrem Tisch und verzehren Ihr Essen.«

Der Priester lächelte. »Man gewöhnt sich nie daran, allein zu essen.«

Flynn nahm einen Löffel. »Warum gibt man Ihnen keinen Mönch — oder dergleichen — zur Gesellschaft?«

»Oh, ich habe einen Laienbruder, der mir hilft, aber er ist in den Ferien.« Er lehnte sich vor. »Ich sehe, Sie haben den Schatz der Weißdornabtei entdeckt.«

Flynn erwiderte zwischen zwei Bissen. »Tut mir leid, ich konnte nicht widerstehen.«

»Verständlich.«

Maureen hob den Kopf. »Über was redet ihr, bitte?«

Flynn zog den Ring vom Finger und reichte ihn ihr und wies mit dem Kopf auf die offene kleine Truhe. Sie prüfte eingehend den Ring und gab ihn Vater Donnelly weiter. »Was für ein seltsames Schmuckstück.«

Vater Donnelly sagte fast geistesabwesend: »Ja, so erstaunlich groß.«

Flynn füllte Guinness in sein Glas. »Von wo stammt der Ring?«

»Aus heidnischer Zeit. Und wenn Ihnen romantische Geschichten gefallen: man sagt, es sei der Ring eines königlichen Kriegers, eines Feniers. Ganz gewiß ist es der Ring eines Mannes — und keines gewöhnlichen Mannes.«

Flynn nickte. »Vielleicht MacCumails Ring?«

»Warum nicht? Wer anders als er würde es wagen, einen größeren Ring als diesen zu tragen?«

Flynn lächelte. »Sie haben eine heidnische Ader, Vater. Hat der heilige Patrick nicht alle Fenier zur Hölle verdammt? Was für Verbrechen haben sie begangen?«

»Keine Verbrechen, außer daß sie zur falschen Zeit geboren wurden — wie so viele von uns.«

»Nicht schlecht formuliert«, sagte Flynn anerkennend. Er fing an, diesen Priester zu mögen, der sein eigenes Dogma ad absurdum führen konnte.

Der Priester stützte sich mit den Handflächen auf den niedrigen Tisch. »Als Oisin, der Sohn von MacCumail, aus den Gefilden der ewigen Jugend zurückkehrte, fand er ein christliches Irland vor. Der tapfere Krieger war verwirrt und traurig. Oisin widersetzte sich der geordneten christlichen Gemeinschaft und sehnte sich nach der ungehemmten Lebenslust Eirins — sogar den ursprünglichen Namen hatte man seinem Heimatland geraubt. Sollten er und seine Ahnen heute nach Ulster kommen, würde ihnen dieser Krieg zwischen zwei christlichen Glaubensrichtungen das größte Vergnügen bereiten; und sie würden zweifellos die neuen Heiden unter uns sofort erkennen.«

»Meinen Sie damit mich?«

Maureen schenkte Tee in die drei Tassen ein. »Er spricht zu dir, Brian.«

Vater Donnelly erhob sich. »Ich trinke meinen Tee immer im Refektorium.«

Maureen sprang auf. »Bitte, gehen Sie nicht!«

»Ich muß leider.« Seine Stimme klang plötzlich nicht mehr väterlich, sondern geschäftsmäßig. Er wandte sich direkt an Flynn. »Ihre Freunde möchten, daß Sie die nächsten zwei Tage noch hierbleiben, danach werden sie sich mit mir in Verbindung setzen und mich über den Fluchtplan informieren. Irgendeine weitere Mitteilung?«

»Keine.«

Maureen blickte erst Flynn, dann Vater Donnelly an. »Ja, ich habe eine weitere Mitteilung. Sagen Sie ihnen, ich will eine gesicherte Fahrt nach Dublin, einhundert Pfund und eine Arbeitserlaubnis in der Republik.«

Der Priester machte eine zustimmende Kopfbewegung, dann wandte er sich zum Gehen, hielt aber plötzlich inne und kam zurück. Er legte den Ring auf den niedrigen Tisch. »Mister . . .?«

»Cocharan.«

»Ach ja, richtig. Behalten Sie diesen Ring.«

»Warum?«

»Weil Sie ihn haben wollen und ich nicht.«

»Es ist eine wertvolle Reliquie.«

»Und in gewissem Sinn sind Sie das auch.«

»Ich werde Sie nicht fragen, was Sie damit sagen wollen.« Flynn stand auf, sekundenlang bohrte sein Blick sich in die Augen Vater Donnellys, dann nahm er den Ring vom Tisch und steckte ihn sich an den Finger. Verschiedene neue Gedanken nahmen in seinem Gehirn Form an, aber er konnte sie von nun an nicht einmal mehr mit Maureen teilen. »Ich danke Ihnen«, sagte er zum

Priester gewandt. Dann sah er den Ring an. »Irgendein Fluch, der auf ihm liegt und den ich kennen sollte?«

Der Priester antwortete: »Es wäre ratsam, dies vorauszusetzen.« Er betrachtete das Paar, das vor ihm stand. »Ich kann das Leben, das Sie beide führen, nicht gutheißen, aber ich hoffe, eure Liebe füreinander stirbt nie. Liebe in einem lieblosen Land ist so wichtig.« Er drehte sich abrupt um und ging.

Flynn wußte, daß Maureen während seines Erschöpfungsschlafs mit dem Priester gesprochen hatte. Er fand es schwierig, mit den sich überstürzenden Ereignissen der letzten Stunden Schritt zu halten. Wer war die alte Dame im Bus gewesen? Wieso hatte er nie von dieser Abtei gehört? Wer war dieser Priester, der sich Vater Donnelly nannte und mit heidnischen Überlieferungen argumentierte, um christlich zu handeln? Zum erstenmal in seinem Leben war er seiner selbst nicht mehr sicher, aber vor allem hatte er Angst, Maureen zu verlieren. Er schloß sie in die Arme: »Geh nicht nach Dublin!«

Sie schüttelte traurig den Kopf.

»Ich bitte dich nicht nur meinetwegen zu bleiben . . . wenn du fortgehst, dann . . .«

»Ich weiß, was du sagen willst. Wenn ich nach Dublin gehe, kannst du mich nicht mehr beschützen. Einmal dabei, immer dabei! Aber glaub mir, im Moment ist es besser für uns beide . . . und irgendwann, Brian . . . irgendwo im Süden Irlands wird es ein Haus am Meer geben . . .«

»Vermutlich hast du recht. Du bist klüger als ich . . . vermutlich müssen unsere Wege sich trennen — vorläufig . . .«

Klang seine Stimme sarkastisch oder traurig? Sie wußte es nicht. Und diese Abtei — obwohl sie ihnen Sicherheit bot — war ihr unheimlich. Sie wollte fort, das Töten und Morden hinter sich lassen. Sie blickte auf den Ring an Brians Finger. »Leg ihn in die Truhe zurück zu all dem anderen Zeug.«

»O nein, Maureen, ich nehme nicht nur den Ring, sondern ich nehme auch den Namen an.«

»Welchen Namen?«

»Einen neuen Decknamen — Finn MacCumail.«

Fast hätte sie gelacht. »O Brian, in jedem anderen Land würde man dich für einen Irren halten, aber in Nordirland findet dich jeder normal.«

Er betrachtete sie im sanften Schein der Kerzen und fand sie schöner als je zuvor, sein Herz krampfte sich zusammen bei der Idee, sie zu verlieren. Er wandte sich um und ging zu der kleinen Truhe und nahm den Stein mit der eingeritzten stilisierten Rose heraus und gab ihn ihr. »Ich weiß nicht, ob ich dich je wiedersehe, aber nimm die Rose aus diesem seltsamen heidnischen Schatz und vergiß nicht — ich liebe dich.«

»Aber, Brian — wir werden uns wiedersehen . . . eines Tages wirst auch du diesen Kampf satt haben.«

»Das bezweifle ich.« Er strich ihr über das Haar. »Ich traue diesem Priester noch immer nicht.«

»O Gott, Brian, er hat uns das Leben gerettet, er ist ein Helfer der Menschheit.«

»Er ist nicht so, wie er sich gibt. Irgend etwas an ihm stimmt nicht . . . und wir sind noch nicht frei . . .«

»Nein, das sind wir nicht.«

»Maureen, wenn etwas passiert und wir keine Zeit haben, uns adieu zu sagen, du weißt . . .«

Sie nickte und rieb geistesabwesend mit dem Daumen über die in den Stein eingeritzte Rose. »Noch etwas Tee?«

Sie saßen sich schweigend gegenüber und tranken ihren Tee.

Flynn stellte die leere Tasse auf den Tisch. »Deine Schwester . . .«

Sie schüttelte den Kopf. »Wir können nichts mehr für sie tun.«

»Vermutlich nicht.«

»Ich will nicht, daß noch mehr Menschen sterben . . .«

»Vielleicht gibt es noch eine andere Möglichkeit . . .« Er versank in tiefes Nachdenken, dann sagte er: »Die Schlüssel zu dem Gefängnis in Ulster sind in Amerika.«

Einen Monat später, als der Frühling das Land überzog, drei Wochen nachdem Maureen nach Dublin abgereist war, mietete Brian Flynn einen Wagen und fuhr zur Abtei, um sich bei Vater Donnelly zu bedanken. Doch er fand die Tore der Abtei geschlossen, und niemand antwortete auf sein Klingeln. Ein Bauer auf einem Traktor hielt an und sagte ihm, daß die Abtei seit Jahren unbewohnt sei, und fügte gleichgültig hinzu, daß die Diözese ein paar Dorfbewohner bezahle, um gelegentlich nach dem Rechten zu sehen.

NEW YORK

5

Brian Flynn stand in der schwarzen Kleidung eines katholischen Priesters im dämmerigen Morgenlicht vor dem Eingang zum südlichen Querschiff der St.-Patricks-Kathedrale. Er trug ein kleines, in weißes Papier eingewickeltes Paket, das mit Kleeblättern geschmückt war — dem grünen Wahrzeichen Irlands. Einige alte Frauen und zwei Männer standen neben ihm am Fuß der Steinstufen, eng zusammengedrängt, um sich vor der Kälte zu schützen.

Eine der zwei großen Querschifftüren öffnete sich, der Kirchendiener streckte den Kopf heraus und nickte. Die Gruppe stieg die Stufen hinauf, ging durch die seitliche Vorhalle und betrat die Kirche. Brian Flynn folgte ihnen.

Im Inneren der Kathedrale kniete Flynn an der Kommunionbank nieder. Überall im erhöhten marmornen Altarraum waren Sträuße mit grünen Nelken verteilt. Er betrachtete nachdenklich die festliche Dekoration. Es war vier Jahre her, daß er die Weißdornabtei bei Nacht verlassen hatte; es war vier Jahre her, daß er Maureen nicht mehr gesehen hatte. Heute würde er sie wiedersehen — vielleicht zum letzten Mal. Er stand auf und ging zum Hauptportal der Kathedrale, steckte die rechte Hand in die Tasche seines schwarzen Mantels und fühlte das kalte Metall seiner Pistole.

Vater Timothy Murphy verließ sein Zimmer im Pfarrhaus und schritt den unterirdischen Gang entlang, der das Pfarrhaus mit der Kathedrale verband. Er erreichte die getäfelte Tür am Ende des Korridors, öffnete sie, betrat einen dunklen Raum und drehte den Wandschalter an. Ein weiches Licht ergoß sich über das Marmorgewölbe der Sakristei. Er begab sich zum Altar im hinteren Teil der Sakristei und kniete nieder. Er richtete sein Gebet an den heiligen Patrick, dessen Festtag heute begangen wurde, und bat ihn wie jedes Jahr um Frieden in Nordirland. Anschließend flehte er den Schutzheiligen um gutes Wetter für die Parade an, und daß dieser Tag ohne Zwischenfälle und ohne trunkene Exzesse vorbeigehen möge.

Er machte das Zeichen des Kreuzes, erhob sich, durchquerte die Sakristei und stieg einige Marmorstufen hinauf. Dort blieb er stehen, schloß ein zweiteiliges Messinggitter auf, rollte die Gitterflügel auf ihren Schienen in die Marmorbögen und setzte seinen Aufstieg fort. Auf dem ersten Absatz blieb er stehen und blickte durch eine verglaste Tür in die Krypta, wo die Überreste der früheren Erzbischöfe New Yorks ruhten. Ein weiches gelbes Licht brannte irgendwo im Zentrum der Krypta.

Die Treppe teilte sich an diesem Punkt, er wählte den linken Aufgang. Vor dem Altar beugte er das Knie, ging zur Kanzel und stieg die marmorne Wendeltreppe hinauf. Unter dem bronzenen Baldachin hoch über den Kirchenbänken blieb er stehen.

Durch die hohen bunten Glasfenster der riesigen Kathedrale, die einen ganzen Häuserblock einnahm, fiel das frühe Morgenlicht. Vater Murphy ließ seinen Blick über die wenigen Gläubigen schweifen. Ungefähr ein Dutzend knieten verstreut in dem von massiven Pfeilern getragenen Gotteshaus, ein jeder allein mit sich und dem Herrn. Er blickte hinauf zu der großen Empore mit der Orgel über dem Hauptportal. Die riesige Orgel wirkte wie eine Miniaturkathedrale, ihre Tausende von Pfeifen ragten vor dem großen Rosettenfenster wie unzählige Türme empor.

Vater Murphy zog seine getippte Predigt aus der Tasche, legte sie auf die geöffnete Bibel auf dem Pult und adjustierte das Mikrophon. Er blickte auf die Uhr. Sechs Uhr vierzig. Zwanzig Minuten bis zur Frühmesse.

Befriedigt, daß alles in Ordnung war, blickte er wieder um sich und bemerkte einen hochgewachsenen Priester, der am Altar der heiligen Brigitte stand. Er war ihm unbekannt, aber die St.-Patricks-Kathedrale würde an diesem Tag von vielen fremden Geistlichen besucht werden. Dieser Priester jedoch schien die Kathedrale eher wie ein Tourist zu betrachten. Ein einfacher Landpfarrer, überwältigt von der Größe der Kathedrale, so wie ich es vor Jahren war, dachte Vater Murphy. Obwohl — eine Aura fast aufdringlichen Selbstbewußtseins umgab diesen Mann. Er wirkte nicht ehrfurchtsvoll, sondern eher kritisch, so als hätte er die Absicht, das Gebäude zu kaufen, wäre aber mit einigen Details unzufrieden.

Vater Murphy stieg von der Kanzel hinunter, warf einen prüfenden Blick auf die grünen Nelkensträuße, knipste eine Blüte ab und steckte sie ins Knopfloch seines Mantels, während er durch das Mittelschiff schritt. In der großen Vorhalle unter dem Glokkenturm ging er so nah an dem hochgewachsenen Priester vorbei, daß irgendein Begrüßungswort angebracht schien. Er blieb stehen und sagte lächelnd: »Guten Morgen, Vater.«

Der große Priester starrte ihn an. »Morgen.«

Vater Murphy überlegte, ob er ihm die Hand reichen sollte, aber der andere Priester hatte seine rechte Hand tief in seine Manteltasche vergraben und hielt eine Geschenkpackung unter dem linken Arm; daher begnügte sich Vater Murphy mit einem Kopfnicken und setzte seinen Weg zum Hauptportal fort. Er schob den großen Riegel zurück, stieß die Tür auf und trat auf die breite oberste Stufe der Kathedrale. Seine klaren blauen Augen glitten über die Fifth Avenue hinweg und hinauf zum International Building des Rockefeller Center. Ein paar Sonnenstrahlen glitzerten auf den bronzenen Dekorationen des Gebäudes. Es würde ein sonniger Tag werden für die Iren, ein großartiger Tag.

Er blickte nach rechts. Von Norden her näherte sich ein Fahrzeug mit blinkenden Gelblichtern. Es gab zischende Geräusche von sich, als es der Kathedrale gegenüber hielt, und Murphy sah einen Farbstreifen von der Rückseite des Fahrzeugs fließen, der die weiße Mittellinie der Fifth Avenue mit einem kräftigen Grün — der Nationalfarbe Irlands — überdeckte.

Sein Blick blieb auf der riesigen bronzenen Statue des Atlas haften, die gegenüber auf der anderen Straßenseite vor dem International Building stand. Die Figur hielt in der bekannten klassischen Pose die Weltkugel auf ihren Schultern — heroisch, aber sehr heidnisch. Er mochte die Statue nicht, sie war ihm ein Dorn im Auge, aber nicht nur sie; das gesamte Rockefeller Center, dieser Koloß, der die marmornen Türme der Kathedrale überragte und zur Verherrlichung des Egos eines einzigen Menschen errichtet worden war, verhöhnte seiner Meinung nach seine Kirche.

Brian Flynn öffnete eine Eichentür in der Vorhalle unter dem Glockenturm und betrat einen kleinen Fahrstuhl; er drückte den einzigen Knopf, und der Fahrstuhl setzte sich in Bewegung. Flynn trat in den Übungsraum des Kirchenchors, durchquerte ihn, bis er zur Empore gelangte, lehnte sich über die Brüstung und blickte auf das Meer von Kirchenbänken hinunter und dann auf den erhöhten Altarraum, dessen Marmor und bronzene Verzierungen matt schimmerten, von einer unsichtbaren Lichtquelle erhellt. Die Statue des heiligen Patrick gegenüber der Kanzel schien ihn anzusehen. Hinter dem nelkengeschmückten Hochaltar sah er die gerundete Apsis der Marienkapelle, deren hohe, schmale glasbemalte Scheiben in der Sonne leuchteten. Von den zahlreichen Seitenaltären flackerten Opferkerzen.

Wenn es die Absicht der Erbauer gewesen war, eine mystische Atmosphäre zu schaffen und die Menschen daran zu erinnern, wie unbedeutend sie in den Augen des Allmächtigen waren, dann hatten sie ihre Absicht mit dieser neogotischen Konstruktion voll erreicht. Sogar auf Flynn übte das Innere des Gotteshauses diese Wirkung aus — Erinnerungen an seine katholische Kindheit überfielen ihn, und längst vergessene Regungen trübten seine Gedanken. Aber außerhalb der Kathedrale lag die Welt, und die konnte ihn nicht herabwürdigen, seinen Verstand und seinen Geist nicht täuschen. Er warf einen letzten, fast zornigen Blick auf das Kirchenschiff, dann ging er zu einer kleinen Tür seitlich der Empore und öffnete sie. Eiskalte Luft schlug ihm entgegen, und er fröstelte, als er den Glockenturm betrat. Sobald seine Augen sich ans

Dunkel gewöhnt hatten, stieg er die schmale Wendeltreppe hinauf. Mit der einen Hand stützte er sich aufs Geländer, in der anderen hielt er das Päckchen.

Der Turm war dunkel, außer dem schwachen Licht, das durch kleine Öffnungen eindrang. Im oberen Teil hörte die Treppe auf, und es gab nur noch Leitern, die immer wackliger wurden, je höher er stieg. Auf einem der aus Bretterplanken bestehenden Absätze direkt unter dem ersten Glockenstuhl machte er halt und sah sich um. Es war ein gespenstischer Ort. Die Geräusche von der Straße klangen hier ganz anders, so als kämen sie direkt aus dem Turminneren. Und auch die Zugluft war irgendwie unheimlich. Er konnte sich nicht erklären, woher sie wehte, fast schien es, als hätte die Kathedrale ihre eigene Lunge — der überirdische Atem des heiligen Patrick? Aber dieser Atem, er wußte nicht warum, wirkte nicht heilig, sondern eher satanisch auf ihn. Er hatte das gleiche in der Weißdornabtei gespürt und erst später erkannt, daß dieses Etwas, das die Gläubigen für die Gegenwart des Heiligen Geistes hielten, auf die Ungläubigen ganz anders wirkte.

Er versuchte, sich eine Zigarette anzuzünden, aber die Streichhölzer verloschen sofort. Ihr kurzes Aufflammen erhellte sekundenlang die kleine vieleckige Turmkammer, und wiederum mußte er an die Weißdornabtei denken, an das unterirdische Gelaß, dessen Eingang ein falscher Sarg gewesen war. Er rieb mit dem Finger über den Ring, den er noch immer trug, und vor seinem geistigen Auge erstand Maureen, so wie er sie das letzte Mal gesehen hatte: verängstigt, krank und traurig, weil sie sich von ihm trennen mußte. Was würden wohl ihre ersten Worte nach diesen vier Jahren sein?

Er blickte auf seine Armbanduhr, in zehn Minuten würden die Glocken das Angelus läuten, und wenn er sich dann noch hier befände, würde ihm das Trommelfell platzen. Er stieg die nächste Leiter hinauf und spürte plötzlich den Drang, einen gotteslästerlichen Fluch auszustoßen, um die Geister aus ihrer Ruhe aufzuscheuchen, um sie wissen zu lassen, daß Finn MacCumail nahte.

Die Leiter führte in den ersten Glockenstuhl, wo drei der neunzehn bronzenen Glocken der Kathedrale an einem Querbalken hingen. Flynn blickte wieder auf seine Uhr. Acht Minuten vor sieben. Er legte seine Taschenlampe auf den Querbalken und entfernte schnell das Papier von dem Päckchen. Ein schwarzes Metallkästchen kam zum Vorschein. Er fand die elektrische Leitung, die unter dem Querbalken entlanglief, durchschnitt sie und befestigte die beiden Enden an den Anschlußklemmen des Metallkästchens. Dann stellte er die Zeituhr auf abends fünf Uhr ein. Er zog an der Lichtschnur — eine Birne flammte auf, und die Uhr fing in dem stillen Raum laut zu ticken an. Er berührte eine der bronzenen Glocken, fühlte ihre Kälte und dachte, daß heute womöglich der letzte Tag war, an dem New York ihr Läuten vernehmen würde.

6

Maureen Malone stand nackt vor dem langen Spiegel des Badezimmers, Wassertropfen perlten von ihrem Gesicht und Körper und glitzerten im harten Licht. Sie hob den rechten Arm und betrachtete die rote, gezackte Narbe, die von der Achselhöhle entlang der rechten Brust lief. Mein Gott, was für einen Schaden so eine kleine Kugel anrichten konnte. Eine Zeitlang hatte sie plastische Chirurgie in Betracht gezogen, aber die Wunde hatte auch eine Narbe auf ihrer Seele hinterlassen, und dorthin reichte keines Chirurgen Hand.

Sie hüllte sich in ein Badetuch, ging ins Schlafzimmer, schritt langsam über den dicken Teppich zum Fenster, zog die schweren Vorhänge auf und blickte aus dem 42. Stockwerk des Waldorf Astoria Hotels hinunter auf die Stadt. Breite Straßen und Brücken führten über das Wasser und durchkreuzten das flache Land, das die Insel von Manhattan umgab. Auf der Insel selbst drängten sich unvorstellbar hohe Gebäude dicht aneinander. Sie musterte eingehend die sie umgebenden Gebäude, bis ihr Blick an der in kaltes blaues Licht gebadeten Kathedrale haften blieb. Die Apsis lag ihr genau gegenüber, das Hauptportal führte auf eine breite Avenue. Die beiden Türme wirkten wie ziseliert inmitten der plumpen Bauten, die sie umgaben. Der Verkehr war schon ziemlich dicht, was zu dieser frühen Morgenstunde verwunderlich war.

Das Licht blendete ihre Augen, und ihre Gedanken kehrten zu dem Diner zurück, das gestern abend unten im Hotel stattgefunden hatte und bei dem sie die Gastrednerin gewesen war. Was hatte sie diesen Damen und Herren von Amnesty International eigentlich erzählt? Daß sie für die Lebenden und Toten Irlands spräche? Und welches ihr spezielles Anliegen sei, hatte man sie gefragt. Die Briten zu veranlassen, die aufgrund des Ausnahmegesetzes inhaftierten Männer und Frauen Nordirlands freizulassen, denn nur dann würden ihre ehemaligen Kampfgenossen bereit sein, über eine friedliche Lösung des nordirischen Problems zu sprechen.

Die Zeitungen hatten geschrieben, daß ihr gemeinsames öffentliches Auftreten mit dem britischen Generalkonsul in New York, Sir Harold Baxter, sich als historisches Ereignis herausstellen könnte. Noch niemals hatte ein Kardinal jemand auch nur annähernd Politischem gestattet, neben ihm auf den Stufen der Kathedrale zu stehen. Die politischen Führer stiegen jeweils nur kurz die

Stufen hinauf, um dem Kirchenfürsten ihre Ehrerbietung zu erweisen, und schlossen sich dann wieder der Parade an, um zu der vierzehn Häuserblocks weit entfernten Tribüne zu marschieren. Aber sie, Maureen Malone, ehemalige IRA-Terroristin, war vom Kardinal aufgefordert worden, an seiner Seitc zu stehen. Aber hatte Jesus nicht auch Maria Magdalena verziehen? Und war das nicht der eigentliche Sinn der christlichen Botschaft? Der Vergleich mit der berühmten Hure gefiel ihr nicht besonders. Aber der Kardinal hatte einen aufrichtigen Eindruck gemacht.

Sir Harold Baxter war die ganze Angelegenheit so unangenehm wie ihr, soviel war ihr klar, aber ohne die Erlaubnis des Foreign Office hätte er nie zugestimmt, und das bewies eine gewisse Verhandlungsbereitschaft. Friedensinitiativen, im Gegensatz zu Kriegsinitiativen, kamen immer so zögernd und zaghaft in Gang.

Sie fröstelte plötzlich, und ihr Blick fiel wieder auf die blau beleuchtete Kathedrale. Sie versuchte sich vorzustellen, wie der Tag enden würden, aber es gelang ihr nicht, und das jagte ihr Angst ein. Ein kalter Schauer lief ihr den Rücken hinunter, aber er rührte nicht von der kühlen Morgenluft her. Sie erinnerte sich an das Motto der IRA — einmal dabei, immer dabei. Instinktiv wußte sie, daß Brian Flynn in der Stadt war, und sie wußte auch, daß er ihr einen Strich durch die Rechnung machen würde.

Terry O'Neal erwachte von dem Verkehrslärm, der durch das Fenster im zweiten Stock drang. Sie richtete sich langsam im Bett auf. Eine Straßenlaterne vor dem Fenster erhellte teilweise das Zimmer. Der Mann, der neben ihr lag — Dan, ja richtig, Dan —, wandte den Kopf um und starrte sie an. Sie sah, daß seine Augen weder von Schlaf noch von Alkohol verhängt waren, und erriet, daß er sie schon längere Zeit beobachtet hatte. Das beunruhigte sie, ohne zu wissen wieso. »Ich sollte besser gehn, ich muß ins Büro.«

Er setzte sich auf und hielt sie am Arm zurück. »Nicht heute. Du willst doch die Parade sehen. Hast du das vergessen?«

Seine Stimme klang rauh und hellwach. Woher wußte er, daß sie heute nicht ins Büro ging? Sie erzählte ihren zufälligen Männerbekanntschaften immer so wenig wie möglich — falls es Krach gab. »Und du — mußt du nicht zum Dienst?«

»Ich *bin* im Dienst.« Er lachte und nahm eine Zigarette vom Nachttisch.

Sie zwang sich zu einem Lächeln, schwang ihre Beine aus dem Bett und stand auf. Sie fühlte, wie seine Blicke anerkennend über ihren Körper glitten, während sie zu dem großen Erkerfenster ging, sich auf die Fensterbank kniete und auf die Straße hinaussah. Eine hübsche Straße. Irgendeine der 60er-Straßen. Sie wußte nicht welche, aber solide braune Sandsteinhäuser, einen Steinwurf entfernt von der Fifth Avenue. Sie blickte westwärts. Ein großer Polizeiwagen parkte an der Ecke der Fifth Avenue, und ihm gegenüber stand ein Fernsehwagen. Auf der anderen Seite der Avenue hatte die Stadtverwaltung am Rande des Parks die Zuschauertribünen errichtet. Sie blickte nach unten. Eine lange Reihe von Polizeimotorrädern stand schräg geparkt auf der Straße, und Dutzende von Polizisten gingen herum, hauchten in die Hände und tranken Kaffee. Ihre Anwesenheit wirkte beruhigend.

Sie wandte sich um und sah den auf dem Bett sitzenden Mann an; er hatte sich inzwischen seine Jeans angezogen, und sie bekam plötzlich wieder Angst. Ihre Stimme klang schrill, als sie fragte: »Wer — wer bist du eigentlich?«

Er erhob sich und ging auf sie zu: »Ich bin Ihr Liebhaber von gestern nacht, Mrs. O'Neal.« Er stand dicht vor ihr, und sie mußte ihren Kopf nach hinten beugen, um ihm ins Gesicht zu sehen.

Terri O'Neal wurde von Panik ergriffen. Dieser Mann sprach und benahm sich nicht wie ein Verrückter, trotzdem wußte sie instinktiv, daß er ihr irgend etwas Schreckliches antun würde. Sie wandte sich langsam von ihm ab, und ihre Augen richteten sich auf das Seitenfenster des Erkers. Ein lauter Schrei sollte genügen . . .

Dan Morgan brauchte ihrem Blick nicht zu folgen, um zu wissen, was draußen vor sich ging. »Nur ein Muckser, Mädchen, nur der geringste Muckser . . .«

Sie drehte zögernd den Kopf und starrte in einen großen schwarzen Schalldämpfer auf einer noch größeren schwarzen Pistole. Ihr Gaumen wurde trocken.

». . . und ich schieße dir eine Kugel durch deine hübschen Knie.«

Es dauerte mehrere Sekunden, bevor sie einen Gedanken fassen oder ein Wort herausbringen konnte. »Was willst du von mir?«

»Nur deine Gesellschaft für einige Zeit.«

»Gesellschaft?« Sie verstand nichts mehr.

»Ich bin ein Kidnapper, mein schönes Kind, und du bist in meiner Gewalt.«

7

Detective Lieutenant Patrick Burke saß frierend auf der obersten Reihe der Zuschauertribüne und blickte auf die unter ihm liegende Avenue. Die frisch gestrichene grüne Mittellinie glänzte im schwachen Sonnenlicht. Die Polizisten vermieden sorgsam, auf sie zu treten, wenn sie die Straße überquerten. Eine ganze Mannschaft suchte die Tribünen nach Bomben ab, fand aber nur Papiertüten, Flaschen, die nichts Gefährlicheres als die Überreste billigen Weins enthielten.

Burke sah, daß Polizeimotorräder entlang der 64. Straße Stellung bezogen hatten und daß ein Fernschwagen am nördlichen Ende beim Bürgersteig hielt. Eine mobile Kommandozentrale an der südlichen Ecke, und zwei Polizisten verbanden die Kabel des Polizeiautos mit Anschlüssen der Straßenlampen.

Burke zündete sich eine Zigarette an und blickte auf seine Uhr — noch fünf Minuten. Er beobachtete, wie die Männer der Streifenpatrouille vor dem Verpflegungswagen nach Kaffee Schlange standen. Jemand am Ende der Schlange verstärkte den Kaffee mit einer dunklen Flüssigkeit aus einer Coca-Cola-Flasche. Ja, es würde ein langer harter Tag werden für die Polizei. Über eine Million Menschen, Iren und andere, würden die Fifth Avenue bevölkern, sich in den Bars und Restaurants der Seitenstraßen drängen. Aber erstaunlicherweise war trotz des Trubels, trotz der lärmenden Trunkenheit und der Emotionen, die der St.-Patricks-Tag seit über zweihundert Jahren mit sich brachte, nie ein ernsthafter politischer Zwischenfall passiert. Dennoch hatte Burke jedes Jahr Angst, daß irgendein Fanatiker etwas unternehmen würde; irgendwie schien es ihm unvermeidbar.

Er war beunruhigt über die Anwesenheit Maureen Malones in New York. Er hatte sie am gestrigen Abend im Empire Room des Waldorf Astoria Hotels kurz gesprochen. Sie schien eine nette Person zu sein, und hübsch war sie auch, aber seine Warnung, jemand könnte versuchen, sie zu ermorden, hatte sie achselzuckend abgetan. Vermutlich war sie an Morddrohungen gewöhnt.

Die Iren waren Burkes Spezialität, und er glaubte, daß sie die gefährlichsten unter den vielen Einwanderergruppen waren. Aber falls sie irgend etwas planten, würden sie sich gerade *diesen* Tag aussuchen? Das St.-Patricks-Fest war für sie das größte Ereignis des Jahres, ihr Nationalfeiertag. Er erinnerte sich an einen Witz, den sein Großvater zu erzählen pflegte, als die Iren noch die unbeliebtesten Einwanderer Amerikas waren und daher ihre Einheit demonstrieren mußten. Was ist der St.-Patricks-Tag? Der Tag, an dem die Protestanten und Juden aus dem Fenster lehnen, um ihre Angestellten vorbeimarschieren zu sehen.

Burke reckte seine muskulösen Glieder, sprang die Sitzreihen hinunter und landete mit einem Satz auf dem Bürgersteig. Er ging hinter den Tribünen entlang, bis er zu einem Durchgang in der niedrigen Mauer kam, die den Central Park einfriedete, und lief ein paar Steinstufen hinunter. Vor ihm erhob sich das riesige, festungsartige Arsenal — schon seit langem war darin die Parkverwaltung untergebracht —, auf dessen Dach neben der amerikanischen Flagge auch die grün-weiß-orangene Trikolore Irlands flatterte. Er schlenderte rechts um das Gebäude herum und kam an ein hohes, geschlossenes schmiedeeisernes Tor, an dem er seufzend hochkletterte, um sich auf der anderen Seite herunterzulassen: Er war im Zoo.

Der Zoo war menschenleer und im Vergleich zur Avenue war es hier dunkler. Er schritt einen geraden Weg entlang, wobei er sich im Schatten hielt. Beim Gehen zog er seinen Dienstrevolver aus dem Halfter und steckte ihn in die Manteltasche, mehr zum Schutz gegen raublustige Amateure als gegen berufsmäßige Mörder.

Die Platanen warfen Schatten auf den Weg, und der Gestank von feuchtem Stroh und wilden Tieren verpestete die Luft. Burke gelangte zu einer Kolonnade und blickte mit zusammengekniffenen Augen in den dunklen Gang, aber niemand war zu sehen. Er schaute auf seine Armbanduhr, entweder hatte Ferguson sich verspätet, oder er war tot. Er lehnte sich gegen eine der Säulen und zündete sich eine Zigarette an. Dann plötzlich hörte er Schritte hinter sich, drehte sich um und erkannte Jack Ferguson, der aus einem Betontunnel ins Freie trat, stehenblieb und leise seinen Namen rief.

»Hier, bei den Kolonnaden.« Ferguson kam auf ihn zu, er humpelte ein wenig, und sein zu großer, abgetragener Regenmantel flatterte um seine Beine.

Ferguson reichte ihm die Hand und grinste, wobei er eine Reihe gelber Zähne entblößte. »Nett, Sie zu sehen, Patrick.«

Burke ergriff seine Hand. »Wie geht's Ihrer Frau, Jack?«

»Nicht gut, ganz und gar nicht gut.«

»Das tut mir aufrichtig leid, aber Sie selbst sehen auch reichlich blaß aus.«

Ferguson strich sich über die Backe. »So, tu ich das. Muß vermutlich öfter an die frische Luft.«

»Ja, gehen Sie ein wenig im Park spazieren, wenn die Sonne scheint. Warum wollten Sie mich gerade hier treffen, Jack?«

»Die Stadt ist voller Iren heute, man ist nirgends sicher vor ihnen.«

»Sie haben vermutlich recht.« Diese alten Revolutionäre, dachte Burke, ohne ihren Verfolgungswahn und ihre verschwörerischen Stelldicheins würden sie jämmerlich eingehen. Burke zog eine kleine Thermosflasche aus seiner Manteltasche. »Tee mit Whisky?«

»Gott vergelt's.« Ferguson nahm einen kräftigen Schluck, reichte Burke die Flasche zurück und blickte mißtrauisch um sich. »Sind Sie allein?«

»Nur Sie und ich und die Affen.« Burke setzte seinerseits die Flasche an die Lippen und sah Ferguson über den Flaschenrand an. Jack Ferguson war ein typischer Marxist des Studentenjahrgangs 1930, der sein ganzes Leben damit verbracht hatte, entweder die Revolution der Arbeiterklasse zu schüren oder auf sie zu warten. Die historischen Ereignisse, die die Welt seit dem letzten Krieg in Atem gehalten hatten, waren an Ferguson spurlos vorbeigegangen. Abgesehen davon, war Ferguson ein Pazifist, ein gutmütiger Mann, was sich mit seinen revolutionären Idealen schlecht vereinigen ließ, aber offensichtlich hatte dieser Widerspruch nie einen inneren Konflikt bei ihm ausgelöst. Burke hielt ihm die Flasche hin. »Noch einen Schluck?«

»Nein danke, nicht im Moment.«

Burke schraubte den Verschluß zu und musterte den nervös um sich blickenden Ferguson aufmerksam. Ferguson war ein Offizier der Official Irish Republican Army — oder was immer davon übriggeblieben war — und genauso ausgebrannt und verbraucht wie der Rest dieser vergreisten revolutionären Gruppe. »Was gibt's Neues, Ferguson?«

Ferguson ergriff Burke beim Arm: »Die Fenier reiten wieder, mein Junge.«

»Wirklich? Wer hat ihnen die Pferde beschafft?«

»Ich scherze nicht, Patrick. Es handelt sich um eine Gruppe von Fanatikern, alles IRA-Mitglieder aus Ulster, und sie nennen sich die Fenier.«

Burke nickte. Er hatte auch schon von ihnen gehört. »Und sie sind hier, in New York?«

»Anscheinend.«

»Und warum?«

»Das kann ich nicht genau sagen. Aber sie haben irgendeinen teuflischen Plan.«

»Sind Ihre Quellen zuverlässig?«

»Absolut.«

»Muß man mit Gewalttätigkeiten rechnen?«

Ferguson nickte. »Es sind Mörder, Brandstifter, Bombenattentäter. Sie gehören zur Elitetruppe der IRA. Sie haben den größten Teil der Geschäftsviertel Belfasts in Schutt und Asche gelegt und sind für den Tod von Hunderten von Menschen verantwortlich. Eine gefährliche Bande.«

»Scheint mir auch. Und was machen diese Burschen an hohen christlichen Feiertagen?«

Ferguson zündete sich mit zittriger Hand eine Zigarette an. »Können wir uns nicht setzen?«

Burke folgte ihm zu einer Bank gegenüber dem Affenhaus. Ferguson, dachte er, war wohl die anachronistischste, seltsamste Erscheinung, der er je begegnet war, und doch hatte dieser Mann in der zwielichtigen Welt der linken Politik irgendwie überlebt, sogar einem Mordanschlag war er entronnen. Die marxistisch orientierten Funktionäre mißtrauten dieser weder christlich orientierten noch leningläubigen IRA-Fraktion — und umgekehrt. Aber beide Seiten standen trotzdem noch in Verbindung miteinander und waren bestens über ihre gegenseitige Tätigkeit informiert. Das einzige, was sie verband, war der tiefe Haß auf die Engländer und die Parole »Hände weg von Amerika«. Burke setzte sich neben Ferguson auf die Bank. »Die IRA hat seit dem Zweiten Weltkrieg keine Gewalttaten in Amerika verübt«, sagte Burke, »und ich glaube nicht, daß sie bereit ist, jetzt wieder damit anzufangen.«

»Das trifft auf die Marxisten, sogar auf die IRA, aber nicht auf diese Fenier zu.«

Burke schwieg eine Weile, dann fragte er: »Wie viele sind es?«

Ferguson zündete sich am Stummel seiner Zigarette eine neue an. »Mindestens zwanzig, vielleicht mehr.«

»Bewaffnet?«

»Nicht bei ihrer Abreise aus Belfast natürlich, aber hier gibt es immer Leute, die ihnen helfen.«

»Auf wen haben sie es abgesehen?«

»Keine Ahnung. Es gibt genug potentielle Opfer: Hunderte von Politikern auf der Zuschauertribüne. Teilnehmer an der Parade, die Leute auf den Stufen der Kathedrale und dann natürlich die Briten . . .«

»Gut, gut, ich kenne die Liste.«

Burke bemerkte einen Gorilla, der sie mit roten, brennenden Augen durch die Stäbe des Affenkäfigs beobachtete. Das Tier schien an ihrer Unterhaltung interessiert zu sein, denn es wandte den Kopf dem jeweils Sprechenden zu. »Wer ist der Anführer der Fenier?«

»Ein Mann, der sich Finn MacCumail nennt.«

»Wie ist sein richtiger Name?«

»Vielleicht erfahre ich das heute nachmittag. MacCumails rechte Hand heißt John Hickey, sein Deckname ist Dermot.«

»Hickey ist tot.«

»O nein, er lebt nicht weit von New York — in New Jersey. Er muß fast achtzig sein.«

Burke hatte Hickey nie getroffen, aber Hickeys lange und bluttriefende Karriere in der IRA war jedem Polizeibeamten bekannt. »Noch was?«

»Nein, im Moment ist das alles.«

»Wo können wir uns später noch mal treffen?«

»Rufen Sie mich ab zwölf Uhr mittags zu jeder vollen Stunde zu Hause an. Sollten Sie mich nicht erreichen, erwarte ich Sie um vier Uhr dreißig auf der Terrasse des Zoo-Restaurants — es sei denn, was wir befürchten, sei bereits geschehen. In diesem Fall verlaß ich die Stadt für einige Zeit.«

Burke nickte. »Kann ich was für Sie tun?«

Ferguson machte ein erstauntes und gleichgültiges Gesicht, wie immer wenn Burke am Ende ihrer Unterhaltung diese Frage stellte. »Etwas für mich tun . . . lassen Sie mich mal nachdenken . . . Wie steht's mit Ihrem Spezialfonds?«

»Ein paar hundert kann ich schon lockermachen.«

»Prima. Wir sind ein wenig knapp bei Kasse.«

Burke wußte nicht, ob er damit sich selbst und seine Frau oder die Organisation meinte. Vermutlich alle drei zusammen. »Ich werde versuchen, noch ein wenig mehr herauszuschlagen.«

»Wie es Ihnen beliebt. Geld ist nicht so wichtig. Viel wichtiger ist, daß Sie das Blutvergießen vermeiden und daß Ihre Abteilung weiß, daß wir Ihnen helfen, aber vor allem, daß niemand anders weiß, daß wir das tun.«

»So haben Sie und ich die Sache immer gehandhabt.«

Ferguson erhob sich und streckte die Hand aus. »Auf Wiedersehen, Patrick. *Erin go bragh.*«

Burke stand ebenfalls auf und ergriff Fergusons Hand. »Hören Sie sich um, Ferguson, aber geben Sie auf sich acht.«

Burke folgte Ferguson mit den Augen, bis dieser humpelnd in den Kolonnaden verschwunden war. Fröstelnd nahm er noch einen Schluck aus der Thermosflasche. Die Fenier reiten wieder! Er hatte eine dunkle Ahnung, daß dieser St.-Patricks-Tag ihnen allen noch lange im Gedächtnis bleiben würde.

8

Maureen Malone setzte ihre Teetasse ab und blickte sich im Frühstückszimmer um. Ein Hotelpage kam auf sie zu: »Miß Malone?« Sie nickte. »Für Sie, Miß.« Er hielt ihr einen kleinen Strauß grüner Nelken entgegen. »Ich werde sie in eine hübsche Vase stellen und auf Ihr Zimmer bringen. Hier ist eine Karte.«

Sie starrte auf das kleine unadressierte Kuvert, riß den Umschlag auf, zog die Karte heraus und las die Worte: *Willkommen in New York. Wir hoffen, Sie haben einen angenehmen Aufenthalt und werden die Freuden Manhattans und die Gastfreundschaft seiner Bewohner genießen. Finn MacCumail.*

Maureen schloß die Tür ihres Hotelzimmers und schob den Riegel vor. Die Blumen standen bereits auf dem Toilettentisch; sie nahm sie aus der Vase, zerpflückte sie und warf sie ins Klo. Der Badezimmerspiegel reflektierte einen Teil des Schlafzimmers und des anschließenden Salons. Sie drehte sich auf dem Absatz herum. Die eine Schranktür stand halb offen und ebenfalls die Tür zum Salon, beide waren aber fest geschlossen gewesen, bevor sie zum

Frühstück hinuntergegangen war. Sie holte tief Atem und sagte dann mit ruhiger Stimme: »Brian?«

Sie hörte Geräusche aus dem Salon und wurde weich in den Knien. »Zum Teufel mit dir, Flynn.«

Die Verbindungstür zum Salon wurde weit aufgestoßen. »Haben Madam gerufen?« Das Zimmermädchen sah sie fragend an.

Maureen holte tief Luft. »Ist noch jemand anders hier?«

»Nein, Madam.«

»Ist jemand hiergewesen?«

»Nur der Page mit den Blumen.«

»Bitte lassen Sie mich allein.«

»Sehr wohl, Madam.« Das Mädchen rollte das Wägelchen mit den Putzmitteln in den Korridor. Maureen folgte ihr, schob den Riegel vor die Tür, ließ sich in den Armsessel fallen und starrte die gemusterte Tapete an. Sie war über ihre innere Ruhe überrascht. Sie wünschte fast, Brian möge unter dem Bett hervorkriechen und sie mit seinem seltsamen Lächeln, das kein wirkliches Lächeln war, ansehen. Sie beschwor seine Gestalt herauf. Was würde er sagen? »Es ist verdammt lange her, daß wir uns zum letzten Mal gesehen haben?« Das hatte er immer gesagt nach einer ihrer Trennungen. Oder würde er sagen: »Wo ist mein Blumenstrauß, Mädchen? Hast du einen speziellen Platz für ihn gefunden?«

»Ja, sehr speziell«, sagte sie laut. »Ich habe ihn ins Klo geworfen und die Wasserspülung gezogen.«

Sie blieb noch einige Minuten sitzen und führte die imaginäre Unterhaltung mit ihm fort, wobei ihr plötzlich zum Bewußtsein kam, wie sehr sie ihn vermißte, wie sehr sie sich danach sehnte, seine Stimme wieder zu hören. Sie war gleichzeitig aufgeregt und verängstigt bei dem Gedanken, daß er sich irgendwo in der Nähe aufhielt und sie ihn treffen würde.

Das Telefon klingelte. Sie wartete eine lange Weile, bevor sie den Hörer abhob. Es war die Sekretärin von Amnesty International. »Maureen, ist alles in Ordnung? Soll ich nach oben kommen und Sie abholen? Man erwartet uns im Irischen Pavillon . . .«

»Nicht nötig, ich komme sofort herunter.« Sie hängte ein und stand langsam vom Stuhl auf. Empfang im Irischen Pavillon, dann zur St.-Patricks-Kathedrale, Abnahme der Parade und am Spätnachmittag auf die Zuschauertribüne, anschließend das von der irischen Kulturgesellschaft arrangierte Wohltätigkeitsdiner zugunsten irischer Kinder und dann endlich — Kennedy Airport. Wie viele Festlichkeiten unter dem Vorwand, die Leiden des Krieges zu lindern. Die Amerikaner würden es fertigbringen, auch noch die Apokalypse in ein Remmidemmi mit Tanz zu verwandeln.

Sie ging ins Schlafzimmer. Auf dem Boden lag eine einzige grüne Nelke; sie bückte sich und hob sie auf.

9

Patrick Burke blickte aus der Telefonzelle in das schlecht erleuchtete Innere der Blarney Stone Bar in der Third Avenue. Pappekleeblätter klebten auf dem Spiegel hinter der Bar, ein irischer Kobold aus Plastik hing von der Decke. Burke wählte eine Internnummer des Plaza-Polizeireviers. »Langley?«

Inspector Philip Langley, Chef der Nachrichtenabteilung bei der New Yorker Polizei, schlürfte seinen Kaffee. »Ich habe keinen Bericht über Ferguson bekommen.« Langley blickte durchs Fenster des 13. Stockwerks hinunter in Richtung der Brooklyn-Brükke. Der Nebel verzog sich langsam. »Wir haben Bruchstücke von Nachrichten, Pat, die sich allmählich wie ein Puzzle zusammenfügen, aber das daraus entstehende Bild gefällt mir nicht. Der FBI hat von IRA-Informanten die Nachricht erhalten, daß eine Splittergruppe aus Irland sich mit der IRA in New York und Boston in Verbindung gesetzt hat, um zu erfahren, ob man ihnen freie Hand läßt für eine von ihnen geplante Aktion in diesem Land. Natürlich gibt es keinerlei direkte Hinweise, daß diese Aktion ausgerechnet am St.-Patricks-Tag in New York . . .«

»Eine alte Regel sagt: Wenn man annimmt, daß das Allerschlimmste im schlimmstmöglichen Moment passiert, behält man gewöhnlich recht. Und der St.-Patricks-Tag ist schon unter den günstigsten Umständen ein Alptraum. Er ist Karneval, Oktoberfest und 1. Mai alles in einem. Daher würde ich mir, wenn ich der Anführer der Splittergruppe wäre und eine wirklich aufsehenerregende Aktion plante, den heutigen Tag aussuchen.«

»Ja, nicht unlogisch. Und wie willst du die Sache angehen?«

»Erst mal werde ich versuchen, meine Mittelsmänner aufzustöbern, und mich in den Bars umhören; Drinks kaufen, Menschen kaufen.«

»Sei vorsichtig.«

Burke legte den Hörer auf und ging zur Bar.

»Was möchten Sie haben?«

»Whisky.« Burke legte einen Zwanzigdollarschein auf den Tresen. Er erkannte den Barmann wieder, ein Riese namens Mike. Burke nahm sein Glas und ließ das Wechselgeld liegen. »Kann ich Ihnen einen spendieren?«

»Bißchen früh am Morgen.« Der Barmann wartete. Er wußte, wann ein Mann etwas Bestimmtes von ihm wollte. Burke sprach jetzt mit einem leichten irischen Akzent. »Ich suche nach ein paar Freunden.«

»Gehen Sie in die Kirche.«

»Dort werde ich sie nicht finden. Es handelt sich um die Brüder Flannagan, Eddi und Bob, und um John Hickey.«

»Kennen Sie sie gut?«

»Ich treff mich mit ihnen immer am St.-Patricks-Tag.«

»Dann sollten Sie wissen, daß John Hickey tot ist — Friede seiner armen Seele. Und daß die Flannagans vor einem Jahr in die alte Heimat zurückgekehrt sind. Trinken Sie aus und verschwinden Sie. Hier finden Sie keine Freunde.«

»Ist dies die Bar, wo an jedem St.-Patricks-Tag ein Betrunkener durch die Scheibe geworfen wird?«

»Bislang noch nicht, aber sie kann dazu werden, wenn Sie nicht bald abhauen . . .« Er starrte Burke feindselig an.

Ein mittelgroßer Mann in einem teuren Mantel tauchte plötzlich aus dem Hintergrund auf und stellte sich neben Burke. Der Mann sprach leise mit einem britischen Akzent. »Haben Sie einen Moment Zeit für mich?«

Burke musterte den Fremden, der mit einer Kopfbewegung zur Tür wies. Die beiden Männer verließen gemeinsam die Bar. Der Fremde führte Burke über die Straße und blieb an der nächsten Ecke stehen.

»Mein Name ist Major Bartholomew Martin, ich bin britischer Nachrichtenoffizier.« Martin zog seinen Paß hervor und seinen militärischen Legitimationsausweis.

Burke warf nur einen flüchtigen Blick auf die Papiere. »Das sagt mir nichts.«

Martin wies mit der Hand auf einen wenige Meter entfernten Wolkenkratzer. »Dann gehen wir besser dorthin.«

Burke kannte das Gebäude. Zwei Polizisten standen vor dem Eingang Wache. Martin ging an ihnen vorbei und hielt Burke die Tür auf. Burke betrat die große Marmorhalle und erkannte vier Polizisten in Zivil, die an strategisch wichtigen Punkten standen. Martin durchquerte mit schnellen Schritten die Halle, und die beiden Männer betraten den Lift. Burke drückte auf den Knopf des neunten Stockwerks. Martin lächelte. »Danke.«

Burke musterte den Mann neben sich, der trotz seines Ranges nichts Militärisches an sich hatte. Am ehesten, dachte Burke, sieht er noch wie ein Schauspieler aus, der versucht, eine schwierige Rolle überzeugend zu spielen. Nur seinen Mund hatte er nicht unter Kontrolle, er war trotz des Lächelns hart und unerbittlich und verriet den wahren Charakter des Mannes.

Der Lift hielt, und Burke folgte dem Major in den Korridor. An der Wand des Korridors, Burke gegenüber, befand sich ein Messingschild mit der Aufschrift: *Informationsdienst.* Nichts deutete darauf hin, daß es sich hier um eine Spionagezentrale handelte. Aber soweit Burke wußte, gab kein sogenannter »Informationsdienst«, egal welchen Landes, solche Tatsachen offen zu.

Martin führte Burke durch mehrere Büros in ein kleines, gut eingerichtetes Zimmer, wo nur ein Reiseplakat mit einer in der Sonne weidenden und für friedliche Ferien in England werbenden

Kuh erraten ließ, daß es sich um ein Dienstzimmer handelte. Er schloß die Tür, drehte den Schlüssel um und hängte seinen Mantel an den Garderobenständer. »Nehmen Sie Platz, Lieutenant.«

Burke behielt seinen Mantel an, ging zur Hausbar, zog den Stöpsel aus einer Karaffe und schenkte sich einen Drink ein. Er betrachtete die geschmackvollen Möbel. Das letztemal war er vor einem Jahr, eine Woche vor St.-Patricks-Tag, hier gewesen; damals hatte er mit einem Oberst Hayes gesprochen. Burke nahm einen Schluck und sagte dann: »Und was kann ich für Sie tun?«

Major Martin lächelte. »Eine Menge.«

»Um so besser.«

»Ich habe Inspector Langley bereits einen Bericht geschickt über eine Gruppe irischer Terroristen, die von einem Mann namens Finn MacCumail angeführt wird. Haben Sie diesen Bericht gelesen?«

»Ich bin über den Inhalt informiert.«

»Ausgezeichnet. Dann wissen Sie also, daß heute etwas passieren kann.« Major Martin lehnte sich vor. »Ich arbeite gut mit dem FBI und dem CIA zusammen, aber ich würde gern enger mit Ihrer Abteilung zusammenarbeiten — unsere Informationen koordinieren. Ich habe bereits Ihrem militärischen Nachrichtendienst Material über die IRA zur Verfügung gestellt, ebenso dem Außenministerium.«

»Sie waren ja äußerst beschäftigt.«

»Allerdings. Sehen Sie, bei mir laufen die Fäden zusammen, ich bin so eine Art Zentrale. Der britische Geheimdienst weiß natürlich besser als jede andere Institution über die irischen Revolutionäre Bescheid, und nun scheinen Sie unsere Kenntnisse zu brauchen, und wir sind nur zu bereit, Ihnen mit Rat und Tat beizustehen.«

»Und was verlangen Sie als Gegenleistung?«

Major Martin spielte mit dem Feuerzeug auf seinem Tisch. »Genaue Informationen von Ihnen über die Tätigkeit der transatlantischen IRA, Waffenlieferungen, Kapitalbeschaffung, IRA-Mitglieder, die sich hier aufhalten und so weiter.«

»Scheint mir ein faires Angebot.«

»Das ist es auch.«

»Und was wollen Sie von *mir?*«

Major Martin sah ihn an. »Ich wollte Ihnen dies alles persönlich mitteilen, Sie kennenlernen.« Martin erhob sich. »Und sollten Sie mir irgendwelche Informationen direkt geben wollen, rufen Sie mich hier an und verlangen Sie nach Mr. James. Jemand wird die Botschaft an mich weiterleiten, und ich meinerseits werde auch nützliche Hinweise für Sie hier hinterlassen, ein paar Tips, die Sie Langley als eigene Erkundungen vorlegen können. Es wird Ihrer Karriere förderlich sein, und so stehen wir alle gut da.«

Burke ging zur Tür, wandte sich aber noch mal um. »Wahrscheinlich ist Maureen Malone in Gefahr, vielleicht sogar der Generalkonsul.«

Major Martin schüttelte den Kopf. »Das glaube ich nicht. Sir Harold hat mit den irischen Problemen nichts zu tun. Und Maureen Malone — ich habe ihre Schwester Sheila übrigens mal in Belfast getroffen — sie sitzt im Gefängnis. Eine IRA-Märtyrerin. Aber das ist eine andere Geschichte . . . Wo war ich stehengeblieben? Ach ja, richtig — Maureen Malone. Sie ist eine Gegnerin der IRA. Ihre ehemaligen Kampfgenossen haben sie in Abwesenheit zum Tode verurteilt. Wußten Sie das? Ihre Zeit ist sowieso bemessen. Aber man wird sie nicht auf offener Straße abknallen, sondern sie irgendwo in Nord- oder Südirland überfallen und ihr den Prozeß machen, ihr die Kniescheiben durchschießen und sie einen oder zwei Tage später mit einem Genickschuß erledigen. Und die Fenier, wer immer sie sind, werden diesem Todesurteil der IRA nicht vorgreifen. Und dann vergessen Sie nicht, Maureen Malone und Sir Harold werden den größten Teil des Tages auf den Stufen der Kathedrale stehen, und die Iren respektieren die Unantastbarkeit der Kirche, egal welchem Glauben oder welcher politischer Richtung sie angehören. Nein, an Ihrer Stelle würde ich mir um die beiden keine Sorgen machen. Richten Sie Ihr Augenmerk lieber auf näherliegende Zielscheiben wie englisches Eigentum oder die Ulster-Handelsdelegation. Die Iren sind nicht sehr einfallsreich . . .«

»Ach wirklich? Vielleicht ist das der Grund, warum meine Frau mich verlassen hat.«

»Oh, Sie sind Ire . . . verzeihen Sie.«

Burke verließ schweigend das Zimmer.

DIE PARADE

10

In der Mitte der Fifth Avenue an der Ecke der 44. Straße schlug Colonel Dennis Logan, Commander des 69. Infanterieregiments, mit seinem irischen Schlehdornstöckchen ungeduldig gegen sein Bein. Er blickte zum Himmel auf, zog die Luft durch die Nase ein und wandte sich Major Mathew Cole zu. »Wie steht's mit dem Wetter für heute nachmittag, Major?«

Major Cole hatte, wie alle tüchtigen Adjutanten, immer eine Antwort bereit. »Kaltwetterfront im Anzug, Sir, Schnee oder Graupelschauer gegen Abend.«

Logan nickte und schob sein kantiges Kinn vor, als wolle er sagen: »Zum Teufel mit dem Wetter — volle Fahrt voraus!«

Der junge Major nahm eine ähnliche Pose ein, obwohl sein Kinn nicht ganz so beeindruckend war. »Die Parade wird bis dahin wohl vorbei sein, Colonel.« Er warf einen Blick auf Logan, um zu sehen, ob dieser ihm zuhörte. Dem Colonel war sein großartig markantes Gesicht bei vielen Generalstabsbesprechungen zugute gekommen, doch seine grünen, fast weiblich verschleierten Augen nahmen seinen felsenharten Zügen einiges von ihrer Glaubwürdigkeit. Pech für ihn.

Logan blickte auf seine Armbanduhr und verglich die Zeit mit der Uhr, die hoch über ihm auf einem Eisenpfosten vor dem Morgan Guarant Trust Building in der Fifth Avenue stand. Diese ging drei Minuten vor, dennoch würde er seine Truppe in Bewegung setzen, wenn sie zwölf Uhr schlug, denn er hatte noch deutlich das im vorigen Jahr aufgenommene Pressebild vor sich, das ihn und seine Abteilung wartend unter der gleichen Standuhr drei Minuten nach zwölf zeigte. Die Überschrift hatte gelautet: »Die Iren sind Spätzünder«. O nein, das würde ihm nicht noch einmal passieren.

Die Offiziere, nachdem sie ihre Einheiten inspiziert hatten, standen in einer losen Gruppe vor den Fahnenträgern. Die nationalen und Regimentsflaggen wehten im Wind. Logan wandte sich an Major Cole: »Was für ein Gefühl haben Sie?«

Der Major suchte verzweifelt nach einer Antwort, aber die Frage war zu regelwidrig. »Gefühl . . . Sir?«

»Ja, *Gefühl.*«

»Oh, hm, ein sehr gutes, Sir.«

Logan betrachtete die Ordensbänder auf der Brust des Majors; das dunkelrote Verwundetenabzeichen stach besonders hervor. »Haben Sie je ein ungutes Gefühl gehabt, Major?«

Sein Untergebener nickte nachdenklich.

Logan wartete auf eine Antwort, die seine eigenen dunklen Vorahnungen bestätigen würde. Aber Cole war zu jung, um dieses Gefühl soweit entwickelt zu haben, daß er das, was er im Dschungel empfunden hatte, mit dem dumpf gefühlten Unbehagen hier in den Schluchten Manhattans in Verbindung bringen konnte. »Halten Sie die Augen offen, Major. Dies ist keine Parade — es ist eine militärische Übung. Verlieren Sie also ja nicht den Kopf.«

»Zu Befehl, Sir.«

Die Menge auf der 64. Straße, die jetzt merklich anschwoll durch die Büroangestellten, die Mittagspause machten, drängte und schubste, um besser sehen zu können. Die Eifrigsten kletterten auf die Pfosten der Lichtsignale, auf Briefkästen oder die Betonkübel, in denen knospende Bäume standen.

An der Kreuzung, an der Colonel Logan stand, tummelten sich Reporter, Politiker und die Organisatoren der Parade. Der Vorsitzende, der alte Richter Driscoll, klopfte jedem auf die Schulter, so wie er es seit vierzig Jahren getan hatte. Die Festordner im schwarzen Cutaway rückten ihre dreifarbigen Schärpen und ihre Zylinder zurecht. Der Gouverneur schüttelte die Hand eines jeden, der wie ein potentieller Wähler aussah, und der Bürgermeister trug eine grüne Melone; Logan dachte, daß er noch nie zuvor eine so lächerliche Kopfbedeckung gesehen hatte.

Stille senkte sich über die Menge, als der Zeiger der Uhr eine Minute näher auf zwölf rückte. Der Militärmusikzug, der das 69. Infanterieregiment begleiten sollte, stellte das Stimmen der Instrumente ein. Die Würdenträger, die das 69. Regiment zur Zuschauertribüne eskortieren sollte, nahm unter den gütigen Blicken des Richters Driscoll ihre angewiesenen Plätze ein.

Logan fühlte, wie sein Herz schneller schlug. Es würde ein anstrengender, festlicher, sentimentaler Tag werden, dessen Krönung die Parade war, die seit 1762 abgehalten wurde. Es war der wichtigste Festtag der irischen Einwanderer und würde es bleiben, selbst wenn in der alten Heimat der letzte Ire, die letzte Irin und deren sämtliche Nachkommen gestorben wären. Logan sah Major Cole an. »Alles bereit, Major?«

»Die kämpfenden Iren sind stets bereit, Colonel!«

Logan nickte. Die Iren, dachte er, waren immer zu allem bereit, aber auf nichts vorbereitet.

Vater Murphy blickte um sich, als die Besucher sich immer enger auf den Stufen der Kathedrale drängten. Er trat auf den langen grünen Teppich, der vom Haupteingang bis auf die Straße führte. Vor ihm in der Mitte der Treppe standen der Kardinal und der Monsignore, rechts vom Kardinal der britische Konsul und neben dem Monsignore Maureen Malone. Murphy lächelte. Das

Ganze war natürlich gegen das Protokoll, aber zumindest verhinderte es, daß der Brite und die Irin sich an die Kehle sprangen.

Um diese Gruppe herum drängten sich Priester, Nonnen und Wohltäter der Kirche. Murphy bemerkte zwei Männer, die er für Polizisten in Zivil hielt. Er ließ seinen Blick über die Köpfe der vor ihm stehenden Honoratioren schweifen. Die Avenue war voll von Menschen. Jungen und Mädchen waren auf den Sockel der Atlasstatue geklettert und reichten sich Flaschen von Hand zu Hand. Sein Auge blieb auf einer vertrauten Gestalt haften: Patrick Burke. Er stand vor dem Sockel und überragte die Menge, er wirkte seltsam unberührt von der quirlenden Menschenmasse. Murphy wurde sich plötzlich bewußt, daß die Gegenwart dieses Mannes ihn beruhigte, obwohl er nicht wußte, warum er Beruhigung brauchte.

Der Kardinal wandte sich an Harold Baxter und redete ihn in einem neutral diplomatischen Tonfall an: »Werden Sie den ganzen Tag mit uns verbringen, Mr. Baxter?«

Baxter zuckte leicht zusammen. Er war es nicht mehr gewohnt, mit »Mister« angeredet zu werden, aber er glaubte nicht, daß der Kardinal ihn hatte beleidigen wollen. »Wenn es Ihnen recht ist, Eminenz.«

»Es wäre uns ein Vergnügen.«

»Vielen Dank.« Seine Augen ruhten noch immer auf dem Kardinal, der sich bereits von ihm abgewandt hatte. Der Kirchenfürst war alt, aber sein Blick intelligent und klar. Baxter räusperte sich. »Wenn Eure Eminenz entschuldigen, aber ich sollte mich vielleicht mehr im Hintergrund halten.«

Der Kardinal winkte der Menge zu, während er Baxter antwortete. »Mr. Baxter, Sie stehen heute nun einmal im Mittelpunkt der Geschehnisse — Sie und Miß Malone. Unser kleiner Auftritt hier hat die Phantasie der politischen Kommentatoren beflügelt. Das Ganze ist, wie man so sagt, medienwirksam. Die Presse sieht Ihre und Miß Malones Anwesenheit als Präzedenzfall, als einen Aufbruch zu neuen Zeiten.« Er blickte Baxter mit einem typisch breiten irischen Lächeln an. »Wenn Sie nur einen Schritt zurücktreten, werden sich die hohen Herren in Belfast, Dublin, London und Washington die Haare raufen.« Er wandte seine Aufmerksamkeit wieder der Menge zu und erhob die Arme in einer halb winkenden, halb segnenden Geste.

»Eminenz haben natürlich vollkommen recht, ich habe über dem Sicherheitsaspekt den politischen vergessen. Die Idee, daß jemand meinetwegen in Gefahr . . .«

»Gott wacht über uns, Mr. Baxter. Und Commissioner Dwyer hat mir versichert, daß die Polizei das gleiche tut.«

Baxter nickte und schloß einen Moment lang die Augen. Es würde ein langer Tag werden.

Patrick Burke musterte nachdenklich seinen Freund Vater Murphy, der hinter dem Kardinal stand. Zölibat! Nicht leicht, ein Leben lang einzuhalten. Es war so, als bliebe man ewig ein Knabe. Seine Mutter hatte sich das auch für ihn gewünscht. Einen Priester in der Familie zu haben, war für die alteingesessenen Iren immer noch die höchste Ehre. Statt dessen war er Polizist geworden, was fast so angesehen war. Nein, er hatte seine Familie nicht enttäuscht, und er selbst war zufrieden mit seiner Berufswahl. Er sah, daß Monsignore Downes mit der Ex-IRA-Terroristin sprach. Sie war wirklich eine hübsche Frau. Ihr blondes, lockiges Haar wehte leicht im Wind. Sie erinnerte ihn an einen Engel auf alten Gemälden.

Burke dachte, daß er, wenn er Harold Baxter oder Maureen Malone wäre, jetzt bestimmt nicht auf den Stufen der Kathedrale stehen würde und schon gar nicht gemeinsam. Und wenn er der Kardinal wäre, hätte er die beiden für gestern eingeladen, wo sie die Stufen nur mit einigen Betrunkenen und uninteressierten Tauben geteilt hätten. Er fragte sich, wer wohl die Idee gehabt hatte, die irischen Rebellen mit diesem Auftritt zu provozieren. Oder hatte jemand wirklich geglaubt, er könne auf diese Weise Frieden zwischen der IRA und den Briten stiften? Nun, dann war es eine Fehlkalkulation gewesen.

Er blickte die Avenue hinauf und hinunter. Arbeiter und Studenten drängten sich an den Straßenverkäufern vorbei, die gute Geschäfte machten. Die jungen Mädchen hatten sich grüne Kleeblätter auf die Backen gemalt und trugen Anstecknadeln mit der Aufschrift: *Küß mich, ich bin irisch.* Eine Aufforderung, die viele junge Burschen versuchten in die Tat umzusetzen. Die älteren trugen grüne Nelken oder runde Knöpfe mit *Erin go bragh* am Rockaufschlag.

Maureen Malone hatte noch nie so viele Menschen gesehen. Entlang der Avenue wehten amerikanische und irische Fahnen; eine Gruppe entrollte vor dem British Empire Building ein Banner mit dem ihr so wohlbekannten Slogan: *Briten raus aus Irland.* Man hatte ihr gesagt, daß dies die einzige politische Parole sei, die von der Stadtverwaltung zugelassen worden war, alle anderen Spruchbänder würden von der Polizei konfisziert werden. Sie hoffte, Baxter würde das Banner bemerken, es war schwer zu übersehen. Sie wandte sich an Monsignore Downes: »Diese vielen Menschen können doch unmöglich alle Iren sein?«

Monsignore Downes lächelte: »Es gibt eine Redensart in New York: Am St.-Patricks-Tag ist jeder Amerikaner ein Ire!«

Sie blickte wieder um sich und traute kaum ihren Augen. Das kleine Irland, arm und unterbevölkert, mit seinem bescheidenen Heiligen, dessen Namen die übrige christliche Welt fast nicht kannte, war der Anlaß zu diesem Riesentrubel? Eine Gänsehaut überlief sie, und sie fühlte einen Kloß in der Kehle. Irlands bester Export, hieß es nicht ohne Bitterkeit, waren seine Söhne und Töchter. Aber die Bitterkeit war unangebracht, dachte sie, die Söhne und Töchter hielten ihrem Land die Treue, wenn auch auf amerikanische Art.

Plötzlich hörte sie Rufe und Schreie aus der Menge und reckte den Kopf in die Höhe, um besser sehen zu können. Eine Gruppe von ungefähr fünfzehn Menschen entrollten ein grünes Banner mit der Aufschrift: *Gedenkt der Opfer der britischen Internierung und Folter.* Sie erkannte einen Freund ihrer Schwester.

Eine berittene Polizeieinheit galoppierte mit heruntergelassenen Plexiglasvisieren und erhobenen Knüppeln auf die Gruppe zu, von der anderen Seite kam eine motorisierte Polizeitruppe angebraust. Ein Mann mit einem Handlautsprecher schrie: *»Long Kesh! Armagh-Gefängnis! Crumlin-Road-Gefängnis! Konzentrationslager! Baxter, du Schweinehund! Maureen Malone — Verräterin!«*

Sie blickte Baxter an. Niemand stand mehr zwischen ihnen, denn der Kardinal und Monsignore Downes waren auf Wunsch der Polizei einige Stufen höher gestiegen. Baxter starrte steif und unbewegt geradeaus. Sie wußte, daß alle Fernsehkameras sich in diesem Moment auf ihn richteten, um auch nur die geringste Gefühlsregung, sei es Ärger oder Angst, zu registrieren. Aber sie hätten sich die Mühe sparen können — der Mann war britisch.

Ihr wurde bewußt, daß die Kameraleute auch sie anvisierten. Sie wandte ihr Gesicht daher von Baxter ab und blickte hinunter auf die Straße. Das Banner war verschwunden und die Hälfte der Demonstranten verhaftet; die andere Hälfte hatte die Holzbarrikade vor der Kathedrale durchbrochen und lief jetzt auf die Kirchenstufen zu, wo eine Reihe berittener Polizisten sie gelassen erwarteten. Maureen schüttelte den Kopf. Die Geschichte ihres Volkes schien sich endlos zu wiederholen: blindes Anstürmen gegen das Unüberwindbare, nur um zum Schluß festzustellen, daß es tatsächlich unüberwindbar war.

Maureen beobachtete, wie einer der Männer seinen Arm hob und etwas in Richtung der Stufen warf. Ihr Herz setzte aus, als sie das Ding durch die Luft segeln und langsam herunterkommen sah. Wegen des glitzernden Sonnenlichts war der Gegenstand nicht zu identifizieren. »O Gott!« Sie war im Begriff, sich hinzuwerfen, aber sah aus dem Augenwinkel, daß Baxter keine Miene verzog. Ob es nun eine Bombe oder eine grüne Nelke war, die auf sie beide zuflog, schien ihn nicht zu interessieren. Sie zwang sich, ebenfalls aufrecht stehenzubleiben, und hörte, wie eine Flasche direkt hinter ihr zerschellte. Sie wartete auf eine Explosion, aber nur ein paar unterdrückte Schreie aus der Menge waren zu hören.

Grüne Farbe floß aus der Flasche und bespritzte die Umstehenden. Maureen zitterte vor Erleichterung, ihr Mund war wie ausgetrocknet.

Sir Harold Baxter drehte den Kopf und fragte: »Ist das eine feste Tradition?« Sie hatte ihre Stimme noch nicht wieder in der Gewalt und starrte ihn nur wortlos an. Baxter stellte sich neben sie, ihre Schultern berührten sich. Sie wäre am liebsten von ihm abgerückt, aber tat es nicht. »Ich möchte gern, daß Sie für den Rest der Zeremonie dicht an meiner Seite bleiben.«

Die Filmkameras klickten von allen Seiten, sie sagte leise: »Ich bin sicher, daß einer von diesen vielen Menschen mich heute töten will.«

Er reagierte nicht sofort auf ihre Bemerkung. »Vermutlich«, sagte er dann, »gibt es auch mehrere dort unten, die es auf mich abgesehen haben . . . aber ich versprechen Ihnen, ich werde mich nicht tapfer vor Sie stellen, wenn Sie mir das gleiche versprechen.«

Sie lächelte. »Ja, in dem Punkt sind wir uns einig.«

Burke stand unbeweglich in der hin- und herwogenden Menge. Er blickte auf seine Uhr. Der Zwischenfall hatte genau zwei Minuten gedauert. Einen Augenblick lang hatte er gedacht: Jetzt ist es passiert! Aber schon nach wenigen Sekunden hatte er gewußt, daß der Flaschenwerfer kein Fenier war.

Die Polizei hatte schnell reagiert, aber der aufgebrachten Menge wegen nicht scharf durchgegriffen. Wäre die Flasche eine Bombe gewesen, hätten sie mehr als nur grüne Farbe wegzuwischen gehabt. Burke nahm einen Schluck aus seiner Feldflasche. Das Sicherheitsproblem, dachte er, ist heute so enorm, daß es schon aufhört, ein Problem zu sein. Was wußten er und seine Kollegen eigentlich über die Fenier? So gut wie nichts. Ferguson hatte gesagt, sie seien erfahrene Veteranen, aufs Überleben trainiert, also keine selbstmörderischen Fanatiker. Was immer daher ihre Mission sein mochte, sie würden versuchen, mit heiler Haut davonzukommen. Und dies würde ihre Aufgabe erschweren und seine vielleicht etwas erleichtern — das hoffte er zumindest.

Colonel Dennis Logan warf einen Blick auf die große Uhr. Eine Minute nach zwölf. »Scheiße!« Er wandte sich seinem Adjutanten Major Cole zu. »Fangen Sie an mit der verdammten Parade!«

»Jawohl, Colonel.« Der Adjutant drehte sich nach Barry Dugan um, dem Polizeioffizier, der seit fünfundzwanzig Jahren mit seiner grünen Pfeife das Zeichen zum Aufbruch gab. »Es geht los, Dugan!«

Dugan setzte die Pfeife an die Lippen, atmete tief ein, und ein lauter gellender Pfiff zerriß die Luft.

Colonel Logan stellte sich an die Spitze der Formation, hob die Hand und schrie: »Vor-wärts marsch!« Die Kapelle begann zu spielen, die Parade zu Ehren des heiligen Patrick hatte ihren Anfang genommen.

11

Patrick Burke überquerte die Avenue und blieb auf dem Bürgersteig vor der Kathedrale stehen, Colonel Logan befahl dem 69. Regiment, vor der Kathedrale anzuhalten.

Die Holzbarrikade, vor der Burke stand, wurde an der Stelle, wo der grüne Teppich auf die Straße führte, beiseite geschoben, und eine Gruppe von Männern im Cutaway löste sich aus der Paradeformation und schritt auf die Kathedrale zu. Burke nahm die Senatoren, Kongreßmitglieder und städtischen Würdenträger in Augenschein. Persönlich kannte er nur Bürgermeister Kline und Gouverneur Doyle. Sie alle bewegten sich gemessenen Schrittes über den Teppich die Stufen hinauf. Die Gläubigen unter ihnen knieten nieder und küßten den juwelenbesetzten Kardinalsring, die anderen begnügten sich mit einer tiefen Verbeugung.

Maureen fühlte, wie die allgemeine Spannung wuchs. Eine fast fiebrige Begeisterung hatte die Menge erfaßt. Aber ihr war nicht wohl zumute. Jeder lächelte und schüttelte Hände, ihre Hand, Baxters Hand, die Hand des Monsignore, aber sie bemerkte auch einige hart dreinblickende Männer in ihrer Nähe, deren Mienen das gleiche wachsame Mißtrauen verrieten, das auch sie empfand. Sie ließ ihren Blick schweifen und erkannte Detective Lieutenant Burke, der bei der Lücke in der Holzbarrikade stand und jeden eingehend musterte, als habe er keine ehrbaren Bürger vor sich, sondern eine Schar von Mördern. Sie fühlte sich durch seine Anwesenheit irgendwie beruhigt.

Burke sah zu, wie das 69. Regiment sich wieder in Bewegung setzte. Als die letzte Abteilung abgezogen war, atmete er erleichtert auf. Alle Amtspersonen und Würdenträger waren potentielle Opfer, besonders solange sie alle zusammen auf den Stufen standen, aber nun hatten sie sich verteilt — sie hatten sich wieder der Parade zugesellt, fuhren in Limousinen zu den Zuschauertribünen oder direkt zum Flugplatz. Burke wandte sich zum Gehen, der nächste gefährdete Ort war die Zuschauertribüne, denn dort hockten sie alle wieder auf einem Klumpen zusammen, die hohen Herren und möglichen Zielscheiben für Attentäter.

Im Central Park drängten sich die Menschen, sie saßen auf Hügeln, Steinbrocken und sogar in den Bäumen.

Inzwischen hatten sich Tausende von Zivilisten der Parade angeschlossen, und Colonel Logan spürte, wie die Erregung seines Regiments wie Funken auf die Menge und die Mitmarschierenden übersprang bis hinunter zur letzten Einheit, die aus alten IRA-Veteranen bestand. Sie konnten sich kaum mehr auf den Beinen halten, was zum Teil ihrem Alter, zum Teil ihrem Alkoholkonsum zuzuschreiben war, aber Logan wußte, daß sie trotzdem wie jedes Jahr hocherhobenen Hauptes und festen Schritts an den Tribünen vorbeidefilieren würden.

Logan sah, wie die Politiker den Paradezug verließen, um auf den Zuschauertribünen ihre Plätze einzunehmen. Er gab den üblichen Befehl »Augen links!«, als sie an den Tribünen vorbeizogen, und salutierte. Dann atmete er erleichtert auf, sein Auftrag war hiermit erfüllt.

Patrick Burke drängte sich durch die Menge, bis er zu dem Einsatzkommandowagen kam, der an der 64. Straße parkte. Er öffnete die hintere Tür. Ein Fernseher war auf die Station eingestellt, die die Parade übertrug, Lichter blitzten an den Kontrollanlagen, und drei Radios, jedes auf eine andere Kommandostelle eingestellt, krächzten im Halbdunkel. Einige Männer saßen auf Hokkern, schrieben oder hantierten an irgendwelchen elektronischen Geräten.

Burke erkannte Sergeant George Byrd vom BSS, dem Bureau of Spezial Services. Byrd blickte auf und lächelte. »Patrick Burke, die Geißel der irischen Rebellen, der Verteidiger des Glaubens.«

»Hör auf mit dem Quatsch, George.« Er zündete sich eine Zigarette an.

»Ich habe deinen Bericht von heute früh gelesen. Wer sind die Finnigans? Was haben sie vor?«

Burke setzte sich auf einen Klappstuhl. »Fenier.«

»Fenier, Finnigans, verrückte Iren. Wer sind sie?«

»Die Fenier waren eine Gruppe von Kriegern und Dichtern ungefähr zweihundert nach Christi. Aber es gab auch eine antibritische Guerilla-Armee im 19. Jahrhundert . . .«

Byrd lachte. »Bißchen veraltete Nachrichten, sie müssen irgendwo im Hauptquartier liegengeblieben sein.«

»Zusammen mit deinen Beförderungspapieren, vermutlich.«

Byrd grunzte. »Und wer ist Finn Mac-irgendwas?«

»Der Anführer der ursprünglichen Fenier, er ist vor ungefähr siebzehnhundert Jahren gestorben.«

»Ein Deckname?«

»Ich hoffe es, mir ist nicht daran gelegen, den echten zu treffen.«

Burke griff zum Telefon und wählte. »Jack?«

Jack Ferguson blickte auf die geschlossene Schlafzimmertür,

hinter der seine Frau unruhig schlief. Dann sagte er leise: »Patrick, es ist zwölf Uhr dreißig, ich habe Sie gebeten, mich nur zu vollen Stunden anzurufen.«

»Ich war bei der Parade. Gibt's was Neues?«

»Es ist schwer, heute jemand anzutreffen.«

»Das weiß ich nur zu gut.«

»Genau. Aber ich habe erfahren, daß dieser Mann, der sich MacCumail nennt, einige der militanten Mitglieder der Bostoner IRA angeheuert hat.«

»Interessant. Haben sie Waffen, Sprengstoffe und dergleichen?«

»Weiß ich nicht, aber in diesem Land kann man alles kaufen, angefangen von Pistolen bis zu Panzern.«

»Noch etwas?«

»Eine ungefähre Beschreibung MacCumails — groß, schlank, dunkel . . .«

»Könnte meine Mutter sein.«

»Er trägt einen auffallenden Ring.«

»Nicht sehr elegant für einen Mann.«

»Nein, aber vielleicht hält er ihn für einen Talisman, die Iren sind ungemein abergläubisch. Der Ring ist sehr groß, vielleicht antik oder ein Erbstück. Aber ich habe noch etwas über diesen MacCumail in Erfahrung gebracht, allerding ist es nur ein Gerücht . . . er soll einmal erwischt worden sein und sich mit dem britischen Geheimdienst eingelassen haben.«

»Warten Sie einen Moment.« Burke versuchte, seine Gedanken zu ordnen. Nicht zum ersten Mal kam ihm der Verdacht, daß mehr als eine Gruppe heute ihre Hand im Spiel hatte. Wo immer es eine irische Verschwörung gab, gab es eine britische Gegenverschwörung. Nach achthundert Jahren fast ununterbrochenen Kampfes schien es beinah so, als wären die beiden Gegner untrennbar ineinander verhakt — wie in einer Art bizarrer Umarmung, aus der es bis zum Jüngsten Gericht kein Entrinnen gab. Und sollte der irische Krieg auf die Vereinigten Staaten übergreifen, dann würden die Engländer sich nicht scheuen, ihn auf amerikanischem Boden weiterzuführen. Die Anwesenheit von Major Bartholomew Martin machte ihm weit größere Sorgen als alles, was er bisher von Ferguson gehört hatte. Und Major Martin wußte sehr viel mehr, als er zugab. Burke sagte in die Muschel: »Haben Sie sonst noch was für mich?«

»Nein . . . ich muß mich weiter umhören. Ich hinterlasse Ihnen bei Langley auf dem Plaza-Polizeirevier eine Nachricht, wenn ich etwas erfahre, aber falls in der Zwischenzeit nichts geschieht, treffe ich Sie um halb fünf im Zoo.«

»Uns bleibt nur noch wenig Zeit.«

»Ich werde alles tun, was ich kann, um eine Gewalttat zu verhindern. Aber Sie düfen nicht zu roh mit den Burschen umspringen, falls Sie sie fangen. Sie sind trotz allem meine Brüder.«

»Hm . . . Brüder . . .« Burke legte den Hörer auf und sagte zu Byrd gewandt: »Das war einer meiner V-Leute. Ein seltsamer Knabe, der zwischen seiner grundsätzlichen Anständigkeit und seinen wilden politischen Ansichten hin- und hergerissen wird.«

Burke verließ den Polizeiwagen und mischte sich unter die Menge an der Ecke der 64. Straße. Er blickte hinüber auf die andere Seite der Fifth Avenue zu den dicht besetzten Zuschauertribünen. Sollte irgend etwas passieren, dann vermutlich dort. Die anderen in Betracht kommenden Ziele, die Major Martin erwähnt hatte — die Banken, Konsulate, Flugbüros, diese Symbole der Londoner, Dubliner oder Belfaster Regierungen — waren seiner Meinung nach weniger gefährdet als die mit Amerikanern, Briten, Iren und anderen ausländischen Diplomaten dicht besetzten Zuschauertribünen.

Und die Kathedrale? Er schüttelte den Kopf. Nein — keine irische Gruppe, nicht einmal die fanatischste, würde eine Kirche angreifen. Sogar Fergusons offiziell anerkannte IRA-Fraktion — zumeist maßvolle Marxisten und Atheisten — würde dies nie in Erwägung ziehen. Wer anders als die Iren konnten friedliebende Kommunisten und bombenwerfende Katholiken in einer Bewegung vereinigen?

Burke rieb sich die müden Augen. Wenn heute etwas passierte, dann auf der Zuschauertribüne.

Terri O'Neal lag auf dem Bett, der Fernseher zeigte die Parade. Dan Morgan saß auf der Fensterbank und blickte die 64. Straße entlang. Er bemerkte einen großen Mann in Zivil, der aus einem Einsatzkommandowagen stieg, sich eine Zigarette anzündete und die umliegenden Gebäude nachdenklich musterte. Es würde nicht lange dauern, dachte Dan, bis die Polizei, der FBI und der britische Geheimdienst ihm und seinem Opfer auf die Spur kämen. Es war unvermeidlich. Die Iren hatten eine lange Tradition, die hieß: Informieren und Verraten. Ohne diesen nationalen Charakterfehler wären sie die Engländer schon vor Jahrhunderten losgeworden. Aber diesmal würde es anders sein. MacCumail war kein Mann, den man verriet, und die Fenier waren enger miteinander verbunden als eine Familie — Trauer und Haß vereinten sie unverbrüchlich.

Das Telefon klingelte. Morgan ging ins Wohnzimmer, schloß die Tür hinter sich und hob den Hörer ab. »Ja?« Er lauschte der Stimme Finn MacCumails, legte wieder auf und öffnete die Tür. Er starrte Terri O'Neal an. Es war nicht leicht, eine Frau zu töten, aber MacCumail verlangte nichts, was er nicht selbst auch tun würde. Maureen Malone und Terri O'Neal. Sie hatten nichts Gemeinsames, außer daß sie beide irisch waren und daß sie beide nur eine geringe Chance hatten, die Sonne noch einmal aufgehen zu sehen.

12

Patrick Burke ging die Third Avenue entlang und kehrte gelegentlich in irischen Kneipen ein. Die Bürgersteige waren voll von Festteilnehmern, die sich traditionsgemäß viele Gläser in vielen Bars genehmigten. Papierkleeblätter und Pappharfen klebten auf den meisten Restaurants- und Ladenscheiben. Es gab eine alte Redensart, daß die Iren am St.-Patricks-Tag die Fifth Avenue heraufmarschierten und die Third Avenue hinuntertorkelten. Burke bemerkte, daß einige der Passanten — egal ob Frauen oder Männer — bereits sehr wacklig auf den Beinen standen. Jeder schien jedem die Hand zu schütteln, so als wollten sie sich gegenseitig dazu gratulieren, daß sie Iren oder nüchtern genug waren, des andern Hand zu finden.

Burke atmete die kühle Vorfrühlingsluft ein und zündete sich eine Zigarette an, während er seinen Weg fortsetzte. An der 54. Straße fiel ihm der in goldenen Buchstaben geschriebene Name *P. J. Donleavy* auf der Scheibe einer bescheidenen Kneipe ins Auge, und er erinnerte sich, daß Donleavy ein beliebter Treffpunkt für IRA-Sympathisanten und IRA-Mitglieder war. Er beschloß, sich die Gäste näher anzusehen. Jede Unterhaltung, jedes hingeworfene Wort konnte am heutigen Tag wichtig sein.

Burke betrat den verrauchten Raum und stellte sich zwischen zwei Männer, die an der Bar tranken. »Kann ich den beiden Herren einen ausgeben?« fragte er mit einem leicht irischen Akzent, den er bei solchen Gelegenheiten annahm. »Eine Runde, Wirt!« Er wandte sich an seinen linken Nachbarn, einen jungen Arbeiter, der verärgert aussah. Burke lächelte ihn an. »Ich habe mich mit ein paar Freunden bei P. J. verabredet, aber ich kann mich nicht mehr erinnern, ob es nun bei P. J. Donleavy oder bei P. J. Clarke oder P. J. O'Hara oder P. J. O'Rourke war. Verdammt blöd von mir.« Das Bier kam und Burke zahlte. »Kennen Sie zufällig Kevin Michaelis oder Jim Malloy oder Liam Connelly? Haben Sie einen von ihnen heute gesehen?«

Der Mann rechts von Burke sagte: »Interessante Namensliste. Wenn Sie die drei suchen, dann werden die vorher *Sie* finden, darauf können Sie Gift nehmen.«

Burke sah dem Mann in die Augen. »Das gleiche hab ich mir auch gesagt.« Der Mann hielt Burkes Blick stand, erwiderte aber nichts.

»Ich suche ebenfalls John Hickey.« Keiner der beiden Männer antwortete.

Burke nahm einen kräftigen Schluck und stellte sein Glas auf die Theke. »Vielen Dank, meine Herren, und noch einen schönen Tag.« Er ging an der langen Bar vorbei zur Tür. In einem schräg hängenden Spiegel konnte er sehen, wie die beiden Männer ihm nachblickten und mit dem Wirt flüsterten.

Er wiederholte seine Fragen in jeder Spelunke, die ihm vielversprechend vorkam, wobei er nach einiger Zeit von Whisky und Bier auf heißen Kaffee überging. In einer Bar aß er ein Sandwich, das ihm merklich guttat. Er überquerte mehrmals die Third Avenue und blieb an jeder Straßenecke stehen und lauschte, ob nicht irgendwelche der vielen auf dem Beton laut hallenden Schritte ihm folgten und plötzlich hinter seinem Rücken anhielten. Er wollte die Iren aus ihrer Reserve locken und benutzte sich selbst als lebenden Köder, aber niemand biß an.

Er beschleunigte seine Schritte. Es war schon nach vier Uhr, um halb fünf mußte er Ferguson im Zoo treffen. Er betrat eine Telefonzelle. »Langley? Ich brauche fünfhundert für Ferguson.«

»Das hat Zeit. Aber das ist wohl kaum der Grund, warum du anrufst?«

Burke zündete sich eine Zigarette an. »Was weißt du über Major Bartholomew Martin?«

Nach einer langen Pause sagte Langley: »Ach, du meinst diesen britischen Geheimdienstler? Um den brauchst du dir keine Gedanken zu machen.«

»Und warum nicht?«

»Weil ich es sage.« Langley stockte. »Es — es ist ein wenig kompliziert . . .«

»Na, dann erzähl es mir ein anderes Mal. Gibt's sonst noch was?«

»Der FBI hat sich endlich entschlossen, uns ins Vertrauen zu ziehen«, sagte Langley. »In New Jersey hat jemand größere Mengen von Waffen gekauft; ein Dutzend M16-Gewehre, einige Repetiergewehre und Pistolen und Plastiksprengkörper, dazu noch ein halbes Dutzend Panzergranaten, alles US-Armee-Bestand.«

»Noch weitere Einzelheiten?«

»Nur daß die Käufer mit irischem Akzent sprachen und das Zeug nicht wie üblich nach Irland verschifft haben.«

»Das klingt nicht gut.«

»Was befürchtest du eigentlich?«

»Ich weiß es selbst nicht. Die Parade dauert noch knapp eine Stunde. Die Waffen sollten uns eigentlich Aufschluß geben, zumindest über die Art des geplanten Anschlags.«

»Martin meint, sie würden eine englische Bank in Wallstreet besetzen oder in die Luft sprengen. Der Commissioner hat einige

Kriminalbeamte und Polizisten dorthin abkommandiert«, sagte Langley.

»Warum sollten die Iren nach Amerika kommen, um eine *englische* Bank zu attackieren? Sie sind auf etwas aus, was nur *hier,* in diesem Land, existiert.«

»Vielleicht — mag sein.« Langley hielt inne. »Wir kommen nicht recht weiter, nicht wahr?«

»Es gibt zu viele Ziele, zu viele gefährdete Gebäude zu überwachen. Die Angreifer sind immer im Vorteil.«

»Ich werde den Satz anbringen, wenn ich dem Commissioner Bericht erstatte.«

Burke blickte auf seine Uhr. »Ich muß Ferguson treffen. Er ist meine letzte Trumpfkarte.« Er hängte ein, verließ die Telefonzelle und winkte ein Taxi heran.

Burke ging durch das offene Tor beim Zeughaus. Der Zoo wirkte weniger unheimlich bei Tageslicht. Kinder trotteten an der Seite ihrer Eltern die Wege entlang und hielten Ballons oder Lutscher in der Hand. Burke entdeckte Ferguson auf der Restaurantterrasse. Er saß an einem kleinen Tisch, das Gesicht hinter einer Zeitung verborgen. Zwei dampfende Teegläser standen vor ihm. Burke zog einen Stuhl heran und nahm eins der Gläser.

Ferguson ließ die Zeitung sinken. »Dem allgemeinen Gerede in den Kneipen zufolge, ist ein Raubüberfall auf eine englische Bank in der Wallstreet geplant.«

»Wer hat Ihnen das gesagt?«

Ferguson antwortete nicht. Burke ließ seinen Blick über das Zoogelände schweifen, dann wandte er sich wieder Ferguson zu, der noch immer schwieg. »Major Martin«, sagte Burke in einem fast plaudernden Tonfall, »ist, was man so allgemein einen Lockspitzel nennt. Was er im Sinn hat, kann ich nicht erraten. Aber ich bin sicher, er weiß mehr, als er zugibt.« Burke drückte seine Zigarette aus. »Schon gut, vergessen Sie, was Martin Ihnen erzählt hat, sagen Sie mir lieber, was *Sie* denken. Uns bleibt nur noch wenig Zeit.«

Ferguson schlug seinen Kragen hoch, um sich gegen den Wind zu schützen. »Ich weiß alles über Zeit. Ich weiß, daß sie relativ ist. Wenn Ihnen nach der neusten Methode die Kniescheibe mit einem elektrischen Bohrer statt mit einer Kugel zertrümmert wird, dann vergeht die Zeit sehr langsam. Und wenn Sie versuchen, etwas im letzten Moment zu verhindern, dann vergeht sie sehr schnell. Wären Sie zehn Minuten zu früh statt zu spät zur Stelle gewesen, hätten Sie vielleicht noch genug Zeit gehabt, um zu handeln.«

»Was meinen Sie?«

Ferguson lehnte sich über den Tisch. »Ich komme gerade aus der Kathedrale. John Hickey, der, seit er die St.-Patricks-Kirche in Dublin ausgeraubt hat, nie mehr in einem Gotteshaus gesehen wurde, saß schlafend in einer der Kirchenbänke. Er trägt jetzt einen Bart, trotzdem habe ich ihn sofort erkannt.«

»Weiter, Mann, weiter . . .«

»Die Vieruhrmesse ist gleich vorbei, und Tausende von Menschen werden aus der Kathedrale strömen, und die meisten Bürger haben um fünf Uhr Arbeitsschluß . . .«

»Ich weiß. Man bezeichnet diese Stunde im allgemeinen als Stoßzeit . . .«

»Die Grafschaftsrepräsentanten und die IRA-Veteranen bilden den Abschluß der Parade, beide Gruppen tragen Zivil und kennen sich nicht untereinander. Jeder kann sich unter sie mischen.«

»Ja, schon gut, aber beeilen Sie sich.«

»Ich muß Ihnen meine Gedanken darlegen, damit Sie Ihre Folgerungen . . .«

»Gut, also weiter.«

»Die Polizei ist erschöpft, einige Einheiten beenden ihren Dienst, die Menge ist unruhig und betrunken, der Tag neigt sich dem Ende zu, der seit Stunden drohende Sturm entlädt sich.«

»Bitte keine poetischen Ausmalungen.«

»Finn MacCumail ist Brian Flynn. Bevor Maureen Malone die IRA verließ, waren die beiden ein Liebespaar.«

Burke erhob sich. »Er will ihr etwas antun?«

»Das wäre genau die Art von Verrücktheit, zu der ein Mann, der sich Finn MacCumail, Führer der Fenier, nennt, fähig ist.«

»Aber doch nicht vor der Kathedrale?«

»Und warum nicht? Die Iren lieben dramatische Gesten; ob etwas dabei herauskommt oder nicht, ist ihnen ganz egal. Irland wird seine Helden und Märtyrer immer ihrer *grandezza* wegen verehren, Erfolg spielt für sie keine Rolle. Und kein Ire wird so schnell den wiedererstandenen Finn MacCumail vergessen, der zusammen mit seinen Feniern seine verräterische Geliebte am St.-Patricks-Tag in New York auf den Stufen der St.-Patricks-Kathedrale gefangennimmt oder tötet. Nein, daran werden sich noch Generationen erinnern.«

Tausend Gedanken schossen durch Burkes Kopf. »Ich hätte es nie für möglich gehalten, daß sie die Kathedrale . . . aber es stimmt genau überein mit den uns bekannten Tatsachen . . .«

»Vergessen Sie die Tatsachen. Der Plan entspricht dem irischen Charakter — die ganze irische Geschichte und das irische Schicksal . . . « Burke sprang auf und lief die Treppen der Terrasse hinunter und durch den Zoo zur Fifth Avenue, aber er hörte noch Fergusons Ruf: »Zu spät! Zu spät!«

Terri O'Neal sah auf dem Fernsehschirm die IRA-Veteranen vorbeidefilieren. Dann wechselte die Szene, und das nächste Bild war vom Dach des Rockefeller Center aufgenommen. Vertreter der Grafschaft Tyrone zogen an der Kathedrale vorbei. Sie richtete sich auf und lehnte sich vor. Das Gesicht ihres Vaters füllte plötzlich den Bildschirm, und der Kommentator machte einige passende Bemerkungen über diese bekannte Persönlichkeit. Sie schlug die Hände vors Gesicht. Erst sein Anblick hatte ihr voll zum Bewußtsein gebracht, in was für eine furchtbare Lage sie sich . . . ihn . . . alle gebracht hatte.

»O nein, Vater . . . laß sie nicht ungestraft davonkommen.«

Dan Morgan sah sie an. »Selbst wenn er dich hören könnte, helfen kann er dir nicht.«

Das Telefon läutete. Morgan ging ins Wohnzimmer und hob den Hörer ab, nickte und sagte: »Ja, ich bin bereit.« Dann legte er wieder auf. Er sah auf seine Uhr und begann, sechzig Sekunden abzuzählen, während er zurück ins Schlafzimmer ging.

Terri O'Neal starrte ihn angstvoll an. »Ist es . . .«

Er blickte auf den Bildschirm und dann auf sie. »Ja, es ist soweit, und Gott steh uns bei, wenn wir einen Fehler gemacht haben.«

Er ging zum Erkerfenster, öffnete den einen Seitenflügel und schwenkte eine grüne Fahne.

13

Brendan O'Connor stand in der Menge auf der Fifth Avenue, er blickte in die Höhe und sah die grüne Fahne aus dem Fenster in der 64. Straße wehen. Er holte tief Atem und ging hinter die Zuschauertribüne. Er zündete sich eine Zigarette an und blickte dem Rauch nach, der sich südwärts über seine Schulter verzog. Dann griff er in seine Manteltasche, streifte das Gummiband von der Kapsel einer Handgranate, deren Stift bereits entfernt war, und verschloß die Kapselöffnung mit dem Daumen. Während er sich durch die Menge drängte, stieß er die Granate durch ein Loch seiner rechten Manteltasche, so daß sie auf die Straße fiel. Das gleiche Manöver wiederholte er mit der Granate in seiner linken Manteltasche, dann verschwand er geschmeidig im Menschengewühl.

Beide Siebensekundenzünder gingen hintereinander los. Die erste Granate, ein CS-Gaszylinder, zischte leise, die zweite, eine Rauchzeichenvorrichtung, stieß dicke grüne Wolken aus, die in die südwärts liegenden Zuschauertribünen trieben. Brendan O'Connor ging schnellen Schritts weiter. Hinter sich konnte er zuerst erstaunte Ausrufe hören, die sich aber bald zu Schreckens- und Angstschreien steigerten, als sich der Rauch und das Gas über die Bürgersteige und Zuschauertribünen ausbreiteten. O'Connor ließ noch vier weitere Granaten durch seine Manteltaschen auf die

Straße gleiten, dann schlüpfte er durch einen schmalen Durchgang in den Park.

Patrick Burke schwang sich über die niedrige Steinmauer des Parks und schob sich seitwärts durch die sich auf dem Bürgersteig ballenden Menschenmassen in der Nähe der Zuschauertribünen. Dicke grüne Rauchwolken wälzten sich über die Tribünen auf ihn zu, seine Augen begannen zu tränen. Er band sich ein Taschentuch vors Gesicht und rannte zur Fifth Avenue. Doch die von Panik ergriffenen Menschen hinderten ihn am Vorwärtskommen. Das Banner der IRA-Veteranen lag auf dem Pflaster, und Burke konnte unter rennenden Füßen die Aufschrift entziffern: *Belfast — Irisch-Republikanische Armeeveteranen.* Während er sich durch die Reihen der alten Soldaten drängte, sah er, daß sie mit Agitatoren und berufsmäßigen Schreiern, wie er sie bei sich nannte, durchsetzt waren. Gut geplant, dachte er, und gut durchgeführt.

James Sweeney lehnte sich an einen Laternenpfahl in der 64. Straße und stemmte sich gegen den Druck der wogenden Menge. Seine Hände griffen durch die Taschen seines langen Regenmantels nach einer langstieligen Drahtschere, die an seinem Gürtel hing. Mit dem unteren Teil seines langen Mantels bedeckte er das Verbindungskabel zum Kommandowagen und schnitt die Telefon- und Starkstromleitungen durch. Sweeney machte drei Schritte nach vorn, mitten in die strudelnde Menschenmasse hinein, und ließ die Drahtschere unauffällig in einen Gully gleiten. Danach ließ er sich von der Menge treiben, die sich die 64. Straße entlangschob — fort von der gasverpesteten Avenue.

Im Inneren des Kommandowagens hörten die Telefonisten ein seltsames Knacken, und die vier Telefone waren tot. Sekunden später ging das Licht aus. Einer der Telefonisten sah George Byrd an, dessen kräftige Gestalt sich vor einem kleinen Fenster abhob. »Die Telefone sind kaputt.«

Byrd preßte sein Gesicht gegen die Scheibe und blickte auf den Sockel der Straßenlampe. »Verdammte Schweinehunde!« Er griff nach dem Radio, während der Fahrer den Motor anließ und auf die Dynamomaschine umschaltete. Dann machte Byrd seine Durchsage: »An alle Polizeistationen! Hier Einsatzkommando 64. Straße. Alle elektrischen Leitungen durchgeschnitten. Radio arbeitet auf Dynamo. Alle Telefonleitungen durchgeschnitten. Situation unklar . . .«

Die Tür flog auf. Burke kam hereingestürzt und riß Byrd das Funksprechgerät aus der Hand. »Einsatzkommando 51. Straße — Hören Sie mich?«

Der Telefonist des Einsatzkommandos, der neben der Kathedrale geparkt war, antwortete: »Alles ruhig hier, berittene und motorisierte Polizeieinheiten sind bereits auf dem Weg zu Ihnen . . .«

»Hören Sie . . .«

Als die neunzehn bronzenen Glocken im nördlichen Turm der St.-Patricks-Kathedrale fünf Uhr einläuteten, schaltete sich das Kästchen auf dem Querbalken der Glocken ein. Das Kästchen war ein hochwirksames Störgerät und begann seine Störungswellen auszuschicken, die alle Funksprechgeräte im Zentrum lahmlegten.

Ein hoher, schriller Ton schlug an Burkes Ohr. »Polizeikommando 51. Straße, hören Sie mich? Die Kathedrale ist in Gefahr . . . Hören Sie mich?« Das Störgeräusch wurde lauter und ging in ein anhaltendes Pfeifen über. Burke ließ das Funksprechgerät sinken und sah Byrd an: »Verständigung unmöglich.«

»Das hör ich auch. Scheiße!« Byrd griff nach dem Radio und schaltete auf eine andere Wellenlänge um, aber auch die war gestört. »Halunken!«

Burke faßte ihn am Arm. »Schick deine Leute in öffentliche Telefonzellen, und sag ihnen, sie sollen das Plaza-Polizeirevier und das Pfarrhaus anrufen, damit man von dort die Polizei bei der Kathedrale über die neue Lage informiert. Vielleicht hat der dortige Kommandowagen noch telefonische Verbindung.«

»Glaub ich nicht.«

»Sag ihnen . . .«

»Ich weiß, ich bin ja nicht taub.« Byrd schickte vier von seinen Leuten fort, blickte durch das kleine Fenster und beobachtete, wie sie sich einen Weg durch die Menschenmenge bahnten. Er wandte sich zu Burke um, aber der war nicht mehr da.

Auf den Stufen der Kathedrale sah Maureen Malone, wie ein Kriminalbeamter ungeduldig an seinem Sprechfunk hantierte. Polizisten liefen hin und her, empfingen Befehle und gaben Nachrichten weiter, und sie konnte aus ihrem Benehmen schließen, daß irgend etwas nicht in Ordnung war. Sie bemerkte, daß die sich auf dem Bürgersteig drängenden Menschen unruhig die Köpfe in Richtung der Fifth Avenue wandten und aufgeregt miteinander sprachen. Sie hatten offensichtlich eine Neuigkeit gehört, die noch nicht bis hierher durchgedrungen war. Sie blickte ebenfalls in die gleiche Richtung, konnte aber nichts Ungewöhnliches entdecken. Das einzige, was ihr auffiel, war, daß die Marschierenden ihr Tempo merklich verlangsamt hatten. Sie wandte sich an Baxter und sagte leise: »Irgend etwas ist passiert.«

Der fünfte Glockenton verklang. Baxter nickte: »Ja, wir halten besser die Augen offen.«

Maureen bemerkte, daß der Kardinal verärgert, aber in keiner Weise besorgt, diese plötzliche Unruhe beobachtete.

Büroangestellte strömten nun aus dem Rockefeller Center, dem Olympic Tower und den umliegenden Wolkenkratzern auf die bereits überfüllten Bürgersteige.

Plötzlich ertönten Wutschreie aus der Menge. Maureen wandte ihren Kopf nach links. Aus der Eingangstür des Kaufhauses Saks stürmten ein Dutzend schwarzgekleideter Männer auf die Fifth Avenue. Sie trugen weiße Handschuhe, Melonen und orangene Schärpen quer über der Brust. Die meisten von ihnen hielten Spazierstöcke in der Hand. Sie schoben eine der Holzbarrikaden beiseite und entrollten ein Banner mit der Aufschrift: *Lang lebe die Königin. Ulster bleibt britisch für immer.*

Maureens Puls schlug schneller. Sie sah plötzlich wieder Ulster vor sich, wo während der langen Sommermonate die Orangisten, Anhänger des politischen Protestantismus in Irland, durch die Straßen der Städte und Dörfer zogen und ihre Treue zur Krone und ihren Haß auf die Katholiken laut proklamierten.

Die Menge fing zu schimpfen und pfeifen an. Ein alter IRA-Veteran, gestärkt durch reichlich Alkohol, durchbrach die Polizeibarrikade, lief fuchtelnd auf die Orangisten zu und schrie: »Ihr verdammten Mörder, ich bring euch alle um!«

Mehrere aus der wütenden Menge taten es dem Alten gleich, angefeuert von einer Handvoll von kräftigen Burschen, die anscheinend die Rolle von Anführern übernommen hatten. Dieser Vorhut folgte bald ein Strom von Männern, Frauen und Teenagern, und die Holzbarrikaden entlang der Fifth Avenue fielen krachend eine nach der anderen aufs Pflaster.

Die wenigen berittenen Polizisten, die nicht zu den Zuschauertribünen abkommandiert worden waren, formierten sich zu einer schützenden Phalanx um die Orangisten. Gleichzeitig setzte sich eine grüne Minna, flankiert von Streifenwagen, in der 50. Straße in Bewegung, um die Orangisten vor der Menge, die sich plötzlich in einen Pöbelhaufen verwandelt hatte, in Sicherheit zu bringen. Die Polizisten schwangen ihre Gummiknüppel, um den Mob in Schach zu halten. Auch die Orangisten schienen jetzt endlich zu begreifen, in was für eine gefährliche Lage sie sich gebracht hatten. Sie ließen ihre Lautsprecher und ihr Banner fallen und kämpften sich zusammen mit der Polizei den Weg frei zu der rettenden grünen Minna.

Patrick Burke schlängelte sich laufend und schubsend durch die Gaffer und Paradeteilnehmer, die die Fifth Avenue verstopften. Er blieb bei einem geparkten Streifenwagen stehen, zeigte seine Dienstmarke und sagte atemlos: »Können Sie mich mit dem Kommandowagen an der Kathedrale verbinden?«

Der Polizist schüttelte den Kopf und wies auf das quietschende Radio.

»Dann fahren Sie mich sofort zur Kathedrale.«

»Nicht möglich.« Der uniformierte Sergeant, der neben dem Fahrer saß, hob abwehrend die Hand. »Wir kommen nicht vorwärts in diesem Gedränge, und wenn wir jemand anfahren, ist der Teufel los.«

»Scheiße!« Burke überquerte die Avenue, schwang sich über die Mauer des Central Park und rannte einen Weg, der parallel zur Avenue lief, entlang. An der Grand Army Plaza verließ er den Park, aber die Kathedrale war noch immer neun Häuserblocks von ihm entfernt, und er wußte, daß er in diesem Gewühl mindestens eine halbe Stunde für die Strecke brauchen würde. Ferguson behielt recht. Er kam zu spät.

Plötzlich tauchte ein schwarzes Pferd vor ihm auf. Eine junge Polizistin, das blonde Haar unter den Helm gesteckt, saß ungerührt auf dem Pferderücken. Er trat an die Frau heran und zeigte seine Dienstmarke. »Burke. Intelligence Division. Ich muß zur Kathedrale. Schaffen Sie es, sich mit dem Gaul und mit mir auf dem Rücken einen Weg durch die Menge zu bahnen?«

Sie betrachtete die verschwitzte Erscheinung vor sich. »Es ist kein ›Gaul‹, aber wenn Sie's so eilig haben, steigen Sie auf.« Sie beugte sich nach unten, Burke ergriff ihre Hand, setzte seinen Fuß in den Steigbügel und schwang sich schwerfällig hinter sie.

Die Polizistin spornte das Pferd an. »Also los, Commissioner!«

»Ich bin nur Lieutenant.«

Die Polizistin warf ihm einen Blick über die Schulter zu. »Das Pferd heißt Commissioner.«

»Und wie heißen Sie?«

»Foster — Betty Foster.«

»Netter Name, gefällt mir.«

Das gutgeschulte Polizeipferd und seine Reiterin waren in ihrem Element. Sie schlängelten sich durch die Menge, nahmen jede Lücke wahr, scheuchten die Ängstlichen beiseite, sprengten Gruppen auseinander, aber ohne jemand zu Fall zu bringen oder zu verletzen.

Burke hielt sich krampfhaft an der Taille der Reiterin fest. Sie näherten sich der 57. Straße. Er schrie ihr ins Ohr: »Sie sind großartig, Betty, kommen Sie oft in diese Gegend?«

Die Polizistin drehte sich um. »Ich hoffe, dieser Ritt ist wirklich wichtig, Lieutenant, sonst gnade Ihnen Gott.«

»Es ist der wichtigste Ritt aller Zeiten, Mädchen. Nein, wirklich, mein Ehrenwort.«

Major Bartholomew Martin stand am Fenster eines kleinen Zimmers im zehnten Stockwerk des British Empire Building im

Rockefeller Center. Er beobachtete den Aufruhr und das Menschengewühl im Umkreis der Kathedrale, dann wandte er sich zu dem neben ihm stehenden Mann: »Nun, Kruger, mir scheint, die Fenier sind gekommen.«

Der andere, ein Amerikaner, antwortete: »Haben Sie das nicht vorausgesehen?«

»Nein, nicht mit Bestimmtheit. Brian Flynn traut mir nicht. Ich habe ihm wohl einige Vorschläge gemacht, ein paar Ideen gegeben . . . das einzige, was ihm strikt verboten wurde, ist, britisches Eigentum oder britisches Personal anzugreifen. Aber bei diesen Iren kann man nie wissen.« Major Martin starrte ein paar Sekunden lang ins Leere, dann sagte er geistesabwesend: »Wissen Sie, Kruger, als ich den verdammten Burschen im vergangenen Winter endlich in Belfast dingfest gemacht habe, war er ein gebrochener Mann — körperlich wie seelisch. Er wollte nur eins von mir — daß ich ihn möglichst schnell töte. Und, glauben Sie mir, ich hätte ihm diesen Gefallen gern getan. Aber dann fiel mir noch etwas Besseres ein. Ich habe ihn ›umgedreht‹, wie wir das nennen, zum Verräter seiner eigenen Sache gemacht. Anschließend habe ich ihm den Tip mit Amerika gegeben und ihn laufenlassen. Ein gefährliches Spiel, ich weiß, aber ich glaube, es hat sich gelohnt.«

Kruger blickte ihn eine lange Weile nachdenklich an, dann sagte er: »Ich hoffe nur, wir haben die Reaktion der amerikanischen Öffentlichkeit richtig eingeschätzt.«

Martin lächelte und nahm einen Schluck Kognak aus einer Feldflasche. »All die Amerikaner, die den Iren bislang Sympathie entgegengebracht haben, werden ab morgen anders denken.«

14

Maureen Malone fühlte, wie jemand sie an der Schulter berührte. Sie drehte sich um und sah einen Mann, der ihr eine Dienstmarke unter die Nase hielt. »Bureau of Special Services, Miß Malone. Wir machen uns Sorgen um Ihre Sicherheit. Würden Sie mir bitte in die Kathedrale folgen, und Sie bitte auch, Mr. Baxter.«

Baxter blickte auf die Menge hinunter und auf die Polizisten, die mit untergehakten Armen entlang des Bürgersteigs einen Kordon bildeten. »Nach meiner Meinung besteht nicht der geringste Anlaß . . .«

Der BSS-Mann sagte: »Bitte, verstehen Sie mich, Sir, Sie könnten andere Menschen in Gefahr bringen, wenn Sie noch länger hier stehenbleiben . . .«

»Nun gut. Ich glaube, er hat recht, Miß Malone.«

Maureen und Baxter drehten sich um und gingen die Stufen hinauf. Maureen sah das rote Gewand des Kardinals aufleuchten, als er sich, flankiert von zwei Männern, durch die ihn umdrängende Menge den Weg zur Kathedralentür bahnte.

Andere BSS-Leute hatten sich um Monsignore Downes und um die diversen Priester und Kirchenältesten geschart und musterten gleichzeitig aufmerksam die wogende Menge auf dem Bürgersteig. Zwei BSS-Leute bemerkten, daß der Kardinal, Maureen Malone und Baxter von vier völlig Unbekannten weggeführt wurden. Mißtrauisch geworden, boxten sie sich die Treppe hinauf zum Portal. Zwei Priester, die auf der obersten Stufe standen, traten hinter sie, und die beiden BSS-Männer fühlten einen harten Gegenstand in ihrem Rücken. »Rührt euch nicht«, flüsterte einer der Priester, »oder wir schießen euch das Rückgrat kaputt.«

Der Einsatzkommandowagen vor der Kathedrale hatte die Radioverbindung verloren, aber das Telefon funktionierte noch. Aus der 51. Straße kam ohne Warnsignale ein Rettungswagen angerast. Er geriet ins Schleudern und rammte den Polizeiwagen seitlich, so daß dieser nach vorn schoß, wobei die an die Straßenbeleuchtung angeschlossenen Leitungen rissen. Die Fahrer des Rettungswagens ließen ihr Fahrzeug stehen und verschwanden in der von Menschen wimmelnden Eingangshalle des Olympic Tower.

Maureen Malone, Harold Baxter und der Kardinal schritten durch das Hauptschiff der überfüllten Kathedrale. Zwei Männer folgten ihnen, zwei andere gingen ihnen voraus. Maureen sah zur Kanzel auf und erkannte Vater Murphy wieder, dann fiel ihr Blick auf einen Priester, der an der Kommunionbank kniete — er erinnerte sie an jemand . . . aber an wen?

Der Kardinal drehte sich um, dann fragte er seine Begleiter: »Wo ist Monsignore Downes? Und warum sind die anderen nicht bei uns?«

Einer der Männer antwortete: »Sie kommen gleich nach, bitte gehen Sie weiter, Eminenz.«

Vater Murphy versuchte, mit der Predigt fortzufahren, aber der Lärm und das Sirenengeheul, das sogar durch die dicken Mauern des Gotteshauses drang, lenkte ihn ab. Er ließ seinen Blick über die zweitausend Gläubigen, über das Hauptschiff und die Seitenschiffe schweifen, und dann fiel sein Auge auf das leuchtende Rot des Kardinalsgewandes. Der Kirchenfürst, flankiert von Maureen Malone und Sir Harold Baxter und in Begleitung von Sicherheitsbeamten, schritt auf den Altar zu. Der Anblick beunruhigte ihn. War irgend etwas geschehen? Wie bedauerlich, wenn dieser schöne Festtag durch Krawalle verdorben würde. Aber nun hatte er endgültig den Faden verloren, er wußte nicht mehr, wo er stehengeblieben war, und sagte daher abrupt: »Der Gottesdienst ist beendet. Gehet hin in Frieden.« Doch dann fügte er hastig hinzu. »Nein, bitte bleiben Sie, bis ich weiß, was geschehen ist.«

Vater Murphy drehte sich um und sah, daß der Priester, der an der Kommunionbank gekniet hatte, jetzt auf der obersten Stufe der Kanzel stand. Er erkannte in ihm den großen Priester mit den grünen Augen wieder, dem er in der Früh begegnet war, und es erstaunte ihn merkwürdigerweise überhaupt nicht, ihn jetzt vor sich zu sehen. Er räusperte sich: »Ja?«

Brian Flynn zog eine Pistole unter dem schwarzen Mantel hervor, hielt sie dicht an seine Hüfte und sagte: »Treten Sie zurück.«

Murphy holte tief Luft. »Wer sind Sie?«

»Der neue Erzbischof.« Flynn stieß Murphy zurück und griff zum Mikrophon. Der Kardinal näherte sich jetzt dem Altarraum. Brian Flynn sagte in gemessenem, ruhigem Tonfall: »Meine Damen und Herren, darf ich um Ihre Aufmerksamkeit bitten . . .«

Maureen Malone blieb abrupt einige Schritte vor der Kommunionbank stehen und starrte wie gebannt auf die große, dunkle Priestergestalt. Der Mann hinter ihr schob sie weiter, sie drehte sich um. »Wer sind Sie?«

Der Mann zog eine Pistole aus dem Gurt. »Kein Polizist jedenfalls.« Der New Yorker Akzent hatte jetzt einen deutlich irischen Beiklang. »Gehen Sie vorwärts, auch Sie, Baxter, und Sie, Eminenz.« Einer der Männer öffnete das Gitter, das den Altarraum abtrennte: »Bitte, treten Sie ein.«

Patrick Burke blickte von seinem unbequemen Sitz über die Köpfe der Menge hinweg. Zwei Häuserblocks entfernt schienen sich die Massen in noch größerem Aufruhr zu befinden als in seiner unmittelbaren Nähe. Die Schaufenster von fast allen teuren Läden entlang der Fifth Avenue waren eingeschlagen, und uniformierte Polizisten hielten vor den Auslagen Wache. Aber niemand schien ans Plündern zu denken. Vermutlich sind alle zu sehr mit Raufen und Saufen beschäftigt, dachte Burke. Er konnte jetzt die Kathedrale sehen, und es war offensichtlich, daß der Tumult dort seinen Anfang genommen hatte.

Je mehr sie sich der Kathedrale näherten, desto dichter wurde die Menschenmasse, die gegen die Beine der Reiter stieß, aber zurückwich, als das Pferd einen Satz nach vorn machte.

»Mein Gott«, rief die Polizistin, »ich komme nicht weiter . . .« Sie zog die Zügel an, und das Pferd bäumte sich auf. Die Menschen sprangen beiseite, und die Polizistin trieb das Pferd in die entstandene Lücke. Dieses Manöver wiederholte sie mehrmals.

»Bravo«, rief Burke atemlos, »gute Arbeit . . .«

»Wie weit muß ich noch?«

»Bis der Gaul an der Kommunionbank kniet.«

Brian Flynn wartete, bis sich der Kardinal und die anderen sicher im Altarraum befanden, dann sagte er ins Mikrophon: »Meine Damen und Herren, verlassen Sie sofort durch alle verfügbaren Türen die Kathedrale.«

Die Gläubigen sahen sich verdutzt an, doch dann brüllten einige über die ganze Kathedrale verteilte Männer: »Feuer! Feuer! Rette sich, wer kann!«

Die Kirchenbänke leerten sich in Windeseile, in den Gängen drängten die aufgeregten Kirchgänger zu den Ausgängen. Die Zuschauer auf den Stufen wurden von der Menschenwoge, die aus dem Hauptportal flutete, weggeschwemmt und in die Holzbarrikaden gedrückt.

Monsignore Downes versuchte verzweifelt, zum Portal zu gelangen, aber es war unmöglich, gegen diese Flut anzukämpfen. Er fand sich plötzlich, ohne zu wissen wie, auf der Straße wieder, eingekeilt zwischen einer dicken Frau und einem stämmigen Polizisten. Die beiden falschen Priester, die ihre Pistolen in den Rükken der beiden BSS-Männer gepreßt hatten, verschwanden spurlos im Gewühl. Die beiden BSS-Männer versuchten, die Stufen hinaufzupreschen, aber auch sie wurden überrannt.

Die Motorräder der Polizei fielen krachend aufs Pflaster, und an den Streifenwagen hingen Menschen, die sich vor der trampelnden Menge retten wollte. Marschierende Einheiten lösten sich auf und gingen in der Menge unter. Die Polizei versuchte, die Unruheherde einzudämmen, aber ohne Radioverbindung waren ihre Aktionen unkoordiniert und erfolglos. Die Fernsehleute filmten nach Leibeskräften, bis auch sie von dem wildgewordenen Mob überrannt wurden.

Inspector Philip Langley blickte aus dem Polizeihelikopter hinunter auf die dämmrigen Straßenschluchten. Er drehte sich nach Deputy Police Commissioner Rourke um und schrie gegen das Motorengeräusch an: »Ich glaube, die Parade ist zu Ende!«

Rourke warf einen Blick auf die chaotische Szene unter ihm. Die Autokolonnen waren bereits viele Kilometer lang, und die Menschen wimmelten wie die Ameisen zwischen der 34. und der 72. Straße. Fast eine Million Menschen waren in diesem verhältnismäßig kleinen Bezirk zusammengepfercht, und keiner von ihnen würde rechtzeitig zum Abendbrot zu Hause sein.

»Eine Menge unglücklicher Menschen stehen da unten herum, Philip.«

Langley zündete sich eine Zigarette an. »Ich werde mein Abschiedsgesuch heute abend einreichen.«

Rourke hob die Augenbrauen. »Wenn noch jemand da ist, es entgegenzunehmen.« Dann blickte er wieder hinunter. »Die gesamte New Yorker Polizei ist irgendwo da unten, aber ohne jede

Verbindung untereinander, abgeschnitten von ihren Kommandostellen. Das ist wirklich das Schlimmste von allem.«

Langley schüttelte den Kopf. »Ich fürchte, das Schlimmste steht uns noch bevor.«

Brian Flynn kam von der Kanzel herunter und stand vor Maureen Malone. »Es ist verdammt lange her, seit ich dich gesehen habe, Maureen.«

Sie sah ihn an und erwiderte ruhig: »Nicht lange genug.«

Er lächelte. »Hast du meine Blumen bekommen?«

»Ich habe sie ins Klo geworfen.«

»Eine davon hast du dir angesteckt.«

Sie errötete. »Du bist also doch nach Amerika gekommen, Brian.«

»Ja, wie du siehst. Aber unter meinen eigenen Bedingungen.«

Er blickte sich in der Kathedrale um. Die letzten Gläubigen drängten sich in der Vorhalle und versuchten alle gleichzeitig, sich durch das bronzene Hauptportal zu quetschen. Zwei Fenier, Arthur Nulty in einem Priestergewand und Frank Gallagher in Paradeuniform, standen hinter ihnen und spornten sie an, möglichst schnell die Kirche zu verlassen. Aber die Stufen waren so vollgepackt, daß diese Nachzügler zurückgedrängt wurden. Alle anderen Türen waren bereits verschlossen und verriegelt. Flynn sah auf seine Armbanduhr. Das Leeren der Kirche nahm mehr Zeit in Anspruch, als er vorausgesehen hatte. Er wandte sich an Maureen. »Ja, unter meinen Bedingungen. Begreifst du, was mir gelungen ist? In einer halben Stunde wird ganz Amerika davon erfahren. Wir werden ihnen einen guten irischen Theatercoup liefern.«

Maureen sah den ihr nur zu vertrauten triumphalen Ausdruck in seinen Augen, aber sie sah auch noch etwas anderes, nämlich Angst. Wie ein kleiner Junge, dachte sie, der etwas aus einem Laden gestohlen hat und weiß, daß man ihm auf der Spur ist. »Du wirst aus dieser Sache nicht heil herauskommen.«

Er lächelte, und die Angst wich aus seinen Augen. »O doch!«

Zwei Fenier, die sich als Polizisten verkleidet hatten, gingen seitlich am Altar vorbei, die Treppe zur Sakristei hinunter. Aus dem Bogengang, der das Pfarrhaus mit der Kirche verband, hörten sie das Geräusch näherkommender Schritte, und aus dem gegenüberliegenden Gang, der zur Kardinalsresidenz führte, erschallten aufgeregte Stimmen. Sekunden später stürmten Priester und Polizisten gemeinsam durch die zwei gewölbten Bogengänge in die Sakristei. Die beiden Fenier schlossen rasch die messingnen Gittertüren, die den Zugang zur Kathedrale blockierten. Die in der Sakristei brüsk aufgehaltenen Leute blickten perplex nach oben. Ein uniformierter Polizist rief: »He, da! Aufmachen!« und lief die Treppe hinauf.

Die Fenier schenkten ihm keinerlei Beachtung. Sie wanden eine Kette mehrmals um die Schnörkelverzierungen des Gitters, holten ein Vorhängeschloß hervor und ließen es einschnappen. Einer von ihnen sah die überrumpelte Mannschaft an und sagte lächelnd: »Tut mir leid, Jungens, ihr müßt umkehren.« Beide Fenier gingen die Stufen wieder hinauf und verschwanden. Der eine, Pedar Fitzgerald, setzte sich in die Nähe der Kryptatür, von wo aus er das Gitter überblicken konnte. Der andere, Eamon Farrell, ging um den Altar herum und nickte Flynn zu.

Flynn wandte sich zum ersten Mal an Baxter. »Sir Harold Baxter?«

»Ja, der bin ich.«

Er starrte Baxter an. »Ja, Sie würde ich mit Vergnügen umbringen.«

Baxter antwortete in einem fast gelangweilten Tonfall: »Leute Ihrer Sorte bringen jeden mit Vergnügen um.«

Flynn zuckte die Achseln und blickte den Kardinal an. »Eminenz.« Er machte eine Verbeugung, und es war nicht ganz klar, ob sie mokant oder ernst gemeint war. »Mein Name ist Finn MacCumail, ich bin der Chef der neuen Fenier-Armee. Die Kirche gehört jetzt mir, sie ist mein Bruidean. Kennen Sie den Ausdruck? Mein Zufluchtsort.«

Der Kardinal schien ihm nicht zugehört zu haben. Er fragte abrupt: »Ist wirklich Feuer in der Kathedrale ausgebrochen?«

»Das hängt davon ab, was in den nächsten Minuten passiert.«

Der Kardinal starrte ihn an, Flynn hielt seinem Blick stand. Schließlich sagte der Kardinal: »Verschwinden Sie von hier, und zwar schnell, bevor es zu spät ist.«

»Ich kann nicht, und ich will nicht.« Er blickte nach oben zu der Empore über dem Hauptportal, wo Jack Leary, der die Uniform eines Kriegers aus den Befreiungskriegen trug, mit einem Gewehr in der Hand Wache hielt. Dann richtete er seinen Blick auf das Hauptportal. Noch immer drängten sich die Menschen in der Vorhalle, und der Straßenlärm und das Tageslicht drangen durch die offenstehenden Doppeltüren. Er wandte sich an Vater Murphy, der neben ihm stand. »Vater, Sie können gehen, aber beeilen Sie sich, bevor die Türen sich schließen.«

Murphy stellte sich neben den Kardinal. »Wir werden beide diese Kirche verlassen.«

»O nein. Und wenn ich es mir genau überlege, könnte Ihre Anwesenheit auch ganz nützlich sein.« Flynn sah wieder Maureen an, ging dicht an sie heran und sagte mit leiser Stimme: »Du wußtest, daß ich hier bin, sogar noch bevor du meine Blumen erhalten hattest?«

»Ja, ich wußte es.«

»Sehr gut. Wir sind uns also noch immer so nahe wie damals.

Wir haben all diese Jahre über viele Meilen hinweg miteinander gesprochen, nicht wahr, Maureen?« Sie nickte.

Eine junge, als Nonne gekleidete Frau erschien mit einer großen Pistole in der Hand an der Balustrade. In der ersten Kirchenbank erhob sich ein Mann, der dort anscheinend eingenickt war, streckte seine Glieder und stellte sich hinter sie. Alle beobachteten, wie die beiden die Stufen zum Altarraum erklommen.

Der alte Mann nickte den Geiseln zu und sagte mit einer klaren, schallenden Stimme: »Eure Eminenz, Vater Murphy, Miß Malone, Sir Harold, ich bin John Hickey. Mein phantasiereicher Deckname ist Dermot, gemäß dem heidnischen Leitmotiv, das unserem Anführer Finn MacCumail so besonders am Herzen liegt.« Er machte eine übertrieben tiefe Verbeugung vor Flynn. »Ich bin ein Poet, ein Gelehrter, ein Kämpfer und ein Patriot, so wie die ursprünglichen Fenier. Sie mögen sogar von mir gehört haben.« Er blickte um sich und sah ein Aufflackern des Erkennens in den Augen der vier Geiseln. »Und ich bin noch nicht tot, wie Sie wohl bemerkt haben. Aber bevor die Sonne wieder aufgeht, werde ich, wenn mich nicht alles täuscht, tot sein. Tot in den rauchenden Trümmern dieser Kathedrale. Und eine großartige Leichenverbrennung wird es sein. Eines Mannes von meiner Bedeutung würdig. Ach, schauen Sie nicht so bedrückt drein, Kardinal, es gibt immer einen Ausweg — das heißt, wenn Sie vier sich vernünftig verhalten.« Er wies auf die junge Frau an seiner Seite. »Darf ich Ihnen Grania vorstellen — oder, da sie ihren richtigen Namen vorzieht: Megan Fitzgerald.«

Megan Fitzgerald sagte nichts, aber sie betrachtete die vier Geiseln eingehend. Ihr Blick blieb auf Maureen Malone ruhen, sie musterte sie von Kopf bis Fuß.

Maureen hielt dem Bick der jungen Frau stand. Sie hatte von vornherein gewußt, daß eine Frau an der Aktion beteiligt sein würde. Mit Flynn als Anführer war das unvermeidlich. Flynn gehörte zu dem Typ Mann, der eine Frau in seiner Nähe braucht, um seinen Mut zu stärken, so wie andere Männer Alkohol brauchen. Maureen inspizierte das Gesicht Megan Fitzgeralds so unvoreingenommen wie möglich: hohe Backenknochen, Sommersprossen, ein spöttischer Mund und schöne, aber stechende Augen. Und sehr jung. Ihre Chance, als Freundin von Brian Flynn alt zu werden, war gering. Maureen sah sich selbst, wie sie vor zehn Jahren gewesen war.

Megan Fitzgerald trat auf sie zu, die große Pistole lässig in der Hand schwingend. Sie beugte sich vor und flüsterte in Maureens Ohr: »Ich warte nur auf eine Gelegenheit, dich zu töten.«

»Ich hoffe, daß ich den Mut habe, diese Gelegenheit herbeizuführen, und dann werden wir ja sehen, ob du genügend Schneid hast.«

Megan Fitzgeralds Muskeln spannten sich, sie trat einige Schritte zurück und bedachte alle Anwesenden mit einem eiskalten Blick. Sie bemerkte Flynns verärgertes Stirnrunzeln, drehte sich um und ging das Kirchenschiff entlang zum Hauptportal.

Das Portal stand noch immer offen. Flynn ballte die Faust, er hatte nicht mit dieser enormen Menschenmasse gerechnet. Wenn sie die Tür nicht bald schließen und verriegeln konnten, würde die Polizei eindringen, und ein Feuergefecht wäre unvermeidlich. Er folgte Megan mit den Augen, und plötzlich sah er, wie sie die Pistole hob. Aus der nach oben gerichteten Mündung kam ein Aufblitzen und Rauch, und das Echo des Schusses hallte in dem hohen Kirchenbau von allen Seiten wider. Die Menge in der Vorhalle stieß erschreckte Schreie aus und drängte von Panik ergriffen mit erneuter Wucht ins Freie.

Flynn sah, wie Megan die Pistole in Armlänge vor sich hielt und den noch offenen Spalt anvisierte. Nulty und Gallagher eilten ihr zu Hilfe und drückten langsam die beiden Türflügel hinter den fliehenden Gläubigen zu. Megan kniete hin und faßte die Pistole mit beiden Händen, um besser zielen zu können.

Patrick Burke schrie der Polizistin zu: »Die Stufen rauf! Zum Portal!«

Betty Foster trieb ihr Pferd die Stufen hinauf. Burke sah, wie die letzten Gläubigen aus der Kirche flohen, und das Pferd brach in den freien Raum hinter ihnen. Die Polizistin warf das Pferd herum und preßte die Hacken in seine Flanken. »Los, Commissioner! Auf! Auf!«

Burke zog seinen Dienstrevolver und schrie: »Raus mit dem Schießeisen, Betty, und durchs Portal!«

Die Polizistin hielt die Zügel in der Linken und zog ihre Pistole.

Einige Meter vor ihnen schlossen sich langsam die riesigen, fast zwei Stockwerke hohen, schweren, bronzenen Flügel des prächtigen Hauptportals. Burke erriet, daß sie von innen mit aller Macht zugestoßen wurden. Die schlecht beleuchtete Vorhalle kam in sein Blickfeld, und er sah eine kniende Nonne. Hinter ihr erstreckte sich die riesige leere Kathedrale, und durch die endlosen Säulenreihen, ganz am Ende im erhöhten Altarraum erspähte er eine Gruppe von Menschen; eine in Rot gekleidete Gestalt hob sich klar gegen den weißen Marmor ab.

Die Torflügel waren jetzt halb geschlossen, der Kopf des Pferdes war einen Meter von dem Spalt entfernt. Burke war sicher, daß sie es gerade noch schaffen würden. Aber dann . . .was?

Die kniende Nonne! Er richtete sein ganzes Augenmerk auf sie. Und plötzlich sah er ihren ausgestreckten Arm. Ein grelles Licht blendete ihn, gefolgt von einem lauten, widerhallenden Knall.

Das Pferd ging in die Knie und stürzte zu Boden. Burke gewahrte noch Betty Foster, die durch die Luft flog, dann spürte er nur noch einen stechenden Schmerz, als er mit dem Gesicht auf die letzte Granitstufe vor dem Portal aufschlug. Er kroch auf den engen Spalt zu, aber die beiden Torflügel schlossen sich vor seinen Augen, und er hörte, wie innen die schweren Riegel vorgeschoben wurden.

Burke rollte sich auf den Rücken, rappelte sich mühsam hoch und drehte den Kopf zu der Polizistin, die mit einer blutenden Kopfwunde auf den Stufen lag. Langsam setzte sie sich auf.

Burke erhob sich und hielt ihr die Hand hin, aber sie kam allein auf die Füße und blickte auf ihr Pferd. Aus einer kleinen Wunde an der Brust rann Blut, und schaumiges Blut tropfte aus seinem offenen Maul auf den kalten Stein. Das Pferd versuchte, sich aufzurichten, fiel aber hilflos wieder auf die Seite. Betty Foster feuerte einen Schuß in seinen Kopf, dann berührte sie seine Nüstern, um sich zu vergewissern, daß es tot war. Sie blickte Burke kurz an und beugte sich wieder über das Pferd, dann ging sie wortlos die Stufen hinunter und verschwand in der gaffenden Menge.

Burke drehte sich um und starrte auf das geschlossene Bronzeportal. Ein handgeschriebenes Pappschild hing über dem Gesicht einer der bronzenen Relieffiguren. Er trat näher heran und entzifferte im schwindenden Tageslicht: *Diese Kathedrale ist von der Irischen Fenier-Armee besetzt.*

Die Unterschrift lautete: *Finn MacCumail.*

DIE BESETZUNG

15

Patrick Burke stand vor dem geschlossenen Portal der St.-Patricks-Kathedrale, mit den Händen in den Taschen und einer Zigarette im Mund. Der leichte Graupelregen schmolz auf den Flanken des toten Pferdes und lief in Rinnsalen auf die Steinstufen.

Die Polizei war der aufrührerischen Menschenmassen in den Seitenstraßen noch nicht ganz Herr geworden, aber es war ihnen zumindest gelungen, die marschierenden Einheiten wieder in Reih und Glied zu bringen, deren Trommelwirbel und Dudelsäcke jetzt mit dem Gebrüll der Menge wetteiferten. Ungeduldige Autofahrer hupten im Chor, und das Heulen der Polizeisirenen durchschnitt die windige Märzdämmerung. Was für ein saumäßiges Durcheinander, dachte Burke, und noch wußte keiner von diesen verrückten, betrunkenen Krakeelern, daß die Kathedrale sich in den Händen von Terroristen befand. Er blickte auf die Uhr — kurz vor halb sechs. Die Sechsuhrnachrichten würden die Neuigkeit bringen, und danach würde Bericht auf Bericht folgen, bis die Sache auf die eine oder andere Weise erledigt wäre.

Burke drehte sich um und musterte das große bronzene Portal. Er lehnte sich mit der Schulter gegen den einen Flügel, der etwas nachgab, sich aber gleich wieder schloß. Es würde nicht leicht sein, Finn MacCumail aus der Kathedrale zu vertreiben, dachte Burke. Dann hörte er eine Stimme hinter der Tür sagen: »Hau ab! Wir legen Minen an die beiden Portalflügel.«

Burke trat zurück und starrte auf das massive Portal. Es war das erste Mal in seinem Leben, daß er es eingehend betrachtete. Vom rechten Panneau blickte die bronzene Halbrelieffigur St. Patricks auf ihn herab, in der einen Hand einen gebogenen Hirtenstab, in der anderen eine Schlange. Rechts von dem Heiligen befand sich eine keltische Harfe, links von ihm der mythische, aus der Asche erstehende Phönix — ein von den Heiden übernommenes Symbol. Er wandte sich um und ging langsam die Stufen hinunter. »Nun gut, Finn oder Flynn«, murmelte er vor sich hin, »die erste Runde hast du gewonnen, aber es ist die letzte Runde, die zählt.«

Brian Flynn stand an der Brüstung der Empore und ließ seinen Blick über die riesige Kathedrale schweifen. Die Großstadtlichter fielen durch die hohen bemalten Kirchenfenster, so daß sie wie Juwelen funkelten, die hölzernen Kirchenbänke schimmerten matt im Licht der großen Kronleuchter. Granitene Säulen reckten sich zu der gewölbten Decke empor wie ausgestreckte Arme von Gläubigen, die das Haus Gottes stützen. Flynn wandte sich an John Hickey: »Es gehört eine ganze Menge dazu, dieses Gebäude dem Erdboden gleichzumachen.«

»Das überlaß mir, Brian.«

Flynn sagte: »Die vordringlichste Aufgabe für die Polizei ist, den Mob da draußen unter Kontrolle zu bringen. Das gibt uns genug Zeit, um unsere Verteidigung zu organisieren.« Flynn hielt einen Feldstecher vor die Augen und richtete ihn auf Maureen. Sogar auf diese Entfernung konnte er den entschlossenen Zug um ihren Mund und das hektische Rot auf ihren Wangen sehen. Er stellte den Feldstecher auf Megan ein. Sie inspizierte zusammen mit drei Männern und zwei Frauen die Außenwände. Das rote Haar fiel ihr, nachdem sie die Nonnenhaube abgenommen hatte, bis auf die Schultern, und nunmehr entledigte sie sich auch ihrer restlichen Verkleidung, unter der sie nur Jeans und ein T-Shirt mit einem roten Apfel und der Aufschrift *I love New York* trug. Sie blieb an den Türen des nördlichen Querschiffs stehen und blickte zum südöstlichen Triforium hinauf, dann rief sie etwas.

Frank Gallagher, noch immer im Cutaway eines Festordners, lehnte sich über die Brüstung, richtete sein Gewehr auf sie und rief: »Mach weiter!«

Megan setzte ihre Inspektion fort.

Flynn entrollte auf der Brüstung der Empore eine Blaupause mit dem Plan der Kathedrale und sagte, als wäre er sich der Tatsache eben erst bewußt geworden: »Sie ist in unserer Hand.«

Hickey nickte und strich sich über den schütteren Bart. »Ja, sicher. Aber können wir sie halten? Können ein Dutzend Menschen sich gegen zwanzigtausend Polizisten verteidigen?«

Flynn wandte sich an Jack Leary, der neben ihm stand. »Können wir sie halten, Jack?«

Leary nickte bedächtig. »Ob zwanzigtausend oder zwanzig ist egal, weil jeweils nur ein paar Mann eindringen können.« Er strich über sein M14-Gewehr. »Jeder, der die Minen an den Türen überlebt, ist nach den ersten drei Schritten tot.«

Flynn betrachtete Leary nachdenklich in dem dämmrigen Licht. Er sah fast zum Lachen aus in seiner Uniform aus den Befreiungskriegen und dem grün angestrichenen Gewehr. Aber wenn man in seine Augen sah, verging einem das Lachen.

Flynn ließ seinen Blick wieder über die Kathedrale gleiten und konzentrierte sich dann auf die Blaupause. Das Gebäude hatte die Form eines Kreuzes. Den senkrechten Balken bildeten das Hauptschiff und die zwei Seitenschiffe, vollgestellt mit Bänken. Der waagerechte Balken bestand aus den beiden Querschiffen, in denen weitere Kirchenbänke standen und die an jedem Ende einen Ausgang hatten. Zwei arkadenartige Triforien, lange dunkle Galerien, erhoben sich über den Seitenschiffen und endeten bei den Querschiffen. Auf der anderen Seite der Querschiffe, rechts und links oberhalb des Altarraums gab es zwei weitere, aber sehr viel kürzere Triforien. Dies war in groben Zügen die Grundstruktur der Kathedrale, die sie verteidigen mußten. Flynn richtete sein Augenmerk auf den oberen Teil der Blaupause. Sie zeigte das fünfstöckige Pfarrhaus, das im nordöstlichen Quadranten des Kreuzes außerhalb der Kathedrale stand. Das Pfarrhaus war mit der Kathedrale durch einen Tunnel verbunden, der unter einer abfallenden Rasenfläche entlanglief, aber auf der Blaupause nicht verzeichnet war. Im südöstlichen Quadranten befand sich die Kardinalsresidenz, die ebenfalls durch Rasen und Gärten von der Kirche getrennt, aber unterirdisch mit ihr verbunden war. Diese im Plan nicht verzeichneten Zugänge waren, wie Flynn wohl wußte, der schwache Punkt in ihrer Verteidigung. »Ich wünschte, wir hätten das Pfarrhaus und die Kardinalsresidenz auch besetzen können«, sagte er.

Hickey lächelte. »Das nächste Mal.«

Flynn erwiderte sein Lächeln. Der alte Mann war ihm ein Rätsel, er schwankte ständig zwischen Clownerie und wild anmutender Entschlossenheit. Flynn blickte wieder auf die Blaupause. Das obere Ende des Kreuzes war ein Halbrund — die Apsis. Den Abschluß bildete die Marienkapelle, ein ruhiger, fast heiterer Raum mit hohen, schmalen bemalten Glasfenstern. Flynn wies mit dem Finger auf den Grundriß: »Die Marienkapelle hat keine Zugänge von außen, daher habe ich dort keine Wache aufgestellt, ich kann keinen Mann erübrigen.«

Hickey sagte: »Ich werde mir die Kapelle noch mal genau ansehen. Kirchenarchitekten darf man nie trauen, sie haben eine große Vorliebe für Geheimtüren und Wanddurchbrüche, für Verstecke, aus denen Priester plötzlich vor einem auftauchen, so daß man zu Tode erschrickt.«

»Hast du je von der Weißdornabtei außerhalb Belfasts gehört?«

»Ich habe dort mal eine Nacht verbracht. Ein wenig unheimlich, nicht wahr, mein Junge?« Hickey lachte laut.

Flynn ließ seine Blicke wieder über die Kathedrale wandern. Sein Auge blieb an dem etwas erhöhten Altarraum mit dem schwarz-weißen Marmorboden haften, an dessen Ende der Hochaltar emporragte. Der kalte Glanz des Marmors und der Bronze wurde durch die Masse von frischen grünen Nelken gemildert, die, wie Flynn annahm, das grüne Gras Irlands symbolisieren sollten.

Das Chorgestühl rechts und links des Altarraums war der Geistlichkeit vorbehalten. Auf der rechten Seite saßen Maureen, Baxter und Vater Murphy. Sie wirkten aus dieser Entfernung gesehen seltsam unbeweglich. Flynn hielt den Feldstecher vor die Augen und stellte ihn auf Maureen ein. Sie wirkte in keiner Weise verängstigt, und das gefiel ihm. Er sah, daß ihr Mund sich bewegte, obwohl sie vor sich ins Leere starrte. Betete sie? Nein, nicht Maureen. Und dann bemerkte er, daß auch Baxters und Vater Murphys Lippen sich bewegten. »Sie schmieden dunkle Komplotte gegen uns, John.«

»Um so besser«, sagte Hickey. »Vielleicht trägt es zu unserer Unterhaltung bei.«

Flynn schwang seinen Feldstecher nach links. Den anderen Geiseln gegenüber saß der Kardinal völlig bewegungslos auf seinem rotsamtenen erhöhten Thron. »Der Altarraum war von alters her ein Zufluchtsort, aber nun nicht mehr«, sagte Flynn leise.

Leary hatte ihn gehört und rief: »In gewisser Weise doch. Denn erst wenn die Geiseln den Altarraum verlassen, töte ich sie.«

Flynn lehnte sich tiefer über die Brüstung. Rechts hinter dem Altar befand sich die Sakristeitreppe, und dort, auf einem Absatz, von der Empore aus nicht sichtbar, saß Pedar Fitzgerald, Megans Bruder, mit einer Maschinenpistole. Fitzgerald war ein zuverlässiger Mann, ein Mann, der wußte, daß die beiden verschlossenen Gittertüren zur Sakristei um jeden Preis verteidigt werden mußten. Er war mindestens so mutig wie seine Schwester, aber nicht so haßerfüllt. »Wir wissen noch immer nicht, ob es irgendeinen unterirdischen Zugang zur Krypta gibt, durch den sie Pedar in den Rücken fallen können.«

Hickey warf wiederum einen Blick auf die Blaupause. »Wir werden uns die Schlüssel zur Krypta und die Schlüssel zu dem ganzen Gebäude später besorgen und den gesamten Komplex genau in Augenschein nehmen. Aber zuerst einmal müssen wir alle nötigen Verteidigungsmaßnahmen ergreifen. Dieser verdammte Plan ist nicht detailliert genug. Und überhaupt diese verfluchte Kathedrale, sie ist wie ein marmornes Sieb mit mehr schwachen Punkten als die Auferstehungsgeschichte.«

»Ich hoffe nur, die Polizei macht den Architekten nicht ausfindig.«

»Du hättest ihn gestern abend mit Terri O'Neal zusammen kidnappen sollen«, sagte Hickey.

»Zu gefährlich. Das hätte die Polizei mißtrauisch gemacht.«

»Dann hättest du ihn umlegen und vorgeben sollen, es sei ein Unfall gewesen.«

Flynn schüttelte den Kopf. »Irgendwo muß man eine Grenze ziehen. Findest du nicht?«

»Du bist mir ein lausiger Revolutionär. Es ist ein Wunder, daß du es so weit gebracht hast.«

»Ich habe es weiter gebracht als die meisten — immerhin ist die Kathedrale in meiner Hand.«

16

Major Bartholomew Martin setzte seinen Feldstecher ab und stieß einen langen Seufzer aus. »Nun, sie haben's geschafft. Und anscheinend, ohne jemand zu töten — außer natürlich das arme Pferd.« Er fröstelte im kalten Wind und schloß das Fenster. »Aber Burke hätte es fast erwischt.«

Kruger zuckte die Achseln. Gewissen Dingen ging man besser nicht auf den Grund.

Major Martin zog seinen Mantel an. »Sir Harold ist kein übler Bursche und ein ausgezeichneter Bridgespieler. Und jetzt werden sie den Armen umlegen, sobald da drinnen was schiefgeht. Flynn hat sein Versprechen gebrochen.«

Kruger sah aus dem Fenster. »Sind Sie so sicher? Ich dachte, es gehöre zu Ihrem Plan, daß auch Baxter gekidnappt würde?«

Major Martin ging zur Tür. »Ich habe überhaupt nichts geplant, Kruger. Ich habe nur die Voraussetzungen geschaffen und die nötigen Geldmittel bereitgestellt. Aber das meiste von dem, was geschehen ist, kam für mich ebenso überraschend wie für Sie und die Polizei.« Martin sah auf die Uhr. »Im Konsulat wird man schon auf mich warten, und Ihre Leute werden Sie sehen wollen. Aber merken Sie sich eins, Kruger, ein erfolgreicher Lügner muß ein gutes Gedächtnis haben. Vergessen Sie daher nicht, was Sie offiziell nicht wissen dürfen, und bitte erinnern Sie sich an die Dinge, die Sie wissen müssen.« Er zog seine Handschuhe an und ging.

Megan Fitzgerald gab den drei Männern und zwei Frauen neben sich ein Zeichen und eilte zur Vorderseite der Kathedrale. Die fünf folgten ihr mit schweren Koffern, geschulterten Gewehren und Panzergranaten. Sie betraten die Vorhalle des Glockenturms, fuhren in dem engen Lift nach oben und gelangten in den Chorübungsraum. Megan ging auf die Empore.

Jack Leary stand am Ende der Empore, einige Meter von Flynn und Hickey entfernt, und schätzte sein Schußfeld ab. Megan sagte barsch: »Leary, du weißt, was du zu tun hast?« Der Scharfschütze drehte sich um und starrte sie an. Megan sah in seine fast farblos wäßrigen Augen. Sanfte Augen, dachte sie, aber sie wußte, wie hart sie blicken konnten, sobald er sein Gewehr anlegte. Die anderen hielten Distanz zur Leary, aber Megan war von ihm fasziniert. »Antworte mir, Leary, weißt du, was du zu tun hast?«

Er nickte kaum merklich, während seine Augen über die junge, vor ihm stehende Gestalt glitten. Megan ging die Brüstung entlang, bis sie zu Flynn und Hickey kam. Sie stellte ihr Feldtelefon auf die Brüstung und blickte auf den Außenapparat, der auf der Orgel stand. »Ruf die Polizei an.«

Flynn sah nicht von der Blaupause auf. »Die werden sich schon bei uns melden.«

Hickey sagte zu ihr: »Ich würde dir raten, Leary nicht zu verärgern, er hat kein Talent für witziges Geplauder, und wenn ihm nicht gleich eine passende Antwort einfällt, erschießt er dich.«

Megan drehte sich nach Leary um, dann sagte sie zu Hickey: »Wir verstehen uns, er und ich.«

Hickey grinste: »Ja, ich habe ein gewisses stilles Einvernehmen bei euch beobachtet, aber das ist ja wohl auch die einzige Verständigungsmöglichkeit mit einem Mann, dessen Wortschatz sich auf vierzehn Worte beschränkt, von denen acht sich auf Gewehre beziehen.«

Megan drehte sich auf dem Absatz um und ging zurück in den Übungsraum, wo die anderen auf sie warteten. Sie führte sie eine eiserne Wendeltreppe hinauf zum nächsthöheren Stockwerk, wo sie eine Tür aufstieß und zu Abby Boland sagte: »Komm mit mir.«

Das Triforium, das entlang der nördlichen Seite der Kathedrale lief, war eine unbeleuchtete Galerie aus staubigem Stein mit Klimaanlageröhren. Eine ungefähr drei Meter lange Fahnenstange ragte von der Brüstung in das Hauptschiff hinein, an der die weißgelbe päpstliche Fahne hing.

Megan wandte sich an Abby Boland, die den kurzen Rock und die blaue Bluse der Schülerinnen des Mutter-Cabrini-Lyzeums trug, von dessen Existenz beide bis vor einer Woche nichts geahnt hatten.

»Das ist dein Posten«, sagte Megan. »Und vergiß nicht, die Panzergranate benutzt du nur, wenn ein Panzerwagen die dir zugeteilte Tür aufbricht; dies Gewehr hier ist für weite Distanzen, das Maschinengewehr für einen geballten Angriff, die Pistole für den Nahkampf — und um dir im schlimmsten Fall selbst eine Kugel durch den Kopf zu jagen. Noch irgendwelche Fragen? Nein?« Sie musterte das Mädchen von Kopf bis Fuß. »Du hättest daran denken sollen, dir was Warmes zum Anziehen mitzubringen, es wird heute nacht verdammt kalt sein hier oben.« Megan eilte in den Turm zurück.

Abby Boland nahm ihr Gewehr von der Schulter und legte es neben die Panzergranate, dann schlüpfte sie aus den zu engen Schuhen und knöpfte die prall sitzende Bluse auf. Sie linste durch das Zielfernrohr ihres Gewehrs, ließ es sinken und blickte um sich. Nicht zum ersten Mal kam ihr der Gedanke, daß sie, statt ihren Mann Jonathan zu befreien, vermutlich selbst ins Gefängnis kommen würde; und das in Amerika, so weit fort von Long Kesh und dem Drahtzaun, durch dessen Geflecht sich ihre Finger ineinander verschlungen hatten. Oder sie würde sterben, was für sie und für Jonathan vielleicht das Beste wäre.

Megan Fitzgerald stieg weiter den Glockenturm hinauf und bog in einen Seitengang ein. Sie zog an einer Schnur. Eine kleine Birne flammte auf und erleuchtete einen Teil des riesigen Dachstuhls. Laufplanken führten über die Gipsverschalung der unter ihr liegenden gewölbten Decke und verloren sich in der Dunkelheit. Die vier bei ihr verbliebenen Leute schritten behende über die Laufplanken und schalteten in dem alten, modrigen Dachstuhl weitere Birnen an.

Megan konnte die zehn Dachluken über sich erkennen, die auf das Schieferdach führten. Auf dem Boden, in regelmäßigen Abständen befanden sich Winden, an denen die Kronleuchter zum Säubern und Reparieren auf den Kathedralenboden heruntergelassen werden konnten. Sie wandte sich um und ging zu dem großen Bogenfenster über dem Hauptportal. Steinverzierungen an der Außenseite behinderten ihre Sicht, und die kleinen, bleigefaßten Scheiben waren verklebt mit Schmutz. Sie rieb mit der Hand ein Guckloch frei und starrte hinunter auf die Fifth Avenue. Der Platz vor der Kathedrale war fast menschenleer, aber rechts und links in den Seitenstraßen versuchte die Polizei noch immer, die Menge zu zerstreuen. Im Schein der Laternen sah sie, daß der Graupelregen die Straßen und Bürgersteige und die Schultern der Atlasstatue mit einer Eisschicht bedeckt hatte.

Megan schaute auf das ihr direkt gegenüberliegende International Building des Rockefeller Center. Die Seitenflügel des Gebäudes waren niedriger als der Kirchendachstuhl, und sie konnte sehen, wie die Leute durch den Eisregen hasteten oder zusammengekauert auf den großen Betonkästen mit den kahlen Bäumen und Pflanzen saßen. Die uniformierten Polizisten hatten keine Waffen, was hieß, daß die Kathedrale noch nicht umzingelt war. Auch konnte sie keine Soldaten entdecken, doch dann fiel ihr ein, daß die Amerikaner die Armee selten einsetzten.

Sie drehte sich um. Ihre vier Begleiter hatten die Koffer geöffnet und verteilten jetzt Bündel von Weihkerzen über die Laufplanken. Megan rief Jean Kearney und Arthur Nulty zu: »Irgendwo müssen hier Feuerwehräxte sein, vermutlich in Glaskästen. Holt sie euch und hackt Holz von den Planken ab, dann errichtet Scheiterhaufen um die Kerzen. Schneidet die Feuerwehrschläuche durch und legt die Drähte für das Feldtelefon. Aber beeilt euch. Mullins und Devane, nehmt euch je eine Axt und folgt mir.«

Megan Fitzgerald verließ den Dachstuhl zusammen mit Donald Mullins und Rory Devane, zwei Männer, die sich als BSS-Sicherheitsbeamte ausgegeben hatten. Sie setzte ihren Aufstieg in den Glockenturm fort. Mullins ließ eine Rolle Verbindungsdraht hinter sich abspulen. Devane trug die Waffen und Äxte.

Arthur Nulty bot Jean Kearney eine Zigarette an, wobei er anerkennend ihre grüne Air-Lingus-Stewardeß-Uniform musterte.

»Du siehst sehr sexy aus, Mädchen. Meinst du, es wäre Gotteslästerung, wenn wir's hier oben trieben?«

»Dazu werden wir kaum Zeit haben.«

»Zeit ist vermutlich das einzige, was wir hier oben haben. Gott, ist das kalt. Irgendwie müssen wir uns ja schließlich aufwärmen, und Alkohol ist verboten, also wie wär's?«

»Warten wir's ab. Aber, sag mal, Arthur, ich meine, wenn wir deine Frau aus dem Lager herauskriegen — was passiert dann mit uns . . .?«

Arthur Nulty ließ ihren Arm los und blickte zu Boden. »Also . . . laß uns erst mal diese Sache hinter uns bringen . . .« Er nahm die Axt, zersplitterte mit einem Hieb das hölzerne Geländer, riß es von seinen Pfosten los und warf die Bruchstücke auf ein Bündel Kerzen. »Der ganze verdammte Dachstuhl ist aus Holz. Ich hätte nie gedacht, daß ich mal 'ne Kirche anzünden würde. Wenn Vater Flannery das wüßte . . .« Er holte wieder mit der Axt aus. »Ich hoffe nur zu Gott, daß es nicht soweit kommt. Aber die Briten und Amis werden schon klein beigeben, die wollen ja auch nicht, daß die Kathedrale in Flammen aufgeht. Noch vierundzwanzig Stunden und deine Brüder werden in Dublin sein. Dein alter Vater wird sich gewaltig freuen, Jean. Er hat schon alle Hoffnungen aufgegeben, seine Söhne wiederzusehen.« Er warf einen Pfosten auf den Holzstapel. »Hast du gehört, daß Megan *Scheiterhaufen* gesagt hat? Weiß die dumme Kuh denn nicht, daß ein Scheiterhaufen eine Richtstätte ist, auf der man Menschen verbrennt?«

17

Patrick Burke postierte zwei Polizisten vor das Kathedralenportal und warnte sie, daß die Türen vermint waren, dann ging er zu einem vor der Kirche parkenden Streifenwagen. »Ist die Verbindung wieder hergestellt?«

Der Fahrer schüttelte den Kopf. »Nein, aber was geht da drinnen eigentlich vor?«

»Die Kathedrale ist von Terroristen besetzt. Sagen Sie Ihrem Vorgesetzten, er soll die Schaulustigen vertreiben und einen Polizeikordon aufstellen.«

»Jawohl, Sir.« Der Streifenwagen setzte sich in Bewegung und fuhr die jetzt fast leere Avenue entlang.

Burke schritt wieder die Stufen hinauf und sah Betty Foster, die neben ihrem Pferd kniete. Sie blickte ihn an. »Sind Sie noch immer hier?« Dann beugte sie sich wieder über das Pferd. »Ich muß den Sattel abnehmen.« Sie löste den Gurt. »Was zum Teufel geht hier vor?« Sie zerrte an dem Sattel. »Ihretwegen wäre ich fast getötet worden.«

»Kann ich Ihnen helfen?« Er kniete hin und versuchte, den Sattel unter dem Pferd hervorzuziehen, aber auch ihm gelang es nicht. »Lassen Sie ihn hier.«

»Das kann ich nicht, er ist Polizeibesitz.«

»Ich wette, eine Menge Polizeibesitz liegt auf der Fifth Avenue herum, und das soll unsere geringste Sorge sein.« Er blickte zum Glockenturm hinauf. »Aber da oben werden bald ein paar gefährliche Leute sein, wenn sie nicht bereits dort sind. Holen Sie sich den Sattel später, wenn das Pferd abtransportiert wird.«

Sie richtete sich auf. »Der arme Commissioner — alle beide.«

»Was meinen Sie?«

»Police Commissioner Dwyer ist an einem Herzanfall gestorben — auf der Zuschauertribüne.«

»Mein Gott«, sagte Burke bedrückt. Dann plötzlich blickte er in die Höhe und zog Betty Foster unter den Spitzbogen des Hauptportals. »Vorsicht, jemand ist im Turm.«

»Bleiben Sie hier?«

»Ja, solange es notwendig ist.«

Sie blickte ihn an. »Sind Sie mutig, Lieutenant Burke?«

»Nein, nur blöd.«

»Das hab ich mir gedacht.« Sie lachte. »O je, diese Nonne — die hat mir den Schrecken meines Lebens eingejagt . . . ich nehme an, sie war keine Nonne . . .«

»Wohl kaum.«

»Eine Frechheit von dieser Person, uns mit einem Revolver zu bedrohen.«

»Sie haben sich prima gehalten.«

»Finden Sie? Ja, vermutlich haben Sie recht.« Sie hielt inne und schaute sich um. »Ich habe noch viele Stunden Dienst vor mir. Aber zuerst muß ich in die Varick Street und mir ein neues Pferd beschaffen.«

»Halten Sie sich dicht an die Kathedralenmauer. Ich weiß nicht, wie schießfreudig diese Leute im Turm sind, geben Sie auf sich acht.«

Sie zögerte. »Ich seh Sie irgendwann später.« Sie trat unter dem Spitzbogen hervor und ging dicht an der Mauer entlang. Nach ein paar Schritten blieb sie stehen, wandte sich um und rief: »Ich bin nicht nur wegen des Sattels gekommen, sondern vor allen Dingen, um zu sehen, ob Sie noch in einem Stück sind!«

Megan Fitzgerald machte eine Verschnaufpause, als sie die Glockenstube erreichte. Im trüben Licht der einzigen Birne sah sie Flynns Radiostörgerät auf dem Querbalken stehen, an dem drei riesige Glocken hingen, jede mit einer Drehwinde und einem Zugstrang. Der kalte Märzwind blies durch die Schallöcher des achteckigen Turmzimmers. Das laute Heulen der Polizeisirenen war sogar noch in diesem achtzehn Stockwerke hohen Raum zu hören.

Megan riß die Feuerwehraxt aus Rory Devanes Hand, holte aus und zerschmetterte eine der Holzverschalungen der Schallöcher. Bretter zersplitterten und die Lichter der Großstadt fielen in den Raum. Mullins schickte sich an, die anderen sieben Verschalungen aus ihrer steinernen Einfassung zu schlagen, während Devane am Boden kniete und das Feldtelefon anschloß.

Megan wandte sich an Mullins, der durch die auf die Fifth Avenue hinausgehende Öffnung starrte. »Vergiß nicht, daß du alles Ungewöhnliche sofort melden mußt. Und achte besonders auf Helikopter. Aber schieß nicht ohne Befehl.«

Mullins blickte auf das ihm gegenüberliegende Rockefeller Center. Einige Gesichter waren an die Scheiben gepreßt, und auf dem Dach wiesen verschiedene Menschen mit erregten Gesten auf die Schallöffnungen hin. Der Scheinwerfer eines Polizeiwagens blendete auf, der grellweiße Lichtkegel kreiste suchend, bis er die Öffnung, an der Mullins stand, erfaßt hatte. Mullins wich zurück und kniff die Augen halb zu. »Ich hasse es, geblendet zu werden.«

Megan nickte. »Erteil ihnen eine Lektion.«

Mullins lehnte sich aus der Öffnung und linste durch das Zielfernrohr seines Gewehrs. Er sah, wie sich einige Gestalten am Rand des Lichtkegels bewegten, holte tief Atem, zielte und zog den Hahn. Der Schuß hallte in der Glockenstube wider. Mullins verfolgte, wie die rote Leuchtspur blitzartig auf die Kreuzung zuschoß. Der Scheinwerfer verlor plötzlich seinen starken Lichtstrahl, wurde milchig weiß, dann rot und verlosch. Rufe und Angstschreie drangen bis zu ihm herauf. Mullins trat hinter die durchbrochene Steinmauer und schneuzte sich die Nase. »Kalt hier oben.«

Devane hockte auf dem Boden und drehte die Telefonkurbel. »Dachgeschoß? Hier spricht der Glockenturm. Kannst du mich hören?«

Die Stimme Jean Kearneys antwortete: »Ja, sogar sehr gut, Glockenturm. Was war das für ein Geräusch?«

»Mullins hat einen Scheinwerfer ausgelöscht. Alles in Ordnung.«

»Bleib am Apparat, ich will nur prüfen, ob die Verbindung mit der Empore klappt. Empore, kannst du den Glockenturm und das Dachgeschoß hören?«

Hickeys Stimme antwortete: »Alles klar, Verbindung hergestellt. Aber wer zum Teufel hat Mullins die Erlaubnis gegeben, auf den Scheinwerfer zu schießen?«

Megan griff nach dem Apparat. »Ich.«

Hickeys Stimme klang halb sarkastisch, halb verärgert. »Es war nur eine rhetorische Frage, Megan. Ich wußte, daß du es warst. Tu nichts Unbedachtes, Mädchen.«

Megan stellte das Telefon auf den Boden und sagte zu Devane: »Geh wieder runter, leg die Leitung von der Empore zum Südturm, entfern die Verschalung und bezieh dort deinen Posten.«

Devane klemmte die Drahtrolle unter den Arm, nahm die Feuerwehraxt und verließ die Glockenstube.

Megan ging von Öffnung zu Öffnung. Die im Pfarrgarten aufgestellten Scheinwerfer tauchten die Kathedralenmauer in ein bläuliches Licht. Im Norden spiegelte die Glasfassade des einundfünfzigsten Stockwerke hohen Olympic Tower die Kathedrale wider; im Osten glitzerten die beleuchteten Fenster des Waldorf Astoria in der Dunkelheit; im Süden ragten die Doppeltürme der Kathedrale zum Nachthimmel empor und verdeckten teilweise die Sicht auf das Kaufhaus Saks in der Fifth Avenue. Polizisten patrouillierten dort auf dem Dach hin und her und schlugen die Arme kreuzweise übereinander, um sich ein wenig zu erwärmen. In den umliegenden Straßen wurde die Menge immer weiter zurückgedrängt, so daß der Bereich um die Kathedrale allmählich verödete.

Megan drehte sich zu Mullins um, der in seine Hände hauchte. Sein junges Gesicht war vor Kälte gerötet und seine Lippen bläulich gefärbt. Sie ging zur Leiter in der Mitte des Raums, setzte den Fuß auf die oberste Sprosse und sagte, bevor sie hinunterstieg: »Sei ja wachsam.«

Er blickte ihr nach. Als sie verschwunden war, fühlte er sich plötzlich einsam. Blöde Ziege, dachte er verärgert. Sie ist kaum älter als ich, aber ihr ganzes Gehabe und ihre Stimme sind die einer viel älteren Frau. Von ihrer Jugend ist ihr wenig geblieben, außer der Figur, na ja, und ihr Gesicht. Mullins sah sich auf seinem einsamen Standort um, dann blickte er wieder hinunter auf die Fifth Avenue. Er nahm die um seine Taille geschlungene Fahne ab, befestigte sie an einer der Schallöffnungen und entrollte sie. Sie schlug im Wind gegen die graue Mauer und nahm sich im Scheinwerferlicht der Kathedrale prächtig aus. Von der Straße und den Dächern her ertönten erstaunte Rufe, viele der Zuschauer klatschten Beifall, aber einige stießen auch Pfiffe aus.

Mullins hörte sich diese gemischte Reaktion eine Weile an, dann zog er den Kopf zurück und wischte sich den kalten Graupelregen vom Gesicht. Ihm bangte plötzlich vor der Zukunft. Wie war es eigentlich dazu gekommen, daß er hier mit einem Gewehr bewaffnet im Glockenturm von St. Patrick stand? Doch dann dachte er an seine ältere Schwester Peg, eine Witwe mit drei Kindern, die im Gefängnis vom Armagh saß, und an jene Nacht, in der Pegs Mann, Barry Collins, getötet worden war. Er hatte einen Gefangenenwagen überfallen, um Sheila, Maureen Malones Schwester, zu befreien, aber es war eine Falle gewesen. Statt der Gefangenen hatten sich britische Soldaten in dem Wagen befunden und Barry erschossen. Und am nächsten Tag war Peg von hart blickenden Männern in dunklen Mänteln abgeführt worden. Ja, und dann hatte er sich eines Abends in den dunklen Straßen Belfasts auf die Suche nach Flynn und den Feniern gemacht. Er erinnerte sich noch an die Tränen und Flüche seiner Mutter, als er ihr seinen Entschluß mitteilte, aber noch deutlicher erinnerte er sich an die Gewehrschüsse und Bombenexplosionen, die seit seiner Kindheit die nächtliche Stille Belfasts zerrissen und ganze Straßenzüge in Trümmerhaufen verwandelt hatten. Wenn er an all das zurückdachte, so war der Weg, den er gewählt und der ihn schließlich hierher geführt hatte, ein vom Schicksal vorgezeichneter gewesen.

Patrick Burke blickte hinauf zu der grünen Fahne mit der goldenen irischen Harfe, die vom Glockenturm wehte, und bemerkte, daß in der Schallöffnung ein Mann mit einem Gewehr stand. Burke drehte sich um; an der Kreuzung schoben einige Beamte den zerschossenen Scheinwerfer fort. Die Menschen befolgten jetzt sehr viel williger die polizeilichen Anweisungen. Sie waren wohl zu der Erkenntnis gelangt, daß jemand, der auf zweihundert Meter Entfernung einen Scheinwerfer traf, mit der gleichen Präzision einen von ihnen umlegen konnte.

Burke blickte in Richtung der Kathedralenstufen. Der grüne Teppich war jetzt mit grauweißen Graupeln bedeckt, grüne Nelken, Plastikhüte und Papierkügelchen lagen zuhauf herum. Vom Rockefeller Center aus filmten die Kameraleute. Burke stellte sich vor, wie sich das alles auf dem Bildschirm ausnehmen würde: Großaufnahmen von den traurigen Überresten, eine einsame grüne Melone, die über das vereiste Pflaster rollte, eine tiefe, wohlklingende Stimme, die sagte: »Heute haben die Iren ihren jahrhundertelangen Krieg mit den Engländern in die Fifth Avenue hineingetragen . . .« Die Iren verstanden sich auf Theatercoups.

Brian Flynn lehnte sich über die Brüstung der Empore und wies auf eine kleine Sakristei, die im Chorumgang lag, während er zu Hickey sagte: »Nachdem wir weder die Außentür der erzbischöflichen Sakristei noch die Lifttür sehen können, wäre es theoretisch möglich, daß die Polizei die Warnvorrichtungen und Minen umgehen könnte. Und dann hätten wir sie alle in dieser kleinen Sakristei.«

Leary, der anscheinend ausgezeichnete Ohren hatte, rief vom anderen Ende der Empore: »Und wenn sie den Kopf in den Chorumgang stecken, dann knall ich . . .«

Hickey rief zurück: »Danke, Leary, wir wissen, daß du das tun wirst!«

Dann sagte er leise zu Flynn: »Wo hast du in aller Herrgottsnamen dieses Ungeheuer aufgegabelt? Ein Amerikaner, nicht wahr?«

»Irisch-amerikanisch. Ehemaliger Marinescharfschütze. Vietnam.«

»Weiß er, warum er hier ist? Weiß er überhaupt, *wo* er ist?«

»Er sitzt wie ein Jäger auf einem Hochstand und hat ein weites Schußfeld vor sich, mehr weiß er nicht und mehr interessiert ihn nicht. Überdies wird er für seine Dienste großzügig bezahlt. Er ist der einzige außer dir und mir, der keine Angehörigen in englischen Gefängnissen hat. Ich will an dieser strategisch wichtigen Stelle niemand mit emotionellen Bindungen haben. Er tötet auf Befehl, und zwar jeden, auch dich oder einen anderen, wenn ich es ihm sage. Und falls wir angegriffen und besiegt werden, wird er alle Überlebenden von uns töten, vorausgesetzt, daß er dazu noch fähig ist. Er ist der Todesengel, der unerbittliche Sensenmann.«

»Wissen die übrigen das?«

»Nein.«

Hickey verzog das Gesicht zu einem fast zahnlosen Grinsen. »Ich habe dich unterschätzt, Brian.«

»Ja, das hast du. Aber machen wir weiter. Die erzbischöfliche Sakristei — ein Problem — eins von vielen.«

»Ich wünschte, wir wären zahlreicher.«

Flynn sagte ungeduldig: »Ich habe eine Menge Hilfskräfte draußen, aber wie viele Leute, meinst du, sind gewillt, hier drinnen zu sterben? Sie waren nicht leicht zu finden.«

Megan Fitzgerald trat von hinten an George Sullivan heran, der die letzte Mine an die Tür des Querschiffs legte. »Fertig?«

Sullivan fuhr herum. »Verdammt noch mal, Megan, jag mir keinen Schrecken ein, wenn ich mit Sprengstoff arbeite.«

Sie musterte Sullivan, der den farbenfrohen Kilt der Dudelsackpfeifer der New Yorker Polizeikapelle trug. »Pack dein Zeug zusammen und folge mir, und nimm deinen Dudelsack mit.« Sie gingen zu einer kleinen Tür in der einen Ecke des Querschiffs, stiegen eine steinerne Wendeltreppe hinauf und kamen bei dem langen südlichen Triforium heraus. Eine Fahnenstange mit einer riesigen amerikanischen Flagge ragte ins Hauptschiff herein, genau gegenüber der ebenso großen päpstlichen Fahne. Megan blickte nach links auf die unter ihr liegende Empore, wo Flynn und Hickey über ihre Blaupausen gebeugt standen wie zwei Generäle am Vorabend einer Schlacht. Sie war erstaunt, daß diese beiden so verschiedenartigen Männer sich offensichtlich so gut vertrugen. Hickey war erst im letzten Moment zu ihnen gestoßen, was ihr nicht recht gewesen war; aber die anderen hatten das Gefühl gehabt, daß dieser alte Held des Dubliner Aufstands der Operation eine gewisse Legitimität verleihen würde. So ein Unsinn, dachte Megan, in den Augen der Welt sind wir Ausgestoßene und werden es immer bleiben, mit oder ohne Mr. Hickey.

Die Vergangenheit bedeutete ihr nichts. Ihr politisches Bewußtsein war 1973 erwacht, als sie auf dem Schulweg ihr erstes Bombenopfer hatte verbluten sehen; ihr politisches Engagement rührte von dem Moment her, als ihr älterer Bruder Tommy bei dem mißglückten Versuch, Sheila Malone zu befreien, verwundet und gefangengenommen worden war. Die Geschichte ihres Landes interessierte sie nicht, für sie war nur eine persönliche Erinnerung von Belang.

Sie beobachtete den gestikulierenden Flynn. Er schien sich von dem alten Mann nur wenig zu unterscheiden. Und doch mußte er früher so ganz anders gewesen sein. Ihr Bruder Tommy hatte Brian Flynn fast wie einen Gott verehrt, und sie war mit der Idee aufgewachsen, daß Brian eines Tages zu einer legendären Figur werden würde. Aber dann kam Brians Verhaftung und seine schwer erklärbare, höchst dubiose Freilassung. Danach hatte er mit der IRA gebrochen und diese Splittergruppe gegründet, die Fenier, für die er sie und ihren jüngeren Bruder Pedar angeworben hatte. Daß sie und Brian kurz darauf auch eine sexuelle Beziehung angeknüpft hatten, war wohl unvermeidlich gewesen. Als Liebhaber hatte er sie nicht enttäuscht, aber als Revolutionär ließ er zu wünschen übrig. Zum Beispiel würde er zögern, diese Kathedrale zu zerstören, aber schließlich war sie ja noch da. Sie würde schon dafür sorgen, daß kein Stein auf dem anderen blieb.

Sullivan rief vom anderen Ende des Triforiums: »Die Aussicht ist großartig!« Er hob sein Gewehr und betrachtete Abby Boland durch das Zielfernrohr. Ihre Bluse stand halb offen, sie winkte ihm zu, und er winkte zurück. »So nah und doch so fern.«

»Laß den sentimentalen Quatsch, George, wir haben anderes zu tun«, sagte Megan ungeduldig. Doch George Sullivan ließ sich von keinem so leicht einschüchtern. Er hatte eine schnoddrige Hol's-der-Teufel-Einstellung zum Leben, die von seinem ständigen Umgang mit Sprengstoffen herrührte. »Bist du sicher«, fragte Megan, »daß Hickey die Bomben legen kann?«

Sullivan nahm seinen Dudelsack und blies ihn auf. Dann hob er den Kopf. »O ja, das kann er. Seine Technik stammt zwar noch aus dem Zweiten Weltkrieg, aber das ist okay, und vor allem hat er den notwendigen Schneid.«

»Mich interessiert sein Können und nicht sein Schneid. Ich muß ihm nämlich assistieren.«

»Das tu mal. Und halt dich schön in seiner Nähe, denn wenn was schiefgeht, dann bist du wenigstens gleich hin, während wir armen Idioten hier oben langsam im Steinhagel verrecken. Stell dir vor, Megan, uns würde wie Samson und Dalila der ganze Tempel auf den Kopf fallen — Tonnen von Steinen . . . Jemand hätte eine Filmkamera mitbringen sollen.«

»Das nächste Mal. Also George, das nördliche Querschiff ist dein Feuerbereich, falls die Polizei eindringt. Wenn sie aber mit einem Panzerwagen durch diese Tür kommen, lehnt sich Boland über das nördliche Triforium und läßt eine Granate hinunterfallen. Du dagegen bist bei einem Panzereinbruch für die Tür des südlichen Querschiffs direkt unter dir verantwortlich. Boland wird dich decken, und du wirst deinerseits ihr mit dem Gewehr Feuerschutz geben.«

»Und was, wenn einer von uns tot ist?«

»Dann werden Gallagher und Farrell von den zwei anderen Triforien aus den Sektor des Toten unter sich aufteilen.«

»Und wenn wir alle tot sind?«

»Dann kann uns egal sein, was passiert. Aber vergiß nicht, Leary wird noch am Leben sein. Er ist unsterblich.«

»So sagt man.« Er setzte seinen Dudelsack an die Lippen.

»Kannst du *Komm zurück nach Erin* spielen?« Er nickte, während er die Backen aufblies.

»Dann spiel es für uns, George.«

Er holte tief Luft und sagte: »Ich spiele, was mir gefällt, Megan. Und nun hau ab.«

Megan drehte sich auf dem Absatz um und ging durch die kleine Tür, die zur Wendeltreppe führte. Sullivan blähte den Dudelsack auf, stimmte das Instrument ein und fing zu spielen an. Die traurige Melodie erfüllte die Kathedrale. Er sah, wie Abby Boland sich übers Geländer lehnte und ihn anschaute, und er spielte für sie. Dann wandte er sich nach Osten hin und spielte für seine Frau im Armagh-Gefängnis, schließlich drehte er sich zur Mauer um und spielte leise nur für sich allein.

18

Brian Flynn lauschte der Musik. »Der Junge spielt nicht schlecht.«

Hickey zog seine Tabakspfeife aus der Tasche und stopfte sie. »Erinnert mich an die schottischen und irischen Regimenter im Ersten Weltkrieg . . . die deutschen Maschinengewehre rissen Löcher in unsere Reihen, aber sie spielten ungerührt weiter . . . stärkt die Kampfmoral.« Er blickte wieder auf die Blaupause. »Allmählich komm ich zu der Überzeugung, daß diese Kathedrale und Tutenchamuns Grabstätte vom gleichen Architekten — wie immer er heißt — gebaut worden sind.«

»Gleichen Geistes Kind? Unterirdische Gänge, geheime Kammern? In unserem Fall hieß er Renwick. Eine der Figuren auf dem bemalten Glasfenster dort drüben soll ihm ähneln. Er sieht mir reichlich verschlagen aus.«

»Sogar Gott sieht auf Glas gemalt verschlagen aus, Brian.«

Flynn wies mit dem Finger auf die Blaupause. »Siehst du die sechs tragenden Pfeiler hier? Genau gesagt, sind es kleine Türme. Sie alle haben Türen entweder an der Außenseite der Kathedrale oder in ihrem Inneren und Wendeltreppen, über die man in die Triforien gelangt . . . mit Ausnahme von diesem einen hier, der bei Farrells Triforium durchgeht. Er hat keine Tür, zumindest ist sie nicht auf der Blaupause eingezeichnet, und ich habe auch keine gesehen.«

»Wie ist Farrell ins Triforium gekommen?«

»Vom nächsten Turm, der eine Außentür hat. Ich habe Farrell gesagt, er soll noch mal suchen, ob er nicht doch eine Tür findet, aber er sagt, es gäbe keine.«

»Dann gibt es sie auch nicht. Vielleicht verbrennen sie ihre Ketzer dort oder verstecken ihr Gold.«

»Du magst es komisch finden, mich beunruhigt es. Nicht einmal ein Kirchenarchitekt ist so verschwenderisch, einen völlig nutzlosen Turm zu bauen. Ich bin sicher, daß sich im Inneren eine Wendeltreppe und eine Tür befindet. Wir müssen nur herausbekommen, wo.«

»Vielleicht stoßen wir zufällig drauf.«

»Durchaus möglich.«

»Oder sollten wir vielleicht Renwicks Geist zu Hilfe rufen?«

»Ich würde mich mit dem jetzigen Architekten Mr. Stillway zufriedengeben.« Flynn tippte mit dem Finger auf den Plan. »Ich bin sicher, es gibt mehr Hohlräume hier, als sogar Renwick wußte. Beim Bau von Kathedralen dieser Größe haben die Arbeiter und Steinmetze oft für den eigenen Gebrauch Stollen angelegt.«

»Jedenfalls hast du prima Arbeit geleistet, Brian. Die Polizei wird eine ganze Weile brauchen, um sich einen Schlachtplan zurechtzulegen.«

»Es sei denn, sie treiben Stillway und seine Blaupausen auf, bevor unsere Helfer draußen ihn finden.« Er drehte sich um und musterte mürrisch das Telefon auf der Orgel. »Warum ruft die Polizei nicht an?«

Hickey hob den Hörer auf. »Es funktioniert.« Er trat wieder an die Brüstung. »Sie sind vermutlich noch völlig desorganisiert; du hast ihre Kommandokette unterbrochen, und das nehmen sie dir vermutlich mehr übel als die Besetzung der Kathedrale.«

»Ja, es ist wie eine riesige Maschine, die plötzlich nicht mehr funktioniert, aber wenn sie wieder in Gang kommt, dann werden sie versuchen, uns zu zermalmen. Und es gibt keine Möglichkeit, diese Maschine noch einmal außer Betrieb zu setzen.«

Eamon Farrell war abgesehen von Hickey der älteste der Fenier. Er blickte von dem sechs Stockwerke hohen nordöstlichen Triforium hinunter und beobachtete Flynn und Hickey, die aus dem Glockenturm kamen. Flynn trug noch den schwarzen Anzug eines Priesters, Hickey einc alte Tweedjacke. Man hätte sie ohne weiteres für einen Geistlichen und einen Architekten halten können, die sich über Renovierungsarbeiten unterhielten. Farrell wandte seinen Blick den vier im Altarraum sitzenden Geiseln zu, die darauf warteten, Näheres über ihr Schicksal zu erfahren. Sie taten ihm leid, aber auch sein Sohn Eamon im Lager von Long Kesh tat ihm leid. Er war schon vor Wochen in Hungerstreik getreten und würde wohl nicht mehr lange leben.

Farrell zog seinen Polizeiuniformrock aus und hängte ihn übers Geländer, dann ging er zu der niedrigen Holzwand hinter ihm, in die eine kleine Tür eingelassen war. Er öffnete sie und richtete seine Taschenlampe auf die Stuckdecke des darunterliegenden Raumes, in dem bei Hochzeiten das Register unterschrieben wurde. Er kroch vorsichtig, jeden Winkel ableuchtend, einen Dachbalken entlang, bis er zu einer schrägen Dachstube kam, die unter dem Hauptdachstuhl lag. Er rutschte auf den Balken rechts von ihm. Das Licht seiner Taschenlampe fiel auf zwei in einem rechten Winkel zusammenstoßende Mauern. Ein Teil eines runden Ziegelturms ragte in diese Ecke herein. Er bewegte sich vorsichtig auf die Stelle zu, beugte sich vor und glitt mit der Hand über eine kleine eiserne Tür, die in der staubigen Ziegelmauer fast nicht zu sehen war.

Eamon Farrell hakte den rostigen Riegel auf und öffnete die Tür. Ein vertrauter Geruch schlug ihm aus der dunklen Öffnung entgegen. Er griff hinein, berührte die Innenwand und zog die Hand wieder zurück. Sie war mit Ruß bedeckt.

Farrell schob seine Taschenlampe in die Öffnung und sah, daß der dahinterliegende runde Hohlraum einen Durchmesser von mindestens zwei Metern hatte. Er leuchtete in die Tiefe, konnte aber nichts sehen. Vorsichtig streckte er Kopf und Schulter durch die Öffnung, blickte nach oben und sah den schwachen Lichtschimmer der erleuchteten Großstadt über sich. Ein kalter Fallwind bestätigte ihm, daß der Turm ein Kaminabzug war.

Etwas erweckte seine Aufmerksamkeit, und er richtete seine Taschenlampe auf den Gegenstand. Es war eine in die Mauer eingelassene Sprosse. Nun ließ er den Lichtkegel den Kamin hinauf- und hinabgleiten; eine ganze Reihe von Sprossen führten bis nach oben zur runden Turmöffnung. Er schloß die Eisentür und verriegelte sie wieder. Eine Weile blieb er nachdenklich auf dem Balken hocken, dann machte er sich auf den beschwerlichen Rückweg. Im Triforium angelangt, beugte er sich über das Geländer und rief Flynns Namen.

Flynn lief unter das Triforium. »Hast du etwas gefunden?«

Farrell zögerte eine Sekunde lang, dann faßte er einen Entschluß: »Vom Dachstuhl aus kann man einen Teil des Turms sehen, aber eine Tür habe ich nicht entdeckt.«

Flynn sagte ungeduldig: »Wirf mir die Strickleiter zu, ich muß der Sache auf den Grund gehen.«

»Aber nein, mach dir keine Sorgen, ich seh mich noch mal gründlich um.«

»Der Turm muß eine Funktion haben, Eamon — finde heraus, was für eine.«

Farrell nickte. Aber er hatte es schon herausgefunden, und besser noch, er hatte für sich selbst einen Fluchtweg gefunden, eine Möglichkeit, mit dem Leben davonzukommen, falls die Verhandlungen schiefgehen sollten.

Alle hatten bereits ihre Posten bezogen. Frank Gallagher lehnte am Geländer des südöstlichen Triforiums. Ihm gegenüber stand Farrell. Und Sullivan, bemerkte er nicht ohne Amüsement, machte Abby Boland über das Hauptschiff hinweg schöne Augen.

Jean Kearney und Arthur Nulty waren im Dachgeschoß, schichteten Holzscheite auf und überlegten sich höchstwahrscheinlich, ob sie vor ihrem Tod noch ein kurzes Schäferstündchen einschieben könnten. Megans Bruder Pedar stand auf dem Treppenabsatz der Krypta und überwachte die Sakristeigitter. Er war jung, nicht einmal achtzehn, aber unerschütterlich wie ein Fels.

Devane und Mullins hatten den besten Ausblick, dachte Gallagher, aber vermutlich war es saukalt dort oben. Megan, Hickey und Flynn liefen herum wie nervöse Gastgeber vor einer Party.

Frank Gallagher legte die seidene Festordnerschärpe ab und ließ sie zu Boden fallen. Dann blickte er durch das Zielfernrohr seines Gewehrs, und Leary kam in sein Gesichtsfeld. Er ließ das Gewehr sofort wieder sinken. Man richtete kein Gewehr auf Leary. Man tat nichts für, mit oder gegen Leary. Man mied ihn wie dunkle Gassen oder die Pest.

Gallaghers Augen richteten sich auf die Geiseln. Sein Befehl lautete schlicht: »Wenn sie ohne Begleitung den Altarraum verlassen, erschieß sie.« Er konzentrierte sich auf den Kardinal. Irgendwie mußte Gallagher seine Beteiligung an dieser Aktion vor dem Kardinal oder seinem eigenen Priester rechtfertigen — später. Später, wenn alles vorbei war und die Leute begreifen würden, was für eine gute Tat sie vollbracht hatten.

19

Maureen verfolgte jede von Flynns Bewegungen; sie waren zweckmäßig und lebhaft, so wie sie es an ihm kannte, und sie wußte, daß er sich in seinem Element fühlte und mit sich zufrieden war. Sie sah den Kardinal an, der ihr gegenüber saß. Sie beneidete ihn um seinen Seelenfrieden, um den unerschütterlichen Glauben, daß er ein unschuldiges Opfer, ein potentieller Märtyrer war, während ihre und vielleicht Baxters Rolle sich nicht so eindeutig formulieren ließ. Sie beide waren beladen mit Schuld und Zweifel, und dies könnte in den kommenden Stunden oder Tagen ihre Widerstandskraft schwächen.

Sie blickte nach oben auf die Triforien und die Empore. Alle Achtung, Brian, aber du hast zuwenig Leute. Sie versuchte, sich an die Gesichter derjenigen zu erinnern, die sie und die anderen umzingelt hatten, aber außer Gallagher und Devane kannte sie niemand persönlich. Über Megan und Pedar Fitzgerald wußte sie nur das, was deren Bruder Tommy ihr erzählt hatte. Was war aus all diesen Menschen geworden, die sie einst Brüder und Schwestern genannt hatte? Eingesperrt in Lagern, verscharrt in Gräbern? Und diese hier waren die Anverwandten, die sich für die nie endende Blutrache, die den irischen Krieg charakterisierte, hatten anwerben lassen. Es war eine immerwährende Vendetta, die vermutlich erst enden würde, wenn alle Iren tot waren.

Sie sagte zu Baxter: »Wenn wir zur südlichen Querschifftür rennen, könnten wir den für die Scharfschützen nicht überblickbaren Vorraum erreichen, bevor sie Zeit haben, auf uns zu schießen. Ich kann fast jede Mine innerhalb von Sekunden entschärfen. Und dann sollte es uns gelingen, durch die Tür auf die Straße zu laufen.«

Baxter sah sie verständnislos an. »Worüber reden Sie in Gottes Namen?«

»Ich rede über die Möglichkeit, lebend aus dieser Kathedrale herauszukommen.«

»Schauen Sie nach oben. Fünf Scharfschützen! Aber abgesehen davon können wir zwei doch nicht fliehen und den Kardinal und Vater Murphy zurücklassen?«

»Die können ja mit uns kommen.«

»Sind Sie verrückt?«

»Ich tue, was ich für richtig halte.«

Baxter sah, wie jeder Muskel ihres Körpers sich spannte, und legte seine Hand auf ihren Arm. »Nehmen Sie Vernunft an. Wir haben immerhin eine Chance freizukommen, wenn . . .«

»Nicht die geringste Chance. Ich habe einige Gesprächsfetzen mitangehört, und denen habe ich entnommen, daß sie die Entlassung aller Internierten verlangen. Und Sie glauben doch selbst nicht, daß Ihre Regierung dem zustimmt?«

»Ich . . . ich bin sicher, irgendein Kompromiß . . .«

»Sie saublöder, weltfremder Diplomat. Ich kenne meine Leute, und ich kenne auch die Einstellung Ihrer Regierung zu irischen Terroristen. Keine Verhandlungen. Ende der Diskussion.«

»Aber wir müssen den besten Moment abwarten — einen Fluchtplan entwerfen.«

Sie versuchte, sich aus seinem Griff zu befreien, aber seine Finger schlossen sich noch fester um ihren Arm. Sie sagte: »Der beste Moment — und ich zitiere Ihre britischen Militäranweisungen — ist sofort nach der Gefangennahme, bevor der Gegner Zeit zum Nachdenken hat, bevor er seine Lage klar übersieht. Wir haben schon zu lange gezögert. Und jetzt lassen Sie mich bitte los.«

»Nein, warten Sie — es muß doch eine weniger selbstmörderische Lösung geben . . .«

»Baxter, hören Sie mir zu. Noch sind wir nicht gefesselt. Wir müssen jetzt — sofort — handeln. Sie und ich sind so gut wie tot. Der Kardinal und Vater Murphy haben eine Überlebenschance. Wir beide nicht.«

Baxter holte tief Atem. »Ja . . . vielleicht bin *ich* so gut wie tot . . . Aber Sie? Waren Sie nicht mit diesem Flynn in der IRA zusammen . . .?«

»Ich war seine Geliebte, wenn Sie das meinen. Und das ist ein weiterer Grund, warum ich ihm keine Sekunde länger ausgeliefert sein will.«

»Ich verstehe. Nun, wenn Sie unbedingt Selbstmord begehen wollen, dann ist das Ihre Sache. Aber versuchen Sie mir nicht weiszumachen, daß Sie vorhaben zu fliehen, und vor allem erwarten Sie nicht von mir, daß ich Ihnen in den sicheren Tod folge.«

»In einigen Stunden werden Sie es bereuen, nicht den schnellen Tod durch eine Kugel gewählt zu haben.«

Er erwiderte ruhig: »Sollte sich eine günstige Gelegenheit ergeben, werde ich natürlich einen Fluchtversuch unternehmen . . .« Er hielt inne. »Und wenn nicht, dann werde ich hoffentlich, wenn der Augenblick gekommen ist, mit Würde sterben . . .«

»Hoffentlich. Sie können jetzt meinen Arm loslassen. Im Moment unternehme ich nichts. Aber wenn wir gefesselt oder in die Krypta geworfen werden oder etwas in der Art und Sie sich mit zwei zerschmetterten Kniescheiben hilflos am Boden winden, dann werden Sie daran denken, daß wir eine Chance hatten, uns zu retten. Aber vielleicht wissen Sie nicht einmal, daß die IRA-Leute immer erst mal die Kniescheiben durchschießen, viele Stunden bevor sie einen töten.«

Baxter holte tief Atem. »Vermutlich ist es ein Mangel an Phantasie, daß ich nicht genügend Angst habe, um etwas zu unternehmen . . . aber Sie haben mich jedenfalls ins Bild gesetzt.« Er nahm seine Hand von ihrem Arm und beobachtete sie aus dem Augenwinkel. »Bewahren Sie die Ruhe.«

»Ersparen Sie sich Ihre blöden britischen Sprüche.«

Baxter erinnerte sich an ihre mutige Haltung auf den Kathedralenstufen und begriff plötzlich, daß sie sich teilweise, bewußt oder unbewußt, seinetwegen oder genauer gesagt wegen all dessen, was er repräsentierte, so zusammengenommen hatte. Und ihm wurde klar, daß ihre Überlebenschance bis zu einem gewissen Grad von ihm abhing. Was ihn selbst betraf, so fand er die ganze Situation empörend, aber nicht erniedrigend. Diese Unterscheidung war wichtig, denn von ihr hing nicht nur ab, wie jeder von ihnen auf die Gefangennahme reagieren würde, sondern auch ob und wie sie sterben würden.

Pedar Fitzgerald sah seine Schwester die Treppe herunterkommen und klemmte seine Thompson-Maschinenpistole enger unter den Arm. »Wie sieht's aus, Megan?«

»Alles ist erledigt, außer den Bomben.« Sie blickte durch das Gitter in die leere Sakristei. »Hat sich irgendwas gerührt?«

»Nein, nichts, alles ruhig.« Er zwang sich ein Lächeln ab. »Vielleicht weiß die Polizei noch nicht, daß wir hier sind.«

Sie gab sein Lächeln zurück. »O doch, das weiß sie genau, Pedar.« Sie zog ihre Pistole, ging die Stufen hinunter und überprüfte das Vorhängeschloß und die Kette am Gitter. Sie lauschte angespannt, ob sie irgendeinen Laut aus den Seitenkorridoren, die zur Sakristei führten, vernehmen konnte. Irgend etwas bewegte sich, jemand hustete leise. Sie drehte sich um und sagte mit lauter Stimme: »Wenn du schießen mußt, Junge, dann ziel zwischen die Gitterstäbe, beschädige ja nicht die Ketten oder das Schloß. Diese Thompson-Maschinenpistolen sind nicht leicht in Position zu halten.«

Pedar lächelte. »Wir haben oft genug mit ihnen geübt.«

Sie zwinkerte ihm zu, während sie ihre Pistole in ihre Jeans steckte, trat dicht an ihn heran und berührte seine Wange mit den Fingerspitzen. »Wir haben alles auf diese eine Karte gesetzt, Pedar. Wir riskieren unser Leben, aber es ist die einzige Möglichkeit, Tommy zu befreien. Mammi ängstigt sich fast zu Tode, und wir alle werden uns nie wiedersehen, wenn diese Sache schiefgeht.«

Pedar Fitzgerald spürte, wie ihm Tränen in die Augen stiegen, aber er kämpfte sie nieder und zwang sich, ruhig zu sprechen. »Alles steht und fällt mit Brian. Meinst du, er wird durchhalten? Vertraust du ihm?«

Megan sah ihrem Bruder in die Augen. »Wenn er die Nerven verliert, Pedar, dann . . . dann werden du und ich das Kommando übernehmen. Die Familie kommt an erster Stelle.« Sie wandte sich ab, stieg hinauf zum Altarraum, kam hinter dem Altar hervor und blickte Maureen an, die im Chorgestühl saß. Ihre Augen trafen sich, und sie starrten sich an.

Flynn beobachtete die Szene vom Chorumgang aus und rief: »Megan, komm her zu uns!«

Megan ließ von Maureen ab, und Flynn, Hickey und sie gingen zum Hauptschiff. »In den Sakristeikorridoren sind irgendwelche Leute«, sagte sie.

Flynn nickte im Weitergehen. »Sie werden erst etwas unternehmen, wenn sie herausgefunden haben, wer wir sind und was wir wollen. Wir haben noch etwas Zeit.«

Als sie das Hauptportal erreichten, strich Flynn mit der Hand über die kalte Bronze. »Sehr eindrucksvoll.« Er inspizierte die Minen, drehte sich um und sagte mit einer ausladenden Geste: »Unsere Leute sind dort oben an fünf strategischen Punkten postiert und können alle Eindringlinge in ein tödliches Kreuzfeuer nehmen, während sie selbst durch die steinernen Brüstungen geschützt sind. Solange wir diese dominierenden Stellungen halten, kann uns nichts passieren. Doch wenn wir gezwungen werden, uns hier unten zu verteidigen, dann wird die Sache schwierig.« Er wandte sich an Hickey. »Wenn du Polizeichef wärst, John, was würdest du tun?«

Hickey überlegte einen Moment lang. »Ich würde das gleiche tun wie die Briten in Dublin 1916, nämlich die Artillerie zu Hilfe rufen und die verdammte Kirche in Schutt und Asche legen. Und dann würde ich meine Kapitulationsbedingungen stellen.«

»Aber dies ist nicht Dublin 1916«, erwiderte Flynn. »Ich glaube, unsere Widersacher müssen äußerst vorsichtig sein.«

»Nicht vorsichtig, schlau müssen sie sein. Es bleibt ihnen nichts anderes übrig, als uns anzugreifen, wenn sie merken, daß wir zu keinem Kompromiß bereit sind. Aber sie werden keine Kanonen auffahren, sondern Gas, Helikopter, alles was das Gebäude nicht beschädigt, und da gibt es heute vieles. Trotzdem können wir uns vielleicht behaupten.«

Megan sagte: »Wir werden uns behaupten.« Flynn fügte hinzu: »Wir haben übrigens Gasmasken.«

Das Telefon auf der Orgel neben dem Altarraum läutete, und alle Köpfe wandten sich dem Apparat zu.

20

Brian Flynn legte seine Hand auf den Hörer und sah Hickey an. Dann holte er tief Atem und hob den Hörer ab. »Hallo.«

Nach kurzem Zögern fragte eine Männerstimme: »Wer spricht?«

»Finn MacCumail, Anführer der Fenier. Und wer sind Sie?«

»Police Sergeant Tezik. Ich bin im Pfarrhaus. Was, zum Teufel, geht denn eigentlich in der Kathedrale vor?«

»Hören Sie mir gut zu, Sergeant Tezik. Wir haben vier Geiseln hier: Vater Timothy Murphy, Maureen Malonc, Sir Harold Baxter und den Kardinal. Wenn die Polizei versucht, gewaltsam einzudringen, dann explodieren die Minen bei den Türen, und falls sie weiter vorstößt, werden die Geiseln erschossen, und die Kathedrale wird in Brand gesteckt. Haben Sie mich verstanden?«

»Gott im Himmel . . .«

»Übermitteln Sie diese Botschaft Ihren Vorgesetzten, aber schnell. Und sagen Sie, ich will mit einem Regierungsvertreter sprechen.«

»Ja . . . gewiß . . . aber hier draußen geht alles drunter und drüber, verlieren Sie also nicht die Geduld. Sobald wir ein wenig Ordnung geschaffen haben, wird ein höherer Polizeibeamter Sie anrufen, okay?«

»Gut, aber verlieren Sie keine Zeit, und bitte keine üblen Tricks! Sonst haben Sie eine Menge Tote auf dem Gewissen. Keine Helikopter in der Nähe der Kathedrale, keine Panzerwagen in den Straßen. Meine Männer halten auf den Türmen Wache, und sie haben Bomben und Gewehre, und jemand hält in diesem Moment eine Pistole an die Schläfe des Kardinals.«

»Ja . . . ich verstehe . . . ich beeil mich . . . unternehmen Sie nichts . . .«

Flynn legte den Hörer auf und wandte sich an Hickey und Megan. »Der Klang seiner Stimme hat mir nicht gefallen.«

Hickey nickte. »Vermutlich ein stämmiger Bursche, große Menschen sind oft überheblich.« Er lächelte. »Aber als Zielscheiben sehr geeignet.«

Flynn blickte aufs Hauptportal. »Wir haben ein wenig zu viel Verwirrung gestiftet. Ich hoffe, sie stellen wenigstens die Verbindung zur Kommandozentrale bald wieder her, bevor irgendwelche Hitzköpfe Unheil anrichten. Die nächsten paar Minuten sind entscheidend.«

Megan fragte Hickey: »Willst du, daß Sullivan dir hilft, die Bomben zu legen?«

»Nein, Megan, Liebste, ich will, daß *du* mir hilfst. Hol uns bitte, was wir brauchen.« Er wartete, bis Megan außer Hörweite war, dann sagte er: »Flynn, was die Geiseln betrifft — wir müssen uns entscheiden, wer von uns wen erschießt.«

Flynn blickte auf den Kardinal. Dieser saß aufrecht auf seinem Thron, jeder Zoll ein Kirchenfürst, und Flynn wußte, daß diese Haltung weder Eitelkeit noch Hochmut entsprang, sondern daß sie das Resultat einer zweitausend Jahre alten Tradition war. Es würde verdammt schwierig sein, einen solchen Mann umzubringen. Er sagte zu Hickey: »Nur jemand mit eisernen Nerven bringt es fertig, dem da eine Kugel durch den Kopf zu jagen.«

Hickeys Augen, die normalerweise mutwillig und ein wenig schadenfroh funkelten, verengten sich zu bösartigen Schlitzen. »Nun, ich übernehme ihn, wenn du . . .« und er wies mit einer Kopfbewegung auf Maureen hin, »sie übernimmst.«

Flynn richtete seinen Blick auf Maureen, die zwischen Baxter und Vater Murphy saß. Er zögerte eine Sekunde lang, dann sagte er: »Gut. Abgemacht. Und jetzt kümmere dich um die Bomben.«

Hickey ignorierte die Anweisung. »Baxter ist kein Problem, den zu töten, fällt keinem schwer. Und den Priester muß Megan erledigen. Das kleine Biest soll ihren ersten Mord mit Widerwillen begehen — nicht an Maureen.«

Flynn musterte Hickey eingehend. Ihm wurde allmählich klar, daß der alte Mann so viele Menschen wie möglich mit sich ins Grab nehmen wollte. »Ja«, sagte er. »So werden wir es machen.« Dann blickte er in die verödete Weite der Kathedrale und sagte mehr zu sich selbst als zu Hickey: »Mein Gott, wie sind wir hier hereingekommen, und wie kommen wir wieder hinaus?«

Hickey schlug ihm herzhaft auf die Schulter. »Nur Mut, mein Junge, wir werden eine Menge Menschen ins Jenseits befördern, so wie wir es 1916 in Dublin getan haben. Und die Kathedrale niederbrennen und sie in die Luft sprengen, wenn wir dazu noch Zeit haben.«

Flynn starrte Hickey an. Vielleicht müßte er Hickey umbringen, bevor der sie allesamt umbrachte.

Megan Fitzgerald stieg die Stufen zum Altarraum hinauf, in jeder Hand einen Koffer; dann ging sie rechts hinter den Hochaltar und stellte die Koffer neben einer in den Marmorboden eingelassenen Bronzeplatte ab. Sie zog an dem Griff und klappte die Platte nach oben. John Hickey nahm die Koffer auf. »Geh du voran.«

Megan kletterte eine wacklige Metalleiter hinunter und zog an einer Schnur. Eine Birne leuchtete auf. Hickey übergab ihr die Koffer, die sie vorsichtig zu Boden stellte. Sie inspizierte den ungleichmäßig ausgeschachteten Stollen, in dem Baumaterial und Röhrenstücke herumlagen, die das Vorwärtskommen erschweren. »Hier ist die Mauer der Krypta!« rief Megan.

Hickey rief zurück: »Ja, und hier ist die Mauer der Treppe, die weiter hinunter in die Sakristei führt. Komm mit!«

Hickey knipste seine Taschenlampe an und leuchtete ihnen, während er den einen Koffer hinter sich herschleppte. Sie folgten dem abschüssigen, der Treppenmauer entlangführenden Stollen, der immer niedriger wurde, bis sie nur noch kriechend vorankamen. Der erdige Boden ging über in das felsige Grundgestein Manhattans.

Hickey rief: »Da ist sie!« Er kroch zu einer massiven Säule. »Hier ist die Stelle, komm näher.« Er ließ das Licht seiner Taschenlampe im Dunklen spielen. »Dort, schau, haben sie das alte Fundament gesprengt und durch den Säulensockel teilweise beschädigt, um Platz für die Sakristeitreppe zu machen. Wenn wir tiefer graben würden, kämen wir auf das untere Kellergeschoß der Sakristei.«

Megan sagte zweifelnd: »Ein verdammt kompliziertes Gebäude. Mir scheint es sehr viel aussichtsreicher, den Dachstuhl in Brand zu setzen.«

»Nur keine Bange, Megan. Ich jag dich schon nicht in die Luft.«

»Mich interessiert einzig und allein, daß die Bomben richtig ausgelegt werden.«

»Da bin ich ganz deiner Meinung.« Hickey fuhr mit der Hand über die Säule. »Als sie 1904 die Sakristeitreppe durch das Fundament gesprengt haben, wurden die zwei Säulen rechts und links von der Treppe in Mitleidenschaft gezogen, mit anderen Worten, sie sind überbelastet. Der alte Knabe, dessen Vater bei der Sprengung dabei war, hat mir erzählt, daß die irischen Arbeiter geglaubt haben, daß nur Gott den Einsturz der Kathedrale verhindert hat. Aber Gott wohnt hier nicht mehr. Wenn wir unsere Bomben an diesen beiden Säulen anbringen und sie hochgehen, dann kracht das Ganze zusammen.«

»Und wenn es nicht zusammenkracht, wirst du dann ein gläubiger Christ?«

»Nein, dann würde ich denken, daß wir die Bomben falsch angebracht haben.« Hickey öffnete den Koffer und zog zwanzig weiße, in Zellophan eingewickelte ziegelähnliche Blöcke hervor. Er riß das Zellophan herunter und knetete die gipsartige Masse um die behauenen Säulensockel. Er reichte ihr die Taschenlampe. »Halt sie, aber wackle nicht.«

Hickey drückte vier Sprengkapseln, die durch Draht mit einem Bündel Batterien verbunden waren, in die Plastikmasse. »Es ist vier Minuten nach sechs jetzt. Die Uhr läuft nach elf Stunden und neunundfünfzig Minuten ab.« Er begann, sie langsam aufzuziehen. »Ich stelle sie also auf fünf Minuten nach sechs — nein, ich meine drei Minuten nach sechs.«

Megan fragte sich, ob er in der Dunkelheit den Uhrzeiger auch deutlich genug sehen konnte, denn ein Fehler von zwei oder drei Minuten könnte fatal sein.

»Nun, hoffentlich hab ich das alles richtig gemacht.« Er zog an einem Knopf, und die Uhr fing laut und penetrant zu ticken an. Er lachte und sagte: »Und vergiß nicht, mein schlaues Mädchen, daß nur du und ich genau die Stelle kennen, wo wir diese Bomben angebracht haben, was von großem Vorteil für uns ist, denn damit haben wir deinen Freund Flynn in der Hand. Nun kann er nicht mehr ohne unsere Einwilligung einer Fristverlängerung zustimmen.« Er lachte wieder, als er die Uhr in den Sprengstoff und die Plastikmasse drückte. »Sollte uns die Polizei jedoch vorher getötet haben, so werden sie drei Minuten nach sechs — übrigens genau bei Sonnenaufgang — eine Botschaft von uns erhalten — direkt aus der Hölle.« Er nahm eine Handvoll Erde vom Boden und preßte sie auf die Plastikmasse. »So sieht es wieder ganz harmlos aus, nicht wahr?«

Er fuhr fort, die Bombe zu tarnen. »Du bist noch jung«, sagte er nachdenklich. »Und ich weiß, du hast keine Lust, so bald zu sterben, aber irgendeinen Todeswunsch mußt du haben, sonst hättest du dich nicht in diese Sache eingelassen. Du bist schließlich nicht zufällig hineingeraten, ihr habt diese Aktion doch über ein Jahr geplant. Ich wünschte, ich hätte ein Jahr Zeit gehabt zum Nachdenken, dann wäre ich jetzt zu Hause, wo ich hingehöre.«

Er griff nach der Taschenlampe und leuchtete ihr ins Gesicht. Ihre grünen Augen funkelten ihn an. »Ich hoffe, du hast dir den Sonnenaufgang heute früh genau angesehen, Mädchen, denn er wird höchstwahrscheinlich der letzte deines Lebens gewesen sein.«

Patrick Burke verließ den schützenden Vorbau des bronzenen Hauptportals und blickte zum Glockenturm hinauf. Die Scheinwerfer der Kathedrale verliehen dem kürzlich gereinigten Gebäude einen bläulich weißen Glanz und ließen das Gold des Harfenemblems auf der wehenden grünen Fahne metallisch aufblitzen. Wie ein Schloß aus Disneyland, dachte Burke unehrerbietig. Er wandte seine Aufmerksamkeit dem Südturm zu. Hinter den Schallöffnungen lauerte ein Mann, der ihn durch das Zielfernrohr seines Gewehrs beobachtete. Burke drehte dem Scharfschützen den Rücken zu und sah, daß ein großer, uniformierter Polizist durch den Graupelregen auf ihn zueilte.

Der junge Polizist sagte zögernd: »Sind Sie ein Sergeant oder ein höherer Dienstgrad?«

»Lieutenant.«

Die Worte des Polizisten überstürzten sich: »Mein Sergeant, er heißt Tezik, ist im Pfarrhaus. Er hat ein einsatzbereites Polizeiaufgebot. Er will mit Lastwagen die Türen aufbrechen, aber . . . ich finde, wir sollten nichts ohne Befehl von oben tun . . .«

Burke eilte die Stufen hinunter, rannte an der Nordwand der Kathedrale entlang durch Gärten und über Terrassen, bis er atemlos die Hintertür des Pfarrhauses erreichte. Er öffnete sie. In der großen Halle und den angrenzenden Büros saßen oder standen ungefähr dreißig Männer. Sie alle sahen jung, stark und unternehmungslustig aus. Burke wandte sich an den Polizisten, der ihn geholt hatte. »Wo ist Tezik?«

»Im Pfarrhausbüro.« Er flüsterte Burke ins Ohr. »Er ist ... sehr reizbar.«

Burke nickte, drängte sich durch die wartenden Polizisten und lief die Treppe hinauf. Im ersten Stock öffnete er eine Tür, auf der *Rektor* stand.

Monsignore Downes saß hinter seinem Schreibtisch in der Mitte eines altmodischen, großen Büros. Er trug noch immer seinen Mantel und rauchte eine Zigarette. Burke blieb im Türrahmen stehen. »Monsignore, wo ist der Polizeisergeant?«

Monsignore Downes sah ihn verständnislos an. »Wer sind Sie?«

»Burke, Polizei. Wo ist ...«

Monsignore Downes sagte zerstreut: »O ja, ich weiß, Freund von Vater Murphy ... ich habe Sie gestern abend im Waldorf ... Maureen Malone ... Sie waren ...«

»Ja, Sir. Wo ist Sergeant Tezik?«

Eine tiefe Stimme rief: »Ich bin hier.«

Burke blickte in die Richtung, aus der die Stimme gekommen war. Rechts von ihm war eine Doppeltür, die in ein großes Zimmer mit massiven Bücherregalen, einem antiken Kamin und einem enormen Schreibtisch führte, und hinter diesem saß Sergeant Tezik. »Burke, Intelligence Division. Sagen Sie Ihren Leuten, sie sollen sofort das Pfarrhaus verlassen, draußen auf den Straßen gibt es weiß Gott genug zu tun. Wir brauchen jeden Mann, um die Menge unter Kontrolle zu halten.«

Sergeant Tezik erhob sich. Er war ein fast zwei Meter großer, breitschultriger Mann, der sicher seine hundertzwanzig Kilo wog. »Wer ist gestorben, daß man Ihnen das Kommando übergeben hat?«

Burke schloß die Tür. »Commissioner Dwyer ist tatsächlich gestorben. Herzanfall.«

»Hab ich schon gehört, aber das macht Sie noch lange nicht zum Polizeichef.«

»Nein, aber im Moment werden Sie mit mir vorliebnehmen müssen.« Burke ging in die Mitte des Raums. »Versuchen Sie ja nicht, diese verfahrene Situation für sich auszunutzen, Tezik. Spielen Sie nicht den Kraftprotz auf Kosten anderer Leute.«

»Haben Sie schon mal was von persönlicher Initiative gehört, Lieutenant? Nach meiner Meinung muß man diese Burschen, bevor sie sich eingenistet haben ...«

»Mit wem haben Sie sich in Verbindung gesetzt? Wer hat Ihnen den Befehl erteilt ...«

»Mein Verstand befiehlt mir ...«

»Das genügt nicht.«

Tezik fuhr ungerührt fort: »Alle Telefonleitungen sind unterbrochen.«

»Haben Sie versucht, das Plaza-Polizeirevier anzurufen?«

»Sie wissen doch, es ist unmöglich durchzukommen. Das ist eine Revolution, sag ich Ihnen.« Er hielt inne und fügte dann zögernd hinzu: »Nur die internen Apparate in der Kathedrale funktionieren . . . ich habe mit jemand gesprochen . . .«

Burke trat dicht vor den Schreibtisch. »Mit wem haben Sie gesprochen?«

»Mit irgendeinem Kerl — Finn? — oder so ähnlich. Sein Name steht auf dem Schild am Hauptportal.«

»Was hat er gesagt?«

»Nichts Wichtiges.« Er dachte einen Moment lang nach. »Ja, richtig, daß er vier Geiseln habe.«

»Wen?«

»Den Kardinal . . .«

»Scheiße.«

»Und einen Priester namens Murphy und eine Frau . . . ich kann mich an den Namen nicht erinnern . . . diese Exterroristin, glaube ich, ach ja und noch so'n Engländer — Baker.«

»O Gott! Und was hat er noch gesagt? Strengen Sie sich an, Tezik!«

Tezik schien nachzudenken. »Ich glaube, er hat gesagt, er werde sie töten — aber das sagen sie ja immer. Stimmt's? Und daß er die Kathedrale anzünden werde. Wie wollen Sie 'ne Kathedrale anzünden?«

»Mit Streichhölzern.«

»Unmöglich. Stein brennt nicht. Ach ja, und die Türen sollen vermint sein. Aber ist doch alles Quatsch. Ich habe dreißig Mann im Pfarrhaus und noch ein Dutzend mehr in den Gängen, die zur Sakristei führen, und Lastwagen mit Vierradantrieb. Wenn meine Männer mit denen gegen die Tür fahren und . . .«

»Nichts dergleichen werden Sie tun.«

»Und ob. Je länger wir warten, desto mehr verschanzen sich die Kerle. Das steht einwandfrei fest.«

»Und wo haben Sie diese Weisheit her?«

»Aus Vietnam, ich war beim Marinecorps.«

»Hören Sie mal zu, Tezik, wir sind mitten in Manhattan und nicht im Dschungel. Eine große Kathedrale mit vielen Kunstwerken ist besetzt worden, und die Besetzer halten vier Leute als *Geiseln* fest, Tezik. Die Polizei ist kein vorstürmendes Kavallerieregiment, ihr Motto lautet: Zurückhaltung. Verstanden?«

»Dies ist eine Ausnahmesituation, die ganze Befehlsstruktur ist zusammengebrochen. Einmal, als ich in Quangtri auf Patrouille war . . .«

»Wen interessiert's.«

Tezik schob das Kinn vor. »Zeigen Sie mir Ihre Dienstmarke.«

Burke hielt sie ihm hin und steckte sie wieder ein. »Hören Sie, Tezik, diese Leute, die die Kathedrale besetzt haben, gefährden nicht unmittelbar das Leben der Menschen außerhalb der Kathedrale . . .«

»Sie haben einen Scheinwerfer kaputtgeschossen, eine Fahne aus dem Turm gehängt. Sie könnten Kommunisten sein, Burke — Revolutionäre . . . Fenier . . . Wer zum Teufel sind denn die Fenier?«

»Überlassen Sie die ganze Sache dem Spezialeinsatzkommando und dem für Geiseln zuständigen Unterhändler, okay.«

»Ich stürme die Kathedrale *jetzt,* Burke! Bevor sie auf die Bevölkerung schießen oder die Geiseln ermorden oder die Kathedrale in Brand stecken . . .«

»Sie ist aus Stein.«

»Hauen Sie ab, Burke. Ich bin hier der Verantwortliche, und ich werde tun, was ich für richtig halte.«

Burke knöpfte seinen Mantel auf und steckte seine Daumen in den Gürtel. »Kommt nicht in Frage.«

Beide schwiegen, dann sagte Tezik: »Ich geh jetzt!«

Burke sagte: »Versuchen Sie's.«

Der einzige Laut im Raum war das Ticken der Uhr auf dem Kamin.

Sie traten beide vom Schreibtisch weg, bis sie sich in der Mitte des Zimmers gegenüberstanden, wohl wissend, daß jeder den anderen unbeabsichtigt in eine Situation gebracht hatte, wo kein Nachgeben möglich war.

21

Vater Murphy sagte zu Maureen und Baxter: »Ich werde mit Seiner Eminenz reden, wollen Sie mich begleiten?«

Maureen schüttelte den Kopf. Baxter sagte: »Ich komme gleich nach.«

Vater Murphy schritt über den Marmorboden, kniete vor dem Thron nieder und küßte den Ring, dann stand er auf und sprach leise mit dem Kardinal. Maureen beobachtete die beiden, dann sagte sie zu Baxter: »Ich kann es hier keinen Moment länger aushalten.«

Er sah sie prüfend an. Ihre Augen flackerten, ihr Körper zitterte. Er legte seine Hand auf ihren Arm. »Sie müssen sich zusammennehmen.«

»Scheren Sie sich zum Teufel. Aber wie sollten Sie mich auch verstehen. Mir ist zumute, als säße ich in einem Raum voll von zum Leben erwachten Alpträumen.«

»Ich werde versuchen, etwas Trinkbares aufzutreiben, vielleicht hat jemand eine Beruhigungspille . . .«

»Nein, nein, ich habe keine Angst vorm Sterben. Wirklich nicht. Ich fürchte mich nur vor . . .«

»Sagen Sie mir wovor. Vielleicht hilft es Ihnen.«

Maureen preßte ihre zitternden Knie zusammen. »Oh, vor vielem . . . aber . . . hauptsächlich vor *ihm.* Er kann einen zwingen . . . nein, nicht zwingen . . . er hat die Fähigkeit, einen zu Dingen zu überreden, die man später bereut, deren man sich schämt. Verstehen Sie, was ich meine?«

»Ich glaube schon . . .«

»Und die anderen . . . sie sind meine Leute, und sind es doch nicht. Jetzt nicht mehr. Ich weiß nicht, wie ich mich ihnen gegenüber verhalten soll . . . Es ist, als wäre ich vor ein Familiengericht zitiert worden, weil ich etwas Schreckliches getan habe. Sie reden nicht mit mir, sie beobachten mich bloß . . .« Sie schüttelte den Kopf. *Einmal dabei, immer dabei.* Sie begriff erst jetzt die volle Bedeutung dieser Worte. Sie waren weniger eine Drohung der andern an mögliche Aussteiger, man war es selbst, der nicht aussteigen konnte. Sie sah Baxter an. »Selbst wenn sie uns nicht töten . . . es gibt schlimmere Dinge . . .«

Baxter nahm ihren Arm. »Ja . . . ich glaube, ich verstehe, was Sie meinen . . .«

Sie hatte von dieser merkwürdigen Abart von Gehirnwäsche gehört, die Geiseln zu willigen Helfershelfern ihrer Entführer macht, und von den gemischten Gefühlen hinterher — Verwirrung und Schuld. Sie erinnerte sich an den Ausspruch eines Psychologen: *Wer einmal Geisel war, bleibt es sein Leben lang.* Sie schüttelte den Kopf. Nein. Ihr würde das nicht passieren. Nein, nein und noch mal nein!

Baxter drückte ihre Hand. »Möglicherweise müssen wir sterben, aber ich werde nicht zulassen, daß man Sie — uns — verunglimpft. Es wird keinen Pseudoprozeß geben, keinen öffentlichen Widerruf, keine . . .« Ihm fiel es schwer, ihre Befürchtungen auszusprechen. »Keine sadistischen Spiele, keine psychologische Tortur . . .«

Sie hob erstaunt die Augenbrauen. Er besaß ein größeres Einfühlungsvermögen, als sie es von einem pedantischen britischen Diplomaten erwartet hätte.

Er räusperte sich. »Sie sind eine sehr beherzte Frau . . . für mich ist es einfacher. Ich hasse die Fenier, und alles, was sie mir antun, setzt sie, aber nicht mich herab. Es wäre leichter für Sie, wenn Sie Ihre Einstellung zu diesen Leuten revidieren könnten.«

Sie schüttelte den Kopf. »Ich empfinde mich als Verräterin, und ich bin eine Patriotin. Ich fühle mich schuldig, und ich bin ein Opfer. Wie paßt das zusammen?«

»Wenn wir die Antwort auf diese Frage kennen würden, wüßten wir, wie man einen Mann wie Brian Flynn behandeln muß.«

Sie zwang sich zu einem Lächeln. »Verzeihen Sie, daß ich Sie mit all diesem Kram belästige. Aber ich fand, Sie hätten das Recht, Bescheid zu wissen, bevor ich . . .« Baxter packte ihre Hand, aber sie riß sich los, schwang sich mit einem Satz über die Kniebank und landete auf dem Marmorboden des Altarraums.

Frank Gallagher lehnte sich über die Brüstung des Triforiums über dem Altarraum und richtete seine Gewehrmündung auf ihren Kopf, doch seine Hand zitterte so stark, daß er nicht schoß.

Eamon Farrell visierte ihren Rücken an, änderte jedoch die Zielrichtung und schoß links an ihr vorbei, die Salve hallte dröhnend in der Kathedrale wider.

George Sullivan und Abby Boland auf den Triforien des Längsschiffs blickten kurz auf Farrell und dann auf sein Ziel, aber beide rührten sich nicht.

Leary hatte Maureens Absicht, noch bevor sie hochschnellte, erraten. Er beugte sich über die Brüstung der Empore und verfolgte durch sein Zielfernrohr jede ihrer Bewegungen. Als sie sich auf die Balustrade schwingen wollte, feuerte er.

Maureen hörte den scharfen Knall von Farrells Schuß dicht hinter sich und dann fast gleichzeitig den Nachhall eines Schusses von der Empore. Farrells Kugel zischte links an ihr vorbei, Learys schien fast ihre Haare zu berühren. Plötzlich packten zwei kräftige Hände sie bei den Schultern, und jemand zerrte sie mit aller Gewalt in den Altarraum zurück. Sie drehte den Kopf und blickte in Baxters Gesicht. »Lassen Sie mich los! Lassen Sie mich los!«

Baxter murmelte aufgeregt: »Wehren Sie sich nicht, bitte wehren Sie sich nicht!«

Jemand lief zum Altarraum, und Maureen sah, daß es Megan war. Megan beugte sich über sie und richtete den Revolver auf ihr Gesicht. »Vielen Dank, du hast mir einen guten Vorwand geliefert.« Sie spannte den Hahn.

Baxter warf sich über Maureen. »Nein!« rief er. »Nein, schießen Sie nicht!«

Megan schrie: »Aus dem Weg, Sie blöder Hund!« Sie versetzte Baxter mit ihrer Pistole einen Schlag auf den Hinterkopf und stieß die Mündung an Maureens Hals.

Der Kardinal rief von der Mitte des Altarraums. »Halt! Laßt ab!« Vater Murphy glitt lautlos hinter Megan, packte sie bei den Armen, hob sie hoch, schwang sie im Kreis und ließ sie fallen. Megan schlitterte über den glatten Marmorboden, fing sich aber wieder, kniete hin und richtete die Pistole auf den Priester.

Brian Flynn rief mit schneidender Stimme: »Nein!«

Megan wirbelte herum. Er stand an der Kommunionbank, sie starrte ihn an, ihre Pistole noch immer schußbereit in der Hand.

Flynn sprang über die Balustrade und lief die Stufen hinauf: »Geh auf die Empore!«

Megan kniete noch immer, doch jetzt zitterte die Pistole in ihrer Hand. Alle standen stumm um sie herum.

John Hickey kam die Stufen zum Altarraum herauf, ergriff Megan beim Arm, zog sie hoch und sagte mit einer für ihn ungewöhnlich sanften Stimme: »Komm mit mir, genug ist genug.« Er drückte ihr die Hand mit der Pistole herunter und führte sie ins Hauptschiff.

Flynn ging zum Chorgestühl und blickte auf den liegenden Baxter. »Das war sehr nobel von Ihnen, sehr ritterlich, aber auch sehr dumm.«

Harold Baxter erhob sich schnell und half Maureen beim Aufstehen. Flynn sah Maureen an. »So leicht kannst du uns nicht entwischen, und du hättest fast Sir Harolds Tod verschuldet.«

Sie antwortete nicht. Baxter preßte sein Taschentuch auf Maureens Wange, die von einem Holzsplitter des Chorgestühls blutete.

Flynn stieß mit einer schnellen Armbewegung Baxters Hand weg, dann sagte er ruhig: »Mr. Leary ist kein schlechter Schütze. Wärst du bis zur Tür gekommen, hätte er dir in die Fußgelenke geschossen. Und das gleiche«, fuhr er an die anderen gewandt fort, »gilt auch für Eure Eminenz und Vater Murphy. Sollte jedoch einem von Ihnen wie durch ein Wunder die Flucht gelingen, muß ein anderer dafür mit dem Leben büßen.« Er blickte in die Runde. »Oder wäre es besser, Sie zu fesseln? Nein, das möchte ich eigentlich nicht.« Er starrte die schweigenden Geiseln feindselig an. »Keiner verläßt diesen Altarraum, ist das klar? Gut, dann setzen Sie sich wieder.« Flynn ging hinter den Altar und die Stufen hinunter zum Sakristeigitter. Leise fragte er Pedar Fitzgerald: »Rührt sich hier was?«

Fitzgerald erwiderte im Flüsterton: »Eine Weile lang war es in den Korridoren unruhig, aber nun ist alles still. Ist jemand verletzt worden? Ist meine Schwester in Ordnung?«

»Niemand ist verletzt worden. Und bleib auf deinem Posten hier, egal was da oben passiert.«

»Ich weiß, aber paß auf Megan auf.«

»Wir alle passen sehr genau auf sie auf, Pedar.«

Ein Polizist riß die Tür zum Büro des Monsignore auf und lief atemlos in den angrenzenden Raum. »Sergeant!«

Tezik und Burke blickten ihn an. Der Polizist sagte aufgeregt: »Die Männer in den Korridoren haben Schüsse gehört . . .«

Tezik sagte zu Burke: »Das gibt den Ausschlag. Wir stürmen die Kathedrale.« Tezik lief an Burke vorbei zur Tür, doch Burke packte ihn an der Schulter und warf ihn gegen den offenen Kamin.

Tezik stolperte, fing aber den Sturz gerade noch auf. Er rief dem Polizisten zu: »Nehmen Sie den Mann fest!«

Der Polizist zögerte, dann zog er seinen Dienstrevolver.

Das Telefon klingelte. Burke streckte die Hand nach dem Hörer aus, aber Tezik kam ihm zuvor: »Sergeant Tezik.«

Flynn saß auf der Orgelbank im Altarraum. Er sagte: »Hier spricht Finn MacCumail.«

Teziks Stimme zitterte vor Aufregung: »Was geht da drinnen vor? Was bedeutet die Schießerei?«

Flynn zündete sich eine Zigarette an. »Zwei Schüsse kann man kaum als Schießerei bezeichnen, Sergeant. Sie sollten Ihre nächsten Ferien in Belfast verbringen, die Mütter dort geben in der Früh immer zwei Schüsse ab, um ihre Kinder zu wecken.«

»Was . . .«

»Niemand ist verletzt«, unterbrach ihn Flynn. »Ein Gewehr ist versehentlich losgegangen. Aber wir werden langsam ungeduldig, Sergeant.«

»Nur mit der Ruhe.«

»Unsere Forderungen müssen bis Sonnenaufgang erfüllt werden, das ist unser letzter Termin. Und die Sonne geht nicht später auf, nur weil Sie nicht fähig sind, Ihre Vorgesetzten zu finden.« Er hängte ein und zog an seiner Zigarette. Er dachte an Maureen. Er sollte sie zu ihrem eigenen Besten, zum Besten aller, fesseln, aber vielleicht schuldete er ihr eine gewisse Handlungsfreiheit, das Recht, ohne sein Dazwischentreten über ihr Schicksal zu entscheiden. Irgendwann vor Sonnenaufgang würden sie frei voneinander sein, und wenn nicht frei, dann wieder zusammen, auf die eine oder andere Weise.

22

Sergeant Tezik legte den Hörer auf und sagte zu Burke: »Ein Gewehr sei versehentlich losgegangen . . . behauptet er . . . ich weiß nicht . . .« Tezik wirkte schon sehr viel weniger selbstsicher. »Was meinen Sie?«

Burke stieß einen Seufzer der Erleichterung aus, dann ging er zu dem Fenster, das auf die Kathedrale blickte, und schob den schweren Vorhang beiseite. »Schauen Sie mal hinaus, Tezik.«

Der Sergeant blickte auf die angestrahlte Kathedrale.

»Waren Sie jemals drinnen?«

Tezik nickte. »Zu Taufen, Begräbnissen und so . . .«

»Erinnern Sie sich an die Triforien — die Balkone? Die Empore? Die endlosen Reihen von Kirchenbänken? Das Ganze ist eine Todesfalle, ein gottverdammter Schießstand, und Ihre Leute würden dort abgeknallt werden wie die Tontauben.« Burke ließ den Vorhang wieder fallen und stellte sich breitbeinig vor Tezik hin.

»Aus amtlichen und inoffiziellen Quellen habe ich erfahren, daß die Besetzer Maschinengewehre und andere Waffen, vielleicht sogar Panzergranaten haben. Und was haben Sie, Tezik? Sechsschüssige Revolver. Machen Sie Ihren Straßendienst, dort werden Sie gebraucht und Ihre Leute ebenfalls.«

Tezik ging zu einer Anrichte, goß sich einen Kognak ein, leerte das Glas und starrte eine volle Minute lang ins Leere. »Okay«, sagte er schließlich. »Ich bin kein Held.« Er lächelte gezwungen. »Hab mir gedacht, ich könnte mir einen Orden verdienen, 'ne Beförderung und Fernsehaufnahmen und so, Sie wissen schon . . .«

»O ja, ich war auf einer Menge Beerdigungen von Leuten mit ähnlichen Gedanken.«

Tezik ging mißmutig zur Tür. Im Türrahmen drehte er sich noch einmal um. »Die Kerle wollen mit einem höheren Polizeibeamten sprechen. Hoffentlich finden Sie einen.«

Burke kehrte zum Schreibtisch zurück und wählte eine der Geheimnummern des Plaza-Polizeireviers. Nach längerem Warten klingelte das Telefon und eine Stimme antwortete: »Jackson.«

»Louise, hier Burke.«

Die diensthabende Sergeantin, Louise Jackson, eine nicht mehr junge Negerin, klang erschöpft. »Lieutenant! Wo sind Sie?«

»Im Pfarrhaus der St.-Patricks-Kathedrale. Geben Sie mir Langley.«

»Der Inspector ist in einem Helikopter mit dem Deputy Police Commissioner Rourke. Sie versuchen, die Verbindung mit den einzelnen Kommandostellen wiederherzustellen, aber der Funkkontakt mit ihm ist abgerissen, als sie in die Nähe der Kathedrale kamen. Irgendeine Störanlage vermutlich. Alle Telefonleitungen der Stadt sind überlastet, außer diesen wenigen Spezialanschlüssen, und selbst bei denen ist die Verständigung schwierig. Alles geht drunter und drüber.«

»Hier ist es nicht viel besser. Hören Sie, Louise, rufen Sie die Leute im Büro für Geiselverhandlungen an. Sie sollen so schnell wie möglich Bert Schroeder auftreiben. Wir haben es nämlich mit einer Geiselsituation zu tun.«

»Verdammt noch mal. So was hab ich mir schon gedacht. Die BSS-Leute, die die VIPs auf den Stufen der Kathedrale schützen sollten, waren gerade hier. Sie haben einige von den großen Tieren im Gedränge aus den Augen verloren, aber sie wußten nicht recht wen und warum.«

»Ich sag Ihnen gleich wen und warum, aber rufen Sie erst mal den Emergency Service an und verlangen Sie Captain Bellini. Erklären Sie ihm, daß die Kathedrale von bewaffneten Terroristen besetzt ist, und sagen Sie, daß seine Spezialtruppe sich mit der notwendigen Ausrüstung in der Residenz des Kardinals einfinden soll. Ist das klar?«

»Das ist ja eine schöne Scheiße.«

»Das kann man wohl sagen. Gut, also weiter. Ich habe eine Mitteilung von den Terroristen und einen Lagebericht, den ich Ihnen jetzt durchsage. Bitte geben Sie beides an das Büro des Commissioners weiter. Kann ich anfangen zu diktieren?«

»Ja, schießen Sie los.«

»Ungefähr um siebzehn Uhr zwanzig wurde die St.-Patricks-Kathedrale von einer unbekannten Anzahl von Terroristen besetzt . . .« Als Burke seinen Bericht beendet hatte, fügte er bei: »Das Pfarrhaus scheint mir ein guter Kommandoposten. Rufen Sie daher die Haupttelefonzentrale an, sie sollen sofort Extraleitungen ins Pfarrhaus legen. Haben Sie das?«

»Ja . . . aber Pat, sind Sie autorisiert . . .?«

Burke fühlte, wie der Schweiß in seinen Kragen rann, und lokkerte ihn. »Louise, bitte stellen Sie mir im Moment keine Fragen. Wir müssen einfach etwas unternehmen. Versuchen Sie also, diese Leute zu erreichen, und werden Sie nicht nervös.«

»Keine Angst. Aber Sie sollten die anderen hier sehen. Alle scheinen zu denken, sie hätten es mit einem Aufstand oder so was zu tun. Aber jetzt mal ernsthaft, meinen Sie, es ist eine Art von Aufstand?«

»Nichts dergleichen. Die Fenier haben, soweit ich es beurteilen kann, absichtlich Verwirrung gestiftet, um von der Kathedralenbesetzung abzulenken. Zusätzlich gerieten unsere bierseligen irischen Freunde außer Rand und Band, womit die Besetzer vermutlich nicht gerechnet haben. Haben Sie schon irgendwelche Berichte von unseren Leuten?«

»Nein, keinen einzigen. Sie sind der erste, der anruft.«

»Ach, und noch etwas. Fordern Sie so schnell wie möglich die Akte über John Hickey an, und finden Sie außerdem heraus, was wir über einen Nordiren namens Brian Flynn wissen.« Er hängte ein und ging ins vordere Büro. »Monsignore?«

Monsignore Downes legte den Telefonhörer auf. »Ich kann niemand erreichen. Ich muß mit dem Generalvikar sprechen und mit dem apostolischen Nuntius in Washington. Was geht hier eigentlich vor? Was ist los?«

Burke blickte in das aschfahle Gesicht des Kirchenmanns; auf einem kleinen Tisch standen eine Weinkaraffe und Gläser. Burke füllte ein Glas und brachte es Downes. »Hier, nehmen Sie einen Schluck, es wird Ihnen guttun. Die Telefonleitungen sind im Moment überlastet, Hunderttausende versuchen, ihre Familie anzurufen. Wir werden im Pfarrhaus unsere Kommandozentrale einrichten.«

Monsignore Downes ignorierte den Wein. »Kommandozentrale?«

»Bitte lassen Sie das Pfarrhaus räumen. Evakuieren Sie das

Personal und die Priester, nur der Telefonist muß bleiben, bis ich einen Ersatz für ihn finde.« Burke blickte auf die Uhr, dachte einen Moment nach und sagte: »Wie gelange ich in den Korridor, der zur Sakristei führt?«

Monsignore Downes gab ihm eine Reihe wirrer, unzusammenhängender Erklärungen.

Die Tür flog auf, und ein großer Mann in einem schwarzen Mantel stürzte herein. »Lieutenant Young von der BSS.« Er sah erst den Monsignore, dann Burke an. »Wer sind Sie?«

»Burke. Intelligence.«

Der Mann ging, ohne zu fragen, zu dem kleinen Tisch und schenkte sich ein Glas Wein ein. »Hol's der Teufel . . . verzeihen Sie, Vater . . . verdammt noch mal, aber von den VIPs auf den Kathedralenstufen fehlen uns drei.«

Burke sah zu, wie Young das Glas in einem Zug leerte. »Lassen Sie mich raten, wer. Wir von der Intelligence Division sind gut im Raten. Ihnen sind der Kardinal, Baxter und Miß Malone abhanden gekommen. Stimmt's?«

Lieutenant Young warf ihm einen schnellen Blick zu. »Wo sind sie? Doch nicht etwa in der Kathedrale?««

»Ich fürchte, ja.«

»Oh, Scheiße . . . entschuldigen Sie . . . aber es war mein Job . . . O Gott, das muß mir passieren . . .«

»Drei von ungefähr hundert VIPs ist keine schlechte Bilanz.«

»Machen Sie keine dummen Witze. Es ist eine Katastrophe . . .«

»Alle drei sind unverletzt, soviel ich weiß«, sagte Burke und fügte hinzu: »Ein Priester — Vater Murphy — wurde auch gefangengenommen, aber er ist kein VIP, machen Sie sich also seinetwegen keine Sorgen.«

»Verdammt, ich habe drei VIPs verloren.« Er schenkte sich noch ein Glas ein. »Die Stadtverwaltung hätte den Secret Service anfordern sollen. Beim Papstbesuch hat uns der Präsident den Secret Service zur Unterstützung geschickt.« Er sah Monsignore Downes und Burke an. »Die meisten von der BSS waren bei den Zuschauertribünen. Byrd hatte alle guten Leute, während ich mich mit einer Handvoll von Halbidioten herumschlagen mußte.«

»Pech gehabt«, sagte Burke und ging auf die Tür zu. »Schikken Sie ein paar Ihrer intelligenteren Männer hierher, um Monsignore zu schützen. Er ist schließlich auch ein VIP. Ich werde inzwischen versuchen, mit den Terroristen zu sprechen. Die sind auch VIPs.«

Young sagte wütend: »Warum haben Sie uns nicht gewarnt, daß etwas dergleichen passieren kann, Burke?«

»Sie haben mich nicht gefragt.« Burke verließ das Büro, ging die Treppen hinunter, fand einen Lift und fuhr ins Kellergeschoß.

Ein ängstlich aussehender Hausmeister kam ihm entgegen. »Die Sakristei«, sagte Burke kurz angebunden.

Der Mann führte ihn zu einem Korridor. Burke sah sechs Polizisten mit gezogener Pistole an der Wand stehen. Er zückte seine Dienstmarke und befahl ihnen mit einer knappen Handbewegung, sich zurückzuziehen. Er nahm seine Pistole aus dem Halfter und ließ sie in seine Manteltasche gleiten. Ein Polizist hinter ihm flüsterte: »Der Bursche auf dem obersten Treppenabsatz hat eine Maschinenpistole.«

Burke ging vorsichtig in die Sakristei und schlich an Tischen mit Meßgewändern vorbei, die entlang der Wand standen. Am Ende der Tischreihe befand sich eine andere bogenförmige Öffnung, durch die er einen schwach erleuchteten vieleckigen Raum aus Stein und Ziegeln ausmachen konnte.

Burke bewegte sich langsam auf die Gittertür zu, wobei er darauf achtete, daß er von der Sakristeitreppe aus nicht gesehen werden konnte. Er vernahm undeutliches Gemurmel auf der Treppe. Burke wußte, daß er mit Finn MacCumail sprechen mußte und daß ihm kein Fehler unterlaufen durfte. Er lehnte sich an die marmorverkleidete Mauer und lauschte dem Klopfen seines Herzens. Er schöpfte einige Male tief Luft, aber war sich seiner Stimme noch nicht sicher. Er umklammerte den Revolver in seiner Manteltasche, ließ ihn los und preßte die freigewordene Hand gegen den kalten Marmor. Er blickte auf seine Armbanduhr. Eine Minute noch. Nach einer Minute würde er Finn MacCumail rufen.

Maureen kauerte im Chorgestühl, das Gesicht in die Hände vergraben. Vater Murphy und der Kardinal saßen rechts und links neben ihr und redeten beruhigend auf sie ein. Baxter kam vom Kredenztisch zurück, auf den jemand eine Wasserkaraffe gestellt hatte. »Hier.«

Sie schüttelte den Kopf und stand abrupt auf. »Lassen Sie mich allein. Sie alle. Was begreifen Sie schon? Nicht mal einen Bruchteil. Aber bald werden Sie mehr begreifen.«

Der Kardinal winkte den beiden anderen zu, sie folgten ihm auf die andere Seite des Altarraums und stellten sich neben seinen Thron. Der Kardinal sagte leise: »Sie muß mit sich ins reine kommen. Sie ist innerlich aufgewühlt. Wenn sie uns braucht, wird sie zu uns kommen.« Er blickte auf den Hochaltar. »Gott hat uns in Seinem Haus zusammengeführt, und wir sind in Seiner Hand — wir — aber auch die anderen. Sein Wille wird geschehen, nicht unserer. Wir dürfen diese Leute nicht provozieren, ihnen keinen Vorwand liefern, uns oder diesem Gebäude Schaden anzutun.«

Baxter räusperte sich. »Wir müssen versuchen auszubrechen, wenn sich eine gute Gelegenheit bietet.«

Der Kardinal warf ihm einen leicht verärgerten Blick zu. »Wir gehen da von sehr unterschiedlichen Standpunkten aus, ich muß darauf bestehen, daß Sie sich in meiner Kirche meinen Wünschen beugen.«

Baxter erwiderte ruhig: »Im Moment scheint es mir etwas fragwürdig, wessen Kirche es ist, Eminenz.« Er wandte sich an Vater Murphy. »Was ist Ihre Meinung?«

Vater Murphy schien eine Sekunde lang zu schwanken, dann sagte er bestimmt: »Es ist sinnlos zu diskutieren. Seine Eminenz hat recht.«

Baxters Blick verriet Ungeduld. »Ich hasse es, herumgestoßen zu werden. Wir *müssen* irgendeinen Widerstand leisten, und sei es nur einen psychologischen, und wir müssen zumindest *planen* zu fliehen, wenn wir uns unsere Selbstachtung und unsere seelische Gesundheit erhalten wollen. Diese Sache kann Tage, ja Wochen dauern, und wenn ich lebend aus ihr herauskomme, möchte ich hinterher ohne Scham in den Spiegel sehen.«

Der Ton des Kardinals war ernst. »Mr. Baxter, diese Leute haben uns bisher verhältnismäßig anständig behandelt. Ein Fluchtversuch würde unweigerlich Vergeltungsmaßnahmen nach sich ziehen . . .«

»Gut behandelt? Mir ist es völlig egal, wie sie uns behandeln. Sie haben kein Recht, uns hier gefangenzuhalten.«

Der Kardinal nickte. »Da haben Sie natürlich vollkommen recht. Aber ich möchte doch darauf hinweisen, daß die Gewalttätigkeit junger Männer zum größten Teil auf die Gegenwart junger Frauen zurückzuführen ist . . .«

»Ersparen Sie sich solche Platitüden.«

Der Kardinal lächelte dünn. »Meine Bemerkungen scheinen Sie zu verärgern. Das tut mir leid. Doch glauben Sie bitte nicht, daß ich mich der Illusion hingebe, diese Leute würden mich oder Vater Murphy verschonen. Aber das ist nicht wichtig. Wichtig dagegen ist, daß wir sie nicht durch Provokation in die Todsünde des Mordes treiben. Des weiteren muß ich meiner Verpflichtung als Hüter dieser Kathedrale nachkommen. Dies ist die größte katholische Kirche Amerikas, das geistige Zentrum des Katholizismus der Vereinigten Staaten. Ein Gegenstück zu Westminster Abbey.«

Baxters Gesicht rötete sich. »Es ist meine Pflicht, Widerstand zu leisten, und ich werde es tun.«

Der Kardinal schüttelte den Kopf. »Zu kämpfen ist eine Pflicht, die die Kirche uns nicht auferlegt.« Er beugte sich über die Lehne des Thronsessels. »Können Sie das Ganze nicht Gott überlassen, oder sollte Ihnen dies nicht zusagen, der Polizei?«

Baxter blickte dem Kardinal in die Augen. »Ich habe Euer Eminenz meinen Standpunkt klargemacht.«

Der Kardinal schien in Gedanken verloren, dann sagte er: »Vielleicht mache ich mir übertriebene Sorgen um die Kirche. Ich bin für sie verantwortlich, und materielle Werte spielen, wie bei jedem Menschen, auch für mich eine gewisse Rolle in meinen Überlegungen. Aber wir sind doch wohl einig, daß kein Leben unnütz geopfert werden sollte?«

»Selbstverständlich.«

»Weder unser Leben noch . . .« und er machte eine Handbewegung, die die ganze Kathedrale einschloß, »noch das der anderen.«

»Dessen bin ich mir nicht so sicher.«

»Wir alle sind Gottes Kinder, Mr. Baxter.«

»Ach, wirklich?«

»Aber Mr. Baxter . . .«

Eine lange Stille folgte, die von Maureens Stimme von der anderen Seite des Altarraums unterbrochen wurde. »Glauben Sie mir, Kardinal, jeder dieser Leute ist in der Hölle geboren worden. Einige mögen Ihnen als geistig normal erscheinen — lustige nette Iren, liebenswürdig und all das. Voller Poesie und trauriger Lieder. Was sie aber nicht daran hindern wird, uns alle zu ermorden und Ihre Kirche niederzubrennen.«

Die drei Männer sahen sie schweigend an.

23

Burke schob sich näher zur Treppe, holte tief Atem und rief: »Polizei! Kann ich mit Finn MacCumail sprechen!« Er hörte seine Worte in dem marmornen Treppenaufgang widerhallen.

Eine Stimme mit einem starken irischen Akzent antwortete: »Gehen Sie bis zum Gitter, und legen Sie die Hände auf die Stäbe! Und keine Dummheiten — ich habe eine Maschinenpistole.«

Burke bewegte sich zögernd vorwärts und sah einen jungen Mann, fast noch einen Knaben, der auf dem Treppenabsatz vor der Kryptatür kniete. Burke ging langsam die paar Stufen zur Gittertür hinauf und umfaßte die Stäbe.

Pedar Fitzgerald richtete seine Maschinenpistole auf ihn. »Rühren Sie sich nicht!« Dann rief er die Treppe hinauf: »Holt Finn! Jemand will ihn sprechen!«

Burke musterte einen Moment lang den jungen Mann, dann wandte er seine Aufmerksamkeit der Umgebung zu.

Die Treppe teilte sich am Absatz vor der Kryptatür nach rechts und links. Über der Kryptatür sah man die Rückseite des Altars, von dem ein riesiges goldenes Kreuz emporragte, das sich gegen das hohe Gewölbe der Kathedrale abhob. Soweit er es beurteilen konnte, war es schier unmöglich, das Gitter aufzubrechen und die Treppe hinaufzulaufen, ohne von Feuergarben zerfetzt zu werden.

Er hörte Schritte auf dem linken Treppenaufgang, und eine hohe Gestalt zeichnete sich plötzlich vor der gespenstisch gelblich beleuchteten Kryptaglastür ab. Burke konnte die Gesichtszüge nicht klar erkennen, aber er sah, daß der Mann ein kragenloses Hemd und schwarze Hosen trug, die Überreste seines Priesterkostüms. Burke sagte kühl: »Finn MacCumail?« Für einen mit der gälischen Geschichte vertrauten Iren klang es so absurd, als hätte er jemand mit Robin Hood angeredet.

»Ganz richtig. Der Anführer der Fenier.«

Burke lächelte im stillen über die Großspurigkeit, aber etwas in den Augen des näher kommenden Mannes faszinierte ihn.

Flynn blieb dicht vor dem Gitter stehen und starrte Burke an. »Und mit wem habe ich das Vergnügen zu sprechen?«

»Chief Inspector Burke.« Er begegnete dem Blick aus den tiefen dunklen Augen des Mannes, dann sah er den großen Bronzering am rechten Finger.

Brian Flynn sagte: »Ich weiß, wer Sie sind . . . Lieutenant Burke. Auch ich habe meinen Geheimdienst. Ärgerlich, was?« Er lächelte. »Nun, wenn ich mich Anführer der Fenier nenne, warum sollten Sie sich nicht Chief Inspector nennen.«

Burke erinnerte sich mit einigem Unbehagen an die wichtigste Regel im Umgang mit Terroristen: Werde nie bei einer Lüge ertappt. »Ich habe das nur gesagt, um die Dinge zu beschleunigen.«

»Ein sehr einleuchtender Grund für eine Lüge.«

Die zwei Männer standen sich in einem Abstand von nur wenigen Zentimetern gegenüber, aber das Gitter bewirkte, daß sich jeder auf seinem Territorium beschützt fühlte. Trotzdem war Burke nicht wohl zumute. »Sind die Geiseln wohlauf?«

»Zur Zeit ja.«

»Kann ich mit ihnen reden?« Flynn schüttelte den Kopf. »Wir haben Schüsse gehört. Wer ist tot?«

»Niemand.«

»Was fordern Sie?« fragte Burke und dachte: eine unnütze Frage, was immer die Fenier fordern, sie werden es nicht bekommen.

Flynn ignorierte die Frage. »Sind Sie bewaffnet?«

»Natürlich. Aber gegen eine Maschinenpistole gehe ich nicht an.«

»Einige würden es tun. Zum Beispiel Sergeant Tezik.«

»Der ist außer Gefecht gesetzt.« Burke überlegte sich, woher Flynn wußte, daß Tezik unberechenbar war. Vielleicht erkennen verwandte Geister sich am Ton der Stimme?

Flynn blickte über Burkes Schulter. Burke sagte: »Ich habe die Polizisten fortgeschickt.«

Flynn nickte. Burke fuhr fort: »Wenn Sie mir sagen, was Sie wollen, werde ich Ihre Forderungen sofort an die höchsten Stellen weiterleiten.« Er wußte, daß er seine Befugnisse überschritt, aber er mußte die Lage entspannen, bis Bert Schroeder, der Experte für Geiselfragen, die Sache übernahm.

Flynn schlug mit der Hand gegen die Gitterstäbe. Das Klirren seines Bronzerings verriet seine Nervosität. »Warum kann ich nicht direkt mit einem ranghohen Offizier sprechen?«

Burke meinte einen spöttischen Unterton herauszuhören. »Weil das gesamte Nachrichtennetz unterbrochen ist. Wenn Sie Ihren Störsender abstellen . . .«

Flynn lachte, dann sagte er abrupt: »Ist jemand umgekommen?«

Burke fühlte, wie seine Hände an den Gitterstäben schweißfeucht wurden. »Vielleicht bei den Krawallen . . . Police Commissioner Dwyer . . . starb an einer Herzattacke. Aber das würde Ihnen nicht angelastet werden — wenn Sie sich jetzt ergeben.«

»Ich habe noch nicht mal meine Forderungen gestellt. Sind die zwei Leute auf dem Pferd verletzt worden?«

»Nein. Ihre Männer haben die Polizistin vom Turm aus sehen können. Der Mann war ich.«

Flynn lachte. »Ach, tatsächlich?« Er dachte einen Moment lang nach. »Das ändert die Lage.«

»Warum?«

»Nun, sagen wir, weil es dann sehr unwahrscheinlich ist, daß Sie für einen gewissen Engländer aus meinem Bekanntenkreis arbeiten.« Flynn zögerte, dann sagte er: »Haben Sie ein verstecktes Mikrophon bei sich? Gibt es Wanzen in den Korridoren?«

»Nein, ich habe kein Mikrophon, über die Korridore kann ich Ihnen nichts sagen.«

Flynn zog eine Handsonde aus der Tasche und tastete Burkes Körper ab. »Ich glaube, ich kann Ihnen vertrauen, obwohl Sie sich darauf spezialisiert haben, irische Patrioten zu jagen.«

»Ich tue meine Arbeit.«

»Ja, nur zu gut.« Er musterte Burke mit Interesse, dann griff er in seine Tasche und schob ein Stück Papier durchs Gitter. »Hier ist eine Liste von hundertsiebenunddreißig Männern und Frauen, die von den Briten in Nordirland und England interniert worden sind. Ich verlange, daß diese Leute bei Sonnenaufgang, das heißt um sechs Uhr drei New Yorker Zeit, freigelassen und nach Dublin geflogen werden. Des weiteren verlange ich, daß die irische und die britische Regierung sie begnadigt und ihnen, falls sie es wünschen, in der Republik Asyl gewährt. Die ganze Operation muß vom Internationalen Roten Kreuz und von Amnesty International überwacht werden. Sobald ich von diesen beiden Organisationen die Nachricht erhalten habe, daß meine Forderungen erfüllt sind, werden wir die Kathedrale räumen und die Geiseln freilassen. Sollten meine Forderungen jedoch bis Sonnenaufgang nicht erfüllt worden sein, werde ich als ersten Sir Harold Baxter aus dem

Glockenturm werfen lassen und dann — in welcher Reihenfolge weiß ich noch nicht — den Kardinal, Vater Murphy und Maureen Malone. Zum Schluß setze ich die Kathedrale in Brand. Und das ist mein bitterer Ernst, Lieutenant Burke. Begreifen Sie das?«

»Ja.«

»Gut. Überdies möchte ich Ihnen noch folgendes sagen, damit Sie die Lage besser beurteilen können. Erstens haben alle meine Fenier mindestens einen nahen Angehörigen in den Lagern. Zweitens, und das schreiben Sie sich hinter die Ohren, ist uns nichts heilig, weder Kirchen, noch Priester, noch Menschenleben, noch die Menschheit im allgemeinen.«

»Ich glaube Ihnen, daß Sie Ihre Drohungen wahr machen werden.«

»Um so besser. Und Sie werden nicht nur meine Forderungen weiterleiten, sondern Ihren Vorgesetzten auch die geistige Haltung, die hinter meinen Worten steht, klarmachen. Verstanden?«

»Durchaus.«

»Nun, was mich und meine Leute betrifft — so wollen wir uns mit unseren Verwandten wiedervereinen; daher muß uns volle Straffreiheit gewährt werden. Wir werden in unseren eigenen Fahrzeugen nach Kennedy Airport fahren und von dort aus zu unseren verschiedenen Bestimmungsorten fliegen. Wir haben Pässe und Geld und verlangen nichts von Ihrer Regierung außer einem Passierschein. Verstanden?«

»Ja.«

Flynn lehnte sich so weit vor, daß er Burkes Gesicht fast berührte. »Ich weiß, was Sie jetzt denken, Burke: Können wir diese Banditen kirre machen, oder müssen wir sie in die Luft sprengen? Mir ist wohl bekannt, daß Ihre Regierung sich rühmt, nie einer Forderung, die mit der Waffe in der Hand gestellt wurde, nachgegeben zu haben. Nun, morgen nach Sonnenaufgang mag sie weniger großkotzig auftreten. Denn, sehen Sie, wir haben alle Trümpfe in der Hand: Bube, Königin, König, As und die Kathedrale.«

Burke sagte: »Die britische Regierung . . .«

»Das ist zur Abwechslung nicht meine Sorge, damit soll sich Washington auseinandersetzen.«

»Da haben Sie recht.«

»Und wenn Sie mich sprechen wollen, dann melden Sie sich über den Nebenapparat im Altarraum. Ich will nicht, daß jemand diesen Gang betritt.« Burke nickte. »Und sehen Sie zu, daß Ihr Kommandobereich wieder funktioniert, bevor einer Ihrer Cowboys Unfug anstellt.«

Burke sagte: »Ich werde darauf achten, daß so was nicht passiert.«

Flynn nickte. »Und bleiben Sie in der Nähe, Lieutenant. Ich werde Sie später noch brauchen.« Er drehte sich um und stieg langsam die Stufen hinauf, dann verschwand er um die Ecke des rechten Treppenaufstiegs.

Burke ließ die Gitterstäbe los, ging die Stufen hinunter und wischte sich, als er außer Sichtweite des knienden Mannes mit der Maschinenpistole war, seine verschwitzten Hände am Mantel ab. Dann zündete er sich eine Zigarette an und ging zum Ende des Korridors. Er war froh, daß nicht er mit Brian Flynn verhandeln mußte, und Bert Schroeder, dem diese Aufgabe zufiel, tat ihm leid.

Captain Bert Schroeder stand mit einem Fuß auf dem Brunnenrand an der Grand Army Plaza und rauchte eine kurze, dicke Zigarre. Ein leichter Graupelregen fiel auf seine breiten Schultern und sickerte durch seinen teuren Mantel. Schroeder betrachtete die Menge, die sich allmählich in die beleuchteten Seitenstraßen verlief. Eine gewisse Ordnung schien wiederhergestellt. Trotzdem würde er es wohl nicht mehr schaffen, seine Tochter zu dem geplanten Familienfest abzuholen. Die Einheit, mit der er an der Parade marschiert war, jene der Grafschaft Tyrone, aus der seine Mutter stammte, hatte sich bereits aufgelöst. Dennoch zögerte er, den Stadtkern zu verlassen, weil eine innere Stimme ihm sagte, daß er heute noch gebraucht würde. Er blickte auf die Uhr, dann ging er zu einem auf der Fifth Avenue geparkten Streifenwagen und schaute durchs Fenster. »Gibt's was Neues?«

Der Polizist blickte hoch. »Nein, Sir. Das Radio ist noch immer gestört.« Dann fügte er hinzu: »Soll ich Sie irgendwo hinbringen?«

Schroeder warf seine Zigarre in den Schnee. »Nicht im Moment«, sagte er, »aber bleiben Sie in der Nähe, es . . .«

Der Fahrer unterbrach ihn. »Eben kommt ein Funkspruch durch. Sie werden gebraucht, Captain, irgendwas mit Geiseln. Kann ich was tun?«

»Was? Nein . . . ich muß telefonieren . . .« Sein Herz hämmerte. Auf der anderen Seite des Platzes lag das hell erleuchtete Plaza Hotel. Er rannte auf das Gebäude zu. Zahllose Möglichkeiten schossen ihm durch den Kopf. Wer waren die Geiseln? Der Gouverneur, der Bürgermeister, Diplomaten? Aber er schob alle Spekulationen beiseite, denn jedesmal, wenn er per Telefon oder Radio zu Geiselverhandlungen gerufen worden war, hatten sich seine Vorstellungen als falsch erwiesen. Das einzige, was er mit Bestimmtheit wußte, war, daß er in kürzester Zeit um ein oder mehrere Leben feilschen mußte, und das wie immer unter den kritischen Augen der Politiker und Polizeibeamten.

Er lief die Stufen des Plaza hinauf und durch die überfüllte Halle; eine Treppe tiefer befanden sich die Telefone; vor jedem stand eine lange Schlange. Er drängte sich an den Menschen vorbei, riß einem Mann den Hörer aus der Hand. »Zurücktreten — Polizei!« Er wählte eine Geheimnummer, verlangte die Plaza-Polizeistation und wartete ungeduldig auf das Klingelzeichen. Er zündete sich eine weitere Zigarre an und schritt im Bereich der Telefonschnur nervös auf und ab. Er fühlte sich wie ein Schauspieler kurz vor dem Aufgehen des Vorhangs. Sein Herz schlug ihm bis zum Hals, sein Mund war trocken, seine Handflächen wurden feucht. Er haßte dies alles, er wünschte, er wäre woanders — und er liebte dies alles, er fühlte sich in seinem Element.

Endlich ertönte das Klingelzeichen, und der diensthabende Sergeant antwortete. Schroeder sagte mit ruhiger Stimme: »Was ist los, Dennis?« Schroeder hörte eine volle Minute zu, dann murmelte er kaum verständlich: »In zehn Minuten bin ich im Pfarrhaus.« Er legte den Hörer auf und lehnte sich eine Sekunde gegen die Wand, dann lief er die Treppen zur Halle hinauf.

Bert Schroeder stand mit hängenden Schultern und ausdruckslosem Gesicht in der Mitte der pompösen Halle. Dann plötzlich straffte sich sein Körper, sein Blick wurde lebendig, und sein Atem ging wieder ruhig. Zuversichtlich schritt er durch die Tür und stieg in den Polizeiwagen, der ihm gefolgt war. Der Fahrer fragte: »Schlimm, Captain?«

»Ja, so wie immer. Ins Pfarrhaus der Kathedrale. Geben Sie Gas.«

24

Die hinteren Räume, die sich an Monsignore Downes' Arbeitszimmer anschlossen, füllten sich schnell mit Menschen. Burke stand am Fenster des vorderen Büros und trank einen Kaffee. Bürgermeister Kline und Gouverneur Doyle, beide bleich und besorgt, kamen in Begleitung ihrer Assistenten herein. Burke erkannte noch andere Gesichter. Alle Ankommenden blieben erst einmal zögernd im Türrahmen stehen, so als beträten sie eine Leichenhalle.

Burke blickte hinunter auf die hell erleuchtete Madison Avenue. Hunderte von Polizisten räumten im Graupelregen den Bereich um das Pfarrhaus von Menschen. Polizeiwagen und Limousinen hielten am Rinnstein und luden ihre Passagiere ab. Techniker legten provisorische Telefonleitungen, und die Polizei spannte Feldtelefondrähte, um die unterbrochene Radioverständigung zu ersetzen. Der Verkehr kam langsam wieder in Gang, das hochtechnisierte New York hatte einen weiteren Tag überlebt.

»Hallo, Pat.«

Burke drehte sich um. »Langley, gut jemand zu sehen, der im Rang nicht zu hoch über einem steht.«

Langley lächelte. »Machst du den Kaffee und leerst die Aschenbecher aus?«

»Weißt du Bescheid?«

»Ungefähr. Was für ein Scheißspiel! Ist Commissioner Dwyer schon eingetroffen?«

»Das ist kaum möglich. Er starb an einer Herzattacke.«

»Mein Gott. Warum hat mir das keiner gesagt? Heißt das etwa, daß dieser Trottel von Rourke das Kommando übernimmt?«

»Sobald er hier ist.«

»Er saß direkt hinter mir. Wir sind mit dem Helikopter im Hof des Palace Hotels gelandet. Du hättest die Stadt von der Luft aus sehen sollen!«

»Wär mir lieber gewesen, als mittendrin zu stecken.« Burke zündete sich eine Zigarette an. »Kreidet man uns die ganze Geschichte an?«

»Zur Ordensverteilung im Juni wird man uns kaum einladen.«

»Das ist schon mal sicher.« Burke klopfte seine Asche am Fensterbrett ab. »Aber wir mischen noch mit?«

»Du vielleicht, dir ist wenigstens ein Pferd unterm Arsch weggeschossen worden. Was ich von mir nicht behaupten kann. Hast du noch eins in Reserve?«

»Falls wir einen Anpfiff bekommen, werden wir ihnen den Mund mit einigen Informationen stopfen.« Er nahm Langley beim Arm und zog ihn näher zu sich heran. »Ferguson hat mir gesagt, daß Finn MacCumails richtiger Name Brian Flynn sei. Er war Maureen Malones Geliebter.«

»Ah«, sagte Langley, »das klingt interessant.«

Burke fuhr fort: »Flynns rechte Hand ist John Hickey.«

»Hickey ist tot«, sagte Langley. »Er starb vor einigen Jahren . . . die Beerdigung ging durch alle Zeitungen.«

»Manche Leute lassen ihre Beerdigung eben lieber vor ihrem Ableben stattfinden . . .«

»Vielleicht hat Ferguson sich geirrt.«

»Er hat John Hickey am St.-Patricks-Tag gesehen — du kannst dich auf sein Wort verlassen.«

»Nun, dann werden wir das Grab öffnen müssen.« Langley fröstelte und trat vom Fenster zurück. »Ich werde uns eine gerichtliche Bewilligung beschaffen.«

Burke zuckte die Achseln. »Wenn du heute abend einen nüchternen Richter findest, heb ich das Grab eigenhändig aus. Aber Hickeys Akte ist bereits auf dem Weg, und Louise überprüft Brian Flynn.«

Langley nickte. »Nicht schlecht, Pat. Die Briten können uns mit Flynn helfen.«

»Major Martin?«
»Hast du ihn gesehen?«
Burke wies mit dem Kopf auf die Doppeltür.
Langley fragte: »Wer ist noch drin?«
»Schroeder, ein paar höhere Polizeioffiziere, FBI-Typen und einige Leute von den britischen und irischen Konsulaten.«
Langley sagte: »Hat Schroeder mit den Geiselnehmern schon Verbindung aufgenommen?«
»Ich glaube, noch nicht. Ich habe ihm MacCumails — Flynns — Botschaft übermittelt. Er hat gelächelt und mir gesagt, ich soll draußen warten. Und hier bin ich.«
Deputy Police Commissioner Rourke eilte an ihnen vorbei und gab Langley ein Zeichen, ihm zu folgen. Langley flüsterte Burke zu: »Und jetzt werden Köpfe rollen! Paß auf, ehe du dich's versiehst, bist du der nächste Polizeichef. Ich habe die Vision einer Bronzestatue von Patrick Burke rittlings auf einem Pferd, das mit blähenden Nüstern die Kathedralenstufen . . .«
»Geh schon.«
Langley lächelte und eilte Rourke nach. Burke betrachtete die aufgeregten Menschen ringsumher, dann blieb sein Blick auf dem hinter seinem Schreibtisch sitzenden Monsignore haften. Er ging auf ihn zu. »Monsignore . . .«
Der Rektor der St.-Patricks-Kathedrale hob den Kopf.
»Fühlen Sie sich besser?«
»Warum wußte die Polizei nicht, daß dies passieren würde?«
Burke verschluckte mehrere Antworten, dann sagte er: »Wir hätten es voraussehen müssen. Wenn wir bloß . . .«
Langley erschien im Türrahmen und winkte Burke zu sich. Burke sah den Monsignore an. »Kommen Sie auch?«
»Warum?«
»Es ist doch Ihre Kirche, und Sie haben das Recht zu erfahren, was vorgeht. Ihr Kardinal und einer Ihrer Priester sind schließlich . . .«
»Viele Leute fühlen sich unbehaglich in der Gegenwart von Geistlichen . . .«
»Sollen sie, es wird ihnen vielleicht sogar guttun.«
Monsignore Downes erhob sich widerwillig und folgte Burke ins hintere Büro. Ungefähr vierzig Männer und Frauen standen oder saßen in dem großen Raum. Alle blickten auf Bert Schroeder, der hinter dem großen Schreibtisch präsidierte. Einige wandten sich um, als Burke und Monsignore Downes das Zimmer betraten.
Bürgermeister Kline stand auf und bot Downes seinen Stuhl an. Downes errötete und nahm rasch Platz. Der Bürgermeister lächelte selbstzufrieden über seine Wohlerzogenheit, dann hob er Schweigen gebietend die Hand und sagte: »Sind wir jetzt alle ver-

sammelt? Nun gut, fangen wir an.« Er räusperte sich und fuhr mit seiner unangenehm öligen Stimme fort. »Wir sind uns wohl alle darüber einig, daß in erster Linie die Stadtverwaltung die Verantwortung für die Maßnahmen trägt, die eventuell getroffen werden müssen.« Er sah seine Assistentin, Roberta Spiegel, an. Sie nickte, und er sprach weiter: »Um Verwirrung zu vermeiden, wird nur ein Mann in unser aller Namen mit den Besetzern verhandeln . . .« Er erhob seine Stimme, als führe er einen Gastredner ein, »Captain Bert Schroeder.«

Die Anwesenden fingen zu klatschen an, brachen aber verlegen ab, als ihnen aufging, daß dies im Moment nicht sehr angebracht war. Roberta Spiegel warf dem Bürgermeister einen mißbilligenden Blick zu, und dieser errötete. Captain Schroeder stand auf und bedankte sich andeutungsweise für den Beifall.

Burke sagte leise zu Langley: »Ich fühle mich wie ein Darmspezialist, der mit lauter Arschlöchern in einem Zimmer eingesperrt ist.«

Schroeder holte tief Atem. »Vielen Dank, Herr Bürgermeister. In wenigen Minuten werde ich die Verhandlungen aufnehmen mit einem Mann, der sich Finn MacCumail, Anführer der Fenier, nennt. Wie Sie wissen, hat meine Abteilung aus ähnlich komplizierten Situationen immer einen Ausweg gefunden, ohne je eine Geisel zu verlieren.« Er sah das beifällige Nicken seiner Zuhörer, und seine Angstvorstellungen wichen dem glorreichen Bild seiner selbst als siegreicher Unterhändler. Seine Stimme klang jetzt selbstgefällig: »Und da sich die von mir angewandten Taktiken als so äußerst erfolgreich erwiesen haben, sehe ich keinen Grund, sie zu ändern. Wie Sie wissen, habe ich mich nie von politischen Erwägungen beeinflussen lassen. Auf Ihre Vorschläge hingegen werde ich selbstverständlich eingehen, sie sind mir äußerst wichtig.« Er betrachtete seine Zuhörer und sah Zustimmung, Gleichgültigkeit und offene Feindseligkeit in ihren Mienen.

Burke sagte zu Langley: »Nicht schlecht.«

Langley antwortete: »Alles Mumpitz. Der Mann ist ein politischer Karrieremacher übelster Sorte.«

Schroeder fuhr fort: »Um mir meine Aufgabe zu erleichtern, möchte ich Sie bitten, diesen Raum zu verlassen, mit Ausnahme der folgenden Personen.« Er nahm ein Blatt zur Hand und las die Namen vor. »Die Offiziere, die für den Außeneinsatz verantwortlich sind, werden ihr Hauptquartier in den Parterrebüros des Pfarrhauses aufschlagen. Diejenigen, die für die Verhandlungen gelegentlich gebraucht werden, bitte ich, sich in Monsignores Arbeitszimmer bereitzuhalten. Die wenigen direkt Beteiligten bleiben mit mir hier in diesem Büro. Ich habe mit dem Generalvikar gesprochen, und er ist einverstanden, daß die übrigen Hilfskräfte die Residenz des Kardinals benützen dürfen.«

Schroeder warf Monsignore Downes einen kurzen Blick zu. »Telefonleitungen sind bereits ins Pfarrhaus gelegt, ein Imbiß wird im Eßzimmer Seiner Eminenz serviert, Lautsprecher werden in beiden Residenzen installiert, damit Sie alle meine Telefongespräche mit den Tätern genau verfolgen können.«

Nachdem Schroeder sich hingesetzt hatte, erhob sich Stimmengewirr. Der Bürgermeister hob tadelnd die Hand. »Meine Damen und Herren, verlassen Sie jetzt bitte das Zimmer, damit Captain Schroeder sich seiner Arbeit widmen kann.« Der Bürgermeister ging zur Tür und öffnete sie.

Schroeder wischte sich die Stirn und wartete, bis die verbliebenen Leute sich gesetzt hatten. »Also gut, Sie alle wissen, wer ich bin. Würden Sie bitte jetzt einer nach dem anderen Ihre Namen sagen. Fangen wir bei der einzigen hier anwesenden Dame an.«

Roberta Spiegel, eine gut aussehende Frau Anfang Vierzig, lehnte sich in ihrem Schaukelstuhl zurück und schlug die Beine übereinander. Sie wirkte gleichzeitig gelangweilt, sinnlich und sachlich. »Spiegel, Assistentin des Bürgermeisters.«

Ein kleiner Mann mit flammendroten Haaren, der eine Tweedjacke trug, sagte: »Tomas Donahue, Generalkonsul der irischen Republik.«

»Major Bartholomew Martin, Vertreter der britischen Krone . . . in Abwesenheit von Sir Harold Baxter.«

»James Kruger, CIA.«

Ein muskulöser Mann mit einem pockennarbigen Gesicht sagte: »Douglas Hogan, FBI.«

Ein rundlicher junger Mann mit Glatze verbeugte sich im Sitzen. »Bill Voight, Vertreter des Gouverneurs.«

»Deputy Commissioner Rourke . . . amtierender Police Commissioner.«

Ein eleganter Mann mit näselnder Stimme sagte: »Arnold Sheridan. Staatlicher Sicherheitsdienst, Regierungsvertreter.«

»Captain Bellini. Emergency Service.«

»Inspector Langley, Intelligence Division.«

»Lieutenant Burke, Intelligence.«

Schroeder bemerkte plötzlich, daß Monsignore Downes geblieben war. Einen Moment lang war er irritiert, dann lächelte er. »Und dies ist sozusagen unser Gastgeber, Monsignore Downes, Rektor der St.-Patricks-Kathedrale.« Dann wandte er sich direkt an Downes. »Vielen Dank, daß Sie gekommen sind . . . und uns erlaubt haben, Ihre Büros zu benutzen . . . werden Sie uns die Ehre Ihrer Gegenwart geben?«

Monsignore Downes nickte zögernd.

»Ausgezeichnet. Also fangen wir an. Burke, warum zum Teufel haben Sie sich mit den Tätern in Verbindung gesetzt? Sie wissen doch, es ist regelwidrig.«

Burke lehnte sich zurück und lockerte seine Krawatte. Schroeder hatte das Gefühl, Burke habe seine Frage mehr rhetorisch aufgefaßt, und sagte daher mit Nachdruck: »Sie haben doch nicht etwa Versprechungen gemacht? Oder irgendwas gesagt . . .«

»Sie wissen genau, was ich gesagt habe«, unterbrach ihn Burke.

Schroeder sah ihn wütend an. »Bitte wiederholen Sie für die anderen Ihr Gespräch mit dem Täter, und berichten Sie uns auch über Ihre Eindrücke — den geistigen Zustand und so weiter.«

Burke kam der Aufforderung nach, zum Schluß fügte er hinzu: »Er wirkte sehr selbstsicher, und das war nicht gespielt. Auch scheint er mir intelligent zu sein.«

»Nervös? Unausgeglichen?«

»Nein, alles klang völlig normal — außer seinen Forderungen natürlich.«

»Drogen? Alkohol?«

»Vermutlich hat er heute sehr viel weniger getrunken als jeder der hier Anwesenden.« Jemand lachte.

Schroeder wandte sich an Langley: »Bevor wir nicht seinen richtigen Namen kennen, wird es schwer sein, etwas über ihn herauszubekommen.«

Langley warf Burke und Rourke einen kurzen Blick zu. »Wir wissen, wer er ist.«

Es wurde plötzlich still im Raum. Burke beobachtete Major Martin aus dem Augenwinkel. Er wirkte unbeteiligt.

Langley fuhr fort: »Er heißt Brian Flynn. Die Engländer werden eine Akte über ihn haben, vielleicht sogar die hiesige Polizei. Seine rechte Hand ist ein Mann namens John Hickey. Bislang hat man angenommen, er sei vor ein paar Jahren gestorben. Vielleicht hat der eine oder andere von Ihnen sogar von ihm gehört. Er ist eingebürgerter Amerikaner. Wir und der FBI wissen eine Menge über ihn.«

Hogan, der Mann vom FBI, sagte: »Ich laß das sofort überprüfen.«

Kruger nickte. »Ich tue das gleiche mit Flynn.«

Major Martin warf ein: »Beide Namen kommen mir bekannt vor, ich werde nach London telegrafieren.«

Schroeder sah weniger niedergeschlagen aus. »Bravo, gute Arbeit. Das erleichtert mir meine — unsere — Aufgabe.« Er wandte sich an Burke. »Hatten Sie den Eindruck, daß die Frau, die geschossen hat, Sie töten wollte?«

»Nein, ich bin sicher, sie hat auf das Pferd gezielt. Flynn hat seinen Leuten vermutlich verboten, in diesem frühen Stadium Menschen zu töten, wenn Sie darauf hinauswollen.«

Die Polizeibeamten im Raum nickten. Commissioner Rourke sagte: »Weiß irgend jemand etwas Genaueres über diese Fenier?« Er warf Kruger und Hogan einen fragenden Blick zu.

Kruger sah Major Martin kurz an, dann sagte er: »Wir haben nicht genügend Geldmittel für eine Abteilung, die sich ausschließlich mit Nordirland beschäftigt. Die offizielle Ansicht ist, daß die IRA für Amerika keine direkte Bedrohung darstellt, und so wurde von vorbeugenden Maßnahmen abgesehen. Leider wird uns für diese Unterlassungssünde jetzt die Rechnung präsentiert.«

Douglas Hogan fügte hinzu: »Wir vom FBI hielten es für ausgemacht, daß wir es in diesem Fall mit der IRA zu tun haben, aber Major Martin scheint anderer Meinung zu sein. Meine Leute verfolgen nur die Tätigkeit der irischen Organisationen in Amerika, aber aus Personalmangel sind wir größtenteils auf die Informationen des englischen Geheimdienstes angewiesen.«

Major Martin stand lächelnd auf und sagte zu Langley: »Ich habe Sie gewarnt, Inspector, daß sich etwas zusammenbraut . . . leider jedoch . . .«

Langley antwortete trocken. »Ja, der Major war eine große Hilfe, desgleichen der CIA und der FBI. Und meine eigenen Leute haben sich auch großartig benommen. Lieutenant Burke verdient einen Orden für seinen Mut und seine Umsicht.«

Stille trat ein, aber niemand rief »Hurra Burke!« Allmählich wurde sich Burke darüber klar, daß jeder im Raum seine eigenen Ziele verfolgte, aus der Situation das Beste für sich herauszuschlagen. »Ich habe Flynn gesagt, wir würden ihn nicht zu lange warten lassen.«

Schroeder runzelte die Stirn. »Ich werde mit den Verhandlungen erst dann beginnen, wenn ich genau weiß, wo wir stehen.« Er wandte sich an Bill Voight, den Vertreter des Gouverneurs. »Ist Ihr Chef gewillt, Straflosigkeit zu gewähren?«

Voight schüttelte den Kopf. »Nicht in diesem Stadium.«

Schroeder sah Roberta Spiegel an: »Wie wird sich der Bürgermeister zu einem Polizeieinsatz stellen?«

Roberta Spiegel zündete sich eine Zigarette an. »Was immer London oder Washington beschließen mögen, der Bürgermeister wird dem Gesetz Geltung verschaffen und die Schuldigen verhaften. Sollten die Täter sich in der Kathedrale verschanzen, behält er sich das Recht vor, mit Polizeigewalt gegen sie vorzugehen.«

Schroeder nickte nachdenklich. »Und was meinen Sie, Mr. Sheridan?« Der Regierungsvertreter sagte: »Ich kann mich im Moment noch nicht äußern, da mir die Einstellung Washingtons noch nicht bekannt ist, auch weiß ich nicht, ob der Generalstaatsanwalt Immunität gewähren wird. Aber ich persönlich halte es für unwahrscheinlich, daß die Regierung auf die Forderungen eingeht.«

Schroeder richtete seinen Blick auf Tomas Donahue.

Der irische Generalkonsul sah Major Martin kurz an, dann sagte er: »Die IRA ist eine verbotene Organisation in der Republik, und meine Regierung würde keinem IRA-Mitglied Asyl gewähren, falls die britische Regierung, was ich für unwahrscheinlich halte, beschließen sollte, diese Leute freizulassen.«

Major Martin fügte hinzu: »Obwohl ich kein offizieller Vertreter meines Landes bin, kann ich Ihnen versichern, daß die Taktik der britischen Regierung gegenüber der IRA, oder wie immer sie sich nennen, stets die gleiche ist: nie verhandeln, aber wenn man verhandelt, nie nachgeben, und wenn man nachgeben muß, nie zugeben, daß man nachgegeben hat.«

Roberta Spiegel sagte: »Nun, nachdem wir alle klargestellt haben, was für sture Böcke wir sind, können wir ja mit den Verhandlungen beginnen.«

Commissioner Rourke sagte zu Schroeder: »Ja, Bert, jetzt liegt alles in Ihrer Hand. Sie müssen diesen Leuten irgendwie ihren verrückten Plan ausreden. Sie wollen übrigens das Rote Kreuz und Amnesty International einschalten. Wir können sie daher nicht so leicht belügen. Sie müssen eben sehr . . . sehr . . .« Er konnte das richtige Wort nicht finden und wandte sich schnell an Captain Bellini, der bislang geschwiegen hatte. »Captain, wenn der unwahrscheinliche Fall eintritt, daß Bert es nicht schafft und wir die Kathedrale stürmen müssen, wäre Ihre Abteilung dann einsatzbereit?«

Bellini rutschte auf dem für seine mächtige Gestalt viel zu kleinen Stuhl hin und her. Die blauschwarzen Bartstoppeln gaben ihm das Aussehen eines alten Haudegens, aber die Partie unter seinen Augen war aschgrau. »Hm . . . ja, Sir. Wenn es wirklich soweit kommt, sind wir einsatzbereit.«

Schroeder griff nach dem Hörer. Monsignore Downes richtete sich auf. »Erlauben Sie mir eine Bemerkung . . .?« Alle Blicke richteten sich auf ihn. Schroeder zog die Hand vom Hörer weg, lächelte und nickte.

Downes sagte mit leiser Stimme: »Niemand hat bisher die Geiseln oder die Kathedrale erwähnt.« Ein verlegenes Schweigen trat ein. Monsignore Downes fuhr fort: »Wenn, wie ich annehme, Ihre erste Sorge den Geiseln gilt und Sie dies Ihren Vorgesetzten und den Besetzern klarmachen, dann kann ich nicht einsehen, warum wir uns nicht auf einen Kompromiß einigen können.« Er sah sich im Raum um. Aber niemand nahm es auf sich, dem Monsignore die harten Realitäten der internationalen Diplomatie klarzumachen.

Schroeder sagte: »Ich habe noch nie eine Geisel oder ein Gebäude eingebüßt, Monsignore. Es ist oft möglich, ohne Gegenleistung das zu bekommen, was man will.«

»Ach . . . das habe ich nicht gewußt«, sagte Monsignore Downes ruhig.

»Sie werden ja hören«, sagte Schroeder aufmunternd, »wie ich vorgehe. Ich glaube, es wird ganz in Ihrem Sinne sein.« Er griff zum Hörer, und während er auf den Polizeitelefonisten wartete, fügte er noch hinzu: »Seien Sie nicht beunruhigt, wenn ich die ersten Runden verliere, man muß den Tätern zuerst mal das Gefühl geben, daß sie Punktzahlen erringen. Nach einiger Zeit geht ihnen dann die Puste aus. Haben Sie je Haie geangelt? Man läßt sie eine Weile an der Leine zappeln, und wenn sie erschöpft sind, holt man sie ein.« Er sagte zum Telefonisten: »Ja, verbinden Sie mich mit dem Apparat im Altarraum.« Er stützte die Ellbogen auf und wartet. Niemand rührte sich.

25

Gouverneur Doyle entdeckte Bürgermeister Kline, der zu einer Gruppe von Stadtbeamten und Polizeioffizieren sprach. Er ging von hinten an ihn heran und nahm ihn energisch beim Arm: »Murray, ich muß mit Ihnen sprechen.«

Der Bürgermeister ließ sich von dem größeren Mann in die Vorhalle und auf den Absatz der Treppe, die zu den Zimmern der Priester führte, schleppen, aber dort befreite er sich aus dem eisernen Griff: »Was ist los, Bob? Ich hab eine Menge zu tun.«

Der Gouverneur ging unruhig auf dem schmalen Treppenabsatz auf und ab. »Ich glaube, wir müssen die Staatspolizei und die Nationalgarde zu Hilfe rufen.«

»Nein, kein Militär, keine Staatspolizei.«

»Das 69. Regiment steht bei Fuß, um Sie zu unterstützen.«

»Bei Fuß?« Kline lachte. »Steht auf wackligen Beinen, würde ich sagen. Mein Gott, die Mannschaften haben um zwei Uhr Dienstschluß. Sie sind inzwischen so besoffen, daß sie ein Gewehr nicht von einem Schnürsenkel unterscheiden können.«

»Ich habe gehört, daß die meisten Offiziere und Unteroffiziere im Kasino an der Lexington Avenue zusammensitzen und feiern . . .«

»Worauf wollen Sie hinaus?«

Der Gouverneur hustete in die Hand und grinste verlegen. »Na ja, ich meine, diese . . . diese Angelegenheit ist ungemein wichtig . . . und ich muß zeigen, daß ich was unternehme . . .«

»Sie haben hier nichts zu suchen. Sie mögen zwar der Gouverneur des Staates New York sein, aber dies ist *meine* Stadt, und nur *ich* bin für sie verantwortlich.«

»Hören Sie . . . ich brauche nicht Ihre Erlaubnis, um die Nationalgarde oder die Staatspolizei aufzubieten.«

»Rufen Sie Ihren Generalstaatsanwalt an, und überprüfen Sie erst mal diese Behauptung.« Bürgermeister Kline drehte sich auf dem Absatz um, aber der Gouverneur hielt ihn zurück.

»Nicht so hastig, Kline. Angenommen der Staat New York zahlt für die ganze Operation? Mann, verstehen Sie denn nicht, das Unternehmen wird die Stadt Millionen kosten. Ich werde das nötige Geld schon lockermachen, und aus Washington hol ich auch noch ein Extrasümmchen heraus. Ich kann mit Recht behaupten, daß es ein internationaler Vorfall war.«

Der Bürgermeister blieb auf der Treppenstufe stehen und lächelte ermutigend. Der Gouverneur fuhr fort: »Ich komm für alles auf, wenn Sie mir erlauben, meine Leute einzusetzen. Okay, Murray?«

Der Bürgermeister sagte: »Dreißig Tage nach Rechnungsstellung muß der Betrag an die Stadtkasse überwiesen sein.«

»Abgemacht.«

»Inklusive Reparaturkosten an städtischem Eigentum und Entschädigungen an eventuell betroffene Privatpersonen und Geschäfte.«

Der Gouverneur seufzte: »Gewiß.«

»Aber nur das 69. Regiment — keine andere Gardeeinheit und keine Staatspolizei, meine Jungens kommen mit denen nicht zurecht.«

»Lassen Sie mich die Staatspolizei in die Vororte schicken, um Ihre Leute zu ersetzen, die nach Manhattan abkommandiert werden.«

Der Bürgermeister dachte einen Moment nach, dann nickte er lächelnd und sagte mit erhobener Stimme, so daß die Umstehenden ihn hören konnten: »Gouverneur, würden Sie mir bitte das 69. Regiment und die Staatspolizei zur Unterstützung schicken.«

Colonel Dennis Logan saß am Haupttisch im Kasino des 69. Regiments in der Lexington Avenue. Um ihn herum wogte die Menge — über hundert Offiziere, Unteroffiziere und Gäste, die sich in diversen Stadien der Trunkenheit befanden. Auch Logan schwankte ein wenig. Die Stimmung dieses Jahr war nicht so ausgelassen wie sonst, dachte er, vermutlich wegen der Berichte über die Unruhen im Stadtzentrum.

Ein Sergeant mit einem Telefon in der Hand trat an ihn heran und stöpselte den Stecker in den Wandanschluß. »Colonel, der Gouverneur ist am Apparat.«

Logan nickte, richtete sich im Stuhl auf, nahm den Hörer und blickte Major Cole kurz an. »Colonel Logan hier. Ich hoffe, Sie hatten einen vergnüglichen St.-Patricks-Tag, Gouverneur.«

»Leider nein, Colonel. Eine Gruppe irischer Terroristen hat die Kathedrale besetzt.«

Logan merkte, wie ihm der Schweiß aus allen Poren brach. In Sekunden war sein Körper klitschnaß, nur sein Mund war seltsam trocken. Er stieß krächzend hervor: »Ja, Sir?«

»Ich habe die Absicht, das 69. Regiment einzusetzen.«

Logan betrachtete die Szene, die sich seinen Augen bot. Die meisten Offiziere und Unteroffiziere torkelten, einige waren über den Tischen zusammengesackt. Die Mannschaften waren längst zu Hause oder über die Bars der Stadt verstreut.

»Colonel?«

»Ja, Sir.«

»Volle Kampfausrüstung, Schutzschilder, scharfe Munition.«

»Ja, Sir.«

»Versammeln Sie sich vor der Kardinalsresidenz in der Madison Avenue für weitere Anweisungen. Beeilen Sie sich.«

Logan rang nach irgendwelchen erklärenden Worten, räusperte sich und sagte statt dessen: »Die Iren sind immer einsatzbereit, Gouverneur.«

»Hier spricht Captain Bert Schroeder vom New Yorker Police Department.« Schroeder drehte die Schalter der Lautsprecher an.

Eine Stimme mit einem irischen Akzent sagte: »Warum melden Sie sich erst jetzt?«

Burke nickte. »Das ist er.«

Schroeder sprach leise und freundlich mit einer Stimme, die beruhigend klingen sollte. »Hier ging alles ein wenig drunter und drüber. Sind Sie . . .?«

»Finn MacCumail, Anführer der Fenier. Ich habe Sergeant Tezik und Lieutenant Burke gesagt, daß ich mit einem ranghohen Beamten reden will. Aber Sie sind nur Captain.«

Schroeder gab seine Standardantwort: »Jeder, mit dem Sie reden wollen, ist hier. Die Lautsprecher übertragen unser Gespräch. Können Sie das Echo hören? Wir haben beschlossen, daß ich im Namen aller spreche und Ihnen auch eventuelle Botschaften der Anwesenden übermitteln werde.«

»Wer sind Sie?«

»Ich habe einige Erfahrung in solchen Dingen.«

»Sehr interessant. Sind die Vertreter der irischen, britischen und amerikanischen Regierung bei Ihnen?«

»Ja, Sir. Ebenfalls der Police Commissioner, der Bürgermeister und der Gouverneur.«

»Ich habe mir einen guten Tag ausgewählt, nicht wahr?«

Burke flüsterte Schroeder zu: »Ich hab vergessen zu sagen, daß er Sinn für Humor hat.«

Schroeder sagte ins Telefon: »Ja, Sir. Und nun kommen wir zur Sache.«

»Nicht so hastig, Captain. Erst mal wollen wir uns über das Grundsätzliche unterhalten. Stehen alle Regierungsvertreter mit ihren respektiven Hauptstädten in Verbindung?«

»Ja, Sir.«

»Haben Sie mit dem Roten Kreuz und Amnesty International Kontakt aufgenommen?«

»Ist bereits geschehen.«

»Und Sie sind das Sprachrohr?«

»Ja, Sir. Es ist weniger verwirrend. Ich glaube, das Arrangement wird auch Ihnen zusagen.« Schroeder saß auf der Stuhlkante. Dieser Moment, wo er irgendeinen wildblickenden Verrückten davon überzeugen mußte, daß es besser war, mit ihm statt mit dem Präsidenten der Vereinigten Staaten zu sprechen, war immer besonders heikel. »Also können wir unser Gespräch fortsetzen . . .«

»Ja, woll'n mal sehen, was dabei herauskommt.«

Schroeder atmete erleichtert auf. »Wir haben Ihre Forderungen hier und ebenso die Liste der Leute, die in Nordirland freigelassen werden sollen. Unsere größte Sorge gilt natürlich der Sicherheit der Geiseln . . .«

»Vergessen Sie nicht die Kathedrale. Wir können sie innerhalb von Minuten in Flammen aufgehen lassen.«

»Ich weiß. Aber Menschenleben sind uns wichtiger als Gebäude.«

»Ich bedaure ehrlich den Tod des Pferdes.«

»Was? O ja, natürlich, wir auch. Aber bislang ist niemand — ich meine kein Mensch — umgekommen. Und das wollen wir auch weiterhin vermeiden.«

»Ach, geht es Commissioner Dwyer besser?«

Schroeder legte die Hand über die Sprechmuschel und sah Burke an. »Was zum Teufel haben Sie ihm über Dwyer erzählt?«

»Regel Nummer eins. Die Wahrheit.«

»Idiot.« Schroeder nahm die Hand fort. »Der Commissioner starb eines natürlichen Todes. Sein Ableben kann Ihnen so wenig angelastet werden wie mir oder irgendeinem anderen.« Dann wiederholte er eindringlich: »Unser Hauptanliegen ist, das Leben der Geiseln zu schützen . . .«

»Heißt das, ich kann die Kathedrale niederbrennen, nachdem meine Forderungen erfüllt sind?«

Schroeder sah sich im Zimmer um; jeder saß vorgebeugt im Stuhl, und der Rauch der Zigarren und Zigaretten verpestete die Luft. »Nein, Sir, das wäre Brandstiftung — ein Kapitalverbrechen. Komplizieren wir nicht ein bereits schwieriges Problem.«

»Alles ist völlig unproblematisch, solange Sie tun, was ich Ihnen sage.«

»Sind die Geiseln unverletzt?«

»Ja, das habe ich Burke schon gesagt, und wenn ich etwas sage, meine ich es auch.«

»Ich wollte meine Umgebung nur beruhigen. Eine Menge Leute hören Ihnen nämlich zu . . . Mr. MacCumail. Unter ihnen befindet sich auch der Rektor der Kathedrale, und er macht sich um den Kardinal und die anderen große Sorgen. Könnte ich vielleicht mit einer der Geiseln sprechen, ich . . .«

»Vielleicht später.«

»Gut, es hat keine Eile. Aber ich würde mit Ihnen gern über den Schuß auf den Scheinwerfer reden, er hätte leicht einen Menschen treffen . . .«

»Nicht wenn der Meisterschütze der Grafschaft Antrim ihn abgibt. Aber schalten Sie gefälligst keine Scheinwerfer mehr an.«

»Ja, Sir. Und sollten Sie noch irgendwelche anderen Wünsche haben, wenden Sie sich an mich. Und vermeiden Sie überstürzte Handlungen, mit Reden erreicht man oft viel mehr.«

»Ich werde versuchen, mir das zu merken. Von wo aus telefonieren Sie übrigens?«

»Vom Büro des Rektors.«

»Gut, es ist immer wichtig, an Ort und Stelle zu sein.«

»Das sind wir.«

»Das gleiche gilt für uns. So, und nun muß ich mich um andere Dinge kümmern, und rufen Sie mich nicht unter irgendeinem Vorwand alle paar Minuten an. Bei Ihrem nächsten Anruf möchte ich hören, daß die drei Regierungen und die zwei Hilfsorganisationen bereit sind, die Einzelheiten für die Überführung der Gefangenen auszuarbeiten.«

»Das mag einige Zeit in Anspruch nehmen, aber währenddessen würde ich Ihnen gern über die Fortschritte, die wir gemacht haben, berichten.«

»Sie werden mir lästig.«

»Ich will Ihnen nur behilflich sein.«

»Gut, dann machen Sie einen Anfang, und schicken Sie mir die Schlüssel.«

»Die Schlüssel?« Schroeder sah Monsignore Downes fragend an. Der nickte.

Flynn sagte: »Die Schlüssel für die Kathedrale. Burke soll sie mir bringen.«

Schroeder sagte: »Ich weiß nicht, wo ich . . .«

»Faseln Sie nicht, Captain. Ich will diese Schlüssel in zehn Minuten haben, oder ich sprenge den Hochaltar. Richten Sie das Downes aus, und Sie werden sehen, wie schnell er die Schlüssel findet.«

Monsignore Downes ging aufgeregt zum Schreibtisch. Schroeder sagte hastig ins Telefon: »Es tut mir leid, ein Mißverständnis, Monsignore informiert mich gerade, daß er einen kompletten Satz Schlüssel hat.«

»Hab ich mir's doch gedacht. Des weiteren schicken Sie mir Corned beef und Kraut für fünfundvierzig Leute, und zwar von . . . warten Sie, ich muß meinen amerikanischen Freund fragen . . .« Eine kurze Stille folgte, dann kam Flynn wieder an den Apparat. »Von John Barleycorn, 45. Straße. Ach ja — und Brot, Kaffee und Tee, und eine Nachspeise, wenn es Ihnen nichts ausmacht. Ich zahle für alles.«

»Wird erledigt . . . die Rechnung ebenfalls.«

»Captain, noch bevor diese Nacht zu Ende geht, wird nicht einmal genug Geld im Stadtsäckel sein, um Ihnen ein Bier zu zahlen. Meine Rechnung begleiche ich selbst.«

»Ja, Sir. Aber noch eine Sache . . . die Frist . . . Sie haben uns ein verzwicktes Problem gestellt, das nicht so schnell . . .«

Flynn unterbrach ihn barsch: »Keine Verlängerung. Die Gefangenen müssen in Dublin sein, wenn die ersten Sonnenstrahlen, durch die Fenster der Marienkapelle fallen. Morgenrot oder tot, Schaeffer.«

»Schroeder. Hören Sie . . .«

»Bis auf später, Schroeder. Und ich wünsche Ihnen noch einen schönen St.-Patricks-Tag. *Erin go bragh.*«

Ein kurzes Klicken, und dann war nur noch das Summen des Telefons zu hören. Captain Schroeder legte den Hörer auf, schaltete die Lautsprecher ab und zündete sich seine angerauchte Zigarre wieder an. Er trommelte mit den Fingern auf den Tisch. Es war nicht sehr gut gelaufen. Trotzdem hatte er den Eindruck, daß Finn MacCumail nicht so hart war wie einige seiner früheren Gegenspieler. Aber verrückter, das zweifellos, und kultivierter, er drückte sich gut aus. Er rief sich zwei Tatsachen ins Gedächtnis zurück: erstens, daß er noch nie gescheitert war, und zweitens, daß er immer eine Fristverlängerung durchgesetzt hatte. Und einen großen Teil seines Erfolges verdankte er der zweiten Tatsache. Er musterte die schweigende Versammlung. »Ein zäher Bursche, aber ich mag es, wenn sie zäh sind.«

Captain Joe Bellini stand mit aufgeknöpftem Uniformrock am Fenster, die Daumen im Patronengürtel. Vor seinem geistigen Auge sah er seine Truppen die riesige, graue Kathedrale dort draußen stürmen. Er mochte weder zähe noch feige Terroristen, er haßte alle Terroristen. Punktum.

26

Flynn sagte: »Hallo, Burke.«

Burke blieb am Fuß der Sakristeitreppe stehen.

Flynn sagte: »Ich habe extra nach Ihnen gefragt, damit Sie bei Ihren Vorgesetzten eine dicke Nummer haben.«

»Danke.« Burke hielt den schweren Schlüsselbund hoch. »Hier sind sie.«

»Reichen Sie sie mir durch.« Burke ging die Stufen hinauf und schob den Schlüsselbund durchs Gitter.

Flynn zog eine Handsonde hervor und tastete Burke nach versteckten Mikrophonen ab. »Man sagt immer, daß die Technik menschenfeindlich sei, aber dieses kleine Gerät erspart mir, Sie durchsuchen zu müssen, was immer entwürdigend ist. So hingegen könnte man fast meinen, wir vertrauten einander.« Er steckte die Sonde wieder ein.

Burke sagte: »Selbst wenn ich irgendwo ein Mikrophon hätte, was für einen Unterschied würde es machen? Alles, was ich mit Ihnen berede, berichte ich sowieso weiter.«

»Das wird sich noch erweisen.« Er drehte sich um und rief Pedar Fitzgerald zu: »Mach eine Pause.« Fitzgerald klemmte seine Maschinenpistole unter den Arm und verschwand. Flynn und Burke starrten einander an, dann fragte Flynn: »Wie sind Sie auf uns gekommen?«

»Das geht Sie nichts an.«

»Natürlich geht es mich was an. Major Martin?«

Burke stellte bei sich fest, daß er sich ohne Mikrophon sehr viel freier fühlte. Er nickte und sah, wie ein seltsamer Ausdruck über Flynns Gesicht huschte. »Ein Freund von Ihnen?«

»Eine Geschäftsbeziehung«, antwortete Flynn. »Hat der gute Major Ihnen meinen richtigen Namen verraten?« Burke schwieg. Flynn trat näher ans Gitter heran. »Im Geheimdienst pflegte man zu sagen: Zu wissen, wer den Schuß abgab, ist unwichtig, aber zu wissen, wer für die Waffe gezahlt hat, ist entscheidend.« Er blickte Burke in die Augen. »Wer hat gezahlt?«

»Sagen Sie es mir.«

»Der britische Geheimdienst hat für die Waffen der Fenier gezahlt.«

»Die britische Regierung würde nie so ein Risiko . . .«

»Ich rede über Menschen, die ihre eigenen Absichten verfolgen, die nicht unbedingt mit den Absichten der Regierung übereinzustimmen brauchen. Diese Art Menschen nennen historische Beweggründe, um sich zu rechtfertigen . . .«

»Tun Sie nicht das gleiche?«

Flynn überging diesen Einwurf. »Es sind Menschen, die von einem unersättlichen Geltungsbedürfnis besessen sind. Das Leben hat für sie nur Sinn, wenn sie betrügen, intrigieren und ihre echten oder eingebildeten Feinde hinters Licht führen können. Sie brauchen Krisen oder Unruhen, um sich selbst zu realisieren, und rufen diese daher oft absichtlich hervor. Das ist der Stoff, aus dem der typische Geheimagent gemacht ist. Das ist Major Martin.«

»Ich dache, Sie hätten sich selbst beschrieben.«

Flynn lächelte kühl. »Ich bin ein Revolutionär, Konterrevolutionäre sind sehr viel verachtungswürdiger.«

»Vielleicht sollte ich mich in die Abteilung für Autodiebstähle versetzen lassen.«

Flynn lachte. »Ach, Lieutenant, Sie sind ein zuverlässiger, ordentlicher Polizeibeamter, und ich habe Vertrauen zu Ihnen.« Burke schwieg und Flynn fuhr fort. »Und ich sag Ihnen noch etwas anderes. Ich bin sicher, Martin ist hier in Amerika unterstützt worden. Allein konnte er das alles gar nicht machen. Hüten Sie sich vor dem CIA und dem FBI. Überlegen Sie mal, wer zieht den größten Nutzen aus der Sache?«

Burke sah ihn an. »Bestimmt nicht Sie. Sie werden bald tot sein. Aber angenommen, Sie haben die Wahrheit gesprochen — wer sind dann Sie? Ein Strohmann? Ein kleiner Bauer im Schachspiel der Großen, wer immer sie sein mögen?«

Flynn lächelte. »Oh, ich weiß. Aber der kleine Bauer hat den Erzbischof gefangengenommen und behauptet sich. Man soll Bauern nicht unterschätzen. Wenn sie an den Rand des Schachbretts kommen, können sie sich umdrehen und zu Springern werden.«

Burke verstand Brian Flynn. Er sagte: »Angenommen, Major Martin ist das, was Sie sagen, warum erzählen Sie es mir? Soll ich ihn entlarven?«

»Nein, dadurch würden Sie mich schwer kompromittieren. Aber behalten Sie ihn im Auge. Er will, daß ich sterbe, jetzt, nachdem ich seinen Zweck erfüllt habe. Und er will, daß die Geiseln sterben und die Kathedrale in Flammen aufgeht, um der Welt zu beweisen, was für Bestien die Iren sind. Mißtrauen Sie den Ratschlägen, die er Ihren Vorgesetzten gibt. Verstehen Sie mich?«

»Ich verstehe vor allem, daß Sie sich in eine hoffnungslose Lage hineinmanövriert haben. Sie sind ein schlechtes Geschäft eingegangen, als Sie dachten, Sie könnten es im letzten Moment zu Ihren Gunsten drehen. Aber nun sind Sie sich dessen nicht mehr so sicher.«

»Mein Ziel ist nach wie vor Gerechtigkeit. Und wenn die britische Regierung die Internierten nicht freiläßt, dann ist es nicht meine Schuld, wenn . . .«

»Um Himmels willen Mann, geben Sie auf.« Burkes Stimme verriet Ungeduld und Ärger. »Sie werden ein paar Jahre sitzen müssen für tätliche Bedrohung oder für was immer Sie mit dem Bezirksstaatsanwalt aushandeln.«

Flynn umklammerte die Gitterstangen. »Beleidigen Sie mich nicht, Burke. Ich bin ein Soldat und kein mieser Verbrecher, der mit dem Staatsanwalt um seine Haftdauer feilscht.«

Burke stieß einen Seufzer aus. »Ich kann Sie nicht retten.«

»Darum habe ich Sie auch nicht gebeten — aber die Tatsache, daß Sie es erwähnt haben, zeigt mir, daß Patrick Burke irischer empfindet, als Patrick Burke, der Polizist, gewillt ist zuzugeben.«

»Unsinn.«

Flynns Griff um die Gitterstangen lockerte sich. »Graben Sie Major Martin das Wasser ab, dann können Sie Ihre Geiseln und die Kathedrale retten. Ich meinerseits rette die Fenier. So, und jetzt bringen Sie uns das Essen. Vielleicht sprechen wir uns später noch mal.«

Burke sagte in einem dienstlichen Tonfall: »Wir wollen das Pferd abtransportieren.«

Flynn nickte. »Ein kurzer Waffenstillstand, um die Toten zu bergen. Gewährt, aber keine Schwindelmanöver.«

»Keine Schwindelmanöver.«

»Nein. Von denen haben wir heute schon genug gehabt.« Flynn drehte sich um und stieg die Stufen hinauf. Plötzlich blieb er stehen und sagte über die Schulter: »Nur um Ihnen zu beweisen, was für ein grundanständiger Kerl ich bin, Burke — jeder weiß, daß Ferguson ein Polizeispitzel ist. Sagen Sie ihm, er soll schleunigst aus New York verschwinden, wenn ihm sein Leben lieb ist.« Er wandte sich ab und eilte die Treppe hinauf.

Burke sah ihm nach, bis er um die Ecke des Treppenabsatzes verschwand. *Ich bin ein Soldat und kein mieser Verbrecher.* Flynns Stimme hatte keine Angst verraten, und doch hatte Burke sie gespürt.

Brian Flynn stand vor dem auf seinem Thron sitzenden Kardinal.

»Eure Eminenz, ich muß Ihnen eine wichtige Frage stellen.« Der Kardinal neigte sein Haupt. »Gibt es irgendwelche unterirdischen Korridore oder Geheimgänge, die in die Kathedrale führen?«

Der Kardinal antwortete sofort: »Wenn es welche gäbe, würde ich es Ihnen nicht sagen.«

Flynn trat einen Schritt zurück und wies auf die Stelle im Chorgewölbe, wo die roten Hüte der verstorbenen Erzbischöfe von New York an einem Draht aufgereiht hingen. »Möchten Sie, daß auch Ihr Hut dort hängt?«

Der Kardinal sah ihn kalt an. »Ich bin ein Christ und glaube an das ewige Leben; Todesdrohungen beeindrucken mich nicht.«

»Ah, Kardinal, Sie haben mich mißverstanden. Was ich meinte, war, daß ich meinen Leuten im Dachstuhl befehlen könnte, mit einer Axt von oben auf die Decke einzuschlagen, bis sie herunterkommt.«

Der Kardinal holte kurz Luft, dann sagte er leise: »Soweit ich weiß, gibt es keine geheimen Zugänge, was aber nicht bedeutet, daß es nicht doch welche gibt.«

»Vermutlich gibt es welche. Bitte, denken Sie an den Tag zurück, als der Generalvikar Ihnen zum ersten Mal die Kathedrale zeigte. Es muß doch irgendeinen geheimen Fluchtweg geben, zum Beispiel falls eine Revolution ausbricht, ähnlich wie die Priesterverstecke in England oder Irland.«

»Ich glaube nicht, daß der Architekt so etwas in Betracht gezogen hat. Wir sind im freien Amerika.«

»Dieser Mythos verliert jedes Jahr mehr an Glaubwürdigkeit. Denken Sie nach, Eminenz. Sie können Leben retten, wenn Sie Ihr Gedächtnis auffrischen.«

Der Kardinal lehnte sich zurück und ließ seine Blicke über die riesige Kathedrale schweifen. Ja, es gab hohle Mauern mit Treppen, die irgendwohin führten, Korridore, die nie gebraucht wurden, aber er hätte beim besten Willen nicht sagen können, wo. Seine Augen glitten über den Marmorboden vor ihm. Die Krypta lag darunter, und rund um sie herum niedrige Kellerräume. Aber das wußten sie. Er hatte gesehen, wie Hickey und Megan Fitzgerald die Bronzeplatte hinter dem Altar hochgehoben hatten und hinabgestiegen waren.

Zwei Drittel dieser Kellerräume waren eigentlich nur kniehohe Stollen, dunkle Gänge unter dem Marmorboden, wo die Ratten ihr Unwesen trieben. Sechs Millionen Besucher schritten jedes Jahr über diesen Marmorboden, um zu beten, zu meditieren oder einfach nur um zu schauen, ohne von den finsteren Gängen etwas zu ahnen. Aber nun schien sich diese unterirdische Finsternis in der Kathedrale auszubreiten und in die Seelen der Menschen einzusickern.

Der Kardinal sagte zu Flynn: »Ich wüßte nicht, wie jemand in die Kathedrale hereinkommen könnte, aber aus dem gleichen Grund weiß ich nicht, wie Sie hinauskommen können.«

»Wenn ich je wieder aus dieser Kathedrale herauskomme, dann durch das Hauptportal.« Dann fuhr er fort, den Kardinal über Korridore, Kellerräume, geheime Verbindungstüren und die Ausschachtungen unter der Kirche auszufragen.

Aber der Kardinal schüttelte nur immer wieder den Kopf. »Unsinn. Dies ist ein Gotteshaus und keine Pyramide. Es gibt keine Geheimnisse hier, sondern nur das Mysterium des Glaubens.«

Flynn lächelte. »Keinen Goldschatz, Kardinal?«

»O ja, es gibt einen Goldschatz. Das Blut und den Leib Christi, dort im Tabernakel, und die Freude und die Güte, den Frieden und die Liebe, die in diesen Mauern wohnen — das ist unser Goldschatz. Und einen Teil davon dürfen Sie gern mitnehmen.«

»Und vielleicht auch noch ein paar Kelche und das Gold vom Altar.«

»Auch das.«

Flynn schüttelte den Kopf. »Nein, ich werde nichts aus dieser Kirche mitnehmen außer meinen Freunden. Behalten Sie Ihr Gold und Ihre Liebe — und die Kathedrale. Ich hoffe, daß sie Ihnen erhalten bleibt.« Er sah den Kardinal an. »Vielleicht wird ein kleiner Rundgang Ihrer Erinnerung auf die Sprünge helfen. Bitte kommen Sie mit mir.«

Der Kardinal erhob sich, beide Männer schritten die Stufen des Altarraums hinunter und gingen das Hauptschiff entlang.

Vater Murphy beobachtete, wie der Kardinal sich langsam entfernte. Megan war nicht zu sehen. Baxter saß am anderen Ende des Chorgestühls, John Hickey sprach am Feldtelefon. Murphy sagte leise zu Maureen: »Sie wollen unbedingt etwas unternehmen, nicht wahr?«

Sie sah ihn an. Nach ihrem Fluchtversuch fühlte sie sich merkwürdig entspannt, fast heiter, aber ihr angeborener Tatendrang ließ sie nicht ruhen. Sie nickte kaum merklich.

Vater Murphy versank in Nachdenken, dann sagte er unvermittelt: »Kennen Sie das Morsealphabet?«

»Ja. Warum?«

»Sie befinden sich in Todesgefahr, und ich finde, Sie sollten eine Beichte ablegen . . .« Maureen sah den Priester verständnislos an. »Bitte, vertrauen Sie mir.«

»Gut.«

Murphy wartete, bis Hickey den Hörer aufgelegt hatte, dann rief er: »Mr. Hickey, Miß Malone möchte beichten.«

Hickey lachte. »Mein Gott, das würde eine ganze Woche in Anspruch nehmen.«

»Verzeihen Sie, aber ich bin nicht zu Scherzen aufgelegt, Miß Malone fühlt, ihr Leben sei bedroht . . .«

»Meinetwegen, soll sie beichten. Ich werde sie nicht daran hindern.«

Vater Murphy stand auf, Maureen folgte ihm. Hickey sah, wie sie sich auf den Chorumgang zu bewegten. »Können Sie es nicht hier tun?«

»Nein«, antwortete Murphy. »Nicht vor aller Augen. Im Beichtstuhl.«

Hickey runzelte verärgert die Stirn. »Gut, aber beeilen Sie sich.«

Sie gingen die seitlichen Stufen hinunter, durchquerten den Chorumgang und gelangten zum Beichtstuhl neben dem Hochzeitszimmer. Hickey gab den Scharfschützen ein Zeichen, dann rief er den beiden nach: »Versucht keine Tricks. Wir haben euch im Kreuz des Zielgeräts.«

Maureen kniete hinter dem Vorhang nieder, Vater Murphy öffnete die Tür des Beichtstuhls, hing sich die Stola um und setzte sich zurecht.

Maureen Malone starrte durch das Gitter auf das schattenhafte Profil des Priesters. »Es ist so lange her, ich weiß nicht, wo ich anfangen soll.«

Vater Murphy sagte in dem beruhigenden Flüsterton aller Beichtväter: »Sie fangen am besten damit an, den Knopf zu suchen.«

»Wie bitte?«

»Es gibt einen Knopf, wenn man auf ihn drückt, summt es oben in der Halle des Pfarrhauses. Er dient dazu, einen Priester herbeizurufen, wenn jemand zu einer ungewöhnlichen Stunde beichten will.«

Sie sagte aufgeregt: »Heißt das, wir können uns mit den anderen in Verbindung setzen?«

»Sie können allerdings nicht zurücksignalisieren. Aber das wollen wir ja auch nicht. Und ich weiß nicht einmal, ob irgend jemand uns hören wird. Los jetzt, senden Sie irgendeine Botschaft — Informationen, die den Leuten draußen nützlich sind.«

Maureen zog den Vorhang fester zu, tastete über die Eichenholzeinfassung und fand den Knopf. Sie drückte einige Male, um im Pfarrhaus Aufmerksamkeit zu erregen. Dann fing sie stockend zu morsen an.

Hier spricht Malone mit Vater Murphy.

Was sollte sie sagen. Sie dachte an ihr Training zurück — wer, was, wo, wann, wie viele.

Beobachte dreizehn bis fünfzehn Bewaffnete in Kathedrale. Scharfschützen auf jedem Triforium. Einer auf Empore. Mann mit Maschinenpistole auf Sakristeitreppe. Ein oder zwei Männer/ Frauen in jedem Turm. Ein oder mehr im Dachstuhl. Posten verbunden durch Telefon. Geiseln im Altarraum.

Sie hielt inne und versuchte, sich an die Gesprächsfetzen zu erinnern, die sie gehört hatte. Dann fuhr sie fort, schneller und ihrer selbst sicherer.

Weihkerzen aufgeschichtet im Dachstuhl. Bombe? Unter Altarraum. MacCumail ist Brian Flynn. John Hickey sein Assistent. Megan Fitzgerald an dritter Stelle. Minen an den Türen, Schnellfeuergewehre, Maschinenpistolen, Revolver, Raketen, Gasmas-

»Halt!« flüsterte Murphy erregt. Sie nahm die Hand vom Knopf. Murphy sagte etwas zu laut: »Bereuen Sie Ihre Sünden?«

»Ja, Vater.«

Der Priester antwortete: »Dann beten Sie einmal den Rosenkranz.«

Hickeys Stimme drang durch die Vorhänge des Beichtstuhls. »Einmal! Meine Güte, ich würde sie bis Ostern hier knien lassen, wenn wir solange Zeit hätten. Kommt jetzt raus.«

Maureen trat aus dem Beichtstuhl, als Vater Murphy die Stola ablegte und Hickey zunickte. »Vielen Dank. Später möchte ich gern, daß der Kardinal mir die Beichte abnimmt.«

Hickeys runzliges Gesicht verzog sich zu einem spöttischen Grinsen. »Na, was haben Sie denn angestellt, Vater.«

Murphy trat dicht an ihn heran. »Sie alle werden noch beichten wollen, bevor die Nacht vorbei ist.«

Hickey schnaubte verächtlich. »Atheisten in einer Kathedrale, das paßt nicht in Ihr Weltbild, was Vater?« Er trat ein paar Schritte zurück. »Jemand hat einmal gesagt, daß Atheisten bei Nacht halb an Gott glauben. Vielleicht haben Sie recht, Vater. Aber ich werde keinem Sterblichen meine Sünden beichten, noch wird Flynn es tun oder diese Teufelin, mit der er schläft.«

Vater Murphy errötete. »Ich glaube, selbst Sir Harold Baxter möchte seinen Frieden mit Gott und der Welt schließen.«

»Dieser Heide! In einer katholischen Kirche? Ich wette um Ihren Opferstock, daß das nicht passiert.« Hickey drehte sich um und blickte zu Baxter hinüber. »Dieses ganze Unternehmen hätte sich für mich bereits gelohnt, wenn ich dieses protestantische Schwein vor einem katholischen Priester knien sehen würde. Aber nun genug — zurück in den Altarraum.«

Maureen sagte zu Hickey: »Und ich hoffe, ich lebe lange genug, um zu sehen, wie Sie sich in Ihrer Todesstunde benehmen.« Sie ging gemeinsam mit dem Priester zum Altarraum. »Sie sagte: »Dieser Mann . . . er ist . . . irgendwie diabolisch.«

Der Priester nickte. Als sie die Stufen erreichten, fragte sie: »Meinen Sie, unsere Nachricht ist angekommen?«

»Ich weiß es nicht.«

»Kennen Sie das Morsealphabet?«

»Nein, aber Sie werden mir alle diese Striche und Punkte aufschreiben, bevor ich meine Beichte ablege.« Er ließ ihr geistesabwesend den Vortritt, doch plötzlich ergriff er ihren Arm. »Warten Sie.«

Sie drehte sich auf der Stufe um. »Was ist?«

Murphy fixierte Hickey, der neben dem Beichtstuhl stand und sie beobachtete. Er griff in seine Soutane und zog einen Rosenkranz hervor. »Kommen Sie zurück und knien Sie an der Kommunionbank nieder.«

Sie nahm den Rosenkranz und warf einen Blick auf Hickey. »Dumm von mir . . .«

»Mein Fehler. Beten Sie! Er hat keinen Verdacht geschöpft.« Der Priester betrat den Altarraum.

Maureen kniete nieder und schlang den Rosenkranz lose um ihre Hände. Sie zwang sich, Hickey anzusehen. Er starrte auf den Beichtstuhl und lächelte.

27

Brian Flynn stützte den Kardinal, während sie zur Glockenstube hinaufstiegen. Der Kardinal betrachtete schweigend die herausgerissenen Schallverschalungen. Flynn sagte zu Donald Mullins: »Bist du dem Erzbischof von New York schon offiziell vorgestellt worden?«

Mullins kniete nieder, küßte den bischöflichen Ring und stand wieder auf. Flynn sagte: »Mach eine Pause, Donald. Im Buchladen beim Hauptportal gibt's Kaffee.«

Mullins stieg leichtfüßig die Leiter hinunter. Flynn ging zu einer der Turmöffnungen und blickte über die Stadt. Lange herrschte Schweigen in dem kalten, zugigen Raum. »Es ist unglaublich, nicht wahr? . . . Ein bewaffneter Revolutionär kniet vor Ihnen im Staub und küßt Ihren Ring.«

Der Kardinal warf ihm einen ungeduldigen Blick zu. »Warum sind wir hier oben? Hier gibt es keine Geheimgänge.«

Flynn sagte: »Haben Sie öfters mit Gordon Stillway zu tun gehabt?«

Der Kardinal antwortete: »Wir haben einige Renovierarbeiten gemeinsam besprochen.«

»Und hat er Sie nie auf irgendwelche Eigenheiten aufmerksam gemacht. Geheime . . .«

»Es ist nicht meine Gewohnheit, eine Frage mehr als einmal zu beantworten.«

Flynn machte eine übertrieben tiefe Verbeugung. »Verzeihen Sie, Eminenz, ich wollte nur Ihr Gedächtnis auffrischen.«

»Was ist Ihre Absicht, Mr. Flynn?«

»Ich möchte, daß Sie mit dem Unterhändler reden. Ich habe vor, eine Konferenz abzuhalten, im Presseraum, der sich so praktischerweise im Keller unter der Sakristei befindet. Und Sie werden dann am Radio und im Fernsehen zur Öffentlichkeit sprechen . . .«

»Nein, das werde ich nicht tun.«

Flynn holte tief Luft. »Dann garantiere ich nicht für die Kathedrale. Ich werde anordnen, daß sie zerstört wird, egal wie die Verhandlungen ausgehen.«

Der Kardinal trat näher an Flynn heran. »Jeder Mensch, Mr. Flynn, muß den Preis für seine eigenen Sünden zahlen. Unsere Welt ist weit davon entfernt, vollkommen zu sein, und die Übeltäter gehen oft straffrei aus und sterben friedlich in ihren Betten. Aber es gibt eine höhere Gerechtigkeit . . .«

»Damit jagen Sie mir keine Angst ein, und seien Sie nicht so sicher, daß *ich* verdammt werde und *Ihnen* Engelsflügel wachsen. Meine Vorstellungen vom Himmel und der göttlichen Gerechtigkeit sind nämlich etwas heidnischer als die Ihren. Ich male mir ein

Tirnan'Og aus, wo den Kriegern der Respekt gezollt wird, der ihnen auf Erde verweigert wurde. *Ihr* Himmel kam mir immer schon reichlich weibisch vor.«

Der Kardinal antwortete nicht, sondern schüttelte nur den Kopf.

Flynn drehte ihm den Rücken zu und blickte über die erleuchtete Großstadt. Nach einer Weile sprach er wieder: »Kardinal, ich bin ein Auserwählter, und ich weiß es. Auserwählt, die Menschen Nordirlands vom britischen Joch zu befreien.«

Er streckte seinen rechten Arm aus. »Sehen Sie diesen Ring, Kardinal? Es ist der Ring Finn MacCumails. Er wurde mir von einem Priester gegeben, der kein Priester war, von einem Mann, den niemand kennt, an einem Ort, der ein Heiligtum der Druiden war, tausend Jahre bevor der Name Christi in Erin bekannt wurde. Oh, sehen Sie mich nicht so skeptisch an. Auch Sie glauben doch an Wunder.«

Die Augen des Kardinals verdunkelten sich vor Trauer. »Sie haben Gottes Liebe aus Ihrem Herzen verbannt und beherbergen in Ihrer Seele dunkle Gedanken, die nie über die Lippen eines Christen kommen sollten.« Er hielt Flynn seine offene Hand hin. »Geben Sie mir den Ring.«

Flynn wich instinktiv zurück. »Niemals.«

»Geben Sie ihn mir, und dann werden wir sehen, ob der christliche Gott, der auch Ihr wahrer Gott ist, wirklich so weibisch ist, wie Sie meinen.«

Flynn schüttelte den Kopf und hob seine zur Faust geballte Hand.

Der Kardinal ließ seinen Arm sinken und sagte: »Ich weiß nunmehr genau, was meine Aufgabe ist. Es mag sein, daß es mir nicht gelingt, diese Kirche oder das Leben der Geiseln zu retten. Aber vor Sonnenaufgang, Brian Flynn, werde ich versuchen, Ihre Seele und die Seelen Ihrer Freunde zu retten.«

Flynn blickte auf den großen bronzenen Ring und dann auf das große Kreuz auf der Brust des Kardinals. »Ich wünschte, ich hätte ein Zeichen von dem Gott bekommen, an den Sie glauben. Doch er blieb stumm. Nun, bei Sonnenaufgang wird einer von uns beiden wissen, wer diese Schlacht gewonnen hat.«

28

Monsignore Downes stand am Fenster seines Büros, zündete sich eine Zigarette nach der anderen an und starrte durch den blauen Zigarettendunst auf die angestrahlte Kathedrale. Aber vor seinem geistigen Auge verdichteten sich die harmlosen Rauchwölkchen zu qualmenden Flammen, die an grauem Stein emporleckten, bis sie die bemalten Fenster erreichten und um die zwei Türme züngelten. Er senkte einen Moment lang die Lider, dann wandte er sich wieder den Menschen im Raum zu.

Anwesend waren Captain Schroeder, Lieutenant Burke, Major Martin, Inspektor Langley und Captain Bellini; sie alle saßen, nur Captain Bellini stand. Hogan vom FBI und Kruger vom CIA — oder war es umgekehrt? — hatten auf der Couch Platz genommen. Alle sechs Männer lasen eine dechiffrierte Nachricht.

Patrick Burke schaute auf seine Kopie.

-ter Altarraum. MacCumail ist Brian Flynn. John Hickey sein Assistent. Megan Fitzgerald an dritter Stelle. Minen an den Türen, Schnellfeuergewehre, Maschinenpistolen, Revolver, Raketen, Gasmas-

Burke blickte auf. »*-ter Altarraum* — Vater? Leiter? Unter?«

Langley zuckte die Achseln. »Ich hoffe nur, daß wer immer diese Nachricht gesendet hat, eine weitere Gelegenheit finden wird. Für alle Fälle habe ich zwei Stenographen oben in die Halle gesetzt.« Er sah sich die Botschaft noch einmal an. »Mir gefällt das abrupte Ende nicht.«

Bellini sagte: »Mir gefällt die Aufzählung der Waffen nicht.«

Burke sagte: »Nur Malone und Baxter kommen als Absender in Frage. Beide beherrschen wahrscheinlich das Morsealphabet und wissen, was für uns wichtig ist. Aber wenn sich der Knopf, wie Monsignore sagt, im Beichtstuhl befindet, dann schließt das Baxter aus, der, wie man wohl annehmen darf, Protestant ist.«

Major Martin sagte: »Das dürfen Sie annehmen.«

Monsignore Downes mischte sich zögernd ein. »Vielleicht . . . könnte sogar Mr. Baxter beichten . . . nur um uns noch mal eine Nachricht zu schicken . . . und Vater Murphy wird bestimmt dem Kardinal die Beichte abnehmen . . . und umgekehrt . . . möglicherweise könnten wir also noch drei weitere Mitteilungen erhalten . . .«

»Aber dann ist unser Vorrat an Sündern erschöpft«, warf Major Martin ein. »Oder kann man zweimal beichten?«

Monsignore blickte ihn nur kühl an. Bellini sagte: »Aber ist das gestattet, Monsignore, ich meine, den Beichtstuhl für so was zu gebrauchen?«

Downes lächelte zum ersten Mal. »Ja, es ist gestattet.«

Major Martin räusperte sich. »Wir haben noch nicht in Betracht gezogen, daß die Nachricht fingiert sein kann. Vielleicht hat Flynn sie selbst gesendet, um uns vorzumachen, er sei bis an die Zähne bewaffnet . . . ein bißchen zu raffiniert und durchtrieben für einen Iren . . . aber möglich.«

Langley erwiderte: »Wenn wir die komplette Mitteilung hätten, wäre es leichter zu beurteilen, ob sie authentisch ist.«

Schroeder sagte zu Langley: »Ich brauche mehr Informationen, zum Beispiel über Megan Fitzgerald.«

Langley nickte. »Ich werde die Akten überprüfen lassen, mir persönlich ist der Name unbekannt.«

Eins der sechs neu angeschlossenen Telefone klingelte. Schroeder nahm den Hörer ab und übergab ihn dem CIA-Mann. Kruger sprach eine Minute und legte auf. »Wir haben nichts über Brian Flynn oder Megan Fitzgerald, auch nichts über die Fenier. Nur eine alte Akte über John Hickey, die aber nicht so ausführlich ist wie Ihre.« Zwei Telefone klingelten gleichzeitig. Schroeder nahm beide Anrufe an und gab den einen an Hogan, den anderen an Martin weiter.

Der FBI-Mann sprach nur ein paar Sekunden. »Nichts über Flynn, Fitzgerald oder die Fenier, unsere Hickey-Akte haben Sie ja bereits. Übrigens hatten wir einen unserer Leute zur Beerdigung geschickt, um sich die Trauernden genau anzusehen. Und das ist die letzte Eintragung. Jetzt sieht es allerdings so aus, als müßten wir ein Postscriptum hinzufügen.«

Major Martin sprach noch und machte sich beim Zuhören Notizen, dann legte auch er den Hörer auf und sagte: »Endlich mal eine erfreuliche Nachricht. Wir haben genaue Angaben über Flynn, aber auch über die anderen Fenier. Sie werden per Telex ans britische Konsulat geschickt. Aber ich kann Ihnen jetzt schon ein paar wichtige Einzelheiten geben.« Er zündete sich mit selbstzufriedener Lässigkeit eine Zigarette an. »Also, beginnen wir mit Megan Fitzgerald: Geboren in Belfast, einundzwanzig Jahre alt. Vater verließ die Familie, Bruder Thomas sitzt in Long Kesh, weil er einen Gefangenentransport überfallen hat. Bruder Pedar ist ein IRA-Mitglied, Mutter liegt mit einem Nervenzusammenbruch im Krankenhaus.« Martin warf Burke einen Blick zu. »Beschreibung: rote Haare, blaue Augen, Sommersprossen, ein Meter fünfundsechzig groß, schlank und anscheinend recht hübsch. Klingt das nicht wie die junge Dame, die einen Schuß auf Sie abgefeuert hat, Lieutenant?« Burke nickte.

Martin fuhr fort: »Sie ist zur Zeit Flynns Geliebte.« Er lächelte. »Wär interessant zu erfahren, wie sie sich mit Miß Malone verträgt. Flynn fängt an, mir leid zu tun.«

Ein uniformierter Polizist steckte den Kopf durch den Türspalt. »Das Essen von John Barleycorn ist hier.«

Schroeder griff zum Telefon. »Gut, ich werde Flynn sagen, daß Burke ihm sein verdammtes Corned beef bringt.« Er wählte die Telefonzentrale. »Altarraum Orgel, bitte.« Er wartete. »Hallo, hier spricht Captain Schroeder, Finn MacCumail . . .?« Er schaltete die Lautsprecher ein, im Nebenzimmer wurde es still.

»Hier ist Dermot. MacCumail betet mit dem Kardinal.«

Schroeder zögerte. »Mr. . . . Dermot . . .«

»Nennen Sie mich Hickey. John Hickey. Ich habe nie etwas von diesen *noms de guerre* gehalten. Stiften nur Verwirrung. Wußten Sie, daß ich hier drin bin? Haben Sie meine Akte vor sich liegen, Snider?«

»Schroeder.« Er blickte auf die dicke Polizeiakte, die vor ihm lag. Jeder Täter mußte anders behandelt werden, jeder hatte seine neuralgischen Punkte. Schroeder gab nur selten zu, daß er die Akte seines jeweiligen Gesprächspartners vor sich hatte. Andrerseits war es genauso wichtig, nicht bei einer Lüge ertappt zu werden, und oft war es vorteilhaft, dem Selbstbewußtsein des Gegners zu schmeicheln.

»Schroeder. Sind Sie eingeschlafen?«

Schroeder richtete sich auf. »Ja, Sir . . . nein, Sir . . . ich meine . . . ja, wir wissen, daß Sie in der Kathedrale sind, und Ihre Akte liegt vor mir.«

Hickey grunzte zufrieden. »Haben Sie gelesen, daß ich 1921 versucht habe, das Parlament in die Luft zu sprengen?«

Schroeder fand die datierte Eintragung. »Ja, Sir, sehr . . .« Er blickte Major Martin an, der mit zusammengepreßten Lippen vor sich hin starrte. »Sehr waghalsig, auch eine sehr waghalsige Flucht . . .«

»Das kann man wohl flüstern, mein Goldjunge. Und nun schlagen Sie mal 1941 auf. Da hab ich für die Deutschen gearbeitet. Wir wollten britische Schiffe im New Yorker Hafen versenken. Bin nicht gerade stolz auf diese Zusammenarbeit mit den Nazis, aber viele von uns haben sich dazu hergegeben. Ein Beweis mehr, wie sehr wir die Briten hassen, nicht wahr?«

»Ja, allerdings, aber hören Sie . . .«

»Die Dubliner und die britische Regierung haben mich in Abwesenheit für fünf verschiedene Vergehen zum Tode verurteilt. Nun, meinetwegen können sie mich auch fünfmal in Abwesenheit hängen.« Er lachte.

Aus dem Nebenraum hörte man leises Gekicher. Schroeder biß auf seine Zigarre. »Mr. Hickey . . .«

»Was haben Sie unter dem 12. Februar 1979? Lesen Sie es mir vor, Schaeffer.«

Schroeder schlug die letzte Seite auf und las: ». . . ist eines natürlichen Todes in seinem Haus in Newark, New Jersey, gestorben. Begraben in Jersey City . . .«

Hickey lachte wieder, ein hohes, schrilles Lachen. Beide Männer schwiegen einige Sekunden lang, dann fragte Schroeder: »Mr. Hickey, sind die Geiseln alle gesund und unverletzt?«

»Das ist eine sehr dumme Frage. Wenn sie es nicht wären, glauben Sie, ich würde es Ihnen sagen?«

»Aber sie sind wohlauf?«

»Wieder die gleiche blöde Frage.« Hickeys Stimme klang jetzt ungeduldig. »Ja, sie sind alle putzmunter. Was ist der eigentliche Grund Ihres Anrufs?«

»Das Essen, das Sie bestellt haben, ist hier. Lieutenant Burke wird es Ihnen bringen, wenn Sie mir sagen wohin.«

»In die Sakristei.«

»Er wird allein sein und unbewaffnet . . .«

Hickey sagte ärgerlich: »Mich brauchen Sie nicht zu beruhigen. Im Gegenteil, mir wäre es lieber, Sie würden zum Beispiel versuchen, durch dieses Sakristeigitter einzudringen, denn dann brauchten wir uns nicht länger zurückzuhalten. Das Blut des Kardinals würde über den Altar laufen, unter der donnernden Begleitmusik der explodierenden Kathedrale. Verstehen Sie mich, Schroeder?«

»Ja, Sir.«

»Und hören Sie auf, mich ›Sir‹ zu nennen, Sie plattfüßiges Babygesicht. Als ich jung war, hat man uns für 'ne Woche eingelocht, nur weil wir 'nen Bullen schief angesehen haben. Aber in Amerika tituliert ihr Mörder mit ›Sir‹ — ihr traurigen Waschlappen. Kein Wunder, daß die Fenier ihre Aktion nach New York verlegt haben. Und wo ich gerade beim Thema bin, ich mag Ihre Glattzüngigkeit nicht, Schroeder. Wer zum Teufel hat Sie für diesen Job ausgesucht? Sie sind der total falsche Mann.«

»Ja, Sir . . . Mr. Hickey . . . wie soll ich Sie nennen?«

»Nennen Sie mich einen Schweinehund, Schroeder, weil ich genau das bin. Na los, sagen Sie's schon. Wird Ihnen wohltun.«

Schroeder räusperte sich. »Nun gut . . . Sie Schweinehund.«

»O ja. Aber ich bin immer noch lieber ein Schweinehund als ein Arschloch wie Sie.« Er lachte und hing ein.

Schroeder legte den Hörer auf, holte tief Luft und schaltete die Lautsprecher ab. »Hm . . . nach meiner Meinung . . .« Er blickte auf Hickeys Akte. »Sehr labil, vielleicht ein wenig senil.« Er sah Burke an. »Wenn Sie das Essen lieber nicht . . .«

»O doch, das muß ich schon tun. Wo ist der verdammte Fraß?«

Langley sagte: »Das Blut des Kardinals war Rhetorik, aber die Explosion . . .«

Major Martin nickte. »Ja, das war ernst gemeint. Bomben sind eine irische Spezialität.«

Burke drehte sich kurz vor der Tür um. »Die irische Spezialität ist Wahnwitz. Und wenn die Iren soviel Dynamit und Sprengstoff hätten wie verrückte Ideen im Kopf, dann könnten Sie das ganze Sonnensystem in den Äther jagen.« Er öffnete die Tür und blickte über die Schulter zurück. »Fünfundvierzig Mahlzeiten! Wenn die wenigen Leute, die sie haben, das alles aufessen, werden sie sich gründlich den Magen verderben.«

Bellini rief Burke nach: »Ich hoffe, Sie haben recht, mein Lieber. Ich bete zu Gott, daß Sie recht haben.« Dann wandte er sich an die Umstehenden: »*Er* muß nicht die Kathedrale stürmen.«

Schroeder bemerkte, daß Monsignore Downes erblaßt war, und sagte gereizt zu Bellini: »Joe, machen Sie nicht solche Bemerkungen. Es wird nicht dazu kommen.«

Major Martin murmelte wie zu sich selbst, aber laut genug, daß die anderen es hörten: »Da bin ich mir nicht so sicher.«

29

Flynn stand mit Maureen auf dem Treppenabsatz vor dem Kryptaeingang. Er öffnete mit einem von Monsignores Schlüsseln die Tür. Eine Treppe führte in die weiße marmorne Gruft. Er wandte sich an Pedar Fitzgerald: »Irgendwo da unten könnte sich ein Geheimgang befinden. Such danach, ich komme gleich nach.«

Fitzgerald klemmte seine Maschinenpistole unter den Arm und ging die Treppe hinunter. Flynn blickte auf eine in Bronze eingravierte Inschrift: *Requiescat in pace.* »Ruhet in Frieden«, sagte er. Unter der Inschrift befand sich die Platte mit den Namen der verstorbenen Erzbischöfe von New York, die in der Krypta begraben waren. Er wandte sich an Maureen: »Weißt du noch, wie ängstlich und ungern du in die Krypta der Weißdornabtei gestiegen bist?«

Sie nickte. »Ja, es hat zu viele Gräber in unserem Leben gegeben, Brian, und nie eine ruhige Minute. Immer waren wir auf der Flucht. Schau dich an. Du siehst zehn Jahre älter aus als du bist.«

»Tu ich das? Nun, das liegt weniger daran, daß ich immer auf der Flucht war, als daß ich nicht schnell genug geflohen bin.« Er hielt inne, dann fügte er leise hinzu: »Ich bin geschnappt worden.«

Sie wandte ihm ihr Gesicht zu. »Oh . . . das wußte ich nicht.«

»Es ist nicht bekannt geworden. Major Martin, erinnerst du dich an den Namen?«

»Natürlich. Er hat sich mit mir, kurz nachdem ich nach Dublin gezogen bin, in Verbindung gesetzt. Er wollte wissen, wo du seist, und dann hat er mir in Aussicht gestellt, daß er sich für Sheila einsetzen und meinen Haftbefehl aufheben würde. Ein ganz umgänglicher Mensch, obwohl er mir in Belfast vermutlich die Fingernägel ausgerissen hätte.«

Flynn lächelte. »Und was hast du diesem umgänglichen Menschen erzählt?«

»Ich habe ihm nichts erzählt, aber ich hätte ihm am liebsten gesagt, er solle zur Hölle fahren; aber ich hatte Angst, daß er es tatsächlich täte und dich dort finden würde. So habe ich ihm nur angedeutet, daß er sich zum Teufel scheren solle.«

Flynn lächelte wieder und betrachtete sie nachdenklich und anerkennend. Sie erriet seine Gedanken und sagte: »Bitte glaub mir, ich bin keine Denunziantin, eine Verräterin vielleicht, aber keine Denunziantin.«

Er nickte. »Ich glaube es dir. Wäre ich mir dessen nicht so sicher gewesen, hätte ich dich längst getötet.«

»Wirklich?«

Er wechselte das Thema. »Du bringst die anderen in Lebensgefahr, wenn du noch einmal versuchst auszubrechen.«

Sie antwortete nicht. Flynn zog einen Schlüssel aus der Tasche und hielt ihn hoch. »Dies ist der Schlüssel für das Vorhängeschloß am Sakristeigitter. Ich öffne es jetzt, und du kannst gehen.«

»Nicht ohne die anderen.«

»Aber du hast ohne die anderen versucht auszubrechen.«

»Das ist nicht das gleiche.«

Er lächelte und hielt ihr den Schlüssel vors Gesicht. »Ach, du bist immer noch eine Stadtguerilla, Maureen. Du weißt, daß man einen Preis — im voraus — zahlen muß für ein wenig Freiheit. Die meisten Männer und Frauen dieser Welt würden mein Angebot eiligst annehmen, aber sie würden nicht auf die Idee verfallen, im Kugelhagel einen Fluchtversuch zu wagen. Ach, Maureen, deine Werte und Reaktionen unterscheiden sich von denen normaler Menschen! Wir haben dich während der Jahre, die du bei uns warst, von Grund auf verändert.«

»Bitte sei still.«

Flynn steckte den Schlüssel zögernd wieder in die Hosentasche. Dann sagte er unvermittelt: »Ich habe mich mit dem Kardinal unterhalten. Er glaubt an den Ring, aber du als halbherzige Christin hast immer gezweifelt. Seine Eminenz jedoch ist ein guter Christ, und daher glaubt er an die Magie des Rings.«

Sie senkte den Kopf, griff in ihre Jackentasche und hielt ihm ihre zur Faust geballte Hand hin; sie streckte die Finger aus, und auf ihrer Handfläche lag der Stein mit der eingeritzten Rose, den er ihr in der Weißdornabtei gegeben hatte.

Er wich einen Schritt zurück. »Maureen . . .«

Sie sagte leise: »Ich trage ihn immer bei mir. Du siehst, auch ich glaube an Magie — an die Magie der Liebe.«

Er wischte sich mit einer schnellen Bewegung über die Augen, dann trat er dicht an sie heran. »Maureen, du und ich . . .«

Sie steckte den Stein wieder ein.

»Vielleicht war alles mein Fehler . . .« Er hielt inne, seufzte tief und sagte fast geistesabwesend: »Die Weißdornabtei . . . Vater Donnelly . . . Verstehst du sein Verschwinden? Ich habe überall nach ihm gesucht, aber niemand hat je etwas von ihm gehört.«

Sie schüttelte den Kopf. Flynn betrachtete sie traurig, dann griff er sie am Arm und sagte mit eindringlicher Stimme: »Ich geb dir einen guten Rat, provoziere Megan nicht!«

Sie blickte ihn an. »Allein die Tatsache, daß ich noch atme, ist eine Provokation für sie. Aber auch ich geb dir einen guten Rat. Solltest du je lebend aus dieser Sache herauskommen, trenn dich von ihr. Sie zieht Zerstörung an wie ein Blitzableiter.«

Flynn antwortete nicht, aber ließ ihren Arm los. Sie fuhr atemlos fort: »Und dieser Mann Hickey . . . es ist gefährlich . . . ach, Brian . . . er gehört nicht zu uns . . . Aber selbst wir . . . du und ich . . . wir sind uns so fremd geworden . . . wie können wir uns überhaupt Ratschläge geben?«

Er fuhr sanft mit der Hand über ihre Wange. Eine lange Zeit herrschte Stille auf dem Treppenabsatz der Krypta, dann hörten sie Schritte im Sakristeikorridor und das Quietschen von Rädern auf dem Marmorboden. Maureen sagte plötzlich: »Du hast mir erzählt, Major Martin habe dich erwischt. Wie kommt es, daß du noch am Leben bist?« Flynn ging die Stufen zum Gitter hinunter. Sie folgte ihm: »Hast du eine geheime Absprache mit ihm getroffen?« Er antwortete nicht.

»Und du behauptest, du seist patriotisch?«

Er sah sie scharf an. »Major Martin hält sich für patriotisch und du dich auch.«

»Ich hätte nie . . .«

»O doch, auch du! Auch du würdest Zugeständnisse machen, Päpste, Premierminister, Präsidenten tun es ständig, bloß nennt man es bei ihnen Diplomatie. Das Leben besteht aus Illusionen und Wortklaubereien. Aber *heute* lasse ich mich auf keinen Handel, keinen Kompromiß ein, egal was mir der Unterhändler anbietet, um mir die Niederlage schmackhaft zu machen. Da du nichts von Zugeständnissen hältst, sollte dir das gefallen.«

Sie antwortete nicht.

Er fuhr fort: »Wenn du mir meine geheime Absprache mit Major Martin nicht länger vorwirfst, werde ich Sheilas Namen auf die Liste der zu befreienden Gefangenen setzen.«

»Du meinst, sie steht nicht . . .?«

»Das verändert die Lage ein wenig, nicht wahr? Du hast dir wohl schon ein tränenreiches Wiedersehen mit der lieben Sheila ausgemalt. Aber daraus wird nichts, Maureen — es sei denn, du siehst ein, daß es notwendig war, mit dem Feind zu paktieren.«

»Warum liegt dir soviel an meiner Meinung?«

Eine Stimme rief: »Ich bin es, Burke!«

Flynn sagte zu Maureen: »Wir setzen unser Gespräch später fort.« Dann rief er: »Kommen Sie näher!« Er öffnete seine Jacke, rückte die Pistole, die in seinem Gurtband steckte, zurecht und sagte zu ihr: »Ich schätze deine kämpferischen Fähigkeiten hoch genug ein, um dich wie einen Mann zu behandeln. Fall mir also jetzt nicht in den Rücken, rühr dich nicht von der Stelle und sprich erst, wenn ich es dir erlaube.«

Burke erschien, einen Servierwagen vor sich her schiebend. Er rollte den Wagen über den Marmorboden und blieb am Fuß der Treppe unterhalb des Gitters stehen.

»Kennen Sie Miß Malone?« fragte Flynn.

Burke nickte. »Ja, wir haben uns getroffen.«

»Richtig«, sagte Flynn. »Gestern abend im Waldorf Astoria. Mir ist darüber berichtet worden. Scheint lange zurückzuliegen, nicht wahr?« Er lächelte. »Ich habe Maureen mitgenommen, damit Sie sehen, daß wir die Geiseln nicht abgeschlachtet haben. Erzähl ihm, Maureen, wie gut wir euch behandeln.«

Sie sagte: »Alle sind noch am Leben.«

Burke erwiderte: »Bitte, richten sie den anderen aus, daß wir tun, was wir können, um Sie mit heiler Haut aus dieser Lage zu befreien.« Er setzte in einem ungezwungenen Ton hinzu: »Und sagen Sie Vater Murphy, daß er mir, nachdem diese Sache vorbei ist, bitte die Beichte abnehmen soll.«

Sie nickte und warf ihm einen sprechenden Blick zu.

Flynn fragte: »Ist der Priester ein Freund von Ihnen?«

Burke antwortete: »Sie sind alle meine Freunde.«

»Ach wirklich.« Flynn ging näher ans Gitter heran. »Haben Sie irgendwo ein Mikrophon versteckt, Burke, muß ich wieder meine Handsonde hervorholen?«

»Nein, ich bin astrein, und der Wagen auch. Mir selbst ist daran gelegen, nicht belauscht zu werden.« Burke stieg die sieben Stufen hinauf und war sich des psychologischen Nachteils, einige Zentimeter tiefer als Flynn zu stehen, sehr akut bewußt. Er sagte in einem dienstlichen Tonfall: »Und dem Essen sind keine Drogen beigemischt.«

Flynn nickte. »Natürlich nicht, der Geiseln wegen. Sehr nützlich, solche Geiseln.«

Maureen umklammerte plötzlich die Gitterstäbe. »Sein wirklicher Name ist Brian Flynn. Er hat nicht mehr als zwölf . . .«

Flynn zog seinen Revolver aus dem Gurtband und preßte die Mündung gegen ihren Nacken. »Sei keine Heldin, Maureen, niemand erwartet das von dir, nicht wahr, Burke?«

Burke achtete darauf, daß seine Hände gut sichtbar waren. »Sachte! Sachte! Miß Malone. Gehen Sie keine unnötigen Risiken ein, bitte sagen Sie nichts mehr. Versprochen?«

Flynn murmelte zwischen den Zähnen. »Das war ein guter Rat. Maureen, du willst doch nicht das Leben anderer gefährden, wie zum Beispiel das von Lieutenant Burke, der schon zu viel gehört hat?« Er sah Burke an. »Sie ist sehr impulsiv und hat den Unterschied zwischen Mut und Tollkühnheit noch nicht gelernt. Mein Fehler, fürchte ich.« Er griff sie beim Arm und zerrte sie vom Gitter weg. »Geh jetzt.«

Maureen sah Burke an. »Ich habe Vater Murphy meine Beichte

abgelegt, ich habe keine Angst vorm Sterben. Wir alle werden bald beichten müssen. Geben Sie den Schweinen nicht nach!«

Burke nickte: »Ich verstehe.«

Sie lächelte, drehte sich um und ging die Treppe zum Altar hinauf.

Flynn hielt die Pistole im Anschlag und blickte ihr gedankenverloren nach. Dann sagte er: »Wieviel schulde ich Ihnen?«

Burke reichte Flynn die Rechnung.

Flynn sah sie sich an. »Fünfhunderteinundsechzig Dollar zwölf Cents. Nicht billig, in New York eine Armee zu versorgen, was?« Er steckte die Pistole wieder in sein Gurtband, zählte die Scheine ab und reichte sie durchs Gitter. »Ich habe die Mehrwertsteuer aus Prinzip abgezogen. Erzählen Sie das den Journalisten, Lieutenant, die Presse liebt solche blöden Details.«

Burke nickte. Brian Flynn, stellte er bei sich fest, war alles andere als dumm. Er hatte das unangenehme Gefühl, daß Flynn einiges klüger als Schroeder war und ein besserer Schauspieler.

Flynn blickte auf den mit Schüsseln beladenen Wagen. »St.-Patricks-Tag ohne Corned beef ist nur der halbe Spaß, was Burke? Haben Sie Ihres schon gehabt?«

»Nein, zuviel zu tun.«

»Dann kommen Sie rein und essen Sie mit uns, alle werden sich über Ihre Anwesenheit freuen.«

»Das kann ich leider nicht.«

»Warum denn nicht?« Flynn gab vor, tief nachzudenken. »Ach ja, die Geiseln! Sie sollen auf keinen Fall ausgetauscht werden, nicht wahr? Und besonders nicht gegen Polizeibeamte. Aber ich habe nicht vor, Sie gefangenzunehmen.«

»Sie scheinen eine Menge zu wissen.«

Flynn steckte seinen Kopf halb durch die Gitterstäbe. »Ich weiß genug, um keine Fehler zu begehen, und ich hoffe, das gleiche gilt für Sie.«

»Wir haben in diesen Dingen sehr viel mehr Erfahrung als Sie — passen Sie also auf, daß *Sie* keine Fehler machen.«

Flynn zündete eine Zigarette an und sagte lächelnd: »Ich sollte mich Ihnen eigentlich vorstellen, nachdem Miß Malone so freundlich war, Ihnen meinen richtigen Namen zu nennen. Ich bin tatsächlich, wie die Dame Ihnen verriet — und was Sie vermutlich schon aus anderer Quelle erfahren haben — Brian Flynn. Sagt Ihnen das was?«

»Ja, vage. In den siebziger Jahren . . . drüben in Irland.«

»Ja, drüben und jetzt hier. Aber im Unterschied zu John Hikkey bin ich nicht offiziell tot, nur inoffiziell verschwunden. Aber warum kehren wir nicht zu unserem Lieblingsthema zurück — Major Martin. Nimmt er an Ihren Sitzungen teil?«

»Ja.«

»Werfen Sie ihn raus.«

»Er vertritt das britische Konsulat in Abwesenheit . . .«

Flynn lachte. »Sir Harry wird das nicht gern hören.« Dann wurde er wieder ernst. »Glauben Sie mir, Burke, Martin würde sogar sein eigenes Außenministerium hintergehen. Er opfert alles — Freundschaft, Ehre, Loyalität — seinem blindwütigen Haß auf die Iren. Halten sie ihn von den entscheidenden Lagebesprechungen fern.«

»Vielleicht möchte ich ihn in meiner Nähe haben, um ihn besser beobachten zu können.«

Flynn schüttelte den Kopf. »Das wird Ihnen nichts nützen, Burke, einen solchen Mann werden Sie nie durchschauen. Schaffen Sie ihn sich und Ihren Vorgesetzten vom Hals, verbieten Sie ihm, ins Pfarrhaus zu kommen.«

»Damit Ihre Helfer ihn draußen umbringen können?«

Ein Lächeln ging langsam über Flynns Gesicht. »Sie sind ein ganz Schlauer, Lieutenant, mein Kompliment.«

»Bitte, tun Sie nichts, bevor Sie mit mir gesprochen haben.«

Flynn nickte. »Ja, ich werde vollkommen offen zu Ihnen sein. Vielleicht können wir doch noch gemeinsam eine Lösung finden.«

»Vielleicht.«

Flynn sagte: »Die meisten Beteiligten treiben ein doppeltes Spiel, Burke, mit Ausnahme der New Yorker Polizei, und deshalb vertraue ich Ihnen. Sie müssen den ehrlichen Makler spielen, nur Sie können ein Blutbad vermeiden. Denn wenn bis morgen früh nichts geschieht, dann brennt diese Kathedrale ab, und ich schwöre Ihnen, das ist so unvermeidbar wie der Sonnenaufgang!«

»Sie meinen, die Entscheidung liegt dann nicht mehr bei Ihnen?

Flynn nickte. »Sie begreifen sehr schnell, Lieutenant. Noch kontrolliere ich meine Leute, aber bei Tagesanbruch, wenn unsere Forderungen nicht erfüllt worden sind, wird jeder den Befehl ausführen, den er bekommen hat. Die einen werden die Geiseln entweder erschießen oder vom Glockenturm stürzen, die anderen werden den Dachstuhl anzünden, und die Bomben gehen automatisch hoch.«

Burke sagte: »Wie konnten Sie nur Ihre Befehlsgewalt aus den Händen geben? Es war dumm von Ihnen. Dumm und gefährlich.«

Flynn preßte sein Gesicht gegen die Gitterstäbe. »Ich bin nicht der schlechteste Gesprächspartner für Sie. Wenn mir etwas zustößt, dann müssen Sie mit Hickey und mit dem Mädchen, das wir Grania nennen, verhandeln. Und dann gnade Ihnen Gott. Untergraben Sie daher nicht meine Autorität, und sagen Sie das auch Schroeder. Solange Sie mit mir zusammenarbeiten, wird niemand sterben.«

»Der Teufel, den man kennt, ist immer noch besser als der Teufel, den man nicht kennt.«

»So ist es, Lieutenant, genau so ist es. Und nun, auf Wiedersehen.«

Burke ging rückwärts die Stufen hinunter. Er und Flynn sahen einander an. Flynn drehte sich diesmal nicht um, und Burke erinnerte sich an die Polizeivorschrift, daß man Geiselnehmern nie den Rücken zukehren dürfe. »Man muß sie wie königliche Hoheiten behandeln«, pflegte Schroeder bei seinen Fernsehinterviews zu sagen. »Man darf nie ein negatives Wort benützen wie Tod, umbringen, morden, sterben. Und man muß sie immer respektvoll anreden.« Schroeder hätte der Schlag getroffen, wenn er die Unterhaltung zwischen ihm und Flynn mit angehört hätte. Nun, Schroeder hatte seine eigenen Methoden, aber würden sie sich diesmal bewähren? Diese Situation verlangte viel Phantasie und Flexibilität, ja vielleicht mußte man sogar einen Kompromiß schließen. Hatte Schroeder das begriffen? Burke hoffte es wider besseres Wissen.

Er wandte Flynn den Rücken zu, schritt langsam die restlichen Stufen hinunter in Richtung des Korridors und fühlte, wie die tiefen dunklen Augen jede seiner Bewegungen verfolgten.

30

Patrick Burke ging den langen unterirdischen Korridor von der Sakristei zum Pfarrhaus entlang. Er bemerkte, daß die gewöhnlichen Polizisten durch die Männer der Emergency Service Division ersetzt worden waren. Sie trugen schwarze Kampfanzüge und waren mit Schrotflinten, Schnellfeuergewehren, Sturmgewehren und Pistolen bewaffnet.

Burke setzte seinen Weg fort bis zum ersten Stock des Pfarrhauses. Das vordere Büro war voll von Menschen. Er schob sich an ihnen vorbei, betrat das hintere Büro und zog die Tür fest hinter sich zu. Zwölf Augenpaare fixierten ihn. Er blieb in der Mitte des Zimmers stehen. Schroeder sagte: »Warum waren Sie so lange fort?«

Burke setzte sich. »Sie haben mir gesagt, ich sollte mir ein persönliches Urteil über den Mann bilden.«

»Aber nicht etwa eigenmächtig Verhandlungen führen. Das ist meine Aufgabe.«

»Wenn Sie wollen, daß ich verschwinde — nur zu gern. Ich dränge mich nicht danach, auf dem Titelblatt von *Time* zu erscheinen.«

Schroeder stand auf. »Ich habe es allmählich satt, daß mir die *Time*-Reportage ständig unter die Nase gerieben wird.«

Deputy Commissioner Rourke mischte sich ein. »Bitte, keinen

Streit. Wir haben eine lange Nacht vor uns. Wollen Sie, daß Burke, nachdem er uns berichtet hat, nach Hause geht?«

Schroeder schüttelte den Kopf. »Nein, Flynn hat ihn zu seinem Botenjungen gemacht, und wir wollen Mr. Flynn nicht verärgern.«

Langley fragte: »Was hat Flynn gesagt, Pat?«

Burke zündete sich eine Zigarette an und zögerte seine Antwort ungebührlich lang hinaus. »Die Kathedrale wird mehr oder minder automatisch bei Sonnenaufgang in die Luft gesprengt.«

Alle schwiegen, dann sagte Bellini zu Schroeder: »Sollte ich die Kathedrale stürmen müssen, dann verschaffen Sie wenigstens den Bombenspezialisten genug Zeit, um jeden Zentimeter durchzukämmen. Sie haben im Moment nur zwei Spürhunde, Sally und Brandy . . .« Er schüttelte den Kopf. »Was für eine verfahrene Situation.«

Schroeder sagte: »Egal, welche Art von Bomben gelegt sind, die Detonation kann immer hinausgezögert werden. Ich bekomme bestimmt eine Fristverlängerung.«

Burke sah ihn an. »Ich glaube, Sie haben mich nicht ganz verstanden.«

»Was hat er denn noch gesagt, Pat?« fragte Langley.

Burke lehnte sich im Stuhl zurück und gab einen leicht frisierten Bericht ab mit gelegentlichen Seitenblicken auf Major Martin, der sich lässig auf den Kaminsims stützte. Doch sein Hauptaugenmerk galt Schroeder. Dieser Mann, dachte er, während er sprach, ist nicht nur ein guter Unterhändler, sondern auch ein guter Zuhörer. Er erinnert sich an jedes Wort, versteht jede Nuance, analysiert, zieht Schlüsse und dennoch, aus unerklärlichen Gründen entgeht ihm das Wesentliche. »Ich habe den Eindruck, Schroeder«, sagte er abschließend, »daß Flynn ein Ausnahmefall ist. Er wird meiner Meinung nach von seinen Forderungen nicht abgehen und sich auf keine Fristverlängerung einlassen.«

Schroeder erwiderte etwas herablassend: »Diese Art von Leuten verlängern immer die Frist, Burke. Sie genießen die dramatische Situation und meinen, daß wir ihnen in der nächsten Minute oder in einer Stunde oder am folgenden Tag Zugeständnisse machen. So ist einmal die menschliche Natur.«

Burke schüttelte den Kopf. »Gehen Sie nicht von den Voraussetzungen aus, daß Sie Zeit gewinnen können, denn . . .«

Major Martin unterbrach ihn. »Lieutenant Burke, ich muß Ihnen widersprechen. Ich habe eine zehn Jahre lange Erfahrung mit den Iren. Sie sind Lügner, Aufschneider, Großtuer. Natürlich wird Flynn mit sich reden lassen.«

Burke stand auf. »Quatsch.«

Der irische Generalkonsul erhob sich ebenfalls. »Major Martin, ich finde Ihre Beschreibung der Iren doch reichlich . . .«

Martin zwang sich zu einem liebenswürdigen Tonfall. »Verzeihen Sie, Tomas, ich sprach natürlich nur von der IRA.« Er blickte sich im Raum um. »Und ich wollte gewiß auch nicht die irischen Amerikaner beleidigen, Commissioner Rourke, Mr. Hogan, Lieutenant Burke . . .« er lächelte Schroeder zu . . . »oder Ihre Frau Gemahlin.«

Commissioner Rourke nickte, um zu zeigen, daß niemand die Bemerkung krummgenommen hatte. »Wir sind alle ein wenig nervös — verständlicherweise.« Er sah Burke an. »Lieutenant, der Major kennt sich mit den Iren gut aus, und wir verdanken ihm viele wichtige Informationen. Ich weiß, daß Sie ein Spezialist sind für irische Fragen, aber diesmal ist es kein amerikanisch-irisches Problem . . .«

Burke schnitt ihm das Wort ab. »Zum Teil vielleicht doch. Und daher würde ich gern allein mit Commissioner Rourke, Captain Schroeder, Mr. Kruger und Mr. Hogan sprechen.«

Rourke schien nicht recht zu wissen, wie er reagieren sollte, aber Major Martin enthob ihn einer Entscheidung. »Ich muß ins Konsulat, wenn Sie mich bitte entschuldigen wollen.« Er ging zur Tür. Tomas Donahue, Monsignore Downes und Arnold Sheridan folgten seinem Beispiel.

Bellini sagte: »Brauchen Sie mich, Patrick?«

»Nein, eigentlich nicht, Joe.«

»Um so besser.«

Der Gouverneursvertreter murmelte: »Ach . . . ich hab ganz vergessen, ich muß einen dringenden Telefonanruf machen . . .«

Roberta Spiegel zündete sich eine Zigarette an und wiegte sich in ihrem Schaukelstuhl. »Sie können entweder auf die Herrentoilette gehen — was jedoch nicht ausschließt, daß ich Ihnen folge — oder Sie können hier reden.«

Burke entschied, daß ihre Gegenwart ihn nicht störe. Er zog Langley in eine Ecke und sagte leise: »Haben wir von Jack Ferguson etwas gehört?«

»Wir haben seine Frau erreicht, sie liegt krank im Bett und weiß auch nicht, wo er ist.«

Burke runzelte beunruhigt die Stirn. Für gewöhnlich ließ er alles stehen und liegen, wenn einer seiner V-Leute in Gefahr war, aber im Moment hatte er keine Zeit für Ferguson. Und Ferguson würde das verstehen. Aber hoffentlich verstand er auch, daß sein Leben bedroht war. Burke stellte sich in die Zimmermitte, holte tief Luft und begann: »Jeder von uns, ich eingeschlossen, weicht zuweilen von der Wahrheit ab, aber so ein verflixtes Lügengewebe wie im vorliegenden Fall ist mir noch nicht untergekommen. Und nachdem man mich heute nachmittag fast kaltgemacht hat, werden Sie verstehen, daß ich allmählich sauer bin.« Er sah Kruger und Hogan an. »Sie beide sind uns einige Erklärungen schuldig.«

Burke zog an seiner Zigarette und fuhr fort: »Überlegen Sie sich einmal folgendes: Die Kathedralenbesetzung ist eine gut geplante, großzügig finanzierte Aktion — sehr ungewöhnlich für die IRA, wie Sie mir zugeben müssen. Meiner Meinung nach steht kein Revolutionär, sondern ein Konterrevolutionär — ein Regierungsmann — dahinter.« Er sah wiederum Kruger und Hogan an. Keiner sprach.

»Brian Flynn hat mir erzählt, daß die Idee, eine Offensive in Amerika zu starten, von Major Martin stammt und daß er ihm die notwendigen Geldmittel zur Verfügung gestellt hat. Und wenn *das* stimmt, dann kann mir keiner weismachen, daß der CIA oder der FBI ihn nicht unterstützen oder zumindest in bewährter Weise beide Augen zugedrückt haben.«

Langley zischte: »Sei vorsichtig.«

Burke drehte sich um. »Nein, jetzt nicht mehr, und gib zu, du hast den gleichen Verdacht gehabt.« Er wandte sich wieder an die vor ihm sitzenden Leute. »Ursprünglich war nur ein Knalleffekt geplant, der den Amerikanern die Gefährlichkeit der IRA vor Augen führen sollte. Doch dann entglitt den Initiatoren die Kontrolle, weil Brian Flynn sich nicht an die ihm vorgeschriebene Rolle hielt. Vielleicht war ihm befohlen worden, eine Kaserne oder eine Bank in die Luft zu jagen, aber er hatte eine bessere Idee — und die Folgen müssen wir jetzt ausbaden.«

Kruger brüllte: »In meinem ganzen Leben habe ich noch nie einen so hirnverbrannten Unsinn . . .«

Hogan legte seine Hand auf Krugers Arm und beugte sich vor. »Sie haben nicht ganz unrecht, Burke. Natürlich hätte der FBI von dieser Operation, wenn sie planmäßig verlaufen wäre, großen Nutzen gehabt. Aber nun fürchte ich, werden einige Köpfe rollen. Andererseits wird sich aber auch erweisen, wie unmöglich es für uns war, diesen Handstreich zu verhindern.« Er lehnte sich noch weiter vor und sagte in einem gekränkten Tonfall: »Aber daß Sie auch nur andeuten, daß *wir* . . .«

Burke schnitt ihm mit einer knappen Geste das Wort ab. »Ich habe keine Beweise, und ich brauche auch keine. Mir genügt, was ich weiß. Und wenn Flynn sich an die Öffentlichkeit wendet, wird das Publikum ihm glauben, und Ihre beiden Amtsstellen werden — nicht zum ersten Mal — in Mißkredit geraten.«

Hogan schüttelte den Kopf. »Flynn wird nie offiziell erklären, daß er ausländische Hilfe angenommen hat, weil er dem irischen Volk nicht zugestehen kann, daß er mit dem englischen Geheimdienst zusammengearbeitet hat.«

Kruger sagte barsch: »Schweigen Sie, Hogan.«

Douglas Hogan machte eine müde Handbewegung. »Mein lieber Kruger, für Ausflüchte ist es zu spät.« Er sah die vier Polizeioffiziere nacheinander an. »Wir wußten, daß irgend etwas geplant war, aber dann, wie Burke sagte, lief alles schief. Aber ich kann Ihnen versprechen, daß wir Sie vollkommen decken werden, wenn Sie das gleiche für uns tun. Die Geschehnisse sind nicht mehr zu ändern. Jetzt müssen wir zusehen, daß wir nicht nur schuldlos, sondern auch möglichst triumphierend aus der Sache herauskommen.« Douglas Hogan spreizte seine Finger und sagte eindringlich: »Wir haben die nie wiederkehrende Gelegenheit, unseren gesamten Geheimdienst zu reorganisieren und unser Image aufzubessern.«

Commissioner Rourke erhob sich. »Ihr vom CIA und FBI seid wirklich . . . völlig verrückt.«

Langley wandte sich Rourke zu. »Sir, ich glaube, wir sollten uns auf das Vordringlichste, nämlich auf die Kathedralenbesetzung, konzentrieren. Wie es dazu kommen konnte, ist von zweitrangiger Bedeutung. Unsere Aufgabe ist jetzt, zu verhindern, daß sie in einer Katastrophe endet, und das können wir nur durch enge Zusammenarbeit erreichen.«

Der Commissioner sah den CIA- und den FBI-Mann an. Ihm war während des kurzen Gesprächs klargeworden, daß ihre Logik nicht seine Logik war, ihre Welt nicht die seine. Aber nicht nur das, er hatte auch begriffen, daß die beiden höchst gefährliche Männer waren, die vor nichts zurückschreckten. Er sah zu Roberta Spiegel hinüber. Sie nickte, und er setzte sich hin.

Burke ergriff wieder das Wort. »Sie alle verstehen jetzt wohl, daß Major Martin versuchen wird, jegliche Verhandlungen zu unterbinden. Er will, daß die Kathedrale zerstört wird und daß möglichst viel Blut fließt.« Er sah Rourke und Schroeder an. »Er ist nicht Ihr Freund!« Dann richtete er seinen Blick auf Kruger und Hogan. »Anfangs hatte Martin nur einen Bankraub oder einen Waffendiebstahl im Sinn, aber dann bot Flynn ihm die einmalige Chance, hier in den USA eine Großaktion zu starten, in der Hoffnung, daß sie die Amerikaner genauso empören würde, wie die Engländer der Mord an Lord Mountbatten empört hat. Sollte es Flynn jedoch gelingen, ohne Blutvergießen die Kathedrale zu räumen und die Befreiung der Gefangenen durchzusetzen, dann wird er für einen großen Teil der irischen Einwanderer als Held dastehen, und niemand wird glauben, daß er ernstlich vorhatte, die Kathedrale zu sprengen und die Geiseln zu töten — und das kann Major Martin nicht zulassen.« Burke wandte sich erneut an Kruger und Hogan. »Und das ist der Grund, warum ich Major Martin kaltstellen möchte. Schauen Sie nicht so betreten drein, ich will ihn nur *ausschalten*. Irgendein britischer Konsulatsbeamter kann statt seiner an unseren Besprechungen teilnehmen. Und dies, meine Herren, ist die einmalige Chance, die *ich* Ihnen biete, aus einer schmutzigen Affäre mit weißer Weste herauszukommen.«

Kruger starrte Burke unverhohlen feindselig an.

Hogan nickte. »Ich werde sehen, was ich tun kann.«
Roberta Spiegel sagte: »Ende der Diskussion.«
Schroeder nickte, schaltete die Lautsprecher ein und nahm den Telefonhörer auf.

31

Brian Flynn stand bei der Orgel im Altarraum und zündete sich eine Zigarette an, während er den Hörer an seine Schulter klemmte. »Schroeder, das Corned beef war zäh. Sie haben doch nicht etwa das Pferd geschlachtet?«

Schroeder lachte gezwungen. »Nein, Sir. Und sollten Sie noch andere Wünsche haben, bitte lassen Sie es uns wissen.«

»Ja, die sage ich Ihnen gleich. Aber zuerst einmal bin ich froh, daß Sie meinen Namen kennen, denn nun wissen Sie, daß Sie mit dem größten lebenden Patrioten Irlands verhandeln.«

»Ja, Sir . . .«

»Eines Tages wird man mir in Dublin und dem befreiten Belfast ein Denkmal errichten, aber niemand wird sich an Sie erinnern.«

»Ja, Sir.«

Flynn lachte plötzlich. »Ich höre, daß Sie schreiben, Schroeder. Was schreiben Sie gerade?«

»Ich mache mir nur Notizen.«

»Gut, dann notieren Sie sich das folgende: Erstens sorgen Sie dafür, daß die Kathedrale angestrahlt bleibt, das blaue Licht bringt sie erst so richtig zur Geltung. Auch verhindert es, daß Ihre Emergency-Service-Männer ungesehen an den Mauern hochsteigen können. Ich habe Leute mit Feldstechern auf die umliegenden Wolkenkratzer verteilt. Wenn sie etwas Ungewöhnliches sehen, geben sie den Scharfschützen auf den Glockentürmen ein Zeichen oder rufen mich an. Was mich zu Punkt zwei bringt. Versuchen Sie nicht, die Außenleitungen meines Telefons zu stören. Punkt drei, wenn die Lichter in der Kathedrale auch nur zu flackern anfangen, erschieße ich die Geiseln. Punkt vier, keine psychologischen Tricks, wie zum Beispiel Ihre beliebte Faxe, einen Panzerspähwagen um ein besetztes Gebäude kreisen zu lassen. Und das ist ein gutgemeinter Ratschlag, denn meine Männer im Turm warten nur darauf, ihre Panzergranaten auszuprobieren. Punkt fünf, keine Helikopter, wir würden sie nur abknallen. Punkt sechs, richten Sie der Emergency Service Division aus, daß wir diesen Coup lange vorbereitet haben, ein Angriff würde sie daher teuer zu stehen kommen.« Flynn wischte sich den Schweiß von der Stirn. »Punkt sieben, ich wiederhole noch einmal — keine Fristverlängerung. Bis zum Morgengrauen muß die Sache abgewickelt sein. Und nun zu Punkt acht, ich möchte einen guten Farbfernseher. Ich sag Ihnen Bescheid, wann Burke ihn bringen kann. Punkt neun, ich verlange von Presse, Rundfunk und Fernsehen, daß sie eine genaue und ausgewogene Berichterstattung über die Ereignisse geben. Punkt zehn, ich will um zweiundzwanzig Uhr eine Pressekonferenz im Raum unter der Sakristei einberufen, Livesendung. Haben Sie sich das alles notiert, Schroeder?«

Nach einem langen Schweigen antwortete Schroeder hörbar nervös: »Ja, Sir, wir werden versuchen, dies alles zu Ihrer Zufriedenheit zu erledigen.«

»Versuchen genügt mir nicht. Sie *werden* es erledigen. Was haben Sie aus London, Dublin und Washington gehört?«

»Die Regierungen stehen in ständiger Verbindung mit ihren jeweiligen Vertretern, die sich in der Kardinalsresidenz befinden. Die Verhandlungen machen Fortschritte.«

»Es freut mich aufrichtig zu hören, daß die Alliierten so gut zusammenarbeiten. Hoffentlich bewahren sie die Ruhe so wie Sie und ich, Captain. Wie haben Amnesty International und das Rote Kreuz reagiert?«

»Sie haben ihre volle Mitwirkung zugesagt.«

»Nett von denen. Liebe Leute, immer so hilfsbereit. Und wie steht es mit der Straffreiheit für uns?«

Schroeder räusperte sich. »Der US-Generalstaatsanwalt und der Generalstaatsanwalt von New York diskutieren die Frage. Bislang kann ich Ihnen nicht mehr als . . .«

»Einen fairen Prozeß versprechen«, ergänzte Flynn. »Ein großartiges Land. Aber ich will keinen wie immer gearteten Prozeß, Schroeder. Wenn ich nicht gleichzeitig mit der Bestätigung, daß die Gefangenen freigelassen sind, auch die Garantie für unsere Straffreiheit erhalte, platzt unser Geschäft. Ich werde die Geiseln erschießen und die Kathedrale hochgehen lassen.« Flynn konnte Schroeders schweres Atmen hören.

Schroeder sagte in versöhnlichem Tonfall: »Alle Ihre Forderungen werden sorgsam überprüft, aber das braucht seine Zeit. Woran mir im Moment am meisten liegt, ist die Sicherheit . . .«

»Schroeder, hören Sie endlich auf, mit mir wie mit einem kriminellen Vollidioten zu reden. Heben Sie sich diese Sprüche für Ihren nächsten Fall auf — falls Sie noch einen haben. Ich bin ein Soldat und will als solcher respektiert werden. Und was die Gefangenen betrifft, so werden sie dem Kriegsrecht entsprechend behandelt. Lassen Sie also gefälligst Ihren gönnerhaften Ton fallen.«

»Verzeihen Sie, ich wollte Sie nicht kränken, ich versuche nur, Sie von unseren guten Absichten zu überzeugen. Meine Aufgabe ist, eine Einigung herbeizuführen, die allen Beteiligten gerecht wird . . .«

Flynn stand auf und sagte scharf: »Wie können Sie von Einigung reden, wenn Sie nicht bereit sind, auch nur das Geringste zu geben?« Schroeder schwieg. »Haben Sie je wirkliche Zugeständnisse gemacht, Schroeder? Nein, nie! Sie hören mir nicht einmal richtig zu, Schroeder. Aber ich rate Ihnen, mir zuzuhören, denn wenn diese Kathedrale explodiert und überall Tote liegen, dann werden Sie Ihre Unaufmerksamkeit bedauern und ihre Unredlichkeit verfluchen.«

»Aber ich höre Ihnen zu, und ich bemühe mich redlich . . .«

»Sie werden in die Annalen eingehen als der Mann, dem es mißlang, die St.-Patricks-Kathedrale zu retten, und der unschuldiges Blut vergossen hat. Sie werden niemand mehr in die Augen sehen können und selten Gelegenheit haben, an Fernsehshows teilzunehmen. Vermute ich wenigstens.«

Schroeder sprach zum ersten Mal in einem aufgeregten Tonfall: »Ich habe Sie nicht angelogen, ich habe keine Gewalt angewendet. Sie haben Essen bestellt und es bekommen . . .«

»Und dafür gezahlt. Aber beruhigen Sie sich, Schroeder, ich weiß, Sie sind nur ein Mittelsmann für eine Menge Halunken, aber ich vertraue Ihnen — und ich verlaß mich darauf, daß Sie Ihren Einfluß geltend machen und meine Botschaft an die richtigen Leute übermitteln. Ich werde die ganze Nacht über mit Ihnen in Kontakt bleiben.«

»Ja, Sir, tun Sie das. Sie können immer mit mir sprechen.« Schroeders Stimme verriet sein Erstaunen über die plötzliche Vertrauenserklärung. »Darf ich Sie nun meinerseits um zwei Gefallen bitten?«

Flynn lächelte und blätterte geistesabwesend in einer Autobiographie Schroeders, die vor ihm auf der Orgel lag. »Ja, um was handelt es sich?«

»Die Störanlage richtet viel Verwirrung an, und wir wollen doch unbedingt vermeiden, daß irgend etwas Unvorhergesehenes passiert, nur weil die Kommunikation nicht klappt. Außerdem sind die öffentlichen Radio- und Fernsehstationen stark in Mitleidenschaft gezogen . . .«

»Das dürfen wir natürlich nicht zulassen. Ich werde darüber nachdenken. Was noch?«

»Könnte ich kurz mit den Geiseln reden?«

»Vielleicht nach der Pressekonferenz.«

»Gut, das genügt mir. Aber da wäre noch etwas . . .«

»Wie immer im Leben.«

»Nun, nachdem wir beide eine gewisse Vertrauensbasis geschaffen haben . . . und ich der einzige bin, der mit Ihnen spricht . . . wollte ich Sie bitten, ob Sie nicht auch Ihrerseits andere Gesprächspartner ausschalten könnten . . . ich habe vorhin einen Mr. Hickey am Apparat gehabt . . .«

Flynn lachte und blickte sich um, aber Hickey war nicht in der Nähe. »John ist wohl ein wenig grob mit Ihnen umgesprungen, was Captain? Aber er reißt nun mal gern unflätige Witze. Lassen Sie sich davon nicht irritieren. Er redet gern — wie alle Iren.«

»Ja, warum auch nicht. Ich fürchte bloß, daß Mißverständnisse entstehen könnten. Sie sind schließlich der Chef, und ich ziehe es vor, direkt mit Ihnen . . .«

Flynn legte den Hörer auf und blätterte in einem vor ihm liegenden Notenheft. Er hätte gern ein Musikstück gefunden — aber kein kirchliches —, um seine Gedanken von der Kathedrale abzulenken. Von all den gottverlassenen Orten, an denen er je gewesen war, war ihm keiner so gottverlassen erschienen wie diese Kathedrale. Und dennoch fühlten andere die Gegenwart des Heiligen Geistes hier, und er begriff, daß die Leere, die er spürte, in ihm selbst war. Er fand *Die Rose von Tralee.* Als er die ersten Töne auf der Orgel anschlug, dachte er an Maureen. Er sang den Text leise vor sich hin und war sich sicher, daß sie wußte, für wen er spielte.

Bert Schroeder starrte lange Zeit auf den Apparat, faltete die Hände auf dem Schreibtisch und dachte nach. Flynn hatte Straffreiheit gefordert, das hieß, er hatte mit dem Leben noch nicht abgeschlossen. Infolgedessen würde er versuchen, die Geiseln und die Kathedrale zu retten. Er klang nicht wie ein Mann, der unbedingt töten oder selbst sterben wollte. Aber noch wichtiger war, daß Flynn allmählich von ihm abhängig wurde. Das geschah immer, wenn die Täter merkten, daß seine Stimme die einzige Verbindung zur Außenwelt war. Schroeder blickte auf. »Ich glaube, ich habe seinen schwachen Punkt entdeckt.«

Burke sagte: »Und er den Ihren.«

Schroeder kniff die Augen zusammen und nickte mißmutig. »Ja, er scheint einiges über meine Methoden zu wissen. Die Medien haben zu eingehend über mein Büro berichtet. Dabei habe ich die Publicity immer gescheut.«

»Soll das heißen, daß Ihre Autobiographie unautorisiert war? Sie hätten mit der Veröffentlichung warten sollen, bis Sie in Pension gehen.« Burke lächelte. »Denn nun fehlt das wichtigste Kapitel, aber Sie können es ja der zweiten Auflage beifügen. Reden Sie mit Ihren Agenten.« Burke schlug einen versöhnlicherer Tonfall an.« Schauen Sie, Bert, ich kenne auch nicht alle Antworten, aber . . .«

Schroeder stand auf. »Nein, das tun Sie, weiß Gott, nicht, und Ihre ewigen Sticheleien langweilen mich allmählich.«

Burke ging zur Tür. Schroeder sagte: »Bleiben Sie in der Nähe, Flynn will womöglich Kaffee . . .«

Burke drehte sich um. »Trotz aller Doppelzüngigkeit, Unfähigkeit und schlichter Dummheit haben wir bisher keinen grundlegenden Fehler gemacht, aber wenn wir jetzt nicht einen wohldurchdachten Plan fassen, haben wir ein Massaker im Morgengrauen und eine Menge Vorwürfe am Hals.«

Schroeder starrte über ihn hinweg und sagte stur: »Überlassen Sie das nur mir.«

32

Vater Murphy durchquerte den Altarraum und stellte sich vor den Thron des Kardinals. »Eminenz, ich möchte beichten.«

Der Kardinal nickte. »Nehmen Sie meine Hände.«

Murphy fühlte nach dem Zettel, der an seiner Handfläche klebte. »Nein . . . ich möchte gern in den Beichtstuhl.«

Der Kardinal stand auf. »Gehen wir lieber in die erzbischöfliche Sakristei.«

»Nein . . .« Schweiß trat auf Vater Murphys Stirn. »Das werden Sie nicht zulassen. Wir könnten in denselben Beichtstuhl gehen, wo ich mit Miß Malone war.«

Der Kardinal sah ihn leicht erstaunt an. »Wie Sie wünschen.« Er stieg vom Thron herab und ging zum hinteren Teil des Altarraums. Vater Murphy warf Maureen und Baxter einen Blick über die Schulter zu. Beide nickten aufmunternd, und er folgte dem Kardinal.

Leary lehnte sich über die Brüstung der Empore, nahm den Kardinal ins Fadenkreuz seines Zielfernrohrs und behielt ihn in der Vergrößerungslinse, während die beiden Priester den Altarraum entlangschritten. Die anderen in den Triforien warnten sie durch laute Rufe, versuchten mit aufgeregten Gesten Leary vom Schießen abzuhalten, riefen nach Flynn und Hickey. Der Kardinal schenkte den Warnungen keine Beachtung. Er blieb unter dem Bogen stehen, der in den Chorumgang führte, und wartete auf Vater Murphy.

Leary richtete sein Zielfernrohr auf das goldene Kreuz, das über dem Herzen des Kardinals hing, und legte den Finger an den Abzug.

Flynn stand plötzlich wie aus dem Boden gewachsen mit erhobenen Armen vor den beiden Priestern. Die Rufe von den Triforien verstummten, Leary ließ sein Gewehr sinken, richtete sich auf und verharrte regungslos in einer lauernden, sprungbereiten Stellung. Die typische Haltung eines Jägers, dachte Flynn, dem seine Beute entgangen ist. Megan trat neben Leary und schien beruhigend auf ihn einzureden. »Was zum Teufel machen Sie hier?« fragte Flynn die beiden Priester.

Der Kardinal antwortete ruhig: »Ich will eine Beichte anhören.«

Flynn zischte durch die Zähne. »Sind Sie wahnsinnig geworden? Sie dürfen sich nicht ohne Erlaubnis einfach fortbewegen.«

Der Kardinal sagte: »In dieser Kirche kann ich gehen, wohin ich will, ohne Sie um Erlaubnis zu fragen. Bitte treten Sie beiseite.«

Flynn unterdrückte seinen aufsteigenden Ärger. »Lassen Sie sich gesagt sein, daß meine Leute den Befehl haben zu schießen, sobald . . . Nun, vier von ihnen sind vermutlich keine Priestermörder, aber der fünfte würde Sie ohne mit der Wimper zu zukken töten. Er würde seine eigene Mutter töten, wenn das sein Auftrag wäre. Er hat so wie Sie ein Gelübde abgelegt.«

Der Kardinal wurde rot vor Zorn und schickte sich an zu sprechen, aber Flynn schnitt ihm das Wort ab. »Dieser Mann hat vierzehn Jahre lang in Dutzenden von Armeen als Scharfschütze gedient. Er sieht die Welt durch das Fadenkreuz seines Zielfernrohrs. Sein ganzes Wesen ist auf diese einsame Tätigkeit ausgerichtet. Und er liebt es, ein Gewehr abzufeuern, den Rückstoß gegen seine Schulter zu spüren, den Pulverdampf zu riechen. Es ist ein sexueller Akt für ihn — verstehen Sie das?«

Weder der Kardinal noch der Priester antworteten. Der Kardinal blickte zur Empore auf, dann wandte er sich an Flynn. »Es ist schwer zu glauben, daß es solche Menschen gibt. Sie sollten aufpassen, daß er *Sie* nicht erschießt.« Er ging um Flynn herum, schritt auf den Beichtstuhl zu und öffnete die Tür.

Vater Murphy sah Flynn kurz in die Augen, dann folgte er dem Kardinal, schob den Vorhang beiseite und kniete im Beichtstuhl nieder. John Hickey stand einige Meter entfernt bei der Marienkapelle und beobachtete schweigend die Szene.

Murphy begann: »Segnen Sie mich, Vater . . .« Er linste durch den Vorhang und sah, daß Flynn sich entfernte. Murphy beichtete flüsternd und hastig, unterbrach sich mittendrin und sagte: »Eminenz, ich werde den Rufknopf benutzen, um eine Nachricht zu morsen.«

Das Profil des Kardinals, das sich hinter dem schwarzen Gitter abzeichnete, blieb bewegungslos, als hätte er nichts gehört, dann nickte er langsam mit dem Kopf.

Murphy zog den Vorhang dichter zu und drückte mehrmals auf den Knopf, um die Leute im Pfarrhaus auf sich aufmerksam zu machen. Dann holte er den Zettel hervor, hielt ihn dicht vor die Augen und begann:

Hier spricht Vater Murphy.

Plötzlich schoß eine Hand durch den Vorhang und packte sein Handgelenk. Hickeys Stimme dröhnte im Beichtstuhl: »Vergessen Sie nicht zu beichten, Vater, daß Sie einen Vertrauensbruch begangen haben.« Er riß den Vorhang auf, und Murphy blinzelte ins

Licht. Hickey grapschte nach dem Zettel und schloß den Vorhang wieder. »Beenden Sie Ihre verdammte Beichte, ich dagegen werde Ihre Nachricht beenden.«

Murphy sackte zusammen und flüsterte: »Verzeihen Sie, Eminenz . . .«

Hickey stand vor dem Beichtstuhl und blickte sich um. Flynn war nirgends zu sehen, niemand beobachtete ihn außer Malone und Baxter, die erschreckt und entmutigt aussahen. Hickey las die verschlüsselte Nachricht, drückte auf den Knopf am Beichtstuhl und fing zu senden an:

Hier spricht Vater Murphy im Beichtstuhl mit dem Kardinal.

Er imitierte die zögernden Zeichen eines Mannes, der zum ersten Mal morst, und veränderte grinsend den ihm vorliegenden Text.

Fenier schätzungsweise acht Mann stark. Einer auf dem Ost-, einer auf dem Westtriforium. Niemand auf der Empore. Ein Mann mit Maschinenpistole auf Sakristeitreppe. Nur automatische Waffen gesehen. Ein Mann in jedem Turm. Feldtelefone funktionieren schlecht. Geiseln in der Krypta. In relativer Sicherheit. MacCumail ist Brian Flynn, John Hickey sein Stellvertreter, Megan an dritter Stelle.

Er improvisierte weiter.

Keine Minen an den Türen. Gasmasken veraltet, Filter fehlerhaft. Fenier Hickey treu ergeben. Verhandlungen nicht ernst gemeint. Selbstmordstimmung. Baxter wird vor Morgengrauen als warnendes Beispiel erhängt. Tut, was ihr für richtig haltet. Wir haben keine Furcht. Gott schütze Euch — Vater Murphy.

Hickey nahm seinen Finger vom Knopf und rieb sich die Hände. Das würde die Leute da draußen verwirren — und ängstigen. Angst erzeugte Verzweiflung, und Verzweiflung führte zu unbedachten Taten. Hickey versetzte sich in die Lage seiner Gegner: Verhandlungen mußten ihnen aussichtslos erscheinen. Sie würden sich Sorgen um die Geiseln machen und die Stärke ihrer Gegner unterschätzen. Die Polizei würde einen Angriffsplan ausarbeiten, und die Politiker könnten aufgrund der Nachricht die Anwendung von Gewalt rechtfertigen. Und dann würde die Polizei die Türen stürmen und von Explosionen zerrissen, von Feuergarben niedergemäht werden. Er sah vor seinem geistigen Auge den Marmor zerbersten, die Decke einfallen und dunkelrotes Blut über den Altar und den Boden strömen. Und Jahre später würden die Menschen vor dieser großartigen Ruine stehen und sagen: »Das war John Hickeys letzte Tat auf Erden.«

Maureen Malone saß reglos im Chorgestühl und beobachtete, wie Hickey seine Botschaft morste. Sie sagte zu Harold Baxter: »So ein Schwein. Gott weiß, was er ihnen mitgeteilt hat. Er ist verrückt. Flynn ist der Inbegriff der Vernunft, verglichen mit ihm.«

»Hickey ist nicht verrückt«, sagte Baxter. »Er ist etwas viel Gefährlicheres. Aber lassen Sie mich nur ein paar Minuten nachdenken, ich glaube, ich weiß, wie wir hier herauskommen.«

Burke ging ins hintere Büro, gefolgt von Inspector Langley. Ein Offizier in Uniform reichte ihnen je eine Kopie der entschlüsselten Botschaft. Burke setzte sich auf Schroeders Schreibtisch und las sie durch.

Captain Bellini blickte von seiner Kopie auf und sagte zu Commissioner Rourke: »Wenn das hier stimmt, kann ich die Kathedrale ohne allzu großes Risiko stürmen. Und auch die Geiseln haben eine gute Überlebenschance, wenn sie in der Krypta sind — trotzdem, garantieren kann ich für nichts.« Er überflog noch einmal die Botschaft. »Ich brauche einige Stunden Vorbereitung.«

Burke fielen Maureens Worte am Gitter wieder ein. Zwölf bewaffnete . . . Aber Murphy berichtete nur von acht. Er blickte zu Bellini hinüber, der am anderen Ende des Zimmers stand. »Und wenn die Nachricht nun gefälscht ist?«

Bellini sagte: »Sie ist auf jeden Fall echt, und ich kann Ihnen nur sagen, Burke, mir ist sehr viel wohler zumute.«

Langley verglich eine Kopie mit der ersten Nachricht. »Irgend etwas gefällt mir an der Sache nicht. Es ist durchaus möglich, daß eine oder beide Botschaften von den Feniern fingiert sind. An Ihrer Stelle, Bellini, würde ich mich weder auf die eine noch auf die andere verlassen.«

Bellini seufzte. »Keine sehr hilfreiche Bemerkung. Jetzt bin ich genauso klug wie zuvor. Verdammt noch mal.«

Roberta Spiegel sagte: »Ob wir an die Echtheit glauben oder nicht, spielt keine Rolle, denn jeder im Nebenbüro und in der Kardinalsresidenz wird diese Botschaft lesen und seine eigenen Schlüsse ziehen. Aber über eines werden sich alle einig sein, nämlich daß ein Gegenschlag jetzt gerechtfertigt ist. Machen Sie sich also darauf gefaßt, Captain Bellini, daß Sie in kürzester Zeit angriffsbereit sein müssen.«

Bellini nickte bedrückt. Die Tür öffnete sich und Monsignore Downes trat ein. »Wollte jemand von Ihnen mich sehen?«

Die fünf Männer sahen sich fragend an, Roberta Spiegel nickte. »Ja, ich.« Downes blieb stehen.

Die Assistentin des Bürgermeisters dachte einen Moment nach, dann sagte sie: »Monsignore, weder der Bürgermeister noch ich oder irgendein anderer möchten, daß die Kathedrale beschädigt wird oder daß die Geiseln in Gefahr geraten, aber . . .« Downes zuckte zusammen.

»Aber sollte die Polizei oder mein Büro und die Regierung in Washington beschließen, daß die Verhandlungen zu nichts führen und das Leben der Geiseln auf dem Spiel steht . . . würden Sie und Ihre Diözese dann unseren Plan, die Kathedrale zu stürmen, unterstützen?«

Downes rührte sich nicht und gab keine Antwort. Roberta Spiegel sagte zu Bellini: »Geben Sie Monsignore eine Kopie der Botschaft.«

Downes nahm das Papier, las es und sah dann Roberta Spiegel an. »Ich muß mich mit dem Generalvikar in Verbindung setzen. Ich kann die Verantwortung nicht allein übernehmen.« Er drehte sich um und verließ das Zimmer.

Roberta Spiegel sagte: »Je tiefer wir in dieses Problem eindringen, desto klarer wird mir, daß wir Flynn unterschätzt haben. Wir sitzen in einer Zwickmühle, und mit jeder Stunde, die verstreicht, wird es offensichtlich, daß Kapitulation der einfachste Ausweg ist — unsere Kapitulation meine ich, nicht Flynns.«

Langley sagte: »Noch nicht einmal das ist einfach. Selbst wenn *wir* gewillt sind nachzugeben, heißt das noch lange nicht, daß Washington damit einverstanden ist oder London und Dublin.«

Commissioner Rourke sagte zu Bellini: »Captain, das einzige, was wir auf eigene Faust ohne das Einverständnis von anderen tun können, ist anzugreifen.«

Bellini antwortete: »Es ist leicht, Sir, einen solchen Entschluß zu fassen, aber ihn auszuführen, ist schon sehr viel schwieriger.«

Schroeder sagte: »Ich habe den Eindruck, Sie wollen die Verhandlungen abbrechen.«

Alle Blicke richteten sich auf ihn. Burke sagte: »Sie sind unsere letzte Hoffnung, Captain. Wenn es irgendeinen Mittelweg zwischen Angriff und unserer Kapitulation gibt, dann bin ich sicher, daß Sie ihn finden. Obwohl Brian Flynn ausdrücklich betont hat, daß es keinen Mittelweg gibt. Und ich glaube, er spricht die Wahrheit, wenn er gesagt hat: Morgenrot oder tot.«

Maureen beobachtete Hickey, der neben dem Beichtstuhl stehend mit dem Kardinal und Vater Murphy sprach. Sie sagte zu Baxter: »Er fragt die beiden über den Rufknopf und die erste Nachricht aus.«

Baxter nickte und erhob sich. »Wollen wir uns ein wenig die Beine vertreten, während wir reden.«

Sie gingen im Altarraum auf und ab. Baxter senkte den Kopf und murmelte: »Sehen Sie die Messingplatte dort?«

Maureen blickte zum Altar. Rechts davon, etwas weiter hinten als die Sakristeitreppe, befand sich die große Messingplatte, durch die Hickey und Megan mit ihren Koffern verschwunden waren.

Baxter fuhr leise fort: »Ich habe beobachtet, daß Hickey und Megan Erde an Händen und Knien hatten, als sie wieder nach oben kamen, und das kann nur bedeuten, daß es niedrige Stollen unter der Kirche gibt. Vermutlich sind sie weit verzweigt und schlecht beleuchtet. Wenn wir die Platte schnell hochheben und hinunterspringen, können sie uns nicht mehr erwischen.«

Maureen bemerkte nachdenklich: »Selbst wenn es uns gelingt, die Platte hochzuheben und zu springen, bevor sie auf uns schießen, wären wir noch immer nicht frei. Niemand draußen kann es wissen, daß wir dort unten sind.«

»Aber wir wären nicht mehr hier oben.«

Sie nickte. »Ja, und damit wäre schon viel erreicht.« Sie gingen schweigend nebeneinander her, bis Maureen nach einer Weile fragte: »Wie stellen Sie sich das Ganze vor?«

Baxter erklärte ihr seinen Plan.

Vater Murphy und der Kardinal kamen in den Altarraum zurück, und Maureen fiel auf, wie bleich die beiden Geistlichen aussahen. Vater Murphy blickte sie und Baxter an. »Hickey ist uns auf die Schliche gekommen.«

Der Kardinal sagte: »Ich hätte nichts dagegen gehabt, Signale ins Pfarrhaus zu senden.« Er warf Murphy und dann Baxter und Maureen einen strengen Blick zu. »Aber Sie müssen mich über Ihre Pläne informieren — *bevor* Sie sie ausführen.«

Baxter nickte. »Genau das hatten wir vor, Euer Eminenz. Wir haben einen Fluchtplan, und wir wollten Sie bitten, sich uns anzuschließen.«

Der Kardinal schüttelte den Kopf und sagte mit Nachdruck: »Mein Platz ist hier.« Er schien einen Augenblick in Gedanken verloren, dann fügte er hinzu: »Aber ich gebe Ihnen meinen Segen.« Er wandte sich an Vater Murphy. »Wenn Sie wollen, sind Sie frei, mit den beiden zu fliehen.«

Murphy schüttelte den Kopf, dann wandte er sich an Maureen und Baxter. »Ich kann Seine Eminenz nicht im Stich lassen, aber ich helfe Ihnen gern, wenn ich kann.«

Maureen musterte die drei Männer. »Gut, überlegen wir uns die Einzelheiten.« Sie blickte auf ihre Uhr. »Um neun Uhr rennen wir los.«

33

Captain Bellini fragte Monsignore Downes: »Haben Sie die Pläne der Kathedrale gefunden?«

Downes schüttelte verneinend den Kopf. »Die Angestellten haben hier und im Diözesanbüro danach gesucht, aber nach meiner Meinung haben wir nie eine Kopie besessen.«

Commissioner Rourke sagte zu Langley: »Was haben Sie unternommen, um den Architekten Gordon Stillway aufzutreiben?«

Langley zündete sich eine Zigarette an, als wollte er die Antwort hinauszögern. »Ich habe Detektive in sein Büro geschickt, aber es war natürlich geschlossen . . .«

Rourke unterbrach ihn: »Haben Sie einen Durchsuchungsbefehl angefordert?«

Rourke, dachte Langley, fängt an, sich wichtig zu machen. Noch ein paar Stunden, und er wird versuchen, uns alle herumzukommandieren. Laut sagte er: »Wir haben uns, ohne auf einen Durchsuchungsbefehl zu warten, Eintritt verschafft, aber keine Spur von Plänen entdeckt. Auch das Namensverzeichnis der Baufirmen war nicht aufzufinden.«

Monsignore Downes räusperte sich. »Ich . . . ich bin sehr gegen einen Angriff . . . aber vermutlich muß man ihn zumindest in Betracht ziehen . . .« Er zeigte auf die Bücherregale. »Hier sollten mindestens fünf bebilderte Beschreibungen der Kathedrale stehen, und einige enthalten Pläne — allerdings nur sehr skizzenhaft . . . sie sind für Touristen gedacht, aber einige Innenaufnahmen sind sehr gut und könnten Ihnen vielleicht helfen.«

Bellini ging zum Regal und las aufmerksam die Titel auf den Buchrücken. Burke erhob sich. »Vielleicht hat Stillway in seiner Wohnung Kopien der Pläne. Wir haben mehrmals bei ihm angerufen, aber er meldet sich nicht, und der Detektiv, der den Eingang bewacht, sagt, daß niemand die Haustür öffnet. Ich gehe jetzt selbst einmal nachschauen.«

Schroeder erhob sich ebenfalls. »Sie können nicht gehen, Flynn . . .«

Burke schnaubte: »Zum Teufel mit Flynn!«

Roberta Spiegel sagte: »Ja, gehen Sie, Lieutenant.«

Langley riß ein Blatt aus seinem Notizbuch. »Hier ist die Adresse, aber tu bitte nichts Gesetzwidriges.«

Monsignore Downes warf ein: »Sollten Sie Gordon Stillway antreffen, regen Sie ihn nicht unnötig auf. Er ist ein sehr alter Mann.«

»Ich tue nie etwas Gesetzwidriges, und ich rege Menschen auch nicht unnötig auf.« Burke verließ das Zimmer und ging hinunter in die Pfarrhausbüros, die voll von Polizeioffizieren waren, die die Außeneinsätze befehligten. Burke trat an einen Captain heran, zeigte seine Dienstmarke und sagte: »Ich brauche einen Streifenwagen und einen Verrückten als Fahrer.«

Der Captain blickte von seinem Stadtplan auf. »Ach, wirklich? Die Straßen hinter der Absperrung sind vollgestopft mit Menschen und Fahrzeugen. Wohin wollen Sie denn so eilig?«

»Gramercy Park.«

»Dann gehen Sie am besten zur U-Bahn-Station an der Lexington Avenue.«

»Haben Sie noch weitere gute Ratschläge?« fragte Burke ärgerlich. Dann griff er nach dem Telefon und ließ sich mit Monsignore

Downnes' Büro verbinden. »Langley, steht der Helikopter noch im Hof des Palace-Hotels? Gut. Sag dem Piloten, er soll den Motor anlassen.«

Eine unheimliche Stille hing über den Straßen rund um die Kathedrale. In einiger Entfernung konnte er die Streifenwagen, Busse und Rettungswagen sehen, die als Absperrung dienten. Kabelstränge liefen über die graupelbedeckten Straßen und Bürgersteige. Wachposten hoben sich gegen die halberleuchteten Gebäude ab. Lautsprecher blökten in der winterlichen Luft, Polizisten mit umgehängten Gewehren patrouillierten in dem abgesperrten Bezirk, Nationalgardisten fuhren in Jeeps an ihm vorbei. Burke hörte das Knirschen seiner Schuhe auf den Graupeln. Er dachte an Belfast, und obwohl er nie dort gewesen war, hatte er das Gefühl, die Stadt genau zu kennen. Er schlug den Kragen hoch und beschleunigte seine Schritte. Über die Madison Avenue ritt eine einsame Gestalt langsam im Nordwind. Das Licht einer Laterne fiel auf das Gesicht; es war Betty Foster. Sie schien ihn nicht zu bemerken, und er setzte seinen Weg fort.

Der Wind ließ nach, und er hörte jenseits der Absperrung Musik und Gesang. New York ließ sich den Festtag nicht verderben. Burke ging an der Hinterfront der Marienkapelle vorbei und näherte sich der Kardinalsresidenz. Durch die Spitzenvorhänge der Parterrezimmer sah er die Männer der Emergency Service Division. Ein Lieutenant gab ihnen Anweisungen. Er blickte durch das Eckfenster und sah, wie gutgekleidete Menschen, unter ihnen der Gouverneur und der Major, sich um ein kaltes Büfett drängten. Sie wirkten nicht gerade vergnügt, aber längst nicht so grimmig wie das Spezialeinsatzkommando.

An der Kreuzung drehte Burke sich um und betrachtete die angestrahlte Kathedrale. Ein weiches Licht fiel in die bemalten Glasscheiben und warf ein farbiges Muster auf die Straße. Eine richtige Postkartenansicht. Die eisbedeckten kahlen Äste der Linden und die verlassenen weißen Flächen rund um die Kathedrale glitzerten. Vermutlich hatte die Kathedrale noch nie so friedlich ausgesehen wie jetzt, entblößt von Menschen und Fahrzeugen und umrahmt von den hohen dunklen Gebäuden . . .

Etwas erregte seine Aufmerksamkeit, und er blickte in die Höhe. Aus den Schallöffnungen der zwei Türme schien Licht. Im Glockenturm sah er eine Gestalt, die sich von einer Öffnung zur anderen bewegte, vermutlich vor Kälte zitternd, nervös und sprungbereit. Der Südturm war ebenfalls besetzt, aber wer immer es war, bewegte sich nicht. In jedem Turm ein Wächter, dachte Burke, und von ihnen würde viel, ja sehr viel abhängen. Man konnte nur hoffen, daß sie nicht zu den Typen gehörten, die leicht in Panik gerieten.

Der Polizeihelikopter flog über die Lexington Avenue, und Burke stellte fest, daß der Verkehr langsam wieder ins Rollen kam. Rotierende Rot- und Gelblichter an den Kreuzungen verrieten die fiebrige Tätigkeit der Polizei. Sie näherten sich Gramercy Park, die Gebäude wurden niedriger. Burke wies auf den kleinen Privatpark, der von eleganten Häusern umgeben war. Der Pilot drosselte den Motor und landete auf einer Rasenfläche. Burke sprang hinaus und eilte zu dem großen, schmiedeeisernen Tor. Er rüttelte an den Stangen, aber das Tor war verschlossen. Vom Bürgersteig auf der anderen Seite des Gitters musterten ihn verschiedene Menschen neugierig und mißtrauisch. Burke fragte: »Besitzt jemand von Ihnen einen Schlüssel zu dem Park?«

Nach einigem Zögern schloß eine ältliche, gutgekleidete Dame mit einem verzierten Schlüssel das Tor auf, Burke drängte sich wortlos durch die Menge und ging auf ein gegenüberliegendes Haus zu. Es war ein altes, elegantes Gebäude. Er klopfte energisch an die massive Tür. Ein Polizist öffnete ihm, Burke zeigte seine Dienstmarke, lief an ihm vorbei in die kleine Halle, wo ein Detektiv auf dem einzig vorhandenen Stuhl saß. Burke stellte sich ihm flüchtig vor.

Der Mann antwortete mit einem lauten Gähnen. »Detektiv Lewis.«

»Irgendwas Neues von Stillway?« Der Detektiv schüttelte den Kopf. »Ist der Durchsuchungsbefehl eingetroffen?«

»Nein.«

Burke ging die Treppe hinauf ins vierte Stockwerk und drückte auf Stillways Klingel.

Der Detektiv war ihm gefolgt und sagte: »Niemand zu Hause.«

»Erraten, Sherlock Holmes.« Burke betrachtete die drei übereinander angebrachten Sicherheitsschlösser. Sie reichten von antiquiert bis zu funkelnagelneu, ein Beweis für die mit jeder Dekade zunehmende Angst der Bewohner. Er wandte sich an den Detektiv. »Wollen Sie versuchen, mit der Schulter die Tür einzudrükken?«

»Nein.«

»Ich auch nicht.« Burke ging zu einer schmalen Treppe. »Warten Sie hier.« Er stieg die Stufen hinauf und gelangte aufs Dach, dann kletterte er die hintere Feuerleiter hinunter und machte vor Stillways Fenster halt. Die Wohnung lag im Dunkeln, nur das Zifferblatt einer Radiouhr leuchtete gelblich. Das Fenster war unvergittert. Burke zog seinen Revolver, schlug die Scheibe über dem Fensterriegel ein, öffnete ihn und ließ sich ins Zimmer gleiten. Er bewegte sich geduckt vom Fenster fort, die Pistole in beiden Händen vor sich haltend. Er atmete tief und lauschte. Seine Augen gewöhnten sich an die Dunkelheit, und die Gegenstände nahmen schattenhafte Konturen an. Nichts rührte sich, kein menschlicher

Atemzug, kein Geruch war zu spüren, niemand hatte es auf sein Leben abgesehen, und niemand, sagte ihm ein sechster Sinn, war hier getötet worden. Er drehte das Licht an.

Die große, atelierartige Wohnung stand in auffallendem Kontrast zu der altmodischen Umgebung: kalkweise Wände, Neonröhren, Stahlmöbel. Die geheime moderne Welt eines alten Architekten, der Spezialist für die Renovierung gotischer Bauten war.

Er ging zur Eingangstür, noch immer den Revolver in der Hand, doch alles war völlig normal: kein Durcheinander, kein roter Flecken auf dem weißen Teppich, kein geronnenes Blut auf dem blitzenden Chromstahl. Er steckte seinen Revolver ins Halfter, öffnete die Tür und winkte den Detektiv herbei. »Das Rückfenster ist eingeschlagen. Vermutlich haben wir Einbrecher überrascht. Machen Sie einen Rapport.« Der Detektiv grinste und verschwand.

Burke schloß die Tür und sah sich um. Ein Aktenschrank stand neben dem Zeichentisch. Er öffnete die mittlere mit »J—S« markierte Schublade: zwischen St.-Marks-in-the-Bouweri und St.-Paul-the-Apostle klaffte eine ungewöhnlich große Lücke. Er nickte nachdenklich und murmelte: »Das war vorauszusehen.«

Burke ging zum Telefon und wählte die Nummer des Pfarrhauses. Die Leitung war besetzt, er wählte die Telefonzentrale. Ein Tonband mit der Bitte, wieder anzurufen, antwortete ihm. Er knallte den Hörer auf die Gabel, ging zur Bücherwand und bediente sich aus Stillways Hausbar mit dem besten Bourbon.

Das Telefon klingelte.

Er erkannte Langleys Stimme. »Ich hab mir gedacht, daß du schwer durchkommst. Erzähl, was hast du gefunden? Eine Leiche in der Bibliothek?«

»Weder eine Leiche noch Stillway, und die ganze St.-Patricks-Akte fehlt.«

Langley sagte: »Interessant . . .« Er hielt inne, dann setzte er hinzu: »Wir kommen hier auch nicht recht voran.«

Burke zündete sich eine Zigarette an. »Ein lausiger St.-Patricks-Tag, Inspector.«

»Und der morgige Tag verspricht auch nicht viel Gutes.« Langley holte tief Luft. »Irgendwo in dieser Stadt müssen noch Pläne existieren, und sicher gibt es andere Architekten, Baufirmen oder Ingenieure, die sich in der Kathedrale auskennen. Bis morgen mittag könnten wir bestimmt irgendeinen Spezialisten auftreiben — aber wir haben nicht bis morgen mittag Zeit. Flynn hat seine Aktion bis in alle Einzelheiten geplant, einschließlich des Verschwindens von Stillway und der Pläne.«

Burke sagte: »Ich bin mir da nicht so sicher.«

»Was meinst du?«

»Nimm an, du hast recht, und Stillway ist gekidnappt worden, dann würde er doch in der Kathedrale sein, wo er Flynn am allerdienlichsten wäre.«

»Vielleicht ist er dort.«

Burke überlegte. »Nein, das glaube ich nicht, Flynn würde die Anwesenheit des Architekten nicht verschweigen. Er hätte uns gesagt, daß er weiß, wie man die Kathedrale am besten sprengt, und daß alle Geheimgänge — falls es welche gibt — vermint sind. Flynn ist ein kluger Mann, der aus jedem Vorteil das meiste herausschlägt.« Burke sah sich im Zimmer um. Auf der Couch lag die *New York Post*. Er nahm die Zeitung zur Hand. Ein Foto zeigte den mittäglichen Aufruhr vor der Kathedrale, die Schlagzeile lautete: *Demonstrationen während der Parade,* darunter stand: *Aber die Iren marschieren weiter.* Die abendliche Extraausgabe würde Sensationelleres zu berichten haben.

Langleys Stimme drang durch die Hörmuschel. »Burke, bist du noch da?«

Burke blickte auf. »Ja, ich habe gerade etwas entdeckt: Stillway war nach der Kathedralenbesetzung hier, er hat die Abendausgabe mit nach Hause gebracht und . . .«

»Und?«

Burke ging mit dem Apparat in der Hand im Zimmer umher, öffnete einen Schrank neben der Eingangstür und sagte: »Nasser Mantel, nasser Hut, kein Regenmantel, kein Schirm, keine Aktentasche. Er ist während des Regens heimgekehrt, hat sich umgezogen und ist wieder ausgegangen. Mitsamt seiner Aktentasche, die vermutlich die Pläne der St.-Patricks-Kathedrale enthält.«

»Und welche Farbe haben seine Augen? Nein, nein, red weiter. Und wohin ist er gegangen?«

»Vermutlich hat er jemand begleitet, der ihm vertrauenswürdig erschien und ihm eine überzeugende Geschichte erzählt hat . . .«

»Ein Fenier, der ihn zu spät erwischt hat, um ihn in die Kathedrale zu schaffen?«

»Seltsame Sache.«

»Denk mal angestrengt nach, Philip. Aber in der Zwischenzeit schick mir einige Leute vom Erkennungsdienst her, und mach eine Leitung frei, damit ich Ferguson anrufen kann.«

»Okay. Aber komm schnell zurück. Schroeder wird schon ganz nervös.«

Burke legte den Hörer auf, nahm seinen Bourbon und inspizierte die Wohnung. Er fand keine direkten Anhaltspunkte, aber allmählich bekam er das rechte Gefühl für den alten Architekten. Nur Pflichtgefühl, dachte Burke, konnte diesen Mann dazu veranlaßt haben, sich nochmals diesem naßkalten Wetter auszusetzen. Das Telefon läutete, und Burke gab dem Telefonisten Fergusons Nummer, dann fügte er hinzu: »Rufen Sie mich in zehn Minuten wieder an, ich muß noch ein zweites Gespräch führen.«

Ferguson antwortete nach dem sechsten Klingelzeichen, seine Stimme klang unsicher: »Hallo.«

»Burke.«

»Wo haben Sie die ganze Zeit über gesteckt?«

»Ich war beschäftigt. Aber Ihre Chance steigt, zum Spion des Jahres ernannt zu werden.«

»Schweigen Sie schon. Warum haben Sie sich nicht gemeldet? Ich habe auf Ihren Anruf gewartet . . .«

»Hat mein Büro sich nicht mit Ihnen in Verbindung gesetzt?«

»O doch. Sie waren äußerst hilfreich, haben mir gesagt, ich sei ein todgeweihter Mann. Wer hat's denn auf mich abgesehen?«

»Flynn, und vermutlich die New Yorker IRA, aber ich fürchte, auch Major Martin legt nicht mehr viel Wert auf Ihre Dienste — es *war* doch Martin, mit dem Sie gekungelt haben?«

Ferguson schwieg eine Sekunde lang. »Er hat mir gesagt, er könne den Feniern mit meiner Hilfe das Handwerk legen.«

»Ach, wirklich? Nun, wem er das Handwerk in Wahrheit legen wollte, war die New Yorker Polizei.«

Ferguson schwieg wieder eine Weile, dann sagte er: »Schweinehunde! Sie sind alle verdammte Schweinehunde. Was sollen diese sinnlosen Gewalttätigkeiten?«

»Sie sind sehr medienwirksam. Was ist Ihr Status?«

»Ich habe keinen Status, ich habe Angst. Ich bin reisefertig und wäre schon vor einer Stunde verduftet, wenn ich nicht auf Sie gewartet hätte.«

»Und warum haben Sie auf mich gewartet? Gibt es etwas Neues?«

»Sagt Ihnen der Name Terri O'Neal was?«

»Mann oder Frau?«

»Frau.«

Burke überlegte einen Moment lang. »Nein.«

»Sie ist gekidnappt worden.«

»Das passiert alle Tage.«

»Ich glaube, sie hat mit der Kathedralengeschichte etwas zu tun.«

»Inwiefern?«

»Ich habe es von einem Bostoner IRA-Mann gehört. Er und seine Leute hatten den Auftrag, diese Terry zu entführen, falls es einem gewissen Morgan nicht gelingen sollte, mit ihr in einer Disco anzubändeln. Aber vermutlich ist es ihm gelungen, geht ja so einfach heutzutage. Nun, jedenfalls der aus Boston meint, die Entführung und die Besetzung stünden in irgendeinem Zusammenhang. Er mag die Fenier nicht.«

»Wir auch nicht.«

»Aber es kann natürlich auch ein zufälliges Zusammentreffen sein«, fügte Ferguson hinzu.

»Hm.« Burke dachte nach. Terri O'Neal, der Name kam ihm bekannt vor, aber er konnte ihn nirgends einordnen. Sie war bestimmt nicht aktenkundig, dessen war er sicher. Es gab nur wenige Frauen in den Akten, und deren Namen wußte er auswendig. »Terri O'Neal.«

»So soll sie heißen. Und jetzt sehen Sie zu, daß Sie mich schleunigst hier wegkriegen.«

»Okay. Bleiben Sie zu Hause, und öffnen Sie keinem Fremden die Tür.«

»Wie lange brauchen Sie, um mit dem Wagen zu mir zu kommen?«

»Kann ich nicht genau sagen, aber Sie stehen unter Schutzüberwachung.«

»Das gleiche hat Langley letzten Sommer zu Timmy O'Day gesagt.«

»Fehler passieren. Nächste Woche lade ich Sie zum Essen ein . . .«

»Scheren Sie sich . . .«

Burke hing ein. Einige Minuten starrte er den Apparat an. Er hatte einen schlechten Geschmack im Mund, drückte seine Zigarette aus und nahm einen Schluck Bourbon. Das Telefon klingelte, er gab die Nummer von der Midtown North Polizeistation an. Nach kurzer Zeit antwortete eine tiefe Stimme: »Sergeant Gonzalez.«

»Hier spricht Lieutenant Burke, Intelligence.« Er gab die Nummer seiner Dienstmarke. »Haben Sie klaren Radioempfang in Ihren Streifenwagen?«

Der überlastete Sergeant antwortete: »Ja, die Störung betrifft uns nicht.«

»Dann schicken Sie bitte einen Wagen zu Nummer 560 in der 55. Straße West, Wohnung 5D, und nehmen Sie einen Mann namens Jack Ferguson in Schutzhaft.«

»Warum?«

»Weil sein Leben gefährdet ist.«

»Das gilt für jeden Einwohner dieser Stadt, aber besonders in diesem Bezirk. Ich bin erstaunt, daß er noch nicht tot ist.«

»Er ist einer unserer V-Leute. Es ist wirklich wichtig.«

»Ich habe nur wenige Wagen zur Verfügung, alles geht hier drunter und drüber . . .«

»Ja, ja, ich weiß. Aber nun hören Sie mal gut zu, mein Mann will zum Hafen, aber das ist zu riskant, behalten Sie ihn auf dem Revier.«

»Ich versteh nur noch Bahnhof.«

»Er ist in diese Kathedralenbesetzung verwickelt, tun Sie also bitte, was ich Ihnen sage, ich übernehme die Verantwortung.«

Burke legte den Hörer auf, verließ die Wohnung und ging zum

Park zurück. Unterwegs dachte er an Ferguson. Er wußte, daß er ihm eine bessere Überlebenschance schuldig war, zum Beispiel hätte er ihn im Helikopter abholen können. Aber es gab so viele andere, denen er den Vorzug geben mußte: Gordon Stillway war wichtiger, Brian Flynn war wichtiger, ja sogar Major Martin war wichtiger. Jack Ferguson war nicht mehr so wichtig, es sei denn . . . Terri O'Neal. Was hatte sie mit der ganzen Sache zu tun? Woher kannte er nur ihren Namen?

34

John Hickey saß allein an der Orgel im Altarraum. Er richtete seinen Feldstecher auf das südöstliche Triforium. Frank Gallagher saß auf der schmalen Brüstung mit dem Rücken gegen einen Pfeiler gelehnt, sein Gewehr lag quer über seinen Knien. Er las mit einem friedlich heiteren Ausdruck die Bibel. Hickey war immer aufs neue erstaunt, wie es diesem Mann gelang, zwei sich so widersprechende Philosophien in seinem Kopf zu vereinen.

Hickey stellte seinen Feldstecher auf das lange südwestliche Triforium ein. Auch George Sullivan saß auf der Brüstung, er spielte auf einer Mundharmonika, aber so leise, daß niemand außer Abby Boland auf der gegenüberliegenden Seite des Kirchenschiffs ihn hören konnte. Hickey nahm Abby aufs Korn. Sie lehnte sich über das Geländer und starrte Sullivan so liebeskrank an wie ein sich über den Balkon beugendes Mädchen in irgendeinem Schmierentheater.

Hickey visierte die Empore an. Megan sprach wie so oft mit Leary, und Leary schien ihr diesmal tatsächlich zuzuhören. Hikkey hatte den Eindruck, daß sie ihre gemeinsame Unmenschlichkeit entdeckten. Sie erinnerten ihn an zwei Vampire an einer Schloßmauer im Mondlicht — blutleer und leblos, unfähig, sich auf normale Art zu vereinen, aber stets bereit, zusammen zu jagen.

Hickey faßte Flynn ins Auge, er saß allein in den Chorbänken, die zu den emporragenden Orgelpfeifen anstiegen. Hinter den Pfeifen schwebte die große, von den Großstadtlichtern erhellte Fensterrose wie ein fremder Mond über seinem Kopf. Die Wirkung war unerwartet dramatisch, dachte Hickey, und völlig unbeabsichtigt, wie fast alles Eindrucksvolle im Leben. Flynn schien sich weder für Megan und Leary noch für die vor ihm liegenden Blaupausen zu interessieren. Er starrte ins Leere und drehte an seinem Ring.

Hickey legte den Feldstecher beiseite. Er war beunruhigt. Eine lähmende Langweile, sogar Klaustrophobie — soweit dies in diesem Riesenbau möglich war — schien die Fenier befallen zu haben. Platzangst — Kathedralenangst, was immer es war, es machte sich allmählich bemerkbar. Und die Nacht war kaum angebrochen. Warum, sinnierte er, haben die Alten mit so wenig Zeit vor sich die meiste Geduld? Er lächelte. Nun, Alter spielt hier in dieser Kathedrale keine Rolle mehr, ihrer aller Lebensspanne war gleich kurz bemessen — ein zwei Herzschläge mehr oder weniger war der einzige Unterschied. Hickey blickte auf die Geiseln. Sie waren in ein Gespräch vertieft und offenbar alles andere als gelangweilt. Hickey drehte die Kurbel des Feldtelefons. »Dachstuhl? Wie steht's?«

Jean Kearney krächzte heiser: »Saukalt hier oben.«

Hickey lächelte. »Du und Arthur sollten das tun, was ich als junger Bursche tat, um mich im Winter warmzuhalten.« Er wartete auf eine Antwort. Als keine erfolgte, sagte er: »Nämlich Holz hacken.« Er kurbelte wieder. »Südturm? Irgendwas Interessantes bemerkt?«

Rory Devane erwiderte: »Scharfschützen auf den Dächern. Die Straßen bis zur 48. sind von Menschen geräumt. Mir gegenüber pressen die Neugierigen ihre Nasen gegen die Scheiben. Ich komme mir wie in einem Aquarium vor.«

Hickey zündete sich seine Pfeife an. »Verzieh keine Miene, Junge, sie beobachten dich durch ihre Feldstecher.« Und durch ihre Zielfernrohre, fügte er im stillen hinzu.

Hickey rief den Glockenturm an. »Lagebericht, bitte.«

Donald Mullins antwortete: »Unverändert, außer daß mehr Militär aufgekreuzt ist.«

Hickey zog an seiner Pfeife. »Hast du dein Corned beef bekommen, Junge? Willst du noch mehr Tee?«

»Ja, mehr Tee bitte. Ich friere. Es ist so kalt hier oben.«

Hickeys Stimme klang wie ein fernes Donnergrollen: »Es war kalt am Ostermontag 1916 auf dem Dach des Hauptpostamtes, es war kalt, als die englischen Soldaten uns ins Kilmainham-Gefängnis abführten, es war kalt, als sie meinen Vater und fünfzehn andere Anführer in Stonebreakers Yard erschossen. Es ist kalt im Grab.«

Hickey nahm den Hörer des Außenapparats auf und sagte zum Polizeitelefonisten: »Verbinden Sie mich mit Schroeder.« Es knackte mehrmals in der Leitung, er wartete, dann sagte er: »Haben Sie Gordon Stillway gefunden?«

Schroeder fragte verwirrt: »Wie bitte?«

»Wir haben nach Dienstschluß einiges aus seinem Büro fortgeschafft, konnten es nicht eher tun, denn das hätte sogar bei solchen Dummköpfen wie Burke und Langley Verdacht erregt. Aber es ist uns nicht gelungen, Stillway in der Menschenmasse zu finden. Und dann ging der Krawall los.«

Schroeder versagte die Stimme, schließlich brachte er heiser hervor: »Und . . . und warum erzählen Sie mir das?«

»Wir hätten ihn umlegen sollen, aber wir haben es nicht getan. Er ist entweder im Krankenhaus oder betrunken, oder unser gemeinsamer Freund Martin hat ihn ermordet. Ohne Stillway können Sie die Kathedrale nicht stürmen, die Blaupausen allein genügen nicht. Haben Sie eine Kopie im Pfarrhaus gefunden? Ach, Sie wollen es mir nicht sagen — auch recht. Sind Sie noch da, Schroeder?«

»Ja.«

»Ich dachte schon, Sie wären eingenickt.« Hickey sah, daß Flynn zur Orgel auf der Empore ging. »Hören Sie, Schroeder, wir wollen später einige Hymnen in der Glockenstube spielen. Ich möchte, daß Sie mir eine Liste mit acht Vorschlägen von der New Yorker Polizei durchgeben — das nächste Mal, wenn ich anrufe.«

»Ja, gut.«

»Aber nichts Ausgefallenes, ordentliche christliche Hymnen, die für Glocken geeignet sind, und ein oder zwei irische Volkslieder — zur Aufheiterung der Bevölkerung.« Er hängte ein, ging zur Orgel, zog das Register, legte seine schmalen Hände auf die Tastatur, verbeugte sich übertrieben tief vor den zuschauenden Geiseln und begann zu spielen und zu singen: *»In Dublin, dem hübschen Städtchen, gibt es so liebe Mädchen . . .«* Er hatte einen schönen, sonoren Baß, der so gar nicht zu seiner Sprechstimme paßte. *»Und dort traf ich Molly Malone, zum ersten Mal . . .«*

Brian Flynn setzte sich an die große Orgel und schlug einen Akkord an. Er lächelte und fiel in die Melodie der Altarorgel ein. Er sah Megan an, die gerade aus dem Südturm kam. »Du hast eine so liebliche Stimme, Megan, mach uns das Vergnügen und sing für uns. Hier, stell das Mikrophon an.«

Megan sah ihn an, machte aber keine Anstalten, zum Mikrophon zu gehen. Learys Blicke glitten zwischen Flynn und Megan hin und her. Flynn sagte: »Megan, du ahnst gar nicht, wie wichtig Lieder für Revolutionen sind.« Hickey begann noch einmal mit der ersten Strophe, und Flynn stimmte mit einem weichen Tenor ein.

Hickeys Augen füllten sich mit Tränen. Die Musik versetzte ihn in längst vergangene Zeiten zurück. Er sah wieder seinen Vater vor sich in der Nacht, bevor die Soldaten ihn erschossen hatten, und er erinnerte sich an das Gesicht seiner Mutter, als sie am nächsten Tag am Grab stand . . .

Seit jenem Tag hatte er versucht, den Soldatentod zu sterben, aber es war ihm nicht vergönnt gewesen. Und dann eines Tages hatte er geglaubt, der Tod sei endlich in seine dürftige Behausung jenseits des Flusses gekommen, doch der Tod hatte ihn verschmäht, und da war ihm klargeworden, daß er noch eine letzte Mission zu erfüllen hatte. Doch sie war bald beendet — und er würde daheim sein.

35

Bert Schroeder las den Bericht, den der Psychologe Dr. Korman ihm vorgelegt hatte: »Flynn ist größenwahnsinnig und leidet vermutlich an paranoider Schizophrenie. Hickey ist ebenfalls paranoid und hat einen unerfüllten Todeswunsch.« Schroeder dachte spöttisch: Der Todeswunsch eines Lebenden ist wohl zwangsläufig unerfüllt. Und überhaupt, wie konnte ein New Yorker Psychologe Männer wie Flynn und Hickey, die aus einem so anderen Kulturkreis stammten, richtig einschätzen? Besonders wenn er sie nur von Telefongesprächen her kannte? Und doch machte Korman mindestens fünfzigmal im Jahr diese Art von Analysen für ihn. Manchmal traf er das Richtige, aber sehr häufig haute er auch völlig daneben. Schroeder fragte sich, ob Korman auch ihn analysierte. Er wandte sich an Langley: »Was halten Sie von dieser Art von psychologischen Gutachten?«

»Sie erinnern mich an mein Horoskop. Die Aussagen sind so vage, daß sie auf jeden Fall passen.«

Schroeder nickte und schob den Bericht ungelesen beiseite. Er hatte Korman die Gutachten des Polizeipsychologen über die beiden Männer nicht gegeben und würde es vermutlich auch nicht tun. Je mehr widersprüchliche Meinungen er hatte, desto leichter konnte er sich herausreden, falls die Sache schiefging. Er sagte zu Langley: »Um auf den von Korman diagnostizierten unerfüllten Todeswunsch Hickeys zurückzukommen, haben wir schon die gerichtliche Erlaubnis, das Grab zu öffnen?«

»Wir haben einen Richter in New Jersey aufgetrieben. Um Mitternacht können wir Hickey . . . ich meine das Grab ausheben.«

Schroeder nickte. »Ein Grab um Mitternacht schaufeln . . .« Er schüttelte sich, griff wieder nach Kormans Bericht und überflog die drei engbeschriebenen Seiten, aber sie sagten ihm nichts Neues. Vermutlich wußte nur Gott allein, was in den Köpfen dieser Männer vorging — bestimmt nicht Korman oder irgendein anderer in diesem Raum, vielleicht nicht einmal die Betroffenen selbst.

Schroeder musterte die drei im Zimmer verbliebenen Menschen — Langley, Spiegel und Bellini — und erriet, daß alle drei auf ein Wort von ihm warteten. Er räusperte sich. »Hm . . . ich bin schon mit verrückteren Leuten umgegangen . . . ich meine, verrückt sind diese Typen immer, aber merkwürdigerweise übt die

Nähe des Todes eine ernüchternde Wirkung auf sie aus . . . sie reagieren meist sehr vernünftig, wenn sie das Massenaufgebot an Polizisten sehen und begreifen . . .«

Langley unterbrach ihn. »Nur die beiden Männer in den Türmen sind diesen visuellen Eindrücken ausgesetzt, die anderen sind in einer Art von Kokon eingesponnen.«

Schroeder warf ihm einen irritierten Blick zu.

Joe Bellini sagte plötzlich: »Zum Teufel mit dem ganzen psychologischen Kram. Wo ist Stillway?« Er sah Langley an.

Langley zuckte die Achseln.

Bellini sagte: »Wenn Flynn ihn in der Kathedrale hat, dann stehen wir vor einem schwierigen Problem.«

Langley blies einen Rauchring. »Wir tun unser Bestes, ihn zu finden.«

Schroeder sagte: »Hickey lügt, er weiß, wo Stillway ist.«

Roberta Spiegel schüttelte den Kopf. »Das glaube ich nicht.«

Langley fügte hinzu: »Es war sehr indiskret von Hickey, Major Martin am Telefon zu erwähnen. Flynn wird das gar nicht recht sein, er will Martin aus der Sache heraushalten, denn eine Unstimmigkeit zwischen London und Washington kann ihm in diesem Stadium nur schaden.«

Schroeder nickte geistesabwesend. Er hielt es für höchst unwahrscheinlich, daß die zwei Regierungen einem Kompromiß zustimmen würden, aber selbst wenn, würde er keinesfalls die Freilassung der Internierten einschließen. Nein, das einzige, was er den Feniern anbieten konnte, war ihr Leben und einen fairen Prozeß, und auf beides schienen sie keinen sonderlichen Wert zu legen.

Captain Bellini ging vor dem Kamin auf und ab. »Ich werde das Leben meiner Leute erst dann riskieren, wenn ich jede Säule, jeden Kirchenstuhl, jeden Balkon und Altar kenne.«

Langley wies auf die sechs großen illustrierten Bände, die auf dem Tisch lagen. »Die Bücher sollten Ihnen eine ziemlich genaue Vorstellung des Ganzen geben. Einige Innenaufnahmen sind wirklich gut, und die Grundrisse sind durchaus brauchbar. Zeigen Sie Ihren Leuten das ganze Material, am besten gleich, damit sie Zeit haben, es zu studieren.«

Bellini sah ihn an. »Ist das alles, was Sie mir zu bieten haben?« Er klemmte sich die Bände unter seinen muskulösen Arm und ging zur Tür. »Verdammt noch mal, ich muß wissen, ob es einen geheimen Zugang gibt. Bislang sitzen diese Saukerle am längeren Hebel . . . aber ich kriege sie schon.« Er blickte in die schweigende Runde. »Ziehen Sie die Verhandlungen hinaus, Schroeder. Aber wenn ich angreifen muß, dann werden diese kartoffelfressenden Hundesöhne ihr blaues Wunder erleben. Ich bring Ihnen Flynns Eier in einer Teetasse, Schroeder.« Er schlug knallend die Tür hinter sich zu.

Roberta Spiegel sagte zu Schroeder: »Spinnt der?«

Schroeder zuckte die Achseln. »Er zieht immer diese Schau ab, wenn es brenzlig wird. Und wenn sich die Sache in die Länge zieht, dreht er völlig durch.«

Roberta Spiegel stand auf, griff nach Langleys Hemdtasche und nahm sich eine Zigarette. Langley sah zu, wie sie sich die Zigarette anzündete. Ihre Bewegungen waren männlich und zugleich sinnlich-feminin. Sie übte eine gewisse Macht auf den Bürgermeister aus, obwohl niemand recht wußte, was für eine. Aber vor allem ist sie gescheiter als ihr Vorgesetzter, dachte Langley, und falls es zur letzten, folgenschweren Entscheidung käme, würde Roberta Spiegel sie treffen, diese Frau, die niemand außerhalb New Yorks kannte, die keine offizielle Stellung zu verteidigen hatte, die keinem Rechenschaft schuldig war.

Roberta Spiegel saß auf Schroeders Schreibtischkante. Sie wandte erst ihm, dann Langley ihr Gesicht zu und sagte: »Lassen Sie mich den Moment nutzen, wo wir drei allein sind, um offen zu sagen, was ich denke . . .« Sie biß sich nachdenklich auf die Unterlippe, dann fuhr sie fort: »Die Engländer werden nicht nachgeben, das wissen Sie so gut wie ich. Captain Bellini hat nur eine geringe Chance, die Geiseln zu retten. Washington hält uns alle zum Narren, der Gouverneur ist — nun, unter uns gesagt, ein Arschloch. Und der Herr Bürgermeister ist . . . wie soll ich es ausdrücken . . . der Aufgabe nicht ganz gewachsen. Und die Geistlichkeit wird Schwierigkeiten machen, wenn wir ihr die Zeit dazu lassen.« Sie beugte sich nahe zu Schroeder. »Alles hängt daher von Ihnen ab, Captain, mehr als je zuvor in Ihrer erfolgreichen Laufbahn — aber mir scheint, daß Sie diesmal — verzeihen Sie, wenn ich das sage — nicht mit Ihrem üblichen Geschick vorgehen.«

Schroeder lief rot an und räusperte sich. »Wenn Sie — wenn der Bürgermeister — findet, ich sollte zurücktreten . . .«

Sie kam vom Schreibtisch herunter. »Jeder Mensch stößt einmal auf einen Gegner, der ihm überlegen ist, und mir scheint, in diesem Fall trifft das auf uns alle zu. Wir kommen keinen Schritt voran. Warum?«

Schroeder räusperte sich wieder. »Anfangs hat man immer diesen Eindruck . . . die Aggressoren haben ihren Anschlag lange vorausgeplant und sind daher im Vorteil, aber allmählich verlieren sie an Boden . . .«

Roberta Spiegel schlug mit der flachen Hand auf die Schreibtischplatte. »Aber Flynn weiß das, zum Teufel noch mal. Darum hat er die Frist ja so kurz bemessen. Dies ist ein Blitzkrieg, Schroeder. Ihre Zermürbungstaktik funktioniert hier nicht. Morgenrot oder tot. Das ist das Zutreffendste, was bislang gesagt worden ist.«

Schroeder zwang sich, ruhig zu sprechen: »Miß Spiegel, ich habe jahrelange Erfahrung . . . die Geiseln sind natürlich ein erschwerender Umstand . . . Aber versetzen Sie sich doch mal in die Lage der anderen. Sie wollen — was immer sie sagen — *nicht* sterben. Und dieser Überlebenswunsch wird ihr Handeln bestimmen. Die Geiseln sind eine Gewähr für ihre Sicherheit, und daher werden sie die Geiseln nicht töten. Und das bedeutet, daß bei Morgengrauen nichts passieren wird, absolut nichts. Es ist immer das gleiche — erst wilde Drohungen und dann geschieht *nichts.*«

Roberta Spiegel stieß einen Seufzer aus. »Lassen Sie sich eins von mir sagen: Ich ziehe es vor, Bellini mit seinen Waffen in die Kathedrale zu schicken, als tatenlos hier herumzusitzen und auf den Sonnenaufgang zu warten. Falls Flynn Ihnen nicht bald eine Fristverlängerung zusagt, stürmen wir die Kathedrale, und zwar solange die Dunkelheit uns noch Schutz bietet — und bevor diese selbstzerstörerischen Wahnsinnigen die Kirche dem Erdboden gleichmachen.«

Schroeder saß unbeweglich in seinem Stuhl. »Diese Leute sind nicht selbstzerstörerisch.«

Roberta Spiegel sagte: »Mann, ich wünschte, ich hätte so gute Nerven wie Sie.«

Sie nimmt sich eine Menge heraus, dachte Langley, und aus ihrer Meinung machte sie auch keinen Hehl. Aber vermutlich hat sie recht, in der augenblicklichen Lage die konventionellen Spielregeln außer acht zu lassen.

Roberta Spiegel trat ein paar Schritte zur Seite und musterte die beiden Polizeioffiziere. »Wenn Sie verstehen wollen, was wirklich vorgeht, dann hören Sie nicht auf die Politiker, sondern auf das, was Brian Flynn und John Hickey Ihnen sagen.« Sie blickte auf das Kruzifix über Schroeders Kopf und dann durchs Fenster auf die Kathedrale. »Und wenn Flynn und Hickey sagen: Morgenrot oder tot, dann *meinen* sie das auch. Begreifen Sie doch endlich, mit wem Sie es zu tun haben.«

Ein langes Schweigen folgte. Dann sprach sie wieder, diesmal mit leiser Stimme. »Sie spüren, daß wir Angst haben, und sie wissen, daß wir nicht nachgeben wollen — oder können.« Sie sah Schroeder an. »Ich wünschte, diese Politiker im Nebenzimmer würden Ihnen Direktiven geben. Aber sie zittern alle nur um ihre Karriere und erwarten ein Wunder von Ihnen, und *Sie* glauben allmählich selbst, daß Sie es vollbringen können. Aber Sie können es nicht. Nur Joe Bellini kann das Wunder — ein militärisches Wunder — vollbringen: keine Toten, keine Verletzten, kein Sachschaden. Und die Leute da draußen setzen ihre Hoffnung auf Bellini. Sie haben das Vertrauen in die langwierige, fragwürdige Lösung, die Sie anbieten, verloren. Sie malen sich lieber eine glorreiche, erfolgreiche militärische Aktion aus. Vergessen Sie daher nicht, Schroeder, daß Sie auch die Politiker hinhalten müssen, während Sie versuchen, bei den Feniern einen Aufschub zu erwirken.«

36

Flynn und Hickey spielten auf der Orgel, George Sullivan blies den Dudelsack, Eamon Farrell, Frank Gallagher und Abby Boland sangen. Am Dachstuhl lagen Jean Kearney und Arthur Nulty eng aneinandergekuschelt auf einer Laufplanke. Pedar Fitzgerald lehnte sich mit dem Rücken gegen die Kryptatür, schloß seine müden Augen und summte die Melodie mit. Einer nach dem andern verlor sich in Träumereien, versuchte der kalten Steinfestung zu entfliehen, und Flynn spürte, wie die nervöse Spannung allmählich nachließ. Er blickte zu Megan und Leary hinüber. Sie saßen auf der Brüstung der Empore mit dem Rücken zur Kathedrale, tranken Tee und teilten sich eine Zigarette. Sogar sie wirkten gelockerter. Flynn wandte sich von ihnen ab und überließ sich den brausenden Orgelklängen.

Vater Murphy kniete regungslos vor dem Hochaltar. Er sah auf seine Uhr.

Harold Baxter ging im Altarraum auf und ab, anscheinend von Ruhelosigkeit geplagt, in Wirklichkeit suchten seine Augen aufmerksam jeden Winkel der Kathedrale ab. Auch er sah auf seine Uhr. Es fehlten noch einige Minuten bis zur verabredeten Zeit, aber die Gelegenheit ist zu günstig, dachte er. Am besten wir handeln sofort. Als er an Vater Murphy vorbeiging, flüsterte er: »Dreißig Sekunden.«

Maureen kauerte im Chorgestühl, das Gesicht in die Arme vergraben. Ein Auge linste hervor, und sie sah, daß Baxter ihr zunickte.

Baxter drehte sich auf dem Absatz um und ging auf den Thron zu. Als er am Kardinal vorbeikam, wisperte er: »Jetzt.« Der Kardinal stand auf, marschierte würdevoll zur Balustrade, öffnete sie und schritt ins Hauptschiff.

Vater Murphy hörte Baxter sagen: »Schnell.« Murphy bekreuzigte sich, erhob sich behende und ging an die Seite des Altars.

Flynn beobachtete das Hin und Her im Altarraum im Spiegel, der seitlich an der Orgel angebracht war. Er setzte sein Spiel fort, aber rief Leary zu: »Achtung!«

Leary und Megan sprangen auf und wirbelten blitzschnell herum. Leary hob sein Gewehr. Hickeys Orgel verstummte. Flynns Orgel hallte mit einem nachklingenden Ton aus, der Gesang brach ab, Stille senkte sich über die Kathedrale. Alle fixierten den Kardinal. Flynn sprach ins Mikrophon, während er in den Spiegel blickte. »Bleiben Sie auf der Stelle stehen, Kardinal!«

Vater Murphy öffnete einen kleinen Kasten, der an der Seite des Altars eingelassen war, drehte an einem Schalter, und die Lichter im Altarraum gingen aus. Baxter machte drei lange Schritte, ließ sich hinter der Sakristeitreppe zu Boden fallen und rutschte über den glatten Marmorboden auf die Messingplatte zu. Maureen rollte sich aus der Bank und kroch zum Ende des Altarraums. Baxter tastete nach dem Griff der Metallplatte und hob sie hoch, bis sie in ihre Scharniere einrastete. Maureen glitt mit einer behenden Drehung in die Öffnung. Die vier Leute auf den Triforien stießen schrille Schreie aus, ein Schuß wurde von der Empore abgegeben. Die Schreie verstummten, von den Triforien krachte es viermal kurz hintereinander.

Maureen ließ sich durch die Öffnung auf den Boden fallen. Baxter fühlte, wie etwas Hartes seine Brust traf, er verlor das Gleichgewicht und taumelte rückwärts. Der Kardinal schritt würdevoll geradeaus, aber niemand beachtete ihn mehr. Vater Murphy hastete zur Sakristeitreppe und stieß mit Pedar Fitzgerald zusammen, der die Stufen heraufgelaufen kam. Die beiden Männer schwankten in einer Art von grotesker Umarmung hin und her.

Baxter kam wieder zu Atem, kroch bäuchlings nach vorn, zwängte seine Arme und Schultern durch die Öffnung, während seine Füße Halt suchend über den glatten Marmorboden rutschten.

Maureen rief: »Springen Sie!« Und versuchte von unten seine baumelnden Arme zu fassen.

Fünf weitere Schüsse krachten, zersplitterten den Marmor und prallten klirrend von der Messingplatte ab. Baxter spürte einen stechenden Schmerz im Rücken, und sein Körper zuckte krampfhaft zusammen. Fünf weitere Schüsse zischten dicht an seinem Kopf vorbei. Er spürte wie Maureen an seiner Hand zerrte, und versuchte, sich mit dem Kopf zuerst in die Vertiefung fallen zu lassen, aber jemand umklammerte seine Füße. Er hörte dicht neben sich einen barschen Ausruf, und das Geschieße hörte auf. Maureen hing an seinen Armen und schrie zu ihm hinauf: »Springen Sie, los, springen Sie!«

Er hörte seine eigene keuchende Stimme: »Ich kann nicht, sie halten mich fest. Rennen Sie, rennen Sie!« Sie fühlte, wie er an den Füßen von der Öffnung fortgezerrt wurde, Maureen ließ seine Arme los. Zwei starke Hände rollten ihn auf den Rücken, und er blickte in Pedar Fitzgeralds Gesicht. Er kniete über ihm und preßte den Maschinenpistolenlauf an seine Gurgel. Im Halbdunkel sah Baxter, daß Blut über Fitzgeralds Nacken und sein weißes Hemd rann.

Fitzgerald starrte ihn an und schrie atemlos: »Du Schwein, ich bring dich um, du gottverdammter Schweinehund!« Er schlug mit der geballten Faust auf Baxters Gesicht ein, dann kroch er über ihn hinweg zur Öffnung, richtete den Pistolenlauf in die Tiefe, und der ohrenbetäubende Knall zweier Schüsse hallte in der Finsternis wider.

Baxter merkte, wie eine warme Flüssigkeit unter ihm auf den kalten Marmorboden sickerte. Er versuchte, die zehn Stockwerk hohe, gewölbte Decke über sich zu fixieren, aber er konnte nur die roten Flecken der hängenden Kardinalshüte erkennen, der Rest verschwamm vor seinen Augen. Er hörte das Geräusch von rennenden Schritten, einige Sekunden später erblickte er die Gesichter von Flynn, Hickey und Megan, die sich über ihn beugten.

Baxter drehte den Kopf zur Seite und sah Vater Murphy, der nahe der Sakristeitreppe lag. Er hielt die Hände vor sein Gesicht, durch seine Finger tropfte Blut. Er hörte Megans Stimme: »Pedar, bist du verletzt, Pedar?«

Baxter versuchte, den Kopf zu heben, um nach dem Kardinal Ausschau zu halten. Plötzlich sah er Megans Kugel, die direkt auf ihn zuflog, ein roter Blitz blendete seine Augen, dann wurde es dunkel um ihn.

Flynn kniete neben Pedar Fitzgerald, griff nach der Maschinenpistole und zog den Lauf aus der Öffnung, dann berührte er Fitzgeralds blutenden Nacken. »Nur ein Streifschuß, ein Glück.« Er sagte zu Megan: »Er soll wieder seinen Posten beziehen, begleite ihn.« Dann legte er sich bäuchlings auf den Boden und rief in die Tiefe: »Maureen! Bist du verletzt?«

Maureen kauerte dicht neben dem durch die Öffnung einfallenden Lichtstrahl am Boden. Sie zitterte an allen Gliedern, aber zwang sich, regelmäßig zu atmen, um ihre Fassung wiederzugewinnen. Sie tastete ihren Körper ab. Flynn rief wieder: »Bist du verletzt?« Seine Stimme verriet jetzt Angst. »Um Gottes willen, antworte mir!«

Sie holte tief Luft und antwortete zu ihrem eigenen Erstaunen: »Nein.«

Flynn sagte in einem fast bittenden Ton: »Komm zurück.«

»Ich denke nicht daran!«

»Komm zurück, Maureen, oder wir erschießen Baxter und werfen seine Leiche durch die Öffnung, damit du sie sehen kannst.«

»Sie sind doch bereits alle tot.«

»Nein, das sind sie nicht.«

»Dann laß mich mit Baxter reden.«

Nach einer kurzen Pause sagte Flynn: »Er ist bewußtlos.«

»Ihr verdammten Mörder! Was ist mit Vater Murphy?«

»Er . . . er ist verwundet. Ich hole den Kardinal . . .«

»Ich glaube dir kein Wort.« Doch in ihrem Inneren wußte sie, daß ihr nichts daran lag, mit jemand zu sprechen, sie wollte nur eins: herauskommen aus dieser Steingruft!

Sie rief zurück: »Gib es auf, Brian, gib es auf, bevor noch mehr Menschen getötet werden!« Dann fügte sie zögernd hinzu: »Adieu, Brian.« Sie kroch rückwärts, bis sie gegen den Sockel einer Säule stieß, verharrte reglos und starrte auf die Leiter, die von dem Einstieg in das Kellergewölbe führte. Sie hörte Stimmengeflüster. Ein Schatten verdunkelte die Öffnung, und sie erriet, daß jemand sich anschickte herunterzukommen.

Flynns Stimme erscholl wieder: »Maureen — es war nie deine Art, Freunde im Stich zu lassen, das Leben der drei anderen hängt jetzt von dir ab!«

Der kalte Schweiß trat ihr auf die Stirn, sie dachte: Ach, Brian, es fällt mir immer noch schwer, dir nicht zu gehorchen! Sie machte einige Schritte auf den Lichtstrahl zu, dann blieb sie plötzlich stehen. Ein absurder Gedanke durchzuckte sie: Was würde Brian an meiner Stelle tun? Er würde fortlaufen, er war immer fortgelaufen, aber nicht aus Feigheit, sondern weil sie sich vor langer Zeit darüber einig geworden waren, daß Flucht in einer heiklen Situation moralisch gerechtfertigt war. Und dennoch — er hatte sie nicht verlassen, damals, als sie verwundet war . . .

Flynns Stimme hallte im dunklen Stollen wider. »Du bist ein Feigling, Maureen, aber bitte, wie du willst. Ich erschieße jetzt Baxter!« Sie hörte das Rollen eines Gewehrschusses. »Als nächster ist Murphy an der Reihe!«

Maureen wich instinktiv zurück und vergrub ihr Gesicht in die Hände. Dann hob sie den Kopf, wischte sich die Tränen von den Wangen und blickte angestrengt um sich. Ihre Augen gewöhnten sich allmählich an die Dunkelheit, und sie zwang sich, ruhig zu überlegen. Rechts von ihr war die Außenwand der Sakristeitreppe. Wenn sie diese entlangginge, würde sie auf die Grundmauer stoßen, und dahinter lag die Freiheit. Sie blickte zurück zu dem Lichtstrahl. Zwei Füße tasteten nach der obersten Sprosse der Leiter, und dann kam der ganze Körper in Sicht — Hickey. Zwei weitere Beine folgten — Megan. Beide hielten Taschenlampen und Pistolen in der Hand. Hickey drehte den Kopf und blinzelte in die Dunkelheit. Maureen kauerte sich neben die Säule.

Hickeys Stimme dröhnte in dem feuchten Stollen. Er sprach zu ihr wie zu einem Kind: »Wir kommen dich holen, Kleine, komm zum lieben alten John, laß dich ja nicht von der bösen Megan finden, vertrau Mr. Hickey.« Er lachte, als er von der letzten Sprosse sprang und die Taschenlampe anknipste. Megan war dicht hinter ihm, ihr haßverzerrtes Gesicht wirkte erschreckend in dem spärlichen Licht.

Maureen wagte kaum zu atmen.

37

Schroeder hielt in verkrampfter Haltung den Hörer an sein Ohr und blickte Langley an, der als einziger geblieben war. »O Gott, niemand antwortet.«

Langley stand am Fenster und starrte auf die Kathedrale. Im Nebenzimmer klingelten mehrere Telefone, und laute Stimmen drangen durch die Doppeltüren. Eine der Türen wurde aufgerissen, und Bellini stürzte ins Zimmer, noch aufgeregter als üblich. »Ich habe den Befehl, die Kathedrale zu stürmen, wenn Sie keine Antwort bekommen.«

Schroeder sagte: »Schließen Sie die Tür, und setzen Sie sich.«

Bellini fiel in den nächstbesten Stuhl, Schweiß rann ihm übers Gesicht. »Ich kann noch nicht angreifen . . .«

Schroeder fuhr ihn ungeduldig an: »Wie lange dauert es, Bellini, vier Geiseln umzubringen? Aber falls sie bereits tot sind, kann Kline Ihnen auch genug Zeit lassen, um einen halbwegs erfolgversprechenden Plan auszuarbeiten.«

Plötzlich meldete sich Flynns Stimme. »Schroeder?«

Schroeder antwortete schnell: »Ja . . .«, er zwang sich, ruhig zu sprechen. »Ja, Sir. Ist alles in Ordnung?«

»Ja.«

Schroeder räusperte sich: »Was geht bei Ihnen vor?«

»Ein unbesonnener Fluchtversuch.«

Schroeder klang ungläubig. »Fluchtversuch?«

»Genau das habe ich gesagt.«

»Ist jemand verletzt?«

Nach einer langen Pause sagte Flynn: »Ja, Baxter und Murphy — aber nicht schwer.«

Schroeder sah Langley und Bellini an, dann sagte er in einem neutralen Tonfall: »Wir werden Ihnen einen Arzt schicken.«

»Wenn wir einen brauchen, werde ich es Ihnen mitteilen.«

»Ich schicke Ihnen einen Arzt.«

»Ausgezeichnet, aber warnen Sie ihn, daß er mit einem Kopfschuß empfangen wird.«

Schroeders Stimme klang plötzlich ärgerlich, aber es war ein bewußter, gespielter Ärger, um Flynn zu zeigen, daß auch seine Geduld Grenzen hatte. »Verdammt noch mal, Flynn, Sie haben mir versprochen, daß Sie nicht schießen werden . . .«

»Es war nicht zu vermeiden.«

Schroeder sagte drohend: »Flynn, wenn Sie jemand töten — oder verwunden, dann breche ich die Verhandlungen ab.«

»Ich kenne Ihre Spielregeln, Schroeder. Beruhigen Sie sich.«

»Ich will augenblicklich mit jeder einzelnen der Geiseln sprechen!«

»Warten Sie einen Moment.« Die Stimme des Kardinals erscholl aus dem Mikrophon. »Captain Schroeder, erkennen Sie meine Stimme?«

Schroeder sah die zwei anderen Männer fragend an. Sie nickten. Er sagte: »Ja, Eure Eminenz.«

Der Kardinal sprach in einem gezwungenen Tonfall, als hätte man ihm die Worte vorgeschrieben. »Mir persönlich ist nichts passiert. Mr. Baxter hat einen Streifschuß am Rücken, und eine Kugel ist an seiner Brust abgeprallt. Vater Murphy hat eine Gesichts- und Kieferverletzung. Er ist noch etwas benommen, aber scheint sonst soweit in Ordnung — es ist ein Wunder, daß niemand getötet wurde.«

Die drei Männer atmeten erleichtert auf. Aus dem Nebenbüro hörte man erregte Stimmen. »Und Miß Malone?«

Der Kardinal antwortete nach einigem Zögern: »Sie ist am Leben . . . unverwundet . . . sie . . .«

Ein ärgerliches, kaum hörbares Gemurmel folgte, offensichtlich hatte jemand am anderen Ende die Hand über die Sprechmuschel gelegt.

Schroeder rief: »Hallo? Hallo?«

Der Kardinal sprach wieder: »Mehr kann ich Ihnen nicht sagen.«

Schroeder sagte eindringlich: »Euer Eminenz, bitte provozieren Sie diese Leute nicht. Keiner von Ihnen darf sein Leben aufs Spiel setzen, weil er dadurch auch die anderen in Gefahr bringt . . .«

Der vorher so gezwungene Tonfall des Kardinals klang plötzlich völlig natürlich. »Ich werde das meinen Mitgefangenen ausrichten. Miß Malone . . .«

Flynn schaltete sich ein. »Ein sehr guter Ratschlag, Captain, und wie Sie gehört haben, ist niemand tot. Also regen Sie sich nicht weiter auf.«

»Holen Sie mir bitte Miß Malone an den Apparat.«

»Sie ist im Moment nicht verfügbar«, erwiderte Flynn barsch. »Ist alles bereit für meine Pressekonferenz?«

Schroeder hatte seine Ruhe wiedergewonnen. »Es wird etwas länger dauern als vorgesehen, das Fernsehen . . .«

»Ich habe Amerika und der Welt eine wichtige Mitteilung zu machen, und Sie werden mich nicht daran hindern.«

»Das habe ich auch gar nicht vor. Sie müssen nur ein wenig Geduld haben.«

»Geduld gehört nicht zu den irischen Tugenden.«

»Oh, ich weiß nicht . . .« Schroeder fand, es sei an der Zeit, eine persönliche Bemerkung einzuflechten. »Ich bin selbst halb irisch . . .«

»Was Sie nicht sagen.«

»Ja, die Familie meiner Mutter stammt aus der Grafschaft Tyrone. Und glauben Sie mir, ich verstehe Ihren Ärger und Ihre Frustrationen nur zu gut — ein Großonkel von mir war in der IRA. Der Held der Familie. Die Engländer haben ihn eingesperrt.«

»Warum? Weil er so ein Langweiler war wie sein Neffe?«

Schroeder überging den Einwurf. »Ich bin mit den gleichen Haßgefühlen und Vorurteilen aufgewachsen wie Sie . . . «

»Sie waren nie in Irland, Schroeder, Sie waren immer nur *hier.*«

»Solche Bemerkungen bringen Sie nicht weiter, Flynn. Sie machen sich dadurch nur Feinde und verlieren Ihre Freunde . . .«

»Ich und meine Leute, wir brauchen keine Freunde mehr. Unsere Freunde sind entweder tot oder sitzen im Gefängnis. Sagen Sie den Politikern, sie sollen unsere Kameraden freilassen.«

»Wir alle tun unser Möglichstes. Die Verhandlungen zwischen Washington und London machen Fortschritte. Ich sehe ein Licht am Ende des Tunnels . . .«

»Sind Sie sicher, daß es nicht das Licht einer Lokomotive ist, die Sie zermalmen wird?«

Jemand im Nebenzimmer lachte laut. Schroeder biß die Spitze seiner Zigarette ab. »Warum beweisen Sie uns nicht Ihren guten Willen und geben eine der verwundeten Geiseln frei?«

»Welche?«

Schroeder setzte sich im Stuhl auf. »Nun . . . hm . . .«

»Nun, raus mit der Sprache, spielen Sie den lieben Gott! Aber fragen Sie niemand um Rat. Also wen?«

»Den am schwersten Verwundeten.«

Flynn lachte. »Sehr gut. Aber ich mache Ihnen einen Gegenvorschlag. Warum nicht den Kardinal? Denken Sie scharf nach: ein verwundeter Priester, ein verwundeter Engländer — oder ein gesunder Kardinal?«

Schroeder spürte, wie der Zorn in ihm aufstieg, und war beunruhigt, daß es Flynn gelang, ihn aus dem seelischen Gleichgewicht zu bringen. »Wer ist am schwersten verwundet?«

»Baxter.«

Schroeder blickte sich hilfesuchend im Zimmer um. Flynn sagte: »Entschließen Sie sich, Schroeder.«

»Baxter.«

Flynn legte Trauer in seine Stimme. »Tut mir leid, die falsche Antwort. Sie hätten natürlich den Kirchenfürsten nennen müssen, aber das wußten Sie auch, nicht wahr, Bert? Hätten Sie gesagt: ›Ich will den Kardinal.‹ Ich hätte ihn freigegeben.«

Schroeder starrte auf seine unangezündete Zigarre. Seine Stimme zitterte. »Das glaube ich Ihnen nicht.«

»Sie sollten an meinen Worten nicht zweifeln. Wenn ich etwas Wesentliches beweisen will, bin ich sogar bereit, einen Nachteil in Kauf zu nehmen.«

Schroeder zog ein Taschentuch hervor und trocknete sich den Nacken. »Flynn, wir wollen doch nicht miteinander in Wettbewerb treten, wer die besseren Nerven hat, wer mehr ... mehr ...«

»Mumm in den Knochen hat?«

»Genau! Das liegt doch nicht in unserer Absicht. Sie haben noch eine altmodische Vorstellung von der Polizei. Sie sehen doch, wir setzen alle Hebel in Bewegung, um Ihnen gefällig zu sein.« Er blickte Bellini an, der äußerst verärgert aussah. Er fuhr fort. »Niemand hier würde das Leben von Unschuldigen aufs Spiel setzen ...«

»*Unschuldige?«* Heutzutage gibt es in einem Krieg keine Unschuldigen mehr, keine Zivilisten.» Flynn holte tief Luft, dann setzte er hinzu: »Das Gute an einem langen Guerillakrieg ist, daß jeder mindestens einmal in seinem Leben die Chance bekommt, Rache zu üben. Aber lassen wir das. Ich will sofort den Fernsehapparat haben. Schicken Sie Burke zu mir.«

Schroeder zündete sich endlich seine Zigarre an. »Es tut mir leid, aber er ist im Moment nicht hier.«

»Ich habe Ihnen doch ausdrücklich gesagt, daß er in der Nähe bleiben soll. Aber wie immer halten Sie Ihre Versprechen nicht ein.«

»Es ließ sich nicht ändern, aber er wird in kürzester Zeit zurück sein.« Er legte eine Pause ein und fuhr dann in einem fast vertraulichen Tonfall fort. »Ach, und um was ich Sie noch bitten wollte ... ich meine apropos Versprechen einhalten, könnten Sie Mr. Hickey vom Telefon fernhalten, Sie hatten mir das zugesagt.« Flynn antwortete nicht. Schroeder fuhr fort: »Ich will, weiß Gott, keine Zwietracht säen, aber wenn Sie etwas sagen, dann sagt er das Gegenteil. Ich finde, daß er sehr negativ ... sehr pessimistisch reagiert. Und ich wollte Sie nur darauf aufmerksam machen, falls es Ihnen entgangen sein sollte, daß er mich öfters anruft. ...«

Auf der anderen Seite hörte man das Klicken des aufgelegten Hörers. Schroeder lehnte sich im Stuhl zurück und zog an seiner Zigarre. Es war so viel leichter, mit Flynn statt mit Hickey umzugehen, dachte er. Und dann plötzlich traf ihn die Erkenntnis wie ein Blitzschlag: der edle Patriot und der Bösewicht! Ein abgekartetes Spiel — und er war darauf reingefallen!

Langley sah Schroeder an und warf dann einen Blick auf seinen vollgeschriebenen Notizblock. Er fühlte sich jedesmal nach diesen Dialogen frustriert und deprimiert. Dieses ganze Hin und Her ging ihm gegen den Strich, und er verstand nicht, wie Schroeder die Geduld für dieses Palaver aufbrachte. Er war mehrmals in Versuchung gewesen, Schroeder den Hörer aus der Hand zu reißen und Flynn zu sagen, was er von ihm hielt. Langley zündete sich eine Zigarette an und bemerkte zu seinem Erstaunen, daß seine Hand zitterte.

Bellini stand am Fenster. »Kämpfen die Iren so gut wie sie prahlen?«

Schroeder antwortete: »Sie gehören zu den wenigen Leuten, die beides vorzüglich können.«

38

Maureen glitt hinter die dicke Säule und beobachtete, wie Hikkey im Halbdunkel die Augen zusammenkniff. Megan holte ihn ein. Sie schwenkte ihre große Pistole, so wie andere Frauen eine Handtasche schwenken — so wie Maureen es auch einst getan hatte.

Sie flüsterten miteinander, und Maureen wußte, ohne daß sie die Worte hörte, daß sie sich fragten: Welchen Weg hat diese Person eingeschlagen? Ist es besser, wenn wir uns trennen? Sollen wir einen Schuß abfeuern? Nach ihr rufen? Versuchen, sie aufzustöbern? Maureen stand keine fünf Meter entfernt. Sie wußte, daß weder Hickey noch Megan auf die Idee kämen, daß sie sich in nächster Nähe befand. Sie hielten sie für eine unerfahrene Zivilistin, aber sie hätten es besser wissen sollen. Sie war ärgerlich, daß die beiden sie so unterschätzten.

Plötzlich leuchteten die Taschenlampen auf, und der Lichtstrahl irrte von einem fernen dunklen Winkel zum anderen. Maureen preßte sich an die Säule.

Hickey rief: »Das ist deine letzte Chance, Maureen. Gib auf, und ich verspreche dir, wir tun dir nichts an, aber wenn wir dich aufstöbern müssen . . .« Er beendete den Satz nicht, aber die Drohung war unmißverständlich.

Sie beobachtete, wie die zwei sich berieten, vermutlich nahmen sie an, daß sie sich ostwärts auf die Sakristeigrundmauern zu bewegte. Womöglich hatte Flynn sogar gelauscht, als sie zu viert im Altarraum darüber gesprochen hatten. Und tatsächlich hatte sie vorgehabt, diesen Weg zu nehmen, aber nun war dies nicht mehr möglich.

Sie betete im stillen, daß die zwei sich nicht trennen und ihr beide Richtungen versperren würden. Auch war es ihr lieber, wenn Megan bei Hickey blieb . . . obwohl, wenn sie Megan allein gegenüberstünde . . . sie schlüpfte aus den Schuhen, hob den Rock, zog sich ihre Strumpfhose aus, wickelte die Enden um ihre Arme, zog sie stramm, drehte sie zu einem Seil und verknüpfte sie. Sie schlang diese Nylongarrotte um ihre Schulter, kniete nieder und rieb sich einige Handvoll Erde auf Gesicht, Hände und Beine. Sie warf einen prüfenden Blick auf ihre Tweedjacke und ihren Rock — der Stoff war dunkel, aber nicht dunkel genug. Sie entledigte sich geräuschlos der Kleidungsstücke, wendete sie und zog sie mit dem dunkleren Futter nach außen wieder an. Dann knöpfte sie ihre dunkle Jacke bis oben zu, um die weiße Bluse zu verbergen, und stellte den Kragen hoch. Die ganze Zeit über hatte sie Hickey und Megan nicht aus den Augen gelassen.

Plötzlich wurde ein anderes Paar Beine in der Öffnung sichtbar, eine Gestalt kam die Leiter herunter. Maureen erkannte Frank Gallagher an den gestreiften Hosen seines Festordner-Cutaways.

Hickey wies mit dem Finger auf die Vorderseite der Kathedrale, Gallagher zog seine Pistole und ging in westlicher Richtung entlang der Treppenmauer auf die Außenmauer der Krypta zu. Hikkey und Megan gingen ostwärts zur Sakristei.

Maureen begriff, daß ihr nur der südliche Weg offen blieb, der zu den Stollen unter dem Chorumgang führte, wo sie — Vater Murphy zufolge — kaum eine Chance hatte, einen Ausgang ins Freie zu finden. Doch als sie den sich nur langsam vorwärts bewegenden Lichtkegel von Gallaghers Taschenlampe beobachtete, wurde ihr plötzlich klar, daß sie die Krypta vor ihm erreichen konnte, und von dort aus boten sich ihr mehr Möglichkeiten. Sie lief barfuß über die feuchte Erde, ihre Hände tasteten sich an Röhren und Leitungen entlang. Der Abstand zur nächsten Säule war unerwartet groß, und sie dachte schon, sie hätte sie verfehlt, doch plötzlich stieß sie mit dem Kopf gegen etwas Hartes und stieß unwillkürlich einen unterdrückten Schrei aus.

Gallagher schwang seine Taschenlampe in die Richtung des Lautes, und sie erstarrte hinter der Säule. Der Lichtstrahl glitt über sie hinweg. Sie schlich parallel zu ihrem Verfolger zur nächsten Säule, wobei sie ihre Schritte zählte. Nach dem achten blieb sie stehen, streckte die Hände aus und berührte den kalten Stein.

Sie hatte Gallagher bereits überholt, war aber noch im Bereich des Lichtstrahls seiner Taschenlampe, der jetzt eine Stelle ihr gegenüber anleuchtete. Sie sah, daß der Boden des Altarraums ungefähr einen Meter entfernt von ihr endete und daß die Stufen den Stollen verengten. Im Schein der Taschenlampe konnte sie ungefähr in fünf Meter Entfernung auch die eine Ecke der Krypta ausmachen. Sie bückte sich, hob ein Schotterstück auf und warf es gegen die Säule, die sie gerade hinter sich gelassen hatte.

Gallaghers Taschenlampe schwang in die Richtung, aus der der Laut gekommen war, so daß der Weg, den sie nehmen wollte, im Dunkeln lag. Sie versuchte, die Entfernung abzuschätzen, und preschte nach vorn. Ihre Hand stieß gegen die äußere Ziegelmauer der Krypta. Sie hielt sich links auf die Kryptaecke zu. Gallagher schwenkte seine Taschenlampe wieder in ihre Richtung. Sie duckte sich unter den Lichtkegel, glitt um die Ecke und bewegte sich seitwärts mit dem Rücken gegen die Mauer, während sie beobachtete, wie Gallagher mit seiner Taschenlampe links von ihr das Gestein absuchte. Sie nahm das Nylonseil von ihrer Schuler und versuchte, sich zu erinnern, wie Frank Gallagher aussah: ein netter Bursche mit einem etwas leeren Gesichtsausdruck, aber sehr groß und stark. Sie wand das Nylonseil fest um ihre Hände und machte eine Schlaufe.

Der Lichtstrahl kam näher, und dann hörte sie deutlich Gallaghers Schritte. Sie duckte sich sprungbereit — aber dann zögerte sie. Es war immer schwierig zu wissen, wann man fliehen und wann man angreifen sollte. Im Zweifelsfall hatte Brian ihr oft gesagt: *Flieh!* Sie holte tief Luft und schlang das Nylonseil wieder um ihre Schulter. Ein anderes Mal. Sie wandte sich nach rechts, um Gallagher zu vermeiden. Etwas berührte ihr Gesicht. Sie unterdrückte einen Schrei, hob vorsichtig die Hand und berührte etwas Dünnes, Baumelndes. Es war die Zugschalterkette für eine elektrische Birne. Sie schraubte die Birne heraus und zog an der Kette, um die Elektrizität einzuschalten. Hoffentlich steckt er seinen Finger hinein und kriegt einen Schlag, dachte sie.

Sie hastete weiter und stieß auf die Außenwand der Sakristeitreppe. Soweit sie es beurteilen konnte, befand sich die Messingplatte, durch die sie nach unten gelangt war, genau auf der gegenüberliegenden Seite.

Der Stollen wurde niedriger, und sie konnte sich nur noch auf allen vieren vorwärtsbewegen. Schweiß lief ihr übers Gesicht und schwemmte ihr die Erde, mit der sie sich zur Tarnung beschmiert hatte, in Augen und Mund. Sie keuchte so laut, daß sie Angst hatte, Gallagher könnte sie hören. Sie kroch weiter, und plötzlich fühlte sie etwas Feuchtes und Weiches unter ihrer Hand. Vorsichtig drückte sie einen Finger in die teigartige Masse. Sie knapste ein kleines Stück ab und hielt es an ihre Nase. »O Gott«, murmelte sie, »ihr Schweine, ihr habt also wirklich vor, die Kathedrale zu sprengen.«

Ihr Knie stieß an einen Gegenstand. Sie tastete ihn ab; es war der Koffer, den Hickey und Megan durch die Öffnung nach unten geschafft hatten. Und er war groß genug für mindestens zwanzig Kilo Sprengstoff. Vermutlich war irgendwo auf der anderen Treppenseite eine zweite Ladung angebracht. Sie zwängte sich in eine Nische zwischen der Treppenmauer und dem Säulensockel und nahm ihr Nylonseil von der Schulter. Sie fand einen halben Ziegelstein, hob ihn auf und hielt ihn abwartend in der rechten Hand.

Gallagher kam näher. Der Lichtstrahl war auf den Boden gerichtet, und sie konnte die Spuren sehen, die sie auf der nassen Erde hinterlassen hatte.

Gallagher leuchtete jetzt den Säulensockel an, der Lichtstrahl kroch höher, und dann plötzlich fiel er voll auf ihr Gesicht. Sie standen sich dicht gegenüber. Gallagher starrte sie an, seine Miene drückte basses Erstaunen aus.

Sie hob den Arm und schlug ihm mit dem Ziegelstein zwischen die Augen. Die Taschenlampe fiel zu Boden. Sie sprang aus ihrer Nische heraus und legte ihm die Schlinge um den Hals. Gallagher schlug wie ein verwundetes Tier um sich. Maureen preßte seinen Torso zwischen ihre Beine, setzte sich auf seinen Rücken, hielt die Garrotte wie zwei Zügel in der Hand und zog mit aller Kraft die Schlinge zu. Gallagher sank kraftlos nach vorn, wobei er ihre Füße unter seiner Brust einklemmte. Sie zog das Nylonseil noch fester an, aber es war zu elastisch. Sie wußte, daß sie ihn zu langsam abwürgte und ihn dadurch unnötig quälte.

Gallagher drehte seinen Kopf fast um neunzig Grad und sah sie an. Die hingefallene Taschenlampe warf einen gelblichen Schein auf sein schrecklich entstelltes Gesicht. Eine Sekunde lang trafen sich ihre Blicke. Dann wurde Gallaghers Körper schlapper, und Maureen, auf seinem Rücken sitzend, holte tief Luft. Sie zog die Garrotte straffer. Doch plötzlich riß sie das Seil von seinem Hals und vergrub ihr Gesicht in die Hände.

Sie hörte Stimmen, und dann sah sie zwei Lichtkegel keine zehn Meter entfernt. Sie schaltete schnell die Taschenlampe aus und warf sie beiseite. Ihr Herz klopfte zum Zerspringen, als sie nach der hingefallenen Pistole tastete.

Ein Lichtstrahl zuckte über die Decke. Eine Stimme — Megans — sagte: »Sie hat die Birne ausgeschraubt, das schlaue Biest.«

Der andere Lichtstrahl war auf den Boden gerichtet. Hickey sagte: »Hier sind die Spuren der beiden.«

Maureen berührte Gallagher und er bewegte sich.

Hickey rief: »Frank, wo bist du?« Das Licht seiner Taschenlampe kreiste und verharrte auf Gallaghers Körper.

Maureen kroch rückwärts, bis sie an den Säulensockel stieß. Sie drehte sich um, krallte ihre Finger in die Plastikmasse und versuchte, sie loszureißen. Sie tastete nach der Zündkapsel, die irgendwo in der weichen Masse eingebettet sein mußte.

Die zwei Lichtkegel kamen näher, Hickey rief: »Maureen! Du hast dich wacker gehalten, aber wie du siehst, sind die Bluthunde dir auf der Spur. Wir werden das Feuer eröffnen, wenn du dich nicht freiwillig stellst!«

Maureen zerrte noch immer an der zähen Plastikmasse. Sie wußte, sie würden nicht wagen, in nächster Nähe des Explosionsstoffs auf sie zu schießen. Die schlurfenden Laute der zwei kriechenden Menschen kamen dichter heran. Sie drehte sich um und sah, daß die zwei Lichtkegel sich über Gallaghers Körper vereinten. Hickey und Megan hatten sich über Gallagher gebeugt, der mühsam versuchte, sich auf allen vieren aufzurichten.

Megan sagte: »Hier, ich habe seine Taschenlampe gefunden.«

Hickey sagte: »Such nach seiner Pistole.«

Maureen kroch um die Säule herum, bis sie auf die Grundmauer stieß, die sie von der Sakristei trennte. Sie rutschte langsam auf den Knien die Mauer entlang und tastete mit der Hand nach einer Öffnung. Röhren und Leitungen durchbrachen hier und da die Mauer, aber nirgends mit genügend Zwischenraum, um durchzuschlüpfen. Maureen beobachtete, wie ein, dann zwei und schließlich drei Taschenlampenlichter sich auf sie zu bewegten.

Hickey sagte: »Maureen, wir haben Franks Pistole gefunden, wir wissen daher, daß du nicht bewaffnet bist. Das Spiel ist aus. Aber du hast Mut gezeigt. Du kannst auf dich stolz sein. Und Frank verdankt dir sein Leben. Wir werden daher keine Vergeltungsmaßnahmen treffen. Sag uns, wo du bist, und wir kommen dich holen. Du hast mein Ehrenwort, daß wir dir nichts antun.«

Maureen kauerte an der Mauer. Sie wußte, daß sie Hickey glauben konnte. Er würde ihr tatsächlich nichts antun, solange Gallagher am Leben war. Das war eine der Grundregeln der IRA, eine Regel, die Hickey und sie einhielten — aber auch Megan? Sie zweifelte daran. Ihr Instinkt sagte ihr, daß alles vorbei war, daß sie von dem Friedensangebot Gebrauch machen sollte. Sie beobachtete, wie die runden Lichtflecken näher und näher kamen, und Hickeys einschmeichelnde Stimme tat ihr beinah wohl in dieser einsamen, menschenfeindlichen Dunkelheit.

Hickey rief: »Maureen, wir können dich sehen, zwing uns nicht, auf dich zu schießen!«

Sie rief zurück: »Ich weiß, daß ihr Gallaghers Pistole nicht habt, weil ich sie habe. Paßt auf, daß ich nicht auf *euch* schieße!« Sie hörte ein undeutliches Gemurmel, dann verloschen die Taschenlampen. Sie lächelte: wenn Menschen Angst haben, fallen sie auf die dümmsten Tricks herein. Sie kroch vorwärts.

Die Grundmauer beschrieb einen Bogen, und sie wußte, daß sie jetzt unterhalb des Chorumgangs war. Irgendwo auf der anderen Seite der Mauer befanden sich die unter der Pfarrhausterrasse liegenden Kellergewölbe. Der mit einer dünnen Erdschicht bedeckte Felsboden Manhattans wurde jetzt holprig und uneben, und der Stollen war kaum einen Meter hoch. Sie stieß mehrmals mit dem Kopf an die Decke, und die Röhren dröhnten wie Trommeln in der kalten, stagnierenden Luft.

Plötzlich blitzte wieder eine Taschenlampe auf, und Megan rief: »Wir haben die Pistole gefunden, Maureen. Komm aus deinem Versteck heraus, oder wir schießen. Es ist deine letzte Chance!«

Der Lichtstrahl huschte suchend über die Stollenwände. Sie wußte nicht, ob die anderen die Pistole tatsächlich gefunden hatten, sie jedenfalls hatte sie nicht. Sie robbte auf dem Bauch voran, mit dem Gesicht dicht über dem Boden.

Die Lichter kamen näher, Hickey rief: »Ich zähle bis zehn, danach gilt mein Friedensangebot nicht mehr!« Er fing zu zählen an.

Maureen verharrte regungslos und preßte sich gegen die Mauer. Blut und Schweiß liefen ihr übers Gesicht, Steinchen und Erde hatten sich in ihre Arme und Beine eingepreßt. Sie zwang sich, ruhig zu atmen, und lauschte angestrengt, ob sie irgendwelche Laute aus dem wenige Meter entfernten Kellergewölbe hörte. Sie spähte nach einem Lichtstreifen, tastete mit der Hand die Mauer ab. Nichts. Sie kroch weiter.

Gallagher rief: »Maureen, bitte, zwing uns nicht zu schießen. Sei doch vernünftig und komm zurück!«

Aber sie wußte, daß sie nicht schießen würden, nicht nur wegen der Explosionsstoffe, sondern auch weil sie fürchteten, die Kugeln könnten von dem Gestein abprallen. Sie ärgerte sich plötzlich über diese leeren Drohungen. Hielten die drei sie für einen Idioten? Gut, Hickey war ein alter Veteran, aber Megan und Gallagher würden nicht lange genug leben, um auch nur einen Bruchteil von dem zu lernen, was sie über Kriegführung wußte. Sie glitt an der Mauer entlang und fühlte, daß sie sich rundete, und da sie wußte, daß der Chorumgang wie ein Hufeisen geformt war, nahm sie an, daß sie sich entweder unterhalb des Hochzeitszimmers oder dem Beichtstuhl befand. Plötzlich spürte sie, daß ihre Hand Holz berührte. Ihr Herz pochte. Sie kniete nieder. Das Holz war in die Ziegelmauer eingelassen. Ihre Hand tastete weiter, stieß auf einen verrosteten Riegel, schob ihn zurück. Scharniere öffneten sich quietschend. Maureen zerrte vorsichtig an der Luke. Schmale Lichtstreifen wurden sichtbar, die Luke mußte ungefähr einen halben Meter im Quadrat messen. Sie schloß sie rasch wieder, fand einen halben Ziegelstein und warf ihn nach vorn.

Die Lichtstrahlen richteten sich auf die Stelle, von der das Geräusch gekommen war. Sie öffnete die Luke ein wenig mehr und steckte ihren Kopf in die schmale Öffnung. Ein helles Licht blendete sie, doch dann nahmen die Formen Konturen an. Sie blickte in einen erleuchteten Korridor.

Der ungefähr einen Meter unter ihr liegende Boden war mit weißem Linoleum ausgelegt, die verhältnismäßig hohe Decke mit schalldämpfenden Platten abgedichtet, und die Wände waren weiß vergipst. Tränen liefen ihr über die Wangen. Was für ein schöner Korridor! Sie machte die Luke weiter auf, wischte sich über die Augen und strich die Haare aus dem Gesicht. Irgend etwas stimmte nicht . . . Sie streckte die Hand aus, ihre Finger rutschten durch ein Drahtgeflecht. Ein Gitter, um die Ratten abzuhalten, blockierte die Öffnung.

39

Burke betrat Monsignores Büro, Langley stand am Fenster. Er war die einzige Person im Raum. »Sind die anderen nach Hause gegangen?« fragte Burke.

Langley drehte sich um.

»Wo ist Schroeder?«

»Auf der Toilette . . . vermutlich ist ihm schlecht — und ich kann es ihm nicht verübeln. Hast du die letzten Nachrichten aus der Kathedrale gehört?«

»Ja — die verdammten Narren da drinnen werden sich alles noch selbst vermasseln. Sind die Geiseln okay?«

»Der Kardinal sagt ja.«

Burke ging zur Bar und stellte fest, daß die Karaffen fast leer waren. Er sagte: »Kennst du eine Frau namens Terri O'Neal?«

Langley überlegte, dann schüttelte er den Kopf. »Nein, nie gehört. Soll ich unser Büro anrufen?«

»Hab ich schon. Ohne Erfolg. Aber sie gehen der Sache nach. Ist dir Dan Morgan ein Begriff?«

»Nein. Ist er Ire?«

»Vermutlich nordirisch. Louise wird uns wieder anrufen.«

»Wer sind diese Leute?«

»Keine Ahnung, deshalb hab ich dich ja gefragt.« Er schenkte sich einen Kognak ein. »Terri O'Neal . . . irgendwoher kenne ich sie oder habe von ihr gehört, ich kann mich bloß nicht erinnern . . .«

Langley unterbrach ihn. »Flynn will einen Fernseher haben, und du sollst ihn abliefern.« Langley sah Burke von der Seite an. »Mir scheint, ihr beiden kommt ganz gut miteinander aus.«

Burke ließ sich die Bemerkung einige Sekunden lang durch den Kopf gehen. Ja, dachte er, Flynn war ein Typ, den er mochte — oder hätte mögen können, falls Flynn ein Polizist oder er selbst ein IRA-Mann gewesen wäre.

Langley sagte: »Ruf Flynn an.«

Burke ging zum Telefon. »Flynn kann warten.« Er versicherte sich, daß die Lautsprecher ausgeschaltet waren, dann stellte er die Sprechanlage an, damit Langley mithören konnte. Er wählte die Nummer des Midtown North Polizeireviers. »Gonzalez? Burke hier. Haben Sie meinen Mann abgeholt?«

»Ja«, kam es mürrisch zurück. »Aber er macht nichts als Ärger. Beschwert sich lauthals, daß wir nicht besser als der KGB wären. Er will uns wegen ungesetzlicher Festnahme verklagen. Und Sie haben uns gesagt, er brauche Polizeischutz!«

»Ist er noch da?«

»Ja, aber er will zum Hafen gefahren werden, ich kann ihn keine Minute länger hier zurückhalten. Und wenn ich eine Beschwerde seinetwegen an den Hals bekomme, dann werde ich die ganze Schuld auf Sie abschieben . . .«

»Holen Sie den Mann ans Telefon.«

»Mit dem größten Vergnügen — Moment . . .«

Burke sagte leise zu Langley, während er wartete: »Ferguson hat irgendwas über Terri O'Neal und diesen Dan Morgan aufgeschnappt. Und nun will er sich aus dem Staub machen.«

Langley trat neben Burke. »Biete ihm Geld an, damit er bleibt.«

»Ich habe ihn nicht mal für seine heutigen Informationen bezahlt, abgesehen davon kann kein Geld der Welt ihn am Abhauen hindern.« Burke sprach ins Telefon. »Jack . . .«

Fergusons schrille, aufgeregte Stimme füllte den Raum. »Was tun Sie mir an, Pat? Behandeln Sie alle Ihre Freunde so mies? Verdammt noch mal, Mann . . .«

»Geben Sie schon Ruhe. Können Sie mich mit den Leuten zusammenbringen, die mit Ihnen von Terri O'Neal und Morgan gesprochen haben?«

»Keinesfalls. Ich gebe meine Quellen nicht preis. *Ich* bin loyal zu meinen Freunden, im Gegensatz zu Ihnen. Die Polizei in diesem Land . . .«

»Heben Sie sich diese Sprüche für Ihre nächste Festrede auf und hören Sie mir endlich zu. Martin hat uns alle hintergangen. Er hat die Fenier finanziert. Das Ganze ist ein übler Trick, um die Iren zu diskreditieren und um das amerikanische Publikum gegen die irischen Freiheitskämpfer aufzubringen.«

Ferguson schwieg eine Weile. »Ja«, sagte er schließlich, »das habe ich mir schon gedacht.«

Burke fuhr eindringlich fort: »Ich weiß nicht, was Martin Ihnen alles erzählt hat und welche Informationen Sie ihm über die Polizei und die Fenier gegeben haben, aber ich warne Sie, jetzt ist er in die Enge getrieben und wird versuchen, seine Spuren zu verwischen. Und Sie wissen, was das bedeutet.«

»Es bedeutet, daß ich auf drei Abschußlisten stehe, auf jener der IRA, der Fenier und auf Martins. Und deshalb will ich schleunigst aus dieser Stadt verschwinden.«

»Sie müssen hierbleiben. Wer ist Terri O'Neal? Warum ist sie von Morgan entführt worden? Wer steckt hinter dem Plan? Wo hält man sie verborgen?«

»Diese Fragen müssen Sie sich selbst beantworten.«

»Wir tun alles, was wir können, Jack. Aber Sie kommen leichter an Informationen heran als wir. Uns bleiben nur noch wenige Stunden. Wenn Sie uns Ihre Quellen nennen . . .«

»Nein.«

Burke fuhr fort. »Und wir müssen erfahren, wo Gordon Stillway, der Architekt der Kathedrale, sich aufhält. Er ist unauffindbar.«

»Viele Menschen sind unauffindbar und bald hoffentlich auch ich. Auf Wiedersehen.«

»Nein, Jack, bleiben Sie am Ball.«

»Warum? Warum soll ich mein Leben riskieren?«

»Aus dem gleichen Grund wie immer — um die Fanatiker in Schach zu halten.«

Langley flüsterte: »Biete ihm tausend Dollar — nein, mehr — fünfzehnhundert.«

Burke sprach wieder ins Telefon. »Wir müssen vermeiden, daß die Iren, die nichts mit dieser Sache zu tun haben, in Mißkredit geraten, wie zum Beispiel Ihr offizieller Verein und sogar ein Teil der IRA. Sobald diese gräßliche Geschichte vorbei ist, werden wir gemeinsam beraten, wie wir die Presse und die Regierung daran hindern können, euch allen die ganze Schuld in die Schuhe zu schieben.« Burke holte tief Luft. »Sie und ich als Iren wollen uns schließlich nicht unserer Herkunft schämen müssen.« Burke blickte Langley an, der anerkennend nickte.

Ferguson sagte: »Warten Sie einen Moment.« Nach einiger Zeit meldete er sich wieder. »Wo kann ich Sie später erreichen?«

Burke stieß einen erleichterten Seufzer aus. »Im Pfarrhaus, geben Sie als Kodewort Gnom an, und man wird Sie durchstellen.«

»Ich werde es versuchen, aber sollte ich nicht durchkommen, dann treffen wir uns an der üblichen Stelle im Zoo, sagen wir um ein Uhr.«

Burke sagte: »Das ist zu weit von hier.«

»Lassen Sie mich nachdenken — Bars und Kneipen sind mir zu gefährlich. Wie wär's mit dem kleinen Park an der 51. Straße. Der liegt ganz in Ihrer Nähe.«

»Er ist nachts geschlossen.«

»Dann klettern Sie übers Gitter.«

Burke lächelte. »Eines Tages werde ich mir die Schlüssel zu jedem Park dieser Stadt beschaffen.« Er bat Ferguson, Gonzalez an den Apparat zu holen. »Sergeant, lassen Sie den Mann frei.« Er legte seufzend den Hörer auf.

Langley sagte: »Meinst du, die O'Neal-Geschichte ist wichtig genug, um das Leben dieses armen Mannes zu riskieren?«

Burke ging zum Fenster und sagte mehr zu sich selbst als zu Langley: »Kidnappen ist komplizierter als Mord und in gewisser Weise heimtückischer, als Geiseln zu nehmen.« Er schwieg nachdenklich. »Geiselnahme ist eine Abart von Kidnappen. Und Terri O'Neal ist eine Geisel . . .«

»Wessen Geisel?«

Burke wandte sich vom Fenster ab und sah Langley an. »Ich weiß es nicht.«

»Wer muß was für wen tun, damit sie freigelassen wird? Niemand hat bislang eine Forderung gestellt.«

Burke nickte. »Ja — seltsam.«
»Findest du?«
Burke blickte auf Schroeders leeren Stuhl. Schroeders Gegenwart hatte trotz allem etwas Beruhigendes. Er sagte halb scherzhaft: »Meinst du, er kommt zurück?«
Langley zuckte die Achseln. »Sein Stellvertreter sitzt in einem anderen Zimmer am Telefon und wartet wie ein Ersatzschauspieler auf die Chance seines Lebens. — Ruf jetzt Flynn an.«
»Später.« Burke setzte sich in Schroeders Stuhl, lehnte sich zurück und starrte auf die hohe Decke. Im Geiste sah er in schneller Reihenfolge die Ruinen der Kathedrale vor sich, die geborstenen Säulen der Akropolis, die vom Nil überfluteten Tempel. Er sagte: »Die Kathedrale ist nicht so wichtig, und auch nicht unser aller Leben. Aber das, was wir tun, was die Leute hinterher über uns sagen und schreiben — das ist ungemein wichtig.«
Langley nickte beifällig, zuweilen erstaunte Burke ihn. »Ja, du hast vollkommen recht, nur daß niemand dir heute diesen weisen Spruch abnimmt.«
»Oder morgen, wenn wir die Leichen aus den Trümmern ziehen.«

John Hickeys Stimme kam jetzt aus Maureens nächster Nähe. »So, so. Was haben wir denn hier. ›Ein Licht durchbricht die graus'ge Finsternis?‹« Er lachte laut, dann sagte er barsch: »Tritt zurück, oder wir schießen.«
Maureen winkelte ihren Ellbogen an und drückte mit aller Kraft gegen das Drahtgeflecht. Es gab in der Mitte nach, aber die Ränder blieben fest in der Wand verankert. Sie preßte ihr Gesicht ans Gitter. Links von ihr endete der Korridor nach ungefähr drei Metern. Auf der gegenüberliegenden Seite befanden sich zwei graue Schiebetüren — die Türen des Lifts, der nicht weit vom Hochzeitszimmer nach oben führte. Sie drückte wieder mit dem Ellbogen gegen das Drahtgeflecht, eine Seite löste sich aus dem Rahmen. »O Gott, bitte . . . bitte . . .«
Sie hörte die Schritte hinter sich, der Schotter und das Geröll knirschten wie unter dem Getrippel von tausend Ratten.
»Hände hoch!« Sie starrte in Hickeys Gesicht und versuchte, ihre Tränen zurückzuhalten.
Hickey sagte: »O je, wie siehst du denn aus! Deine hübschen Beine sind ja ganz zerkratzt, und so ein schmutziges Gesicht! Was du brauchst, ist viel Wasser und Seife. Und schau einer an, das fesche Tweedkostüm hast du nach innen gewendet. Sehr gewitzt von dir. Und was hast du denn da um den Hals drapiert?« Er griff nach der Nylongarrotte und zog sie fest an. Maureen rang nach Atem. Hickey schien es nicht zu bemerken und fuhr in seinem heuchlerischen Plauderton fort: »Es ist schon das zweite Mal, daß

du uns auf eine schwache Stelle in unserer Verteidigung aufmerksam gemacht hast. Was würden wir ohne dich tun?« Er lockerte die Garrotte und warf sie zu Boden, seine Augen verengten sich zu boshaften Schlitzen. »Ich glaube, ich werde dich erschießen und in den Korridor werfen. Das sollte der Polizei den Entschluß erleichtern, endlich zur Tat zu schreiten.« Er überlegte eine Sekunde lang, dann sagte er: »Andererseits möchte ich nicht, daß du den Schlußakt versäumst. Ich will, daß du Flynn sterben siehst, oder er dich. Ja, das möchte ich wirklich sehen.«

Blitzartig erkannte sie, daß der alte Mann von Grund auf böse war. »Töten Sie mich.«

Er schüttelte den Kopf. »Nein, du gefällst mir. Du machst dich. Aber du hättest Gallagher umbringen sollen. Dann würdest du endgültig zum Kreis der Verdammten gehören, während du jetzt erst am Rande stehst.« Er kicherte.

Maureen lag auf der feuchten Erde. Eine Hand griff in ihre langen Haare und schleifte sie in die Dunkelheit. Megan Fitzgerald beugte sich über sie, setzte ihr die Pistole auf die Brust und zischte: »Aus ist es mit deinem süßen Leben, du Luder.«

Hickey rief: »Laß die Finger von ihr, Megan!«

Megan schrie zurück: »Diesmal werdet ihr mich nicht daran hindern . . .« Sie spannte den Hahn der Pistole.

Hickey brüllte: »Nein! Brian wird entscheiden, ob sie sterben soll oder nicht. Und wenn ja, wird *er* sie erschießen.«

Megan kreischte: »Zum Teufel mit dir! Zum Teufel mit Brian. Sie soll sterben, hier und jetzt.«

Maureen hörte, ohne die Miene zu verziehen, diesem Wortwechsel zu. Sie fühlte sich elend und verzweifelt.

Hickey wandte sich an Megan, er flüsterte fast, was seinem drohenden Ton etwas Geisterhaftes gab. »Wenn du sie umbringst, töte ich dich auf der Stelle.« Jeder hörte das Klicken des Sicherheitshebels seiner Waffe.

Gallagher räusperte sich. »Laß sie los, Megan.«

Niemand rührte sich oder sprach. Megan ließ mürrisch ihre Pistole sinken und leuchtete mit der Taschenlampe in Maureens Gesicht. »Du bist alt und nicht gerade hübsch.«

Maureen blickte in Megans haßverzerrtes Gesicht und dachte: Du bist jung, und du hast hübsche Züge, aber dein Inneres ist häßlich, Megan, und das kann jeder in deinen Augen sehen.

Megan spuckte sie an, dann verschwand sie wortlos im Dunkeln.

Hickey kniete nieder und wischte Maureen mit seinem Taschentuch den Schmutz vom Gesicht. »Also, wenn du mich fragst, ich finde dich sehr hübsch.«

»Lassen Sie mich in Ruhe.«

Hickey sagte kopfschüttelnd: »So darfst du zum lieben Onkel

John nicht sprechen, er hat dir schließlich zum zweiten Mal das Leben gerettet.«

Sie antwortete nicht, und er fuhr fort: »Ich möchte nämlich wirklich, daß du siehst, was weiter geschieht. Es wird sehr eindrucksvoll werden. Wem stürzt schon eine Kathedrale über dem Kopf zusammen?«

Gallagher gab einen angstvollen Laut von sich. Hickey sagte zu ihm: »War doch nur 'n Scherz.«

Maureen sagte zu Gallagher: »Er scherzt nicht.«

Hickey flüsterte in ihr Ohr: »Halt den Mund, oder ich . . .«

»Was?« Sie blitzte ihn zornig an. »Was können Sie mir antun?« Sie wandte sich an Gallagher. »Er will, daß wir alle sterben. Er will, daß Sie und Ihre jungen Freunde ihm ins Grab folgen . . .«

Hickey lachte gellend. Die Ratten hörten zu quietschen auf. Hickey sagte: »Die kleinen Biester spüren die Gefahr. Sie können den Tod riechen.«

Gallagher schwieg, nur sein schweres Atmen war zu hören.

Maureen setzte sich auf. »Baxter? Und die anderen?«

Hickey sagte gleichgültig: »Baxter ist tot. Vater Murphy wurde ins Gesicht getroffen und liegt im Sterben. Aber der Kardinal ist wohlauf.« Dann setzte er vorwurfsvoll hinzu: »Siehst du jetzt, was du angerichtet hast, Mädchen?«

Sie konnte nicht reden, sie weinte jetzt hemmungslos. Hickey wandte sich von ihr ab und leuchtete die offene Luke an.

Gallagher sagte: »Wir sollten eine Alarmglocke hier anbringen.«

Hickey antwortete: »Das einzige Alarmzeichen, das du von hier unten hören wirst, ist die Explosion von einem Kilo Sprengstoff. Ich muß Sullivan sagen, daß er hier noch eine weitere Mine legen muß.« Er warf Maureen einen Blick zu. »Gehen wir nach oben.«

Sie machten sich auf den Rückweg.

40

Schroeder kam ins Büro zurück. »Ach, Sie sind zurück, Burke. Haben Sie Flynn angerufen?«

»Nicht in Ihrer Abwesenheit. Geht es Ihnen besser, Schroeder?«

Schroeder ging um den Schreibtisch herum. »Stehen Sie bitte von meinem Stuhl auf.«

Burke erhob sich. Schroeder sah ihn an, während er sich setzte. »Können Sie einen Fernsehapparat tragen?«

»Warum hat Flynn nicht von Anfang an um einen Fernseher gebeten?«

Langley antwortete an Schroeders Stelle. »Er will die Fenier von der Außenwelt isolieren. Ihre einzige Wirklichkeit soll Brian Flynn sein. Nach der Pressekonferenz wird er den Apparat vermutlich zertrümmern, oder Hickey und er werden ihn aus Informationsgründen irgendwo außerhalb der Reichweite der anderen aufstellen.«

Schroeder nickte. »Ich weiß nicht recht, ob diese ganze Fernsehgeschichte ein Teil des Problems oder ein Teil der Lösung ist. Aber sie haben nach dem Apparat verlangt und so müssen sie ihn bekommen.«

Er wählte die Telefonzentrale. »Die Altarorgel bitte.« Er hielt Burke den Hörer hin und schaltete die Lautsprecher an.

Eine Stimme sagte: »Flynn hier.«

»Burke.«

»Hören Sie, Lieutenant, Sie täten mir einen großen Gefallen, wenn Sie im Pfarrhaus blieben — zumindest bis zum Morgengrauen. Schon um das große Feuerwerk nicht zu versäumen, falls wir die Kathedrale sprengen müssen. Aber verkleben Sie alle Fenster und stellen Sie sich nicht unter einen Kronleuchter.«

Burke wußte, daß mehr als zweihundert Menschen diesem Gespräch zuhörten und daß jedes Wort, das er sagte, auf Band aufgenommen und nach Washington und London übermittelt werden würde. Aber Flynn wußte das natürlich auch und würde versuchen, die größtmögliche Wirkung für sich herauszuholen. »Was kann ich für Sie tun?«

»Sollten Sie sich nicht zuerst mal nach den Geiseln erkundigen?«

»Sie haben gesagt, sie seien wohlauf.«

»Ja, aber seitdem ist einige Zeit vergangen.«

»Und wie geht es ihnen *jetzt?*«

»Unverändert. Nur daß Miß Malone eine kleine Spritztour durch die Unterwelt unternommen hat. Aber sie ist wieder zurück. Sieht ein bißchen müde aus. Aber ein schlaues Mädchen. Sie hat eine Luke zu einem Korridor entdeckt, an dessen Ende sich ein Fahrstuhl befindet.« Er hielt kurz inne. »Aber rühren Sie die Luke ja nicht an, wir haben genügend Sprengstoff dort angebracht, um Sie und eine ganze Armee ins Jenseits zu befördern.«

Burke blickte Schroeder an, der mit einem von Bellinis Untergebenen sprach. »Ich werde es mir merken.«

»Gut. Und ich kann Ihnen versichern, daß auch jeder andere Zugang vermint ist, und das gleiche gilt für die unterirdischen Stollen. Natürlich steht es Ihnen frei anzunehmen, daß ich lüge oder bluffe, aber an Ihrer Stelle würde ich nicht die Probe aufs Exempel machen. Richten Sie das bitte auch den Sonderkommandoleuten aus.«

»Das werde ich tun.«

Flynn sagte: »Aber vor allem brauche ich den Fernseher. Bringen Sie ihn mir bitte in fünfzehn Minuten an die übliche Stelle.«

Burke sah Schroeder fragend an und legte die Hand über die Sprechmuschel. Schroeder sagte: »Es steht einer unten im Parterre bereit. Aber Sie müssen eine Gegenleistung verlangen. Sagen Sie, Sie wollen mit einer der Geiseln sprechen.«

Burke nahm die Hand von der Sprechmuschel. »Ich möchte mit Vater Murphy reden.«

»Ach, Ihr Freund. Sie sollten nicht zugeben, daß Sie Freunde hier drinnen haben.«

»Er ist nicht mein Freund, er ist mein Beichtvater.«

Flynn lachte. »Entschuldigen Sie, es klang wie der alte Witz ›das war keine Dame, das war meine Frau‹.«

Schroeder grinste schadenfroh. Burke sah verärgert aus. »Holen Sie ihn an den Apparat.«

Flynns Tonfall klang jetzt alles andere als heiter. »Stellen Sie keine Forderungen an mich, Burke.«

»Wenn ich nicht mit Vater Murphy sprechen kann, bekommen Sie keinen Fernseher.«

Schroeder schüttelte aufgeregt den Kopf und flüsterte: »Drängen Sie ihn nicht.«

Burke sagte: »Wir haben einiges zu besprechen, Flynn, nicht wahr?«

Flynn antwortete eine lange Weile nicht, dann sagte er: »Sie werden Vater Murphy an der Gittertür sehen. Also, wir treffen uns in fünfzehn — nein, vierzehn Minuten im Niemandsland. Verspäten Sie sich nicht.« Er hängte ein.

Schroeder sah Burke an. »Was reden Sie beide eigentlich da unten miteinander?«

Burke überging die Frage und ließ sich noch mal mit der Altarorgel verbinden. »Flynn?«

Brian Flynn sagte erstaunt. »Was wollen Sie noch?«

Burke zitterte vor Wut. »Eine neue Regel, Flynn. Legen Sie nicht auf, bevor ich zu Ende gesprochen habe.« Er knallte den Hörer auf die Gabel.

Schroeder brüllte ihn an: »Mann, sind Sie verrückt geworden. Haben Sie denn *nichts* gelernt?«

»Halten Sie's Maul.« Burke wischte sich den Schweiß von der Stirn.

Schroeder fuhr unbeirrt fort: »Paßt Ihnen wohl nicht, ins Hintertreffen zu geraten, was? Beleidigt Ihre Eitelkeit. Diese Kerle haben mich aufs übelste beschimpft, aber ich würde nie . . .«

»Schon gut. Sie haben recht. Tut mir leid.«

Schroeder wiederholte seine Frage: »Was reden Sie beide miteinander?«

Burke schüttelte den Kopf. Er war erschöpft und verlor allmählich die Geduld. Und das war schlecht, denn wenn er aus Übermüdung Fehler machte, dann würde es den anderen unweigerlich ebenso ergehen. Das Telefon klingelte. Schroeder antwortete und hielt Burke den Hörer hin. »Ihre Nachrichtenabteilung.«

Burke schaltete die Lautsprecher aus, nahm das Telefon und entfernte sich einige Schritte vom Schreibtisch. »Louise.«

Die Polizistin sagte: »Terri O'Neal unbekannt; Daniel Morgan, vierunddreißig Jahre alt, eingebürgerter Amerikaner, geboren in Londonderry. Vater walisischer Protestant, Mutter irische Katholikin. Verlobte in Belfast, wegen IRA-Tätigkeit verhaftet. Sitzt vielleicht noch im Armagh-Gefängnis. Ich werde bei den Briten nachfragen . . .«

»Setzen Sie sich auf keinen Fall mit den Briten, dem CIA oder dem FBI in Verbindung, es sei denn, Sie haben die ausdrückliche Genehmigung von Inspector Langley oder von mir.«

»Geht in Ordnung.« Sie fuhr fort: »Morgan ist bei uns aktenkundig, weil er bei einer Demonstration vor dem UN-Gebäude 1979 verhaftet worden ist. Er hat eine Geldstrafe bekommen und ist freigelassen worden. Adresse YMCA, 14. Straße. Aber es ist höchst zweifelhaft, daß er dort noch wohnt.« Sie las ihm den Rest der Akte vor.

»Ich habe einige unserer Leute auf ihn angesetzt und schicke Ihnen eine Kopie des Berichts. Über Stillway haben wir noch nichts erfahren.«

Burke hängte ein und sagte zu Langley: »Ich hol jetzt den Fernsehapparat.«

Schroeder sagte: »Um was hat es sich denn gehandelt?«

Langley sah Schroeder an. »Nur ein Versuch, ein paar Informationen zu erhalten, um Ihnen und Bellini das Leben zu erleichtern.«

»Das ist wohl auch das mindeste, was Sie tun können, nachdem Sie anfänglich alles vermasselt haben.«

Burke sagte: »Wenn wir die Besetzung verhindert hätten, würden Sie nicht hier sitzen und über das Leben des Erzbischofs und die Erhaltung der Kathedrale verhandeln.«

»Ich fühle mich Ihnen zu Dank verpflichtet.«

Burke musterte ihn und gewann den Eindruck, daß die Worte nicht nur ironisch gemeint waren.

Maureen kam aus der Toilette des Hochzeitszimmers und ging zum Spiegeltisch der Garderobe. Ihre Kleider hingen über einem Stuhl davor, und ein Erste-Hilfe-Kasten stand bereit. Sie setzte sich und öffnete den Kasten.

Jean Kearney stand neben ihr mit einer Pistole in der Hand. Sie räusperte sich und sagte zaghaft: »Man spricht noch oft von dir bei der IRA.«

Maureen betupfte sich die Beine mit Jod, ihre Stimme klang gleichgültig. »Ach, wirklich?«

»Ja, die Leute erzählen viel von Brians und deinen tollen Taten, bevor du zur Verräterin wurdest.«

Maureen warf einen kurzen Blick auf das junge Mädchen. Die Bemerkung war weder bösartig noch feindselig gemeint, Jean wiederholte nur das, was sie von anderen gehört hatte. Maureen sah auf die blauen Lippen und Finger des Mädchens. »Ist es sehr kalt im Dachstuhl?«

Sie nickte. »Scheußlich kalt. Es ist eine wahre Erholung, hier unten zu sein. Laß dir also Zeit.«

Maureen bemerkte einige Holzsplitter an Jean Kearneys Kleid. »Zimmert ihr irgendwas da oben?«

Jean Kearney wandte die Augen ab. Maureen stand auf und zog ihren Rock an. »Steig aus, Jean. Wenn der Moment kommt, gehorche ihnen nicht und halte auch Arthur — so heißt er doch, nicht wahr? — davon zurück.«

»Sprich nicht so zu mir. Wir sind loyal — keine Verräter wie du.«

Maureen drehte sich um und blickte in den Spiegel und auf das zarte Mädchen, das hinter ihr stand. Sie hätte ihr gern irgend etwas gesagt, aber was konnte man schon zu solch einem jungen Wesen sagen, das eine Kirche entweiht hatte und vermutlich in den nächsten Stunden einen Mord begehen würde. Jean Kearney würde ihre eigene Lösung finden — oder jung sterben.

Jemand klopfte an die Tür und öffnete sie einen Spalt. Flynn streckte den Kopf herein. Sein Blick fiel auf Maureen, und er schaute gleich wieder weg. »Verzeihung, ich dachte, du seist schon fertig.«

Maureen schlüpfte in ihre Bluse. Flynn betrat den Raum, seine Augen blieben auf der Jodtinktur und den Mullbinden haften. »Man sagt ja immer, die Geschichte wiederhole sich.«

Maureen knöpfte ihre Bluse zu. »Nun, wenn wir alle immer wieder die gleichen Fehler machen, muß sie ja wohl.«

Flynn lächelte. »Irgendwann kriegen wir es schon noch mal hin.«

»Höchst unwahrscheinlich.«

Flynn machte Jean Kearney ein Zeichen. Sie machte ein enttäuschtes Gesicht und verließ nur zögernd den Raum. Maureen setzte sich an den Spiegeltisch und kämmte ihr Haar. Flynn sagte nach einer Weile: »Ich würde mich gern mit dir unterhalten.«

»Ja, schieß los.«

»Besser in der Kapelle.«

»Wir sind hier völlig allein.«

»Ja . . . zu allein. Die anderen könnten auf dumme Gedanken kommen. Wir dürfen uns keine Blöße geben — weder du noch ich.«

Sie lachte und erhob sich. »Auf welche dummen Gedanken sollten die Leute schon kommen? Also wirklich, Brian . . . hier im Hochzeitszimmer der Kathedrale . . . Was für eine Bande sexbesessener Katholiken ihr doch seid, jeder einzelne von euch. Aber meinetwegen, gehen wir.«

Er nahm sie bei den Armen und drehte sie um. Sie schüttelte traurig den Kopf. »Zu spät, Brian, zu spät.«

»Warum sagen Frauen immer solche Dinge. Es ist nie zu spät, es gibt keine Jahreszeiten der Liebe.«

»O doch. Und für uns ist es Winter. Und es wird kein Frühling mehr kommen.«

Er zog sie an sich, küßte sie leidenschaftlich und verließ schnell den Raum, bevor sie reagieren konnte. Sie stand eine Weile regungslos, dann holte sie den Stein mit der eingeritzten Rose aus der Jackentasche und preßte ihn an die Lippen. »Oh, Brian, du Narr . . .«

Vater Murphy saß im Chorgestühl, mit einem Druckverband an der rechten Kieferseite. Der Kardinal stand neben ihm. Harold Baxter war seitlich auf eine Bank gebettet, eine breite Bandage um den nackten Oberkörper gewickelt. Am Rücken war das Blut durch den Verband gesickert, und auf der Brust zeichneten sich einige kleinere rote Flecken ab. Sein Gesicht wies noch die Spuren von Pedar Fitzgeralds Schlägen auf, und sein eines Auge war durch Megans Hieb halb zugeschwollen. Maureen durchquerte den Altarraum und kniete sich neben die beiden Männer. Sie tauschten bedrückte Begrüßungsworte aus. Maureen sagte zu Baxter. »Hickey hat mir gesagt, Sie seien tot und Vater Murphy läge im Sterben.«

Baxter schüttelte den Kopf. »Der Mann ist völlig von Sinnen.« Er blickte um sich, aber weder Flynn noch Hickey, noch Megan waren zu sehen, was ihn beunruhigte. Er fühlte, daß sein Mut ihn allmählich verließ, und ahnte, daß es den anderen ebenso erging. Er sagte: »Da wir offensichtlich nicht fliehen können, müssen wir versuchen, uns zumindest seelisch gegen diese Leute zu feien — ob wir mit dem Leben davonkommen, ist eine andere Sache. Wir müssen ihnen die Stirn bieten, sie daran hindern, Unfrieden zwischen uns zu stiften. Aber das können wir nur, wenn wir ihre Mentalität verstehen.«

Maureen dachte einen Moment lang nach. »Sicherlich, aber diese Leute sind schwer zu begreifen. Sogar Brian ist mir teilweise ein Rätsel geblieben, ich weiß nicht, was wirklich in ihm vorgeht.« Sie schwieg nachdenklich, dann fuhr sie stockend fort: »Nach unserer Trennung . . . hat mir jemand erzählt, daß er tot sei . . . von anderer Seite habe ich gehört, daß er einen Nervenzusammenbruch hatte . . . wie so viele . . . aber hier ist er wieder . . . wie ein

Unsterblicher . . . vom Leben gequält, aber unfähig, das Schwert niederzulegen, das ihm nur noch beschwerlich ist . . . O Gott, er tut mir fast leid . . .« Sie brach verärgert über sich selbst ab. Sie hatte das unbehagliche Gefühl, Brian bloßzustellen.

Der Kardinal beugte sich zu den drei Mitgefangenen herunter und sagte leise: »Bei meinem Rundgang mit Brian Flynn habe ich erfahren, daß er an seltsame Mythen glaubt. Er ist ein Romantiker, ein Mann, der in einer düsteren Vergangenheit lebt. Die Idee des Blutopfers — die sich vielleicht hier verwirklichen wird — ist tief eingebettet in der irischen Legende und Geschichte. Diese Menschen umgibt eine Aura der Niederlage . . .« Er schien nach Worten zu suchen, dann sagte er fast abgehackt: »Er glaubt wirklich, er sei eine Reinkarnation von Finn MacCumail.« Er sah Maureen an. »Und er liebt Sie noch immer.«

Sie errötete, dann sagte sie: »Das würde ihn aber nicht davon abhalten, mich zu töten.«

Der Kardinal schüttelte den Kopf. »Nur wenn er meint, daß Sie nichts mehr für ihn empfinden.«

Sie dachte an die Szene im Hochzeitszimmer zurück. »Und was soll ich tun? Ihm etwas vormachen?«

Vater Murphy sagte: »Das müssen wir wohl alle tun, wenn wir überleben wollen. Zeigen Sie ihm, daß Sie sich um ihn Sorgen machen. In gewisser Weise tun wir das ja alle — ich mache mir Sorgen um seine Seele.«

Baxter nickte. »Schließlich kostet es nichts, höflich zu sein . . . außer vielleicht ein wenig Selbstachtung.« Er lächelte und sagte: »Wenn alle sich beruhigt haben, machen wir noch einen weiteren Versuch.«

Maureen nickte zustimmend. »Jederzeit.«

Der Kardinal sagte erstaunt: »Haben Sie beide nicht allmählich genug?«

Sie antwortete: »Nein.«

Baxter sagte: »Mit Flynn allein würde ich mir zutrauen, fertig zu werden, aber wenn ich in die Augen von Megan Fitzgerald und John Hickey blicke . . . Maureen und ich haben darüber schon gesprochen, und ich bin zu der Erkenntnis gekommen, daß es mich ärgern würde, wenn die Zeitungen morgen über meine Hinrichtung oder meinen Märtyrertod berichten würden. Ich möchte vielmehr, daß sie schreiben: ›Bei einem Fluchtversuch erschossen.‹«

Der Kardinal sagte eisig: »Oder es könnte heißen: bei einem sinnlosen Fluchtversuch . . . kurz vor seiner Befreiung.«

Baxter sah ihn an. »Ich glaube nicht mehr an eine friedliche Lösung, was bedeutet, daß mir keine Wahl bleibt.«

Maureen setzte hinzu: »Ich bin fast sicher, daß Hickey uns alle und die Kathedrale zerstören will.«

Baxter richtete sich mühsam auf. »Es gibt noch eine Möglichkeit, hier lebend herauszukommen . . . und die müssen wir wahrnehmen . . . alle zusammen. Es ist unsere einzige und letzte Chance.«

Vater Murphy schien einen inneren Kampf auszufechten, schließlich stieß er hervor: »Ich mache mit.«

Der Kardinal schüttelte den Kopf. »Es war ein Wunder, daß wir bei Ihrem letzten Versuch nicht alle umgekommen sind. Ich muß darauf bestehen . . .«

Maureen griff in ihre Jackentasche und hielt den dreien ein weißes Klümpchen hin. »Weiß einer von Ihnen, was das ist? Nein, natürlich nicht. Es ist Sprengstoff. Er befand sich, wie wir schon angenommen haben, in den Koffern, die Hickey und Megan in den Keller geschleppt haben. Ich persönlich habe ihn nur an einer Säule entdeckt und weiß daher nicht, an wieviel anderen Säulen noch Ladungen angebracht sind. Aber eines weiß ich mit Bestimmtheit, nämlich daß zwei Koffer mit Sprengstoff vollauf genügen, diese Kathedrale in die Luft zu jagen.« Sie richtete ihren Blick auf den Kardinal, der bleich geworden war. »Und ich habe hier oben weder Zünder noch Kabel gesehen, was nur bedeuten kann, daß da unten ein Zeitzünder tickt. Daher muß unbedingt mindestens einer von uns hier hinauskommen, um die Leute draußen zu warnen.«

Brian Flynn kam mit großen Schritten auf sie zu und sagte mit ärgerlicher Stimme: »Wird hier ein neues Komplott geschmiedet? Eminenz, würden Sie bitte zu Ihrem Thron zurückkehren? Die beiden Verwundeten bedürfen Ihres Trostes nicht; sie finden es schon tröstlich genug, daß sie noch am Leben sind. Maureen, folg mir bitte in die Marienkapelle.«

Maureen erhob sich und merkte erst jetzt, wie steif ihre Glieder waren. Sie bewegte sich langsam zu den Seitenstufen und ging durch den Chorumgang zur Marienkapelle. Flynn wies mit dem Finger auf eine der hinteren Eckbänke. Sie setzte sich.

Er stand im Gang neben ihr und blickte sich in der stillen Kapelle um. Seine Blicke richteten sich auf die Marienstatue auf dem Altar und dann auf das Apsisfenster darüber. »Wenn das erste Morgenlicht durch dieses Fenster fällt, ist hoffentlich keiner von uns mehr hier.«

Sie drehte ihm ihr Gesicht zu. »Du wirst diese Kirche nicht niederbrennen, du wirst keine hilflosen Geiseln töten, sprich also nicht wie ein Mann, der fähig ist, solche Ungeheuerlichkeiten zu begehen.«

Er legte seine Hand auf ihre Schulter, und sie rückte beiseite, damit er sich neben sie setzen konnte. Er sagte: »Ich mache irgend etwas falsch, wenn du den Eindruck hast, daß ich bluffe.«

»Vielleicht ist es nur, weil ich dich so gut kenne. Den anderen hast du erfolgreich Sand in die Augen gestreut.«

»Ich bluffe nicht, und ich habe niemand Sand in die Augen gestreut.«

»Würdest du mich erschießen?«

»Ja — aber mich gleich danach, natürlich.«

»Sehr romantisch, Brian.«

»Klingt abscheulich, was?«

»Du solltest dich reden hören.«

»Bitte . . . sei nicht so aggressiv. Ich . . . wollte mich schon die ganze Zeit mit dir unterhalten . . . aber mit dem ganzen Hin und Her . . . doch jetzt haben wir etwas Ruhe . . . Maureen, vor allem versprich mir, keinen weiteren Fluchtversuch zu unternehmen.«

»Gut, versprochen.«

Er sah sie an. »Glaub mir, das nächste Mal töten sie dich.«

»Besser als ein Genickschuß von dir.«

»Sei nicht so morbid. Dazu wird es nicht kommen.«

»Aber völlig sicher bist du nicht?«

»Es hängt von Dingen ab, die ich nicht mehr unter Kontrolle habe.«

»Wenn dem so ist, dann hättest du nicht mein Leben und das der anderen aufs Spiel setzen sollen. Meinst du, die Leute da draußen werden einsichtsvoll und überlegt handeln, wenn sie merken, daß du den wilden Mann spielst?«

»Es bleibt ihnen keine andere Wahl.«

»Keine andere Wahl als einsichtsvoll und vernünftig zu sein? Ich sehe, dein Glaube an die Menschheit ist gewachsen. Wenn du recht hättest, gäbe es keine Internierten in Ulster und wir säßen nicht hier.«

»Über dieses Thema haben wir uns schon vor vier Jahren nicht einigen können.«

Er starrte eine Weile auf die Fenster, dann wandte er sich ihr wieder zu. »Bleibst du bei mir, wenn dies alles vorbei ist?«

»Brian, begreifst du denn nicht, daß du diese Kathedrale nur als Gefangener oder als Toter verläßt?«

»Du irrst, ich habe als freier Mann dieses Gebäude betreten, und ich werde es als freier Mann verlassen.«

»Und was geschieht mit der armen Megan? Du wirst ihr das Herz brechen.«

»Schweig.« Er hielt ihren Arm mit einem harten Giff. »Du fehlst mir, Maureen.« Sie reagierte nicht.

Er sagte: »Ich werde den Kampf aufgeben. Ich verspreche es dir. Diese ganze Sache hier hat mich vieles gelehrt.«

»Zum Beispiel?«

»Ich habe begriffen, daß du mir wichtiger als alles andere bist. Es tut mir leid, daß ich damals, als du ausgestiegen bist, noch nicht dazu bereit war.«

»Wir wollen uns doch beide nichts vormachen: Einmal dabei — immer dabei . . .«

»Nein!« Er zog sie näher an sich. »Ich glaube, daß ich aus dieser Sache heil herauskomme. Warum kannst du es dann nicht auch glauben?«

Sie schmiegte sich an ihn, legte ihre Hand auf seine und sagte traurig: »Selbst wenn du hier herauskämst, Brian, so würde die Organisation nie zulassen, daß du aufgibst — nein, das Häuschen am Meer in Kerry bleibt für immer ein Traum. Und was würde mit mir geschehen? Die IRA ist noch immer auf meinen Kopf aus. Niemand kann das tun, was wir mit unserem Leben getan haben, Liebling, und dann erwarten, einen friedlichen Lebensabend zu verbringen. Wie lange ist es her, daß du ein Klopfen an der Tür gehört hast, ohne daß Angst dich würgte? Meinst du wirklich, du kannst in Pension gehen wie ein ältlicher respektierter Politiker und in aller Ruhe deine Memoiren schreiben? Du hast Blutspuren über ganz Irland hinterlassen, und es gibt viele Menschen — Iren, Briten —, die nunmehr *dein* Blut fordern.«

»Es gibt Länder, in die wir emigrieren könnten . . .«

»Nicht auf diesem Planeten. Die Welt ist erstaunlich klein, wie viele von unseren Leuten, die geflüchtet sind, zu ihrem Leidwesen herausgefunden haben. Stell dir vor, wir würden zusammenleben — jedesmal, wenn einer von uns beiden zum nächsten Zigarettenautomat ginge, hätten wir Angst, uns nie wiederzusehen. Jeder Brief könnte eine Bombe enthalten. Und wenn wir Kinder hätten . . .«

Sie sah ihn abgrundtief traurig an, und er antwortete nicht. Sie fuhr mit einer fast tonlosen Stimme fort. »Nein, ich könnte so nicht leben. Aber es hat mir wohlgetan, mit dir offen zu sprechen. Und weißt du, es ist wirklich unwichtig, wann und wo wir beide sterben.«

»Aber du würdest doch gern überleben . . . mit mir. Wenn es möglich wäre . . .«

Sie schloß die Augen. »Das wollte ich einmal, und ich glaube, ich will es immer noch. Aber das steht nicht in unseren Sternen.«

»Zu wissen, daß du es willst . . . das genügt mir.« Dann fügte er leise hinzu: »Deine Schwester Sheila . . . ich habe sie auf die Liste der zu befreienden Gefangenen gesetzt. Und jetzt geh zurück in den Altarraum.«

»Kann ich nicht hier in der Kapelle bleiben?«

»Ich hätte nichts dagegen, aber . . . ich fürchte um deine Sicherheit . . . Megan . . .«

Sie holte tief Luft. »Du hast wie immer recht — leider.«

»Und du hast leider recht, was uns beide betrifft. Komm, wir müssen gehen.« Sie verließen die stille Kapelle.

41

Flynn ging die Sakristeitreppe hinunter und sah Burke und Pedar Fitzgerald, die sich durch das Gitter musterten. Ein tragbarer Fernseher stand neben Burke auf dem Treppenabsatz. Flynn sagte zu Pedar Fitzgerald: »Bring in fünf Minuten den Priester hierher.«

Fitzgerald hängte seine Maschinenpistole um die Schulter und ging.

Burke betrachtete Flynn eingehend. Er wirkte müde, sogar deprimiert. Flynn nahm seine Handsonde und strich über den Fernseher. »Wir beide, Sie und ich, sind von Natur aus und von Berufs wegen mißtrauisch. Mein Gott, ist das einsam hier, nicht wahr?«

»Warum so melancholisch?«

Flynn lehnte sich gegen das Gitter, und Burke hatte den Eindruck, daß er einen schweren inneren Kampf mit sich ausfocht.

Nach einer langen Weile sagte Flynn: »Ich habe Ihnen etwas wirklich Wichtiges zu sagen. Hickey und ich sind zu der Überzeugung gekommen, daß Martin den Architekten Stillway entführt hat. Sie werden mich fragen, warum? Damit Sie keinen wirkungsvollen Angriff gegen uns planen können. Martin will ein schnelles Eingreifen der Polizei verhindern. Er möchte die Sache so lange, wie es geht, hinausziehen — möglichst bis zum Morgengrauen. Vermutlich hat er schon durchblicken lassen, daß ich die Frist bestimmt verlängere.«

Burke schwieg nachdenklich.

Flynn lehnte sich weiter vor. »Und nachdem Sie Ihren Angriff nicht sorgfältig planen können, klammern Sie sich an diese Hoffnung. Aber lassen Sie sich von mir gesagt sein, um sechs Uhr drei in der Frühe existiert diese Kathedrale nicht mehr. Und wenn Sie sie stürmen, werden Ihre Leute hohe Verluste erleiden. Die einzige Möglichkeit, aus dieser Sache ohne Blutvergießen herauszukommen, ist, daß Sie meine Forderungen erfüllen. Sie, Burke, wissen, daß wir die Stärkeren sind, sagen Sie daher diesen Blödmännern da draußen, daß sie ihren Stolz hinunterschlucken sollen, so daß wir alle nach Hause gehen können.«

»Ich würde nur tauben Ohren predigen.«

»Sie müssen sich Gehör verschaffen.«

Burke schüttelte den Kopf. »Für die maßgebenden Leute sind die Fenier nur eine Abart der New Yorker Straßenbanden, aber keine ernstzunehmenden Gegner. Sie werden nicht mit Ihnen verhandeln, Flynn. Sie sind gesetzlich dazu gezwungen, Sie festzunehmen und ins Gefängnis zu schicken. Sie machen keinen Unterschied zwischen Terroristen, Mördern, Dieben oder Frauenschändern — Sie und Ihre Gefolgsleute sind gemeine Verbrecher in den Augen der Obrigkeit . . .«

»Schweigen Sie.«

Sie starrten einander an, dann sagte Burke in einem freundlicheren Ton: »Ich will Ihnen ja nur die Einstellung dieser Leute klarmachen. Ich sage Ihnen die Wahrheit, die Schroeder Ihnen verschweigt. Wir sind zweifellos in einer schwierigen Lage, aber wir können nicht kapitulieren. Sie können es — ohne das Gesicht zu verlieren. Sie können die besten Bedingungen für sich aushandeln und die Waffen niederlegen . . .«

»Nein. Niemand hier ist gewillt, sich mit weniger, als wir gefordert haben, zufriedenzugeben.«

Burke seufzte. »Ich werde es übermitteln. Vielleicht gibt es doch noch irgendeine Möglichkeit, Sie, Ihre Kameraden und die Geiseln zu retten, aber die Leute in den Internierungslagern . . . London würde nie und nimmer einwilligen . . .«

Flynn schüttelte den Kopf. »Alles oder nichts.« Beide Männer versanken in Schweigen, beide waren sich bewußt, daß etwas verlorengegangen war, was zwischen ihnen bestanden hatte.

Pedar Fitzgeralds Stimme kam von der Treppe. »Vater Murphy!«

Flynn drehte sich um und rief: »Schick ihn herunter!«

Des Priesters Gang war unsicher, er stützte sich schwer aufs Geländer, lächelte aber trotz seines dicken Verbandes. Seine Stimme klang schwach: »Nett, Sie zu sehen, Patrick.« Er reichte ihm die Hand durchs Gitter.

Burke ergriff des Priesters Hand. »Wie geht es Ihnen?«

»Gerade noch mal davongekommen. Der Herr hat anscheinend noch keine Verwendung für mich.«

Burke ließ die Hand des Priesters los und zog seine eigene zurück.

Flynn sagte scharf: »Geben Sie mir den Zettel.«

Burke öffnete die Hand, Flynn griff nach dem Stück Papier und las die mit Bleistift geschriebene Botschaft: *Hickey hat letzte Nachricht gesendet.* Er runzelte die Stirn . . . was sollte das bedeuten? Er steckte den Zettel ein und sagte ohne eine Spur von Ärger in der Stimme. »Diese Geiseln haben meine Hochachtung, Burke. Sie sind einfallsreich und mutig, sogar die beiden Geistlichen machen uns zu schaffen.«

Burke sagte zu Murphy: »Braucht jemand von Ihnen einen Arzt?«

Murphy schüttelte den Kopf. »Nein, wir sind ein wenig angeschlagen, aber dagegen kann auch ein Arzt nichts tun. Wir werden uns schon erholen.«

Flynn sagte: »Das reicht, Vater, gehen Sie zu den anderen zurück.«

Murphy zögerte und blickte auf das Vorhängeschloß und dann auf Flynn, der so groß war wie er selbst, aber nicht so massig.

Flynn witterte die Gefahr und trat einen Schritt zurück. Seine rechte Hand hing lose an seiner Hüfte, aber seine sprungbereite Haltung verriet, daß er im Begriff war, die Pistole zu ziehen. »Ich bin oft genug von Priestern geschlagen worden, und ich würde gern einige dieser Schläge heimzahlen. Fordern Sie mich nicht dazu heraus. Gehen Sie.«

Murphy wandte sich um, ging die Stufen hinauf und rief über die Schulter zurück: »Sagen Sie Ihren Leuten, Patrick, daß wir keine Angst haben.«

Burke antwortete: »Das ist uns klar, Vater.«

Flynn wartete, bis Murphy gegangen war, hob den Kopf, blickte Burke an und sagte fast weich: »Versprechen Sie mir, Lieutenant . . . versprechen Sie mir . . .« Burke wartete.

»Versprechen Sie mir . . . wenn wir angegriffen werden . . . daß Sie mit dabei sind.«

»Warum . . .?«

Flynn fuhr stockend fort: »Weil . . . wenn Sie nicht . . . auch *Ihr* Leben riskieren, dann . . . verschweigen Sie vielleicht unbewußt Dinge, die Sie sagen sollten . . . und hinterher — wie immer es ausgeht — würden Sie sich selbst nicht mehr respektieren. Es ist schwierig zu formulieren, aber verstehen Sie, was ich meine?«

Burke fühlte, wie sein Mund trocken wurde. Er dachte an Schroeders aalglatte Reden. Dies war keine Nacht für Medienprimadonnen, es war die Stunde der Soldaten. Er sah Flynn an und nickte kaum merklich.

Flynn nahm dieses Einverständnis ohne ein weiteres Wort zur Kenntnis. Er blickte zur Seite und sagte leise: »Verlassen Sie nicht wieder das Pfarrhaus. Bleiben Sie dort — ganz besonders wenn der Morgen naht.«

»Ich werde da sein.«

42

Brian stand vor dem Beichtstuhl und blickte auf den Rufknopf. *Hickey hat letzte Nachricht gesendet* . . . Flynn hörte das Geräusch sich nähernder Schritte und drehte sich um.

Hickey blieb stehen und sah auf seine Uhr. »Es ist an der Zeit, die Presse zu treffen.«

Flynn sagte: »Was war mit dem Rufknopf?«

Hickey warf einen Blick auf den Beichtstuhl. »Ach das? Ganz unwichtig. Ich habe Murphy dabei ertappt, wie er während der Beichte versucht hat, eine Nachricht zu morsen. Hättest du das von einem Priester gedacht? Nun, egal — aber soweit ich weiß, ist dieser Rufknopf mit dem Pfarrhaus verbunden, und da habe ich mir den Spaß gemacht, die Pfaffen mit ein paar deftigen Zoten zum Erröten zu bringen.« Er lachte laut auf.

Flynn zwang sich zu einem Lächeln, aber Hickeys Erklärung klang unglaubwürdig. Hickey hat die *letzte* Nachricht gesendet? Und wer vor ihm? Und wie oft? Er sagte: »Du hättest mich von der Sache unterrichten sollen.«

»Ach Brian, ich wollte dich nicht mit so einer Kleinigkeit belästigen, du hast schon genug um die Ohren.«

»Trotzdem . . .« Er sah in Hickeys kalkweißes Gesicht, das verschmitzte Zwinkern war einem eiskalten Blick gewichen, der deutlicher als Worte sagte: »Frag nicht weiter!« Flynn wandte sich ab. Er machte keine Anstalten, zum Lift zu gehen. Er wußte, seine Beziehung zu Hickey war an einem Wendepunkt angelangt. Ein kalter Schauer lief ihm den Rücken hinunter, und eine panische Angst ergriff ihn: *Mein Gott, was habe ich entfesselt?*

Hickey blieb unter dem Bogen neben dem Beichtstuhl vor der Eichentür des Fahrstuhls stehen. Er schaltete die Alarmvorrichtung ab und entschärfte vorsichtig die Mine. Flynn stand hinter ihm.

Hickey nickte befriedigt. »Ich aktiviere sie wieder, sobald du unten bist.« Er öffnete die Eichentür, hinter der sich die zwei grauen Schiebetüren des Lifts befanden. Flynn trat näher heran.

Hickey sagte: »Wenn du zurückkommst, klopf an die Eichentür — dreimal lang, zweimal kurz, dann weiß ich, daß du es bist, und entschärfe die Mine wieder.« Er sah Flynn von unten an. »Viel Glück.«

Flynn starrte auf die Lifttüren und dann auf die an der halbgeöffneten Eichentür hängende Mine. *Dann weiß ich, daß du es bist, und ich entschärfe die Mine wieder.* Er blickte Hickey in die Augen und sagte: »Ich habe eine bessere Idee.«

Inspector Langley und Roberta Spiegel warteten im hellerleuchteten Korridor des Kellergeschosses. Sie waren von Emergency-Service-Polizisten und drei ID-Beamten umringt. Langley sah auf seine Uhr. Kurz nach zehn. Er hielt das Ohr gegen die Fahrstuhltür, hörte aber nichts und richtete sich wieder auf.

Roberta Spiegel sagte: »Drei Fernsehgesellschaften und sämtliche Radiostationen warten auf diesen Kerl. Typischer Fall von Mussolini-Komplex — laß sie warten, bis sie vor Spannung verrückt werden.«

Plötzlich unterbrach das Geräusch des Liftmotors die Stille und wurde lauter, als der Lift in den Keller fuhr. Die Wartenden reckten sich unbewußt. Roberta Spiegel strich sich mit der Hand übers Haar, ihr Herz klopfte.

Die Türen öffneten sich, aber nicht Brian Flynn, sondern John Hickey wurde sichtbar. Er betrat lächelnd den Korridor. »Finn

MacCumail, der Anführer der Fenier, drückt Ihnen seine Ehrerbietung und sein Bedauern aus.« Hickey blickte in die Runde, dann fuhr er fort: »Mein Chef ist ein mißtrauischer Mann — deshalb ist er auch noch am Leben. Ein Vorgefühl hat ihn gewarnt, sich den Gefahren, die eine solche Situation unweigerlich mit sich bringt, nicht auszusetzen.« Er blickte Inspector Langley an. »Er ist ein rücksichtsvoller Mann, daher wollte er weder Sie noch Ihre britischen Kollegen in Versuchung bringen, etwas Unüberlegtes zu tun. Und so hat er mich geschickt, seinen treuergebenen Stellvertreter.«

Langley wollte nicht recht glauben, daß Flynn eine Falle fürchtete — nicht mit vier Geiseln, die seine Sicherheit garantierten. Er sagte: »Sie sind natürlich John Hickey.«

Hickey verbeugte sich: »Ich hoffe, Sie haben nichts dagegen, daß ich die Pressekonferenz abhalte.«

Langley zuckte die Achseln. »Es ist Ihre Schau.«

Hickey lächelte. »Ganz richtig. Und mit wem habe ich das Vergnügen zu sprechen?«

»Inspector Langley.«

»Ach, ja . . . und die Dame?«

»Ich heiße Roberta Spiegel, und ich arbeite im Büro des Bürgermeisters.«

Hickey verbeugte sich und nahm ihre Hand. »Ja, Sie haben kurz mit Brian am Telefon gesprochen. Sie sind sehr viel schöner, als Ihre Stimme vermuten läßt.« Er machte eine entschuldigende Geste. »Bitte verstehen Sie mich nicht falsch.«

Roberta Spiegel zog schweigend ihre Hand zurück, sie war um eine Antwort verlegen — eine für sie neue Erfahrung.

Langley sagte: »Gehen wir.«

Hickey ignorierte ihn, trat auf einen großen Emergency-Service-Polizisten zu und las sein Namensschild. »Gilhooly.« Er nahm die Hand des Mannes und schüttelte sie kräftig. »Mir gefallen diese melodischen gälischen Namen. Ich kannte Gilhoolys in Tullamore.«

Der Polizist blickte betreten drein, doch Hickey ging ungerührt zum nächststehenden Polizisten und dann die ganze Reihe entlang. Er drückte jedem die Hand und redete sie mit ihrem Namen an. Langley und Roberta Spiegel wechselten Blicke. Langley flüsterte: »Mussolini war ein verschüchterter Schuljunge verglichen mit unserem Freund.« Dann sagte er laut: »Können wir jetzt gehen?«

Hickey sagte: »Zeigen Sie uns den Weg, Inspector.« Er fiel in Gleichschritt mit Langley und Roberta Spiegel, die drei ID-Leute folgten. Hickey sagte vorwurfsvoll: »Sie hätten mich diesen Männern vorstellen sollen, man darf Menschen nicht zu Strohpuppen degradieren.«

Langley zog es vor, darauf nicht zu antworten.

Hickey fuhr unbeirrt fort: »In früheren Zeiten haben die Gegner sich vor dem Kampf tief voreinander verneigt, und selbst ein zum Tode Verurteilter hat dem Scharfrichter die Hand gegeben und zuweilen ihn sogar gesegnet, um ihm seine Achtung zu beweisen. Wir sollten Krieg und Tod wieder zu einer persönlichen Angelegenheit machen.«

Langley blieb vor einer modernen Holztür stehen. »Dies ist der Konferenzraum.«

Hickey sagte: »Ich bin noch nie im Fernsehen aufgetreten. Muß ich nicht geschminkt werden?«

Langley winkte die drei ID-Leute heran, dann sagte er zu Hikkey: »Bevor ich Sie hereinbitte, muß ich Sie fragen, ob Sie bewaffnet sind.«

»Nein! Sind Sie es?«

Einer der drei Intelligence-Männer tastete mit einer Handsonde Hickeys Körper ab. Die Sonde gab keinen Laut von sich, und Langley öffnete die Tür. Als Hickey den Raum betrat, erstarb die Unterhaltung. Hickey blickte sich um. Ein langer Konferenztisch, Kameras, Scheinwerfer und Kabel dominierten den Raum. Ein Reporter namens David Roth, der als Wortführer gewählt worden war, stellte sich vor und wies auf einen Stuhl am Kopfende des langen Tisches.

Hickey setzte sich. Roth fragte: »Sind Sie Brian Flynn, der Mann, der sich Finn MacCumail nennt?«

Hickey lehnte sich bequem im Stuhl zurück. »Nein, ich bin John Hickey, der sich John Hickey nennt. Sie wissen natürlich, wer ich bin, und am Ende unserer Unterhaltung werden Sie noch sehr viel mehr über mich wissen.« Er blickte in die Runde. »Würden Sie sich bitte der Reihe nach vorstellen.«

Roths Ausdruck verriet leichtes Erstaunen, aber er nannte noch einmal seinen Namen und bat dann die übrigen, die Techniker inbegriffen, Hickeys Wunsch nachzukommen.

Hickey nickte jedem freundlich zu und sagte: »Es tut mir leid, daß ich Sie habe warten lassen, und ich hoffe, daß meine Verspätung die Vertreter Ihrer Regierungen nicht veranlaßt hat, frühzeitig zu gehen.«

Roth erwiderte: »Sie werden nicht an der Konferenz teilnehmen.«

Hickey setzte eine verletzte und enttäuschte Miene auf. »Ach, wie bedauerlich, aber vermutlich wollen sie nicht gemeinsam mit einem so übel beleumundeten Mann, wie ich es bin, auf dem Bildschirm erscheinen.« Dann zog sich ein breites Lächeln über sein Gesicht. »Und ehrlich gesagt, wäre es auch mir peinlich, mit denen zusammen gesehen zu werden.«

Roth gab den Technikern ein Zeichen, und die Scheinwerfer

strahlten auf. Eine Frau näherte sich Hickey mit einem Schminkkasten, doch der alte Mann schob sie sanft beiseite, und sie zog sich eiligst zurück.

Roth sagte: »Haben Sie eine bestimmte Vorstellung, wie unser Gespräch verlaufen soll?«

»Ja, ich rede, und wenn Sie mir zuhören, ohne einzuschlafen oder in Ihrer Nase zu bohren, dann bin ich bereit, Ihre Fragen später zu beantworten.« Mehrere Journalisten lachten.

Einer der Techniker rief: »Mr. Hickey, können Sie irgend etwas sagen, damit wir uns auf Ihre Stimmlage einstellen können!«

»Stimmlage? Nun gut. Ich singe Ihnen eine Strophe von einem irischen Lied, aber wenn ich zu Ende bin, will ich, daß es losgeht.«

Hickey fing zu singen an.

»Vielen Dank, Sir. Wir sind jetzt sendebereit.«

Die Lichter gingen an. Jemand rief: »Aufnahme!«

Roth hob mit sonorer Stimme an: »Guten Abend, hier spricht David . . .«

Hickey sang, ohne sich stören zu lassen, weiter: *»Irland, Heimat unserer Väter, töte Feinde und Verräter . . .«*

Roth warf Hickey einen warnenden Blick zu und begann von neuem: »Guten Abend, hier spricht David Roth . . . dies ist, wie Sie sehen, eine Live-Übertragung aus dem Presseraum der St.-Patricks-Kathedrale. Keine fünf Meter entfernt halten eine unbekannte Anzahl von IRA-Terroristen . . .«

»Fenier!« brüllte Hickey.

»Verzeihung . . . halten Fenier vier Geiseln gefangen, darunter den Kardinal . . .«

»Das wissen bereits alle!« grölte Hickey wütend.

Roth stammelte verwirrt: »Und . . . und heute abend gibt uns Mr. John Hickey die Ehre . . . einer . . . der Fenier . . .«

»Richte die Kamera auf mich, Jerry«, rief Hickey, »ja, so ist's prima.«

Hickey lächelte in die Kamera und begann: »Guten Abend, ich hoffe, Sie alle hatten einen fröhlichen St.-Patricks-Tag. Darf ich mich Ihnen vorstellen, ich bin John Hickey, Dichter, Gelehrter, Soldat und Patriot.« Er lehnte sich im Stuhl zurück. »Ich bin 1905 in einer kleinen Stadt in der Grafschaft Cork geboren. Aber schon als Knabe habe ich meinem Land als Geheimkurier gedient, und zwar am Ostermontag 1916 in Dublin, als der Poet Padraic Pearse und der sozialistische Führer James Connolly mit ihrer Gefolgschaft, der mein seliger Vater Thomas angehörte, das Postamt besetzt haben. Wir wurden von den irischen Füsilieren und Schützen umzingelt — Lakaien der britischen Armee.«

Er zündete sich geruhsam seine Pfeife an, dann fuhr er fort: »Padraic Pearse verlas eine Proklamation auf den Stufen des Postamts, und jedes Wort klingt mir noch heute im Ohr.« Er räusperte sich und zitierte dann mit Stentorstimme: »*Iren und Irinnen — im Namen Gottes und der verstorbenen Generation, von denen Irland seine uralte Tradition, eine Nation zu sein, geerbt hat, ruft Irland heute durch uns seine Kinder zur Fahne und zum Kampf für die Freiheit.*«

Hickey war nicht mehr zu bremsen, verflocht Volksmärchen, Phantasien, Tatsachen und eigene Vorurteile. Die meisten Journalisten lehnten sich voller Neugierde über die Tische, andere sahen ungeduldig und leicht verwirrt aus.

Aber Hickey war längst jenseits aller bewußten Wahrnehmungen. Gelegentlich erwähnte er die Kathedrale, um das Interesse aufs neue zu entfachen, aber dann schweifte er sofort wieder ins Persönliche ab, wetterte gegen die englische Regierung, erging sich in langen Erzählungen über das Martyrium seines Vaters, den Tod seiner Freunde — die er alle bei Namen nannte — und die düstere Zukunft eines geteilten Irlands. Schließlich gähnte er und bat um ein Glas Wasser.

Roth ergriff die Gelegenheit, um zu fragen: »Können Sie uns genau beschreiben, wie es Ihnen gelungen ist, die Kathedrale zu besetzen? Was sind Ihre Forderungen? Würden Sie wirklich die Geiseln töten und die Kathedrale . . .?«

Hickey hielt die Hand hoch. »Mein lieber Junge, ich bin noch lange nicht in der Gegenwart. Wie gesagt, im Jahre 1956 haben wir in den sechs von den Briten besetzten Grafschaften, die jetzt so allgemein ›Ulster‹ genannt werden, den Widerstand angefacht. Ich habe eine Truppe von Männern und Frauen in der Nähe von Doon Forest angeführt . . .« Hickey fuhr fort.

Langley beobachtete ihn, dann musterte er der Reihe nach die Journalisten und Fernsehleute. Sie fühlten sich offensichtlich nicht wohl in ihrer Haut. Aber Langley hatte das ungute Gefühl, daß Hickey beim Publikum sehr viel besser ankam als bei diesen Medienvertretern. Hickey konnte erzählen — seine Sprache war packend und unverblümt — er schwitzte, rauchte, kratzte sich — er war von einer solch herzerfrischenden Natürlichkeit, wie man sie im Fernsehen schon lange nicht mehr zu sehen bekommen hatte.

John Hickey war für fünfzig Millionen amerikanischer Fernsehzuschauer zu einem Volkshelden geworden. Vermutlich, dachte Langley, werden morgen früh in der Madison Avenue T-Shirts mit Hickey-Porträts feilgeboten.

43

Brian Flynn blickte in den Fernsehapparat, den er auf den Altar gestellt hatte. Maureen, Vater Murphy und Baxter sahen schweigend vom Chorgestühl aus zu, der Kardinal starrte regungslos, die Fingerkuppen aneinandergepreßt, von seinem Thron aus auf den Bildschirm.

Flynn schwieg lange Zeit, dann sagte er zu niemand im besonderen: »Ein langatmiger alter Geselle.«

Maureen fragte: »Warum hast *du* nicht die Pressekonferenz abgehalten?«

Flynn sah sie an, aber antwortete nicht. Sie neigte sich zu Vater Murphy und flüsterte. »Hickey ist ein wirkungsvoller Redner.« Sie hielt nachdenklich inne. »Leider muß man etwas so Drastisches wie die Fenier tun, um die breite Öffentlichkeit auf unsere Probleme aufmerksam zu machen.«

Murphy murmelte: »Vermutlich spricht er jedem frustrierten Iren aus der Seele.«

Megan Fitzgerald durchquerte den Altarraum und stellte sich vor den Fernseher. Hickey hatte seine Erzählung wiederum mit einem Lied unterbrochen.

Megan sagte: »Blöder alter Narr. Er macht uns mit seinem Geschwätz nur lächerlich.« Sie wandte sich an Flynn: »Warum zum Teufel hast du ihn geschickt?«

Flynn sagte freundlich: »Laß dem alten Mann doch sein Vergnügen, Megan. Nach fast siebzig Jahren Kampf hat er sich das verdient. Und er hat ja auch viel zu erzählen.«

Megans Stimme klang ungeduldig. »Er soll nicht den Märchenonkel spielen, sondern diesen Leuten klipp und klar sagen, daß die Briten, und nur sie allein, die Verhandlungen blockieren. Ich habe einen Bruder in Long Kesh, und ich will ihn morgen als freien Mann in Dublin sehen.«

Maureen blickte sie an. »Ach, und ich dachte, du seist nur Brians wegen hier.«

Megan wirbelte herum. »Halts Maul!«

Maureen sprang auf, aber Vater Murphy zog sie auf den Sitz zurück. Flynn schwieg, und Megan verzog sich.

Hickeys Stimme dröhnte aus dem Apparat. Der Kardinal starrte ins Leere, ohne sich zu rühren. Baxter drehte den anderen den Rücken zu und versuchte, Hickeys Stimme innerlich abzuschalten, um sich voll auf seinen neuen Fluchtplan zu konzentrieren. Vater Murphy und Maureen blickten fasziniert auf den Bildschirm, auch Flynn schien hinzusehen, nur daß er, so wie Baxter, mit seinen Gedanken woanders war.

John Hickey zog eine Taschenflasche hervor und goß sich eine dunkle Flüssigkeit in sein Wasserglas. »Verzeihen Sie — Herzmedizin.« Er leerte das Glas und stieß einen Seufzer aus. »Schon besser. Wo waren wir stehengeblieben? Ach ja — 1973.« Er hob die Arme. »Nein, genug davon. Aber jetzt hören Sie mir alle mal genau zu! Wir sind keine Mörder, wir wollen weder einem Kirchenfürsten — so ein edler, guter Mensch — noch seinem Priester, Vater Murphy — so voller Güte — ein Leid zufügen . . .« Er beugte sich vor und faltete seine Hände. »Wir haben nicht die geringste Absicht, auch nur eine Statue, eine Säule in diesem herrlichen Gotteshaus zu beschädigen, das den New Yorkern — den Amerikanern — so viel bedeutet. Wir sind keine Barbaren oder Heiden . . .« Er hob beschwörend seine Hände. »Bitte, glauben Sie mir das.« Seine Stimme zitterte, Tränen traten ihm in die Augen, er fuhr stockend fort: »Alles, was wir wollen . . ., ist, den jungen Menschen, die in den britischen Konzentrationslagern schmachten, eine neue Lebenschance geben. Wir verlangen nichts Unmögliches . . . wir stellen keine sinnlosen Forderungen . . . Wir bitten nur . . . im Namen Gottes und der Humanität, daß die Söhne und Töchter Irlands aus den menschenunwürdigen dunklen Kerkern erlöst werden.«

Er nahm noch einen Schluck Wasser und starrte in die Kamera. »Und wer hat Schuld daran, daß die Welt sich gegen uns wendet? Wer quält und unterdrückt unser armes Volk? Wer gefährdet das Leben der Menschen in dieser großartigen Kathedrale durch unbeugsame Härte?« Er schmetterte seine Faust auf den Tisch. »Die verdammten Briten — nur sie allein!«

Burke lehnte an der Wand in Monsignores Büro und blickte auf den Bildschirm. Schroeder saß hinter seinem Schreibtisch, Miß Spiegel auf ihrem Schaukelstuhl. Bellini schritt vor dem Apparat auf und ab und versperrte jedermanns Sicht, aber niemand beklagte sich.

Burke ging zur Doppeltür, öffnete sie und warf einen Blick ins vordere Büro. Arnold Sheridan, der Sicherheitsbeamte des State Department, stand gedankenversunken am Fenster. Burke hatte den Eindruck, Sheridan habe ihnen die unangenehme Nachricht aus Washington zu übermitteln, daß Hickey ins Schwarze traf und es Zeit sei zu verhandeln.

Burke kehrte ins andere Büro zurück. Hickeys Stimme war jetzt emotionsgeladen: »Viele von Ihnen werden sich fragen, wie wir es wagen konnten, ein Gotteshaus zu besetzen, und ich schwöre Ihnen, es war die schwierigste Entscheidung, die wir in unserem Leben haben treffen müssen. Aber wir haben die Kathedrale nicht *besetzt,* wir haben *Zuflucht* in ihren Mauern gesucht — von dem alten Recht der heiligen Freistätte Gebrauch gemacht. Und gibt es einen besseren Ort, um Gottes Hilfe zu erflehen?«

Er hielt inne, als kämpfe er mit einem Entschluß, dann fuhr er in traurigem Tonfall fort: »Heute nachmittag sind die Amerikaner zum ersten Mal mit dem religiösen Fanatismus der nordirischen Protestanten konfrontiert worden. Der Haß religiöser Unduldsamkeit und die Verfolgung Andersgläubiger ist den Bewohnern dieser gottesfürchtigen Stadt vermutlich noch nie so kraß vor Augen geführt worden . . .«

Roberta Spiegel sagte: »Es war ein taktischer Fehler von uns, Hickey vor die Kameras zu lassen.«

Schroeder verteidigte sich. »Mir blieb nichts anderes übrig.«

Bellini fuhr dazwischen: »Wie wär's, wenn ich ihn mir jetzt schnappe, dann können wir ihn gegen die Geiseln aushandeln.«

Schroeder sagte: »Brillante Idee — versetzen Sie ihm einen Schlag auf den Kopf, aber jetzt gleich, bevor die Werbespots kommen.«

Burke blickte auf die Uhr: zweiundzwanzig Uhr fünfundzwanzig. Die kostbare Zeit rann ihnen durch die Finger. Bald würde der Morgen grauen, und dann war es zu spät.

Hickey blickte sich im Konferenzraum um und bemerkte, daß Langley verschwunden war. Er lehnte sich vor und rief: »Großaufnahme, Jerry!« Er schaute in den Monitor. »Komm näher heran. Ja, so ist's richtig.« Er starrte in die Kamera und sagte mit Grabesstimme: »Amerikaner und Amerikanerinnen und alle ungeborenen Generationen, die mich einmal hören werden! Die Polizei und das Militär sind uns tausendfach überlegen, unsere Feinde verfolgen und verleumden uns, die Politiker und Diplomaten belügen uns, Geheimagenten bespitzeln uns, die Presse ist gegen uns, aber . . .« Er legte die Hand auf die Brust. »Aber wir fürchten uns nicht, denn wir haben auch Freunde, die hoffen und beten, daß wir unsere Mission erfolgreich beenden. Und ich weiß, daß heute nacht in den Lagern und Gefängnissen zahllose Männer und Frauen, alte und junge, Gott auf den Knien anflehen, ihnen die Freiheit zurückzugeben . . .«

Tränen liefen ihm über die Wangen, er zog ein großes Taschentuch hervor und schneuzte sich. »Und wenn es uns nicht gelingen sollte, diese Unglücklichen zu befreien, haben wir doch zumindest erreicht, daß die Welt von ihren Leiden erfahren hat. Und wenn wir sterben und andere mit uns sterben, und wenn diese großartige Kathedrale morgen früh nur noch ein rauchender Trümmerhaufen ist, dann nur deshalb, weil die Menschen, die guten Willens sind, sich gegen die Mächte der Finsternis, gegen die Unterdrükker und Zyniker nicht haben durchsetzen können.« Er holte tief Atem. »Gott schütze Amerika und Irland — ja und auch unsere Feinde, möge Er ihnen den richtigen Weg weisen. *Erin go bragh.*

David räusperte sich. »Mr. Hickey würden Sie uns jetzt bitte einige Fragen beantworten . . .«

Aber Hickey stand wortlos auf, schneuzte sich noch einmal die Nase und trat von den Kameras weg.

Langley war zurückgekehrt. Er öffnete Hickey die Tür, und Hickey ging schnell den Korridor hinunter; Langley und die drei ID-Beamten folgten ihm. Langley holte Hickey ein und sagte: »Wie ich sehe, haben Sie genug.«

Hickey steckte sein Taschentuch ein. »Ich bin erschöpft, mein Junge.«

»Ja schon, aber Sie haben Ihre Sache sehr überzeugend vertreten, Sie sind damit gut angekommen. Warum könnt ihr jetzt nicht rauskommen?«

Hickey blieb vor der Lifttür stehen, die Pathetik war aus seiner Stimme gewichen, und er sagte eher barsch: »Warum sollten wir?«

Langley schickte die drei ID-Leute weg, nahm ein Notizbuch aus der Tasche und warf einen Blick hinein. »Mr. Hickey, ich habe eine wichtige Mitteilung für Sie. Die Vertreter der britischen und amerikanischen Regierung haben mich bevollmächtigt, Ihnen folgendes zu sagen: Wenn Sie die Kathedrale jetzt freigeben, werden die Engländer in aller Stille und in regelmäßigen Zeitabständen die meisten der auf Ihrer Liste genannten Gefangenen bedingt entlassen . . .«

»Die meisten? Und wieso nicht alle? Heißt bedingt entlassen, daß sie unter Polizeiaufsicht bleiben?«

Langley blickte von seinem Notizbuch hoch. »Mehr kann ich Ihnen nicht sagen. Ich gebe Ihnen weiter, was man mir am Telefon mitgeteilt hat. Ich bin nur ein Polizist, aber wir sind die einzigen Leute, die mit Ihnen reden dürfen. Es ist nicht gerade einfach für uns, aber lassen wir das. Ich habe Ihnen noch folgendes zu sagen . . .«

»Zuhälter!

Langley warf ihm einen erstaunten Blick zu. »Was?«

»Sie sind nicht besser als ein Zuhälter, der den Preis aushandelt für die Diplomaten, die uns Huren kein direktes Angebot machen wollen.«

Langley wurde zornrot: »Sie . . . Sie unverschämter . . .«

»Hüten Sie Ihre Zunge, Mann.«

Langley holte tief Luft und unterdrückte seine Wut. »Die Briten können natürlich die Gefangenen nicht offiziell unter Druck freigeben. Aber sie werden es tun — allmählich, um Aufsehen zu vermeiden. Und der Generalstaatsanwalt hat zugestimmt, Sie und Ihre Freunde gegen eine niedrige Kaution freizulassen bis zu Beginn des Prozesses. Sie verstehen, was das heißt?«

»Nein.«

Langley sagte irritiert: »Es heißt, daß Sie die Kaution sausen lassen und sich aus dem Staub machen können.«

»Oh . . . das wäre aber sehr unredlich.«

Langley fuhr fort, ohne auf die Bemerkung einzugehen: »Niemand ist bislang getötet worden — und das ist die Hauptsache, nur deshalb können wir so großzügig vorgehen . . .«

»Ach, daß niemand getötet wurde, macht so einen großen Unterschied? Wir haben bereits ein Dutzend Gesetzesübertretungen begangen — wir haben die halbe Stadt in Panik versetzt, Sie und die Politiker lächerlich gemacht, einen Aufruhr angezettelt, Schaden von Millionen Dollar verursacht, Ihre Parade ruiniert, und der Commissioner ist an einer Herzattacke gestorben — und Sie sagen mir, all dies ist vergeben und vergessen? Und Sie würden uns ungeschoren davonkommen lassen, solange wir niemand töten? Sehr interessant. Es sagt viel über dieses Land aus.«

Langley holte tief Luft und sagte: »Ich werde dieses Angebot nicht wiederholen, und aus verständlichen Gründen wird niemand es am Telefon erwähnen.« Er klappte sein Notizbuch zu. »Es ist ein fairer Kompromiß, ob Sie ihn annehmen oder nicht, liegt bei Ihnen.«

Hickey drückte auf den Liftknopf, und die Türen öffneten sich. Er sagte zu Langley: »Ein Kompromiß würde uns nicht gut zu Gesicht stehen. Sie dagegen wären fein raus, und Schroeder würde Dauergast bei sämtlichen Talkshows werden, während uns die Medien keine Minute schenken würden. Das einzige, woran das Publikum sich erinnern würde, wäre das Bild von mir, Brian und den anderen, die sich mit über den Kopf gehaltenen Händen ergeben. Aber sogar das würden wir in Kauf nehmen, wenn die Lager vorher geleert würden. Denn diesen Sieg könnte uns niemand durch diplomatisches oder journalistisches Gewäsch verwässern.«

»Aber begreifen Sie denn nicht, daß Sie mit diesem Kompromiß Ihr Leben retten!«

»Haben Sie mein Grab schon ausgehoben?«

»Ich mag keine makabren Scherze.«

Hickey lachte. Langley entledigte sich der restlichen Botschaft mit mechanischer Stimme: »Machen Sie Ihren Einfluß als großer republikanischer Anführer bei Ihren Freunden geltend, und wenden Sie Ihre ganze Überredungskunst auf, um diese Angelegenheit zu einem friedlichen Ende zu bringen. Sie haben viel erreicht, schaden Sie daher nicht Ihrer Sache durch sinnloses Töten und Zerstören.« In Gedanken fügte er hinzu: »Sie haben halb Amerika heute nacht in Atem gehalten, nutzen Sie also die Gunst der Stunde aus, bevor das Blatt sich wendet.«

»Ich werde Ihr freundliches Angebot an Mr. Flynn und die Fenier weiterleiten. Sollten wir die Angelegenheit nicht wieder erwähnen, dann heißt das, daß wir an unseren Forderungen festhalten.« Hickey betrat den Fahrstuhl, die Türen schlossen sich hinter ihm.

44

Brian Flynn hielt seine Waffe auf den Lift gerichtet, George Sullivan preßte sein Ohr an die Eichentür. Der Lift hielt, Sullivan hörte das vereinbarte Klopfzeichen, entschärfte die Mine und öffnete die Tür.

John Hickey trat in den Korridor. Flynn senkte sein Gewehr erst nach sekundenlangem Zögern, doch die beiden schienen es nicht bemerkt zu haben. Sullivan streckte seine Hand aus: »Großartig, John, ich hab gleichzeitig gelacht und geweint.«

Hickey lächelte und ergriff Sullivans Hand. »Ach, mein Junge, es war die Erfüllung all meiner Träume.« Dann sagte er zu Flynn: »Aber du hättest es sicher noch besser gemacht.«

Flynn wandte sich ab und schritt den Chorumgang entlang. Im Gehen fragte er: »Hat dir jemand ein Angebot gemacht?«

»Ja, dieser Inspector Langley sagte, wenn wir jetzt aufgeben, würde unsere Strafe milde ausfallen, und bis zum Prozeß könnten wir uns nach Hinterlegung einer niedrigen Kaution frei bewegen. Aber das sind doch alles nur leere Versprechungen.«

»Und die Briten — irgendeine Chance, daß sie zu einem Kompromiß bereit sind?«

»Die Briten! Kompromißbereit! Sie sind nicht einmal gewillt zu verhandeln.«

Sie waren beim Altarraum angelangt. Hickey setzte sich an die Orgel. Flynn fragte: »Sie haben uns also nicht einmal durch diesen Langley eine Nachricht zukommen lassen?«

»Von denen wirst du nichts hören.« Er sah Flynn an. »Wir müssen die Glocken läuten, Brian, solange wir noch die Aufmerksamkeit des Publikums haben. Laß uns mit *Danny Boy* beginnen, das kennen sie auch in Amerika. Ich gebe das Tempo an, und du fällst ein.«

Flynn zögerte, dann ging er zum Hauptschiff. Hickey begann in langsamem Tempo, damit die Glocken folgen konnten.

Die vier Geiseln beobachteten Hickey und Flynn, dann wandten sie sich wieder dem Fernseher zu. Die Journalisten diskutierten die Wirkungen und Auswirkungen von Hickeys Ansprache. Baxter sagte: »Wir sind genauso weit davon entfernt, hier herauszukommen, wie zuvor.«

Vater Murphy erwiderte: »Ich weiß nicht . . . die Rede hat gezündet . . . ich meine, werden die Briten nicht vielleicht . . .«

Baxter sagte scharf: »Nein, bestimmt nicht.« Er blickte auf die Uhr. »Noch dreißig Minuten, und dann geht's los.«

Maureen sah erst ihn und dann Vater Murphy an. Sie murmelte: »Mr. Baxter denkt ebenfalls, daß die Briten nach Hickeys Rede einen Kompromiß erwägen, aber Mr. Baxter hat beschlossen, daß er nicht der Anlaß für einen Kompromiß sein will.«

Baxter lief rot an. Maureen fuhr fort: »Mir soll's recht sein. Auch ich will nicht wie ein Stück Fleisch gegen was immer diese Leute wollen ausgehandelt werden.« Dann fügte sie mit leiser Stimme hinzu. »Sie haben mich lange genug benützt.«

Murphy nickte. »Ich verstehe Sie beide, aber ich kann nichts unternehmen, solange mein Leben nicht akut bedroht ist. Das gleiche gilt für Seine Eminenz.« Er blickte zum Kardinal hinüber, der sie von seinem Thron aus beobachtete. Murphy murmelte. »Vielleicht sollten wir alle warten . . .?«

Maureen musterte den Kardinal und konnte von seinem Gesicht ablesen, daß er über die gleiche Frage nachgrübelte. Sie sagte zu Vater Murphy: »Selbst wenn Hickeys Rede die Leute da draußen kompromißbereiter gemacht hat, heißt das noch lange nicht, daß *Hickey* kompromißbereit ist.« Sie beugte sich vor. »Er ist ein tükkischer Mann. Und wenn Sie mit mir einer Meinung sind, daß er uns, sich selbst, die Fenier und die Kathedrale zerstören will, dann werden Sie auch verstehen, daß wir versuchen müssen, hier herauszukommen.«

Flynn fuhr im Fahrstuhl in den Chorübungsraum hinauf und trat hinaus auf die Empore. Er stellte sich hinter Leary, der über der Brüstung lehnte und durch sein Zielfernrohr die Geiseln beobachtete. Flynn fragte: »Ist irgendwas?«

Leary fuhr fort, die vier Menschen im Altarraum zu beobachten. Irgendwann vor vielen Jahren hatte er zu seinem eigenen Erstaunen festgestellt, daß er nicht nur die Reaktion seiner Feinde voraussehen konnte, sondern auch fähig war, ihr Mienenspiel zu interpretieren und von ihren Lippen zu lesen. Er sagte: »Ich habe nur ein paar Worte aufgeschnappt. Es ist schwer, von hier aus ihre Lippen zu sehen, aber jeder Mensch hat auch eine Art Körpersprache, und die von den vier da vorn verstehe ich schon recht gut.«

Flynn fragte: »Planen sie schon wieder eine Flucht?«

»Ja.«

»Wann?«

»Weiß nicht — bald.«

Flynn nickte: »Zuerst einen Warnschuß, dann auf die Beine zielen. Verstanden?«

»Klar.«

Flynn nahm den Hörer des Feldtelefons auf und rief Mullins im Glockenturm an. »Donald, geh von den Glocken weg.«

Mullins hing sein Gewehr über die Schulter, legte seine Ohrenklappen an, ergriff das Feldtelefon und stieg die Leiter hinunter.

Flynn ging zu einer kleinen Tastatur neben der Orgelkonsole und drehte den Schalter für die neunzehn Tasten des Glockenspiels an. Er stand vor der hüfthohen Tastatur und blätterte in den

Noten, dann legte er die Hände auf die großen Tasten und stimmte in Hickeys Orgelspiel ein. Die größte Glocke, Patrick genannt, erklang in einem tiefen b-Moll und dröhnte so laut durch den Glockenturm, daß Mullins beinahe umfiel. Danach setzten die anderen achtzehn Glocken eine nach der anderen ein, angefangen von der ersten Glockenstube, in der Mullins Wache gehalten hatte, bis hinauf zur einundzwanzig Stockwerke hohen Kirchturmspitze.

Im Dachgestühl fiel die Kaffeetasse von der Laufplanke, Arthur Nulty und Jean Kearney hielt sich die Ohren zu und liefen zur Seite der Madison Avenue. In den Triforien hallten die Glocken durch das Gestein und ließen die Böden erzittern. Im Südturm lauschte Rory Devane dem Geläute, das aus dem gegenüberliegenden Turm erklang, und beobachtete, wie die Menschen auf der Straße aufhorchend stehenblieben. In der kalten Winterluft hallte die rhythmische Melodie von *Danny Boy* durch die Schluchten Manhattans.

Die vielen Leute hinter den Polizeibarrikaden begannen zu jubeln, hoben Gläser und Flaschen und sangen mit. Menschenströme ergossen sich aus den Gebäuden in die Avenuen und Seitenstraßen.

Die Fernsehreporter verließen den Konferenzraum und eilten auf das Dach des Rockefeller Center. In allen Häusern und Bars New Yorks, im ganzen Land, ja weltweit, erschien jetzt auf dem Bildschirm die blau angestrahlte Kathedrale. Einer der Kameraleute brachte in Großaufnahme die grüne Flagge mit der goldenen Harfe, die Mullins herausgehängt hatte.

Rory Devane schoß eine Leuchtrakete durch eines der Schallfenster, die grünes Licht versprühte, langsam an einem Fallschirm niederschwebte und Gebäude und Straßen in ein unheimliches grünes Licht tauchte. Devane ging zur östlichen Schallöffnung und schoß eine zweite Leuchtrakete ab.

Fernsehkameras übertrugen die Bilder von singenden, jubelnden, weinenden Frauen und Männern in den Straßen und Bars. — Es war wie ein Kaleidoskop bunter Impressionen: der grün erleuchtete Himmel, die blauen Uniformen der Polizisten, die roten Gesichter der Betrunkenen, Kinder mit Luftballons und als Begleitmusik die einschmeichelnde Melodie von *Danny Boy.*

O Danny Boy, o Danny Boy, die Dudelsäcke mahnen
der Sommer ist vorbei, und unser Glück,
und du mußt eilen zu den Fahnen.
Und ich — und ich bleib hier zurück . . .

Im Altarraum starrten die Geiseln fasziniert auf den Bildschirm. Hickey spielte mit äußerster Konzentration und dirigierte

Flynns Glockengeläute. Zuweilen warfen sich die zwei Männer über die hundert Meter, die sie trennten, einen kurzen Blick zu.

Hickey intonierte zum dritten Mal *Danny Boy,* unwillig, dieses Lied, das eine ganze Stadt in seinen Bann schlug, abzubrechen. Er lachte, aber gleichzeitig liefen ihm die Tränen über die runzligen Wangen.

45

Harold Baxter brauchte nicht auf seine Uhr zu sehen, er wußte, der Moment war gekommen. Oder eigentlich schon vorbei, dachte er. Sie hätten früher ihren Fluchtversuch machen sollen, vor dem Glockengeläut und dem Feuerwerk, vor Hickeys Rede, die die Fenier zu Freiheitskämpfern hochstilisiert hatte.

Er sah sich noch einmal genau in der Kathedrale um, dann warf er einen Blick auf den Bildschirm. Das Bild, vom höchsten Punkt des Rockefeller Center aufgenommen, zeigte die Kreuzform der blau angestrahlten Kathedrale. In der oberen linken Ecke befand sich das Pfarrhaus, in der rechten Ecke die Kardinalsresidenz. In fünf Minuten würde er entweder in dem einen oder dem anderen Haus sitzen, einen heißen Tee trinken und seine Geschichte erzählen; im Beisein, so hoffte er, von Seiner Eminenz, Maureen und dem Priester. Aber selbst wenn einer von ihnen oder sie alle getötet würden, wäre auch das ein Sieg, denn es würde das Ende der Fenier bedeuten. Baxter erhob sich und reckte die Glieder, er fühlte sich schwach auf den Beinen, und sein Herz hämmerte.

Vater Murphy erhob sich ebenfalls, durchquerte den Altarraum und wechselte ein paar leise Worte mit dem Kardinal, dann ging er wie zufällig hinter den Altar und blickte die Treppe hinunter.

Pedar Fitzgerald saß mit dem Rücken zur Kryptatür, seine Maschinenpistole auf das Sakristeigitter gerichtet. Er sang leise vor sich hin.

Vater Murphy erhob seine Stimme, um die Orgelmusik zu übertönen. »Mr. Fitzgerald.«

Fitzgerald drehte sich um. »Ja, Vater, was möchten Sie?«

Murphy schaute nach Baxter aus, aber konnte ihn nicht sehen. Er sagte stockend: »Ich . . . ich nehme die Beichte jetzt ab, wenn jemand Sie hier ablösen kann. Möchten Sie vielleicht . . .«

»Ich habe nichts zu beichten, Vater. Bitte gehen Sie.«

Baxter spannte seine Beinmuskeln an, holte tief Atem und erreichte mit drei großen Schritten die rechte Altarseite, dann sprang er in zwei Sätzen die Stufen zur Sakristei hinunter. Maureen war dicht hinter ihm. Die Orgel verschluckte den Lärm, den sie machten.

Vater Murphy sah die beiden plötzlich auf der gegenüberliegenden Treppe stehen und machte das Kreuzzeichen über Fitzgerald.

Fitzgerald spürte die Gefahr und wirbelte herum. Er starrte Baxter an, der auf ihn zulief, und hob seine Maschinenpistole.

Vater Murphy hörte einen Schuß aus der Richtung der Empore. Leary hatte nur diesen einen Schuß abgefeuert, denn seine Opfer waren verschwunden, bevor er nach dem Rückstoß wieder Ziel nehmen konnte. Nur der Kardinal war noch da, reglos auf seinem Thron sitzend, ein roter Farbfleck vor dem Weiß des Marmors und dem Grün der Nelken. Leary sah, wie Hickey auf die Orgel stieg und direkt neben den erzbischöflichen Thron in den Altarraum sprang. Der Kardinal erhob sich und versperrte Hickey den Weg. Hickeys Faust flog nach vorn, und der Kardinal sank zu Boden. Leary nahm den hingestreckten Körper ins Fadenkreuz.

Flynn setzte sein Glockenspiel fort, um zu vermeiden, daß die Außenwelt von den Vorgängen etwas merkte. Er beobachtete den Altarraum im Seitenspiegel der Orgel und rief: »Genug jetzt, Leary!«

Leary ließ sein Gewehr sinken. Baxter stürzte die Treppe hinunter und versetzte Fitzgerald einen Fußtritt mitten ins Gesicht. Fitzgerald taumelte rückwärts, Vater Murphy hielt seine Arme fest, Baxter ergriff die Maschinenpistole, aber Fitzgerald entwand sie ihm wieder.

Die Altarorgel verstummte, aber die Glocken spielten weiter. Einen Moment lang erfüllte nur ihr Geläute die Kathedrale, doch plötzlich zerriß das Knattern einer Maschinenpistole die Luft. Die Mündung blitzte dicht vor Baxters Gesicht auf, und er war sekundenlang geblendet. Gipsstücke fielen von der gewölbten Decke und zersplitterten auf den Sakristeistufen.

Vater Murphy riß ruckartig Fitzgeralds Arme nach hinten, aber Fitzgerald ließ die Maschinenpistole nicht los. Maureen lief geduckt an Baxter vorbei und bohrte ihre Finger in Fitzgeralds Augen. Fitzgerald schrie auf, und Baxter grapschte nach der schweren Maschinenpistole. Er holte mit dem Gewehrkolben zum Schlag aus, aber statt wie beabsichtigt Fitzgeralds Leistengegend zu treffen, streifte er ihn nur leicht an der Brust. Baxter fluchte, hob erneut die Maschinenpistole und stieß den Kolben waagrecht gegen die Gurgel des jungen Mannes. Murphy ließ Fitzgerald los, und dieser sank zu Boden. Baxter hob den Kolben der Maschinenpistole, um ihn auf Fitzgeralds Gesicht niederzuschmettern.

Maureen schrie: »Nein!« und fiel ihm in den Arm. Fitzgerald blickte zu ihnen auf, Tränen und Blut rannen aus seinen Augen.

Brian Flynn beobachtete, wie Hickey und Megan im Laufschritt den Altarraum durchquerten. Leary stand neben ihm, fingerte an seinem Gewehr und sprach mit sich selbst. Flynn wandte seine Aufmerksamkeit wieder dem Glockenspiel zu. Die vier in den Triforien begriffen nur vage, was unten vor sich ging. Der Kardinal lag auf dem Boden, und Hickey und Megan näherten sich jetzt vorsichtig der Sakristeitreppe.

Maureen hielt die Maschinenpistole in beiden Händen, stellte sich breitbeinig hin, um einen sicheren Stand zu haben, und spannte den Hahn. Eine ohrenbetäubende Feuergarbe prasselte gegen das Gitter und das Vorhängeschloß. Murphy und Baxter warfen sich hin, um nicht von Querschlägern getroffen zu werden. Baxter hörte Schritte und rief Maureen zu: »Achtung, sie kommen!«

Maureen schoß eine zweite Salve ab, dann richtete sie die Waffe auf die rechte Sakristeitreppe, zielte auf Hickey und feuerte. Hikkey krümmte sich und verschwand aus ihrem Gesichtsfeld. Maureen schwang die Waffe nach links und richtete sie auf Megan, die auf der ersten Stufe reglos mit gezücktem Revolver verharrte. Maureen zögerte, und Megan warf sich zur Seite und verschwand.

Baxter und Murphy liefen die Treppe hinunter und rissen an der beschädigten Kette. Heißes Metall schnitt schmerzhaft in ihre Hände, aber die Kette löste sich, und das Vorhängeschloß fiel zu Boden. Maureen ging rückwärts die Stufen hinunter und hielt die Maschinenpistole auf die Kryptatür gerichtet.

Aus den Seitenkorridoren hörte man aufgeregte Rufe von Polizisten. Baxter rief: »Schießt nicht, wir kommen heraus!« Er riß das letzte Stück Kette los und stieß kräftig mit dem Fuß gegen das Gitter. »Warum öffnet es sich nicht?«

»Man muß es aufschieben!« schrie Vater Murphy und zog verzweifelt am linken Gitterflügel.

Baxter griff nach dem rechten Gitterflügel und versuchte, ihn aufzuzerren. Aber die Gitter gaben nicht nach. Einige Polizisten schoben sich schrittweise an der Wand entlang in die Sakristei.

Maureen kniete auf der untersten Stufe, den Lauf der Maschinenpistole auf den Treppenabsatz gerichtet. Sie rief über die Schulter: »Was ist los?«

Baxter antwortete: »Das Gitter klemmt!«

Murphy ließ das Messinggestänge los, richtete sich auf und rüttelte an einem schwarzen Metallgehäuse mit einem großen Schlüsselloch, das in der Mitte, wo die zwei Gitterhälften zusammentrafen, angebracht war. Doch ohne Erfolg. »Sie haben es abgeschlossen! Und sie haben die Schlüssel . . .«

Maureen drehte sich um und sah, daß das Gitter ein eigenes Schloß besaß, welches sie kein einziges Mal getroffen hatte. Baxter stieß einen Warnruf aus, und sie wirbelte herum. Hickey stand mit gespreizten Beinen über Pedar Fitzgeralds Körper vor der Kryptatür. Maureen legte auf ihn an.

Hickey rief: »Erschieß mich, wenn du willst, aber herauskommen tut ihr deshalb noch lange nicht!«

Maureen schrie: »Hände hoch! Und rühren Sie sich nicht!«

Hickey hob langsam die Hände. »Alle Ausgänge sind versperrt, Maureen, glaub es mir.«

Sie rief: »Werfen Sie mir die Schlüssel zu!«

Er zuckte mit übertriebenem Bedauern die Achseln. »Brian hat sie.« Dann fügte er hinzu: »Warum versuchst du nicht, das Schloß zu sprengen, oder willst du deine letzte Munition an mich vergeuden?«

Sie fluchte laut, schwang die Maschinenpistole im Halbkreis und rief Baxter und Murphy zu: »Aus dem Weg!« Dann sah sie die Polizisten in der Sakristei. »Ihr auch — schnell.«

Die Polizisten liefen zurück in die Korridore. Sie richtete den Lauf auf das Metallgehäuse und feuerte. Die Kugeln durchlöcherten das Schloß, Funken und Metallstückchen flogen durch die Luft.

Baxter und Murphy schrien auf, als sie davon getroffen wurden. Ein scharfes Metallteil streifte Maureens Bein, und der Schmerz verschlug ihr sekundenlang den Atem. Sie feuerte eine zweite Salve ab, und dann hörte sie ein ominöses Klicken — die Trommel der automatischen Feuerwaffe war leer. Murphy und Baxter zerrten an den Gitterstäben — umsonst. Sie gaben nicht nach.

Maureen drehte sich um, Hickey stand auf halber Treppenhöhe mit einer Pistole in der Hand. Er sagte: »Gute Handwerksarbeit, nicht wahr? Hände hoch, bitte.«

Megan Fitzgerald kniete auf dem Treppenabsatz neben ihrem Bruder. Sie sah auf Maureen hinunter, und ihre Blicke trafen sich sekundenlang.

Hickey wiederholte ungeduldig: »Hände hoch!« Vater Murphy, Baxter und Maureen rührten sich nicht.

Hickey rief den Polizisten zu: »Bleiben Sie in den Korridoren, oder ich schieße!« Dann brüllte er die drei Gefangenen an: »Los jetzt!«

Die drei rührten sich nicht. Hickey hob die Pistole. Die Kugel zischte dicht an Murphys Kopf vorbei.

Maureen drehte die Maschinenpistole um, umklammerte den heißen Lauf und schmetterte sie mit aller Wucht auf die Marmorstufen. Das Holz des Kolbens zersplitterte, und die Trommel flog heraus. Dann richtete sie sich auf, warf die unbrauchbar gewordene Waffe fort und hob die Hände. Baxter und Murphy folgten ihrem Beispiel.

Hickey warf Maureen einen anerkennenden Blick zu. »Kommt jetzt und beruhigt euch. Ihr habt das gut geplant, gratuliere.« Er trat beiseite und ließ die drei an sich vorbeigehen.

Maureen blieb auf dem Treppenabsatz und blickte auf Pedar Fitzgerald hinunter. Sein Hals schwoll bereits an, und sie wußte, er würde sterben, wenn man ihn nicht sofort ins Krankenhaus brächte. Sie verfluchte Baxter innerlich, weil er Pedar so schwer verletzt hatte, und Vater Murphy, weil er das Schloß vergessen hatte, aber vor allem verfluchte sie sich selbst, weil sie Hickey und Megan nicht getötet hatte. Sie sagte zu Megan, die das Blut vom Mund ihres Bruders wischte: »Setz ihn auf, oder er erstickt.«

Megan entblößte ihre Zähne wie ein Raubtier in Wut, sprang hoch und vergrub ihre Nägel in Maureens Hals.

Baxter und Murphy rannten die restlichen Stufen hoch und warfen sich zwischen die beiden Frauen. Hickey wartete ruhig ab, bis das Schreien und Gerangel vorbei war, dann sagte er: »Nun, fühlt ihr euch jetzt besser? Megan, setz deinen Bruder aufrecht hin. Er wird sich bald erholen.« Er trieb die drei Geiseln mit der Pistole voran. »Weitergehen!«

Sie schleppten sich mühsam zum Altarraum. Hickey folgte ihnen und plauderte munter: »Kein Grund, den Kopf hängen zu lassen, ihr habt einfach Pech gehabt. Aber Maureen, du bist eine schlechte Schützin, du hast mich um Meter verfehlt.«

Sie drehte sich um. »Ich habe Sie getroffen!«

Er lachte, fuhr mit dem Finger in Brusthöhe unter sein Hemd und zog ihn wieder hervor, wäßrige Blutstropfen hafteten an der Fingerkuppe. »Ja, du hast mich getroffen.«

Sie erreichten das Chorgestühl. Der Kardinal saß zusammengesunken auf seinem Thron, das Gesicht in den Händen. Maureen dachte zuerst, er weine, doch dann sah sie, daß Blut durch seine Finger rann. Vater Murphy machte einige Schritte auf ihn zu, aber Hickey zerrte ihn zurück.

Baxter schaute zu den Triforien und der Empore hinauf — fünf Gewehrmündungen waren auf ihn und die anderen gerichtet. Er nahm vage wahr, daß die Glocken noch immer erklangen und das Telefon auf der Altarorgel unentwegt läutete.

Hickey rief Gallagher zu: »Frank, komm schnell herunter und nimm Pedars Posten ein!« Er drückte Baxter in das Chorgestühl und sagte in einem vertraulichen Tonfall, als spräche er zu seinem besten Freund: »Ich habe mich da auf eine ganz heikle Sache eingelassen, Harry. Ein Mann fällt aus, und, wie Sie sehen, hab ich keinen Ersatz für ihn.«

Baxter sagte kühl: »In der Schule habe ich gelernt, IRA bedeutet: Ich Reiße Aus. Es ist ein wahres Wunder, daß überhaupt noch einer von Ihren Leuten auf seinem Posten geblieben ist.«

Hickey lachte. »Oh, Harry — immer diese Vorurteile! Aber die sterben ja zum Glück mit Ihnen, wenn Sie im Morgengrauen in Stücke gerissen werden.« Hickey schubste Maureen in die Bank. »Aber du — Mädchen — alle Achtung — die Maschinenpistole zu zerschmettern! Wie die alten Kelten ihr Schwert, bevor sie starben. Eine großartige Geste! Aber allmählich wirst du mir doch sehr lästig.« Er sah Vater Murphy an. »Sie dagegen sollten sich schämen. Ihren Chef so im Stich zu lassen . . .« Er schüttelte mißbilligend den Kopf.

Murphy sagte: »Der Teufel soll Sie holen.«

Hickey heuchelte Entrüstung. »Solche Worte aus dem Mund eines Priesters . . .«

Murphys Hände zitterten, er drehte Hickey den Rücken zu.

Baxter blickte in den Fernseher. Die Außenaufnahmen waren ausgeblendet, und die Stationen hatten wieder zum Konferenzraum der Kathedrale zurückgeschaltet. Die Reporter telefonierten aufgeregt mit ihren Nachrichtenzentralen. Baxter lächelte, das Maschinenpistolenfeuer hatte offensichtlich Hickeys Rede und das Glockengeläute in den Hintergrund gerückt. Er blickte Hickey an und war im Begriff, etwas zu sagen, als er einen stechenden Schmerz im Kopf spürte und vornüber fiel.

Hickey wandte sich achselzuckend von ihm ab, packte den Priester am Rockaufschlag, starrte ihm in die Augen und holte mit seinem Totschläger erneut zum Schlag aus.

»Nein!« Gallagher war durch die Triforientür gekommen und rannte jetzt zum Altarraum. »Nein!«

Hickey sah ihn an und senkte den schwarzledernen Gummiknüppel. »Feßle sie.« Er ging zum Fernseher und riß den Stecker aus der Dose.

Maureen kniete neben Baxter nieder und untersuchte seine Kopfwunde. »Ihr verfluchten Kerle«, murmelte sie, dann blickte sie zur Empore hinauf, wo Flynn weiter die Glocken läutete. Gallagher nahm ihr Handgelenk, ließ eine Handschelle zuschnappen und legte die andere Baxter an. Dann zog er ein zweites Paar hervor, fesselte Murphy und führte ihn zum Kardinal. Er beugte erst ehrfürchtig das Knie vor dem Kirchenfürsten und schloß dann die Handschelle vorsichtig über dem blutbeschmierten Handgelenk des Kardinals. Er flüsterte: »Ich werde Sie beschützen.« Er verneigte sich tief und ging davon. Vater Murphy sank auf die oberste Stufe des Throns. Der Kardinal stand auf und setzte sich neben ihn. Beide schwiegen.

Megan kam aus dem Treppenschacht mit ihrem Bruder auf den Armen. In der Mitte des Altarraums blieb sie unschlüssig stehen. Eine rote Spur führte von der Treppe zu der Stelle, wo sie stand, und verbreiterte sich zu ihren Füßen zu einer Blutlache. Hickey nahm Pedar aus den Armen seiner Schwester und trug ihn zur Altarraumorgel. Er lehnte den schlaffen Körper gegen den Orgeltisch und bedeckte ihn mit seinem alten Mantel.

Gallagher nahm sein Gewehr von der Schulter und ging zum Treppenabsatz der Krypta. Polizisten musterten eingehend das Gitter. Gallagher rief: »Zurück! Weg da!« Die Polizisten verzogen sich eiligst. Megan stand inmitten der Blutlache und starrte auf sie hinunter. Das Läuten der Glocken und das Schrillen des Telefons waren die einzig vernehmbaren Laute.

Brian Flynn beobachtete Megan von der Empore, Leary sah ihn neugierig von der Seite an. Flynn wandte seine Aufmerksamkeit wieder der Tastatur zu und ließ die letzten Takte von *Danny Boy* verklingen. Dann stimmte er den *Sterbenden Rebellen* an. Er sagte ins Mikrophon: »Mr. Sullivan, den Dudelsack bitte. Meine Damen und Herren, ein Lied zum Mitsingen.« Er fing zu singen an, die anderen fielen zögernd ein, Sullivan setzte unwillig den Dudelsack an die Lippen.

John Hickey griff zum Hörer. Schroeder antwortete mit fast hysterischer Stimme: »Was ist denn geschehen, um Himmels willen . . .«

Hickey unterbrach ihn barsch: »Kreischen Sie nicht so, Schroeder. Die Geiseln sind nicht tot, aber sie sind jetzt gefesselt. Es wird keine weiteren Fluchtversuche geben. Im übrigen haben Ihre Leute alles mit angesehen. Ende der Unterhaltung.«

»Warten Sie einen Moment, sind die Geiseln verletzt? Kann ich einen Arzt schicken?«

»Nicht nötig, sie sind in einem verhältnismäßig guten Zustand, aber falls es Sie interessieren sollte, einer meiner Kameraden ist schwer verletzt. Sir Harold Baxter hat ihm den Kolben einer Maschinenpistole in die Gurgel gerammt. Sehr unsportlich.«

»O Gott . . . bitte . . . lassen Sie mich einen Arzt . . .«

»Wir werden Ihnen Bescheid sagen, wenn wir einen brauchen.« Er blickte auf Fitzgerald hinunter, sein Hals war jetzt erschreckend dick angeschwollen. »Ich brauche Eis und eine Trachealkanüle.«

»Bitte . . . lassen Sie mich . . .«

»Nein!« Hickey rieb seine Augen und ließ den Kopf auf die Brust sinken. Er fühlte sich todmüde und wünschte, das Ganze würde früher als geplant enden.

»Mr. Hickey . . .«

»Halten Sie die Klappe, Schroeder.«

»Kann ich mit den Geiseln sprechen? Mr. Flynn hat mir versprochen, daß ich nach der Pressekonferenz . . .«

»Die Geiseln haben das Recht verloren, mit jemand zu sprechen, nicht mal miteinander.«

»Sind sie schwer verletzt?«

Hickey warf einen Blick auf die übel zugerichteten vier Geiseln. »Sie können von Glück reden, daß sie noch am Leben sind.«

Schroeder sagte: »Mr. Hickey, Sie haben viel erreicht, verlieren Sie also nicht das bereits Gewonnene. Ein großer Teil des Publikums ist auf Ihrer Seite. Ihre Rede war . . . einfach großartig, höchst eindrucksvoll. Besonders als Sie von dem großen Leid, das Ihrem Volk widerfahren . . .«

Hickey lachte höhnisch: »Ja, das ist die überlieferte irische Geschichtsauffassung, die zuweilen zwar nicht ganz mit den Tatsachen übereinstimmt, dadurch aber keinen Abbruch erleidet. Und die Zuhörer haben mir alles abgekauft, nicht wahr? Fernsehen ist fabelhaft.«

»Ja, Sir . . . und die Glocken . . . haben Sie die Übertragung gesehen?«

»Sind Wünsche für andere Lieder bei Ihnen eingegangen?«

»Ja, ich habe einige hier vorliegen.«

»Die können Sie sich an den Hut stecken.«

Schroeder schluckte seinen Ärger mühsam herunter. »Nun, jedenfalls . . . Sie waren wirklich phantastisch . . . ganz beispiellos. Verlieren Sie also nicht, was Sie bereits . . .«

»Es ist schon verloren. Auf Wiedersehen, Schroeder.«

»Moment — nur noch eins! Mr. Flynn hat mir versprochen, daß er den Störsender abstellen wird.«

»Es ist nicht unsere Schuld, daß Ihre Radios nicht funktionieren. Kaufen Sie sich bessere Apparate.«

»Ich fürchte nur, wenn die Radioverständigung nicht klappt, könnte die Polizei aufgrund irgendeines Mißverständnisses etwas Unüberlegtes tun . . .«

»Na und . . .«

»Einmal wäre es fast schon dazu gekommen, und daher würde ich gern wissen, wann Sie den Störsender . . .«

»Vermutlich wird er sich automatisch abschalten, wenn die Kathedrale in die Luft fliegt.«

»Aber ich bitte Sie, Mr. Hickey . . . Sie klingen müde. Warum versuchen Sie nicht, ein wenig zu schlafen? Sie werden sehen, nach ein, zwei Stunden . . . ich könnte Ihnen etwas zu essen . . .«

»Oder sie wird in Flammen aufgehen. Zwanzig Jahre lang ist an dieser Kathedrale gebaut worden, und in weniger als zwei Stunden wird sie ein Trümmerhaufen sein.«

»Sir . . . ich mache Ihnen ein Friedensangebot . . .« Schroeder holte tief Luft, dann fragte er verhüllt: »Ein Polizeiinspektor hat Ihnen, glaube ich, eine Nachricht . . .«

»Ach ja, dieser große Mensch in dem teuren Anzug.«

»Was halten Sie von dem, was er Ihnen gesagt hat?«

»Weniger als nichts.«

»Es ist ein fairer Kompromiß.«

»Nicht für uns, Schroeder. Und ich will nichts mehr davon hören.« Schroeder sagte: »Bitte verbinden Sie mich mit Mr. Flynn.«

Hickey blickte zur Empore hinauf. Auf der Orgel stand ein Nebenapparat, aber Flynn hatte den Hörer nicht abgenommen. Hikkey sagte: »Er ist gerade an einer schwierigen Stelle in seinem Glockenspiel, können Sie das nicht hören? Sie sollten mehr Rücksicht auf andere Menschen nehmen, Schroeder.«

»Wir haben lange nicht mit ihm gesprochen. Wir dachten, er würde zur Pressekonferenz kommen. Fühlt er sich — wohl?«

Hickey zündete seine Pfeife an. »Er fühlt sich so wohl, wie ein junger Mann sich wohl fühlen kann, der weiß, daß ihn ein früher Tod erwartet, daß seine Liebe nicht erwidert wird, daß sein Land im Elend versinkt und daß er auf verlorenem Posten steht.«

»Nichts ist verloren . . .«

»Schroeder, Sie kennen sich doch mit irischem Fatalismus aus? Wenn die Iren anfangen zu singen und in ihre Bierkrüge zu weinen, dann stehen sie kurz davor, eine Wahnsinnstat zu begehen. Und Flynns Laune wird sich nur noch verschlimmern, wenn er Ihre winselnde Stimme hört.«

»Bitte glauben Sie mir, Sie stehen dicht vor dem Ziel . . . nichts ist verloren . . .«

»Verloren! Lauschen Sie den Glocken, Schroeder. Zwischen jedem Ton können Sie die Todesfee hören, die auf den irischen Hügeln ihre Klagen anstimmt und das Herannahen des Todes verkündet.« Er legte den Hörer auf. Megan starrte vom Altarraum zu ihm hin.

Hickey warf einen Blick auf Pedar Fitzgerald. »Er stirbt, Megan.«

Sie nickte zögernd, und Hickey betrachtete sie nachdenklich. Sie wirkte plötzlich verängstigt, fast kindlich. Er sagte: »Ich kann ihn der Polizei übergeben, vielleicht überlebt er, aber . . .«

Sie begriff, was er unausgesprochen ließ: Sie würden alle bald sterben. Ein Sieg war ausgeschlossen. Niemand würde ihnen oder den Gefangenen in Nordirland Straferlaß gewähren. Sie blickte auf das bläulich-weiße Gesicht ihres Bruders. »Ich möchte ihn hierbehalten.«

Hickey nickte. »Ja, ich finde, du hast recht, Megan.«

Vater Murphy rutschte auf die andere Seite der Thronstufe. »Man muß ihn sofort ins Krankenhaus bringen.« Weder Hickey noch Megan antworteten. »Ich würde ihm gern die Letzte Ölung . . .«

Hickey unterbrach ihn. »Ihr Priester habt für jede Gelegenheit einen Ritus bei der Hand.«

»Um seine Seele vor der ewigen Verdammnis . . .«

»Menschen wie Sie bringen die ewige Verdammnis in Verruf.« Hickey lachte. »Ich wette, Sie haben immer ein Fläschchen von diesem geweihten Öl dabei, Sie können ja schließlich nicht ahnen, wann ein guter Katholik tot umfällt.«

»Ja, ich habe geweihtes Öl bei mir.«

Hickey grinste. »Gut, später braten wir damit ein Spiegelei.«

Vater Murphy wandte sich ab. Megan schritt auf Maureen und Baxter zu. Maureen sah sie herankommen und sah ihr stur in die Augen. Megan blieb vor den beiden stehen, dann kniete sie neben

Baxter nieder, zerrte den Gürtel aus seiner Hose, richtete sich auf und ließ ihn auf Baxters Gesicht niedersausen. Vater Murphy und der Kardinal schrien auf. Megan holte zum zweiten Schlag aus, aber Maureen warf sich über den hilflos daliegenden Baxter, und der Gürtel hinterließ einen roten Striemen auf ihrem Nacken. Megan drosch weiter auf sie ein.

Der Kardinal wandte den Kopf ab. Vater Murphy brüllte aus Leibeskräften. Hickey stimmte auf der Orgel die gleiche Melodie wie die der Glocken an. Frank Gallagher saß auf dem blutverschmierten Treppenabsatz, wo Fitzgerald gelegen hatte, und hörte die zischenden Laute der Schläge.

George Sullivan drehte dem Altarraum den Rücken zu und widmete sich seinem Dudelsack. Abby Boland und Eamon Farrell waren verstummt, aber Flynn befahl ihnen über den Lautsprecher weiterzusingen, und auch Hickey sang ins Orgelmikrophon.

Im Dachstuhl lagen Jean Kearney und Arthur Nulty eng umschlungen Seite an Seite auf den vibrierenden Bohlen. Sie küßten sich, Jean Kearney rollte sich auf den Rücken, und Nultys Körper bedeckte den ihren.

Rory Devane feuerte im Südturm seine letzte Leuchtrakete ab. Die Menge tief unter ihm sang noch immer, und auch er fing an zu singen, um seine Angst zu vertreiben.

Donald Mullins stand im Turm unterhalb der ersten Glockenstube, der kalte Wind blies durch die Schallöffnung, er zitterte vor Kälte, und sein Kopf schmerzte. Er holte ein mit Gedichten vollgeschriebenes Notizbuch hervor und starrte es an. Tränen traten in seine Augen, er wischte sie fort und warf das Notizbuch über die Schulter. Es flatterte hinaus in die Nacht.

Leary beobachtete Megan durch sein Zielfernrohr, und ihm wurde jäh klar, daß er nie, nicht einmal als Knabe, jemand geschlagen hatte. Er sah die Wildheit in Megans Gesicht, die Geschmeidigkeit ihrer Bewegungen, und plötzlich begehrte er sie.

Brian verfolgte die Szene im großen Rückspiegel der Orgel und lauschte auf das Klatschen des Gürtels oder die Schreie Maureens, doch das einzige, was er vernahm, waren die Glockenklänge, das hohe klagende Pfeifen des Dudelsacks, die tiefen Orgeltöne und der Gesang. Er schloß die Augen, und es fuhr ihm durch den Sinn, daß Opfer seit jeher am Altar dargebracht wurden, und er erkannte den Symbolgehalt von Megans Handlung. Vielleicht würde sogar Maureen das erkennen. Eine tiefe Melancholie übermannte ihn, und er begriff, daß er nichts getan hatte, um Vergebung zu verdienen, daß er nichts getan hatte, den Ablauf von Ereignissen zu verändern, die vor so langer Zeit ihren Anfang genommen hatten.

Captain Joe Bellini pflanzte sich vor den Reportern auf und warnte sie mit dumpfer Stimme, daß der Konferenzraum einstürzen könnte, falls die Kathedrale gesprengt würde. Die Journalistenschar fuhr aufgeregt schnatternd hoch und zog mit Apparaten und Zubehör in Windeseile in ein weniger gefährdetes Gebäude.

Bellini beobachtete den überstürzten Auszug und nahm zufrieden den Konferenzraum für sich und seine Leute in Besitz. Und nun stand er in dem großen Raum vor einer Wandtafel, umgeben von sechzig mit Gewehren und Pistolen bewaffneten Männern, die der Emergency Service Division angehörten, einer Spezialeinheit, die allgemein unter der Bezeichnung ESD bekannt war. Ebenfalls anwesend waren Colonel Logan, Major Cole und zwölf Offiziere des 69. Regiments, die sich in die hinterste Ecke verzogen hatten. Graue Tabakswolken dämpften das Licht der Lampen. Bellini wies auf den skizzenhaften Grundriß der Kathedrale. »Die fünfte Korporalschaft greift also bei den Sakristeigittern an. Sie wird mit Stahlsägen und Bolzenscheren ausgerüstet.«

Colonel Logan erhob sich. »Wenn ich mir eine Bemerkung erlauben darf . . . Sie haben gesagt, Ihre Leute sollten nur gezielt feuern . . . ich meine, natürlich führen Sie das Kommando, und ich spiele nur eine untergeordnete Rolle. Aber wenn man, wie in unserem Fall, einem Feind gegenübersteht, der volle Deckung und ein weites Schußfeld hat, dann gilt doch wohl die Grundregel, daß man ihn sturmreif schießen muß.« Logan sah, daß viele Männer zustimmend nickten. »Mit anderen Worten, Sie stellen Ihre M16-Gewehre von halbautomatisch auf vollautomatisch um, so daß dem Gegner Hören und Sehen vergeht und er selbst nicht zum Zuge kommt. Und wenn dann alle am Boden liegen, können Sie die Geiseln über die Sakristeitreppe in Sicherheit bringen.«

Keiner sprach, aber Logan merkte, daß alle ihm mit größter Aufmerksamkeit zuhörten. Ermutigt fuhr er fort: »Ballern Sie Magazin auf Magazin in die Triforien und die Empore, bis diesen Halunken nicht nur die Geschosse, sondern auch die Steine um die Ohren fliegen, und ich schwöre Ihnen, keiner, *kein einziger,* wird auch nur einen Schuß abgeben.«

Er hielt inne, und sekundenlang herrschte Schweigen im Raum, doch dann brachen die Männer der Emergency Service Division und die Militärs in lauten Beifall aus. Captain Bellini wartete, bis der Lärm sich gelegt hatte, dann sagte er: »Ein ausgezeichneter Ratschlag, Colonel, nur daß ich den strikten Befehl habe, die Kathedrale nicht zu beschädigen. Wie Sie wissen, ist sie vollgestopft mit Kunstwerken . . .«

Logan sagte: »Ja, ich weiß.« Er wischte sich den Schweiß von der Stirn. »Aber ich schlage ja auch keinen Luftangriff vor. Ich finde nur, Sie sollten Ihre Handwaffen voll einsetzen.«

»Solch ein intensiver Beschuß, wie Sie ihn eben beschrieben haben, würde« — Bellini erinnerte sich an die Worte des Gouverneurs — »einen nicht wiedergutzumachenden Schaden anrichten . . . die Decke . . . die Steinmetzarbeit . . . die Statuen . . .«

Einer der Korporalschaftsführer stand auf und sagte: »Seit wann sind Kunstwerke wichtiger als Menschen? Meine Mutter findet, *ich* sei ein Kunstwerk . . .«

Einige lachten nervös. Bellini fühlte, wie der Schweiß sich unter seinem Kragen sammelte. Er sah Logan an. »Colonel, Ihre Aufgabe . . .« Bellini hielt inne und sah, wie Logan das Kinn vorschob.

»Ich kenne meine Aufgabe. Ich soll während des Angriffs einen engen Kordon um die Kathedrale ziehen. Ich weiß, was ich zu tun habe.«

Bellini konnte seine Schadenfreude nur mit Mühe verbergen, als er sagte: »Nein, dieser Befehl ist aufgehoben. Der Gouverneur hat Ihnen eine aktivere Rolle zugedacht. Die Polizei wird Ihnen einen Panzerkampfwagen zur Verfügung stellen, er stammt aus früheren Militärbeständen, und Sie sind sicher vertraut damit.« Bellini bemerkte, daß Major Cole erbleichte.

Bellini trat näher an Logan heran. »Sie fahren mit fünfzehn Mann die Stufen, die zum Hauptportal führen, hoch . . .«

Logans Stimme klang schrill. »Das ist der schiere Wahnsinn! Ein Panzerkampfwagen auf so engem Raum ist völlig sinnlos, wir können weder in Deckung gehen noch ein Manöver ausführen. Diese Fenier sind erfahrene Guerillakämpfer, die kennen sich mit Panzerwagen genau aus . . .«

Bellini schnitt ihm ungeduldig das Wort ab. »Besprechen Sie das mit dem Gouverneur.« Er warf einen Blick auf die Wanduhr und sagte: »Zehn Minuten Pause.« Er sank erschöpft in einen Stuhl und zündete sich eine Zigarette an. Die Männer verließen den Konferenzraum und verteilten sich in kleinen Gruppen über den Korridor.

Burke und Langley saßen Bellini gegenüber. Bellini sagte leise: »Dieser verdammte Kriegsheld, er verprellt mir meine Leute, die sind schon ganz nervös.«

Burke dachte: mit Recht. Die Fenier werden Kleinholz aus ihnen machen. Laut sagte er: »Er meint es gut.«

Bellini zog an seiner Zigarette. »Warum müssen diese Paradesoldaten eigentlich mit dabei sein?«

Langley antwortete ruhig: »Der Gouverneur muß sein Image aufpolieren.«

Bellini schlürfte seinen kalten Kaffee. »Ich habe diesen Angriff und die Möglichkeiten, die uns offenstehen, eingehend mit dem Bürgermeister und dem Gouverneur diskutiert. Und was soll ich Ihnen sagen, plötzlich gebärden sich diese Zivilisten, die keine Ahnung von Kriegführung haben, wie Generäle.« Bellini zündete sich an seinem Stummel eine neue Zigarette an, seine Stimme klang erregt. »Und dann nimmt doch dieser Kline meine Hand und schüttelt sie. Am liebsten hätte ich einmal kräftig zugedrückt und ihm alle Finger gebrochen. Nun egal — auf jeden Fall sagt er zu mir: ›Joe, Sie wissen, was wir von Ihnen erwarten.‹ Also mir war von dem ganzen Gerede schon ganz dösig zumute, und ich hätte mich gar nicht gewundert, wenn man von mir verlangt hätte, daß ich die Kathedrale unbewaffnet stürmen soll. Aber dann ist mein Adrenalin in Wallung gekommen, und ich habe gesagt: ›Herr Bürgermeister, wir müssen *jetzt* attackieren, solange die Glocken noch läuten.‹ Und was antwortet der Herr Bürgermeister? Ich wär ihm fast an die Gurgel gesprungen. ›Captain‹, sagte er, ›wir haben die moralische‹ — wenn ich das Wort schon höre — ›wir haben die moralische Verpflichtung, alle Möglichkeiten auszuschöpfen, vielleicht gelingt es uns doch noch, auf dem Verhandlungsweg . . .‹ blah, blah, blah . . . ›politische Rücksichten‹ . . . blah, blah . . . ›der Vatikan . . .‹ blah, blah. Woraufhin ich gesagt habe, nein, ich habe es leider nicht gesagt, aber ich hätte es sagen sollen: ›Kline, Sie Schmock, wollen Sie die Geiseln und Ihre beschissene Kathedrale nun retten oder nicht?‹«

Er hielt inne und atmete schwer. »Aber vielleicht war es besser, ich hab die Schnauze gehalten, denn wenn ich ehrlich bin, sind mir diese vier Leute und dieser Steinhaufen scheißegal. Ich fühle mich lediglich für meine hundert Männer und für deren Familien und für meine Frau und Kinder verantwortlich. Und ich habe keine Lust, nur ein einziges Leben zu riskieren — auch nicht meins.«

Eine Weile lang sprach niemand, dann klingelte das Telefon. Bellini griff nach dem Hörer und reichte ihn Burke weiter. »Irgendein Kerl, der sich ›Gnom‹ nennt, will Sie sprechen. Sie haben wirklich vornehmen Umgang.«

Burke hielt den Hörer ans Ohr, Fergusons Stimme sagte: »Burke?«

»Ja, wie geht's Ihnen?«

»Ich bin hungrig und pleite, ich friere und fühle mich elend, aber ansonsten geht es mir prima. Kann ich offen reden?«

»Nein.«

»Dann muß ich Sie sehen.«

»Können Sie hierherkommen?«

Ferguson zögerte. »Lieber nicht. An den Kontrollpunkten stehen ein paar Leute, denen ich nicht unter die Augen kommen will. Aber ich bin ganz in der Nähe des kleinen Parks, ich warte dort auf Sie.«

Burke legte den Hörer auf und sagte zu Langley: »Ferguson hat was für mich.«

Bellini sah ihn hoffnungsvoll an. »Etwas, was mir helfen kann?«

Burke dachte: Nichts kann Ihnen mehr helfen. Aber er nickte: »Gut möglich.«

Bellini schien zu spüren, daß Burke ihm auswich. Er sackte in seinem Stuhl zusammen und sagte: »Verdammt, wir haben noch nie gegen ausgebildete Guerillas gekämpft . . .« Er blickte von einem zum anderen. »Seh ich so aus, als hätte ich Angst, klinge ich so, als hätte ich Angst?«

»Sie klingen und sehen aus wie ein Mann, der ein Problem mit all seinen Konsequenzen überblickt«, erwiderte Burke.

Bellini murmelte: »Zum Teufel mit allen Problemen.«

Langley wirkte plötzlich irritiert. »Hören Sie, Bellini, Sie sind schließlich für diese Art Einsätze ausgebildet . . .«

»Ausgebildet!« Bellini fuhr wütend hoch. »In der Armee hat man uns beigebracht, wie man sich bei einem Atomangriff verhält. Aber das ist keine große Hilfe in der jetzigen Situation.« Er drückte seine Zigarette aus und stieß einen tiefen Seufzer aus. »Na, vielleicht schafft es Schroeder doch noch.« Er lächelte dünn. »Zumindest wird er sich von nun an alle Mühe geben.« Er wies auf eine kugelsichere Weste und den dunklen Pullover am Ende des Tisches. »Die gehören ihm.«

Langley sagte: »Warum entbinden Sie ihn nicht von seinem Versprechen?«

Bellini schüttelte stumm den Kopf, dann sah er Burke an. »Wo werden Sie sein?«

»An Ihrer Seite.«

Bellini sah ihn erstaunt an.

Langley sagte ungeduldig. »Kommt nicht in Frage, Pat.«

Burke schwieg. Bellini sagte: »Lassen Sie den Mann doch seine eigenen Entschlüsse fassen.« Dann änderte er das Thema. »Wo ist der Architekt, Langley, und die Pläne?«

»Wir verfolgen die Sache.«

»Fabelhaft. Jeder verfolgt irgendeine Sache — Sie, Schroeder, der Bürgermeister, der Präsident. Wissen Sie, als diese ganze Geschichte anfing, hat sich keiner einen Deut um Joe Bellini geschert, aber jetzt ruft mich jeder alle fünfzehn Minuten an und fragt mich, wie es mir geht. Nennen mich sogar beim Vornamen. O ja, Joe ist plötzlich sehr gefragt.«

Die ESD-Männer kamen wieder herein. Bellini lehnte sich über den Tisch. »Sie haben mich in der Zange. Ich weiß schon, wenn diese Politiker einen beim Vornamen nennen, dann lassen sie einen erst wieder los, wenn man getan hat, was sie wollen.« Er stand auf. »Glauben Sie mir, Burke, das Ganze ist ein billiges Schmierentheater, in dem jeder eine Glanzrolle spielen will — die Politiker, die Pfaffen und diese Schweine von Terroristen. Aber wir, Burke, müssen die Suppe auslöffeln.«

47

Patrick Burke verließ das Pfarrhaus, ein eiskalter Wind schlug ihm entgegen. Er blickte auf seine Uhr: kurz vor eins. Er schlug den Kragen seines Mantels hoch und ging in Richtung der 51. Straße. Zwischen zwei hohen Gebäuden lag ein kleiner Park, ein Zaun mit einem Eisengittertor trennte ihn von der Straße. Burke spähte durch die Stäbe. Tische und umgedrehte Stühle standen unter kahlen Platanen. Nichts rührte sich in der unbeleuchteten Stille. Burke hievte sich an den kalten Eisenstäben hoch und ließ sich auf der anderen Seite zu Boden fallen. Er landete unsanft auf dem mit Steinplatten gepflasterten Weg und spürte einen stechenden Schmerz in seinen Beinen. Er fluchte leise. Er zog seine Pistole und blieb in der Hocke. Der Wind fuhr durch die Bäume, und eisverkrustete Zweige fielen klirrend wie zerbrochenes Kristall zu Boden. Burke richtete sich auf und schlängelte sich vorsichtig zwischen den herumstehenden Tischen hindurch; die dünne Eisschicht knackte vernehmlich unter seinen Füßen, und er wußte, daß Ferguson, falls er schon da war, ihn mittlerweile gehört haben mußte.

Ein umgekippter Tisch erregte seine Aufmerksamkeit. Er ging darauf zu. In einiger Entfernung davon lag ein umgeworfener Stuhl. Der Boden ringsherum war aufgewühlt. Burke kniete nieder und sah einen dunklen Fleck, der auf den ersten Blick wie zerflossenes Erdbeereis aussah, und der kalte Schweiß trat ihm auf die Stirn. Er richtete sich auf und lief die flachen Stufen zur nächsten Terrasse hinauf, wo er auf weitere umgeworfene Gartenmöbel stieß. Im hinteren Teil des Gartens erhob sich eine hohe Mauer, über die sich im Sommer ein Wasserfall ergoß. Am Fuß der Mauer befand sich ein langer schmaler Trog. Burke beugte sich über den Rand — und blickte in das weißblaue Gesicht von Ferguson.

Burke unterdrückte ein Würgen in seiner Kehle und griff nach Fergusons altem Regenmantel. Er zog die Leiche näher zu sich heran, der Regenmantel fiel auseinander und enthüllte zwei durch Kugelschüsse zerschmetterte Knie.

Burke steckte seine Pistole in die Tasche und hob den alten, zerbrechlichen Mann mühelos aus dem eiskalten Wasser und legte ihn auf den breiten Rand des Trogs. Das Einschußloch auf der bleichen Stirn sah aus wie ein großer schwarzer Punkt. Die

Taschen waren offensichtlich geleert worden, denn das einzige, was Burke fand, war ein frischgebügeltes Taschentuch, bei dessen Anblick ihm einfiel, daß er Fergusons Frau anrufen mußte.

Burke schloß Fergusons Augen, richtete sich auf, trocknete sich die Hände an seinem Mantel ab und ging zu einem der umgeworfenen Stühle, stellte ihn auf die Beine und zog ihn an einen der kleinen Eisentische heran. Dann holte er tief Luft und zündete sich mit zitternder Hand eine Zigarette an. Er tat einen tiefen Zug, holte seine Taschenflasche heraus und stellte sie, ohne zu trinken, vor sich auf den Tisch. Er hörte ein Geräusch am Zaun, griff nach seiner Pistole und legte sie auf seine Knie.

»Burke! Ich bin's, Martin.« Burke antwortete nicht. »Haben Sie einen Moment Zeit für mich?«

Burke spannte seinen Pistolenhahn. »Ja, gewiß.«

Martin kam auf ihn zu und blieb stehen. Sein Blick irrte von Burke ab und fiel auf den Trogrand. »Wer ist das?«

Burke antwortete nicht. Martin ging zu der Leiche und beugte sich über das Gesicht. »Mein Gott . . . ist das nicht Jack Ferguson?«

»Ach, Sie kannten Jack?«

»Ich hatte gelegentlich mit ihm zu tun . . . seltsamerweise habe ich ihn noch gestern gesehen. Mitglied der offiziell zugelassenen IRA und Marxist — trotzdem ein netter Mann.«

Burke sagte ohne Betonung in der Stimme: »Nur ein toter Roter ist ein guter Roter. Kommen Sie näher, so daß ich Sie sehen kann.«

Martin blieb hinter Burkes Stuhl stehen. »Was wollen Sie damit sagen . . . Sie nehmen doch nicht etwa an . . .«

Burke sagte: »Stellen Sie sich vor mich, ich will Sie vor Augen haben.« Martin trat auf die andere Seite des Tisches.

Burke fragte: »Wieso sind Sie hier?«

»Ich bin Ihnen gefolgt.«

Burke war sicher, daß niemand ihm gefolgt war. »Warum?«

»Ich wollte sehen, wohin Sie gehen. Sie sind alles andere als hilfsbereit gewesen. Übrigens habe ich meinen Konsulatsjob verloren. Haben *Sie* das veranlaßt? Die Leute fingen an, ganz unwahrscheinliche Dinge von mir zu behaupten. Nun, jedenfalls habe ich im Moment nichts zu tun und weiß daher nicht recht, was ich mit mir anfangen soll. Und da habe ich mir gedacht, wenn ich Ihnen behilflich bin, nützt es der Allgemeinheit, und gleichzeitig würde es mich rehabilitieren. Ist das eine Pistole? Die können Sie wieder einstecken.«

Burke behielt den Finger am Abzug. »Und wer hat Ihrer Meinung nach Ferguson getötet?«

»Nun, wenn ich von der Voraussetzung ausgehe, daß *Sie* es nicht getan haben, dann . . .« Er zuckte die Achseln. »Vermutlich seine eigenen Leute oder die IRA oder die Fenier. Haben Sie seine Kniescheiben gesehen? Barbarisch.«

»Warum sollte die IRA ihn töten?«

Martin antwortete prompt und bestimmt. »Weil er zuviel geredet hat.«

Burke ließ seine Pistole in die Manteltasche gleiten, aber behielt den Knauf in der Hand. »Wo ist Gordon Stillway?«

»Gordon . . . wer? Ach, der Architekt.« Martin zog an seiner Zigarette. »Ich wünschte, ich wäre so raffiniert, wie Sie es von mir anzunehmen scheinen.«

Burke nahm einen Schluck aus seiner Flasche. »Die Kathedrale wird innerhalb der nächsten Stunden gestürmt.«

»Tut mir leid, daß es sich nicht vermeiden läßt.«

»Ah, wirklich? Nun — wie dem auch sei. Aber woran mir persönlich jetzt am meisten liegt, ist, so viele Leben zu retten wie möglich.«

»Mir auch. Schließlich ist unser Generalkonsul eine der Geiseln.«

»Bislang, Major, ist Ihr Plan wie ein Uhrwerk abgelaufen: Sie haben den irischen Terrorismus nach Amerika verpflanzt und ihn uns in all seiner Rücksichtslosigkeit vor Augen geführt. Sie haben uns eine gründliche Lektion erteilt. Sie ist verstanden worden und braucht nicht mehr mit einer zerstörten Kathedrale und mit einem Massaker unterstrichen zu werden.«

»Ich fürchte, ich kann Ihrem Argument nicht ganz folgen.«

»Es wäre eine große Hilfe für Bellini, wenn er die Pläne bekäme und mit dem Architekten sprechen könnte.«

»Zweifellos. Ich tue alles, was ich kann, um ihn aufzufinden.«

Burke sah Martin scharf an. »Geben Sie sich mit dem zufrieden, was Sie bereits erreicht haben, und treiben Sie die Dinge nicht auf die Spitze.«

»Es tut mir leid, ich verstehe wirklich nicht, was Sie meinen.«

Burke starrte Martin an, der einen Fuß auf den Stuhlsitz gestellt hatte und an seiner Zigarette zog. Ein kalter Windstoß fuhr durch die glitzernden Bäume, Rauhreif rieselte auf Martins und Burkes Schultern, aber keiner der beiden Männer schien es zu bemerken. Martin rang offensichtlich mit einem Entschluß. Nach einer Weile sagte er: »Es handelt sich nicht nur um Brian Flynn.« Er rieb sich mit der behandschuhten Hand das Kinn. »Verstehen Sie, ich brauche mehr als Flynns Tod, obwohl das ein Tod ist, der mir großes Vergnügen bereiten wird. Nein, ich brauche ein Mahnmal, ein Symbol für die irische Zerstörungswut. Und deshalb muß die Kathedrale, so leid es mir tut, zerstört werden.«

Burke sagte lange nichts, und als er sprach, klang seine Stimme ruhig und beherrscht. »Sie wird viel eher zu einem Symbol, zu einem Mahnmal britischer Unbeugsamkeit werden.«

»Das muß man riskieren. Aber London hat zu meiner Verwunderung einen Kompromiß angeboten, aber diese verrückten Fenier sind nicht darauf eingegangen. Und die Rede von diesem alten Mann und das Glockengeläute hat beim Publikum große Sympathien für die Fenier erweckt. Nein, Burke, ich kann die öffentliche Meinung hier in Amerika und in der Welt nur in meinem Sinne beeinflussen, wenn eine Katastrophe geschieht.«

»Es wird auf Sie zurückfallen.«

»Wenn alles vorbei ist, wird man den Iren die Schuld zuschieben. Die englische Regierung versteht es meisterhaft, ihr Mitleid und ihr Bedauern über den Verlust von Leben und Eigentum auszudrücken. Abgesehen davon sind die Ruinen von St. Patrick vermutlich eine viel größere Touristenattraktion, als die Kathedrale es je war. Es gibt so wenige wirklich malerische Ruinen in Amerika . . .«

Burkes Finger fuhren kratzend über den kalten Stahl seiner Pistole, als er sagte: »Flynn würde den Kompromiß möglicherweise akzeptieren. Er hat es in einem Gespräch mit mir durchblicken lassen. Aber er könnte natürlich auch eine öffentliche Erklärung über die hinterlistigen Taktiken der Briten abgeben.«

»Er würde nie zugeben, daß die sensationellste irische Attacke seit dem Mord an Mountbatten von einem Engländer geplant war.«

»Er will nicht ganz so gern sterben, wie Sie ihn gern tot sehen würden. Er hat schon eine Menge erreicht, und wenn er sich damit zufriedengibt, wird er die Kathedrale als Held verlassen.« Burke nahm noch einen Schluck, um seine Phantasie anzufeuern. »Andererseits . . . ist es durchaus denkbar, daß er die Kathedrale bei Morgengrauen sprengt. Und daher wollen der Bürgermeister und der Gouverneur ihm zuvorkommen, indem sie die Kathedrale stürmen. Aber sie werden den Befehl erst geben, wenn sie sicher sind, daß Bellini siegt, und Bellini wird erst dann attackieren, wenn er die Pläne gesehen und mit dem Architekten gesprochen hat.«

Martin lächelte. »Nun gut, ich seh schon, ich muß einer Menge Leute Honig um den Mund schmieren.«

»Wenn wir den Architekten nicht haben, greifen wir nicht an. Und um sechs Uhr drei wird Flynn einen Waffenstillstand erklären und warten, bis die ganze Stadt auf den Beinen ist und alle Fernsehkameras auf Hochtouren laufen. Dann wird er mit einer pathetischen Geste die Geiseln freilassen und die Kathedrale verschonen. Und das bedeutet für Sie: keine feierlichen Beerdigungen, keine Explosion, nicht einmal ein zerbrochenes Kirchenfenster.«

»Um sechs Uhr drei wird etwas Entsetzliches passieren.«

»Sind Sie so sicher?«

Martin blickte nachdenklich zu Boden. »Ich . . . ich weiß nicht . . . Ihre Unterhaltung, Lieutenant, hat einige Zweifel bei mir geweckt. Es würde dem Kerl ähnlich sehen, mich zu hintergehen . . .« Er lächelte. »Nun, vielleicht ist hintergehen das falsche Wort . . . diese Iren sind so unberechenbar . . . so unbesonnen . . .«

Burke sagte: »Sie lassen wirklich kein gutes Haar an den Iren, Major.«

»Oh, ich will gewiß nicht verallgemeinern . . . nichts liegt mir ferner . . .« Er hielt inne und schien angestrengt nachzudenken. »Die Frage ist, ob ich es darauf ankommen lasse, daß Flynn die Kathedrale um sechs Uhr sprengt, oder ob mir ein Sturm auf die Kathedrale mit vielen toten Amerikanern nicht mehr einbringt.«

Burke trat dicht an Martin heran. »Wollen wir es so ausdrücken . . .« Er blies Martin seinen dampfenden Atem ins Gesicht. »Falls die Kathedrale gesprengt wird . . .«, er setzte seinen Revolver an Martins Schläfe und spannte den Hahn, »dann sind Sie — wie wir das nennen — eine tote Leiche.«

Martin sah Burke an. »Wenn mir etwas zustößt, wird man Sie umbringen.«

»Ich kenne die Spielregeln.« Er tippte mit der Pistole an Martins Stirn, dann steckte er sie wieder ins Halfter.

Martin warf seine Zigarette fort und sagte in einem geschäftsmäßigen Ton: »Im Austausch gegen Stillway verlange ich Ihr Ehrenwort, daß Sie darauf dringen, daß die Kathedrale möglichst bald gestürmt wird, bevor Flynn auf die Idee kommt, einen Kompromiß vorzuschlagen. Er vertraut Ihnen — nützen Sie also dieses Vertrauen aus und versuchen Sie, Ihre Vorgesetzten zu beeinflussen. Aber vor allem sehen Sie zu, daß Flynn nicht lebend gefangen wird. Abgemacht?«

Burke nickte. Martin fügte hinzu: »Stillway und die Pläne werden rechtzeitig bei Ihnen auftauchen. Und um Ihnen zu zeigen, wie fair ich bin, werde ich *Ihnen* den Ruhm überlassen, ihn gefunden zu haben, um Ihr Prestige zu erhöhen. Denn das, Lieutenant, haben Sie weiß Gott nötig.«

Martin trat von Burke weg und blickte auf Fergusons steifen Körper hinunter. Er zündete sich eine neue Zigarette an und ließ das Streichholz achtlos auf Fergusons Gesicht fallen. Er sah Burke an. »Sie denken natürlich, daß Sie wie unser toter Freund hier zuviel wissen. Aber ich bin gewillt, bei Ihnen eine Ausnahme zu machen. Sie sind einer von uns, ein Professioneller, kein übereifriger Amateur wie Mr. Ferguson, kein gefährlicher Rebell wie Mr. Flynn. Also handeln Sie wie ein Professioneller, Lieutenant, und Sie werden wie ein Professioneller behandelt werden.«

Burke sagte: »Es ist immer interessant zu hören, wie andere einen einschätzen. Ich werde mein Bestes tun.«

Martin lachte. »Sie können auch Ihr Schlechtestes tun, wenn Sie wollen. Sie sind nicht der einzige, den ich für meine Zwecke eingespannt habe. Und glauben Sie mir, Lieutenant, es gibt noch mehr Überraschungen innerhalb und außerhalb der Kathedrale, als selbst Sie ahnen. Und wie beim ersten Morgenlicht wird das alles herauskommen . . .« Er nickte kurz mit dem Kopf. »Guten Abend.« Dann wandte er sich ab und schlenderte davon.

Burke sah auf Ferguson hinunter, beugte sich über ihn und entfernte das Streichholz von seinem Gesicht. »Entschuldige, Jack.«

48

Die Uhr an der Rückwand der Empore schlug dreimal. Brian blickte zu Leary hinüber, der auf der Brüstung saß und die Beine ins Leere baumeln ließ, drei Stockwerke über dem Kirchenschiff. Flynn sagte: »Wenn du einschläfst, fällst du hinunter.«

Leary nickte, ohne sich umzudrehen. »Zweifellos. Aber es ist ein alter Trick, sich irgendwo hinzusetzen, wo es gefährlich ist. Hält einen wach — meistens.«

»Interessant.« Flynn ging an Leary vorbei, betrat den Glockenturm und fuhr mit dem Lift in die Vorhalle hinunter. Er ging das Hauptschiff entlang, seine Schritte hallten in der Stille wider. Sullivan, Boland und Farrell lehnten sich über die Triforienbrüstungen. Hickey war an der Altarraumorgel eingenickt. Flynn ging die Stufen zum Altarraum hinauf. Die vier Geiseln schliefen zu Paaren gefesselt an den sich gegenüberliegenden Seiten des Altarraums. Flynn blickte auf Baxter und dann auf Maureen hinunter, ihr Atem ging ruhig und gleichmäßig. Er kniete neben ihr nieder und betrachtete ihr zerschundenes Gesicht. Er wußte, daß er beobachtet wurde, und drehte Leary den Rücken zu, um zu verhindern, daß dieser durch das Zielfernrohr von seinen Lippen ablas. Er fuhr sanft mit der Hand über Maureens Wange. Sie öffnete die Augen. »Wieviel Uhr ist es?«

»Spät.«

»Du hast es spät werden lassen.«

Er sagte leise: »Es tut mir leid, daß ich dich nicht beschützen konnte.«

Sie schwiegen beide. Dann sagte Flynn: »Ich muß gehen . . .« Doch dann fiel sein Auge zufällig auf Hickey. Er hielt inne und fragte leise: »Was hältst du von dem alten Mann? Was hat er dir erzählt? Erklär mir die Sache mit diesem Rufknopf im Beichtstuhl.«

Maureen berichtete in sachlichem Ton, was sie über John Hikkey herausgefunden hatte, dann fügte sie ihre eigene Schlußfolgerung hinzu: »Selbst wenn du gewinnst, wird er es irgendwie erreichen, daß wir alle sterben. Meine Mitgefangenen sind der gleichen Meinung, nur deshalb haben wir so viele Fluchtversuche unternommen.«

Flynn ließ seine Blicke über Hickey, die Geiseln, die verwelkten grünen Nelken und die Blutflecken auf dem Marmor schweifen, und plötzlich überkam ihn das Gefühl des Déjà-vu — hatte er nicht etwas Ähnliches im Traum gesehen? Nein, plötzlich fiel es ihm ein: in der Weißdornabtei. Er kniete sich spontan hin, öffnete Maureens Handschellen und half ihr beim Aufstehen. Er mußte sie stützen, als er sie zur Sakristeitreppe geleitete. Er wußte sehr wohl, daß Hickey, Leary und Megan jede seiner Bewegungen verfolgten und daß sie dachten, er würde Maureen freilassen. Es war eine kritische Situation, ein Test, ob sie ihn noch als Anführer anerkannten. Würde einer von ihnen sich ihm in den Weg stellen? Noch vor wenigen Stunden hätten sie es nicht gewagt.

Sie erreichten die Sakristeitreppe. Flynn blieb stehen, nicht zögernd, sondern herausfordernd, blickte zur Empore hinauf und wandte sich dann zur Altarraumorgel um, aber keiner rührte sich. Er verharrte absichtlich noch einige Augenblicke, dann ging er mit Maureen die Stufen hinunter, blieb auf dem Treppenabsatz neben Gallagher stehen und sagte: »Leg eine Pause ein, Frank.«

Gallagher sah ihn und Maureen an, sein Ausdruck verriet Verständnis und Zustimmung. Seine und Maureens Augen trafen sich, er wollte sprechen, drehte sich aber jäh um und lief die Treppe hinauf.

Flynn musterte nachdenklich das Gitter, dann griff er Maureen bei den Schultern.

Maureen wußte, daß Brians Autorität an einem seidenen Faden gehangen hatte. Aber es war ihm gelungen, den anderen seinen Willen aufzuzwingen. Und er würde sogar noch einen Schritt weitergehen und ihr die Freiheit anbieten. Aber sie wußte nicht, ob er es seinetwillen oder ihretwillen tat oder um den anderen zu beweisen, daß er Finn MacCumail, Anführer der Fenier, war, der sich alles leisten konnte. Sie ging die restlichen Stufen hinunter und blieb vor dem Gitter stehen. Sie starrte in die stille Sakristei. Eine Kerze flackerte auf dem Altar, lange Tische standen an den Wänden, auf denen säuberlich gefaltet die weißen und violetten Meßgewänder der Fastenzeit lagen. Sie sah Flynn an.

Er sagte: »Wirst du das Leben wählen? Gehst du ohne die anderen?«

Sie nickte. »Ja.«

Er zog den Schlüssel aus der Tasche und öffnete das Schloß des Gitters und das Vorhängeschloß mit zitternder Hand. Dann löste er die Kette, schob die rechte Gitterseite auf und hielt Ausschau nach den Polizisten, doch keiner war zu sehen. »Lauf!«

Sie nahm ihn beim Arm. »Nicht ohne dich.«
»Du läßt die anderen zurück und willst, daß ich mitkomme?«
»Ja.«
»Wirst du dir nicht später deswegen Vorwürfe machen?«
»Nein.«
Er starrte auf das offene Gitter. »Ich werde eine lange Gefängnisstrafe bekommen. Würdest du auf mich warten?«
»Ja.«
»Liebst du mich?«
»Ja.«
Er packte ihren Arm und versuchte, sie durchs Gitter zu stoßen, doch sie entwand sich seinem Griff und lief die Treppe hinauf. Kurz vor dem Absatz blieb sie stehen. »Ich laß mich nicht in die Freiheit stoßen. Wenn ich gehe, dann nur mit dir.«
Er starrte auf ihre Gestalt, die sich von der beleuchteten Kryptatür abhob. »Ich kann nicht mit dir kommen.«
»Warum nicht? Ich lasse die anderen deinetwegen im Stich, kannst du nicht das gleiche für mich tun?«
»Ich kann nicht . . . Maureen, versteh mich . . . ich *kann* nicht. Wenn du mich liebst, dann bitte geh!«
»Zusammen. Wir bleiben zusammen, wie immer du dich entscheidest.«
Er blickte zu Boden und schüttelte den Kopf, dann hörte er nach einer — wie ihm schien — endlosen Zeit das Geräusch ihrer sich entfernenden Schritte. Er schloß das Gitter wieder zu, und als er in den Altarraum kam, sah er sie mit geschlossenen Augen und zugeschnappter Handschelle neben Baxter liegen.

Flynn blickte auf Pedar Fitzgerald hinunter, der zusammengekrümmt neben der Orgel unter einer Wolldecke lag. Flynn trat neben Hickey, dessen Kopf auf die Brust gesunken war, und betrachtete sein bleiches, fast wächsernes Gesicht. Das Feldtelefon klingelte, und Hickey rührte sich schlaftrunken. Flynn griff zum Hörer.
Mullins meldete sich. »Ich bin wieder in der Glockenstube. Ist Schluß mit dem Geläute?«
»Ja . . . wie sieht es auf der Straße aus?«
»Sehr ruhig hier unten, aber jenseits der Polizeibarrikaden scheinen mir die Straßen noch voller Menschen zu sein. Anscheinend haben sie keine Sperrstunde hier.«
»Nicht wie in Belfast.«
»Nein, nicht wie in Belfast«, sagte Mullins.
»Hast du das Gefühl, die Leute da unten sind aufgeregt oder nervös?«
Mullins überlegte einen Moment lang. »Nein, sie sehen müde und ein wenig durchfroren aus, aber sie benehmen sich völlig nor-

mal. Die Atmosphäre ist gewiß nicht gespannt, und niemand scheint Befehle zu erteilen.«

»Setzt die Kälte dir sehr zu?«

»Ich spüre sie nicht einmal mehr.«

»Nun, Rory und du, ihr werdet als erste die Morgendämmerung sehen.«

Mullins hat sich vor Stunden damit abgefunden, daß es für ihn keine Morgendämmerung mehr geben würde. Er sagte: »Ja, ich werde ein Gedicht schreiben über den Sonnenaufgang, vom Glockenturm der St.-Patricks-Kathedrale aus betrachtet.«

»Du wirst es mir später vorlesen.« Er hängte ein und nahm den Hörer des Außenapparates auf. »Verbinden Sie mich bitte mit Schroeder.« Er fixierte Hickey, während der Telefonist das Gespräch durchstellte. Hickey war jetzt hellwach, und sein Gesicht zeigte einen lebhaften Ausdruck, während es vorher, als er schlief, wie eine Totenmaske gewirkt hatte.

Schroeders Stimme klang schlaftrunken. »Ja . . .«

»Flynn hier, hab ich Sie aufgeweckt?«

»Nein, Sir, ich habe auf Mr. Hickeys Anruf gewartet. Er hat gesagt, daß er immer zur vollen Stunde . . . aber ich bin froh, daß Sie am Apparat sind, ich wollte schon die ganze Zeit mit Ihnen sprechen.«

»Sie dachten wohl, ich sei tot?«

»Nein . . . Sie haben die Glocken gespielt, nicht wahr?«

»Wie hat es Ihnen gefallen?«

Schroeder räusperte sich. »Sie berechtigen zu den besten Hoffnungen.«

Flynn sagte spöttisch: »Entwickeln Sie etwa doch noch Sinn für Humor, Captain?« Schroeder lachte gezwungen. »Oder sind Sie so erleichtert, mit mir statt mit Hickey zu sprechen, daß Sie übermütig werden?«

Schroeder antwortete nicht. Flynn sagte: »Wie stehen die Dinge in den verschiedenen Hauptstädten?«

Schroeder klang zurückhaltend. »Sie sind erstaunt, daß Sie auf den Vorschlag, den Inspector Langley Ihnen übermittelt hat, überhaupt nicht reagiert haben.«

»Er war nicht sehr klar formuliert.«

»Ich kann am Telefon nicht näher darauf eingehen.«

»Dann kommen Sie ans Sakristeigitter, wo wir in aller Ruhe sprechen können.«

Schroeder schwieg eine Weile. »Das kann ich leider nicht . . . es ist gegen die Vorschriften.«

»Die Kathedrale niederzubrennen ist auch gegen die Vorschriften, und genau das wird geschehen, wenn Sie nicht mit mir reden.«

Schroeder sagte: »Warten Sie einen Moment.«

Flynn hörte das Telefon klicken, eine Minute später kam Schroeders Stimme wieder durch die Leitung. »Geht in Ordnung.«

»In fünf Minuten.« Flynn legte den Hörer auf und stieß Hickey derb in die Rippen. »Hast du mitgehört.« Er packte Hickey am Arm. »Du alter Halunke, du wirst mir erzählen, was im Beichtstuhl passiert ist und was du zu Schroeder und zu meinen Leuten und den Geiseln gesagt hast. Aber vor allem wirst du mir von dem Kompromiß berichten, der uns angeboten worden ist.«

Hickey wich zurück. »Laß mich los, alte Knochen brechen leicht.«

»Ich werde dir noch das Genick brechen.«

Hickeys Gesicht zeigte nicht die geringste Spur von Angst, als er Flynn ansah. »Nimm dich in acht!«

Flynn ließ seinen Arm los. »Du kannst mir keinen Schrecken einjagen.«

Hickey antwortete nicht, aber er starrte Flynn an. In seinen Augen glomm unverhüllter Haß. Flynn hielt seinem Blick stand, dann schaute er auf Pedar Fitzgerald hinunter. Sein Gesicht war weiß — wächsern. Flynn drehte sich zu Hickey um. »Er ist tot.«

Hickey sagte gleichgültig: »Starb vor ungefähr einer Stunde.«

»Megan . . .«

»Wenn Megan mich anruft, werde ich sagen, es ginge ihm besser, und sie wird es mir glauben, weil sie es glauben will. Aber lange können wir es ihr natürlich nicht verheimlichen.«

Flynn blickte zur Empore hinauf, konnte aber Megan nicht sehen. »Mein Gott, sie wird . . .« Er wandte sich wieder an Hickey. »Wir hätten einen Arzt . . .«

Hickey sagte: »Wärst du nicht so in dein Glockenspiel vertieft gewesen, hättest du ja einen rufen können.«

Flynn sagte: »Warum hast *du* nicht . . .«

»Ich? Warum denn? Was geht es mich an, ob Pedar Fitzgerald lebt oder tot ist?«

Ein plötzlicher Ekel stieg in Flynn hoch. Er ließ Hickey wortlos stehen und ging langsam in den Chorumgang, um seine Gedanken zu ordnen. Dann ging er die Treppe zur Sakristei hinunter. Gallagher stand mit umgehängter Maschinenpistole auf dem Treppenabsatz der Krypta. Flynn sagte: »Im Buchladen gibt es Kaffee.« Gallagher verschwand, und Flynn ging die restlichen Stufen bis zum Gitter hinunter. Die Kette war geflickt und mit einem neuen Vorhängeschloß versehen worden. Er prüfte das durchlöcherte Gitterschloß, noch ein, zwei Kugeln mehr, und es wäre aufgesprungen.

Flynn starrte in die Sakristei. Er hörte die Stimmen aus den Seitenkorridoren und sich nähernde Schritte. Schroeder kam in sein Blickfeld; er wirkte sehr selbstsicher und stieg betont langsam die

Treppe hinauf. Eine Stufe unter Flynn blieb er vor dem Gitter stehen. Er musterte Flynn nachdenklich.

»Seh ich so aus, wie Sie gedacht haben?«

Schroeder sagte steif: »Ich besitze ein Foto von Ihnen.«

»Und ich von Ihnen, aber entspreche ich Ihrer *Vorstellung?«*

Schroeder schüttelte den Kopf. Beide schwiegen, dann sagte Flynn barsch: »Ich greife jetzt in meine Tasche.« Er holte eine Handsonde hervor und tastete Schroeder ab. »Dies ist ein privates Gespräch.«

»Ich werde alles, was wir sprechen, weiterberichten.«

»Ich wette um mein Leben, daß Sie das nicht tun werden.«

Schroeder machte eine verdrossene Miene. Flynn sagte: »Wie steht es mit unseren Forderungen?«

Schroeder liebte es nicht, seinem Verhandlungspartner persönlich gegenüberzustehen, weil er wußte, daß sein Gesicht ihn verriet. Man hatte es ihm oft genug gesagt. Er räusperte sich. »Sie verlangen zuviel, geben Sie sich mit einem Kompromiß zufrieden.«

Flynn bemerkte, daß Schroeder zwar mit großer Bestimmtheit sprach, aber daß ihm nicht wohl in seiner Haut war. »Und wie lautet der Kompromiß?«

Schroeder hob erstaunt die Augenbrauen. »Hat Hickey Ihnen denn nicht . . .«

»Ich möchte es nochmal aus Ihrem Munde hören.«

Schroeder wiederholte das Angebot und fügte hinzu. »Greifen Sie zu, bevor die Briten die bedingte Haftentlassung wieder zurücknehmen. Und was Sie persönlich betrifft, so bedeutet eine niedrige Kaution, daß Sie praktisch straflos davonkommen. Mann, verstehen Sie denn nicht, daß Sie fast alles, was Sie wollten, erreicht haben?«

Flynn nickte. »Ja . . . es ist ein sehr verführerisches Angebot . . .«

»Dann nehmen Sie es doch um Himmels willen an, bevor jemand getötet wird.«

»Dazu ist es leider zu spät.«

»Was?«

»Sir Harold hat einen jungen Mann namens Pedar umgebracht. Zum Glück weiß noch niemand außer Hickey und mir, daß er tot ist. Aber lange kann ich es nicht mehr verheimlichen, und dann werden meine Leute Baxter töten. Und Pedars Schwester Megan wird in ihrer Wut nicht zu bremsen sein. Das kompliziert die Lage etwas, nicht wahr?«

Schroeder fuhr sich mit der Hand übers Gesicht. »O Gott . . . aber es war sicher unbeabsichtigt.«

»Baxter hat ihm den Kolben einer Maschinenpistole in die Gurgel gestoßen. Kann natürlich aus Versehen passiert sein, was für den Jungen aber kein Trost ist.«

Schroeder fluchte leise und dachte: Baxter, du blöder Hund. Laut sagte er: »Sie müssen verstehen, Baxter fühlt sich als Kriegsgefangener ... er wollte fliehen ... er hielt es für seine Pflicht ...«, er stockte. Flynn schwieg.

»Hier ist Ihre Chance, Flynn, zu beweisen, daß Sie ein Berufssoldat sind und kein gemeiner Verbre ...«, er unterbrach sich. »Wenn Sie Gnade walten ...«

Flynn fiel ihm ins Wort. »Schroeder, man merkt, daß Sie ein halber Ire sind. Ich habe selten einen Mann getroffen, der für jede Gelegenheit so viele Gemeinplätze auf Lager hatte.«

»Ich bemühe mich ehrlich ...«

»Nun, Baxters Schicksal hängt jetzt weitgehend von Ihnen ab.«

»Nein, es hängt von Ihnen ab. Sie müssen den nächsten Schritt tun.«

»Das habe ich auch vor.« Er zündete sich eine Zigarette an. »Wie weit sind denn die Angriffspläne gediehen?«

»Wir ziehen einen Angriff nicht in Betracht.«

Flynn schüttelte vorwurfsvoll den Kopf. »Schroeder, jetzt habe ich Sie bei einer Lüge ertappt — Ihr linkes Auge zuckt, und Sie sind ganz weiß um die Nase.« Er lachte. »Ich hätte Sie vor Stunden um diese Unterredung bitten sollen. Burke hat zu gute Nerven.«

»Sie haben mir gesagt, Sie wünschten mich privat zu sprechen. Also, was wollen Sie von mir?«

»Daß Sie uns helfen, zu bekommen, was wir verlangen.«

Schroeder erwiderte gereizt: »Aber das tue ich doch schon die ganze Zeit.«

»Nein, ich meine, daß wir *alles* bekommen, was wir verlangen. Aber Sie sind nicht mit dem Herzen dabei, Schroeder. Wenn die Verhandlungen scheitern, verlieren Sie längst nicht so viel wie wir oder Bellini, der sein eigenes Leben und das seiner Leute riskiert.«

»Es wird zu keinem Angriff kommen.«

»Wissen Sie, daß Burke mir gesagt hat, er würde an Bellinis Seite kämpfen? Ein weiterer Mann, der viel riskiert, wenn Sie versagen. Würden Sie zusammen mit Bellini die Kathedrale stürmen?«

»Burke kann Ihnen nichts dergleichen gesagt haben, weil Bellini die Kathedrale nicht stürmen wird.« Schroeder hatte das unangenehme Gefühl, daß er wider seinen Willen in irgend etwas hineingezogen wurde, aber er würde sich schon herauswinden. Er sagte beschwichtigend: »Ich werde versuchen, mehr für Sie herauszuholen, wenn Sie Ihre Frist um zwei Stunden verlängern.«

Flynn ignorierte die Bemerkung und fuhr fort: »Ich dachte, wenn Sie ein persönliches Interesse an unserem Sieg haben, würden Sie sich energischer für uns einsetzen.«

Schroeder sah Flynn mißtrauisch an.

»Sehen Sie, Captain, es gibt eine Situation, die in Ihrem sonst so detaillierten Leitfaden nicht berücksichtigt worden ist.« Flynn trat näher ans Gitter heran. »Ihre Tochter wäre Ihnen gewiß dankbar, wenn Sie sich mehr anstrengen würden.«

»Meine Tochter . . .?«

»Ja, Terri Schroeder O'Neal.«

Schroeder schnappte nach Luft, dann sagte er überlaut: »Worüber sprechen Sie?«

»Leiser, sonst regen sich die Polizisten auf.«

Schroeder zischte durch die Zähne: »Was zum Teufel meinen Sie?«

»Nicht fluchen! Wir sind schließlich in der Kirche«, sagte Flynn tadelnd und reichte ihm einen Zettel durch die Stäbe.

Schroeder griff hastig nach dem Papier und erkannte sofort die Handschrift seiner Tochter. Er las: *»Mitglieder der Fenier halten mich als Geisel gefangen. Bin wohlauf. Sie werden mir nichts antun, wenn in der Kathedrale alles nach Wunsch geht. Tu dein Bestes. Ich liebe dich, Terri.«*

Schroeder las den Zettel ein zweites und drittes Mal. Ihm zitterten die Knie, und er mußte sich am Gitter festhalten. Er blickte Flynn an und versuchte, etwas zu sagen, aber er brachte keinen Ton heraus.

Flynn sagte: »Tut mir ehrlich leid, Schroeder, Sie brauchen jetzt nicht zu sprechen, hören Sie mir einfach zu.« Flynn zündete sich eine Zigarette an und sagte in einem sachlichen Tonfall: »Erklären Sie den Leuten da draußen, daß es nicht nur für uns, sondern auch für die Allgemeinheit am besten ist, wenn unsere Forderungen erfüllt werden. Erzählen Sie ihnen, daß ich vierzig gut bewaffnete Männer und Frauen an Ihnen habe vorbeidefilieren lassen und daß wir Maschinengewehre, Panzergranaten, Handgranaten und Flammenwerfer besitzen. Machen Sie ihnen klar, daß wir ohne zu zögern uns selbst sowie die sechshundert ESD-Männer samt der Kathedrale und den Geiseln in die Luft sprengen, wenn wir angegriffen werden. Mit anderen Worten, jagen Sie Bellini und seinen Helden Angst ein.« Er hielt inne, dann sagte er: »Wenn Captain Schroeder berichtet, daß er eine große Anzahl von Bewaffneten gesehen hat, wird niemand an seinem Wort zweifeln. Gebrauchen Sie Ihre Phantasie, Schroeder, blicken Sie auf den Treppenabsatz hinter mir, und stellen Sie sich vor, daß vierzig, fünfzig Männer und Frauen vorbeimarschieren.«

Schroeder starrte auf den Treppenabsatz, sein Gesicht war aschfahl, er fuhr mit dem Finger unter seinen schweißnassen Kragen.

Flynn sagte: »Beruhigen Sie sich, Sie können Ihre Tochter nur retten, wenn Sie die Nerven behalten. Aber hören Sie mir weiter zu. Sollte dies alles nichts nützen, dann wenden Sie sich an die Massenmedien. Sagen Sie Kline, Doyle und den anderen, daß Sie öffentlich erklären wollen, daß weder ein Angriff noch Verhandlungen die Situation retten können und daß Sie deshalb zum ersten Mal in Ihrer erfolgreichen Karriere eine Kapitulation befürworten, aus humanitären wie aus taktischen Gründen.«

Flynn sah Schroeder prüfend ins Gesicht, aber es verriet ihm außer Angst keine andere Regung. Er fuhr fort: »Sie haben großen Einfluß auf die Presse, die Polizei und die Politiker — machen sie ihn also geltend. Sie müssen Druck ausüben und gleichzeitig ein Klima der Ratlosigkeit schaffen, so daß der britischen und amerikanischen Regierung gar kein anderer Ausweg bleibt, als nachzugeben.«

Schroeders Stimme war kaum zu hören. »Zeit . . . ich brauche mehr Zeit, warum haben Sie mir . . .«

»Wenn ich es Ihnen früher gesagt hätte, wären Sie mir entweder zusammengeklappt oder hätten sich jemand anvertraut. Sie haben nur noch Zeit bis zum Morgengrauen — also machen Sie sich an die Arbeit, Mann!«

Schroeder preßte sein Gesicht an die Gitterstangen. »Flynn . . . bitte . . . hören Sie mir zu . . .«

Flynn nickte. »Ja, ich weiß, wenn wir die Kathedrale als freie Männer verlassen, wird die Polizei uns zählen und sich fragen, wo all die Flammenwerfer und die fünfzig bewaffneten Männer sind . . . sicher wird das ein peinlicher Moment für Sie sein, aber . . . *c'est la guerre,* und alle Mittel sind erlaubt.«

Schroeder schüttelte vehement den Kopf und stammelte irgendwas, das einzige Wort, das Flynn verstand, war: Gefängnis. Flynn sagte: »Nun, Ihre Tochter kann Sie dort besuchen.«

Schroeder stieß einen gequälten Laut aus. Flynn sagte: »Entschuldigen Sie, das war schäbig von mir.« Er hielt inne, dann fuhr er in mitleidigem Ton fort: »Ich wäre gern ohne dieses Druckmittel ausgekommen, Schroeder, aber es ging eben nicht anders. Ich wußte, daß Sie uns nur helfen würden, wenn Sie ein persönliches Interesse an unserem Sieg haben.« Dann fügte er tadelnd hinzu: »Aber Ihre Tochter sollte wirklich ein wenig wählerischer in ihrem Umgang sein.«

Schroeder schüttelte den Kopf. »Sie haben sie nicht in Ihrer Gewalt, Sie bluffen . . .«

Flynn sprach ungerührt weiter: »Sie ist in guten Händen. Dan — so heißt ihr Freund — ist ein netter, rücksichtsvoller und vermutlich ganz zufriedenstellender Liebhaber. Manche Soldaten versehen eben einen angenehmen Dienst, andere müssen kämpfen und sterben. Es ist wie beim Würfelspiel. Andrerseits möchte ich nicht an Dans Stelle sein, wenn er den Befehl bekommt, Terri mit einem Genickschuß zu erledigen. Sind wir uns also einig, Schroeder, was Sie zu tun haben?«

»Ich weigere mich.«

»Wie Sie wünschen.« Flynn drehte sich um und ging langsam die Treppe hinauf, dann rief er beiläufig über die Schulter: »Nach ungefähr einer Minute wird vom Glockenturm kurz ein Licht aufblinken, und mein Kontaktmann draußen wird Dan anrufen — und dieses Signal wird, so leid es mir tut, Terri Schroeders Lebenslicht ausblasen.« Er nahm schnell die nächsten drei Stufen.

»Halt! Flynn, warten Sie! Gehen Sie nicht fort! Vielleicht können wir eine Lösung finden.«

Flynn blieb stehen. »Ich laß mit mir nicht mehr handeln — alles, oder sie stirbt.« Er sah Schroeder nachdenklich an. »Es ist peinlich für Sie, nicht wahr, plötzlich persönlich einbezogen zu sein? Haben Sie eigentlich je daran gedacht, daß jeder Mann, jede Frau, mit denen oder um die Sie verhandelt haben, persönlich betroffen waren? Oh, ich will Ihre Erfolge nicht schmälern, aber Sie hatten bislang nur mit Kriminellen zu tun, und die haben vermutlich ihre schnöde und schäbige Behandlung verdient. Aber ich verdiene Besseres, denn wie Sie sehen, sind unsere Schicksale miteinander verflochten — und unsere Ziele daher die gleichen. Ja — oder nein? Antworten Sie, Captain!« Schroeder nickte.

Flynn kam die Treppen wieder hinunter. »Ein weiser Entschluß.« Er trat dicht ans Gitter und streckte seine Hand durch die Stäbe.

Schroeder schüttelte den Kopf. »Niemals.«

Flynn zog seine Hand zurück. »Dann eben nicht.«

Schroeder sagte: »Kann ich jetzt gehen?«

»Ja . . . ach, noch eins. Es ist durchaus möglich, daß Sie trotz aller Bemühungen scheitern. Wir müssen also einen Mißerfolg einplanen.«

Schroeders Miene verriet, daß er wußte, was kommen würde.

Flynn hatte einen kühlen, geschäftsmäßigen Ton. »Sollte Bellini also trotz Ihrer Bemühungen, ihn zurückzuhalten, auf einem Angriff bestehen, dann gebe ich Ihnen noch eine andere Chance, Terris Leben zu retten.«

»Nein.«

»Doch, ich fürchte, ich muß von Ihnen verlangen, daß Sie hier ans Gitter kommen und mir sagen, wann, wo und mit welchen Waffen . . .«

»Nein . . . nein, ich kann nicht Bellini und seine Leute in den sicheren Tod . . .«

»Sie werden auf jeden Fall umkommen, desgleichen wir und die Geiseln, retten Sie also wenigstens Terri, indem Sie mir den genauen Angriffsplan verraten.«

»Bellini wird mich nicht einweihen.«

»Dann müssen Sie eben Augen und Ohren offenhalten. Aber die einfachere Lösung ist, auf Bellini so lange einzureden, bis er mit den Knien schlottert und sich weigert, etwas zu unternehmen.

Ihnen stehen viele Wege offen — ich wünschte, ich könnte das gleiche von mir sagen.«

Schroeder wischte sich den Schweiß von der Stirn, sein Atem ging unregelmäßig, und seine Stimme zitterte. »Flynn . . . bitte . . . ich werde Himmel und Hölle in Bewegung setzen, um einen Angriff zu verhindern, aber wenn es mir nicht gelingt . . . ich kann keinen Verrat begehen, selbst wenn das heißt, daß Terri . . .«

Flynns Hand schnellte durch die Stäbe und schloß sich um Schroeders Arm. »Benutzen Sie Ihren Verstand, Mann. Wenn Bellini beim ersten Angriff zurückgeschlagen wird, riskiert er keinen zweiten. Die ESD-Männer sind schließlich keine Kamikaze. Wenn ich die Attacke abwehre, dann werden Washington, der Vatikan und die anderen betroffenen Regierungen auf London Druck ausüben. Glauben Sie mir: wenn Sie es mir ermöglichen, das Feld zu behaupten, verhüten Sie ein Gemetzel. Sie müssen mir sagen, ob Ihre Leute den Architekten und die Pläne gefunden haben, ob sie Gas einsetzen werden und so weiter — nun, Sie wissen ja, was für Informationen ich brauche. Ich dagegen verspreche Ihnen, daß ich die Geiseln in der Krypta unterbringe, wo sie relativ sicher sind, und ein Signal senden werde, daß man Terri sofort auf freien Fuß setzt.«

Schroeder schüttelte den Kopf. Flynn legte seine andere Hand auf Schroeders Schulter und sagte in einem freundlichen, fast sanften Ton: »Was heute nacht hier passiert, wird bald vergessen sein in unserer unbarmherzigen Welt. Aber Terri wird leben und sich vielleicht wieder verheiraten und Kinder und Enkelkinder haben. Lösen Sie sich aus der Gegenwart, Schroeder, und denken Sie an die Zukunft, denken Sie an Ihre Frau — Mary lebt nur für diese Tochter, Bert. Sie . . . «

Schroeder befreite sich ruckartig aus Flynns Griff. »Schweigen Sie, so schweigen Sie schon . . . « Er schwankte nach vorn und hielt sich an den Gitterstäben fest.

Flynn klopfte ihm auf die Schulter. »Sie sind ein anständiger Kerl, Captain, ein ehrlicher Mann und ein guter Vater. Ich hoffe nur, Sie werden bei Morgengrauen noch Vater sein. Nun — werden Sie es sein?« Schroeder nickte.

»Gut. Gehen Sie jetzt und mixen Sie sich einen starken Drink, er wird Ihnen guttun. Und denken Sie nicht fortwährend an Ihre Pistole. Mich zu töten oder Selbstmord zu begehen, hilft keinem außer Ihnen. Denken Sie an Terri und Mary. Sie brauchen Ihre Liebe. Wir sehen uns später, Captain, so Gott will.«

49

Gouverneur Doyle stand in einem Hinterzimmer der Kardinalsresidenz mit dem Telefonhörer in der Hand und hörte aufmerksam einer Reihe von hohen Beamten und Polizeioffizieren zu. Danach sprach er mit dem Generalstaatsanwalt, mit dem Kommandeur der Nationalgarde und mit einigen wichtigen Medienvertretern. Schließlich legte er erschöpft den Hörer auf und dachte, wie merkwürdig es war, daß alle diese Leute, die sich normalerweise nicht entscheiden konnten, ob sie Huhn oder Roastbeef bei einem Bankett essen sollten, einmütig beschlossen hatten, daß es an der Zeit sei, die Kathedrale zu stürmen. Sogar sein Stellvertreter hatte ihm mit schöner Offenheit — wenn auch nicht sehr taktvoll — erklärt, daß er, Doyle, bei der Wählerschaft so unbeliebt sei, daß er nichts zu verlieren habe, sondern höchstens gewinnen könne, wenn er sich für einen Angriff auf die Kathedrale stark mache, selbst wenn dieser schiefgehen sollte.

Doyle grübelte noch über die Unberechenbarkeit der Menschen nach, als Bürgermeister Kline das Zimmer betrat. Er hatte Roberta Spiegel mitgebracht, was bedeutete, daß ein definitiver Entschluß gefaßt werden würde. Monsignore Downes ließ sich neben Sheridan, dem Regierungsvertreter, nieder. Auf der Couch saßen der irische Generalkonsul Donahue und der britische Foreign-Office-Repräsentant Eric Palmer. Police Commissioner Rourke stand an der Tür, bis Kline auf einen freien Stuhl wies.

Doyle blickte Bartholomew Martin an, der zwar seinen offiziellen Status verloren hatte, den er aber trotzdem aufgefordert hatte zu kommen, weil er fand, daß Martin — was immer die anderen über ihn sagen mochten — der am besten informierte Mann war.

Der Gouverneur räusperte sich und sagte: »Meine Herren, Miß Spiegel, ich habe Sie hierhergebeten, weil wir die direkt Betroffenen in dieser Krisis sind.« Er blickte um sich. »Und bevor wir dieses Zimmer wieder verlassen, werden wir den gordischen Knoten durchhauen haben.« Er hieb mit der Hand durch die Luft. »Wir werden alle taktischen und strategischen Probleme, politischen Überlegungen und moralischen Bedenken, die unseren Willen und unsere Entschlußkraft gelähmt haben, mit einem Schlag beseitigen!« Er wandte sich an Monsignore Downes. »Vater, würden Sie bitte den Anwesenden die letzten Nachrichten aus Rom wiederholen.«

Monsignore Downes sagte: »Seine Heiligkeit wird einen persönlichen Appell an die Fenier richten und sie anflehen, die Kathedrale und die Geiseln zu verschonen. Gleichzeitig wird er die verschiedenen Regierungen bitten, sich Zurückhaltung aufzuerlegen und ihnen die Möglichkeit offerieren, im Vatikan ihre Verhandlungen mit den Feniern fortzusetzen.«

Major Martin warf ein: »Die drei Regierungshäupter weigern sich strikt, direkten Kontakt mit den Terroristen aufzunehmen.«

Monsignore tat den Einwurf mit einer Handbewegung ab. »Seine Heiligkeit wird nicht in seiner Eigenschaft als Oberhaupt des Vatikanstaats, sondern als ein geistiger Führer der Welt sprechen.«

Der britische Vertreter Palmer sagte: »Ein solcher Appell würde den amerikanischen Präsidenten und die Premierminister von Großbritannien und Irland in eine schwierige . . .«

Monsignore Downes geriet in Erregung. »Seine Heiligkeit findet, daß die Kirche ihr Bestmögliches für diese Ausgestoßenen tun muß, denn das ist ihre Mission seit zweitausend Jahren — gerade solche Menschen brauchen uns.« Er reichte dem Gouverneur einen Bogen Papier. »Dies ist der Text des Appells seiner Heiligkeit.«

Doyle las die wenigen Zeilen und reichte sie Kline weiter.

Monsignore Downes sagte: »Wir möchten, daß diese Botschaft innerhalb der nächsten Stunde über Radio und Fernsehen verbreitet wird und daß die Kathedralenbesetzer eine Kopie des Textes erhalten.«

Nachdem jeder im Zimmer den Appell gelesen hatte, sagte Eric Palmer: »Wir haben vor einigen Jahren unser Prinzip durchbrochen und uns im geheimen mit der IRA getroffen. Aber sie haben es an die große Glocke gehängt und dadurch fast die damalige Regierung gestürzt. Ich glaube nicht, daß wir je wieder direkt mit ihnen verhandeln werden — und ganz bestimmt nicht im Vatikan.«

Donahue sagte in bedauerndem Tonfall: »Monsignore, die Regierung in Dublin hat die IRA in den zwanziger Jahren für illegal erklärt, ich fürchte daher, daß Dublin den Vatikan in diesem Fall nicht unterstützen kann.«

Martin sagte: »Wie Sie alle wissen, haben wir den Feniern einen Kompromiß angeboten, aber sie haben nicht reagiert. Der Papst kann sich selbst und uns allen eine peinliche Situation ersparen, wenn er diesen Appell nicht verliest.«

Bürgermeister Kline sagte: »Die Fenier können ohne meine Erlaubnis nicht nach Italien fliegen. Und diese Erlaubnis werde ich nicht geben. Ich bin hier, um dem Recht Geltung zu verschaffen.«

Arnold Sheridan sagte mit einer Stimme, die keinen Widerstand zuließ: »Die Regierung der Vereinigten Staaten hat Grund zu glauben, daß die bundesstaatlichen Paß- und Feuerwaffengesetze mißachtet worden sind, aber ansonsten ist das ganze eine rein regionale Angelegenheit, und die Regierung ist nicht gewillt, über die Entlassung irischer Gefangener in Großbritannien oder über den Straferlaß der Terroristen zu diskutieren — weder im Vatikan noch an einem anderen Ort.«

Roberta Spiegel sah Downes an. »Der einzige Ort, an dem verhandelt wird, ist hier — am Telefon oder am Sakristeigitter. In dieser Stadt beschäftigt sich die Polizei mit Geiselnahmen — und niemand anders. Im übrigen schreibt das Gesetz uns vor, Verbrecher bei der ersten sich bietenden Gelegenheit festzunehmen. Mit anderen Worten, die Stellungen sind bezogen, und kein Terrorist verläßt die Stadt unter dem Schutz einer Unterhändlerflagge.«

Monsignore spitzte die Lippen und nickte. »Ich verstehe Ihren Standpunkt, aber die Kirche, die viele für so unnachgiebig halten, ist bereit, alles Menschenmögliche zu unternehmen, um Blutvergießen zu verhindern.«

Roberta Spiegel erhob sich und zündete sich eine Zigarette an. »Die Bevölkerung erwartet von uns — und lassen Sie sich durch die sentimentalen Szenen auf den Straßen nicht irreführen —, daß wir den Stier bei den Hörnern packen. Und eins kann ich Ihnen allen versichern: Wenn wir eine Politik der weichen Welle betreiben und die Kathedrale uns um sechs Uhr drei um die Ohren fliegt, dann sind wir im Arsch.« Sie hielt inne, dann fuhr sie fort: »Reden wir also nicht länger um den heißen Brei herum, sondern schreiten wir zur Tat. Wann wollen wir angreifen und wie? Und lassen Sie uns absprechen, was wir hinterher erzählen.«

Verschiedene Feuerzeuge flammten auf. Major Martin bediente sich aus der Sherrykaraffe des Kardinals. Der Gouverneur nickte anerkennend. »Ich bewundere Ihre Offenheit und Ihren Scharfsinn, Miß Spiegel.«

Sie sah ihn an. »Deshalb haben Sie uns ja schließlich hergebeten. Also legen Sie los.«

Der Gouverneur schluckte seinen Ärger herunter und sagte: »Wir sind uns also einig, daß die Fenier sich nicht ergeben werden und ihre Drohungen, die Kathedrale zu sprengen, ernstzunehmen sind.«

Einige nickten zögernd. Der Gouverneur sah Arnold Sheridan an. »Ich vermute, die Regierung in Washington ist auch der Meinung, daß wir hart durchgreifen sollten.«

Sheridan sagte: »Washington vertritt prinzipiell den Standpunkt, daß man Gewalt nur mit Gewalt bekämpfen kann — die Einzelheiten überläßt sie natürlich den Regierungen des jeweiligen Bundesstaates.« Sheridan ging zur Tür. »Ich danke Ihnen, Gouverneur, daß Sie mir die Gelegenheit gegeben haben, an dieser Diskussion teilzunehmen. Ich bin sicher, Sie werden die richtige Entscheidung treffen.« Er schloß leise die Tür hinter sich.

Bürgermeister Kline sagte in die Versammlung: »Wenn ich recht verstehe, überläßt man uns unserem Schicksal.« Er tigerte im Zimmer auf und ab und blieb plötzlich vor Donahue und Palmer stehen. »Ist Ihnen eigentlich klar, daß ich als Bürgermeister dieser Stadt die uneingeschränkte Vollmacht habe, den Befehl zum Sturm auf die Kathedrale zu geben?«

Beide schwiegen. Kline erhob seine Stimme: »Es ist sogar meine

Pflicht, es zu tun. Und ich bin niemandem Rechenschaft schuldig.«

Eric Palmer ging zur Tür. »Wir sind Ihnen so weit entgegengekommen wie nur irgend möglich, aber da das Ganze, wie Sie selbst sagen, eine rein regionale Angelegenheit ist, sehe ich keinen Grund, warum die britische Regierung sich weiterhin mit der Sache befassen sollte.« Er blickte Martin an, der aber keine Anstalten machte, ihm zu folgen. Er nickte den übrigen zu und verließ das Zimmer.

Tomas Donahue stand auf. »Das Ganze geht mir persönlich sehr nah . . . ich lebe schon fünf Jahre in dieser Stadt, und die Kathedrale ist meine Pfarrkirche. Ich kenne den Kardinal und Vater Murphy . . .«, er sah Monsignore Downes an. »Aber ich kann leider nichts für Sie tun.« Er ging zur Tür, drehte sich aber noch einmal um. »Sollten Sie mich brauchen, ich bin im Konsulat.«

Roberta Spiegel sagte: »Soweit also die Herren Regierungsvertreter.«

Gouverneur Doyle steckte seine Daumen in die Westentaschen und sah Martin an. »Major . . . Sie kennen sich mit der IRA aus . . . was ist Ihre Meinung? Wie würden Sie sich verhalten?«

Martin antwortete, ohne zu zögern. »Es ist höchste Zeit, daß Sie eine Rettungsaktion planen.«

Der Gouverneur nickte. Ihm war nicht entgangen, daß der Major statt Angriff das Wort Rettungsaktion benutzt hatte. Und er begriff, daß eine subtile, medienwirksame Phraseologie jetzt am Platze war. Er wandte sich an Monsignore Downes. »Werden Sie unserer Rettungsaktion Ihren Segen geben?«

Downes blickte auf. »Ich . . . ich weiß nicht . . .«

Der Gouverneur trat nahe an ihn heran. »Monsignore, in kritischen Momenten bleibt die Verantwortung oft an uns mittleren Beamten hängen. Und dann müssen wir handeln, selbst wenn es bedeutet, daß wir Gewalt anwenden müssen, denn nicht zu handeln wäre noch unmoralischer. Wir müssen die Geiseln retten . . .«

Downes sagte zögernd: »Aber der päpstliche Appell . . .«

Bürgermeister Kline fiel ihm ins Wort. »Ich möchte nicht, daß der Papst sich öffentlich blamiert. Selbst wenn Gott persönlich an die Fenier appellieren würde, bliebe der Erfolg aus.«

Downes strich sich mit der Hand über die Wange. »Aber warum fragen Sie mich überhaupt? Was für einen Unterschied macht es, was ich sage?«

Kline räusperte sich. »Um vollkommen offen mit Ihnen zu sein, Monsignore, ohne den Segen eines kirchlichen Würdenträgers rühre ich keinen Finger, um diese Leute oder die Kathedrale zu retten. Ein Monsignore genügt, besonders wenn er ein Ire ist wie Sie. Ich bin kein Dummkopf und Sie auch nicht.«

Downes sackte in sich zusammen. »O Gott . . .«

Rourke erhob sich, ging zu Downes und kniete neben seinen Stuhl, seine Stimme klang besorgt. »Meine Leute, Monsignore, sind fast alle Katholiken. Wenn sie die Kathedrale stürmen müssen, werden sie vorher zu Ihnen kommen, um zu beichten — aber auch um sich zu vergewissern, daß die Kirche dieser Aktion ihren Segen gibt, wenn nicht . . . dann . . .«

Monsignore Downes vergrub sein Gesicht in die Hände. Nach einer vollen Minute hob er den Kopf und nickte. »Gott steh mir bei, aber wenn Sie alle glauben, daß es nur diesen einen Ausweg gibt . . .« Er stand auf und rannte fast aus dem Zimmer.

Einige Sekunden lang sprach niemand, dann sagte Roberta Spiegel: »Machen wir uns an die Arbeit, wir haben schon genug Zeit vertrödelt.«

Kline rieb sich nachdenklich das Kinn. »Schroeder muß öffentlich erklären, daß er total versagt hat.«

Der Gouverneur murmelte: »Das sollte ihm nicht schwerfallen, denn er *hat* schließlich versagt.« Dann fügte er lauter hinzu: »Propagandistisch wäre es eine Hilfe, wenn wir behaupten würden, daß die Fenier zusätzliche Forderungen gestellt haben . . .« Er unterbrach sich. »Verdammt, ich habe ganz vergessen, daß alle telefonischen Unterhaltungen auf Band aufgenommen sind. Vielleicht könnte Burke . . .«

Kline unterbrach ihn. »Vergessen Sie Burke. Schroeder spricht genau in diesem Moment persönlich mit Flynn, und Schroeder kann dann aussagen, die Fenier hätten neue Forderungen gestellt.«

Der Gouverneur nickte. »Das ist eine ausgezeichnete Idee.«

Kline sagte: »Ich werde von Bellini eine schriftliche Erklärung anfordern, in der er mir bestätigt, daß wir eine Rettungsaktion durchführen können, ohne ein allzu großes Risiko einzugehen.«

Doyle sagte: »Aber Bellini ändert alle fünf Minuten seine Meinung . . .« Er sah Rourke scharf an. »Glauben Sie, er gibt eine solche Erklärung ab?«

Rourkes Stimme verriet Zweifel. »Bellini greift an, wenn es ihm befohlen wird, aber was die Erklärung anbetrifft . . . ich weiß nur, daß er mehr Informationen haben will, bevor er den Angriff gutheißt.«

Major Martin warf ein: »Lieutenant Burke hat mir gesagt, daß er mit seinen Nachforschungen vorangekommen ist.«

Alle blickten ihn gespannt an. Martin fuhr fort: »Ich bin fast sicher, daß Burke innerhalb der nächsten Stunde mit den Plänen hier erscheinen wird — vielleicht sogar mit dem Architekten.«

Kline sagte: »Was wir unbedingt von Inspector Langley brauchen, sind psychologische Gutachten, die belegen, daß mindestens die Hälfte der Terroristen psychisch angeschlagen sind.«

Gouverneur Doyle fragte: »Kann man sich auf diese Polizeioffiziere verlassen?«

Roberta Spiegel sagte: »Langley überlassen Sie mir; Burke ist sein Untergebener. Schroeder ist mit allen Wassern gewaschen — also kein Problem. Bellini stellen wir eine Beförderung und Versetzung an den Ort seiner Wahl in Aussicht.« Sie ging zum Telefon. »Ich rufe jetzt gleich die Presse- und Fernsehleute an und teile ihnen mit, daß die Verhandlungen einen kritischen Punkt erreicht haben und sie unbedingt den Appell des Papstes zurückhalten sollen.«

Kline blickte aus dem Fenster. »Tun wir wirklich das Richtige? Oder sind wir allesamt verrückt geworden?«

Martin sagte: »Sie wären verrückt, wenn Sie bis zum Morgengrauen warten würden.« Dann fügte er nachdenklich hinzu: »Merkwürdig, daß die anderen mit der Sache nichts zu tun haben wollten.«

Roberta Spiegel hielt im Wählen inne. »Einige Ratten haben ein sinkendes Schiff gesehen und sind abgesprungen, andere Ratten haben einen Eilzug mit der Aufschrift ›Erfolg‹ gesehen und sind aufgesprungen. Vor Tagesanbruch werden wir wissen, welche Ratten die klügeren waren.«

Bert Schroeder saß an seinem Schreibtisch in Monsignores Büro. Langley, Bellini und Colonel Logan hörten stehend dem Gouverneur und dem Bürgermeister zu, die ihnen abwechselnd erklärten, was von ihnen erwartet wurde. Schroeders Blicke glitten zwischen Kline und Doyle hin und her, und seine Gedanken rasten.

Der Gouverneur hörte zu sprechen auf und blickte Schroeder an. Irgend etwas an dem Mann erinnerte ihn an einen schwelenden Vulkan. »Bert?«

Schroeder zwang sich, dem Gouverneur in die Augen zu sehen.

Doyle sagte: »Bert, ich will Sie in keiner Weise kritisieren, aber wenn wir bei Morgengrauen keinen Kompromiß ausgehandelt und auch keine Fristverlängerung bekommen haben — und beides halte ich für höchst unwahrscheinlich —, dann wird man Ihnen, Bert, die Schuld am Tod der Geiseln und an der Zerstörung der Kathedrale in die Schuhe schieben.«

Schroeder schwieg.

Kline sagte zu Langley: »Und auch Sie, Inspector, werden sich einen scharfen Verweis zuziehen.«

»Das mag wohl sein, aber . . .«

Bellini fuhr erregt dazwischen. »Wir können mit Kriminellen fertig werden, aber nicht mit erfahrenen Guerillas, die mit Maschinengewehren, Handgranaten, Panzergranaten und — Gott behüt uns — vielleicht sogar mit Flammenwerfern ausgerüstet sind und sich überdies noch in einem nationalem Heiligtum verschanzt haben. Ich versteh wirklich nicht, warum die Armee . . .«

Der Bürgermeister legte seine Hand auf Bellinis Arm und blickte ihn vorwurfsvoll an. »Joe, ich erkenne Sie nicht wieder, und Sie meinen es auch nicht so . . .«

»Ich meine jedes Wort, das ich sage.«

Gouverneur Doyle bemerkte, daß Logan beunruhigt aussah. »Nun, Colonel, was ist Ihre Meinung?«

Colonel Logan nahm andeutungsweise Haltung an. »Ich . . . also ich finde, wir sollten so bald wie möglich angrei . . . eine Rettungsaktion starten.« Der Gouverneur strahlte. »Aber«, fuhr Logan fort, »der Operationsplan ist unbrauchbar. Sie verlangen von uns, daß wir auf Ratten in einem Porzellanladen schießen, ohne Scherben zu verursachen.«

Der Gouverneur starrte Logan an, seine buschigen Augenbrauen hoben sich. »Von Soldaten wird oft Unmögliches verlangt, und dennoch bringen sie es zustande. Die Pflichten der Nationalgarde beschränken sich nicht auf Parademärsche und Saufabende.«

»Nein, Sir.«

»Kann ich mich auf mein 69. Regiment verlassen?«

»Selbstverständlich, Sir.«

Der Gouverneur schlug Logan auf die Schulter. »Wußt ich's doch.«

Der Bürgermeister sagte zu Langley: »Inspector, Sie müssen uns Unterlagen beschaffen, aus denen hervorgeht, daß die Fenier . . . na, Sie wissen schon — Unterlagen, die uns nützlich sind.«

Langley zögerte. Roberta Spiegel sah ihn aufmerksam an. »Spätestens bis zwölf Uhr mittags, Inspector.«

Langley erwiderte ihren Blick. »Wird gemacht. Ich habe mich schon immer gern schriftstellerisch betätigt, aber vielleicht laß ich mir von einem diskreten Polizeipsychologen helfen, von Dr. Korman zum Beispiel. Auf jeden Fall werde ich Ihnen einen Bericht über die Fenier vorlegen, bei dessen Lektüre sogar John Hickey die Haare zu Berge stehen würden — wenn er welche hätte.«

Major Martin warf ein: »Ich möchte Ihnen vorschlagen, daß Sie auch den Tod von diesem V-Mann — Ferguson war, glaube ich, sein Name — mit den Feniern in Verbindung bringen. Es würde das Bild abrunden.«

Langley sah Martin an und verstand. Er nickte.

Kline wandte sich Bellini zu. »Nun, Joe, stimmen Sie uns zu?«

Bellini nahm eine unschlüssige Haltung ein. »Ich . . . weiß nicht recht . . .«

»Joe, sagen Sie ehrlich, sind Sie absolut sicher, daß die Terroristen den Kardinal und die Geiseln nicht erschießen und die Kathedrale nicht sprengen werden?«

»Nein . . . aber . . .«

»Glauben Sie, daß die Rettungsaktion mißlingt?«

»Das habe ich nie behauptet. Ich will mich nur nicht schriftlich festlegen . . . es ist auch völlig unüblich.«

Der Bürgermeister klopfte ihm freundschaftlich auf die Schulter. »Soll ich jemand anderem das Kommando übergeben, Joe? Wollen Sie, daß Colonel Logan die Rettungsaktion anführt?«

In Bellinis Kopf schwirrten die widersprüchlichsten Gedanken, und alle machten ihn gleich unglücklich.

Roberta Spiegel sagte scharf: »Ja oder nein, Captain. Uns bleibt nur noch wenig Zeit, die Sonne geht um sechs Uhr drei auf.«

Bellini sah sie an und schob das Kinn vor. »Ich werde selbstverständlich meine Truppe anführen, und wenn ich die Pläne bekomme, gebe ich Ihnen vielleicht sogar eine schriftliche Erklärung ab.«

Kline stieß einen Seufzer der Erleichterung aus. »Nun, dann sind wir uns wohl alle einig.« Er wandte sich an Langley. »Und Sie — werden Sie Ihr Abschiedsgesuch zurückziehen?«

Langley sagte: »Ich hatte eher an den Posten eines Chefinspektors gedacht.«

Kline nickte. »Natürlich, jedem steht nach unserer Rettungsaktion eine Beförderung zu.«

Langley zündete sich eine Zigarette an und stellte fest, daß seine Hand zitterte. Er hegte keine Zweifel, daß Kline und Doyle die richtige Entscheidung getroffen hatten, aber wie so oft bei Politikern aus den falschen Gründen und auf unaufrichtige Weise. Aber warum auch nicht? Die meisten Taten waren schließlich von egoistischen Motiven inspiriert.

Der Bürgermeister reckte sich zufrieden. Er wandte sich Schroeder zu. »Bert, Sie waren wirklich eine große Hilfe, und wir sind Ihnen alle sehr dankbar. Halten Sie diese Leute mit irgendwelchen Versprechungen noch einige Stunden hin, damit wir Zeit gewinnen. Mehr können Sie nicht . . . Captain?« Er lächelte wie immer, wenn er jemand dabei ertappte, daß er nicht zuhörte. »Bert?«

Schroeder sah ihn an, aber sagte nichts. Kline musterte ihn mit wachsender Besorgnis. »Also Bert, ich benötige von Ihnen eine schriftliche Bestätigung, daß Sie aufgrund Ihrer langen Erfahrung eine Fortsetzung der Verhandlungen für fruchtlos halten.«

Schroeder blickte von einem zum anderen und gab einige unartikulierte Laute von sich.

Der Bürgermeister runzelte irritiert die Stirn. »Und bitte fügen Sie hinzu, daß Flynn während Ihrer Unterhaltung weitere Forderungen gestellt hat — absolut *verrückte* Forderungen. Sie verstehen, was ich meine, nicht wahr? Also schreiben Sie mir das alles so bald wie möglich auf.« Er lenkte seine Aufmerksamkeit auf die anderen. »Also soweit . . .«

»Ich bin nicht bereit, das zu tun.«

Alle im Raum starrten Schroeder an. Kline sagte fassungslos: »Was . . . was haben Sie gesagt?«

Roberta Spiegel sprang so plötzlich auf, daß ihr Schaukelstuhl gegen die Schienbeine des Gouverneurs schlitterte.

Doyle schob den Stuhl beiseite und ging auf Schroeder zu. »Wir verlangen von Ihnen nur, daß Sie die Wahrheit schreiben, Sie haben nichts — weniger als nichts erreicht, Schroeder!«

Schroeder erhob sich und hielt sich am Schreibtisch fest. »Ich habe Ihren Diskussionen zugehört — Sie sind alle wahnsinnig.«

Roberta Spiegel sagte zu Langley: »Holen Sie den Ersatzunterhändler.«

Schroeder brüllte: »Nein! Nein, nur ich kann mit Flynn reden . . . er spricht mit niemand anderem . . . Sie werden sehen, er spricht mit niemand außer mir . . . ich rufe ihn jetzt gleich . . .« Er griff nach dem Hörer, aber Langley hielt ihn zurück. Schroeder sank in seinen Stuhl. Kline war wie vor den Kopf geschlagen. Er versuchte etwas zu sagen, brachte aber kein Wort heraus.

Roberta Spiegel ging um den Schreibtisch herum und blickte auf Schroeder hinunter. Sie sagte in einem sanften, unbeteiligten Tonfall: »Captain, wir verlangen eine schriftliche Erklärung von Ihnen, die unser Vorgehen rechtfertigt, *bevor* Bellini die Kathedrale stürmt. Wenn Sie sich weigern sollten, werde ich dafür sorgen, daß eine Untersuchung gegen Sie eingeleitet wird und Sie ohne Pensionsberechtigung entlassen werden. Und wie Sie wohl bereits gemerkt haben, ist mit mir nicht zu spaßen. So — und nun wollen wir die Sache mal in Ruhe diskutieren.«

Schroeder erhob sich und holte tief Luft. Er hatte sich wieder in der Gewalt und sprach mit der beherrschten Stimme eines berufsmäßigen Unterhändlers. »Es tut mir leid, daß ich einen Moment lang die Nerven verloren habe. Ich bin ganz Ihrer Meinung, Miß Spiegel. Wir müssen in Ruhe darüber diskutieren, was Flynn zu mir gesagt hat. Aber über das, was er wirklich gesagt hat, und nicht über das, was Sie wünschen, daß er es gesagt hätte.« Schroeder sah Bellini und Logan an. »Offensichtlich waren die fünfundvierzig Portionen Corned beef keine Kriegslist — sondern die tatsächlich benötigte Verpflegung für diese Anzahl von Leuten. Ich habe sie mit eigenen Augen gesehen. Und sie besitzen Flammenwerfer . . .« Er zündete sich mit zitternder Hand eine Zigarette an.

Schroeder setzte seinen Bericht in einem sachlichen, kühlen Ton fort, aber niemandem entging die Angst, die in seiner Stimme mitschwang. Abschließend sagte er: »Seit dem Bürgerkrieg hat es in diesem Land keine so gut bewaffnete und ausgebildete Truppe gegeben wie die von Flynn. Uns bleibt nichts anderes übrig, als Washington anzurufen und unsere Niederlage einzugestehen.«

50

Langley fand Burke in einem der Priesterzimmer auf einem Bett liegend vor. »Sie haben beschlossen, die Kathedrale zu stürmen.«

Burke schoß in die Höhe. Langley fuhr aufgeregt fort: Und zwar bald. Bevor der Papst seinen Appell verliest, bevor die Kirchenglocken läuten und Monsignore Downes sich eines Besseren besinnt . . .«

»Nicht so schnell.«

»Schroeder hat mit Flynn am Sakristeigitter gesprochen . . . er behauptet, er habe etwa fünfzig schwerbewaffnete Fenier gesehen . . .«

»Fünfzig? Aber das ist doch Unsinn . . .«

»Unterbrich mich nicht.«

Langley tigerte in dem kleinen Zimmer auf und ab. »Washington wittert Unheil, und der Regierungsvertreter hat sich verdrückt. Kline und Doyle hingegen haben eine Chance gewittert, ihr angeknackstes Image aufzupolieren. Morgen früh werden sie entweder als Helden dastehen oder mit dunklen Brillen und falschen Pässen nach Mexiko fliehen.«

Burke fand einige Aspirintabletten in seiner Jackentasche und zerkaute drei von ihnen.

Langley setzte sich auf einen Stuhl. »Die Spiegel will dich sehen.« Er setzte Burke kurz ins Bild. »*Du* sollst der Unterhändler sein, bis sie sich entschieden haben, was mit Schroeder geschieht.«

Burke hob die Augenbrauen. »Ich — Unterhändler?« Er lachte. »Der arme Bert. Die Kathedralenbesetzung sollte die Krönung seiner Karriere sein.« Er zündete sich einen Zigarettenstummel an. »So, wir greifen also an?«

»Nein, wir unternehmen eine *Rettungsaktion*. Merk dir das! Du mußt deine Worte von nun an sorgfältig abwägen, weil es jetzt wirklich um Kopf und Kragen geht und keiner mehr sagt, was er meint. Nicht, daß sie das vorher getan hätten, aber sie lügen besser als wir. Also komm, man wartet auf dich.«

Burke machte keine Anstalten aufzustehen. »Martin hat ihnen gesagt, daß ich Stillway hervorzaubere?«

»Ja, komplett mit den Plänen. Mir war das neu — und dir?«

»Terri O'Neal hat er nicht erwähnt?«

»Nein — sollte er?« Langley sah auf die Uhr. »Und ist das jetzt noch wichtig?«

Burke blickte aus dem Fenster auf die Madison Avenue. »Martin hat Ferguson getötet, wußtest du das?«

Langley stellte sich hinter ihn. »Nein! Die Fenier haben Jack Ferguson umgebracht.«

Burke drehte sich um. »Eine Menge Lügen für eine so kurze Nacht.«

Langley nickte. »Ja, du hast nur zu recht. Und Kline erteilt Beförderungen wie Anstecknadeln. Geh hin und hol dir auch eine. Aber umsonst bekommst du sie nicht.«

Langley ging erneut auf und ab. »Du mußt ein Dokument unterzeichnen, in dem du erklärst, daß alles, was Kline und Doyle tun, einfach großartig ist. Dafür kannst du dir ein Captaingehalt einhandeln. Ich werde nämlich Chefinspektor.«

»Hör schon auf.«

Langley verschränkte die Arme. »Nun gut. Aber vergiß nicht, im Moment ist Martin wieder *persona grata,* und Schroeder ist im Verschiß; Logan ist lieb Kind bei Kline und Doyle, und dem armen Bellini ist niemand grün. Kannst du mir folgen? Hüte dich vor der Spiegel, sie ist in Hochform — was für ein tolles Luder! Die Fenier sind Wahnsinnige, wir sind natürlich die Vernünftigen. Monsignore Downes gibt uns allen seinen Segen . . . was mußt du sonst noch wissen?« Er blickte mit müden, blutunterlaufenen Augen um sich. »Gibt es hier irgendwo eine Dusche? Ich ekle mich vor mir selbst. Bist du immer noch da? Verschwinde!« Langley sank erschöpft aufs Bett.

Burke hatte Langley noch nie zuvor in einem so aufgelösten Zustand gesehen. Er war tief beunruhigt und setzte zum Sprechen an, entschied jedoch, daß es besser sei, sich zu verdrücken.

Burke ging neben Roberta Spiegel die Treppe hinauf und nahm ihre knapp formulierten Sätze in sich auf. Martin folgte ihnen schweigend.

Burke öffnete die Ziehtür, und sie betraten das flache Dach des Pfarrhauses. Der Wind wehte von Norden her, und die vereisten Pfützen reflektierten die Lichter der umliegenden Wolkenkratzer.

Roberta Spiegel schlug ihren Kragen hoch und ging zur Westseite des Daches. Sie legte ihre Hände auf das niedrige schmiedeeiserne Geländer und starrte auf die Kathedrale, die jenseits des schmalen Hofes majestätisch in den Himmel ragte. Die Straßen in der nächsten Umgebung waren menschenleer, aber in der Ferne, jenseits der Polizeibarrikaden, sang und schrie die Menge, Autos hupten, und zuweilen ertönte ein Dudelsack oder ein anderes Instrument. Burke sah auf die Uhr. Es war vier Uhr morgens, alle Bars hatten geschlossen, aber die Menschen wollten diese Nacht, die zu einem verzauberten Fest für sie geworden war, offensichtlich noch nicht abbrechen.

Roberta Spiegel sagte etwas zu ihm, aber der Wind trug ihre Worte fort, so daß er nur die letzten Sätze auffing. »Wir haben jetzt zumindest einen festen Plan, Lieutenant, und wir müssen schnell handeln, bevor wieder etwas Unerwartetes dazwischenkommt. Wir wollen keine weiteren Überraschungen mehr. Verstanden?«

Burke fragte: »Wo ist Schroeder?«

»Er weiß, daß wir ihm nicht mehr trauen und ihn daran hindern werden, mit der Presse zu sprechen. Aber um sich die Schmach einer Bewachung zu ersparen, hat er versprochen, sich nicht aus Bellinis Sichtweite zu entfernen.«

Ein vages Gefühl des Unbehagens stieg in Burke auf. »Und ich soll als Unterhändler fungieren?«

»De facto ja. Offiziell bleibt Schroeder jedoch weiter auf seinem Posten — er hat sehr gute Beziehungen zu den Politikern und zur Presse, wie Sie wissen. Aber natürlich werden wir jede direkte Verbindung zwischen ihm und den Terroristen unterbinden. Zum Schluß allerdings wird er die Lorbeeren ernten. Aber so ist das Leben.«

Martin mischte sich ein. »Ich bin nicht ganz Ihrer Meinung. Ich glaube vielmehr, daß Captain Schroeder möglichst bald wieder mit Flynn am Sakristeigitter sprechen sollte. In diesem kritischen Moment müssen wir als eine geschlossene Einheit auftreten. Weder Flynn noch die Presse darf auf den Gedanken kommen, daß wir interne Probleme haben.«

Burke machte eine hohle Hand und zündete sich eine Zigarette an, während er Martin ansah. Allmählich durchschaute er das Spiel des Briten. Er dachte über Schroeder und dessen Gespräch mit Flynn nach. Flynn hatte keine fünfzig schwerbewaffneten Leute, was hieß, daß Schroeder entweder leichtgläubig oder dumm war. Aber Schroeder war weder das eine noch das andere. Folglich hatte Schroeder gelogen. Und Burke wußte auch plötzlich, warum. Vor seinem geistigen Auge sah er das Gesicht eines jungen Mädchens auf einer Party, es mochte fünf oder sechs Jahre her sein. Zögernd und widerstrebend stellte er die Assoziation her, die er seit Stunden verdrängt hatte. Er fragte Roberta Spiegel: »Arbeitet Bellini einen neuen Angriffsplan aus?«

Sie sah ihn an: »Im Moment arbeiten Bellini und Logan am erweiterten Plan B, der davon ausgeht, daß sich eine zahlreiche Streitmacht in der Kathedrale befindet. Erstürmung von außen — anders machen sie's nicht. Aber wir hoffen noch immer, daß *Sie* uns die notwendigen Informationen beschaffen, um einen Plan C auszuarbeiten, der ein Eindringen durch irgendeinen geheimen Zugang ermöglicht — und damit einen Überraschungsangriff. Er hätte die größten Aussichten, Menschenleben und die Kathedrale zu retten.«

Sie blickte auf das blau angeleuchtete Gebäude. Sogar von außen sah es wie ein Labyrinth aus mit seinen Türmen, Strebepfeilern und Steinornamenten. Sie wandte sich wieder an Burke. »Haben Sie das Gefühl, Lieutenant, daß Sie Ihren Kopf auf den Opferblock gelegt haben?«

»So wie Sie den Ihren?«

»Stimmt.« Sie nickte. »Nur daß Ihr Kopf noch etwas exponierter ist, wenn Sie sich Bellini anschließen.«

»Ganz richtig. Und was werden Sie tun?«

Sie lächelte hämisch. »Niemand zwingt Sie, am Angriff teilzunehmen — aber vielleicht wäre es keine schlechte Idee — falls Sie Stillway nicht finden.«

Burke warf Martin einen Blick zu. Dieser nickte fast unmerklich. Burke sagte: »Stillway wird in einer halben Stunde hier sein.«

Niemand sprach. Nach einer Weile sagte Martin: »Ich würde vorschlagen, daß wir den Architekten in Schroeders Gegenwart nicht erwähnen. Der Mann ist in einem schlechten nervlichen Zustand und könnte Flynn beim nächsten Gespräch versehentlich einen Hinweis geben.«

Eine lange Stille folgte, die nur vom Scharren der Schuhe auf dem gefrorenen Kies des Dachs und dem Pfeifen des Windes unterbrochen wurde. Burke musterte Roberta Spiegel und hatte den Eindruck, sie ahne, daß Bert Schroeder sich in einer Zwangslage befand und daher für sie alle zu einem Problem geworden war.

Roberta Spiegel steckte die Hände tief in die Taschen ihres langen Mantels und entfernte sich ein paar Schritte von Burke und Martin. Sie war über sich selbst erstaunt, daß diese ganze Angelegenheit sie persönlich so tief berührte, und überlegte, warum. Und dann fielen ihr plötzlich die trostlosen sieben Jahre wieder ein, wo sie Geschichtsunterricht gegeben hatte, und ihr kam blitzartig die Erkenntnis, daß sie schon immer viel lieber Geschichte hatte *machen* wollen — und hier war ihre Chance.

Captain Joe Bellini rieb sich die Augen und blickte auf die Uhr im Konferenzraum: vier Uhr sechsundzwanzig. Im Halbschlaf hatte er vom hellen Sonnenlicht geträumt, das sich langsam auf ihn zu bewegte und ihn wie so oft in Korea retten würde. Er blickte sich im Raum um. Einige der Männer schliefen auf Feldbetten oder am Boden, ihre Jacken zu Kopfkissen zusammengerollt. Andere waren wach, rauchten und unterhielten sich leise. Zuweilen lachte einer über etwas, das vermutlich nicht einmal komisch war. Angst, dachte Bellini, hat einen ganz speziellen, ekelerregenden Geruch — eine Mischung aus Schweiß, Tabak, Gewehröl und stikkigem Atem.

Auf der Wandtafel war der weiß nachgezeichnete Grundriß der Kathedrale mit bunten Kreidekreuzen bedeckt; auf dem langen

Konferenztisch lagen mehrere Kopien der korrigierten Angriffspläne. Bert Schroeder saß am äußersten Ende des Tisches und blätterte unaufmerksam in den Papieren.

Das Telefon läutete, Bellini ergriff den Hörer. »Emergency Service Division, Bellini.«

Die unverkennbar nasale Stimme des Bürgermeisters erklang am anderen Ende. »Wie fühlen Sie sich, Joe? Froh, wenn's losgeht?«

»Kann es kaum erwarten.«

»Ausgezeichnet . . . aber ich habe gerade ihren neuen B-Plan vorgelegt bekommen . . . er scheint mir etwas zu massiv . . .«

»Er ist hauptsächlich von Colonel Logan entworfen worden.«

»Ach ja . . . nun, versuchen Sie, ihn etwas zu modifizieren.«

Bellini öffnete eine Coca-Cola-Dose, beobachtete, wie die braune Flüssigkeit über seine Finger lief, und hielt sie an die Lippen. »Sind Sie mit dem B-Plan einverstanden oder nicht?«

Der Bürgermeister sagte eine Weile nichts, und Bellini wußte, daß er sich mit dem Gouverneur besprach. Schließlich meldete er sich wieder: »Doyle und ich sind im Prinzip einverstanden.«

»›Im Prinzip‹ danke ich Ihnen.«

Kline wechselte das Thema. »Ist Schroeder noch bei Ihnen?«

Bellini warf einen Blick auf Schroeder. »Wie ein Hund an der Leine.«

Kline zwang sich zu einem dünnen Lachen. »Okay, ich bin im Rockefeller Center, zusammen mit dem Gouverneur und unseren Leuten . . .«

»Gute Aussicht von dort.«

»Joe, bitte, werden Sie nicht sarkastisch. Übrigens, ich habe gerade mit dem Präsidenten gesprochen.«

Die Wohlgefälligkeit in Klines Tonfall war nicht zu überhören.

»Der Präsident hat mir gesagt, daß er mit dem britischen Premierminister gut vorankommt. Überdies hat er angedeutet, daß er womöglich die ganze Sache zu einem nationalen Anliegen zu machen gedenke und die Armee einbeziehen will.« Kline senkte die Stimme und fuhr in einem verschwörerischen Tonfall fort. »Zwischen uns beiden gesagt, Joe, glaube ich, daß er sich nach allen Seiten absichern will.«

Bellini zündete sich eine Zigarette an. »Wollen wir das nicht alle?«

Kline sagte eindringlich: »Er steht unter Druck. Die Glocken läuten in ganz Washington, und Tausende von Menschen ziehen mit brennenden Kerzen am Weißen Haus vorbei, die britische Botschaft ist von Demonstranten umlagert . . .«

Bellini sah, wie Schroeder aufstand und zur Tür ging. Er zischte ins Telefon: »Einen Moment.« Dann sagte er laut zu Schroeder: »Wohin gehen Sie?«

Schroeder drehte sich um. »Zur Sakristei.« Er schloß die Tür hinter sich zu.

Bellini sah ihm nach, dann sagte er: »Schroeder macht noch einen letzten Vorstoß bei Flynn. Ist das recht?«

Kline stieß einen Seufzer aus. »Kann nichts schaden, Joe. Wenn er zurückkommt, sind wir angriffsbereit — es sei denn, er hat wirklich etwas Handfestes erreicht, was ich für unwahrscheinlich halte.«

Bellini sagte: »Vergessen Sie nicht, bislang hat er immer Erfolg gehabt.«

Minutenlang herrschte Stille, dann sagte der Bürgermeister: »Haben Sie je ein Wunder erlebt, Joe?«

Bellini dachte: O ja, Ihre Wiederwahl! Er schüttelte den Kopf. »Nein, ich glaube nicht an Wunder.«

»Ich auch nicht.«

Bert Schroeder stand Brian Flynn gegenüber, nur das Sakristeigitter trennte sie. Schroeder sprach zögernd in einem verhaltenen Ton und blickte nervös hinter sich in die Sakristei. »Der Plan ist eher primitiv — Logan hat ihn entworfen . . . er selbst wird mit einem Panzerwagen das Hauptportal demolieren, und ein Teil der ESD-Leute wird gleichzeitig die Seitenportale einrennen . . . inzwischen legen die anderen Leitern an die Kathedralenmauern und schlagen die Fenster ein . . . das alles im Schutz der Dunkelheit, und natürlich benützen sie Gas . . . die Schutzmasken sind schon verteilt, die Elektrizität wird abgeschaltet im Moment, wo der Angriff beginnt . . .«

Flynn fühlte, wie ihm das Blut beim Zuhören durch die Adern schoß. »Gas . . .«

Schroeder nickte. »Das gleiche Zeug, das sie auf den Zuschauertribünen benutzt haben. Es wird durch die Lüftungskanäle gepumpt.« Er erklärte weiter die Zusammenarbeit zwischen den Helikoptern, den Scharfschützen auf den Dächern und den Bombenentschärfern. Abschließend sagte er: »Die Sakristeigitter . . .« Er blickte um sich, als begriffe er erst jetzt, daß er an dem Ort stand, von dem er sprach. »Die Sakristeigitter werden mit Stahlsägen geöffnet . . . Bellini, ich und ein paar Spezialisten sind dazu abkommandiert. Unsere Aufgabe ist es, die Geiseln zu retten . . . falls sie im Altarraum sind . . .« Er schüttelte den Kopf, als könnte er selbst nicht glauben, daß er all das von sich gab.

»Die Geiseln werden Sie nicht mehr lebend vorfinden«, sagte Flynn. Er hielt inne und fragte dann fast traurig: »Und wo wird Burke sein?«

Schroeder schüttelte den Kopf, er versuchte weiterzusprechen, aber seine Stimme versagte. Nach einigem Zögern reichte er Flynn einige Papierbögen durch die Gitterstäbe.

Flynn steckte sie unter sein Hemd. Seine Augen beobachteten aufmerksam die Korridorausgänge zur Sakristei. »Also, der berühmte Captain Schroeder kann nichts tun, um diesen Angriff zu verhindern?«

Schroeder blickte zu Boden. »Den berühmten Schroeder hat es nie gegeben . . . warum haben Sie angenommen . . .?«

Flynn sagte in feindseligem Ton: »Weil ich Ihnen eine ganze Nacht lang zugehört habe, Schroeder, und weil ich die Hälfte Ihrer verdammten Lügen geglaubt habe!«

Schroeder fühlte plötzlich, daß er aus der Niederlage und Demütigung einen kleinen Rest Stolz retten mußte. »Erzählen Sie mir keine Märchen. Sie wußten, daß ich log, Sie wußten es von Anfang an!«

Flynn blitzte ihn einen Moment lang wütend an, dann nickte er. »Ja, ich habe es gewußt.« Er schwieg nachdenklich, dann sagte er: »Und ich weiß auch, daß Sie jetzt endlich die Wahrheit sprechen. Es muß Ihnen sehr schwerfallen. Nun, ich kann den Angriff an den Portalen abwehren. Wenn Sie keine geheimen Zugänge kennen und den Architekten nicht gefunden haben . . .« Er sah Schroeder plötzlich scharf an. »Sie haben den Architekten nicht gefunden, nicht wahr?«

Schroeder schüttelte den Kopf. Dann reckte er sich in die Höhe und sagte hastig: »Geben Sie auf, Flynn! Eine Polizeieskorte wird Sie zum Flughafen bringen. Ich weiß, daß ich das durchsetzen kann . . .«

Flynn schien sekundenlang mit dem Gedanken zu spielen, dann schüttelte er den Kopf. Schroeder drang weiter in ihn. »Flynn, glauben Sie mir, Sie können diesem geballten Angriff nicht standhalten. Sie werden *sterben*. Begreifen Sie das nicht? Erliegen Sie doch nicht irgendwelchen Selbsttäuschungen. Geben Sie sich mit weniger zufrieden . . .«

»Wenn ich gewillt wäre, mich mit weniger zufriedenzugeben, hätte ich weniger gefordert. Und bitte, von nun an keine Verhandlungen über die Geiseln mehr. Und was Selbsttäuschungen betrifft . . .«

Schroeder trat näher ans Gitter. »Ich habe alles getan, was ich konnte, befreien Sie jetzt sofort . . .«

Flynn schnitt ihm das Wort ab. »Wenn Ihre Informationen stimmen, dann werde ich das Signal geben, daß Ihre Tochter freigelassen wird.«

Schroeders Hände umklammerten die Gitterstäbe. »Was für ein Signal? Und wann? Die Telefonleitungen werden unterbrochen sein . . . die Kirchtürme unter Beschuß . . . und Sie . . . was passiert, wenn *Sie* tot sind? Zum Teufel — ich habe Ihnen die Pläne verraten . . .«

Flynn fuhr ungerührt fort: »Sollte sich jedoch herausstellen, daß Sie mir etwas vorgeschwindelt haben oder mir eine eventuelle Abänderung der Pläne verschweigen . . .«

Schroeder schüttelte krampfartig den Kopf und schrie: »Nein, nein — das ist unerträglich, Sie brechen Ihr Wort, Flynn, hören Sie . . .«

Flynn drehte ihm den Rücken zu und ging die Treppe hinauf.

Schroeder zog seine Pistole und setzte sie auf seine Brust; sie zitterte in seiner Hand, und er richtete die Mündung auf Flynns Rücken. Aber dann ließ er, von Übelkeit geschüttelt, die Waffe sinken. Flynn war nicht mehr zu sehen. Es dauerte eine volle Minute, bis Schroeder die Pistole wieder ins Halfter steckte. Dann drehte er sich um und ging durch einen der Seitenkorridore an finsterblickenden Polizisten mit übergehängten Gewehren vorbei, bis er zu einer Toilette kam. Er ging hinein und übergab sich.

51

Burke stand allein in einem kleinen Zimmer neben dem Konferenzraum, knöpfte seine Schutzweste über dem Pullover zu, steckte eine grüne Nelke in den Ladegurt und ging auf die Tür zu.

Doch bevor er sie erreicht hatte, trat Major Martin ein. »Hallo, Burke, ist das letzte New Yorker Mode?« Er rief etwas in den Korridor, und zwei Polizeibeamte erschienen mit einem Zivilisten. Martin lächelte. »Darf ich die Herren miteinander bekannt machen? Mr. Gordon Stillway, Mitglied des amerikanischen Architektenverbandes, Mr. Patrick Burke, der weltberühmte Geheimpolizist.«

Ein großer, sich trotz seines Alters sehr aufrecht haltender Mann betrat das Zimmer. Er wirkte etwas verwirrt, aber sonst sehr würdevoll. In seiner linken Hand hielt er eine Aktenmappe, aus der vier Papierrollen herausragten.

Burke schickte die zwei Polizisten fort und sagte zu Martin: »Reichlich spät.«

»Finden Sie?« Martin blickte auf seine Uhr. »Sie haben volle fünfzehn Minuten Zeit, um Bellinis Angriff zu stoppen, und Zeit ist, wie Mr. Einstein so richtig bemerkte — sehr relativ.« Dann zog er Burke beiseite und sagte leise: »Mr. Stillway ist von unbekannten Tätern aus seiner Wohnung entführt und in einer Dachkammer nicht weit von hier festgehalten worden. Aufgrund einer anonymen Anzeige habe ich mich mit den Detektiven vom siebten Polizeirevier in Verbindung gesetzt, und siehe da, wir fanden Gordon Stillway. Wollen Sie sich nicht setzen, Mr. Stillway?«

Gordon Stillway blieb stehen und blickte von einem Mann zum

anderen. »Eine schreckliche Tragödie . . . aber ich weiß nicht recht, wie ich Ihnen helfen kann.«

Martin sagte: »Die Polizei würde gern von Ihnen erfahren, wie sie unbemerkt in die Kathedrale eindringen und die Terroristen überrumpeln kann.«

Stillway sah ihn verständnislos an. »Was reden Sie da? Wollen Sie die Kathedrale etwa stürmen? Das werde ich nicht zulassen.«

Martin legte seine Hand auf Stillways Schulter. »Ich fürchte, Sie überblicken die Lage nicht ganz. Die Verhandlungen sind zusammengebrochen. Wenn *Sie* uns nicht helfen, muß die Polizei durch die Türen und Fenster eindringen, was viele Todesopfer fordern und die Zerstörung der Kathedrale bedeuten würde.«

Stillway starrte Martin entgeistert an und ließ sich willenlos zu einem Stuhl führen. Burke ging dicht an Martin heran. Warum haben Sie bis zur letzten Minute gewartet?«

Martin trat einen Schritt zurück. »Tut mir leid, aber ich mußte warten, bis Schroeder Flynn die Angriffspläne verriet, was er genau in diesem Moment im Begriff ist zu tun.«

Burke nickte. Bellinis Attacke mußte auf jeden Fall abgeblasen werden. Aber ein neuer Plan, der auf Stillways internen Informationen basierte — falls es solche überhaupt gab —, konnte erst so knapp vor Ablauf der Frist ausgeführt werden, daß er vermutlich auch in einer Katastrophe enden würde. Aber dieses Risiko mußte man auf sich nehmen, denn Martin hatte schließlich Stillway wie ein Kaninchen aus dem Zylinder hervorgezaubert und sich damit in Washington Punkte geholt. Nein, Stillway durfte man nicht ignorieren. Und vielleicht konnte er wirklich helfen. Burke blickte Martin an. »Major, ich möchte der erste sein, Ihnen für Ihre Unterstützung zu danken.«

Martin lächelte. »Ich sehe, Ihre Laune hat sich etwas gebessert, Sie waren so mißmutig die ganze Nacht über. Halten Sie sich an mich, Burke, und ich verspreche Ihnen, daß Sie zum Schluß ganz groß dastehen werden.«

Burke wandte sich an Stillway. »Gibt es irgendwelche Geheimzugänge in die Kathedrale, die der Polizei taktische Vorteile bringen könnten?«

Stillway saß regungslos auf seinem Stuhl und ließ die Ereignisse des Tages an sich vorbeiziehen. Der Tag hatte sehr angenehm mit einer Parade im Sonnenschein begonnen, aber dann war eine unerklärliche Entführung seiner Person erfolgt, und dann eine noch verwirrendere Befreiung. Stillway schüttelte unmerklich den Kopf und sagte: »Ich weiß nicht, was Sie mit taktischen Vorteilen meinen.« Seine Stimme nahm einen irritierten Klang an. »Ich bin Architekt.«

Martin wandte sich mit einem Blick auf die Uhr an Burke. »Sie beeilen sich besser. Sie haben Bellini schließlich versprochen, an seiner Seite zu kämpfen, und Versprechen sind heilig und müssen eingehalten werden. Und später — das heißt, wenn Sie noch am Leben sind — wird sich Ihnen in der Kathedrale ein weiteres Geheimnis enthüllen — ein wirklich amüsantes.« Er ging und schlug die Tür hinter sich zu.

Stillway blickte Burke unwirsch an. »Wer ist dieser Mann, und wer sind Sie?«

»Und wer sind *Sie*? Sind Sie Gordon Stillway — oder hat sich der Major wieder mal einen kleinen Scherz erlaubt?«

Stillway antwortete nicht. Burke zog einen der Pläne aus der Aktentasche, entrollte ihn und legte ihn auf den Tisch. »Folgen Sie mir bitte, Mr. Stillway. Bald werden wir wissen, ob es sich gelohnt hat, auf Sie zu warten.«

Schroeder betrat den Konferenzraum und ging hastig zum Telefon. »Verbinden Sie mich mit Kline.«

Kline sagte gleichgültig: »Was Neues, Captain?«

Schroeder holte tief Luft und preßte seine Hand auf den Magen. Kline sprach weiter, aber Schroeder hörte nicht zu. Seine Augen wanderten durch den Raum, und es dauerte eine Weile, bis er seine Umgebung wahrnahm. Bellini stand mit gekreuzten Armen an der gegenüberliegenden Wand, flankiert von zwei ESD-Männern, ein alter Herr saß am äußersten Ende des Konferenztisches.

Der Bürgermeister redete noch immer: »Im Moment stehen Sie noch als Held da, und nach Abschluß der Rettungsaktion werden Sie der offizielle Polizeisprecher sein.«

Schroeder blickte auf das schwarz geschminkte Gesicht Bellinis und vermeinte unverhohlenen Haß in dessen Miene zu lesen. Als ob er Bescheid wüßte, dachte Schroeder, beschloß aber, daß wahrscheinlich das groteske Make-up diesen Eindruck hervorrief.

Kline fuhr fort: »Und Sie werden kein Presse-Interview geben, solange noch geschossen wird. Ach ja, und was höre ich? Sie haben sich freiwillig Bellini zur Verfügung gestellt?«

Schroeder sagte: »Das . . . das ist das Mindeste, was ich tun kann . . .«

»Haben Sie den Verstand verloren? Sie benehmen sich überhaupt höchst merkwürdig. Sind Sie — betrunken?«

Schroeder starrte auf den alten Mann, der einen langen entrollten Papierbogen betrachtete. Dann fiel sein Blick auf Burke, der — ja, fast traurig wirkte. Jeder sah so aus, als sei gerade jemand gestorben. Irgendwas war nicht in Ordnung hier.

Klines Stimme drang wieder an sein Ohr. »Sind Sie betrunken, Schroeder?«

»Nein.«

»Reißen Sie sich zusammen, Mann. Sie müssen demnächst im Fernsehen auftreten.«

»*Was?*«

»Fernsehen! Erinnern Sie sich, rote Lichter, große Kameras — und wehe, wenn Sie auch nur in die Nähe der Kathedrale gehen . . . Am besten Sie kommen sofort in mein Büro. Beeilen Sie sich.«

Schroeder hörte das Telefon klicken. Er starrte auf den Hörer und ließ ihn auf den Tisch fallen, dann hob er die Hand und wies auf Stillway. »Wer ist das?«

Niemand antwortete, schließlich sagte Burke: »Sie wissen genau, wer das ist, Bert. Wir entwerfen einen neuen Angriffsplan.«

Schroeder stieß heiser hervor: »Nein! Nein! Sie . . .«

Bellini warf Burke einen kurzen Blick zu und sah dann Schroeder an. »Sie haben uns also tatsächlich verraten.« Er ging auf Schroeder zu, der versuchte, die Tür zu erreichen. »Wohin zieht es Sie, Superstar, zu Ihrem Freund Flynn, um ihn zu warnen?«

Schroeder schüttelte krampfhaft den Kopf. Burke rief: »Lassen Sie ihn in Ruhe, Joe, aber nehmen Sie ihm seine Pistole ab!« Burke stellte sich neben die beiden ESD-Männer, die zwar nicht ganz begriffen, was vor sich ging, aber ihre Gewehre in Anschlag hielten, falls Schroeder seine Pistole zog. Stillway blickte von den Blaupausen auf.

Schroeder fand seine Stimme wieder. »Nein . . . hören Sie . . . ich muß mit Flynn reden . . . weil . . . weil ich noch einen letzten Versuch machen will.«

Bellini streckte seine Hand aus. »Geben Sie mir Ihre Pistole. Na, wird's bald.«

Schroeder zögerte, dann zog er vorsichtig die Pistole aus seiner Jackentasche. »Bellini . . . was geht hier vor? Warum . . .«

Bellini ergriff die Pistole mit der linken Hand, mit der rechten holte er weit aus und versetzte Schroeder einen harten Schlag aufs Kinn. Schroeder fiel gegen die Tür und sank zu Boden.

Burke sagte: »Das hätten Sie nicht tun sollen.«

Bellini spannte seine Muskeln und sagte zu Burke: »Ganz richtig, in die Eingeweide hätte ich ihn treten sollen, bis sie ihm zur Nase herausquellen.« Er blickte auf Schroeder hinunter. »Mich in den sicheren Tod zu schicken, du Arschloch . . .«

Burke fiel ihm in den Arm. »Genug, Bellini, es hat doch nichts mit Ihnen zu tun. Kommen Sie, wir haben noch eine Menge zu tun.«

Bellini trat einen Schritt zurück und winkte die beiden Männer herbei. »Legt dem Kerl Handschellen an und sperrt ihn irgendwo ein.« Dann wandte er sich an Burke. »Sie halten mich wohl für blöd? Sie meinen, ich wüßte nicht, daß ihr allesamt dieses Arschloch decken werdet und daß er nach dem Angriff, wenn alles vorbei ist, wieder des Bürgermeisters Goldjunge ist.« Den beiden Männern rief er nach: »Findet irgendeine Kammer mit Ratten und

Kakerlaken für ihn!« Er ließ sich in einen Stuhl fallen und zündete sich eine Zigarette an.

Burke trat neben ihn. »Das Leben ist ungerecht, das wissen wir, aber diesmal hat es uns eine Chance zugespielt. Flynn glaubt Ihren Angriffsplan zu kennen, weiß aber nicht, daß er überholt ist. Das Blatt hat sich also zu Ihren Gunsten gewendet.«

Bellini nickte verdrossen und blickte auf Stillway. »Hm . . . na ja . . . vielleicht . . .« Er rieb sich seine Fingerknöchel. »Tut weh — aber hat mir richtig gutgetan.« Er lachte plötzlich. »Burke, ich verrate Ihnen ein Geheimnis. Seit fünf Jahren habe ich auf eine Gelegenheit gewartet, diesem Kerl die Fresse einzuschlagen.« Er blickte zur Decke auf. »Vielen Dank, lieber Gott!« Er lachte wieder.

Der Raum füllte sich allmählich mit Offizieren, die eiligst von ihren Einsatzpunkten zurückgeholt worden waren. Bellini beobachtete, wie einer nach dem anderen den Raum betrat, und dachte, daß nichts auf der Welt so demoralisierend wirkte wie ein aufgeschobener Angriff. Er sagte zu Burke: »Sie rufen besser den Bürgermeister an und erklären ihm Schroeders Abwesenheit. Meinetwegen können Sie das Schwein decken, aber selbst wenn Sie es nicht tun, macht es keinen Unterschied. Kline wird Schroeder, was immer passiert, mit Lorbeeren überschütten und ihn zum Helden der Nation erklären.«

Burke zog seine Schutzweste und seinen Pullover aus. »Ich muß zu Flynn gehen und irgendeine Ausrede fabrizieren, warum Schroeder nicht mit ihm in Verbindung bleibt.«

Bellini setzte sich ans Kopfende des Konferenztisches und sah die zwölf Offiziere an. Er räusperte sich und sagte: »Ich habe gute und schlechte Nachrichten für Sie, die Sache ist nur, ich weiß nicht, welche die guten und welche die schlechten sind.«

Niemand lachte und Bellini fuhr fort: »Bevor ich Ihnen erkläre, warum der Angriff verschoben worden ist, möchte ich folgendes sagen . . . Diese Leute in der Kathedrale werden sich bis zum letzten wehren . . . es sind fanatische Terroristen . . . Dies Unternehmen ist keine Verbrecherjagd . . . sondern Kampf . . . Krieg . . . riskieren Sie daher nicht Ihr Leben, um vielleicht jemand gefangenzunehmen . . .«

Einer der Offiziere sagte: »Wir sollen also zuerst schießen und dann Fragen stellen, wenn ich Sie richtig verstanden habe.«

Bellini nickte. »So ist es.«

52

Vater Murphy stand auf dem Treppenabsatz der Krypta, eine violette Stola um den Hals. Frank Gallagher kniete vor ihm und beichtete mit leiser, zitternder Stimme. Flynn wartete an der Kryptatür. Nach kurzer Zeit rief er: »Das genügt, Frank!«

Gallagher nickte dem Priester zu, erhob sich und ging in die Krypta. Flynn gab ihm einen Bogen Papier und sagte: »Dies ist der Teil des Angriffsplans, der sich auf das Sakristeigitter bezieht. Du kannst hier in der Krypta in Deckung gehen, während du die Gitter mit Feuer belegst. Viel Glück, Frank, und vergiß nicht, wir sehen uns nächstes Jahr am 17. März in Dublin wieder.«

Gallagher gab einen unverständlichen Laut von sich, aber nickte entschlossen mit dem Kopf. Flynn verließ die Krypta und nahm Vater Murphy beim Arm. Er führte den Priester die Treppe hinauf und quer durch den Altarraum zum Chorumgang. Vater Murphy machte sich von Flynn los und ging auf die Orgel zu, an der Hickey saß und ins Feldtelefon sprach; Pedar Fitzgeralds zugedeckte Leiche lag zu seinen Füßen. Der Priester kniete nieder und lüftete den Mantel von Pedars Gesicht. Er salbte seine Stirn, erhob sich und sah Hickey an, der den Hörer aufgelegt hatte. Hikkey sagte: »Doch noch 'nen kleinen Ritus eingeschmuggelt, was? Nun, wo ist jetzt Pedar Fitzgeralds Seele?«

Vater Murphy sah Hickey unverwandt an. Hickey sagte: »Als braver Priester werden Sie mich fragen, ob ich beichten möchte, natürlich in der Annahme, daß ich ablehne. Aber angenommen, ich sage ja, würden mir dann alle meine Sünden und Gotteslästerungen verziehen werden? Täten sich die Himmelspforten vor mir auf?«

Murphy sagte: »Sie wissen, daß Sie bereuen müssen.«

Hickey schlug mit der Hand auf die Orgel. »Hab ich's doch geahnt, daß irgendwo ein Haken ist.«

Flynn nahm Murphy wieder beim Arm und zog ihn fort. Sie gingen am Beichtstuhl vorbei. Flynn blieb stehen und wies auf den Rufknopf. »Das war schlau von Ihnen, Vater, alle Achtung.« Flynn drehte sich nach Hickey um. »Ich weiß zwar nicht, was für Nachrichten Sie, Maureen oder Hickey gesendet haben, aber eins ist sicher, Sie haben damit die Leute draußen nur noch mehr verwirrt.«

Vater Murphy antwortete: »Trotzdem, es war ein gutes *Gefühl.*«

Flynn lachte und ging weiter. Vater Murphy folgte ihm. Flynn blieb im Querschiff zwischen den beiden südlichen Triforien stehen und rief zu Eamon Farrell hinauf: »Ich weiß, du bist ein frommer Mensch, Eamon, aber Vater Murphy kann nicht fliegen, daher mußt du auf diese Beichte verzichten!«

Nach Farrells Miene zu schließen, wollte er auf diese Beichte auf keinen Fall verzichten. Vater Murphy rief: »Bereuen Sie Ihre Sünden?«

Farrell nickte. »Ja, Vater.«

Murphy sagte: »Zeigen Sie Bußfertigkeit, und Sie werden im Stand der Gnade sein, Mr. Farrell. Aber tun Sie von nun an nichts, was diese Absolution ungültig macht.«

Flynn sagte barsch: »Wenn Sie diesen Trick noch mal anwenden, dürfen Sie keine Beichte mehr abnehmen.«

Murphy entfernte sich, und Flynn erklärte Farrell in großen Zügen die bevorstehende Attacke. Zum Schluß fügte er hinzu: »Wenn wir sie zurückschlagen können, wird dein Sohn morgen früh frei sein. Viel Glück.«

Flynn ging zu den breiten Querschifftüren. Der Priester starrte auf die zwei khakifarbenen Minen, die an den Türen angebracht waren, und auf die vier anderen Minen, die über den Boden verteilt waren und von denen Stolperdrähte in alle Richtungen liefen. Flynn sagte in beiläufigem Ton zum Priester. »Sehen Sie, wenn die Türen aufgebrochen werden, gehen diese zwei Minen sofort hoch, und die anderen vier explodieren in Zwischenräumen von fünfzehn Sekunden, so daß eine Minute lang hier sozusagen ein Schrapnellvorhang niedergeht.«

Murphy starrte weiterhin auf die Minen.

Flynn wies in die Höhe. »Strategisch beherrschen wir die Lage, die anderen haben nicht die geringste Chance.« Er führte den Priester zu der kleinen Seitentür in der Ecke des Querschiffs und befahl ihm mit einer Handbewegung, voranzugehen. Sie erklommen schweigend die Wendeltreppe, gelangten in das lange Triforium und blickten in das fünf Stockwerke unter ihnen liegende Hauptschiff.

Abby Boland stand bei der Tür mit einem M16-Gewehr in der Armbeuge. In einer Besenkammer hatte sie einen Overall gefunden und ihn sich über die Schuluniform gezogen. Flynn legte den Arm um ihre Schultern, führte sie außer Hörweite des Priesters und gab ihr seine Anweisungen für die bevorstehende Attacke. Dann blickte er über das Kirchenschiff hinweg auf George Sullivan, der sie beobachtete. Flynn nahm seinen Arm von Abbys Schultern und sagte: »Wenn wir sie nicht zurückwerfen können und du das Gefühl hast, daß es unsinnig ist, noch weiterzuschießen, dann lauf in den Glockenturm . . . versuch nicht, über die Empore zu George zu gelangen . . . und hüte dich vor Megan und Leary. Verstanden?« Sie nickte. Flynn fuhr fort: »Der Dachstuhl wird nicht so schnell einstürzen, und die Bomben können den Türmen nichts anhaben, sie werden als einziges stehenbleiben. Daher wird auch George im Südturm relativ geschützt sein. Also, viel Glück.«

Er entfernte sich und ließ sie allein mit Vater Murphy.

Nach einigen Minuten kam Vater Murphy ihm nach. Flynn blickte auf seine Uhr. »Wir haben nicht mehr viel Zeit, fassen Sie sich daher kurz.«

»Woher wissen Sie, wieviel Zeit uns noch bleibt? Soll das etwa heißen, daß Sie den Angriffsplan kennen?« Er blickte auf einen Bogen zusammengerollten Papiers in Flynns Hand.

Flynn klopfte ihm mit der Papierrolle leicht auf die Schulter. »Jeder Mensch hat seinen Preis, und manchmal ist er erbärmlich niedrig. Haben Sie sich eigentlich jemals überlegt, ob Judas Ischariot die dreißig Silberlinge vielleicht nur genommen hat, weil er sie dringend brauchte?« Er lachte und wies auf die Wendeltreppe. Sie stiegen in den Turm hinauf, bis sie auf der Höhe des Dachstuhls waren. Flynn öffnete eine Holztür, und sie gingen vorsichtig die Laufplanken entlang. Murphy starrte angestrengt in das Halbdunkel. Auf dem Boden waren Holzscheite aufgeschichtet, an denen Opferkerzen lehnten. Vater Murphy bückte sich, um sie näher zu betrachten. Dann sah er Flynn an, der seinem Blick standhielt, und der Priester wußte, daß sich jede weitere Frage erübrigte.

Jean Kearney und Arthur Nulty kamen ihnen eng umschlungen entgegen. Ihre Mienen verrieten, daß sie sich von dem plötzlichen Auftauchen von Flynn und Vater Murphy nichts Gutes versprachen. Sie blieben in einiger Entfernung von den beiden Männern stehen; ihr Atem bildete Dampfwolken in der Luft. Sie wirkten auf Murphy wie zwei verlorene Seelen, die nicht wagten, ohne Aufforderung über die Schwelle zu treten.

Flynn sagte: »Vater Murphy will eure Sünden anhören.«

Jean Kearney errötete, Arthur Nulty schaute betreten und ängstlich drein. Flynn zog die Augenbrauen hoch und lachte kurz auf. Er wandte sich dem Priester zu. »Selbstbeherrschung ist schwierig in solchen Zeiten.«

Murphys Gesicht verriet weder Ärger noch Erstaunen, er stieß nur einen langen Seufzer aus. Flynn hielt ihn mit einer Handbewegung zurück, er selbst schritt behende über die Laufplanke, überreichte den beiden drei Papierbogen und gab ihnen knappe Befehle. Abschließend sagte er: »Die Helikopter werden kurz nach drei Uhr fünf auftauchen. Habt aber keine Angst.«

Jean Kearney antwortete: »Das einzige, wovor wir Angst haben, ist, getrennt zu werden.« Nulty nickte zustimmend.

Flynn legte seine Arme um die Schultern der beiden und sagte: »Macht Vater Murphy glücklich und beichtet ihm eure Sünden.« Er ging zur Tür, drehte sich aber noch mal um. »Unterminieren Sie die Moral meiner Truppe nicht, Vater, und geben Sie den beiden keine zu langen Bußen auf.«

Flynn wartete im Turm unter einem großen Fenster; er blickte auf seine Uhr. Schroeder zufolge blieben ihm noch ungefähr zwanzig Minuten bis zum Beginn des Angriffs. Er setzte sich auf den kalten, staubigen Fußboden, und plötzlich überfiel ihn eine Art Ehrfurcht vor dem, was er getan hatte. Eine der größten Terroraktionen in der amerikanischen Geschichte würde mit einem massiven Polizeieinsatz enden, ein bedeutendes Baudenkmal würde für immer vernichtet werden, und der Name von Brian Flynn würde in die Geschichtsbücher eingehen. Und doch war dies alles nebensächlich, verglichen mit der Bereitwilligkeit dieser Männer und Frauen, ihm in den Tod zu folgen.

Er sprang jäh auf, zog seine Pistole, zerschlug eine der dicken Glasscheiben und starrte hinaus in die Nacht. Ein kalter Wind trieb federgleiche Wolken über den tiefblauen, mondbeleuchteten Himmel. »Frühling«, dachte er. »Ich werde keinen Frühling mehr erleben.«

Vater Murphy räusperte sich, und Flynn wirbelte herum. »Das ist aber schnell gegangen.«

Sie stiegen in die Glockenstube hinauf, wo Donald Mullins am Boden hockte, Gesicht und Hände mit dem Ruß eines angebrannten Korkens geschwärzt. Flynn blickte durch die unverschalten Schallöffnungen auf die Straße. Alles schien unverändert und war es doch nicht, ohne daß man hätte erklären können, weshalb. »Spürst du es auch?« fragte Flynn.

Mullins nickte. »Wann?«

»Bald.« Flynn gab ihm zwei Papierbogen. Mullins überflog sie: »Wenn der Mann im Glockenturm nicht durch Scharfschützen außer Gefecht gesetzt werden kann, dann ist der Turm mit Hand- oder Gasgranaten zu belegen. Sollte der Mann auch dann noch nicht neutralisiert sein, kommen Helikopter mit Maschinengewehren zum Einsatz . . .« Mullins blickte auf. »›Neutralisiert‹! Ausdrücke benutzen diese Leute!« Mullins lachte gezwungen.

Flynn bemerkte es und sagte: »Bleib mit uns in Verbindung, leg den Hörer nicht auf, so daß wir hören, was hier oben passiert . . .«

Mullins stellte sich plötzlich vor, wie er um sich schlagend auf dem Boden lag und tierische Laute in den Hörer keuchte.

Flynn fuhr fort: »Wenn du die Scharfschützen überlebst, wirst du auch die Explosion und das Feuer überstehen.«

»Kaum eine angemessene Entschädigung dafür, daß ich mich halb zu Tode gefroren habe.«

Vater Murphy sagte: »Wollen Sie die Beichte ablegen, mein Sohn? Mullins kniete nieder und ergriff die Hand des Priesters.

Flynn stieg in den unteren Raum. Ein starker Windstoß fuhr durch die westliche Schallöffnung und wirbelte den Staub von einem Jahrhundert auf.

Vater Murphy gesellte sich zu ihm. »Dies . . .«, sagte er und zeigte auf die herausgerissenen Holzverschalungen, »war das einzige, was ihn bedrückt hat . . . vermutlich sollte ich es Ihnen nicht sagen . . .«

Flynn konnte nur schwer ein Lächeln unterdrücken. Sie stiegen die Treppe hinunter und kamen aus dem Turm in die schwach beleuchtete, etwas wärmere Empore.

Als Vater Murphy an der Brüstung entlangging, spürte er, daß ihn jemand beobachtete. Er schaute zu den Bänken hinauf, die hinter der Orgel aufstiegen, und stieß einen unterdrückten Schrei aus. Eine Gestalt in der Mönchskutte stand bewegungslos im Schatten über ihnen. Das Gesicht, das sie aus der Kapuze anstarrte, war abschreckend und unmenschlich. Murphy brauchte Sekunden, bis er erkannte, daß es der Kopf eines Leoparden war.

Learys Stimme sagte: »Hab ich Sie erschreckt, Priester?«

Murphy gewann seine Fassung wieder. Flynn sagte: »Ein wenig Theaterschminke hätte es auch getan, Leary.«

Leary lachte, ein merkwürdig schrilles Lachen für einen Mann mit einer so tiefen Stimme.

Megan tauchte zwischen den Bänken auf. Sie trug ein schwarzes Gewand, und ihr Gesicht war mit dunkler Tarnfarbe beschmiert. Fachmännisch aufgetragen von einer anderen Hand, dachte Flynn.

Sie trat in den Mittelgang, und Flynn sah, daß sie ein Meßdienergewand anhatte, das ihre Unterarme freiließ. Auch ihre Beine und Füße waren nackt. Er musterte aufmerksam ihr Gesicht und sah trotz der Tarnfarbe, daß der Ausdruck ihrer Augen dem von Jean Kearney glich. Er sagte: »Im Angesicht des Todes kann ich dir wohl keine Vorwürfe machen, Megan.« Sie schob ihr Kinn trotzig vor.

»Nun, wie immer diese Aktion ausgehen mag, *du* jedenfalls hast deinen idealen Partner gefunden.«

Vater Murphy hörte verständnislos zu, doch plötzlich begriff er und holte tief Luft.

Megan fragte: »Ist mein Bruder tot?« Flynn nickte stumm. Ihr Gesicht blieb seltsam ausdruckslos. Sie wies mit der Hand auf Leary, während ihre grünen Augen Flynn anstarrten. »Wir werden nicht zulassen, daß du dich ergibst. Wir gehen auf keinen Kompromiß ein.«

Flynn erwiderte scharf: »Ich benötige weder dich noch Leary, um mich an meine Pflichten und meine Mission zu erinnern.«

Leary sagte: »Wann und wo greifen sie an?«

Flynn gab ihm einen kurzen Lagebericht, dann fügte er hinzu: »Es wird vermutlich deine reichste Ernte sein.«

Leary nickte. »Lange nachdem alle tot sind, werde ich noch immer schießen.«

Flynn sah in die dunklen Augen, die so leblos wirkten wie die

Maske, die sie umgab. »Und danach was?« Leary schwieg. »Ich glaubte nicht recht daran, Leary, daß du bereit bist, mit uns gemeinsam zu sterben.«

Megan fuhr dazwischen. »Er ist genauso engagiert wie du. Wenn wir sterben müssen, werden wir zusammen sterben.«

Flynn bezweifelte das, und eine Warnung lag ihm auf der Zunge, aber er wußte nicht recht, wovor er Megan warnen sollte, und es war auch nicht mehr wichtig. Er nickte ihr zu. »Adieu, Megan, viel Glück.«

Sie zog sich zu Leary in die Bankreihen zurück. Murphy betrachtete die beiden dunklen Gestalten und dachte, daß sie ihn vermutlich mit derselben Gleichgültigkeit töten würden, wie man ein Insekt unter dem Fuß zerquetscht. Und trotzdem — »Ich muß sie fragen . . .«

Flynn sagte: »Bitte, wenn Sie sich zum Narren machen wollen.«

»*Sie* waren ein Narr, diese zwei anzuheuern.«

Leary und Megan schienen zu erraten, daß von ihnen die Rede war. Megan rief mit spöttischer Stimme: »Kommen Sie herauf, Vater, wir werden Ihnen unsere Sünden beichten.« Leary lachte. Megan fuhr fort: »Aber hüten Sie sich, Ihr Gesicht wird so rot werden wie der Hut eines Kardinals.« Sie lachte, und Flynn wurde plötzlich klar, daß er sie noch nie lachen gehört hatte.

Flynn nahm den Priester beim Arm und führte ihn zum Südturm. Sie stiegen die Treppen hinauf und betraten das lange südwestliche Triforium. George Sullivan stand an der Brüstung und starrte hinunter auf die Tür des nördlichen Querschiffs. Sein Kilt und sein Uniformrock paßten schlecht zu dem schwarzen Schnellfeuergewehr und dem Patronengurt. Flynn rief: »Zeit zum Beichten, George!«

Sullivan schüttelte den Kopf und zündete sich, ohne aufzublikken, eine Zigarette an. Er schien mit den Gedanken woanders zu sein. Flynn stieß ihn an und wies auf das leere Triforium auf der anderen Seite des Querschiffs. »Du mußt Gallaghers Sektor mit übernehmen.«

Sullivan hob die Augenbrauen. »Warum schickst du nicht Megan dorthin?«

Flynn antwortete nicht, und Sullivan drang nicht weiter in ihn. Flynn sah zu Abby Boland hinüber. Die persönlichen Bande waren immer die Stärke der Fenier gewesen — aber auch ihre Schwäche.

Sullivans Blick richtete sich gleichfalls auf die andere Seite des Kirchenschiffs. Er sagte mürrisch: »Sie hat gebeichtet, ich hab es von hier aus gesehen . . . unsere Frauen haben zu viele Schuld- und Schamgefühle . . . irgendwie fühle ich mich betrogen . . .«

Flynn sagte leichthin: »Du hättest dem Priester deine Version erzählen sollen.«

Sullivan setzte zu einer Antwort an, aber besann sich eines Besseren. Flynn reichte ihm die Hand, die Sullivan fest drückte.

Flynn und Vater Murphy gingen zum Südturm zurück und kletterten die zehn Stockwerke zu dem Raum hinauf, wo Rory mit geschwärztem Gesicht und einer zu großen Schutzweste vor der herausgebrochenen Schallöffnung stand. Devane begrüßte sie freundlich, aber der Anblick des Priesters in seiner violetten Stola mißfiel ihm offensichtlich.

Flynn sagte: »Ungefähr um fünf Uhr fünfzehn werden Scharfschützen alle Seiten des Turms unter Beschuß nehmen.«

»Bißchen viel auf einmal.«

Flynn fuhr fort: »Trotzdem mußt du hier aushalten. Du mußt den Panzerwagen mit deiner Bazooka erledigen.«

Devane ging zur westlichen Öffnung und blickte hinunter. Flynn gab ihm noch weitere Anweisungen, dann sagte er: »Vater Murphy ist an deiner Seele interessiert.«

Devane drehte sich zu dem Priester um. »Ich habe heute früh schon gebeichtet, hier in der Kathedrale, und in der Zwischenzeit habe ich nichts getan, was ich zu beichten hätte.«

Murphy nickte. »Sagen Sie noch ein Bußgebet. Gott wird es erhören.«

Flynn schüttelte Devane die Hand. »Viel Glück — und nächstes Jahr in Dublin.«

Flynn und der Priester verließen den Südturm und überquerten die Empore zum Glockenturm. Flynn wies auf die Wendeltreppe. »Ich muß noch einmal mit Mullins sprechen.«

Murphy wunderte sich, daß Flynn nicht das Feldtelefon benutzte, aber irgend etwas hielt ihn vom Sprechen zurück. Er folgte Flynn schweigend die Wendeltreppe hinauf, bis sie in einen Raum gelangten, der unterhalb der Glockenstube lag. Hier endete die Treppe, und nur noch eine Leiter führte weiter in die Höhe.

Sie erklommen die Sprossen, bis sie durch eine Öffnung in einen verhältnismäßig großen Raum kamen. Flynn blickte sich um. Der Turm war hier viereckig, mit schmalen Milchglasfenstern, und Mullins hatte einige davon eingeschlagen, falls er seinen Standort ändern mußte. Flynn nahm eine der dicken Glasscherben in die Hand und betrachtete sie, dann sah er Murphy an. »Viele Menschen sitzen in diesem Moment voll morbider Neugierde vor dem Fernseher und fragen sich, was von der Kathedrale übrigbleiben wird.«

Murphy sagte: »Sie können mich mit Ihrem Sarkasmus nicht mehr schockieren. Ich habe während der letzten Stunden viele Dinge gehört, die ich nicht für möglich gehalten hätte, und trotzdem glaube ich noch an das Gute im Menschen.«

»Das ist wirklich ein Wunder, und es erfüllt mich mit Ehrfurcht.«

Murphy bemerkte zu seinem Erstaunen, daß die Worte ehrlich gemeint waren. »Ich habe beobachtet, wie sehr Ihre Leute aneinander und an Ihnen hängen . . . es war aus den Beichten klar ersichtlich . . . und ich habe neue Hoffnung geschöpft.«

Flynn nickte. »Aber Hickey, Megan, Leary und ich?«

»Möge Gott ihren Seelen gnädig sein.«

Flynn schwieg. Murphy sagte ruhig: »Falls Sie mich töten wollen, tun Sie es schnell.«

Flynn sah ihn verwirrt, fast verletzt an. »Nein, warum sollte ich?«

Murphy murmelte automatisch eine Entschuldigung, obwohl er sofort begriff, daß sie unter den gegebenen Umständen völlig unangebracht war.

Flynn packte den Priester plötzlich am Arm. »Hören Sie, Vater, ich habe mein Versprechen gehalten, nicht wahr? Ich habe Sie nicht daran gehindert, Ihren priesterlichen Pflichten nachzukommen. Nun möchte ich, daß auch Sie mir etwas versprechen.«

Vater Murphy sah ihn fragend an.

»Versprechen Sie mir, daß, nachdem dies vorbei ist, all meine Freunde in Glasnevin neben den anderen irischen Patrioten begraben werden. Ich weiß, es wird nicht leicht sein . . . es mag Jahre dauern . . . diese Schweine in Dublin . . . Sie begreifen erst nach fünfzig Jahren, wer ihre Helden sind.«

Der Priester sah ihn verständnislos an. »Aber ich . . . ich werde nicht am Leben bleiben.«

Flynn nahm die Hand des Priesters, als wollte er sie schütteln. Statt dessen legte er ihm jedoch eine Handschelle an und ließ die zweite über dem Leiterbaum zuschnappen.

Vater Murphy rief empört: »Lassen Sie mich frei!«

Flynn lächelte schwach. »Sie waren als Geisel nicht vorgesehen. Dieser Turm sollte der Explosion standhalten. Ihnen wird nichts passieren, solange Sie nicht in Panik geraten, wenn die Kugeln um Ihre Ohren fliegen.«

Murphys Gesicht lief rot an. »Sie haben kein Recht, mich zu fesseln. Lassen Sie mich frei!«

Flynn ignorierte ihn. »Es mag sein, daß Megan, Hickey oder irgend jemand Ihnen an den Kragen will . . .«, er legte eine Pistole in Reichweite des Priesters auf den Boden. »Falls das passiert, schießen Sie!« Er sprang durch die Öffnung auf eine der mittleren Leitersprossen. »Viel Glück, Vater.«

Murphy griff mit seiner freien Hand nach der Pistole. »Halt!«

Flynn lächelte, zog den Kopf ein und stieg die restlichen Sprossen hinunter. »*Erin go bragh,* Timothy Murphy.«

Murphy schrie: »Halt! Hören Sie . . . Sie müssen die anderen auch retten . . . Maureen . . . sie liebt Sie . . .« Er starrte durch die Öffnung und sah Flynn in der Dunkelheit verschwinden.

53

Brian Flynn kam aus dem Turm und ging das Seitenschiff entlang; seine Schritte hallten auf dem polierten Marmorboden wider. Er betrat den Chorumgang und näherte sich Hickey, der auf dem Podium der Altarraumorgel stand und ihn beobachtete. Flynn stieg betont langsam die Stufen zum Podium hinauf und blieb vor Hickey stehen. Nach einem kurzen Schweigen sagte Hikkey: »Es ist vier Uhr neunundfünfzig. Warum hast du zugelassen, daß Murphy wertvolle Zeit mit der Rettung bereits verdammter Seelen vergeudet? Hast du zumindest jedem genaue Anweisungen gegeben?«

»Hat Schroeder angerufen?«

»Nein — und das heißt: entweder gibt es nichts Neues, oder irgend etwas ist schiefgegangen.« Hickey zog seine Pfeife hervor und stopfte sie. »Die ganze Nacht über habe ich mir Sorgen gemacht, daß mein Tabak früher zu Ende geht als mein Leben. Es hat mich ehrlich beunruhigt. Kein Mann sollte mit seinem Tabak knausern müssen, kurz bevor er stirbt.« Er strich ein Streichholz an, und es klang unverhältnismäßig laut in der Stille. Er zog kräftig an seiner Pfeife. »Nun, und wo ist der Priester jetzt?«

Flynn machte eine vage Handbewegung in Richtung der Türme. »Wir haben ihm nichts vorzuwerfen — ich will nicht, daß er stirbt, weil er zur falschen Zeit am falschen Ort war.«

»Warum nicht? Aus dem gleichen Grund müssen wir alle sterben.« Dann mimte er eine plötzliche Erleuchtung. »Ach, ich verstehe, Gott zu spielen, bedeutet wohl auch, daß du ein Leben rettest für hundert, die du vernichtest.«

Flynn sagte: »Wer bist du eigentlich?«

Hickey grinste selbstzufrieden. »Hab ich dir einen Schrecken eingejagt, mein Junge? Aber laß dich nicht einschüchtern. Ich bin nur ein alter Mann, der andere gern mit ihren Ängsten und Aberglauben aufzieht.« Hickey stieg über Pedar Fitzgeralds Leiche hinweg und pflanzte sich dicht vor Flynn auf. Er saugte laut an seiner Pfeife, sein Gesicht war nachdenklich. »Weißt du, es ist merkwürdig, aber ich habe mein Leben nie so genossen wie nach meiner Beerdigung. Auferstehung ist wirklich eine tolle Sache — irgend jemand hat eine ganze Religion darauf aufgebaut.« Er wies mit dem Daumen auf das Kruzifix über dem Altar und lachte laut.

Hickeys Augen verengten sich zu Schlitzen. »Aber du willst ja wissen, wer ich bin und warum ich hier bin.« Hickey betrachtete die Glut in seinem Pfeifenkopf mit übertriebenem Interesse. »Ich könnte dir sagen, daß ich ein Geist bin, der dem Grab entstiegen ist, um diesen Ring wiederzuholen und die Fenier in den Märtyrertod zu treiben, damit die nächste Generation den Kampf weiterführt. Das wäre eine typisch keltische Erklärung, die dir gefallen und dich von deiner Furcht befreien würde. Aber ich kann dir auch die Wahrheit sagen, die für dich weit erschreckender ist. Ich bin ein lebendiger Mensch! Und all diese Gespenster und jammernden Todesfeen, diese nächtlichen Erscheinungen, die durch die dunkle Landschaft deines Verstandes geistern, sind Erfindungen deiner zerrissenen Seele. Und deshalb hast du Angst, Brian, denn es gibt keine Zuflucht für dich vor den Ungeheuern, die du in deinem Inneren beherbergst.«

Flynn starrte in das zerfurchte, weiße Gesicht, doch plötzlich lächelte Hickey freundlich und sagte: »Verstehst du mich?«

Flynn nickte. »Ich versteh dich sehr gut. Du bist ein Mann, der aus der Schwäche anderer Stärke zieht. Es ist mein Fehler, daß du hier bist, und es ist meine Pflicht, zu verhindern, daß du noch mehr Unheil anrichtest.«

»Zu spät, das Unheil ist nicht mehr aufzuhalten. Hättest du mir die Stirn geboten, statt in Selbstmitleid zu versinken, dann hättest du deine Verpflichtung gegenüber deinem Volk und dein eigenes Schicksal erfüllen können.«

Flynn starrte Hickey an. »Egal, was passiert, ich werde dafür sorgen, daß du hier nicht lebend herauskommst.« Flynn drehte sich um und ging in den Altarraum. Er blieb vor dem erhöhten Thronsessel stehen. »Kardinal, die Polizei wird irgendwann nach fünf Uhr fünfzehn angreifen. Vater Murphy befindet sich an einem verhältnismäßig sicheren Ort. Wir dagegen werden wohl alle sterben.«

Flynn wartete, ob das Gesicht des Kardinals irgendwelche Gefühle verriet, aber es blieb ausdruckslos. Doch dann beugte sich der Kardinal plötzlich nach vorn. »*Ihr* Leben ist zu Ende. Nutzen Sie die letzten Minuten, um mit der Frau zu sprechen, die Sie liebt.« Er wies mit einer Kopfbewegung auf Maureen.

Flynn sah den Kirchenfürsten einen Moment lang verblüfft an. Eine solche Aufforderung hätte er von ihm am allerwenigsten erwartet. Dann drehte er sich brüsk um und durchquerte den Altarraum.

Maureen und Baxter saßen aneinandergefesselt in der ersten Reihe des Chorgestühls. Flynn nahm ihnen wortlos die Handschellen ab und sagte in unpersönlichem Ton: »Ich würde euch beide gern an einen geschützteren Ort bringen, aber das würde bei einigen von meinen Leuten auf Widerstand stoßen. Aber wir werden euch nicht erschießen, denn womöglich gelingt es uns, den Angriff abzuwehren, und dann brauchen wir euch noch.« Er blickte auf seine Uhr und fuhr mit gleichgültiger Stimme fort. »Irgendwann nach fünf Uhr fünfzehn werden alle Portale in die Luft fliegen, und die Polizei wird eindringen. Ich weiß, daß ihr beide einen kühlen Kopf behalten werdet; werft euch auf den Boden zwischen die Bänke. Und um sechs Uhr — wenn ihr noch am Leben seid — verlaßt schleunigst den Altarraum, egal, was um euch herum geschieht. Mehr kann ich nicht für euch tun.«

Maureen stand auf und legte ihre Hand auf seinen Arm. »Wenn du wirklich etwas für uns tun willst, Brian, dann tu etwas für alle. Geh hinunter und öffne die Sakristeigitter, dann stell dich auf die Kanzel und sag deinen Leuten, daß alles vorbei ist. Sie werden auf dich hören, Brian . . .«

»Wenn sie die Gefängnisgitter von Long Kesh öffnen, dann öffne ich die Gitter der Sakristei.«

Ihre Stimme wurde zornig. »Die Schlüssel zu den Gefängnissen von Ulster sind nicht in Amerika, und auch nicht in London oder Dublin. Sie sind in Ulster. Gib mir ein Jahr in Belfast oder Londonderry, und ich hole mehr Menschen aus den Gefängnissen als du mit deinen Kidnappings, Überfällen und Morden . . .«

Flynn lächelte. »Ein Jahr, Maureen? Du würdest keinen Monat überleben; wenn die IRA dich nicht erwischt, erschießen dich die Protestanten.«

Sie holte tief Luft und sagte leise: »Ja, du hast recht. Aber schicke deine Leute nicht in einen sinnlosen Tod. Ein Wort von dir, und du kannst diesen Bann des Schreckens brechen.«

Er zog sie dicht zu sich heran und sagte: »Während der ganzen Nacht hat jeder mir gute Ratschläge erteilt. Es ist merkwürdig, nicht wahr, daß die Menschen einem erst dann ihre Aufmerksamkeit zuwenden, wenn man eine Zeitbombe unter ihren Hintern tikken läßt.« Er stieß sie sanft von sich. »Vor vier Jahren, als du mich verlassen hast, da hast du mir keine Ratschläge für die Zukunft gegeben. Alles, was du mir heute nacht gesagt hast, hättest du mir schon damals sagen können.«

Sie warf einen Blick auf Baxter. Es war ihr unangenehm, daß er das ganze Gespräch mit anhörte. Sie senkte ihre Stimme. »Ich habe damals alles gesagt, was ich zu sagen hatte, aber du hast nicht zugehört.«

»Du hast es auch nicht so deutlich gesagt.«

Flynn wandte sich Baxter zu. »Und Sie, Harry — Major Bartholomew Martin braucht einen toten Engländer. Seine Wahl fiel auf Sie.«

Baxter nickte nach kurzem Nachdenken. »Ja . . . er ist ein kranker . . . ein besessener Mann. Ich habe es immer schon geahnt . . .«

Flynn blickte auf die Uhr. »Verzeihen Sie, ich muß mit meinen Leuten reden.« Er drehte sich um und ging auf die Kanzel zu.

Maureen lief hinter ihm her, legte ihre Hand auf seine Schulter und zwang ihn, sie anzusehen. »Verabschiedest du dich nicht von mir?«

Er errötete und stammelte: »Verzeih, ich wußte nicht, ob . . . Adieu, Maureen . . . wir werden uns wohl nicht wiedersehen . . .

ich wünsche dir alles Gute . . .« Er zögerte und beugte sich über sie, richtete sich aber gleich wieder auf.

Sie war im Begriff, etwas zu sagen, aber Frank Gallaghers Stimme erscholl von der Sakristeitreppe her. »Brian! Burke ist hier und will dich sprechen.«

Flynn sah erstaunt auf die Uhr. Hickey rief: »Es ist eine Falle!«

Flynn blickte Maureen fragend an. Sie schüttelte fast unmerklich den Kopf. Er lächelte. Dann ging er mit schnellen Schritten um den Altar herum zur Sakristeitreppe.

Burke stand in Hemdsärmeln am Gitter, sein Pistolenhalfter war leer, seine Hände steckten in den Hosentaschen. Flynn näherte sich ihm ohne Vorsichtsmaßnahmen. Kurz vor dem Gitter blieb er stehen und rief Gallagher zu: »Mach eine kurze Pause!« Dann wandte er sich wieder an Burke. »Sind Sie gekommen, mich zu töten?«

Burke zog die Hände aus den Hosentaschen und umfaßte die Gitterstangen. »Eine symbolische weiße Fahne weht hier an diesem Gitter, nicht wahr? Meinen Sie wirklich, ich würde Sie unter diesen Umständen töten?«

»Sie sollten es tun. Wenn einem die Gelegenheit geboten wird, den Befehlshaber der Gegenseite umzubringen, ergreift man sie. Wären Sie Bellini, würde ich Sie erschießen.«

»Es gibt immer noch gewisse Regeln.«

»Ja, eine habe ich Ihnen gerade zitiert.«

Sie schwiegen einige Sekunden lang, dann fragte Flynn freundlich: »Warum sind Sie gekommen?«

»Um Ihnen zu sagen, daß ich persönlich keine feindseligen Gefühle gegen Sie hege.«

Flynn lächelte. »Ja, das weiß ich, ich kann es Ihnen ansehen. Und das gleiche gilt für mich, Burke. Das ist das Verrückte an der Sache. Ich empfinde nicht den geringsten persönlichen Haß gegen Sie oder Ihre Leute, und die meisten von ihnen hassen vermutlich auch mich nicht.«

»Und warum sind Sie dann hier?«

»Ich bin hier, weil im Jahre 1154 Adrian der Vierte König Heinrich dem Zweiten von England die Erlaubnis gegeben hat, seine Armee nach Irland zu bringen. Ich bin hier, weil der Bus nach Clady an der Weißdornabtei vorbeifährt. Und Sie?«

»Ich hatte um fünf Uhr Dienst.«

Flynn lächelte traurig. »Das ist kein ausreichender Grund, um zu sterben. Ich entbinde Sie Ihres Versprechens, an der Attacke teilzunehmen. Vielleicht töten Sie als Gegenleistung Martin. Es war Martin, der den armen Harry in diese Lage gebracht hat. Aber vermutlich ist Ihnen das von allein aufgegangen.«

Burke verzog keine Miene. Flynn blickte auf seine Uhr, fünf Uhr vier. Irgend etwas stimmte nicht. »Sollten Sie nicht besser gehen?«

»Wie Sie wollen. Wenn Sie es wünschen, bleibe ich auch bis sechs Uhr drei telefonisch in Verbindung mit Ihnen.«

Flynn musterte Burke scharf. »Ich will mit Schroeder sprechen. Schicken Sie ihn zu mir.«

»Das ist nicht möglich.«

»Ich will mit ihm sprechen. Jetzt — sofort.«

Burke antwortete. »Sie können niemand mehr mit Ihren Drohungen einschüchtern, am wenigsten Schroeder.« Er stieß einen tiefen Seufzer aus. »Captain Schroeder hat sich mit seinem Revolver in den Mund geschossen . . .«

Flynn packte Burkes Arm. »Sie lügen! Ich will seine Leiche sehen!«

Burke riß sich los und sagte: »Ich weiß nicht, was ihn zu dieser Verzweiflungstat getrieben hat, ich weiß nur, daß es mit Ihnen zu tun hat.« Er ging die Stufen zur Sakristei hinunter. Kurz vor dem Korridor verlangsamte er seine Schritte, blieb zögernd stehen und drehte sich um. »Adieu.«

Flynn nickte ihm zu. »Ich bin froh, daß wir uns getroffen haben.«

54

Bellini stand über den Konferenztisch gebeugt und prüfte eingehend die Pläne, deren Ecken mit Kaffeetassen und Aschenbechern beschwert waren. Um ihn herum scharten sich seine Korporalschaftsführer. Die ersten drei Pläne zeigten das Kellergeschoß, das Kirchenschiff und die oberen Stockwerke, der vierte war ein seitlicher Querschnitt der Kathedrale.

Gordon Stillway gab einleitende Erklärungen ab. Bellini runzelte die Stirn und blickte seine Untergebenen an, um zu sehen, ob irgendeiner seiner Leute eine Erleuchtung hatte, aber er sah in den geschwärzten, verschwitzten Gesichtern nur Ungeduld, Müdigkeit und Ärger über die Verzögerung.

Burke öffnete die Tür und ging auf Langley zu, der an der hinteren Wand stand. Einige Sekunden lang betrachteten sie schweigend die um den Tisch versammelte Gruppe, dann fragte Burke leise: »Ist dir wohler zumute?«

»Hab mich in meinem ganzen Leben nie so wohl gefühlt.«

»Und ich erst. Wie geht's Bert?«

»Ein Polizeiarzt hat physische Erschöpfung diagnostiziert.«

Burke nickte. Langley fragte: »Hat Flynn dir die Geschichte abgekauft?«

»Als nächstes wird er vermutlich drohen, eine Geisel zu erschießen, wenn wir ihm nicht Schroeders Leiche zeigen.«

Langley klopfte auf seine Jackentasche, in der Schroeders Revolver steckte. »Flynn muß weiterhin glauben, daß Bellini sich an den Plan hält, den Schroeder ihm verraten hat. Davon hängen viele Leben ab.«

Burke wechselte das Thema. »Wirst du Martin bald verhaften können?«

Langley schüttelte den Kopf. »Erstens ist er mal wieder verschwunden, was ihm ja immer vorzüglich gelingt. Zweitens habe ich mich mit Sheridan, diesem Regierungsvertreter, unterhalten. Martin genießt diplomatische Immunität, vielleicht werden sie ihn ausweisen . . .«

»Ich will nicht, daß er ausgewiesen wird.«

Langley hob erstaunt die Augenbrauen. »Nun, ob du es willst oder nicht, spielt keine Rolle, denn der FBI-Mann Hogan hat mir erzählt, Martin habe sich sozusagen selbst ausgewiesen.«

»Ist er schon fort?«

»Natürlich nicht. Meinst du, er will das Ende dieser Schau verpassen? Aber er hat schon einen Flug nach den Bermudas . . .«

»Wann?«

Langley warf Burke einen schrägen Blick zu. »Abflug sieben Uhr fünfunddreißig . . . vergiß es, Pat.«

»Okay.«

Gordon Stillway beendete seine Einführung und sagte: »Und nun erklären Sie mir bitte genau, was Sie von mir wissen wollen.«

Bellini sah auf die Wanduhr: fünf Uhr neun. Er holte tief Luft. »Ich möchte wissen, wie ich unter Vermeidung des Hauptportals in die Kathedrale gelangen kann.«

Gordon Stillway begann wieder zu sprechen und beantwortete verschiedene Fragen. Die finsteren Mienen der Korporalschaftsführer hellten sich etwas auf. Bellini sah die Leute vom Bombenkommando an. Lieutenant Wendy Peterson, die einzige Frau im Raum, beugte sich über den Grundriß des Kellers und strich sich die langen, blonden Haare aus dem Gesicht. Bellini beobachtete, wie ihre kühlen blauen Augen das Diagramm kritisch prüften. Das Bombenkommando bestand aus siebzehn Männern, einer Frau und zwei Hunden. Und Bellini war der festen Überzeugung, daß sie alle verrückt waren — die Hunde inbegriffen.

Lieutenant Peterson wandte sich an Stillway. Sie sprach mit leiser Stimme, fast im Flüsterton, wie alle anderen aus dieser Einheit. »Wenn jemand die Kathedrale sprengen will und nur eine geringe Menge Sprengstoff zur Verfügung hat — wo würde er die Ladungen am wirkungsvollsten anbringen?«

Stillway machte zwei Kreuze auf den Plan. »Hier und hier, an den beiden großen Pfeilern rechts und links von der Sakristeitreppe.« Er hielt nachdenklich inne. »Als ich ungefähr sechs Jahre alt war, haben sie diese Treppe durch das Fundament gesprengt, und das Felsgestein, auf dem diese Säulen ruhen, büßte dadurch einiges von seiner Stabilität ein. Dies ist eine amtlich bekannte Tatsache, die jeder herausfinden kann — auch die IRA.«

Wendy Peterson nickte. Stillway musterte sie neugierig. »Sind Sie Sprengstoffexpertin? Ein seltsamer Beruf für eine Frau.«

Sie sagte: »Sticken ist mein Hobby.«

Stillway schaute etwas verblüfft drein, dann fuhr er fort: »Diese Säulen sind zwar sehr dick, aber mit den heutigen Explosivstoffen kann ein Spezialist sie ohne weiteres sprengen, und damit stürzt die Hälfte der Kathedrale ein. Und kein Gott kann denen helfen, die sich im hinteren Teil der Kirche befinden.«

Wendy Peterson sagte: »Die Explosion interessiert mich nicht.«

Stillway mußte einige Sekunden nachdenken, bevor er die Bemerkung verstand, dann sagte er: »Aber mich! Außer mir gibt es nur wenige, die diese Kathedrale wiederaufbauen können, und ich . . .«

Er beendete seinen Satz nicht, sondern wandte seine Aufmerksamkeit wieder den Plänen zu und erklärte ein paar weitere charakteristische Einzelheiten.

Bellini strich über sein stoppliges Kinn und unterbrach den Architekten. »Mr. Stillway, wenn ich mit einem Panzerwagen, der, sagen wir, ungefähr zehn Tonnen wiegt, die Stufen hinauffahre und das Portal aufbreche . . .«

Stillway richtete sich im Stuhl auf. »Was? Die Türen haben einen unschätzbaren Wert . . .«

»Hält der Fußboden dem Gewicht stand?«

Dem alten Architekten fiel es offensichtlich schwer, seine Ruhe zu bewahren, doch schließlich sagte er widerstrebend: »Wenn Sie wirklich etwas so Wahnsinniges vorhaben . . . zehn Tonnen . . . ja . . . nach meinen Berechnungen sollte der Boden standhalten — natürlich garantieren . . .«

Bellini nickte. »Ist auch nicht nötig. Aber noch eine andere Sache. Diese — Fenier haben gesagt, sie würden die Kathedrale in Brand setzen. Und wir haben Grund anzunehmen, daß im Dachstuhl . . . ist das möglich . . .?«

»Warum nicht?«

»Mir sieht das Ganze doch recht solide aus.«

»Ja, solides Holz.« Stillway schüttelte den Kopf. »Diese Schurken . . .« Er stand plötzlich auf und verbeugte sich. »Meine Herren — Miß Spiegel — entschuldigen Sie mich, wenn ich mich zurückziehe, aber mir ist nicht ganz wohl. Wenn Sie mich brauchen, ich bin im Nebenzimmer.«

Nach dem Abgang des Architekten verzog sich das Bombenkommando in eine Ecke des Zimmers. Bellini sah auf seine Uhr: fünf Uhr fünfzehn. Die Zeit wurde knapp, aber ein neuer Plan nahm in seinem Kopf Form an — vielleicht würde es ihm doch noch gelingen, ein Massaker zu verhüten. Er ging auf Burke und Langley zu. »Vielen Dank für Stillway. Er war eine große Hilfe.«

Langley antwortete: »Für Sie tun wir alles, Joe, Sie brauchen nur zu bestellen, und wir liefern es: Architekten, Rechtsanwälte, Gangster, Pizzas . . .«

Burke unterbrach ihn. »Ist Ihnen etwas besser zumute?«

Bellini nickte. »Ich werde weniger Leute verlieren, die Chancen für die Kathedrale stehen fünfzig zu fünfzig, aber für die Geiseln seh ich schwarz.« Er hielt inne, dann sagte er: »Meinen Sie, es gibt irgendeine Möglichkeit, Logans Panzerattacke abzublasen?«

Langley schüttelte den Kopf. »Keine. Gouverneur Doyle ist ganz versessen auf die Idee.«

Bellini zuckte die Achseln und fischte einen Zigarettenstummel aus seiner Tasche, den er anzündete. »Flynn erwartet unseren Angriff kurz nach fünf Uhr fünfzehn — und nichts wird geschehen!« Er grinste bösartig. »Ganz schön frustrierend für den Burschen. Vermutlich hat er jetzt schon die Hosen gestrichen voll.«

Langley sagte: »Wenn nicht jetzt, dann bald.«

Bellini erwiderte mit haßerfüllter Stimme: »Ich hoffe, er speit Blut und Galle und verreckt langsam und elend mit herausquellenden Gedärmen . . .«

Langley hob die Hand. »Genug, Joe.«

Bellini drehte sich zu Burke um. »Ich kann nicht glauben, daß Schroeder Flynn . . .«

Burke schnitt ihm das Wort ab. »Das habe ich auch nie behauptet. Ich habe gesagt, daß ich den Architekten gefunden habe und daß Sie Ihren Angriffsplan ändern sollen. Schroeder ist physisch zusammengebrochen. Verstanden?«

Bellini lachte. »Klar ist er zusammengebrochen, weil ich ihm eine in die Fresse gehauen habe.« Bellini schnaubte verächtlich. »Das Arschloch hat mich und meine Männer verraten . . .«

Bellini schwieg, nach einer Weile sagte er mit einer sehr viel ruhigeren Stimme: »Aber mein Angriff wird nicht so verlaufen, wie Schroeder es Flynn gesagt hat . . . Übrigens, um auf ein anderes Thema zu kommen, was ist eigentlich mit Schroeders Tochter?«

Langley zog ein Foto von Dan Morgan aus der Tasche und legte es auf einen Tisch neben einen Schnappschuß von Terri O'Neal, den er aus Schroeders Brieftasche genommen hatte. »Dieser Mann wird sie ermorden.«

Das Telefon klingelte. Bellini sagte zu Langley und Burke: »Das wird mein Busenfreund Murray sein, Bürgermeister Kline für gewöhnliche Sterbliche wie Sie.« Er nahm den Hörer auf. »Gestapo-Hauptquartier, hier spricht Joe.«

Jemand stammelte etwas am anderen Ende der Leitung, dann meldete sich die aufgeregte Stimme des Bürgermeisters. »Joe, wann stoßen wir vor?«

Bellini stockte das Herz bei dem nur zu vertrauten militärischen Jargon, und er hätte am liebsten den Hörer auf die Gabel geknallt.

»Joe . . .?«

»Ja . . . Es hat sich gelohnt, auf den Architekten zu warten.«

»Gut, ausgezeichnet, und wann stürmen Sie?«

Stürmen! Bellinis Herz stockte wieder, und sein Magen krampfte sich zusammen. »Ungefähr um fünf Uhr fünfunddreißig.«

»Können Sie den Zeitpunkt nicht vorverlegen?«

Bellini sagte brüsk: »Nein.«

»Ich habe Ihnen doch bereits gesagt, gewisse Leute wollen diese Rettungsaktion verhindern . . .«

»Politik interessiert mich nicht.«

Roberta Spiegel kam an den Apparat. »Ganz richtig, kümmern Sie sich nicht um die blöden Politiker. Die Bomben, Bellini . . .«

»Nennen Sie mich Joe.«

»Sie lassen dem Bombenkommando verdammt wenig Zeit, Captain.«

»Lassen Sie sich eins gesagt sein, Miß Spiegel. Ich rühre mich nicht vor fünf Uhr fünfunddreißig, das ist mein letztes Wort.«

Ein längeres Schweigen folgte, dann sagte Roberta Spiegel: »Ist Inspector Langley da?«

»Moment.« Er legte die Hand über die Sprechmuschel. »Wollen Sie mit der Dragonerin sprechen?«

Langley errötete leicht und griff nach dem Hörer. »Langley.«

»Wissen Sie, wo Schroeder ist? Sein Ersatzmann kann ihn nicht finden.«

Langley antwortete: »Er hat einen Zusammenbruch.«

»Was?«

»Ja . . . er ist . . . gewissermaßen in sich zusammengefallen.«

»Dann pumpen Sie ihn wieder auf, und schicken Sie ihn ins Rockefeller Center. Er muß später seine Heldenrolle vor den Kameras spielen.«

»Ich dachte, er wäre der Bösewicht in diesem Drama.«

Sie sagte: »Sie haben das Ende vom vorletzten Akt verpaßt. Die Szene hat sich geändert. Schroeder ist der Held — egal, was passiert. Er hat gute Beziehungen zur Presse, wie Sie wohl wissen.«

»Und wer ist der neue Bösewicht?«

»*Sie*. Aber Sie sind nicht der einzige. Und die Sache wird für Sie trotzdem gut ausgehen. Dafür werde ich schon sorgen.«

Langley antwortete nicht. Sie sagte: »Philip, Sie sollten während des Angriffs hier sein.«

Langley zog die Augenbrauen hoch, als sie ihn beim Vornamen nannte, und stellte fest, daß ihre Stimme freundlich, fast zärtlich klang. »Nicht Angriff, Roberta, wir nennen es eine Rettungsaktion.«

Sie erwiderte ein wenig schärfer. »Wie immer Sie es nennen. Wir wollen — *ich* will, daß Sie ins Rockefeller Center kommen.«

»Ich ziehe es vor, hier zu bleiben.«

»Machen Sie sich auf die Socken. Ich erwarte Sie in fünf Minuten.« Langley sah Burke an. »Gut, ich komme.« Er legte den Hörer auf. »Was für eine verrückte Nacht.«

»Vollmond«, erwiderte Burke. Sie schwiegen lange, schließlich sagte Langley in einem schleppenden Tonfall: »Gehst du mit Bellini?«

Burke zündete sich eine Zigarette an. »Ja . . . ich sollte wohl . . . es gibt noch ungeklärte Dinge in dieser Kathedrale . . . wie Major Martin mir so diskret angedeutet hat . . . und dann Bellini — vielleicht kann ich einiges verhindern . . .«

Langley sagte: »Tu, was du für richtig hältst.« Er lächelte gezwungen. »Oder sollen wir die Plätze tauschen, und du tröstest Miß Spiegel?«

»Nein, vielen Dank.«

Langley blickte nervös auf seine Armbanduhr. »Also gut — aber sag Bellini, daß er Schroeder nicht aus diesem Zimmer herauslassen soll. Bei Morgengrauen werden wir ihn holen und wie einen Olympiasieger vor die Kameras stellen. Schroeder ›in‹, Langley ›out‹.«

Burke nickte, dann sagte er fast unhörbar: »Wenn ich draufgehe . . . diese berittene Polizistin Betty Foster . . . sieh zu, daß sie lobend erwähnt wird, und danke ihr in meinem Namen, wenn ich es nicht mehr kann.«

»Wird gemacht.«

Er schüttelte den Kopf. »Verrückte Nacht.« Er ging zur Tür, blieb aber plötzlich stehen.« Ja, was ich dir noch sagen wollte, wir haben Hickeys ›Leiche‹ untersucht . . . Der Sarg war mit Erde gefüllt, und ein handgeschriebener Zettel von Hickey lag dabei. Was er geschrieben hat, erzähl ich dir später.« Er lächelte und hob die Hand zum Abschied. »Betty Foster — ich werde sie nicht vergessen. Auf Wiedersehen, Patrick.«

Die Tür fiel leise hinter ihm ins Schloß.

55

Brian Flynn stand auf der Kanzel und ließ seine Blicke über das tief unter ihm liegende Kirchenschiff schweifen. Dann sagte er in den Lautsprecher: »Lichter aus!«

Zuerst verloschen die Lichter im Altarraum, im Chorumgang und in der Marienkapelle, kurz darauf wurde es auch in den vier Triforien und auf der Empore dunkel. Ganz zum Schluß drehte

Hickey die großen Kronleuchter im Hauptschiff, die Lampen in den Seitenaltären, der Vorhalle und im Buchladen aus.

Flynn bemerkte, daß einige Lichter noch brannten; vermutlich befanden sich ihre Schalter außerhalb der Kathedrale. Hickey und die anderen zerschlugen diejenigen, die für sie erreichbar waren. Das Geräusch des splitternden Glases durchschnitt die Stille.

Flynn nickte. Ein paar wenige Lichter, die mit dem Hauptschalter im Pfarrhauskeller verbunden waren, brannten noch. Sobald diese von der Polizei ausgeschaltet würden, stand der Angriff kurz bevor, denn in einer stockdunklen Kathedrale war die Polizei mit ihren Infrarot-Zielfernrohren ihnen gegenüber weit im Vorteil. Aber Flynn hatte nicht die Absicht, seinen Gegnern diesen Vorteil zu lassen, und so befahl er, sämtliche Opferkerzen anzuzünden. Ihr weiches Licht verbreitete einen beruhigenden Schimmer. Ein uralter Trost, dachte Flynn, gegen die Ängste der Nacht, und eine Lichtquelle, die die Polizei nicht vernichten konnte. Zusätzlich waren über die ganze Kathedrale große Phosphorfackeln verteilt, die weitere Helligkeit verbreiteten und den Einsatz von Infrarot-Zielfernrohren vereiteln würden. Keine angenehme Überraschung für Captain Joe Bellini, dachte Flynn.

Flynn stützte sich mit den Händen auf den kühlen Carraramarmor der Kanzelbrüstung, blinzelte, um seine Augen an das Halbdunkel zu gewöhnen, und rückte dann das Mikrophon zurecht. Er holte tief Luft. »Freunde . . . Brüder und Schwestern . . .« Er blickte auf seine Uhr, es war fünf Uhr vierzehn. »Der entscheidende Zeitpunkt ist gekommen. Seid also wachsam . . . Es ist mir eine große Ehre, euer Anführer zu sein, und ich versichere euch, daß wir uns wiedersehen werden, wenn nicht in Dublin, dann an einem freundlicheren Ort . . .« Seine Stimme schwankte. »Fürchtet euch nicht.«

Alle wandten ihre Blicke von ihm ab und den großen Türen zu. Sie hielten die Gewehre im Anschlag, die Panzergranaten griffbereit. Die Gasmasken hingen lose um ihre Nacken, und ihre Herzen pochten wild.

John Hickey stand unter der Kanzel und warf Flynn eine Bazooka, ein Gewehr und eine Gasmaske zu. Dann rief er, und seine Stimme verriet keine Spur von Angst: »Brian, dies ist wohl der Augenblick, um Abschied zu nehmen. Es war ein Vergnügen, mit dir zusammenzuarbeiten. Und ich bin sicher, wir treffen uns an einem Ort unbeschreiblicher Helligkeit wieder — von der Hitze ganz zu schweigen.« Er lachte und ging ins Halbdunkel des Altarraums zurück.

Flynn hängte das Gewehr um, brach das Siegel der Bazooka und visierte die Vorhalle an. Seine Augen tränten — wohl vom Phosphor, dachte er — und die Flammen der Kerzen verschwammen vor seinen Augen. Er versuchte, die Gesichter seiner Eltern,

Freunde und Verwandten heraufzubeschwören, doch es gelang ihm nur für Sekunden. Statt dessen trat deutlich eine andere Szene in sein Bewußtsein — und blieb haften: die Weißdornabtei, Vater Donnelly, Maureen, die Tee einschenkte, er selbst, den Ring betrachtend. Sie alle sprachen, aber er konnte die Stimmen nicht hören, und ihre Bewegungen waren langsam, als hätten sie unendlich viel Zeit. Und er begriff plötzlich, daß er damals zum letzten Mal glücklich und mit sich selbst im Einklang gewesen war.

John Hickey verbeugte sich vor dem Thron des Kardinals und sagte in sachlichem Ton: »Eminenz, ich wünsche mir nichts sehnlicher, als Ihnen die Kehle aufzuschlitzen.«

Der Kardinal streckte die Hand nach ihm aus, und Hickey wich zurück. Er sprang aber sogleich wieder die Stufe hinauf, riß den Kardinal vom Thron und stieß ihn unsanft in Richtung der Sakristeitreppe. Sie gingen die Treppe hinunter, und Hickey blieb auf dem Absatz stehen, wo Gallagher Wache hielt. »Hier, Frank, Gesellschaft für dich.« Er schob den Kardinal zum Sakristeigitter hinunter und fesselte ihn mit Handschellen ans Gitter. Dann drehte er sich zu Gallagher um und sagte: »Sprich nicht mit ihm, und hör ihm nicht zu.«

Gallagher starrte auf den ausgestreckten Arm des Kardinals. Das rote Gewand verdeckte fast die Hälfte der Gittertür. Gallaghers Magen krampfte sich vor Mitleid zusammen, aber er wagte in Hickeys Gegenwart nichts zu sagen und nickte nur stumm.

Hickey kehrte in den Altarraum zurück und stellte sich vor Baxter und Maureen. Er wies auf die zwei Gasmasken, die zwischen den beiden auf der Bank lagen, und sagte: »Zieht die sofort über, wenn ihr Gas riecht, denn nichts ekelt mich mehr als der Anblick einer Frau, die sich übergibt. Erinnert mich an meinen ersten Aufenthalt in Dublin — betrunkene, kotzende Huren in jeder Gasse — widerlich.«

Maureen und Baxter schwiegen. Hickey fuhr fort: »Vielleicht interessiert es Sie beide, daß der Angriffsplan, der uns so billig verkauft wurde, eine Rettung der Geiseln oder der Kathedrale nicht vorsieht.«

Baxter sagte: »Solange er *Ihren* Tod vorsieht, ist es ein ausgezeichneter Plan.«

Hickey lachte. »Sie sind ein rachsüchtiger Halunke, Harry. Ich wette, Sie würden mit Freuden dem nächsten jungen Iren die Gurgel einschlagen, besonders jetzt, wo Sie schon einige Übung haben und auf den Geschmack gekommen sind.«

»Sie sind das erbärmlichste und gemeinste Subjekt, das mir je unter die Augen gekommen ist.«

Hickey zwinkerte ihm zu. »Wenigstens machen Sie aus Ihrem Herzen keine Mördergrube.« Dann wandte er seine Aufmerksamkeit Maureen zu. »Nimm dich in acht, daß Megan oder Leary dich nicht erschießen, Mädchen. Geh zwischen den Bänken in Dekkung und rühr dich nicht. Hier hast du deine Armbanduhr zurück, zwischen sechs Uhr drei und sechs Uhr vier wirst du eine Explosion hören, und dann werden die Pfeiler schwanken, und große Stücke der Decke werden langsam aus der Dunkelheit dort oben auf dein hübsches Gesicht fallen. Aber vergiß nicht, dein letzter Gedanke sollte Brian gelten, oder auch Harry, wenn du willst — ein Mann ist so gut wie der andere.« Er lachte, ging auf die Bronzeplatte zu und hob sie hoch.

Maureen rief ihm nach. »Mein letzter Gedanke wird unseren Seelen gelten. Ich werde Gott bitten, er möge uns gnädig sein und auch Ihnen, John Hickey, endlich Frieden gewähren!«

Hickey warf ihr eine Kußhand zu, dann verschwand er in der Öffnung und zog die Platte über sich zu.

Maureen sank auf die Bank zurück. Baxter blieb noch einen Augenblick stehen, zögerte und ging dann zu ihr. Sie streckte die Hand aus, und er ergriff sie und setzte sich dicht neben sie. Er betrachtete die im Kerzenlicht aufzuckenden Schatten. »Ich habe versucht, mir vorzustellen, wie das Ende sein wird . . . aber so habe ich es mir nicht vorgestellt.«

»Es kommt immer anders, als man denkt. Ich hätte auch nie gedacht, daß Sie . . .«

Baxter legte den Arm um sie. »Ich habe Angst.«

»Ich auch.« Sie dachte einen Moment lang nach, dann lächelte sie. »Aber wir haben uns gut gehalten, wir sind nicht ein einziges Mal zu Kreuze gekrochen.«

Er erwiderte ihr Lächeln. »Nein, kein einziges Mal.«

Flynn spähte angestrengt ins Halbdunkel und bemerkte, daß der Thron des Kardinals leer war. Auf der Orgel im Altarraum stand eine Kerze, und im ersten Moment meinte er, Hickey dort zu sehen. Doch dann kniff er die Augen zusammen und stieß einen gurgelnden Laut aus . . . Pedar Fitzgerald saß an der Orgel, seine Hände ruhten auf den Tasten, sein aufgerichteter Oberkörper war etwas zurückgelehnt, sein Gesicht blickte zur Decke, als wäre er im Begriff, ein Lied anzustimmen. »Hickey«, murmelte er, »Hickey, du unbeschreiblich schmieriges, obszönes . . .« Er warf einen Blick auf die Empore, konnte Megan aber nicht entdecken. Dann wandte er seine Aufmerksamkeit wieder dem Hauptportal zu.

Fünf Uhr zwanzig. — Fünf Uhr fünfundzwanzig.

Flynn blickte um die Säule an der Rückwand der Kanzel und sah Maureen und Baxter eng aneinandergeschmiegt auf der Bank sitzen. Er betrachtete sie nachdenklich, dann sah er wieder auf die Uhr.

Fünf Uhr dreißig.

Die Spannung in der Kathedrale wuchs; sie war fast mit Händen greifbar. Das Pochen der Herzen schien in der Stille widerzuhallen, die Kerzen flackerten unruhig, und der Phosphor verbreitete einen scharfen Geruch.

Fünf Uhr fünfunddreißig.

Der Gedanke, daß es für einen Angriff bereits zu spät sei, schlich sich in die Gemüter ein. George Sullivan legte sein Gewehr beiseite und hängte sich seinen Dudelsack um. Er legte die Finger auf die acht Melodiepfeifen, setzte das Instrument an die Lippen und begann gegen alle Befehle und Vernunft zu spielen. Die melancholische Musik schwang durch die kerzenerleuchtete Stille.

Die Wachsamkeit ließ kaum merkbar nach, die wehklagenden Töne lullten die Sinne ein und nährten jene primitivste aller Illusionen, daß das Schreckliche nicht geschieht, wenn man sich dieses Schreckliche in allen Einzelheiten ausmalt.

Bellini stand vor der offenen Tür des kleinen Fahrstuhls, der ins Kellergeschoß unter der erzbischöflichen Sakristei führte. Einer der ESD-Männer stand auf dem Fahrstuhldach und leuchtete mit einem Scheinwerfer in den Schacht. Der untere Teil des Schachts bestand aus Ziegeln, aber oberhalb des Hauptgeschosses waren die Schachtwände aus Holz, wie Stillway vorausgesagt hatte, und zwar bis hinauf zum Dachstuhl des Triforiums.

Bellini rief leise: »Wie sieht es aus?«

Der ESD-Mann antwortete: »Weiß noch nicht.«

Er nahm ein Steigeisen aus seiner Werkzeugtasche und schraubte es am Liftkabel in Hüfthöhe an und prüfte dann, ob es sein Gewicht trug. Er schraubte weitere Steigeisen an und arbeitete sich mit erstaunlicher Schnelligkeit den Schacht zu dem acht Stockwerke über ihm liegenden Triforium hoch.

Bellini blickte hinter sich in den Korridor. Die erste ESD-Korporalschaft stand mit Sturmausrüstung, Gewehren mit Infrarot-Zielfernrohren und Pistolen schweigend in Bereitschaft.

Direkt vor dem Lift saß ein Fernmeldetechniker vor einem kleinen Feldtelefon, das mit den restlichen ESD-Korporalschaften und dem Büro des Bürgermeisters im Rockefeller Center verbunden war. Bellini sagte zu dem Mann: »Wenn die Scheiße losgeht, dann hat die Kommunikation mit den Kampfeinheiten den Vorrang vor dem Bürgermeister und dem Gouverneur — ehrlich gesagt, würde ich am liebsten weder von dem einen noch von dem anderen hören, es sei denn, sie sagen mir, ich kann den Angriff abblasen.«

Der Techniker nickte verständnisvoll.

Burke kam den Korridor entlang. Sein Gesicht war geschwärzt, und er schraubte einen großen Schalldämpfer auf den Lauf seiner Pistole. Dann steckte er sie in den Gürtel. »Los, gehen wir, Bellini.«

Bellini zuckte die Achseln und stieg über eine Leiter aufs Liftdach. Burke folgte ihm. Bellini leuchtete mit seiner Taschenlampe die Mauer des Liftschachts ab, bis er die Eichentür gefunden hatte, die in die erzbischöfliche Sakristei sechs Meter über ihnen führte. Er sagte leise zu Burke: »Wenn dort ein Fenier mit einem Maschinengewehr steht und uns hört, dann wird sich eine Kaskade von Blut und Körpern in diesen Schacht ergießen.«

Burke nahm Bellinis Taschenlampe und lenkte den Lichtstrahl in die Höhe. Ungefähr dreißig Meter über ihm konnte er die verschwommenen Konturen des kletternden ESD-Mannes ausmachen. »Oder jemand wartet dort oben im Hinterhalt.«

Bellini nickte. »Auf Papier sieht alles immer leichter aus.« Er löschte seine Taschenlampe und sagte dann zu Burke: »Ich frag mich, ob die Türen vermint sind.« Seine Stimme klang nervös. »Nachdem der erste Schuß gefallen ist, fühlt man sich besser . . . es ist dieses verdammte Warten . . .«

Der ESD-Mann hatte das obere Ende des Schachts erreicht, befestigte eine Nylonstrickleiter am Gewindequerbalken des Fahrstuhlkabels und ließ die Leiter in die Tiefe fallen. Bellini fing sie auf, bevor sie auf die metallene Decke des Lifts schlug. Der Fernmeldetechniker warf ihm den Hörer des Feldtelefons zu, und Bellini befestigte ihn an der Schulterklappe seiner Schutzweste. »Also, Burke — auf geht's!« Er stieg die Strickleiter hinauf, gefolgt von Burke und zehn ESD-Männern.

Auf halber Höhe knackte es in Bellinis Telefonhörer, der Techniker sagte leise: »Unsere Leute draußen berichten, daß die Elektrizität in der Kathedrale abgeschaltet ist. Aber sie sehen Kerzenlicht durch die Fenster und Phosphorfackeln.«

Bellini fluchte. Er wußte, daß es weißer Phosphor sein würde. »Schweinehunde!«

Der ESD-Mann, der als erster hinaufgeklettert war, saß auf dem Querbalken und richtete den Lichtkegel seiner Taschenlampe in die Höhe. Bellini konnte eine kleine Öffnung erkennen, wo die Holzwand des Schachts einige Meter unterhalb des schrägen Dachstuhls des Triforiums aufhörte. Bellini murmelte: »Endlich mal was zu unseren Gunsten.« Er richtete sich auf, balancierte auf dem Querbalken, acht Stockwerke über dem Kellergeschoß, und griff nach dem oberen Ende der Holzwand. Er zog sich hoch, zwängte seinen Kopf und seine breiten Schultern durch die schmale Öffnung und ließ sich auf einen anderthalb Meter unter ihm liegenden Balken gleiten. Der Dachstuhl war stockdunkel, und Bellini wartete auf den unvermeidlichen tödlichen Schuß. Aber nichts geschah. Er knipste seine Taschenlampe an und brachte seine Pistole in Anschlag.

Burkes Kopf und Schultern erschienen als nächstes in der Öffnung. Bellini half ihm über die Wand, und dann sprangen einer nach dem anderen die restlichen ESD-Männer in den kleinen Seitendachstuhl hinter dem Triforium.

Bellini kroch über die Balken und tastete sich bis zu der kleinen Tür vor, die Stillway ihm beschrieben hatte. Jenseits dieser Tür befand sich das südöstliche Triforium, und dort waren bestimmt Scharfschützen postiert. Er hielt einen kleinen Tonfrequenzverstärker an die Tür und lauschte, aber er hörte keine Fußtritte, keinen Laut aus dem Triforium, nur ein Dudelsack spielte irgendwo in der Kathedrale ein irisches Lied. Er trat leise von der Tür weg und führte seine Männer zu dem niedrigen schmalen Raum, wo das schräge Dach auf die Außenmauer stieß. Er sprach leise ins

Telefon: »Bericht an alle Kommandostellen — die erste ESD-Korporalschaft an befohlener Stelle — keine Feindberührung.«

Die zweite Korporalschaft, mit umgehängten Feuerwehräxten, erklomm die Sprossen des Kaminschachts. Einer der Männer öffnete die in der Ziegelmauer eingelassene Stahltür, und sie setzten ihren Aufstieg fort. Der kalte Nachtwind heulte klagend im Kamin.

Der Anführer befestigte ein Nylonseil an der obersten Sprosse und hielt es aufgerollt in der Hand. Dann steckte er ein Periskop durch die Kaminöffnung und visierte die Türme an. Aber die Fenier waren aus diesem Blickwinkel nicht zu sehen. Darauf stellte er das Periskop auf das kreuzförmige Dach ein. Zwei Dachluken befanden sich direkt ihm gegenüber, und er sah, daß sie geöffnet waren. Er fluchte leise und streckte die Hand nach hinten. Der Fernmeldetechniker reichte ihm den Hörer des Feldtelefons, das er vor seine Brust geschnallt hatte. »Zweite Korporalschaft in Stellung gegangen. Aber die verdammten Dachluken sind offen. Wie wir über das Dach kommen sollen, wenn sie uns aus den Luken beschießen, weiß Gott allein.«

Bellini sagte mit kaum hörbarer Stimme: »Warten Sie, bis die Turmposten außer Gefecht gesetzt sind, bevor Sie etwas unternehmen.«

Die dritte Korporalschaft stieg den gleichen Kaminschacht hinauf, machte aber unterhalb der Stahltür halt. Der Anführer näherte sich vorsichtig der Tür, richtete seine Taschenlampe auf den Schnappriegel und berührte ihn vorsichtig mit einer Kneifzange. Er rief Bellini an. »Dritte Korporalschaft hat Stellung bezogen. Ich kann aber nicht sagen, ob die Tür vermint oder mit einer Alarmvorrichtung versehen ist.«

Bellini antwortete: »Okay«, wenn die zweite Korporalschaft den Kaminschacht verläßt, öffnen Sie die Tür, und dann wird man sehen.«

»Zu Befehl.« Als er den Hörer dem Techniker neben ihm reichte, fragte der: »Wieso haben wir eigentlich etwas Derartiges nie geprobt?«

»Weil etwas Derartiges noch nie vorgekommen ist.«

Um fünf Uhr fünfunddreißig hob der Anführer der ESD-Scharfschützen den Telefonhörer im zehnten Stockwerk des Rokkefeller Center auf. Bellini antwortete und sagte leise, aber ohne Zögern in der Stimme: »In sechzig Sekunden.«

Der Anführer holte tief Luft und gab auf der Wechselsprechanlage durch Knopfdruck das Alarmzeichen.

Vierzehn Scharfschützen liefen zu den sieben Fenstern, die auf die Schallöffnungen der Türme blickten, und duckten sich unter die Fensterbretter. Das Alarmzeichen ertönte ein zweites Mal, die Scharfschützen sprangen auf, öffneten den unteren Teil der Schiebefenster und brachten ihre Gewehre auf dem Steinsims in Anschlag. Der Anführer starrte auf den Sekundenzeiger, dann gab er Schießbefehl. Vierzehn Gewehre feuerten gleichzeitig, die Kugeln pfiffen über die Fifth Avenue, weitere Salven folgten, Patronenhülsen fielen lautlos auf die dicken Teppiche.

Rory Devane kniete hinter einem Steinpfeiler mit seinem Gewehr in der Armbeuge und blies sich in die kalten Hände. Plötzlich sah er in den Fenstern des gegenüberliegenden Gebäudes Mündungsfeuer aufblitzen. Er griff nach dem Feldtelefon, das gleichzeitig klingelte, aber noch bevor er den Hörer aufnehmen konnte, flogen ihm Stein- und Mörtelstücke ins Gesicht, eine Kugel traf auf seine Schutzweste, er taumelte nach hinten. Zwei weitere Schüsse streiften seinen Hals, aber die dritte Kugel, die in seine Stirn eindrang, spürte er nicht mehr.

Donald Mullins stand an der Ostseite des Glockenturms und starrte in Erwartung des frühen Morgengrauens nach draußen. Seit einer halben Stunde hatte er versucht, sich einzureden, daß die Polizei einen Angriff nicht wagen würde, und es war ihm fast gelungen, sich selbst zu überzeugen. Als das Telefon läutete, war er sicher, daß Flynn ihm sagen würde, die Fenier hätten gewonnen.

Dann plötzlich sah er einen Blitz aus einem Fenster des Waldorf Astoria aufleuchten. Es war das vereinbarte Warnsignal von IRA-Sympathisanten außerhalb der Kathedrale. Sein Herz stockte. Irgend etwas war also im Anzug. Die Telefonglocke hinter ihm schrillte, er wirbelte herum. Und dann sah er die Mündungsfeuer, die in schneller Reihenfolge entlang der ihm gegenüberliegenden Häuserfassade aufflammten. Einige Kugeln trafen seine Schutzweste, raubten ihm den Atem und brachten ihn ins Schwanken.

Mullins gewann sein Gleichgewicht wieder und sprang zum Telefon, das noch immer läutete. Eine Kugel zerschmetterte seinen Ellbogen, eine andere durchschoß seine Hand. Sein Gewehr fiel zu Boden und er stieß einen gellenden Schrei aus. Eine weitere Kugel drang hinter seinem Ohr ein.

Mullins taumelte halb wahnsinnig vor Schmerzen zu den Glokkenseilen die durch den offenen Treppendurchstieg hingen, und rutschte an einem der Seile, das wild hin- und herschwang, hinunter.

Vater Murphy saß vor Kälte und Müdigkeit erschöpft zusammengekauert neben der Metalleiter. Ein lauter Glockenton ließ ihn aufschauen, und er sah den am Seil baumelnden Mullins.

Murphy griff instinktiv nach dem Seil und zog den Mann zu sich heran, um zu verhindern, daß er in die Tiefe fiel.

Mullins drehte sich wimmernd und schreiend mit den Händen vor dem Gesicht im Kreis, denn durch seine Ohrverletzung hatte er sein Gleichgewichtsgefühl verloren. Dann plötzlich rannte er blindlings auf die östliche Mauer des Turms zu, stürzte durch die zerbrochene Scheibe und fiel drei Stockwerke tief auf das Dach des nordwestlichen Triforiums. Vater Murphy starrte entsetzt auf das zerbrochene Fenster.

Abby Boland hörte ein Geräusch auf dem Triforiumdach hinter sich, zuckte zusammen und lauschte angestrengt.

Leary dachte, er hätte das Anschlagen einer Glocke vernommen, und wartete mit gespitzten Ohren auf eine Wiederholung.

Flynn sagte ins Telefon: »Südturm, Glockenturm, meldet euch!«

Im Kaminschacht klingelten die Telefone der zwei Korporalschaften; die Fernmeldetechniker hoben die Hörer auf. Bellinis Stimme sagte: »Beide Türme freigeschossen. Vorwärts jetzt.«

Der Anführer der zweiten Korporalschaft warf das zusammengerollte Seil über die Mauerkrone des Kamins, dann kletterte er aus dem Schacht ins Freie. Bellini hatte angeordnet, die Scheinwerfer, die die untere Hälfte der Kathedrale anstrahlten, brennen zu lassen, in der Hoffnung, daß die Fenier-Sympathisanten, die auf den umliegenden Gebäuden Ausschau hielten, seine Leute auf dem dunklen Dach nicht sehen könnten. Doch der Anführer hatte plötzlich, während er sich hastig an der Mauer des Kamins abseilte, das beängstigende Gefühl, daß tausend Augen sich auf ihn richteten. Er sprang auf das Dach des nordwestlichen Triforiums, und seine zehn Männer folgten ihm. Sie liefen über den niedrigen Teil des Dachs bis zu zwei schlanken Fialen. Die ESD-Leute entdeckten die eisernen, im Mauerwerk eingelassenen Sprossen, die Stillway ihnen beschrieben hatte, und kletterten auf den höheren Teil des Dachs, wo sie geräuschlos in der breiten Regenrinne verschwanden und sich an das am nächsten gelegene Klappfenster heranrobbten. Der Anführer ließ das Fenster nicht aus den Augen. Beim Näherkommen bemerkte er, daß aus der offenen Klappe etwas Langes, Dünnes herausragte, das ihn unangenehm an einen Gewehrlauf erinnerte.

Der Anführer der dritten Korporalschaft wartete an der Stahltür, bis die letzte, dunkle Gestalt aus dem Kaminschacht herausgeklettert war, dann setzte er die Kneifzange an den Riegel, murmelte ein Gebet, hob den Riegel an und drückte die Tür vorsichtig auf.

Jean Kearney und Arthur Nulty standen an den Dachluken auf der anderen Seite des spitzen Dachs und suchten den Nachthimmel nach Helikoptern ab. Arthur Nulty vermeinte, auf dem Triforiendach irgendwelche Laute zu hören, blickte hinunter, konnte aber in der Dunkelheit nichts erkennen. Dann hörte er rechts von sich Geräusche und drehte sich um. Eine Reihe von dunklen Formen, wie Käfer, dachte er, krochen in der Regenrinne auf ihn zu. Er konnte nicht verstehen, wie sie ohne Helikopter und ohne die Aufmerksamkeit der IRA-Wachposten zu erregen, dorthin gelangt waren. Er hob das Gewehr und schoß auf den vordersten Mann, der keine sechs Meter von ihm entfernt war.

Jemand rief etwas, die Männer gingen in Kniestellung und brachten ihre Gewehre in Anschlag. Nulty gab eine Salve ab. Einer der Männer faßte sich mit der Hand an die Brust, verlor das Gleichgewicht und fiel drei Stockwerke tief auf das untere Triforiendach.

Jean Kearney drehte sich um. »Arthur! Was . . .«

Der Holzrahmen der Dachluke, an der Nulty stand, zersplitterte, Nulty fiel in den Dachstuhl, rappelte sich hoch, machte zwei Schritte auf Jean Kearney zu und stürzte von der Laufplanke auf die Gipsverschalung.

Jean Kearney starrte sekundenlang auf den zerschmetterten Körper wenige Meter unter ihr. Dann lief sie die Laufplanke entlang, schwang sich über eine niedrige Holzwand, ergriff eine brennende Öllampe und warf sie im hohen Bogen auf den Holzstapel. Sie rollte sich einige Meter weiter, um das klingelnde Telefon zu erreichen.

Die ESD-Männer sprangen durch das Klappfenster in den Dachstuhl und schossen blindlings in die Dunkelheit. Jean Kearney erwiderte das Feuer, Kugeln prasselten gegen die Balken und auf den Boden. Plötzlich fühlte sie einen brennenden Schmerz im Oberschenkel; sie schrie auf und ließ ihr Gewehr fallen.

Der Holzstapel begann zu brennen, die Flammen beleuchteten die Männer, die auf sie zukamen und Kanister mit Feuerlöschgas auf die flackernden Holzscheite warfen. Aber umsonst, der Brand griff um sich. Sie hob ihr Gewehr wieder auf und schoß wahllos um sich. Ein Mann stöhnte, und eine Kugel zischte als Antwort dicht an ihr vorbei. Sie schleppte sich in Richtung des Glockenturms, eine blutige Spur auf dem staubigen Boden hinterlassend. Sie ergriff eine zweite Öllampe und warf sie auf den Holzstapel zwischen sich und dem Turm, womit sie sich selbst den Fluchtweg abschnitt. Sie legte sich auf den Bauch und schoß tollwütig in den vom Feuer erhellten Dachstuhl. Ein anderer Mann schrie auf. Die Flammen schlugen höher und züngelten bereits an den Dachsparren. Die Wärme des Feuers rieselte ihr angenehm durch die durchfrorenen Glieder.

Eamon Farrell im nordöstlichen Triforium hörte einige unheilverkündenden Geräusche im Dachstuhl hinter sich, und seine bereits zum Zerreißen gespannten Nerven gingen mit ihm durch. Er blickte hinunter in die Kathedrale und sah Flynn auf der Kanzel mit dem Feldtelefon in der Hand. Ihm gegenüber lehnten Sullivan und Abby Boland angstvoll über die Brüstung. Offensichtlich war Gefahr im Anzug, und Eamon war nicht gewillt, ihr zu begegnen.

Er legte sein Gewehr auf den Boden, öffnete die Tür hinter sich, schlüpfte in den dunklen Dachstuhl und richtete seine Taschenlampe auf die Stahltür des Kaminschachts. Gott, sagte er sich, hatte ihm diesen Fluchtweg gezeigt und ihm damit auch das Recht gegeben, ihn vor Flynn zu verheimlichen und ihn jetzt zu benutzen.

Er näherte sich vorsichtig der Tür, steckte die Taschenlampe in seine Jacke und ließ sich langsam durch die Öffnung gleiten, bis sein Fuß auf der obersten Sprosse Halt fand. Er schloß die Tür und trat in totaler Finsternis auf die nächste Sprosse. Seine Schulter berührte etwas, er stieß einen Schreckenslaut aus, streckte den Arm nach vorn und berührte ein gestrafftes Seil. Dann hörte er jemand atmen und spürte, daß mehrere Leute in seiner nächsten Nähe waren. Er rief: »Ich ergebe mich!« Aber die ESD-Männer gerieten plötzlich in Panik, und mehrere Mündungsfeuer blitzten in der Dunkelheit auf. Farrell stürzte mit rudernden Armen in den tiefen Schacht.

Der Anführer der dritten Korporalschaft sagte: »Ich frag mich, wohin *der* wollte.« Dann führte er seine Leute durch die Stahltür, und sie versammelten sich im dunklen Dachstuhl über dem Hochzeitszimmer.

Bellini hockte vor der Tür in der kniehohen Holzwand. Die erste Korporalschaft kniete rechts und links neben ihm mit erhobenen Gewehren. Bellini schob den Riegel zurück, stieß die Tür auf und robbte in das dunkle Triforium, die ESD-Männer folgten ihm. Das Triforium war leer, nur auf dem Boden lag ein schwarzer Cutaway, ein Zylinder und eine dreifarbige Schärpe mit der Aufschrift: *Festordner*. Die eine Hälfte der Korporalschaft verteilte sich in regelmäßigen Abständen entlang der Brüstung, die andere Hälfte lief geduckt bis zu der Stelle, wo das Triforium rechtwinklig abbog und von wo man das südliche Querschiff überblicken konnte.

Bellini hielt sein Infrarot-Periskop vor die Augen. Die ganze Kathedrale war mit Kerzen und Phosphorfackeln beleuchtet, und noch während er sich umsah, machte der brennende Phosphor das Bild weiß und löschte es aus. Er fluchte und senkte das Periskop. Jemand reichte ihm ein Tageslichtperiskop, und er stellte es auf das lange Triforium auf der anderen Seite des Querschiffs ein. In dem flackernden Kerzenlicht konnte er einen großen Mann in der Uniform eines Dudelsackpfeifers ausmachen, der sich über das Geländer beugte und mit seinem Gewehr auf die Querschifftür ihm gegenüber zielte. Bellini richtete sein Periskop auf die Empore, aber sie lag total im Dunkeln. Dann visierte er das lange, ihm gegenüberliegende Triforium an und erblickte eine Frau in einem Overall. Ihr junges Gesicht verriet Angst. Er lächelte, und als Burke hinter ihn trat, flüsterte er: »Es könnte schlimmer sein. Flynn hat weniger Leute, als ich dachte. Trotzdem hat er uns allen den St.-Patricks-Tag vermasselt.« Das Feldtelefon läutete, und der Anführer der dritten Korporalschaft erstattete Bericht. »Stellung gehalten, ein Fenier tot.«

Eine Stimme unterbrach ihn. Der Anführer der zweiten Korporalschaft schrie aufgeregt ins Telefon: »Dachstuhl in Brand gesetzt. Wir versuchen zu löschen. Drei Verluste bei uns, ein Fenier getroffen — der andere schießt noch. Feuerhelikopter startklar, aber sie kommen erst, wenn der Dachstuhl sicher ist. Muß vielleicht den Rückzug antreten.«

Bellini erwiderte schnell und scharf: »Halten Sie den Dachstuhl. Töten Sie den verdammten Fenier. Löschen Sie das Feuer, spucken Sie auf das Feuer, pissen Sie auf das Feuer, aber lassen Sie das Feuer nicht allein. Verstanden?«

Der Anführer der zweiten Korporalschaft antwortete etwas ruhiger: »Wird gemacht.«

Bellini legte auf und sagte zu Burke: »Der Dachstuhl brennt.«

Flynn stand auf der Kanzel, ein Gefühl der Ohnmacht übermannte ihn. Das Ende war so undramatisch, kein Kampf, nicht mal ein Geplänkel — soweit er es beurteilen konnte. Er war jetzt fast sicher, daß die Polizei mit Martins Hilfe den Architekten gefunden hatte. Und das hieß, sie würde nicht durch die Fenster und Türen eindringen — Schroeder hatte gelogen, oder er war manipuliert worden. Vermutlich infiltrierten Polizisten oder Soldaten genau in diesem Moment auf irgendwelchen Schleichwegen die Kathedrale, und er und seine Fenier würden überrumpelt werden, ohne die Gelegenheit zu haben, auch nur einen Schuß abzufeuern. Er blickte auf seine Uhr, fünf Uhr siebenunddreißig. Er hoffte, daß Hickey noch am Leben war. Zumindest Hickey würde seine Mission erfüllen.

Flynn sprach ins Mikrophon. »George, Eamon, Frank, Abby, Leary, Megan, seid auf der Hut. Möglicherweise greifen Sie uns von einer anderen Seite an. Gallagher, behalte die Krypta im Auge.« Er blickte auf das nordöstliche Triforium. »Farrell!« Keine Antwort. Flynn rief ein zweites Mal: »Farrell!« Er schlug mit der Faust auf die Marmorbalustrade und versuchte das Triforium über das Feldtelefon zu erreichen.

Flynn drehte wieder die Feldtelefonkurbel. »Dachstuhl!«

Nach längerem Warten meldete sich Jean Kearney. Flynn sagte hastig: »Sie haben die Türme außer Gefecht gesetzt, als nächstes werden sie wohl versuchen, durch die Dachluken einzusteigen. Ich kann Helikopter hören. Zünde die Holzstapel an und rette dich in den Glockenturm.«

Jean Kearney antwortete: »Schon recht.« Sie stand ans Geländer einer Laufplanke gelehnt, gestützt von zwei ESD-Männern. Einer von ihnen preßte eine Pistole mit einem großen Schalldämpfer an ihre Schläfe. Sie rief ins Telefon: »Brian . . .« Der Mann mit der Pistole riß ihr den Hörer aus der Hand.

Sie hielt sich am Geländer fest, ihr war schwindlig und übel durch den Blutverlust. Sie beugte sich vor und übergab sich. Dann richtete sie sich auf und machte sich von den beiden Männern frei. Schläuche von einem über ihnen schwebenden Helikopter schlängelten sich durch die Klappfenster und sprühten weißen Schaum auf die Flammen. Sie versuchte, an Arthur Nulty zu denken, aber ihr Schenkel schmerzte so heftig, daß sie sich auf nichts konzentrieren konnte. Sie sagte zu dem Korporalschaftsführer: »Geben Sie mir wenigstens einen Druckverband.«

Aber er ignorierte sie und richtete seine ganze Aufmerksamkeit auf die Feuerwehrleute, die durch die Fenster einstiegen und die Schläuche von seinen Männern übernahmen. Dann rief er seinen Untergebenen zu: »Los, in den Glockenturm!«

Der Anführer blickte seinen Leuten nach, die über die Laufplanken zum Turmgang liefen, dann griff er nach dem Verbandszeug in seinem Gürtel und drehte sich nach den Feuerwehrleuten um. Jean Kearneys Hand schnellte vor, entriß ihm seine Pistole, setzte sie sich auf die Brust und zog den Hahn. Sie schwankte und ruderte mit den Armen, dann sank sie auf die staubige Laufplanke.

Der Korporalschaftsführer sah sie fassungslos an, dann bückte er sich und nahm seine Pistole auf. »Verrückt«, murmelte er, »total verrückt.«

Bellini blickte durch sein Periskop, während er am Telefon mit den verschiedenen Einheiten sprach: »Ja . . . allmählich schwitzen die ganz schön vor Angst. Ein Mann sitzt an der Orgel im Altarraum . . . aber mir scheint, er ist tot. Hickey dagegen kann ich nicht entdecken. Vielleicht ist er in den Stollen. Aber wo sind nur die Geiseln? Ich kann sie nirgends sehen.«

Der Anführer der fünften Korporalschaft unterbrach ihn. »Captain, wir sind im Korridor der Sakristei. Die Sicht ist schlecht, auch durchs Periskop . . . falscher Winkel . . . mir scheint, jemand ist mit Handschellen an die Eisenstäbe gefesselt. Sieht aus wie der Kardinal. Was soll ich tun?«

Bellini fluchte leise. »Finden Sie heraus, ob er's wirklich ist, und warten Sie auf weitere Befehle.« Er wandte sich an Burke. »Diese Halunken haben noch einige üble Tricks auf Lager. Der Kardinal ist anscheinend mit Handschellen ans Sakristeigitter gefesselt.«

Burke sagte: »Der gesamte Dachstuhl ist bereits in unserer Hand, und wenn die Peterson mit ihren Leuten die Bomben entschärfen kann, sollten Sie mit Flynn verhandeln. Er wird schon mit sich reden lassen, wenn zwanzig Gewehre auf ihn gerichtet sind. Er ist zwar verrückt, aber dumm ist er nicht.«

»Niemand hat was von Kapitulation gesagt.« Bellini trat dicht an Burke heran. »Und Sie hören besser auf, sich in meine Angelegenheiten zu mischen. Ich bin ganz groß in Form heute nacht, Burke, und ich scheiße auf Ihre Ratschläge. Ich will, daß diesem Flynn erst mal der Arsch mit Grundeis abgeht, ich will, daß ihm die Knie schlottern, und zum Schluß, Burke, werde ich ihm höchstpersönlich eine Kugel durch den Kopf jagen.«

Die Männer der vierten Korporalschaft ließen sich einer nach dem anderen aus der Kanalöffnung auf den feuchten Boden der Stollen fallen. Der Anführer drehte die Feldtelefonkurbel. »Okay, Captain, wir sind im Stollen. Alles ruhig hier.«

Bellini antwortete: »Ich schicke Ihnen die Spürhunde und die Peterson mit ihrem Bombenkommando. Sobald sie zu Ihnen stoßen, rücken Sie mit Ihrer Truppe weiter vor. Aber passen Sie auf, Hickey ist vermutlich da unten und vielleicht noch andere.«

Bellini nickte Wendy Peterson zu. »Die Vorpostenlinie ist abgesichert. Sie wissen, der Weg führt durch die Ableitungskanäle. Folgen Sie dem Verbindungskanal — dann verirren Sie sich nicht.«

Sie antwortete lakonisch: »Schon auf dem Weg, Captain.«

Bellini sah auf die Uhr. »Also gut, jetzt ist es fünf Uhr fünfundvierzig. Um sechs Uhr . . . um fünf Uhr fünfundfünfzig machen sich meine Leute aus dem Staub, egal ob alle Bomben entschärft sind oder nicht — und Ihnen möchte ich das gleiche raten.« Er wandte sich an Burke. »Los, kommen Sie, für uns ist es auch höchste Zeit.«

Burke nickte schweigend mit dem Kopf. Bellini rieb sein Kinn, griff widerstrebend zum Telefon und ließ sich mit der Tiefgarage des Rockefeller Center verbinden. »Colonel, sind Sie startbereit?«

Logan antwortete: »Schon längst. Warum, zum Teufel, haben Sie bis zur letzten Minute gewartet?«

»Vielleicht ist die letzte Minute bereits vorbei, was aber nicht bedeutet, daß Sie sich keinen Orden verdienen können.«

Colonel Logan warf das Feldtelefon in die Einstiegluke des Panzerwagens und rief dem Fahrer zu: »Vorwärts!«

Das zehn Tonnen schwere Fahrzeug rumpelte die Rampe der Tiefgarage hinauf, näherte sich mit einer Geschwindigkeit von zwanzig Kilometern der Fifth Avenue, bog in sie ein und gewann an Tempo. Logan stand mit einem M16-Gewehr in der Einstiegluke. Er starrte auf die blau angestrahlte Kathedrale. Rauchwolken stiegen von ihr auf; Helikopter, deren dicke Schläuche durch die Dachluken hingen, versuchten, das Feuer zu bekämpfen. Logan murmelte: »O Gott . . .«, und sein Herz begann zu hämmern.

Der Fahrer brachte den Panzerwagen vor dem Hauptportal in Stellung, jagte den Motor hoch, raste über den Vorplatz und stieß auf die Granitstufen. Die Steine zersplitterten unter den Raupenketten, und zehn Tonnen Panzer prallten auf zehn Tonnen Bronze. Die Türen sprangen auf, und die Alarmglocke schrillte. Der Panzerwagen war fast schon in der Vorhalle, als die Minen verspätet hochgingen. Die Schrapnelle prasselten von allen Seiten auf das Fahrzeug nieder, aber es fuhr unbeschädigt weiter und blieb unter der Empore stehen.

Harold Baxter griff Maureen am Arm und zog sie auf den Boden zwischen den Bänken.

Brian Flynn hob seine Panzergranate und nahm Ziel.

Die rückwärtige Tür des Panzerwagens öffnete sich, und fünfzehn Mann des 69. Regiments, angeführt von Major Cole, sprangen heraus und verteilten sich unter der Empore.

Frank Gallagher sprach mit dem Kardinal, als der Knall der explodierenden Türen durch die Kathedrale hallte. Zuerst dachte er, die Bomben im Keller seien hochgegangen, doch dann begriff er, was geschehen war. Seine Brust hob und senkte sich, und er zitterte so stark, daß er sein Gewehr fallen ließ. Dann hörte er Schießen und verlor vollends die Nerven. Er stieß einen spitzen Schrei aus, rannte die Stufen hinunter und warf sich dem Kardinal zu Füßen. »O Gott . . . Vater . . . Eminenz . . .«

Der Kardinal blickte auf ihn hinunter. »Es wird alles gut werden . . . ruhig . . . bleiben Sie ruhig, mein Sohn . . .«

Colonel Logan öffnete die Einstiegluke, sah angestrengt ins Halbdunkel, machte eine Gestalt auf der Kanzel aus und nahm sie ins Fadenkreuz. Die erste Korporalschaft, Burke und Bellini eingeschlossen, erhob sich und brachte ihre Gewehre in Anschlag.

Abby Boland sah, wie dunkle Gestalten gespensterhaft und unwirklich hinter der Brüstung des kurzen südlichen Triforiums auftauchten. Sie schrie: »George!« Sullivan, dessen ganze Aufmerksamkeit der Querschifftür gegolten hatte, drehte sich um.

Die dritte Korporalschaft war aus dem Dachstuhl in Farrells Triforium gestürmt und hatte es besetzt.

Brian Flynn entfernte die Zündkapsel seiner Panzergranate, als eine Salve aus der Einstiegluke des Panzerwagens die Säule hinter ihm teilweise zersplitterte. Er schoß die Panzergranate ab, und sie explodierte auf der abgeschrägten Vorderseite des Fahrzeugs.

Rauch und Flammen stiegen hoch. Der Fahrer war sofort tot. Logan sprang aus der Einstiegluke, seine Kleider brannten lichterloh, er taumelte rückwärts und fiel mit gespreizten Armen und Beinen in die schwarzen Rauchwolken und die orangene Feuerglut.

Abby Boland stieß einen Schrei des Entsetzens aus, dann riß ihr ein Geschoß das Gewehr aus der Hand, und sie ging zu Boden, richtete sich aber stöhnend wieder auf, mit einer Bazooka in der Hand.

Sullivan feuerte eine Salve in Farrells Triforium und hörte einen Schrei. Er visierte das Triforium an, wo Gallagher gestanden hatte, aber eine Kugel traf ihn direkt ins Herz. Er fiel auf seinen Dudelsack, der einen klagenden Ton von sich gab. Abby Boland sah ihn zusammensacken und feuerte ihre Bazooka quer durch die Kathedrale.

Bellini beobachtete den feurigen Bogen, den die Rakete in der Dunkelheit beschrieb, sie kam krachend wie ein Güterzug direkt auf ihn zu. Er schrie: »Hinlegen!«

Die Rakete traf das durchbrochene Maßwerk oberhalb des Triforiums und explodierte. Das ganze Triforium schwankte, und die Fenster zersplitterten in tausend Scherben. Bellinis Männer sprangen auf und schossen in die Richtung, aus der die Rakete gekommen war.

Abby Boland hielt ihre Pistole in beiden Händen und erwiderte das Feuer. Eine Handgranate explodierte auf der Brüstung vor ihr. Ihre Arme flogen in die Höhe, Blut rann über ihr Gesicht, sie fiel halb blind nach vorn und hielt sich verzweifelt an der ins Kirchenschiff hineinragenden Fahnenstange fest. Ein weiterer Feuerstoß zerriß ihre Arme, sie stürzte kopfüber in die Tiefe und blieb auf der Kirchenbank direkt unter der päpstlichen Fahne liegen.

Flynn kauerte in der Kanzel und jagte mehrere Salven auf Farrells Triforium ab, dann änderte er die Richtung und nahm die Männer des 69. Regiments unter Beschuß. Plötzlich explodierte der Benzintank des Panzerwagens, Flammen schossen hoch, dicke schwarze Rauchschwaden breiteten sich aus und verhüllten die Empore. Die Soldaten zogen sich durch die gesprengte Tür auf die Stufen zurück. Bellini lehnte sich weit über die Triforiumsbrüstung und zielte senkrecht nach unten auf den bronzenen Baldachin der Kanzel.

Flynn taumelte, sank auf die Knie, rollte über den Boden und blieb schräg auf der Wendeltreppe liegen. Bellini hob sein Gewehr und zielte auf den zuckenden Körper. Burke versetzte ihm einen Stoß, so daß der Schuß danebenging. »Nein — lassen Sie ihn!«

Bellini sah Burke eine Sekunde lang wütend an, dann wandte er seine Aufmerksamkeit der Empore zu. Er sah ein kurzes Aufblitzen, dem sogleich ein zweites folgte, aber aus einer anderen Ecke. Und Bellini wußte instinktiv, daß, wer immer aus der Empore schoß, ein Meisterschütze war. Und dann hörte er auch schon den Schrei von einem seiner Männer und einen nächsten aus dem gegenüberliegenden Triforium. Die Überlebenden warfen sich zu Boden, während die Kugeln die Brüstung streiften und wenige Zentimeter über ihren Köpfen vorbeipfiffen. Burke saß zurückgelehnt an der Wand und zündete sich eine Zigarette an. »Der Kerl ist Klasse.«

Bellini hockte ihm gegenüber und nickte. »Und er hat den besten Platz in diesem Theater. Der wird uns noch zu schaffen machen.« Er blickte auf die Uhr. Seit Logan die Tür gesprengt hatte, waren erst zwei Minuten vergangen. Aber Logan war tot, und einige ESD-Männer auch. Ob die Geiseln noch lebten, wußte keiner. Die Soldaten des 69. Regiments waren nirgends zu sehen, und das Bombenkommando aus dem Stollen meldete sich nicht. Dafür hatte aber jemand auf der Empore seinen Spaß.

Bellini rief die fünfte Korporalschaft im Korridor der Sakristei an. »Die Terroristenschweine sind fast alle tot, mit Ausnahme von einem oder zwei auf der Empore. Versuchen Sie, den Kardinal und die beiden Geiseln im Altarraum zu befreien.«

»Wie zum Teufel soll ich das Gitter stürmen, wenn der Kardinal dort angekettet ist?«

»Sie müssen eben vorsichtig sein.« Bellini hängte ein und sagte zu Burke: »Den Scharfschützen auf der Empore zu erledigen, wird nicht einfach sein.«

Die Männer der fünften Korporalschaft schlichen die Korridorwände entlang auf das Sakristeigitter zu. Der Anführer linste am Ende des Korridors vorsichtig um die Ecke. Sein Blick begegnete dem des Kardinals, und beide zuckten leicht zusammen. Dann sah er einen Mann, der zu Füßen des Kardinals kniete. Gallagher stieß einen erstaunten Schrei aus. Der Anführer gab zwei Schüsse ab. Gallagher fiel nach vorn, sein zerschossenes Gesicht prallte gegen die Eisenstäbe, dann glitt er zu Boden.

Der Kardinal starrte auf den Mann zu seinen Füßen. Blut strömte auf die Stufen. Dann schaute er den Anführer an, der seinerseits auf Gallagher starrte. Schließlich drehte sich der Anführer um und gab seinen Leuten ein Zeichen. Die ESD-Männer rannten zum Gitter und zerschnitten mit ihren Bolzenscheren die Kette und die Handschellen des Kardinals, dann öffneten sie das Schloß und schoben die Gitter zurück. Zehn ESD-Männer liefen die Stufen zur Krypta hinauf.

Der Kardinal kniete neben Gallagher. Ein Arzt kam aus einem der Korridore herbeigerannt und nahm den Kardinal am Arm.

»Sind Sie verletzt?« Der Kardinal schüttelte den Kopf. Der Arzt warf einen Blick auf Gallagher. »Dem ist wohl nicht mehr zu helfen. Kommen Sie, Eminenz.« Er zog den Kardinal am Ärmel, zwei Polizisten halfen dem Kirchenfürsten beim Aufstehen und führten ihn in seine Residenz. Einer der ESD-Männer stand neben der Kryptatür und warf einen Gaskanister in die Krypta hinunter. Der Kanister platzte, und zwei Männer mit Gasmasken rannten in den Rauch. Nach wenigen Sekunden rief einer von ihnen: »Niemand hier!«

Der Korporalschaftsführer griff zum Telefon: »Captain, die Sakristeigitter und die Krypta sind gesichert. Keine ESD-Verluste, ein Fenier tot. Kardinal gerettet.« Impulsiv fügte er hinzu: »Ging wie geschmiert.«

Bellini antwortete: »Warten Sie's ab, bis Sie in den Altarraum kommen. Auf der Empore ist ein Scharfschütze, der Ihnen eine überziehen wird, daß Ihnen Hören und Sehen vergeht.«

Der Anführer hörte, wie das Telefon eingehängt wurde. »Also Leute, los — die Geiseln sind im Chorgestühl.« Die Korporalschaft teilte sich in fünf Teams auf, und sie krochen die einander gegenüberliegenden Treppen zum Altarraum hinauf.

Maureen und Baxter lagen reglos auf dem Boden zwischen dem Chorgestühl. Maureen lauschte auf die Schüsse, die in der Kathedrale widerhallten. Sie flüsterte Baxter zu: »Leary, vielleicht auch Megan, sind noch auf der Empore. Wer sonst noch schießt, weiß ich nicht.«

Baxter sagte: »Selbst wenn es die Polizei ist, hilft es uns wenig, solange dieser Leary noch da oben ist.« Er blickte auf ihre Uhr. »Fünf Uhr sechsunddreißig. Um sechs Uhr rennen wir los.«

Der Anführer der fünften Korporalschaft spähte am Hochaltar vorbei und versuchte die Geiseln im Chorgestühl auszumachen. Aber in der Dunkelheit konnte er nichts erkennen. Er rief leise: »Baxter, Malone, Murphy.«

Baxter flüsterte: »Ja?«

»Sakristeigitter offen. Kardinal gerettet. Sind Sie wohlauf?«

»Ja, aber Murphy ist in einem der Türme.«

Maureen starrte in die Dunkelheit auf die kleine, zehn Meter entfernte Treppe.

»Was ist mit Gallagher, dem Mann . . .«

Der Anführer unterbrach sie. »Die Bomben im Keller sind noch nicht gefunden. Sie müssen hier raus.«

»Wieviel Uhr ist es?« fragte Baxter.

»Fünf Uhr sechsundvierzig und zwanzig Sekunden.«

Maureen sagte zu dem ESD-Mann: »Solange der Scharfschütze auf der Empore ist, können wir uns nicht rühren.«

»Er ist zu weit weg, wir können ihn auf diese Entfernung nicht treffen, was aber auch heißt, daß er *Sie* nicht treffen kann.«

Baxter stieß ärgerlich hervor: »Wenn dem so wäre, würden wir hier nicht in Deckung bleiben. Der Mann ist ein Meisterschütze.«

Der Korporalschaftsführer sagte: »Aber wir sitzen auf einer Bombe, die jederzeit hochgehen kann.«

Maureen rief leise: »Zwei Leute haben die Bomben gelegt, und sie waren nicht länger als zwanzig Minuten im Stollen. Sie hatten zwei Koffer dabei.«

»Ich werde das weitergeben. Aber wer weiß, ob das Bombenkommando Erfolg hat. Sie *müssen* versuchen auszubrechen.«

»Wir bleiben.«

»Meine Leute und ich bleiben *nicht!*« Der Anführer blickte auf das Triforium hinauf, das Bellini besetzt hielt, aber er sah niemand. Er sprach in den Telefonhörer: »Captain? Baxter und Malone sind im Chorgestühl direkt unter Ihnen.« Er wiederholte die Information über die Bombenleger, dann fügte er hinzu: »Sie riskieren es nicht, den Altarraum zu durchqueren.«

Bellini warf ein: »Das kann ich gut verstehen. In dreißig Sekunden nehmen Sie die Empore unter Feuer, dann sollen die beiden losrennen.«

»Okay.« Er hängte ein und sagte Maureen und Baxter Bescheid. Maureen sagte: »Wir werden sehen . . .«

Der Korporalschaftsführer drehte sich um und rief seinen Leuten auf der gegenüberliegenden Treppe zu: »Massiertes Feuer auf die Empore!« Die Männer liefen die Stufen hinauf, knieten sich rechts und links vom Altar hin und jagten eine Salve nach der anderen hinaus. Der Anführer rief Malone und Baxter zu: »Los, jetzt!«

Plötzlich wurde ihr Feuer aus zwei Gewehren erwidert, und einige der ESD-Männer wälzten sich stöhnend auf dem kalten Marmorboden. Zwei der Teams schleiften ihre Verwundeten aus der Gefahrenzone und zogen sich auf die Treppe zurück.

Der Anführer fluchte laut und spähte hinter dem Altar hervor. »Bleibt, wo ihr seid!« Er warf einen kurzen Blick auf die Empore und sah ein Mündungsfeuer aufblitzen. Der Marmor vor ihm zersprang, und ein großes Stück traf ihn mitten ins Gesicht. Er schrie auf, jemand ergriff seine Fußgelenke und zerrte ihn auf die Treppe.

Sanitäter liefen aus der Sakristei herbei und schleppten die Verwundeten fort. Der Fernmeldetechniker drehte mit zitternder Hand die Feldtelefonkurbel und berichtete Bellini. »Die Geiseln sitzen in der Falle, wir können ihnen nicht helfen.«

Die vierte Korporalschaft bewegte sich vorsichtig durch den dunklen Stollen, der Anführer tastete mit seinem Infrarot-Zielfernrohr die Wände und den Boden ab. Die zwei Hunde und ihre Führer folgten ihm. Den Abschluß bildete Wendy Peterson mit vier Männern des Bombenkommandos.

Alle paar Meter zerrten die Hunde an ihren Leinen, und die Männer entdeckten Plastikpartikel, die Megan und Hickey, um die Hunde irrezuführen, über den Boden verstreut hatten. Auch an jeder Säule klebten Plastikteilchen. Die Hundeführer flüsterten dem ungeduldigen Korporalschaftsführer zu: »Wir können die Hunde nicht davon abhalten, diesen falschen Spuren nachzugehen.«

Wendy Peterson ging nach vorn zum Anführer und sagte: »Meine Männer werden den Hunden folgen, aber Ihre Korporalschaft und ich, wir müssen schneller vorankommen.«

Der Anführer stoppte, legte sein Zielfernrohr auf den Boden und sagte: »Ich gehe von der Voraussetzung aus, daß zehn bewaffnete Männer irgendwo auf mich warten, und dementsprechend sichere ich mich und meine Männer ab. So habe ich es gelernt, und so wird's gemacht . . . Lieutenant.«

Einer der Männer rief: »Lieutenant?«

»Ja, hier.«

Er kroch eiligst auf sie zu. »Die Mine am Korridordurchstieg ist entschärft, das heißt, wenn alles schiefgeht, kommen wir in Null Komma nichts aus den Stollen heraus. An der Mine hing eine Zündschnur. Der sind wir gefolgt, und sie war mit der Hauptsäule auf dieser Seite verbunden. Zwanzig Kilo Sprengstoff waren dran, gut getarnt — das muß man schon sagen — Farbe und Form wie Stein.« Er holte tief Luft. »Wir haben den Batzen entschärft . . . war nur ein einfacher Wecker dran . . . auf sechs Uhr drei gestellt.« Er hielt Wendy Peterson einen Segeltuchbeutel hin. »Die Eingeweide.«

Sie beugte sich über den Beutel, knipste eine Infrarot-Taschenlampe an und leerte den Inhalt aus: ein Wecker, Batterien, Drähte, vier Zündkapseln. »Keine besonderen Tricks?«

»Nein — ein ganz altes, aber sehr zuverlässiges System. Und der Sprengstoff ist erstklassig.«

Sie nahm ein Stück von der klebrigen Masse in die Hand und drehte sie zwischen Daumen und Zeigefinger zu einem Kügelchen. Der Korporalschaftsführer wurde an seine Mutter erinnert, wenn sie Kuchenteig knetete. »Gute Qualität?« fragte er.

Sie löschte die Taschenlampe und sagte: »Wenn der Mechanismus auf der anderen Seite ebenso einfach ist wie dieser, brauche ich weniger als fünf Minuten, um die Bombe zu entschärfen.«

Er antwortete: »Um so besser. Jetzt müssen Sie nur noch die Bombe finden. Aber ich brauche acht Minuten bis in den Pfarrkeller, das heißt um fünf Uhr fünfundfünfzig hauen meine Leute und ich ab — Bombe hin, Bombe her.«

»Soll mir recht sein. Aber nun vorwärts.«

Der Anführer wandte sich an die Hundeführer. »Nehmt die blöden Hunde und zerrt sie hinter euch her, bis wir auf der anderen Seite sind.« Seiner Korporalschaft rief er zu: »Vorwärts, Leute!«

Die drei Teams, zwanzig Leute insgesamt, setzten sich wieder in Bewegung. Wendy Peterson sah auf die Uhr: fünf Uhr siebenundvierzig. Wenn der Mechanismus auf der andern Seite nicht komplizierter war, wenn sie auf keine Minen stießen, wenn es keine weiteren Bomben gab, wenn sie nicht beschossen würden, dann sollte es ihr gelingen, die Kathedrale zu retten.

John Hickey kniete neben der Hauptsäule, eingeklemmt zwischen dem hohen Sockel und dem Treppenaufgang und betrachtete zufrieden die Sprengstoffladung vor sich. Er sah auf seine Uhr, fünf Uhr siebenundvierzig. Noch sechzehn Minuten. Solange konnte er sie sich vom Hals halten. Er grinste. Doch plötzlich horchte er auf. Ein Geräusch war an sein Ohr gedrungen. Ein leises Jaulen? Natürlich — Hunde. Und dann hörte er auch das Atmen von Menschen. Er stellte sein Gewehr auf vollautomatisch ein und beugte sich nach vorn. Die Hunde hatten jetzt den Sprengstoff gewittert und vermutlich auch ihn. Er spitzte die Lippen. »Psst!« Tiefe Stille folgte. Hickey wiederholte: »Psst!« Dann hob er ein Geröllstück auf und warf es.

Der Korporalschaftsführer blickte angestrengt durch sein Infrarot-Zielfernrohr, konnte aber nichts sehen.

Hickey sagte: »Ich bin's. Schießt nicht.«

Niemand antwortete, dann rief der Anführer mit vor Aufregung schriller Stimme: »Hände hoch, und zeigen Sie sich!«

Hickey brachte sein Gewehr ein paar Zentimeter über dem Boden in Anschlag. »Schießt nicht, Jungens, ich warne euch, denn wenn ihr schießt, geht die Kathedrale hoch. Er lachte, dann sagte er: »*Ich* dagegen kann schießen.« Er spannte den Hahn und leerte das Magazin. Dann legte er ein neues ein, und zwanzig Schüsse zischten dicht über dem Boden in die Dunkelheit. Er hörte Schreie und Stöhnen und jagte mit einem zufriedenen Schmunzeln eine weitere Salve heraus. Ein Hund jaulte — oder war es ein Mensch? Er imitierte das Jaulen, während er das Gewehr wieder lud.

Die ESD-Scharfschützen auf den beiden Triforien nahmen die Empore erneut unter Beschuß, aber die gegnerischen Mündungsfeuer blitzten jedesmal wie Irrlichter an einer anderen Stelle in der Dunkelheit auf, als sei alles nur ein neckisches Spiel. ESD-Männer sanken tot oder verwundet auf die Triforienböden. Einer der Männer neben Bellini lehnte sich über die Brüstung, doch seine Geschosse zersplitterten nur die hölzerne Emporenbalustrade, und Bellini schrie: »Zu niedrig!« Der Mann nahm wieder Ziel, doch plötzlich ließ er sein Gewehr fallen, schlug die Hände vors

Gesicht, verlor das Gleichgewicht und schlug zwischen den Kirchenbänken auf.

Ein anderer ESD-Mann warf eine Handgranate, und ein Holzschrank mit Meßgewändern loderte kurz auf. Bellini griff zum Lautsprecher und brüllte: »Keine Granaten!« Er duckte sich hinter die Brüstung und richtete den Lautsprecher in die Höhe. »Erste und dritte Korporalschaft — alle zusammen — zwei volle Magazine — auf mein Kommando.« Er griff zu seinem Gewehr und rief, während er aufsprang: »Feuer!«

Die restlichen Männer in den Triforien schnellten hoch, und die Kugeln pfiffen durch die Kathedrale. Von der dunklen Empore war kein Laut zu hören. Bellini erhob sich vorsichtig, stellte sich hinter eine Säule und rief durch den Lautsprecher: »Hände hoch, ergebt euch! Oder wir schießen wieder.« Er sah auf Burke hinunter, der im Schneidersitz am Boden saß. »Wie Sie hören, verhandle ich.« Er setzte wieder den Lautsprecher an.

Leary kniete vorn an der Brüstung in der linken Ecke der Empore und beobachtete durch sein Zielfernrohr, wie der Lautsprecher und ein Teil von Bellinis Stirn hinter der Säule zum Vorschein kamen. Er legte sich flach auf die Brüstung, zielte, spannte den Hahn, drückte ab und glitt katzengleich auf den Boden. Ein Stöhnen, vom Lautsprecher gespenstisch verstärkt, hallte in der Kathedrale wider, als Bellinis Stirn und Schädel zersplitterten. Er fiel wie ein Baum und landete auf Burkes gekreuzten Beinen. Burke starrte auf den schweren Körper, aus Bellinis Schläfe sprudelte rotes Blut.

Eine unheimliche Stille folgte auf den Schuß. Die Überlebenden der ersten Korporalschaft um ihn herum gaben keinen Ton von sich. Sanitäter kamen herbeigelaufen und verbanden notdürftig die Verwundeten, bevor sie sie zum Lift trugen. Burke sah auf die Uhr: fünf Uhr achtundvierzig.

Vater Murphy lauschte auf die Schritte, die sich von unten näherten. Zuerst dachte er, es sei die Polizei, doch dann wurde ihm klar, daß es ebensogut Megan oder Leary sein konnten. Er nahm die Pistole auf und hielt sie mit zitternder Hand fest. »Wer ist da?«

Der ESD-Anführer der zweiten Korporalschaft stellte sich an den Fuß der Leiter und blickte in die Höhe. Trotz der Dunkelheit konnte er eine zweite Öffnung über sich sehen und die vagen Umrisse einer weiteren Leiter. Er hob sein Gewehr, legte die Hand über den Mund und rief mit heiserer Stimme: »Ich bin's . . . komm runter . . . der Dachstuhl brennt.«

Vater Murphy flüsterte: »Der Dachstuhl . . . o Gott.« Dann sagte er laut: »Sind Sie es, Nulty?«

»Ja.«

Murphy zögerte. »Ist Leary bei Ihnen . . . oder Megan?«

Der Anführer sah seine Männer an, die ungeduldig und nervös wirkten. Er rief nach oben: »Beide sind hier. Komm runter!«

Der Priester versuchte, seine Gedanken zu sammeln, aber sein Verstand war vor Müdigkeit wie gelähmt. Er starrte nur stumm auf die dunkle Öffnung. Der Mann unten brüllte: »Na, komm schon, oder wir holen dich!«

Vater Murphy wich, soweit die Handschellen es ihm erlaubten, von der Öffnung zurück. »Ich habe eine Pistole!«

Der Anführer gab einem seiner Leute den leisen Befehl, einen Gaskanister durch die Öffnung zu werfen. Der Kanister flog in die Höhe und explodierte oberhalb von Murphys Kopf. Seine Lungen füllten sich mit Gas, er taumelte nach vorn, fiel durch die Öffnung und hing an der Handschelle hilflos baumelnd in der Luft.

Einer der ESD-Männer sah die Gestalt aus der Dunkelheit fallen und schoß aus der Hüfte. Der Körper zuckte und wurde still. Das ESD-Team stieg vorsichtig die untere Leiter hinauf.

Die Lichter der Stadt fielen durch die zerbrochenen Scheiben des kleinen Turmzimmers, ein kalter Wind hatte den Gasgeruch fast vertrieben. Einer der ESD-Männer näherte sich der oberen Leiter und rief plötzlich erschreckt: »Mein Gott, ein Priester!«

Dem Teamführer fiel vage wieder ein, daß eine der Geiseln vermißt wurde. Er räusperte sich und sagte: »Einige waren als Priester verkleidet.«

Der Mann, der den tödlichen Schuß abgegeben hatte, fügte hinzu: »Und er war bewaffnet. Ich habe etwas Hartes fallen gehört.« Er blickte sich um und fand die Pistole. »Da bitte . . . und er hat die Terroristen beim Namen genannt . . .«

Ein anderer fuhr dazwischen: »Aber er ist *gefesselt!*«

Der Teamführer preßte die Hände an die Schläfen. »Mein Gott, wenn wir uns geirrt haben — oh, bloß das nicht.« Er hielt sich an der Leiter fest und starrte auf die Leiche des Priesters. »Oh, nein . . . nein . . . oh, *nein* . . .«

Die andere Hälfte der zweiten Korporalschaft verließ den Dachstuhl, stieg den dunklen Glockenturm hinunter und rannte in das Triforium, wo Abby Boland gestanden hatte. Sie krochen am Boden entlang, kamen zu der blutfeuchten Stelle bei der Fahnenstange und bogen vorsichtig um die Ecke, von der aus man das nördliche Querschiff übersehen konnte. Zwei andere Männer durchsuchten den Dachstuhl hinter dem Triforium. Der Teamführer griff zum Telefon. »Captain, nordwestliches Triforium gesichert. Wenn sich hier jemand bewegt, so sind wir es.«

Eine Stimme antwortete: »Hier Burke. Bellini ist tot. Schicken Sie ein paar Leute hinunter zur Empore. Die anderen sollen bleiben, wo sie sind, und die Empore unter Beschuß nehmen. Aber

Vorsicht! Dort befinden sich zwei Scharfschützen, von denen einer geradezu unheimlich gut ist.«

Der Teamführer hängte ein und blickte seine vier übriggebliebenen Männer an. »Den Captain hat's erwischt. Ihr zwei bleibt hier und ballert, was ihr könnt, in die Empore rein, und ihr zwei kommt mit mir.«

Einer der beiden Männer auf dem Triforium lehnte sich über die Brüstung, legte sein Gewehr auf die zersplitterte Fahnenstange und jagte auf gut Glück eine Salve heraus. Ein einziger Schuß zischte aus der Empore, der ESD-Mann ließ sein Gewehr fallen und rollte nach Luft ringend auf dem Boden. Der andere Mann, der in Kniestellung geblieben war, sagte: »Ein Zufallstreffer, aber ich wette, ein zweites Mal schafft er das nicht.«

Der Verwundete griff mit der Hand unter die Schutzweste und fühlte eine Schwellung so groß wie ein Ei auf seinem Brustbein. »Au . . . verdammt . . . au . . .« Er sah den anderen ESD-Mann an. »Jetzt bist du an der Reihe.«

Der andere entfernte sich einige Schritte und linste über die Brüstung. Die riesige gelb-weiße päpstliche Fahne hing nicht mehr an ihrer Stange, sondern lag ausgebreitet über den Bänken im Schiff und bedeckte den Körper des toten IRA-Mädchens. Der ESD-Mann starrte auf die zwei Kordeln, an denen die Fahne gehangen hatte. Sie waren glatt durchgeschossen. Eine Gänsehaut lief ihm über den Rücken. Er warf sich zu Boden, ohne einen Schuß abzugeben, und sagte mit hysterisch schriller Stimme zu seinem verwundeten Kameraden: »Das ist Teufelswerk!«

Jemand auf der Empore lachte laut.

Der ESD-Mann neben Burke nahm Bellinis Lautsprecher und rief: »He, ihr auf der Empore. Gebt auf! Eure Genossen sind alle tot! Tretet mit erhobenen Händen an die Brüstung. Euch wird nichts passieren!« Er setzte den Lautsprecher ab und flüsterte Burke boshaft grinsend zu: »Außer daß wir euch durchlöchern werden wie'n Schweizer Käse.«

Eine Männerstimme antwortete: »Ihr kriegt uns nicht!« Zwei Pistolenschüsse folgten.

Der ESD-Mann sagte zu Burke: »Die haben sich selbst 'ne Kugel durch den Kopf gejagt.«

Burke hob die Augenbrauen. »Sind Sie so sicher?«

Der ESD-Mann schüttelte den Kopf. »Nein, leider nicht.« Dann säuberte er mit seinem Taschentuch Bellinis Gesicht. Burke half ihm, die Leiche aufzuheben. In diesem Moment hörten sie eine Art von Bienensummen, gefolgt von einem Knall, Bellinis Körper wurde ihren Händen entrissen und fiel wieder krachend auf den Triforienboden. Eine unheimliche, schrille Stimme schrie von der Empore: »Lebende! Ich will *Lebende* haben!«

Zum ersten Mal seit Beginn der Attacke standen Burke Schweißperlen auf der Stirn. Der ESD-Mann sah grün im Gesicht aus.

Der Anführer der zweiten Korporalschaft betrat mit seinen zwei Männern den Chorübungsraum. Sie fanden nach einigem Suchen die Tür, die zur Empore führte. Der Anführer drehte behutsam den Türknopf, doch kein Alarmsignal ertönte. Er stieß die Tür auf, und die Männer rannten in gebückter Haltung in die Empore. Es blitzte fünfmal hintereinander auf. Die drei ESD-Männer stolperten zurück in den Übungsraum, ihre Gesichter, Arme und Beine waren von grobem Schrot blutig zerrissen.

Megan Fitzgerald folgte ihnen, richtete den Lichtstrahl ihrer Taschenlampe auf die sich vor Schmerz windenden Körper, hob dann ihre Pistole und erledigte die drei Männer höhnisch lächelnd mit einem Kopfschuß. Danach schloß sie die Tür und schaltete die geräuschlose Lichtalarmvorrichtung wieder ein. Dann rief sie Leary zu: »Laß Baxter und Malone nicht entkommen. Nagle sie unter den Bänken fest, bis die Kathedrale hochgeht!«

Leary sagte: »Ja, ja, mach ich schon. Aber du laß die Seitentür nicht aus den Augen.«

Eine ganze Serie von Leuchtspurgeschossen aus dem langen nordwestlichen Triforium schlugen in die Empore ein. Leary verzog sich hinter die hohe Orgel, und dann trat plötzlich völlige Stille ein.

Leary überdachte die Situation. Die Empore maß rund vierhundert Quadratmeter und lag völlig im Dunkeln, und nur etwa zwanzig Polizisten waren strategisch in der Lage, in die Empore zu feuern. Aber da sie in einem schrägen Winkel nach unten schießen mußten, konnten sie den treppenartig ansteigenden Raum nur teilweise unter Beschuß nehmen, was die Gefahrenzone wesentlich verringerte. Zusätzlich trugen Megan und er Schutzwesten, ihre Gewehre hatten Schalldämpfer, und sie wechselten ständig ihre Position. Die Infrarot-Zielgeräte der ESD-Leute waren nutzlos, solange die Phosphorfackeln brannten, während er ein erleuchtetes Schußfeld vor sich hatte und jeden, der an die Brüstung der Triforien trat, deutlich sehen konnte. Alles stand zu seinen Gunsten. Er rief Megan zu: »Wie spät ist es?«

»Noch vierzehn Minuten bis sechs Uhr drei!«

Er nickte. Es gab Momente, in denen er sich unsterblich fühlte, und es gab andere Momente, in denen Unsterblichkeit für ihn bedeutete, noch so lange zu leben, um einen letzten Schuß abzugeben. Vierzehn Minuten. Kein Problem.

Die sechste Korporalschaft seilte sich von Polizeihelikoptern durch die offenen Klappfenster ab, rannte über die schaumbedeckten Laufplanken zum Südturm und trennte sich dort. Ein Team stieg in den Turm, das andere begab sich in das tiefer liegende Triforium und zur Empore. Das Team, das den Turm bestieg, erreichte den Raum, in dem Devane Wache gehalten hatte. Die ESD-Männer sahen sich nach der Leiche des Scharfschützen um, konnten aber nur Blutflecken und eine Gasmaske entdecken. Der Teamführer sagte: »Von hier aus gehen wir nur noch mit Gas vor.«

Die Männer zogen ihre Gasmasken über und warfen jeweils Kanister ins nächsthöhere Stockwerk, bis sie in einen kleinen achtekkigen Raum gelangten. Die Blutspur führte zu einer der Maueröffnungen. Der Teamführer nahm seine Gasmaske ab und steckte seinen Kopf durch die Öffnung.

Eine Reihe von Eisensprossen führte zu der sich verjüngenden Fiale, aus der sich das große Kreuz erhob. Auf halbem Weg sah er die Gestalt eines Mannes. Der Teamführer zog den Kopf aus der Öffnung, lud sein Gewehr und sagte: »Diese Scheißterroristen haben eine Menge von unseren Leuten getötet — verstanden?«

Einer seiner Untergebenen schüttelte den Kopf. »Vergessen Sie nicht, daß eine Menge Leute Sie vom Rockefeller Center aus beobachten.«

Der Teamführer fluchte leise. »Hast recht. Würde keinen guten Eindruck machen, den Kerl vor aller Augen abzuknallen.«

Die fünfzehn Soldaten des 69. Regiments waren, nachdem der Panzerwagen aufgehört hatte zu brennen, wieder in die Kathedrale ausgeschwärmt und lagen unter der Empore verteilt, mit ihren Gewehren im Anschlag. Major Cole blickte durch seinen Feldstecher. Außer dem Pfeifen der Kugeln des Scharfschützen über ihnen war kein Laut zu hören. Cole betrachtete den rauchenden Tank neben sich, und sein Magen krampfte sich vor Angst zusammen.

Ein Sergeant kroch zu ihm heran und sagte: »Major, wir müssen etwas unternehmen.«

Der Major unterdrückte nur mit Mühe einen aufsteigenden Brechreiz. »Wir dürfen der Polizei nicht ins Handwerk pfuschen . . . ein Mißverständnis könnte entstehen . . .«

Ein Melder kam durch das aufgesprengte Portal gerannt, warf sich zu Boden und robbte sich an Major Cole heran. »Eine Botschaft vom Gouverneur, Sir.«

Cole nahm den handgeschriebenen Zettel ohne Vergnügen entgegen und las: *»Vater Murphy wird noch immer vermißt. Finden Sie heraus, wo er ist, und retten Sie ihn, desgleichen die beiden anderen Geiseln im Chorgestühl.«* Cole sah den Sergeanten an.

Der Sergeant blickte in Coles bleiches Gesicht. »Wenn es mir gelingen würde, diesen Scharfschützen auf der Empore auszuschalten, könnten Sie durch das Hauptschiff rennen und die beiden Geiseln in Sicherheit bringen. Aber Sie müssen sich beeilen, sonst kommt Ihnen die Polizei zuvor.«

Major Cole nickte steif. »Gut, nehmen Sie zehn Männer mit sich.« Er wandte sich an den Melder. »Veranlassen Sie, daß die Polizisten auf den Triforien ihr Feuer für . . . fünf Minuten einstellen.« Der Melder nahm Haltung an und verschwand. Cole sagte zum Sergeanten: »Seien Sie vorsichtig, ich will nicht, daß jemand verletzt wird.«

Der Sergeant machte eine Kehrtwendung, winkte seine Soldaten herbei, führte sie zur südlichen Vorhalle und durch die Tür zur Wendeltreppe des Turms. Die Soldaten eilten im Laufschritt die Stufen hinauf, bis sie die große Holztür in der Wand sahen. Der Sergeant näherte sich ihr mit äußerster Vorsicht und preßte sein Ohr an die Türfüllung. Kein Laut war zu hören. Er öffnete die Tür einen winzigen Spalt. Vor ihm breitete sich undurchdringliche Finsternis aus, und im ersten Moment war er im Zweifel, ob er sich tatsächlich auf der Empore befand. Doch dann beleuchtete jäh aufflackerndes Kerzenlicht das lange nördliche Triforium, und er erkannte die kahle, herausragende Fahnenstange wieder. Er öffnete die Tür und gab seinen zehn Männern ein Zeichen, ihm zu folgen. Er tastete sich mit einer Hand an der Rücklehne der untersten Reihe der Bänke entlang und horchte nervös auf einen Laut in diesem höhlenartigen Raum. Und dann plötzlich glitt seine Hand ins Leere, und er wußte, daß er den Mittelgang zwischen den Bänken erreicht hatte. Er schickte sich an, die Stufen hinaufzugehen, als er über sich ein Geräusch wie das Rascheln von Seide vernahm. Eine Frau stand einige Stufen über ihm, ihre grünen Augen blitzten. Er starrte den Bruchteil einer Sekunde auf die Erscheinung, dann traf ihn ein Schuß mitten ins Gesicht. Megan stieß einen gellenden Schrei aus, sprang auf eine der Bänke und feuerte in den Quergang. Die Soldaten flohen in Panik vor dem auf sie niederprasselnden Schrotkugelregen.

Leary rief: »Gib ihnen Saures, Megan, halt mir den Rücken frei, ich bin heute nacht ganz groß in Form!« Er schoß, bewegte sich blitzschnell, schoß wieder und lief in eine andere Ecke der großen Empore. Megan griff zu ihrem automatischen Gewehr und gab eine Serie von Schüssen auf die Tür zum Turm ab. Leary sah ein Periskop über der Brüstung des südöstlichen Triforiums auftauchen und zersplitterte es mit einem Schuß. »Gott, ich bin gut heute«, murmelte er, »wirklich unschlagbar.«

Burke lauschte nachdenklich den Detonationen der Schrotflinte, den kurzen Feuerstößen der Maschinengewehre und dem Pfeifen der Kugeln. Der ESD-Mann neben ihm sagte: »Hört sich so an, als hätten unsere Sonntagssoldaten eine Schlappe erlitten.«

Burke griff zum Hörer und sprach mit den drei anderen Triforien. »Eröffnen Sie massives Feuer auf die Empore, sobald ich den Befehl gebe.« Dann ließ er sich mit der Sakristeitreppe verbinden. »Sagen Sie Malone und Baxter, sie müssen einen Ausbruch riskieren. Es ist ihre letzte Chance.«

Burke wartete, bis die fünf Minuten Feuerpause, die Cole sich erbeten hatte, vorbei waren, um sicher zu sein, daß die Soldaten keinen zweiten Vorstoß unternahmen. Dann hielt er den Feldtelefonhörer dicht vor den Mund. »Feuer!«

Fünfundzwanzig ESD-Männer sprangen in den Triforien auf, und das Pfeifen und Krachen ihrer automatischen Gewehre und Raketenwerfer hallte in der Kathedrale wider, ebenso das dumpfe Aufschlagen der Gasgranaten. Aus der Empore quoll dicker schwarzer Qualm und vermengte sich mit den gelblichen Gasschwaden. Allmählich stieg diese brodelnde Masse in die Höhe und zog sich, angeleuchtet von den Phosphorfackeln, wie eine unheimlich irisierende Wolke dem Kirchengewölbe entlang.

Megan und Leary trugen Gasmasken und knieten am Boden. Leary schoß in die Triforien, rutschte zur Seite und schoß wieder, während Megan eine Feuergarbe nach der anderen in den Altarraum sandte.

Burke stand an der Brüstung und sah durch den Rauch hindurch Flammen in der Empore züngeln. Gelegentlich schrie ein getroffener ESD-Mann auf, und erregte Stimmen riefen am Telefon nach ärztlicher Hilfe. In den Triforien waren die Gewehre verstummt, nur die Schützen in der Empore ballerten unentwegt weiter. Burke stieß einen Fluch aus und griff nach dem Maschinengewehr des ESD-Mannes, der neben ihm stand. Er leerte das Magazin, legte ein neues ein und schoß so lange, bis die Waffe überhitzt war und klemmte. Er warf sie zu Boden und schrie in den Hörer: »Werft Löschkanister in die Empore und geht in Dekkung.«

Der letzte Kanister landete in einem hohen Bogen in der Empore, und Burke sah, wie die Flammen langsam erloschen. Er setzte sich hin, lehnte sich an die Wand und zündete sich eine Zigarette an.

Der ESD-Mann neben ihm sagte: »Jemand *muß* diese Leute auf der Empore außer Gefecht setzen — und zwar bald!«

Burke sah auf die Uhr, griff zum Telefon und ließ sich mit der Sakristeitreppe verbinden. »Haben es die Geiseln geschafft?«

Der Fernmeldetechniker antwortete: »Wer immer dieser Scharfschütze ist, hat es nicht auf unsere Jungens abgesehen. Ein wahrer Kugelregen ist auf das Chorgestühl und auf das Stück Altarraum, das die Geiseln von der Sakristeitreppe trennt, niedergegangen. Sie wären in den sicheren Tod gelaufen, wenn sie sich gerührt hätten.«

Burke drückte seine Zigarette aus und dachte über Bellini nach. Dieser sture bullige Mann war von ihnen allen unterschätzt worden. Er hatte einen klaren Verstand gehabt und sein Handwerk verstanden. Bellini hätte gewußt, was jetzt zu tun war, aber vor allem hätte er diesen kopflosen Männern neues Vertrauen eingeflößt. Burke fühlte sich überfordert. Alles in ihm sträubte sich, einen Befehl zu geben, der womöglich weitere Todesopfer forderte, und er begriff nur zu gut, warum Bellini die ganze Nacht über so gereizt und cholerisch gewesen war. Und dann plötzlich durchzuckte es ihn blitzartig: Er selbst mußte in die Empore gehen und die Sache auf die eine oder andere Art beenden.

Maureen atmete auf, als das Trommelfeuer endlich stoppte. Während des Beschusses hatte sie vermeint, von der Kanzel her ein Stöhnen zu hören. Baxter sagte: »Das war wohl unsere letzte Chance.«

Sie hörte wieder ein leises Ächzen und sagte: »Vielleicht nicht.« Sie rutschte von Baxter weg, bevor er sie zurückhalten konnte, und kroch im Chorgestühl nach vorne zur Wendeltreppe der Kanzel. Sie sprang auf, rannte das kurze Stück bis zur Treppe, preßte sich gegen das Marmorgeländer und umfaßte die dicke Säule, in die die Stufen eingelassen waren. Auf der obersten Stufe bemerkte sie Blutflecken. Sie blickte in die Kanzel und sah, daß Flynn dort saß, mit dem Rücken gegen die Wand gelehnt. Seine Augen waren geschlossen, und sie beobachtete einige Sekunden lang, wie seine Brust sich unregelmäßig hob und senkte. Dann rief sie leise: »Brian.«

Er öffnete die Augen und sah sie an. Sie beugte sich über ihn und sagte: »Siehst du, was du angerichtet hast? Alle deine Freunde sind tot. Nur Megan, Hickey und Leary — dieser Abschaum der Menschheit — die leben noch.«

Er nahm ihre Hand und drückte sie. »Aber zumindest bist auch du noch am Leben. Und Baxter?«

Sie nickte, dann riß sie sein Hemd auf und sah den Einschuß an der Schulter. Sie ließ die Hand über seinen Körper gleiten und fand den Ausschuß an der Hüfte — eine tiefe klaffende Wunde.

Sie strich ihm über die Wange. »Vater Murphy . . . warum hast du . . .«

Er schloß die Augen und schüttelte den Kopf. »Kindheitserinnerungen prägen einen . . . Ich habe immer Ehrfurcht vor Priestern gehabt.« Er atmete schwer. »Priester . . . Kathedralen . . . man greift das an, was man fürchtet . . . primitiver Selbstschutz.«

Sie blickte auf ihre Uhr, dann nahm sie ihn bei den Schultern und schüttelte ihn sanft. »Kannst du Leary, Megan und Hickey nicht befehlen, das Feuer einzustellen?« Sie blickte auf das Mikrophon. »Komm, ich helfe dir beim Aufstehen.« Er reagierte nicht.

Sie schüttelte ihn wieder. »Brian . . . es ist aus . . . ihr habt verloren . . . mach diesem sinnlosen Töten ein Ende.«

Er schüttelte den Kopf. »Ich kann sie nicht stoppen . . . das weißt du doch. . . .«

»Die Bomben, Brian. Wo sind sie? Wie viele sind es? Wann explodieren sie?«

»Ich weiß es nicht . . . um sechs Uhr drei . . . vielleicht sind es zwei . . . vielleicht acht oder hundert . . . frag Hickey.«

Sie sagte zornig: »Du bist ein Narr.« Dann fügte sie leise hinzu: »Du wirst sterben.«

»Dann laß mich wenigstens in Ruhe sterben.« Er ergriff ihre Hand. Ein Krampf schüttelte seinen Körper, und er fühlte, wie Blut über seine Lippen lief. »O Gott . . . was für ein langsamer Tod.«

Sie sah seine Pistole am Boden liegen und hob sie auf.

Er sah, daß sie die Waffe in beide Hände nahm, und schüttelte den Kopf. »Nein . . . du hast schon so vieles getan, was du bereust . . . ich will nicht, daß du diese Schuld auch noch auf dich nimmst . . .«

Sie spannte den Hahn. »Ich tue es nicht für dich, sondern für mich.«

Er schob ihren Arm beiseite. »Ich *will* langsam sterben.«

Sie sicherte die Pistole wieder und warf sie die Treppe hinunter. Sie sah sich in der Kanzel um und entdeckte zwischen den Munitionskisten eine Erste-Hilfe-Tasche. Sie entnahm ihr zwei Druckverbände.

Flynn sagte: »Laß es sein, du verlängerst nur meine Qualen.«

»Du willst doch, daß es lange dauert.« Sie verband die beiden Wunden und griff nach einer Morphiumspritze.

Er hob matt die Hand. »Bitte, Maureen, laß mich so sterben, wie ich es will. Ich möchte bei klarem Verstand bleiben . . . nachdenken . . .«

»Bei klarem Verstand! Gerade du!« Mit einer blitzschnellen Bewegung stach sie die Injektionsnadel in seinen Arm und spritzte ihm Morphium ein.

Er sank rückwärts gegen die Mauer. »Kalt . . . oh, so kalt . . .«

»Warte, das Morphium wird gleich wirken. Schließ die Augen.«

»Maureen . . . wie vielen Menschen habe ich Leid angetan . . .? Und erst dir . . . mein Gott, warum . . .?«

Tränen liefen über ihre Wangen. »Oh, Brian, zu spät . . . wie immer zu spät . . .«

Rory Devane fühlte, wie das Blut aus seiner offenen Halswunde strömte und die Tränen ihm über die Backen rannen, während er mühsam die Sprossen erklomm. Mehrere Male war er in Versuchung aufzugeben, aber das Kreuz auf der Kirchturmspitze zog ihn magisch an. Er gelangte an die Stelle, wo die Steinkonstruktion endete, und sah über sich den Kupfersockel, auf dem sich das Kreuz erhob. Eiserne Sprossen führten nach oben. Er zog sich keuchend an ihnen hoch, dann warf er seine Arme um das Kreuz, lehnte den Kopf an das kalte Metall und schluchzte.

Burke kniete auf dem blutverschmierten Boden des Triforiums. Die Verwundeten waren abtransportiert worden; die Toten, inklusive Bellini, lagen aufgebahrt im Dachstuhl. Vier ESD-Männer der ersten Korporalschaft hockten hinter der Brüstung. Der Scharfschütze in der Empore feuerte knapp über die Brüstung hinweg. Aber kaum einer der Männer wagte sich aufzurichten, um die Schüsse zu erwidern. Burke nahm den Telefonhörer auf und ließ sich mit dem gegenüberliegenden Triforium verbinden. »Wie sieht's bei euch aus?«

»Den Korporalschaftsführer hat's erwischt. Die Verwundeten sind durch den Kaminschacht abgeseilt worden, Verstärkung ist auf dem Weg. Aber was hören Sie vom Rockefeller Center? Die Zeit wird verdammt knapp.«

Burke konnte sich die Szene, die sich im Rockefeller Center abspielte, deutlich vorstellen: Commissioner Rourke übergab sich auf der Herrentoilette, Bürgermeister Kline beschwor alle, die Ruhe zu bewahren, Major Martin gab mit kühlem Lächeln den Rat, die Kathedrale mitsamt Geiseln und Polizisten hochgehen zu lassen.

Burke legte auf und rief wieder den Telefonisten an. »Ich möchte mit den Leuten im Stollen sprechen.«

Der Telefonist zögerte. »Kontakt unterbrochen, seit einigen Minuten melden sie sich nicht mehr.«

»Dann geben Sie mir die fünfte Korporalschaft.«

Ein ESD-Mann an der Sakristeitreppe antwortete. Burke sagte: »Lagebericht.«

»Die neuen Leute sind eingetroffen, aber es können jeweils nur zwei Männer an den beiden Altarseiten feuern, und wir kommen weder an die Bronzeplatte noch an die Geiseln heran. Schießen können die beiden Iren, das muß ihnen der Neid lassen. Und was passiert nun weiter?«

Burke antwortete: »Soweit ich weiß, wird der Teil der Kathedrale, in dem Sie sich befinden, in den nächsten zehn Minuten einstürzen. Schicken Sie daher alle Männer in den Keller des Pfarrhauses zurück, außer zwei oder drei, die den Kontakt mit den Geiseln aufrechterhalten.«

Langleys Stimme schaltete sich in die Leitung ein. »Pat, verlaß die Kathedrale, und zwar *sofort!*«

Burke sagte: »Ich brauche mehr ESD-Männer und Bombenentschärfer für die unterirdischen Gänge. Hickey scheint das erste Team abserviert zu haben. Und es gibt bestimmt mindestens noch eine Bombe da unten, die der alte Mann höchstwahrscheinlich so eifersüchtig bewacht wie ein Hund seinen Knochen.«

Langley erwiderte nervös: »Die Sprengladung kann jeden Augenblick explodieren. Wir können nicht mehr . . .«

Bürgermeister Kline mischte sich ein. Seine Stimme klang, als spräche er auf Tonband. »Lieutenant, auf Ihren Rat hin bin ich bereit, weitere Truppen zu schicken, aber wie Sie selbst am besten wissen, sind die Chancen . . .«

Burke riß den Draht aus dem Telefon und wandte sich an den neben ihm stehenden Mann. »Sammeln Sie die Leute ein und klettern Sie durch den Fahrstuhlschacht in den Keller der Kardinalsresidenz.«

Der Mann hängte sein Gewehr um. »Kommen Sie mit?«

Burke schüttelte den Kopf und ging in den Teil des Triforiums, von dem er das südliche Querschiff überblicken konnte. Er lehnte sich über die Brüstung, aber wegen der kreuzförmigen Anlage des Gebäudes war ihm die Sicht auf die Empore versperrt. Die ESD-Männer hatten ein Seil über das Querschiff zu dem langen Triforium gespannt. Burke band sich einen Sicherheitsgurt um und hangelte sich am Seil über das fünfunddreißig Meter breite Querschiff.

Ein ESD-Mann auf der anderen Seite zog ihn über die Brüstung. Die beiden Männer eilten zu der Stelle, wo Sullivan auf seinem Dudelsack am Boden lag. Bevor sie um die Ecke bogen, ließen sie sich auf alle viere nieder und bewegten sich nur noch kriechend voran. Sie kamen an sechs knienden ESD-Scharfschützen und zwei Toten vorbei. Burke griff zu seinem Periskop und schaute über die Brüstung. Die Empore befand sich ungefähr drei Stockwerke unter ihm, und er hatte das Gefühl, in einen riesigen, schwarz gähnenden Rachen zu blicken, während sich die von der Polizei besetzten Triforien durch den Kerzenschein, der über ihre fensterartigen Öffnungen huschte, deutlich vom Hintergrund abhoben. Trotzdem war Burke erstaunt, daß die zwei Leute in der Empore das massive Feuer überlebt hatten. Es war fast wie ein Wunder.

Ein Schuß peitschte von der Empore und schlug Burke das Periskop in die Augen. Er taumelte und fiel nach hinten. Der ESD-Mann neben ihm sagte: »Sie haben das Periskop zu lange hochgehalten, Lieutenant. Und es war unser letztes.«

Burke rieb sich die Augen. Er richtete sich halb auf und blickte den ESD-Mann an, sah ihn aber nur verschwommen. »Irgendeine Antwort aus den Türmen?«

Noch bevor der Mann etwas erwidern konnte, erfolgte ein neuerlicher Feuerstoß. Dann sagte der: »Da haben Sie Ihre Antwort!

Die Hexe läßt niemand auch nur in die Nähe der Türen.« Er sah auf die Uhr. »Eine Scheißsituation.«

Burke sagte: »Haben Sie irgendeine Idee?«

»Wir müssen die Leute auf der Empore unschädlich machen, damit der Weg zur Sakristeitreppe für die Geiseln frei ist und wir durch die Öffnung unter der Metallplatte eine Splittergranate werfen können, die Hickeys Gehirn zu Brei zermalmt. Danach müssen die Bombenentschärfer ran. Hab ich recht?«

Burke nickte. Es gab keine andere Lösung. Die Empore beherrschte die Kathedrale, was auch vom Architekten beabsichtigt war — nur aus anderen Gründen. »Was für Möglichkeiten haben wir, um die Empore außer Gefecht zu setzen?«

Der ESD-Sergeant rieb sich das Kinn. »Nun, wir könnten große Scheinwerfer in den Triforien aufstellen, oder aus einem Helikopter die große Fensterrose beschießen, oder wir könnten die Gipsverschalung im Dachstuhl oberhalb der Empore durchbrechen. Es gibt 'ne Menge Möglichkeiten, aber alle brauchen Zeit . . .« Burke nickte wieder. »Aber die aussichtsreichste wäre natürlich«, fuhr der Sergeant fort, »wenn jemand sich aus einem der Türme in die Empore schleichen könnte. Wenn er erst mal drin ist, hat er genauso viel Bewegungsraum wie die anderen und kann auch nicht gesehen werden.«

Burke versank in Nachdenken. Die Alternative wäre, die Bomben erst mal zu entschärfen, denn dann würde der Zeitfaktor keine Rolle mehr spielen und man könnte das Scharfschützen- und Geiselproblem in aller Ruhe lösen. Burke griff zum Telefonhörer: »Wie ist die Situation in den Stollen?«

Der Fernmeldetechniker antwortete: »Die von Ihnen angeforderten ESD-Männer sind eingerückt — sie bringen erst mal die Verwundeten in Sicherheit. Die Hunde und ihre Führer sind tot, ebenfalls das Bombenkommando, außer Wendy Peerson, die zwar verletzt, aber noch aktionsfähig ist. Anscheinend sitzt ein Wahnsinniger mit einem Maschinengewehr da unten. Die Verwundeten berichten, daß man an die restlichen Sprengladungen nur durch den Bronzeplatte-Einstieg herankommt.« Der Techniker hielt inne, dann fügte er zögernd hinzu: »Die Peterson sagt, daß dieser verrückte Kerl jederzeit die Bomben hochgehen lassen kann . . . und ich bin ungemütlich nah an der Stelle, wo sie sich befinden sollen . . . daher pack ich meinen Kram jetzt zusammen. Die Verbindung wird für einige Zeit unterbrochen sein, bis ich mich woanders installiert habe. Tut mir leid, Lieutenant.«

Es knackte, und die Leitung war tot. Burke schaltete den Sprechfunk an, hörte aber nur einen Wellensalat. Der ESD-Mann neben ihm sagte lakonisch: »Da haben wir's. Keiner spricht mehr mit keinem. Wir können weder eine konzentrierte Attacke auf die Empore einleiten noch den Befehl zum Rückzug erteilen.«

Burke nickte. Er sah sich in der Kathedrale um. »Also mir macht das Ganze ja einen recht soliden Eindruck, aber der Architekt meint, wenn die Sprengladungen an den beiden Hauptpfeilern angebracht sind, stürzt dieser Teil hier zusammen.« Er blickte auf seine Uhr: fünf Uhr vierundfünfzig. Er sagte: »Nun, ich jedenfalls bleibe — und Sie bleiben auch. Verstanden?« Er betrat den Südturm und ging die Treppen hinunter, bis er auf gleicher Höhe mit der Empore war.

Maureen sagte zu Flynn: »Ich gehe jetzt.«

»Nein . . . ja . . . wie du willst . . . laß mich nicht allein.« Seine Stimme klang schwächer als zuvor.

Sie strich ihm über die Stirn. »Ich kann nicht bleiben . . .« Er nickte. »Hast du starke Schmerzen?« Er schüttelte den Kopf, aber konnte nicht verhindern, daß er sich plötzlich stöhnend zusammenkrümmte.

Sie nahm eine andere Morphiumspritze und entfernte die Kapsel. Bei dem großen Blutverlust würde diese Injektion ihn vermutlich töten, aber zumindest bräuchte er nicht mehr zu leiden. Sie beugte sich über ihn und schlang den Arm um seinen Hals, während sie die Nadel auf seiner Brust in der Nähe des Herzens ansetzte.

»Nein . . . nein . . . nimm die Spritze weg.«

Sie zog die Nadel zurück. In den letzten Minuten hatte er nicht einmal die Augen geöffnet, und sie verstand nicht, woher er wußte, was sie vorgehabt hatte . . . es sei denn, er kannte sie so gut, daß er ihre Gedanken lesen konnte. Sie drückte ihm fest die Hand und spürte, wie der große Ring sich in ihre zarte Haut grub. »Brian . . . kann ich den Ring haben . . . ich möchte ihn zurückgeben . . . in die Heimat mitnehmen.«

»Nein!« Er machte sich von ihr los. »Nein — niemals.«

»Dann behalte ihn eben — irgendein Polizist wird ihn sich nehmen.«

»Nein — jemand . . . jemand wird ihn sich holen.«

Sie schüttelte ratlos den Kopf und küßte ihn wieder, dann bewegte sie sich geräuschlos auf die Wendeltreppe zu.

Er rief leise: »Maureen . . . ich habe Leary gesagt, er solle nicht auf dich schießen . . . er befolgt meine Befehle . . . du hörst ja, wenn Megan die Türen unter Beschuß nimmt . . . dann renn einfach los!«

Sie lag flach auf den obersten Stufen. »Und Baxter . . .?«

»Baxter ist so gut wie tot. Nimm keine Rücksicht auf ihn.«

Sie schüttelte den Kopf. »Das hättest du mir nicht sagen sollen . . .«

Er öffnete die Augen und sah sie an. »Nein . . . vermutlich nicht . . . ich tue immer das Falsche . . .« Er versuchte, sich aufzusetzen. Sein Gesicht wurde weiß vor Schmerz. »Bitte . . . rette dich . . . lebe!« Er atmete keuchend.

Maureen warf ihm einen letzten verzweifelten Blick zu, dann glitt sie behende die Stufen hinab, rollte sich schnell über das kurze Stück des Altarraums, das im Schußfeld der Empore lag, und verschwand im Chorgestühl.

Baxter sagte: »Ich wollte Ihnen schon folgen . . . aber dann habe ich mir gedacht . . .« Sie legte ihre Hand auf seine. »Ist er tot?« flüsterte er voller Anteilnahme.

»Nein.«

Sie lagen nebeneinander. Um fünf Uhr fünfzig fragte Baxter: »Meinen Sie, er kann — oder will — Leary oder Megan befehlen aufzuhören?«

»Ich habe ihn nicht gefragt.«

Baxter nickte. »Wollen wir es also riskieren, loszurennen?«

»Ich weiß nicht recht.«

»Warum sind Sie dann zurückgekommen?« Sie antwortete nicht. Er holte tief Luft. »Ich riskiere es . . .«

Sie hielt ihn am Arm fest. Sie hörte Megans kurze Feuerstöße, die an die Turmtüren prasselten, aber Learys Gewehr hörte sie nicht mehr. »Leary lauert auf uns.«

»Dann wollen wir ihn nicht enttäuschen.« Er schlängelte sich zum Ende der Bänke.

Sie hielt ihn zurück. »Nein!«

Die Stimme eines Polizisten ertönte hinter dem Hochaltar: »Baxter, Malone, Ihretwegen sitzen mein Kollege und ich hier fest. Und ehrlich gesagt, wir würden lieber verduften. Kommen Sie nun oder nicht?«

Er dachte, er hätte so leise gesprochen, daß nur die beiden ihn hören konnten. Aber er hatte nicht mit Learys gutem Gehör gerechnet. Zwei Kugeln pfiffen durch die Kathedrale und zersplitterten den Marmorboden genau zwischen dem Chorgestühl und dem Hochaltar. Maureen rückte näher zu Baxter heran. »Bitte, bleiben Sie bei mir.«

Er legte seinen Arm um ihre Schulter und rief den ESD-Männern zu: »Bringen Sie sich in Sicherheit. Es ist sinnlos, auf uns zu warten.«

Wendy Peterson kniete an der Rückwand der Krypta, während ein Sanitäter ihr den rechten Arm verband. Sie bewegte ihre Finger und bemerkte, daß sie mit jeder Sekunde steifer wurden. »Oh, verdammt«, murmelte sie.

Der Sanitäter sagte: »Sie sollten aufgeben.« Ein anderer Sanitäter legte ihr einen Druckverband an der Ferse an.

Sie blickte um sich. Die meisten ihrer ursprünglichen Teamkameraden waren tot, die übrigen hatten Kopf- oder Schulterverletzungen. Sie wandte sich traurig ab und bewegte wieder ihre Finger.

Der neue ESD-Korporalschaftsführer versammelte seine Leute und blickte auf die Uhr. »Noch acht Minuten.« Dann kniete er neben Wendy Peterson nieder und sagte: »Ich weiß nicht, was meine Aufgabe hier ist, außer die Verwundeten zu bergen, denn diesen Verrückten, Lieutenant — glauben Sie mir —, den kriegen wir nicht.«

Sie machte ein paar humpelnde Schritte. »Ist es wirklich unmöglich?«

Er nickte. »Wir können nicht schießen, wegen der Bombe, und Gas ist sinnlos, weil dieser Hickey eine Gasmaske hat, und eine Splittergranate so nah beim Sprengstoff wäre glatter Selbstmord. Aber sogar wenn wir ihn mit einem Kopfschuß erledigen, bleibt uns verdammt wenig Zeit, die Bomben zu entschärfen. Und wir wissen nicht mal, wieviel sie gelegt haben. Und unsere Spürhunde sind tot. Wir haben keine mehr . . .«

»Ja, ich weiß . . . ich weiß . . . und dabei sind wir so nahe am Ziel.«

»Nein«, sagte der Korporalschaftsführer, »wir sind weit davon entfernt.« Einige Männer räusperten sich nervös. Der Anführer sagte: »Soweit ich weiß, haben Sie — Sie und Burke uns angefordert.« Er nahm den Hörer des Feldtelefons auf, aber die Leitung war noch immer tot. »Die Entscheidung liegt jetzt bei Ihnen.«

Wendy Peterson holte tief Luft und sagte zum Anführer: »Es hat keinen Zweck.« Sie zogen sich betont lässig zurück, um sich selbst nicht zugeben zu müssen, daß sie eine Niederlage erlitten hatten.

Der Anführer der sechsten Korporalschaft kletterte die eisernen Sprossen außen an der Kirchturmspitze hinauf. Er hatte ein Seil um die Taille geknotet und war allein. Drei Meter unterhalb von Rory Devane hielt er an und zog seine Pistole. »Heda, rühr dich nicht, oder ich schieße.«

Devane öffnete die Augen und blickte nach unten. Der Anführer hob die Pistole. »Bist du bewaffnet?«

Devane schüttelte den Kopf. Die Großstadtlichter fielen auf Devanes blutverkrustetes Gesicht, der Anführer sagte: »Du bist ja übel zugerichtet.« Devane nickte. »Komm runter, aber paß auf.«

»Ich kann nicht.«

»Was heißt, du kannst nicht, schließlich bist du ja auch raufgekommen.«

»Ich kann mich nicht bewegen.«

Der Anführer wurde sich plötzlich bewußt, daß die halbe Welt ihn auf dem Bildschirm sah, setzte eine besorgte Miene auf und grinste gutmütig. Dann stieg er ein paar Sprossen höher. »Hör zu, ich komme mit einem Seil, aber wehe, du spielst mir einen üblen Trick, dann trittst du aber Luft, mein Junge.« Er erklomm den Kreuzsockel und hielt sich am Fuß des Kreuzes fest. »Beweg dich nicht! Du hast noch mal Glück gehabt. Verdienst es zwar nicht, aber so ist es nun mal.«

Er zog sich am Kreuz hoch, bis sein Kopf auf Devanes Schulterhöhe war, und knotete ein Seil um dessen Taille. »Hast du die Leuchtrakete abgeschossen?« Devane nickte. »Angeborener Sinn für Farbeffekte, was?« Er warf die Seilschlinge über das obere Ende des Kreuzes und versicherte sich, daß sie festsaß, dann sagte er eindringlich: »Du mußt von da oben runter, aber keine Angst, ich stütze dich.«

Devanes Sinne waren benebelt, trotzdem kam ihm das Ganze merkwürdig vor. Irgendwie ergab es keinen Sinn, siebenundzwanzig Stockwerke über der fortschrittlichsten Stadt der Welt zu hängen und sich schwer verwundet an einem Seil herunterzulassen. Er murmelte: »Sie wollen mich töten.«

»Idiot! Begreifst du nicht, daß ich deinetwegen mein Leben riskiere? Er blickte zum Rockefeller Center hinüber und verzog sein Gesicht zu einem breiten Lächeln. »Los — runter mit dir!«

»Nein.«

Der Anführer hörte ein Surren. Ein Feuerwehrhelikopter näherte sich der Kirchturmspitze und senkte sich langsam. Ein Mann kniete an der offenen Tür und ließ einen Rettungssitz hinunter. Der Korporalschaftsführer schnallte Devane fest und gab dem Helikopter ein Zeichen. Devane verschwand im Helikopter, der sich in einem weiten Bogen von der Kirchturmspitze weg in den Morgenhimmel schwang. Der Anführer drehte sich um und blickte aufs Rockefeller Center. Polizisten und Zivilisten lehnten sich aus den Fenstern, und er hörte Hochrufe und Applaus. Er wischte sich die tränenden Augen und kletterte vom Kreuz hinunter. »Hallo, ihr Arschlöcher — buchstabiert bloß meinen Namen richtig!«

Leary setzte sich in eine von Kugeln durchsiebte Kirchenbank und richtete seine volle Aufmerksamkeit auf den Altarraum, die Sakristeitreppe und die Bronzeplatte. Er beugte und streckte seinen verwundeten Arm und rieb sich die von einem Splitter blutende Wange.

Megan feuerte abwechselnd auf die zwei Türen. Sie stand im Gang etwas unterhalb von Leary. Sie blutete an Armen und Beinen, und ihre rechte Schulter war als Folge einer Schußwunde gefühllos geworden. Ihr war plötzlich elend und schwach zumute, und sie lehnte sich gegen eine der Kirchenbänke, richtete sich aber gleich wieder auf und rief Leary zu: »Die machen nicht mal einen Versuch zu entkommen!«

Leary antwortete: »Ich langweile mich.«

Sie lachte und sagte: »Ich ballere jetzt ins Chorgestühl und treib sie raus, dann kannst du sie abknallen.«

Leary sagte: »In sechseinhalb Minuten wird die Kathedrale über ihnen zusammenstürzen, oder ich erwische sie, wenn sie doch noch loslaufen. Hab ein wenig Geduld. Du verdirbst mir den Spaß.«

Sie kniete im Gang nieder und hob das Gewehr. »Und was passiert, wenn die Polizei die Bomben entschärft?«

»Ich glaube nicht, daß sie Hickey getötet haben. Aber wie dem auch sei, mir ist befohlen worden zu verhindern, daß jemand an die Bronzeplatte herankommt und daß die Geiseln entwischen. Und an den Befehl halte ich mich.«

Sie schrie gellend: »Aber ich will *sie* sterben sehen, bevor *ich* sterbe! Paß auf, wie ich denen Beine mache. Los, nimm deine Knarre . . .«

Leary starrte auf Megan hinunter. Er sprach langsam und nachdenklich. »Alle sind tot, Megan, außer Hickey und vermutlich Baxter und Malone. Und die gehen bei der Explosion drauf. Übrig bleiben nur du und ich.«

Sie wirbelte herum und starrte in die Dunkelheit, aus der seine Stimme ertönte. Er sagte: »Du mußt verstehen, ich bin ein Söldner. Ich tue, was mir befohlen wird. Nicht mehr und nicht weniger. Und Flynn hat mir aufgetragen, daß du und Hickey keinesfalls überleben dürfen.«

Sie schüttelte den Kopf. »Jack . . . du kannst doch nicht . . . nachdem wir . . .« Sie lachte. »Ja, natürlich . . . ich will nicht gefangengenommen werden . . . Brian wußte das . . . er hat mich davor bewahren wollen. Ja, schieß schon. Schnell!«

Er hob seine Pistole, zielte auf den dunklen Umriß und schoß ihr kurz hintereinander zwei Kugeln in den Kopf. Megans Körper rollte den Gang hinunter und blieb neben dem Sergeanten liegen, den sie getötet hatte.

Burke stand dicht an der Tür zur Empore, eine Splittergranate in der Hand. Die Männer hinter ihm wagten kaum zu atmen. Burke hörte undeutlich die Stimme einer Frau und eines Mannes, die miteinander sprachen, und dann zwei Pistolenschüsse. Er riß die Tür auf, rannte bis zum aufsteigenden Mittelgang zwischen den Bänken und warf sich dort zu Boden. Eine männliche Stimme sagte: »Ich weiß, wo Sie sind.«

Burke rührte sich nicht. Der Mann sagte: »Ich sehe im Dunkeln, ich rieche, was Sie nicht riechen können, ich höre jedes Geräusch. Sie sind so gut wie tot.«

Burke wußte, daß der Mann versuchte, ihn durch seine Worte zu einem unbedachten Schuß zu veranlassen. Der Mann war ein schlauer Fuchs — selbst in einer Situation wie dieser bewahrte er kaltes Blut.

Burke rollte sich auf den Rücken, hob den Kopf und linste über die Brüstung in die Kathedrale. Der Kronleuchter, der am nächsten bei der Empore hing, schwang leicht hin und her, als ob er vom Dachstuhl her hochgezogen würde. Burke sah, daß ein Gardist darauf saß und auf die Empore zielte: wie eine lebendige Zielscheibe! Leary schoß, und der Mann auf dem Kronleuchter sackte zusammen.

Burke sprang auf die Füße und warf die Granate in die Richtung, aus der der Schuß gekommen war. Eine kurze Explosion erschütterte die Empore, und ein gellender Schrei ertönte. Im nächsten Moment bemerkte Burke ein Aufblitzen und warf sich zur Seite. Er fühlte einen starken Schlag im Rücken, der ihn an die Wand warf, taumelte und fiel in den Gang zwischen den Bänken. Er blieb reglos liegen, während mehrere Kugeln rechts und links neben ihm aufprallten. Er fühlte Schmerzen im Rückgrat, die auf seine Arme und Beine ausstrahlten. Das Feuer konzentrierte sich jetzt auf die Türen, und Burke versuchte, seine Pistole zu ziehen, stellte aber fest, daß seine Arme unkontrollierbar zuckten.

Dann geriet er von neuem unter Beschuß. Eine Kugel streifte seine Hand, und seine Stirn blutete vom Aufprall gegen die Wand. Ihm wurde schwarz vor Augen, aber er hörte deutlich, wie eine Stimme sagte: »Sind Sie schon tot, oder wünschen Sie nur, Sie wären es?«

Leary hob sein Gewehr, ließ es aber, von einem stechenden Schmerz in seinem rechten Bein überwältigt, gleich wieder sinken. Er setzte sich in den Mittelgang, zog sein Hosenbein hoch und tastete nach der Stelle, wo einer der Splitter in sein Bein gedrungen war. Er fluchte leise: »Oh, Scheiße . . .« Er kniete sich hin und schoß auf die Türen und die Kirchenbänke, bis das Magazin leer war. Dann entledigte er sich seiner grotesken Leopardenmaske, zerriß seine Mönchskutte und wischte mit ihr sein Gewehr vom Kolben bis zum Lauf gründlich ab, während er geräuschlos den Mittelgang hinunterkroch, bis er zu Megans Leiche kam. Er drückte sein Gewehr in ihre noch warmen Hände und griff zu einem anderen, das vor ihm auf der ersten Bank lag. Dann zog er sich an der hohen, geschwungenen Seitenlehne der Bank hoch, setzte sich hin und rief: »Martin! Wo sind Sie?«

Zuerst blieb alles still, doch dann rief eine Stimme aus dem Übungsraum: »Hier, ganz in Ihrer Nähe. Sind Sie allein?«

»Ja.«

»Sagen Sie der Polizei, daß Sie sich ergeben.«

»Gut. Aber kommen Sie raus — ohne Begleitung!«

Martin kam in die Empore, knipste seine Taschenlampe an, ging direkt zum Mittelgang, schritt über Megans Leiche hinweg und blieb vor Leary stehen. »Hallo, Jack, alles gutgegangen?« Er nahm ihm Gewehr und Pistole ab, dann rief er laut. »Der Mann ist entwaffnet!«

Die in den beiden Türmen stationierten ESD-Männer näherten sich der Empore mit äußerster Vorsicht, aber Martin rief ihnen aufmunternd zu: »Keine Gefahr — der Mann hier arbeitet für mich!« Danach sah er Leary eher verärgert an. »Ein bißchen zu früh, Jack.«

Leary zischte böse: »Ich bin verwundet.«

»Ach wirklich? Sie sehen recht fit aus.«

Leary stieß einen Fluch aus. »Diese Megan Fitzgerald, das war 'ne ganz Verrückte, sie hätte uns alles vermasseln können, deshalb hab ich sie umgelegt . . . und dann kam hier einer rein und hat mir einen Splitter in die Wade gejagt.«

»Das ist scheußlich . . . trotzdem, Sie hätten warten sollen.«

»Ach — zum Teufel mit Ihnen.«

Martin richtete seine Taschenlampe auf Learys Wade und dachte: Wie so viele Killer kann er Schmerzen nicht ertragen. Dann blickte er hinunter in den Altarraum. »Malone, Baxter!«

Ein Polizist rief Leary aus einer Ecke der Empore zu: »Stellen Sie sich so hin, daß ich Sie sehen kann!«

Leary zog sich hoch und legte die Hände auf die Brüstung. Er sagte zu Martin: »Die beiden sind dort unten im Chorgestühl.«

Die Lichter in der Empore gingen an und verbreiteten jähe Helle in dem verwüsteten Raum. Die Bänke waren von Geschossen durchlöchert, das Holz zersplittert. Die emporragenden Orgelpfeifen waren mehrmals getroffen, nur die große Fensterrose war wie durch ein Wunder heilgeblieben.

Martin machte eine ungeduldige Handbewegung. »Was soll das heißen, die beiden sind im Chorgestühl. Ich dachte, Baxter und Malone seien tot.«

ESD-Männer kamen mit vorgehaltenen Pistolen auf die Bänke zu. Leary legte automatisch die Hände auf den Kopf und sagte zu Martin: »Flynn hat mir gesagt, ich soll Malone nicht töten. Und ich konnte nicht auf Baxter schießen, ohne zu riskieren, auch sie zu treffen . . .«

»Flynn? Aber Sie arbeiten für *mich,* Jack.«

Leary zuckte die Achseln. »Sie geben Befehle, er gibt Befehle . . . ich tu nur das, was man mir sagt und wofür ich bezahlt werde.«

»Aber Flynns Geld stammt von *mir,* Jack.«

Leary starrte Martin an. »Flynn hat mir nie etwas vorgetäuscht. Er hat mich gewarnt, daß die Empore die Hölle sein würde, und das war mir auch klar. Während Sie mir weisgemacht haben, die Sache würde verhältnismäßig gefahrlos sein.«

Martin sagte mürrisch: »Was mich betrifft, so haben Sie Ihren

Vertrag nicht erfüllt, ich muß mir daher sehr überlegen, ob ich Ihnen die letzte Rate auszahle.«

»Sie sind ein ganz krummer Hund, und wenn . . .« Zwei ESD-Leute packten Leary an den erhobenen Armen, kreuzten sie auf seinem Rücken, legten ihm Handschellen an und warfen ihn zu Boden. Leary schrie vor Schmerzen laut auf. Er wandte den Kopf Martin zu, während die Polizei ihn durchsuchte. »Wenn die Bullen Hickey gekriegt haben, dann haben sie auch die Bomben entschärft. Wenn sie ihn nicht gekriegt haben, kriegen Sie Ihre Explosion.«

Martin sah Burke auf sich zukommen, der stark humpelte. Martin räusperte sich und sagte: »Genug jetzt, Jack.« Aber Leary war offensichtlich in seiner Ehre gekränkt. »Ich hab meinen Teil getan, schauen Sie sich doch um, Martin, genügt Ihnen das nicht?«

»Schweigen Sie!«

Zwei ESD-Männer stellten ihn auf die Füße. Leary sagte: »Das Bein fühlt sich merkwürdig an . . . es brennt wie verrückt . . .«

Martin sagte nichts. Leary starrte ihn an. »Was haben Sie getan . . .? Oh . . . nein . . .« Martin zwinkerte ihm zu, drehte sich um und ging fort.

Ein ESD-Mann hielt einen Lautsprecher vor den Mund und rief: »Polizei auf der Empore! Mr. Baxter, Miß Malone, Sie können herauskommen. Rennen Sie . . .«

Baxter hob den Kopf und sah Maureen an. »War das Leary?«

Sie lächelte gezwungen. »Sie lernen allmählich.« Der Lautsprecher rief wieder ihre Namen aus. Maureen flüsterte: »Ich weiß nicht . . .«

Wendy Peterson blickte um die Ecke des Hochaltars und sah mehrere Polizisten auf der hellerleuchteten Empore. Ohne auf ihre Uhr zu sehen, wußte sie, daß ihnen allen höchstens noch drei Minuten blieben. Sie rannte zur Bronzeplatte, zog die Nadel aus einer Splittergranate und rief den beiden Geiseln über die Schulter zu: »Alles o. k. Laufen Sie!« Dann zog sie mit einer Hand die schwere Bronzeplatte hoch.

Maureen sprang auf, blickte erst auf Wendy Peterson und dann auf die hellerleuchtete Empore, während Baxter aus der Bank kam.

Der Lautsprecher ertönte wieder. »Schnell, rennen Sie los! Durchs Hauptschiff!«

Sie rannten los, doch plötzlich wirbelte Maureen herum, spurtete die Kanzeltreppe hinauf, faßte Flynn unter die Achselhöhlen und schleifte ihn die Stufen hinunter. Baxter war ihr gefolgt und versuchte, sie fortzuzerren. »Er lebt . . . *bitte* . . .« Er zögerte, dann nahm er Flynn auf die Schulter, und sie liefen zur Balustrade.

Wendy Peterson beobachtete sie und wartete, bis sie in der Mitte des Hauptschiffs waren, wo ihnen ihrer Berechnung nach nichts mehr passieren konnte, falls die Granate die Bombe zum Explodieren brachte. Dann klinkte sie die Sicherheitsvorrichtung aus und warf die Granate mit einer fast trotzigen Bewegung in das dunkle Loch. Sie schloß schnell die Bronzeplatte, entfernte sich einige Schritte und hielt sich die Ohren zu. Kurz darauf erfolgte die Explosion. Die Bronzeplatte flog aus ihren Angeln, und der Boden des Altarraums erzitterte wie bei einem Erdbeben. Wendy Peterson lauschte mit angehaltenem Atem. Ihre Nerven waren zum Zerreißen gespannt, aber außer dem Sausen in ihren Ohren hörte sie nichts. Die Bombe war also nicht detoniert. Sie lief zur Öffnung, aus der dicker Rauch qualmte, und tastete mit dem Fuß nach der obersten Sprosse der Leiter.

Burke schritt langsam auf Martin zu, noch während die Stoßwelle durch die Kathedrale rollte.

Martin sagte: »Ach, Lieutenant, das ist aber eine Überraschung. Ich dachte, Sie seien . . . woanders. Sie sehen recht mitgenommen aus.« Martin blickte auf die Uhr. »Zwei Minuten noch. Gute Aussicht von hier, nicht wahr? Haben Sie Kameras aufgestellt? So ein Schauspiel sehen die Amerikaner so bald nicht wieder.« Er blickte über Burkes Schulter in den Altarraum. »Sehr eindrucksvoll, das viele Gold und diese Marmorpracht. In zwei Minuten wird diese Kathedrale eine fast so schöne Ruine sein wie Coventry.«

Martin trat an die Brüstung und bemerkte Baxter und Maureen in Begleitung von Major Cole und vier Soldaten. Flynn lag auf einer Bahre, die von zwei Sanitätern getragen wurde, Maureen hielt seine Hand. Martin sagte zu Burke: »Gouverneur Doyle wird stolz auf seine Jungens sein, und Bürgermeister Kline wird eine Wut auf Sie haben.« Er winkte Baxter zu. »Harry, alter Knabe! Miß Malone! Meinen herzlichen Glückwunsch! Sie haben sich beide tapfer gehalten!«

Martin wandte sich um und blickte auf den halb bewußtlosen Leary hinunter, der gerade abtransportiert wurde. Er sagte zu Burke: »Die Untersuchungen werden zeigen, daß aus dem Gewehr, das ich ihm abgenommen habe, nie ein tödlicher Schuß abgefeuert wurde — abgesehen von dem einen, mit dem er die junge Terroristin getötet hat. Nun, das wird ihm wohl keiner zum Vorwurf machen. Wenn er vor Gericht kommt, wird er bestimmt freigesprochen.« Er hob lässig die Hand. »Auf Wiedersehen, Jack, ich besuche Sie bald im Krankenhaus.« Den zwei ESD-Männern rief er zu: »Gehen Sie vorsichtig mit dem Mann um, er arbeitet für mich!«

Martin drehte sich wieder zu Burke um. »Mit Ihren Leuten ist im Moment nicht gut Kirschen essen. Na ja — verständlich. Aber allmählich begreifen sogar Sie, was hier gespielt wird. Die Geheimnisse lüften sich. Hören Sie mir zu, Burke?« Martin blickte auf die Uhr und dann in den Altarraum. Er fuhr in einem schärferen Ton fort: »Den meisten Ihrer Leute mangelt es an Erfahrung. Sie halten sich nicht an die bewährte Regel: erst schießen — dann Fragen stellen. Großartige militärische Tradition. Deshalb hängt Vater Murphy auch tot an einer Leiter im Glockenturm. — Ach wußten Sie das nicht, Burke?«

Burke stellte sich dicht neben Martin an die Brüstung. Die Benommenheit wich allmählich von ihm, und er fühlte ein angenehmes Prickeln in seinen vorher fast gefühllosen Armen und Beinen. Er ließ seinen Blick über die Kathedrale schweifen. Ein toter ESD-Mann lag schräg auf einer Kirchenbank, und schwarzer Rauch quoll aus der Öffnung unter der gesprengten Bronzeplatte. Grüne Nelken lagen zusammen mit Tausenden bunter Glassplitter auf dem weißen Marmorboden, und selbst aus dieser Entfernung konnte er die Blutspuren am Hochaltar und die zahllosen Kugeleinschläge sehen. Die meisten Polizisten hatten das Gebäude durch den einzigen nicht verminten Ausgang — das Hauptportal — verlassen. Aber im langen westlichen Triforium, das außerhalb des erwarteten Zerstörungsbereichs lag, standen noch einige in kleinen Gruppen herum und starrten wie gebannt auf den Altarraum. Burke sah auf die Uhr: sechs Uhr zwei.

Wendy Peterson betrachtete Hickeys Gesicht im Schein ihrer Taschenlampe. Er war tot, aber kein Blut war zu sehen. Sein Gesicht trug einen entspannten, zufriedenen Ausdruck, sein Mund schien zu lächeln. Vermutlich, dachte sie, ist er im Schlaf gestorben.

Sie stellte ihre Taschenlampe so hin, daß sie den Säulensockel anstrahlte, dann schaltete sie die Lampe an ihrem Helm an und begann, wie sie es immer tat, wenn sie mit einer Bombe allein war, laut mit sich zu sprechen.

Sie tastete mit den Fingerspitzen die Plastikmasse ab, um herauszufinden, wo der Zünder angebracht war. »Sieht aus wie ein Teil des Sockels . . . geschickt gemacht . . .« Sie nahm ihre Armbanduhr ab und preßte sie in die weiche Plastikmasse. »Noch neunzig Sekunden . . . zu spät, um Reißaus zu nehmen . . .« Sie zog ein spitzes Messer hervor und machte aufs Geratewohl einen tiefen Einschnitt in die Plastikmasse. »Du hast jetzt nur noch Zeit für zwei oder drei Einschnitte . . .« Sie griff mit der rechten Hand in den Spalt, aber fühlte nichts. Durch die Armwunde waren ihre Finger bedenklich steif geworden. »Noch sechzig Sekunden . . . die Zeit verfliegt . . .« Sie preßte ihr Ohr an die Plastikmasse, aber hörte nur ihr eigenes Herzklopfen. »Also, mach hier noch einen Einschnitt . . . Vorsicht . . . nein, auch dort nicht. Versuch's noch mal hier . . . da . . . da ist es.« Sie entfernte die Plastikmasse, erweiterte den Einschnitt und blickte auf das Zifferblatt eines Weckers. Der Zeiger zeigte auf sechs Uhr zwei. »Auf meiner Uhr ist es auch sechs Uhr zwei, um sechs Uhr drei geht die Bombe hoch . . . wenigstens hast du nicht geschummelt, alter Mann . . .« Am liebsten hätte sie die Uhr mit allen Drähten herausgerissen, aber das löste nur zu oft die Detonation aus. »Nur mit der Ruhe, Wendy . . .« Sie vergrub ihre Hand in die weiche Masse und tastete mit ihren langen, steifen Fingern hinter der Uhr nach dem Abschaltknopf. »Also, Wendy, das ist ein ganz einfacher Mechanismus . . . der alte Mann hat das noch im Ersten Weltkrieg gelernt . . . na, mach schon . . . verdammt . . . sechs Uhr drei . . . oh, Scheiße . . . nein, noch läutet die Alarmglocke nicht . . . noch ein paar Sekunden . . . keine Aufregung, Wendy . . . keine . . .« Die Alarmglocke schrillte. Wendy Peterson lauschte ihr fast andächtig, da sie wußte, daß es der letzte Laut war, den sie in ihrem Leben hören würde.

Eine tiefe Stille hatte sich über die Kathedrale gesenkt. Martin lehnte sich mit verschränkten Armen auf die Brüstung und starrte in den Altarraum. »Wieviel zeigt Ihre Uhr, Burke? Ist es nicht reichlich spät? Was ist los?«

Im Pfarrhaus und in der Kardinalsresidenz zogen sich die Menschen von den Fenstern zurück. Auf den Dächern der umliegenden Gebäude standen die Polizisten und Kameraleute wie angefroren. In den Häusern und Kneipen starrten die Menschen gebannt auf den Bildschirm, auf dem ohne Kommentar vor dem Hintergrund der Kathedrale die Sekundenzahlen aufblitzten. In den Kirchen und Synagogen, wo Nachtgottesdienste abgehalten wurden, blickten die Gläubigen auf ihre Uhr. *Sechs Uhr vier.*

Wendy Peterson stieg langsam durch die Öffnung und ging zur Mitte des Altarraums. Ihr Gesicht war blaß — fast weiß —, sie sagte mit stockender Stimme. »Alles in Ordnung . . . nichts kann mehr passieren . . .« Sie hob den einen Arm und hielt den Wecker wie einen Kelch in die Höhe. »Alle Bomben sind entschärft.«

Niemand applaudierte, aber ein kollektives Aufseufzen der Erleichterung war in der Stille der Kathedrale deutlich zu hören, und dann stieß jemand einen lauten Schluchzer aus.

Die Stille wurde plötzlich von einem langen, gellenden Schrei zerrissen, und ein Mann fiel kopfüber aus der Empore. Sein Körper schlug dumpf auf dem Boden vor dem ausgebrannten Panzerwagen auf. Maureen und Baxter drehten sich erschreckt um. Nicht weit von ihnen lag mit verrenkten Gliedern und zerschmettertem Schädel die Leiche eines Mannes. »Martin«, flüsterte Baxter tonlos.

Burke ging mit schleppenden Schritten das Kirchenschiff unter der Empore entlang. Eine Bahre wurde an ihm vorbeigetragen, und einen Augenblick lang blickte er in Flynns Gesicht; er hätte nicht sagen können, ob er noch lebte oder tot war. Burkes Rücken schmerzte, aber er setzte seinen Weg fort, bis er vor Martins Leiche stand. Martins Genick war gebrochen, seine Augen standen weit offen. Burke zündete sich eine Zigarette an und ließ das Streichholz auf Martins Gesicht fallen.

Er drehte sich um und blickte geistesabwesend auf den ausgebrannten Panzerwagen und auf die verkohlten Leichen und schließlich auf die Leute in seiner nächsten Nähe. Sie sprachen abgehackt, bewegten sich zielbewußt, erfüllten ihre Pflichten, und dennoch kamen sie ihm merkwürdig unwirklich vor. Er hielt nach Baxter und Malone Ausschau, aber sie hatten die Kathedrale bereits verlassen. Er begriff, daß er im Moment nicht gebraucht wurde, und atmete erleichtert auf.

Er schlenderte gedankenverloren durch das imposante Gebäude, und plötzlich sah er Wendy Peterson. Sie stand allein im Hauptschiff und schien so wie er nicht mehr zu wissen, was sie tun sollte. Er blieb vor ihr stehen und sagte: »Alle Achtung.«

Sie blickte ihn an. »Burke . . .«

Er bemerkte, daß sie noch immer den Wecker in der Hand hielt. Auf einmal begann sie zu sprechen, nicht eigentlich zu ihm, sondern zu irgend jemand oder zu sich selbst. »Der Wecker tickt noch immer . . . hören Sie es . . .? Und die Batterien sind nicht schadhaft . . . und die Drähte waren fest angeschlossen . . . und es gab vier Sprengzünder . . . aber sie sind nicht . . .« Sie klang fast empört, dachte er, so als ob die physikalischen Gesetze, an die sie so fest glaubte, ihr persönlich einen bösen Streich gespielt hätten.

Er sagte: »Aber Sie . . . Sie waren . . .«

Sie schüttelte den Kopf. »Nein — zu spät. Das ist es ja . . . ich war zwei Sekunden zu spät. Die Alarmglocke schrillte . . . ich habe es gehört, Burke . . . wirklich, glauben Sie mir. Und dann plötzlich hatte ich das Gefühl einer . . . Gegenwart. Ich dachte, nun — jetzt bin ich tot, und so schlimm ist es gar nicht! Die Kollegen, wissen Sie . . . ich meine, gelegentlich spricht man miteinander . . . also, die sagen, daß ein Schutzengel hinter uns steht. Aber, Gott der Allmächtige, heute nacht muß ein ganzes Regiment von Schutzengeln hinter mir gestanden haben.«

DER MORGEN

Patrick Burke kniff die Augen zusammen, als er durch das Hauptportal in das blasse, winterliche Sonnenlicht trat. Das Eis begann zu schmelzen und von den Dächern auf die Kathedralenstufen und Bürgersteige zu tropfen. Burke betrachtete nachdenklich den handgeschriebenen Zettel, den die Fenier am Portal angebracht hatten; er war halb zerrissen und die Schrift fast unleserlich.

Ein sanfter Südwind schüttelte den Rauhreif von den kahlen Bäumen der Fifth Avenue, Kirchenglocken läuteten in der Ferne. Rettungswagen, Polizeifahrzeuge und Limousinen fuhren durch die hoch aufspritzenden, sonnenbeschienenen Pfützen, Polizisten und Soldaten marschierten durch die Straßen, während die berittene Polizei halb schlafend auf ihren Pferden saß. Burke fiel auf, daß viele Polizisten ein schwarzes Band an ihren Dienstmarken befestigt hatten und die meisten städtischen Beamten schwarze Armbinden trugen. Fast alle Fahnen entlang der Fifth Avenue waren auf halbmast gesetzt, so als hätte man sich schon lange auf diesen offiziellen Trauertag vorbereitet.

Burke hörte lautes Gemurmel und sah eine Gruppe von Priestern und Laien, angeführt vom Kardinal in vollem Ornat, um die Ecke biegen. Sie blieben vor dem Hauptportal stehen, und der Kardinal intonierte: »Reinige mich mit Weihwasser, Herr, und ich werde frei von Sünden sein. Wasche mich, und ich werde weißer denn Schnee sein.«

Burke sah aus einiger Entfernung zu, wie der Kardinal die Mauern mit Weihwasser besprengte, während die anderen beteten. Er staunte über die Promptheit, mit der dieser ausgefallene Ritus unter Einhaltung aller Regeln zelebriert wurde. Doch dann ging ihm auf, daß sich der Kardinal und der Klerus genauso wie die Regierungsbeamten während der langen dunklen Nachtstunden ihre Rolle für dieses Nachspiel genau zurechtgelegt hatten, während er nicht weiter als bis sechs Uhr drei gedacht hatte. Und dies war einer der Gründe, warum er nie Bürgermeister oder Erzbischof werden würde.

Die Prozession bewegte sich durch das Portal ins Innere der Kathedrale. Burke zog seine Schutzweste aus und ließ sie zu Boden fallen. Dann ging er langsam zu einer sonnenbeschienenen Stelle auf den schwer beschädigten Stufen, setzte sich hin, verschränkte die Arme über den Knien, ließ den Kopf sinken und fiel in Halbschlaf.

Der Kardinal schritt mit seinem Gefolge bis zur Mitte des Altarraums, wo Monsignore Downes ihn erwartete. Alle sakralen Gegenstände waren vom Altar entfernt worden, und die Polizisten versuchten, so schnell wie möglich die Spuren zu sichern. Die Teilnehmer der Prozession sahen sich in der verwüsteten Kathedrale um und starrten auf die Blutflecken am Hochaltar und im Altarraum. Viele konnten die Tränen nicht zurückhalten.

Die kühle Stimme des Kardinals schnitt alle lauten Gefühlsäußerungen ab. »Zum Trauern bleibt uns noch genug Zeit.« Er wandte sich an zwei Priester hinter ihm. »Gehen Sie in die beiden seitlichen Vorhallen, wo die Verwundeten liegen, und helfen Sie der Polizei und den Militärpfarrern. Sorgen Sie auch dafür, daß Vater Murphy ins Pfarrhaus gebracht wird.«

Die beiden Priester gingen. Der Kardinal sagte zu den Sakristanen: »Sobald die Polizei fertig ist, richten Sie alles, so gut es geht, für die Messe her, die am Ende der Purifikation gelesen wird. Aber lassen Sie die grünen Nelken liegen.« Dann richtete er zum ersten Mal das Wort an Monsignore Downes. »Ich danke Ihnen für Ihre Gebete und für Ihre Bemühungen während der schweren Stunden.«

Monsignore Downes senkte den Kopf und sagte leise: »Ich bin gebeten worden, der Rettungsaktion meinen Segen zu geben . . .«

Der Kardinal nickte und lächelte. »Ich weiß. Ich habe mehr als einmal während der Nacht Gott gedankt, daß ich mich mit diesen . . . Problemen nicht befassen mußte.«

Captain Bert Schroeder ging mit unsicheren Schritten die Stufen der Kathedrale hinauf; auf der linken Hälfte seines kreideweißen Gesichts war ein Verband. Ein Polizeiarzt und mehrere Polizisten begleiteten ihn. Bürgermeister Kline stürzte mit ausgestreckten Händen auf ihn zu. »Bert! Da sind Sie ja endlich!«

Eine Anzahl von Reportern war durch den Polizeikordon gelassen worden und belagerte nun Schroeder. Die Kameras surrten, und Mikrophone wurden ihm hingehalten. Bürgermeister Kline schüttelte Schroeders Hand und umarmte ihn, wobei er ihm zuzischte: »Lächeln Sie, verdammt noch mal, und spielen Sie den Helden.«

Schroeders Augen starrten ihn glasig an, dann schweiften sie ab, glitten über die Kathedrale und blieben auf den erregten, ihn umringenden Journalisten haften. Er zuckte zusammen, und erst jetzt wurde ihm klar, daß die Presse ihn interviewen wollte.

Ein Reporter rief: »Captain, stimmt es, daß der Angriff auf Ihren Ratschlag hin erfolgte?«

Schroeder antwortete nicht, und Kline sprang ein. »Kein Angriff — eine Rettungsaktion. Der Ratschlag wurde von einem Krisenstab, bestehend aus dem Gouverneur, Monsignore Downes, Inspector Langley, dem gefallenen Captain Bellini und meiner Wenigkeit, geprüft und gebilligt. Alles wies darauf hin, daß die

Terroristen ihre Drohungen ernst meinten — die meisten waren den Polizeiberichten zufolge Psychopathen. Uns blieb keine andere Wahl.«

Ein Journalist fragte: »Wer war eigentlich dieser Major Martin? Und wie kam er um?«

Klines Lächeln gefror. »Die Untersuchungen sind noch nicht abgeschlossen.«

Weitere Fragen erfolgten, die Kline alle ignorierte. Er legte seinen Arm um Schroeders Schulter. »Captain Schroeder hat mit großem psychologischem Geschick die Terroristen hingehalten, während Captain Bellini mit Hilfe von Gordon Stillway, dem für St. Patricks zuständigen Architekten, seinen Rettungsplan entwarf.« Er wies auf Stillway, der das Hauptportal einer genauen Musterung unterzog und sich Notizen machte.

Kline sagte düster: »Es hätte noch sehr viel tragischer enden können.« Ein Tedeum erscholl aus dem Innern der Kathedrale, und Kline machte eine ausladende Handbewegung.

»Die Kathedrale steht noch! Der Kardinal, Sir Harold Baxter und Miß Malone leben. Und dafür sollten wir Gott danken.« Er senkte den Kopf und fuhr dann nach einer angemessenen Pause fort: »Die Rettungsaktion ist verglichen mit ähnlichen Operationen in anderen Ländern noch verhältnismäßig günstig abgelaufen.«

Ein Reporter sprach Schroeder direkt an. »Captain, hatten Sie bei den Verhandlungen einen harten Stand?«

Schroeders Augen flackerten. »Harten Stand?«

Bürgermeister Kline packte seinen Arm und schüttelte ihn. »Bert . . .«

Schroeder antwortete stockend: »Oh . . . ja, ja sehr . . . nein, nein, ich meine . . . es war nicht schwieriger als . . . entschuldigen Sie mich . . . aber ich fühle mich nicht wohl . . .« Er riß sich von Kline los und eilte die Stufen der Kathedrale hinunter. Die Zeitungsleute sahen ihm einen Moment lang erstaunt nach, dann erkundigten sie sich beim Bürgermeister nach den Verlusten auf beiden Seiten. Kline vermied eine Antwort, indem er den Arm hob und sagte: »Da kommt der Gouverneur.«

Dan Morgan stand am Fenster und blickte auf den Bildschirm: Polizisten, Regierungsbeamte und Reporter liefen vor der Kathedrale aufgeregt und gestikulierend hin und her. Terri O'Neal saß mit untergeschlagenen Beinen angezogen auf dem Bett.

Die Kameras richteten sich jetzt auf Kline und Schroeder.

Dan Morgan brach das Schweigen, das zwischen ihnen geherrscht hatte. »Anscheinend hat dein Vater nicht getan, was wir von ihm verlangt haben.«

»Das freut mich.«

Morgen stieß einen Seufzer aus und trat an die eine Bettseite. »Meine Freunde sind alle tot, und das ist kein Grund zur Freude.«

Sie sagte mit heiserer Stimme: »Wirst du mich töten?«

Morgan zog die Pistole, legte seine Hand auf ihre Schulter und zielte auf ihre Stirn. Sie vergrub ihr Gesicht in die Hände und fing an zu weinen. Dann blickte sie auf. Ihre Blicke trafen sich.

Morgans Hand zitterte, dann ließ er mit einer ruckartigen Bewegung den Arm sinken und steckte die Pistole wieder in den Gürtel. »Es sind heute genug Menschen getötet worden.« Er drehte sich auf dem Absatz um und verließ das Schlafzimmer. Terri hörte, wie er die Haustür öffnete und hinter sich zuschlug. Sie griff nach den Zigaretten, die Morgan zurückgelassen hatte, zündete sich eine an und blickte auf den Fernseher. »Armer Papa.«

Burke wurde aus seinem kurzen Schlaf durch den Lärm, der rings um ihn herrschte, geweckt. Sein Rücken tat weh, seine Augen tränten, und er nahm seine Umgebung nur verschwommen wahr. Sein Körper war empfindungslos außer an den Stellen, wo er schmerzte, und seine Sinne waren wie betäubt. Er erhob sich schwankend und blinzelte in die Sonne. Bert Schroeder und Murray Kline hielten hof auf den Stufen der Kathedrale. Genau wie ich es mir vorgestellt habe, dachte er, oder besser gesagt, vorgestellt *hätte,* wäre ich nicht mit anderen Dingen beschäftigt gewesen. Ja, genau so: Schroeder umringt von der Presse, Schroeder selbstsicher, Schroeder, der alte Routinier, der auf alle Fragen eine Antwort wußte. Aber bei näherem Hinsehen stellte er fest, daß der berühmte Unterhändler nicht in blendender Form war. Er sah, wie er sich von Kline losriß, die Stufen hinunterlief und sich durch die Menge drängte.

Burke rief: »Schroeder!«

Doch Schroeder schien ihn nicht gehört zu haben. Burke rannte hinter ihm her und packte seinen Arm. »Moment!« Schroeder versuchte, sich freizumachen, aber Burke drückte ihn an einen Strebepfeiler. »Hören Sie . . .« Er senkte die Stimme. »Ich weiß Bescheid . . . Über Terri.«

Schroeders Augen weiteten sich angstvoll. Aber Burke fuhr unbeirrt fort. »Martin ist tot, und die Fenier sind tot oder liegen im Sterben. Ich mußte Bellini einweihen, aber auch er ist tot. Langley weiß Bescheid, aber er ist nicht jemand, der ein Geheimnis preisgibt, obwohl er eines Tages einen Preis für seine Verschwiegenheit fordern mag. Ich würde Ihnen daher anraten, den Mund zu halten und ruhig Blut zu bewahren.« Er ließ Schroeders Arm los.

Schroeders Augen füllten sich mit Tränen. »Burke . . . können Sie mir nachfühlen, was ich getan habe?«

»Ja . . . nein . . . eigentlich finde ich, daß Sie zwanzig Jahre Knast verdienen. Aber das würde niemand helfen, weder der Polizei noch Langley oder mir, noch Ihrer Frau oder Ihrer Tochter.« Er trat dicht an Schroeder heran. »Und ich werde Ihnen auch keine Kugel durch den Kopf jagen . . . Aber wenn Sie diesen Job lange genug machen, wird das ein anderer für mich erledigen.«

Schroeder rang nach Luft. »Nein . . . ich werde in Pension gehen . . . zurücktreten . . . ein Geständnis ablegen . . . öffentlich erklären . . .«

»Sie werden nichts dergleichen tun. Niemanden — weder mir noch Kline, noch dem Generalstaatsanwalt — ist an Ihrem Geständnis gelegen. Sie haben bereits genug Unheil angerichtet. Schweigen Sie also.«

Schroeder ließ den Kopf hängen, dann nickte er. »Burke . . . Pat . . . ich danke Ihnen . . .«

Burke sah ihn mit einem Ausdruck tiefster Verachtung an, dann sagte er: »Wissen Sie, wer in der Vorhalle liegt?«

»Nein.«

»Bellini. Und unzählige andere Tote. Gehen Sie hinein, Schroeder, und sprechen Sie mit den Toten. Gehen Sie in die Kathedrale und beichten Sie, oder beten Sie, oder tun Sie irgend etwas, das Ihnen über die nächsten vierundzwanzig Stunden hinweghilft.« Er öffnete die eine Seitentür, packte Schroeders Arm und stieß ihn in die Vorhalle. Dann starrte er lange auf die Straße und hob erst den Kopf, als er seinen Namen rufen hörte. Langley kam die Stufen heraufgelaufen und blieb atemlos vor ihm stehen. »Du sitzt ganz schön in der Patsche, Pat.«

Burke zündete sich eine Zigarette an. »Warum?«

»Das fragst du noch? Weil du einen britischen Konsulatsbeamten — einen Diplomaten — von der Empore gestoßen hast.«

»Er ist heruntergefallen.«

»Natürlich ist er das, weil du ihm einen Stoß versetzt hast. Er konnte schließlich nicht fliegen!« Langley hielt die Hand vor den Mund, und Burke hatte den Eindruck, daß er ein Lächeln verbergen wollte. Doch als Langley wieder sprach, klang seine Stimme ernst. »War das nicht reichlich dumm von dir?«

Burke zuckte die Achseln.

Roberta Spiegel kam unbeachtet von der Menge die Stufen der Kathedrale herauf und blieb unter dem Portal neben Langley und Burke stehen. Sie blickte die zwei Männer an und sagte zu Burke: »Sind Sie verrückt, unter den Augen von vierzig Polizisten und Soldaten jemand umzubringen?«

Langley sagte: »Ich habe ihn gerade gefragt, ob er dumm ist. Was bist du also, Pat — dumm oder verrückt?«

Burke ließ sich zu Boden gleiten, lehnte sich an die Mauer und gähnte. Roberta Spiegel sagte: »Sie haben sich eines Mordes schuldig gemacht. Ich bin erstaunt, daß man Sie noch nicht verhaftet hat.«

Burke blickte zu ihr auf. »Ich bin noch nicht verhaftet worden, weil *Sie* der Polizei gesagt haben, sie sollen vorerst davon Abstand nehmen. Vermutlich möchten Sie gern dabeisein, wenn ich festgenommen werde, um zu sehen, ob ich mich lammfromm abführen lasse oder schreie und brülle.«

Roberta Spiegel schwieg. Burkes Augen sprühten. »Also gut, versuchen wir, ob ich das Spiel so gut beherrsche wie Sie. Der CIA findet eine Akte über Bartholomew Martin — ja? Und in dieser Akte steht, daß er an Schwindelanfällen litt. Oder wie wäre es mit folgender Version? Zwanzig Polizisten, die auf der Empore waren, beschwören, daß Martin nach einer Fliege schlug und dabei die Balance verlor . . . oder nein . . . noch besser . . .«

Roberta Spiegel unterbrach ihn: »Der Mann war ein Konsulatsbeamter . . .«

»Das glauben sogar Sie nicht.«

Roberta Spiegel schüttelte den Kopf: »Nein, Lieutenant, diese Sache läßt sich nicht wieder hinbiegen.«

Burke gähnte. »Sie sind eine Meisterin im Hinbiegen, Roberta Spiegel. Also zeigen Sie, was Sie können. Und wenn Sie schon dran sind, vergessen Sie nicht, daß ich gern zum Captain befördert werden möchte, und zwar bald. Sagen wir — morgen.«

Roberta Spiegels Gesicht rötete sich. »Versuchen Sie etwa, mich unter Druck zu setzen?« Ihre Augen trafen sich, und sie starrten einander an. Sie sagte: »Und wer wird *Ihre* Version der nächtlichen Ereignisse glauben?«

Burke drückte seine Zigarette aus. »Schroeder, der Held des Tages, wird *alles,* was ich sage, bestätigen.«

Roberta Spiegel lachte. »Das halte ich für ausgeschlossen.«

Langley räusperte sich. »Er hat recht, Roberta. Es ist eine lange Geschichte . . . aber ich glaube, Lieutenant Burke steht eine Beförderung zu.«

Roberta Spiegel hob die Augenbrauen. »Ah, schon kapiert! Sie wissen etwas Belastendes über Schroeder. Nun, wenn dem so ist — mir liegt nichts daran, Lieutenant Burke ins Gefängnis zu bringen. Ich werde sehen, was ich tun kann, um . . .«

Burke unterbrach sie. »Die Abteilung für Kunstfälschungen. Ich fände es eine ausgezeichnete Idee, wenn ich morgen nach Paris flöge.«

Roberta Spiegel lachte. »Was wissen *Sie* schon von Kunst?«

»Ich weiß, was mir gefällt.«

Langley nickte. »Das stimmt.« Dann schüttelte er Burkes Hand. »Du hast heute nacht hervorragende Arbeit geleistet, Pat. Ich gratuliere dir.«

Burke zog sich an Langleys Hand hoch. »Vielen Dank — Chief Inspector, denn für dich wird ja wohl auch eine Beförderung herausspringen.«

Roberta Spiegel zündete sich eine Zigarette an. »Ich weiß wirklich nicht, warum ich mich mit Politikern und Polizisten abgebe. Ich wäre besser dran, wenn ich im Central Park auf den Strich ginge.«

Burke sagte: »Ach, deshalb kommen Sie mir so bekannt vor.«

Sie überging die Bemerkung und fragte: »Wo steckt dieser Schroeder eigentlich? Ich sehe eine Menge von Filmkameras, aber keinen lächelnden Schroeder. Oder ist er schon im Fernsehstudio?«

Burke sagte: »Er ist in der Kathedrale und betet.«

Roberta Spiegel sah ihn erstaunt an, doch plötzlich nickte sie. »Donnerwetter, ein sehr guter Propagandatrick. Alle anderen drängen sich in den Vordergrund — und er betet. Ja, sehr geschickt, das wird beim Publikum ganz groß ankommen.«

Ein Trupp Sanitäter erschien, um die Leichen aus der Kathedrale zu entfernen. Die Bahren, auf denen die toten Polizisten und Soldaten lagen, wurden durch ein eilig zusammengetrommeltes Ehrenspalier getragen, während man die Leichen der Fenier hastig durch eine Seitentür fortschaffte.

Burke ging von Bahre zu Bahre, bis er ein Etikett mit dem Namen Bellini erspähte. Er schlug die Decke zurück und starrte sekundenlang in das aschfahle Gesicht, dann ließ er die Decke wieder fallen, trat einige Schritte zur Seite und senkte traurig den Kopf.

Das Tedeum war ausgeklungen, und die Glocken spielten ein Trauerlied. Gouverneur Doyle stand mit seinem Gefolge auf den Stufen der Kathedrale mit dem Hut in der Hand; Major Cole neben ihm erwies den Toten die Ehrenbezeigung. Der Gouverneur neigte sich ihm zu und fragte leise: »Wieviel Mann hat das 69. Regiment verloren?«

Cole war der erwartungsvolle Tonfall nicht entgangen. Er blickte den Gouverneur kurz aus den Augenwinkeln an. »Fünf Tote, Colonel Logan inbegriffen, und drei Verwundete.«

»Und wie viele waren es im ganzen?«

»Achtzehn Mann haben an der Attacke direkt teilgenommen.«

»An der Rettungsaktion . . .« Der Gouverneur nickte nachdenklich. »Schrecklich. Fünfzig Prozent Verluste.«

»Nicht ganz fünf . . .«

»Aber Sie haben die beiden Geiseln gerettet.«

»De facto haben die sich selbst gerettet.«

»Das 69. Regiment hat sich große Verdienste erworben heute nacht, und es braucht natürlich einen neuen Kommandeur, Major Cole.«

»Ja, Sir.«

Die letzten Bahren wurden in die Rettungswagen gehoben, und die Autokolonne setzte sich unter Polizeigeleit in Bewegung. Ein schwarzes Polizeiauto hielt am Rinnstein, und die Sanitäter trugen die toten Fenier von der Seitentür ins Wageninnere.

Ein Offizier, der den Abtransport beaufsichtigte, salutierte, als Langley auf ihn zutrat. Er sagte: »Fast alle Terroristen hatten Papiere bei sich, die uns die Identifikation erleichterten. Hier ist eine kurze Zusammenfassung.« Der Mann übergab Langley einen Stapel Papiere, zögerte dann aber eine Sekunde lang. »Wir haben bei ihnen auch genaue Details über den ursprünglich geplanten ESD-Angriff gefunden. Wie ist das möglich . . .?«

»In Ihrem endgültigen Bericht werden Sie diese Tatsache nicht erwähnen.«

»Zu Befehl, Sir.«

Langley kehrte zu Burke zurück, der wieder unter dem Portal saß. Roberta Spiegel stand vor ihm.

Burke fragte: »Wo sind Baxter und Malone?«

Roberta Spiegel antwortete: »Beide sind noch in der Kathedrale, zu ihrem eigenen Schutz, weil sich womöglich irgendwo auf den Dächern noch irische Scharfschützen befinden. Baxter ist in der erzbischöflichen Sakristei, wo seine Leute ihn später abholen werden. Malone ist im Hochzeitszimmer, der FBI wird sich ihrer annehmen.«

»Und wo ist Flynns Leiche?« fragte Burke.

Zuerst antwortete niemand, dann kniete Roberta Spiegel neben Burke nieder. »Er ist noch nicht tot. Er liegt im Buchladen der Kathedrale.«

Burke sagte: »Und warum ist er nicht im Krankenhaus?«

Roberta Spiegel zögerte. »Die Ärzte . . . meinen, er habe nur noch wenige Minuten zu leben und . . . sei nicht transportfähig, daher haben wir . . . nichts unternommen . . .«

Burke brauste auf. »Das heißt — ihr laßt ihn verrecken! Absichtlich, nicht wahr?«

Roberta Spiegel sah ihm in die Augen. »Jedermann, auf beiden Seiten des Atlantiks, wünscht seinen Tod, Burke. So wie jeder Martins Tod wünschte. Kommen *Sie* mir nicht mit Moral . . .«

Burke sagte: »Schafft ihn ins Krankenhaus.«

Langley warf ihm einen warnenden Blick zu. »Pat, begreif doch . . . es ist unmöglich . . . er weiß zu viel — Schroeder . . . und andere Dinge. Und er ist gefährlich. Laß uns zur Abwechslung mal an uns selbst denken.«

Burke sagte: »Ich möchte ihn gern sehen, kommt ihr mit?«

Roberta Spiegel zögerte, dann nickte sie. Sie gingen zu dritt durch die südliche Vorhalle in die Kathedrale. Die Messe hatte gerade begonnen, und der Organist auf der Empore spielte eine Hymne. Burke betrachtete nachdenklich die Sonnenstrahlenbündel, die durch die zerbrochenen Fenster eindrangen, und stellte erstaunt fest, daß das Tageslicht der Kirche nichts von ihrem Mysterium nahm. Im Gegenteil, sie wirkte merkwürdigerweise noch unheimlicher als bei Kerzenlicht. Sie bogen nach rechts zum Buchladen ab. Zwei ESD-Männer versperrten die Tür, gaben aber bei ihrem Anblick schnell den Weg frei. Roberta Spiegel betrat als erste den kleinen Raum, Burke und Langley folgten ihr. Sie lehnte sich über den Ladentisch und blickte auf den Fußboden.

Brian Flynn lag schwer atmend mit geschlossenen Augen in dem schmalen Gang. Sie betrachtete ihn fast traurig. Schließlich sagte sie: »Ein gutaussehender Mann. Er muß Charisma gehabt haben — eine Seltenheit in unserer schäbigen Welt. Wäre er zu einer anderen Zeit an einem anderen Ort geboren . . . dann vielleicht . . . wer weiß . . . was für eine sinnlose Vergeudung der Natur . . .«

Burke ging um den Ladentisch herum und kniete sich neben Flynn nieder. Er hob die Augenlider an, legte das Ohr auf die Brust und fühlte den Puls. Dann blickte er auf. »Flüssigkeit in der Brust . . . aber die Herzschläge sind regelmäßig . . . es kann noch eine Weile dauern.«

Roberta Spiegel sagte: »Ich kann es nicht mit ansehen . . . ich hole die Krankenträger . . .«

Flynn bewegte seine Lippen, und Burke beugte sich tiefer über ihn. Dann sagte er zu Roberta Spiegel: »Nein, tun Sie das nicht . . . er will mit Maureen sprechen.«

Maureen Malone saß ruhig im Hochzeitszimmer, während vier Polizisten versuchten, sie in ein Gespräch zu ziehen.

Roberta Spiegel öffnete die Tür, musterte sie eine Sekunde lang und sagte fast barsch: »Kommen Sie!«

Maureen schien sie nicht gehört zu haben, denn sie rührte sich nicht. Roberta Spiegel sagte: »Er will Sie sehen.«

Maureen blickte auf, die Augen der beiden Frauen trafen sich. Maureen erhob sich und folgte schweigend der Assistentin des Bürgermeisters.

Als die zwei so ungleichen Frauen den Buchladen betraten, betrachtete Langley Maureen anerkennend, und Burke nickte ihr zu, dann verließen sie den Raum. Roberta Spiegel sagte: »Dort liegt er. Lassen Sie sich Zeit.« Sie drehte sich um und schloß leise die Tür hinter sich.

Maureen ging hinter den Ladentisch und kniete neben Flynn nieder. Sie nahm seine Hand, aber sagte nichts. Sie blickte sich um und sah, daß man sie mit Flynn allein gelassen hatte. Sie drückte seine Hand, und Mitleid und Trauer schnürten ihr die Kehle zu. »Oh, Brian . . . so allein . . . wie immer allein . . .«

Er öffnete die Augen. Sie lehnte sich über ihn, daß ihre Gesichter sich fast berührten. »Ich bin bei dir.«

Seine Augen zeigten, daß er sie erkannt hatte. »Willst du einen Priester?« Er schüttelte den Kopf. Sie sagte: »Du liegst im Sterben, Brian, das weißt du, nicht wahr? Und sie haben dich hier einfach abgestellt ohne ärztliche Hilfe.« Ihre Stimme klang bitter, doch dann fügte sie sanft hinzu: »Warum willst du keinen Priester sehen?«

Er versuchte zu sprechen, aber es gelang ihm nicht, doch sie glaubte zu wissen, was er ihr zu sagen und sie fragen wollte. Sie teilte ihm den Tod der Fenier und Vater Murphys mit, dann berichtete sie über den Kardinal, Harold Baxter und Rory Devane, schließlich erzählte sie ihm von der Bombe, die nicht explodiert war. Sein Gesicht verriet Anteilnahme und Schmerz. Zum Schluß fügte sie hinzu: »Martin ist auch tot. Man sagt, Lieutenant Burke habe ihn von der Empore gestoßen, und es heißt, Leary sei Martins Mann gewesen . . . kannst du mich hören?« Flynn nickte. Sie fuhr fort: »Ich weiß, du bedauerst es nicht zu sterben . . . aber ich . . . ich bedaure es . . . ich bin verzweifelt . . . ich liebe dich noch immer . . . soll ich nicht doch einen Priester holen, Brian, bitte sag ja . . . meinetwegen.«

Er schüttelte den Kopf und umklammerte ihre Hände. »Der Priester . . . Vater Donnelly von der Weißdornabtei war hier . . . und hat den Ring zurückgenommen . . .«

Sie starrte auf seine Hand — der Ring war fort. Dann blickte sie in sein Gesicht und stellte zu ihrem Erstaunen fest, daß die Härte der letzten Jahre plötzlich einem friedlichen Ausdruck gewichen war.

Er öffnete seine Augen. »Maureen . . .« Sie ergriff seine Hände, die er ihr entgegenstreckte, und hielt sie fest. Plötzlich merkte sie, wie seine Finger schlaff wurden, und wußte, daß er tot war.

Burke, Langley und Roberta Spiegel standen an der Ecke der Fifth Avenue und 50. Straße. Langley sagte zu Burke: »Du hast mich nie gefragt, was wir in Hickeys Sarg gefunden haben.« Er reichte Burke einen Zettel: »*Wer immer diesen Zettel liest, ist mir auf die Schliche gekommen. Ich habe mich offiziell begraben lassen, weil ich den Rest meiner Tage in Ruhe und Einsamkeit verbringen will. Ich bin des Kampfes müde. Andererseits, wenn sich etwas wirklich Lohnendes bieten sollte, werde ich das Schwert vielleicht wieder zur Hand nehmen. Auf jeden Fall möchte ich nicht hier beerdigt werden, sondern in Clonakily neben meinen Eltern.*«

Sie schwiegen und beobachteten die Volksmenge, um sich abzulenken. Langley sah eine Feldküche in der Fifth Avenue parken, räusperte sich und sagte zu Roberta Spiegel: »Soll ich Ihnen eine Tasse Kaffee holen?«

»Ja, gern.« Sie hakte sich bei ihm unter. »Geben Sie mir eine Zigarette.«

Sie gingen weg, und Burke blieb allein zurück. Er überlegte, ob er sich das Ende der Messe anhören sollte, beschloß dann aber, in das neue Hauptquartier auf der anderen Straßenseite zu gehen. Er wollte eben die Straße überqueren, als er einen seltsamen Laut hinter sich vernahm.

Ein Pferd schnaubte, und Dampfwolken kamen aus seinen Nüstern. Betty Foster rief: »Hallo, ich bin froh, Sie gesund und munter zu sehen!«

Burke machte ein paar Schritte zur Seite. »Ja, wirklich?«

»Natürlich.« Sie lenkte das tänzelnde Pferd neben ihn. »Macht mein Bürgermeister Sie nervös?«

»Ach, dieser Idiot . . . oh, Sie meinen das Pferd. Wer denkt sich eigentlich diese Namen aus?«

Sie lachte. »Wollen Sie aufsteigen?«

»Nein . . . ich muß hier noch ein wenig bleiben.«

Sie beugte sich zu ihm hinunter. »Warum? Es ist doch vorbei, Lieutenant. Sie werden nicht mehr gebraucht.«

Er betrachtete sie. Ihre Augen waren gerötet, aber sie strahlten eine schwer zu beschreibende verwegene Entschlossenheit aus, und er begriff, daß sie sich nicht so leicht abschütteln lassen würde. »Nun gut, nehmen Sie mich mit.«

Sie löste ihren Fuß aus dem Steigbügel, streckte den Arm nach unten und half ihm beim Aufsteigen. »Wohin?«

Er umfaßte mit den Armen ihre Taille. »Wohin Sie wollen.«

Sie lachte wieder und führte ihr Pferd im Kreis herum. »Also los, Lieutenant — geben Sie mir einen Befehl.«

»Paris«, sagte Burke. »Reiten wir nach Paris.«

»Geht in Ordnung.« Sie gab dem Pferd die Sporen. »Hü, Bürgermeister. Nach Paris!«

Maureen Malone rieb sich die Augen, als sie in Begleitung von zwei FBI-Beamten und Douglas Hogan aus der Kathedrale in das helle Sonnenlicht trat. Hogan wies auf einen Cadillac, der am Rinnstein parkte. Sie sah Harold Baxter, umringt von britischen Sicherheitsbeamten, aus der südlichen Vorhalle kommen. Ein silbergrauer Bentley fuhr vor.

Maureen ging die Stufen hinunter auf den Cadillac zu. Reporter und Kameraleute scharten sich erst um Baxter, dann um sie. Ihre Begleiter bahnten ihr einen Weg durch die Menschenmenge und hielten ihr die Tür des Cadillacs auf. Maureen glitt auf den Rücksitz und wartete, bis die Männer eingestiegen waren. Hogan sagte: »Wir bringen Sie in eine Privatklinik.«

Sie schwieg und blickte auf ihre Hände, an denen noch Brians Blut klebte. Der Cadillac bog in die verstopfte Fifth Avenue ein, und Maureen warf einen letzten Blick auf die Kathedrale.

Ein Mann lief plötzlich auf das langsam fahrende Fahrzeug zu und hielt eine Dienstmarke ans Fenster. Hogan öffnete die Scheibe ein paar Zentimeter. Der Mann sagte: »Miß Malone?« Er reichte ihr eine verwelkte grüne Nelke herein. »Mit vielen Grüßen von Sir Harold, Miß.« Sie nahm die Nelke entgegen, und der Mann salutierte.

Sie schloß die Augen und dachte an die gar nicht so fernen Zeiten zurück, wo all ihre Freunde, ihre Eltern, ihre Verwandten ein normales Leben geführt hatten. Jetzt waren die meisten von ihnen verschollen, verfolgt oder tot. Und bald würde wohl auch sie dieses Schicksal teilen. Sie versuchte, sich eine Zukunft für sich und ihr Land vorzustellen, aber es gelang ihr nicht. Dennoch war sie nicht mutlos, denn sie würde auf ihre Art versuchen, das Versprechen der Fenier, die Gefängnisse von Ulster zu leeren, zu erfüllen.

Sie blickte auf die grüne Nelke auf ihrem Schoß und warf sie fast zornig zu Boden. Dann griff sie in ihre Jackentasche und zog den Stein aus der Weißdornabtei mit der eingeritzten Rose hervor. Sie berührte ihn mit den Lippen, während Tränen über ihre Wangen liefen.